W0313168

Unsere Autoren
gratulieren zum

READER'S DIGEST AUSWAHLBAND

250

READER'S DIGEST
AUSWAHLBÜCHER

Die Kurzfassungen in diesem Buch erscheinen
mit Genehmigung der Autoren und Verleger
© 2003 Reader's Digest
– Deutschland, Schweiz, Österreich –
Verlag Das Beste GmbH,
Stuttgart, Zürich, Wien
Alle Rechte, insbesondere das der Übersetzung, Verfilmung
und Funkbearbeitung, im In- und Ausland vorbehalten
503 (250)
Printed in Germany
ISBN 3 89915 117 8

READER'S DIGEST AUSWAHLBÜCHER

Reader's Digest

DEUTSCHLAND · SCHWEIZ · ÖSTERREICH

INHALT

Ken Follett

Die Leopardin

Nordfrankreich, Ende Mai 1944. Die britische Geheimagentin Felicity Clairet steht vor ihrem schwierigsten Auftrag: Um die Invasion der Alliierten in der Normandie vorzubereiten, soll Felicity mit einem reinen Frauenteam eine wichtige Fernmeldezentrale der Wehrmacht zerstören. Ein mehr als tollkühnes Unterfangen, denn alle fünf Anwärterinnen wurden bereits bei ihrer ersten Bewerbung vom Geheimdienst als ungeeignet abgelehnt.

Stefanie Zweig

Wiedersehen mit Afrika

Die Engländerin Stella ist ins Hochland Kenias zurückgekehrt, an den geliebten Ort ihrer Kindheit. Erneut ziehen sie die Menschen Afrikas, die Farben und Düfte der einzigartigen Natur in ihren Bann. Doch als Stellas schwarze Ziehschwester Lilly verschwindet, bekommt das Bild vom Paradies erste Risse.

Henning Mankell
Die Pyramide

Als unweit von Mossby ein Sportflugzeug abstürzt, sieht zunächst alles nach einem „normalen" Unfall aus. Seltsam ist allerdings, dass nirgends ein Flugzeug vermisst wird. Kommissar Wallander nimmt die Ermittlungen auf. Kaum hat er damit begonnen, muss er sich bereits mit einem zweiten ungewöhnlichen Vorfall befassen: Zwei harmlose alte Damen sind bei einem vorsätzlich gelegten Feuer ums Leben gekommen …

Peter Prange
Die Principessa

Im Rom des Jahres 1623 feiern die Menschen auf den Straßen den neuen Papst. Währenddessen trifft in der Ewigen Stadt eine junge Engländerin ein, hungrig auf Leben und Freiheit. Umworben von zwei genialen Architekten, erliegt sie dem Zauber der Liebe und der Kunst. Doch bald muss sie erkennen, dass sowohl die Kunst als auch die Liebe eine dunkle Kehrseite haben.

KEN FOLLETT
Die

Leopardin

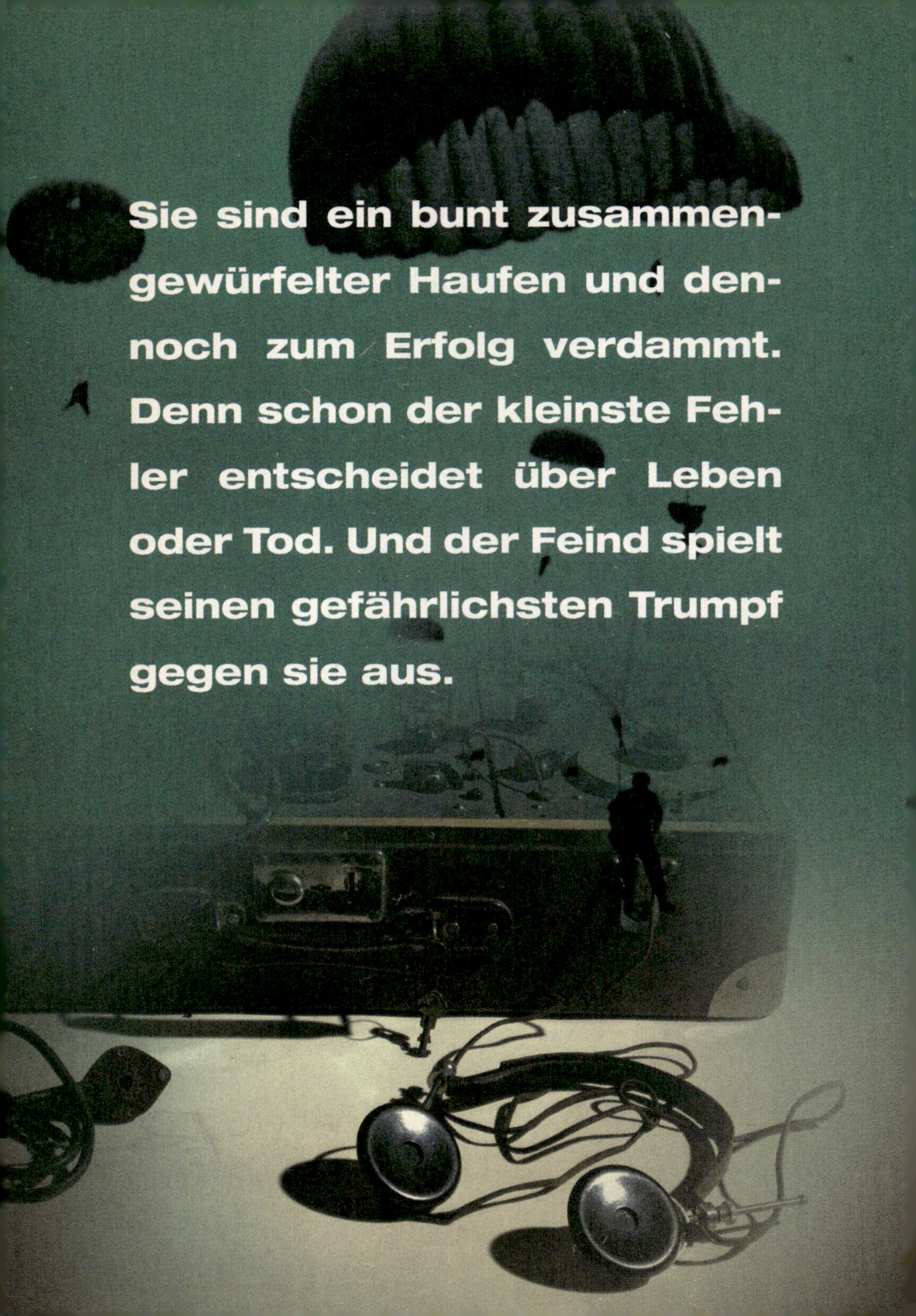

Sie sind ein bunt zusammengewürfelter Haufen und dennoch zum Erfolg verdammt. Denn schon der kleinste Fehler entscheidet über Leben oder Tod. Und der Feind spielt seinen gefährlichsten Trumpf gegen sie aus.

ERSTER TAG. SONNTAG, 28. MAI 1944

Eine Minute vor der Explosion lag tiefer Friede über dem Marktplatz von Sainte-Cécile. Der Abend war warm, und eine windlose Luftschicht hatte sich wie eine Decke über den Ort gelegt. Die Kichenglocke läutete träge und rief die Gläubigen ohne große Begeisterung zum Gottesdienst. Für Felicity Clairet klang es wie ein Countdown.

Der Platz wurde von einem Schloss aus dem 17. Jahrhundert beherrscht, einer kleinen Versailles-Kopie mit einem großen Portal und Seitenflügeln, die im 90-Grad-Winkel nach hinten abknickten. Es gab ein Erdgeschoss und zwei Stockwerke, über denen sich ein hohes Dach mit bogenförmigen Gauben wölbte.

Felicity, die immer nur Flick genannt wurde, liebte Frankreich. Die eleganten Häuser gefielen ihr ebenso wie das milde Klima, die ausgedehnten Mahlzeiten und die kultivierten Menschen. Sie liebte die französische Malerei, die französische Literatur und die schicke französische Mode. Weil sie seit ihrem sechsten Lebensjahr die Landessprache beherrschte, ging sie überall als Einheimische durch.

Daher erbitterte es sie auch, dass das alte, ihr so vertraute Frankreich nicht mehr existierte. Für ausgedehnte Mahlzeiten gab es nicht genug Lebensmittel, die Gemälde waren von den Nazis gestohlen worden, und schöne Kleider trugen nur noch Huren. Von ganzem Herzen sehnte Flick den Tag herbei, an dem das wahre Frankreich wieder erstehen würde. Und wenn sie und einige Gleichgesinnte ihren Auftrag erfüllten, war dieser Tag vielleicht gar nicht mehr so fern.

Ob sie selbst ihn aber noch erleben würde, stand in den Sternen, denn es war nicht sicher, ob sie die nächsten Minuten überlebte. Flick war kein Mensch, der sich fatalistisch in sein Schicksal ergab – sie wollte leben! Doch wenn sie wirklich sterben sollte, dann war sie damit zufrieden, ihre letzten Augenblicke auf einem vom Sonnenlicht überfluteten Platz zu verbringen, vor sich ein wunderschönes altes Gebäude und in ihren Ohren den sanften, singenden Klang der französischen Sprache.

Das Schloss, das im Herzen der Champagne lag, war einst als Wohnstatt für die lokale Aristokratie errichtet worden, doch inzwischen war eine wichtige Fernmeldezentrale der deutschen Besatzer sowie das regionale Hauptquartier der Gestapo darin eingerichtet. Vor vier Wochen hatten die Alliierten das Schloss deshalb bombardiert. Doch obwohl der Westflügel jetzt nur noch aus einem Haufen Quadersteinen bestand, hatte sich der Angriff als Fehlschlag erwiesen. Denn die Deutschen hatten die Schäden binnen kürzester Zeit reparieren können, und die Telefonverbindungen waren nur so lange ausgefallen, bis die neuen Schaltanlagen installiert worden waren. Außerdem war sämtliche wichtige Kommunikationstechnik ohnehin im Keller untergebracht, der nahezu unbeschädigt geblieben war.

Und deshalb war Flick hier.

Das Schloss lag auf der Nordseite des Platzes und war mit hohen Steinpfeilern und schmiedeeisernen Gittern umgeben, die von uniformierten Posten bewacht wurden. Auf der Ostseite stand eine kleine, mittelalterliche Kirche, und ihr gegenüber, auf der Westseite, befand sich das Rathaus. Den südlichen Abschluss des Platzes bildete eine Ladenzeile mit einem Straßencafé, dem „Café des Sports". Mit einem Glas Wein vor sich auf dem Tisch, saß Flick im Freien davor und wartete auf den letzten Glockenschlag.

Sie war Offizier der britischen Armee im Rang eines Majors. Offiziell gehörte sie zur *First Aid Nursing Yeomanry* (FANY), einer ausschließlich aus Frauen bestehenden Sanitätseinheit. Aber das war nur Tarnung. In Wirklichkeit arbeitete sie für eine geheime Organisation, die für Sabotageaktionen zuständige *Special Operations Executive* (SOE). Mit ihren 28 Jahren gehörte Flick bereits zu den dienstältesten Agentinnen, und sie spürte nicht zum ersten Mal die Nähe des Todes. Doch obwohl sie längst gelernt hatte, mit ihren Ängsten umzugehen, war ihr beim Anblick der bewaffneten Wachtposten vor dem Schloss, als greife eine eiskalte Hand nach ihrem Herzen.

Noch vor drei Jahren war es ihr höchster Ehrgeiz gewesen, einmal als Professorin für französische Literatur an einer britischen Universität zu unterrichten.

Doch dann hatte sie einen Job im Kriegsministerium angenommen und Dokumente aus dem Französischen übersetzt, bis sie eines Tages zu einem mysteriösen Gespräch bestellt und gefragt worden war, ob sie bereit sei, einen gefährlichen Auftrag zu übernehmen. Ohne viel darüber nachzudenken, hatte sie zugesagt. All ihre männlichen Kommilitonen aus Oxford riskierten als Soldaten Tag für Tag ihr Leben – konnte sie da abseits stehen?

Sechs Monate später war sie Kurier und übermittelte Botschaften der SOE an verschiedene Résistance-Gruppen im besetzten Frankreich. Sie wurde mit dem Fallschirm abgesetzt, mischte sich mit falschen Papieren unters Volk, nahm Kontakt zur Résistance auf, überbrachte Befehle, notierte Antworten. Am Ende ihrer Missionen wurde sie jeweils von einem Kleinflugzeug abgeholt, das auf einer Wiese starten und landen konnte.

Der Kuriertätigkeit folgten anspruchsvollere Aufgaben: Seit zwei Jahren war sie mit der Planung und Ausführung von Sabotageakten betraut. Die Arbeit war gefährlich. Im Gegensatz zu manchen Kollegen hatte Flick überlebt, weil sie skrupellos, reaktionsschnell und bis an die Grenze zum Verfolgungswahn auf Sicherheit bedacht war.

Neben ihr saß heute Michel – ihr Ehemann und der Anführer einer Résistance-Zelle mit dem Decknamen Bollinger, die in der 15 Kilometer entfernten Kathedralenstadt Reims beheimatet war. Obwohl es auch für Michel in wenigen Minuten um Leben und Tod gehen würde, hatte er sich lässig in seinem Stuhl zurückgelehnt, den rechten Knöchel aufs linke Knie gelegt, und hielt in der Hand ein Glas mit verwässertem Kriegsbier. Flick war Studentin an der Sorbonne gewesen, als Michels unbekümmertes Lächeln ihr Herz gewonnen hatte. Der junge, immer etwas zerzaust wirkende Philosophiedozent hatte in jenen Tagen eine ganze Heerschar von Verehrerinnen unter den Studentinnen gehabt. Und auch jetzt war er noch immer der attraktivste Mann, dem Flick je begegnet war – groß und schlank, mit einem durchdringenden Blick in seinen blauen Augen.

Der aktuelle Auftrag war für Flick die willkommene Gelegenheit gewesen, ein paar Tage bei ihm zu verbringen, doch war ihre gemeinsame Zeit nicht sehr glücklich verlaufen. Sie hatte Michels Zuneigung als halbherzig empfunden und spürte instinktiv, dass er sich für eine andere interessierte. Er war erst 35, und sein etwas rauer Charme verfing noch immer bei jungen Frauen. Dass sie seit ihrer Hochzeit wegen des Krieges mehr Zeit getrennt als miteinander verbracht hatten, machte die Sache nicht besser.

Flick liebte Michel nach wie vor. Allerdings hatte sich der Morgennebel romantischer Liebe verzogen, und im klaren Licht des Ehealltags erkannte sie, dass Michel eitel, selbstverliebt und unzuverlässig war. Und trotzdem: Wenn er sich dazu entschloss, ihr seine volle Aufmerksamkeit zu schenken, hatte sie noch immer das Gefühl, einzigartig, schön und geliebt zu sein.

Seine Ausstrahlung ließ auch Männer nicht ungerührt. Er war ein hervorragender Anführer, voller Mut und Charisma. Gemeinsam mit Flick hatte er den Schlachtplan entwickelt: Die Gruppe sollte das Schloss von zwei Seiten angreifen und dadurch die Verteidiger aufspalten. Auf dem Schlosshof würde man sich dann wieder sammeln, mit vereinten Kräften den Keller stürmen und dort den Raum mit den wichtigsten Fernmeldeinstallationen in die Luft jagen.

Antoinette Dupert, der Chefin der aus lauter einheimischen Frauen bestehenden Putzkolonne, die jeden Abend im Schloss sauber machte, und überdies Michels Tante, verdankten sie einen Plan des Gebäudes. Die Arbeit des Reinigungstrupps begann um 19 Uhr, zurzeit des Abendläutens. Flick sah jetzt, wie die ersten Frauen den Wachen am schmiedeeisernen Tor ihre Passierscheine vorzeigten.

Der Angriffsplan beruhte auf Informationen des britischen Geheimdienstes MI 6, aus denen hervorging, dass das Schloss von einer Einheit der Waffen-SS bewacht wurde. Es handelte sich um 36 Mann, die in drei Schichten zu je zwölf ihren Dienst verrichteten. Dagegen waren die Gestapo-Beamten im Gebäude ebenso wie die Fernmelder keine Kampftruppen, die meisten von ihnen trugen nicht einmal Waffen. Die Bollinger-Gruppe hatte 15 Mann für den Angriff zusammentrommeln können, die inzwischen ihre Positionen eingenommen hatten – teils unter den Kirchgängern, teils als sonntägliche Spaziergänger auf dem Platz verteilt. Ihre Waffen verbargen sie unter ihren Kleidern oder in Taschen.

Wenn die Informationen des MI 6 stimmten, wären die Angreifer also in der Überzahl. Trotzdem hegte Flick Bedenken. Als sie Antoinette von der Schätzung des Geheimdienstes erzählt hatte, hatte diese die Stirn gerunzelt und geantwortet: „Nach meinem Eindruck sind es mehr."

Flick ließ den Blick über den Platz schweifen, suchte die Mitkämpfer.

Alles wirkte vollkommen normal – nur eines nicht: Neben der Kirche parkte seit einer halben Stunde ein sehr großer, leistungsstarker Sportwagen, ein in Frankreich gebauter Hispano-Suiza. Das himmelblau lackierte Auto besaß einen hohen, arrogant wirkenden silbernen Kühlergrill, auf dem als Markenzeichen ein fliegender Storch prangte. Der Fahrer, ein gut aussehender Mann um die vierzig, trug einen eleganten Zivilanzug, musste aber ein deutscher Offizier sein. Niemand sonst hätte die Kühnheit besessen, mit einem solchen Fahrzeug zu protzen. Seine Begleiterin, eine große, auffallend schöne Rothaarige, war in ihrem grünen Seidenkleid und mit hochhackigen Wildlederschuhen derart perfekt nach der neuesten Mode gekleidet, dass sie nur Französin sein konnte. Der Mann hatte ein Stativ aufgestellt und fotografierte das Schloss.

Es war erst ein paar Minuten her, dass er Flick einen furchtbaren Schrecken eingejagt hatte, weil er sie gebeten hatte, ihn und seine Freundin vor dem Hintergrund des Schlosses zu fotografieren. Er war sehr höflich gewesen, hatte aufmunternd gelächelt, und seinem Französisch war nur ein ganz leichter deutscher Akzent anzumerken gewesen. Flick hatte instinktiv gespürt, dass eine Weigerung zu Schwierigkeiten geführt hätte; so hatte sie reagiert, wie es die meisten Franzosen unter diesen Umständen getan hätten, und den Wunsch des Deutschen mit kühlem, unbeteiligtem Blick erfüllt.

Er hatte sich bei ihr bedankt und gefragt, ob er sie zu einem Glas Wein einladen dürfe, was Flick jedoch strikt abgelehnt hatte. Eine junge Französin, die sich von einem Deutschen einladen ließ, musste darauf gefasst sein, als Besatzerflittchen bezeichnet zu werden. So wie es der Rothaarigen wohl erging. Der Deutsche hatte verständnisvoll genickt, worauf Flick zu ihrem Mann zurückgekehrt war.

Der Offizier befand sich offensichtlich nicht im Dienst, und trotzdem empfand sie seine Gegenwart als beunruhigend. Sie konnte einfach nicht glauben, dass der Mann nur ein Tourist war, denn sein Verhalten verriet angespannte Wachsamkeit.

Doch ehe sie sich weitere Gedanken darüber machen konnte, verklang der letzte Glockenschlag. Flick und Michel erhoben sich. Ostentativ gelassen schlenderten sie auf den Eingang des Cafés zu und blieben in der Tür stehen, um auf diese Weise unauffällig Deckung zu suchen.

DIETER FRANCK war die junge Frau an dem Cafétisch sofort aufgefallen, als er den Wagen auf den Platz gelenkt hatte. Schöne Frauen fielen ihm immer auf, und diese hier war eine blasse Blondine mit hellgrünen Augen. Ihr kleiner, schlanker Körper war in ein sackartiges Kleid gehüllt, doch trug sie dazu ein lebhaft gelbes Halstuch, das in Francks Augen ein bezaubernd französisches Stilgefühl verriet.

Sie befand sich in Begleitung eines attraktiven Mannes, der aber kein besonderes Interesse an ihr zeigte. Vermutlich ihr Ehemann. Nur weil er mit ihr ins Gespräch kommen wollte, hatte Franck sie gebeten, ihn zusammen mit Stéphanie zu fotografieren. Auch wenn daheim in Köln eine Frau und zwei niedliche Kinder auf ihn warteten und er in Paris seine Wohnung mit Stéphanie teilte, hinderte ihn das doch nicht daran, mit anderen Mädchen anzubandeln.

Die Französinnen waren die schönsten Frauen der Welt. Aber in Frankreich war überhaupt alles schön: die Brücken, die Boulevards, die Möbel, sogar das Porzellan. Franck liebte die Pariser Nachtklubs, Champagner und Gänseleberpastete; er hätte bis ans Ende seiner Tage zufrieden und glücklich in der französischen Hauptstadt leben können.

Woher diese Vorliebe kam, wusste er nicht. Sein Vater war Professor für Musik. Ihm jedoch war dessen trockenes Akademikerleben unerträglich langweilig vorgekommen, weshalb er zum Entsetzen seiner Eltern das Studium an den Nagel gehängt hatte und zur Polizei gegangen war. Bei Kriegsausbruch hatte er es bis zum Abteilungsleiter bei der Kölner Kriminalpolizei gebracht. Als die deutschen Panzer im Mai 1940 in einem triumphalen Vormarsch innerhalb nur einer Woche bis zur Küste des Ärmelkanals durchgestoßen waren, hatte er sich spontan um einen Posten bei der Wehrmacht beworben. Wegen seiner Berufserfahrung und da er fließend Französisch und hinreichend Englisch sprach, hatte man ihn mit Vernehmungen von Gefangenen betraut. Er hatte ein Talent dafür, Informationen zu beschaffen, mit deren Hilfe Schlachten gewonnen werden konnten. Seine erfolgreiche Arbeit war in Nordafrika sogar Generalfeldmarschall Erwin Rommel aufgefallen.

Erwies es sich als notwendig, war Franck zu radikalen Mitteln bereit, wenngleich er die Leute lieber mit subtileren Methoden überzeugte. Auf diese Weise hatte er auch Stéphanie für sich gewonnen. Die selbstsichere, sinnliche und kluge Frau hatte in Paris einen Laden besessen, in dem todschicke Damenhüte verkauft wurden. Wegen ihrer jüdischen Großmutter hatte sie ihn jedoch verloren und sich schon auf dem Weg in ein deutsches Konzentrationslager befunden, als Franck sie gerettet hatte. Er hätte sie vergewaltigen können, und sie hatte sicher auch damit gerechnet. Doch er hatte ihr zu essen gegeben und ihr das freie Schlafzimmer in seiner Wohnung überlassen. Er hatte sie mit liebevoller Zuneigung behandelt, bis er sie eines Abends auf der Couch vor einem prasselnden Kohlenfeuer nach allen Regeln der Kunst verführt hatte.

Heute allerdings war Stéphanie Teil seiner Tarnung. Er arbeitete wieder für Rommel, den „Wüstenfuchs“, der mittlerweile als Oberbefehlshaber der Heeresgruppe B für die Verteidigung Nordfrankreichs zuständig war, denn die deutsche Aufklärung rechnete noch in diesem Sommer mit einer Invasion der Alliierten. Da Rommel nicht genügend Soldaten hatte, um die hunderte von Kilometern lange, leicht verwundbare Küste zu schützen, verfolgte er eine riskante Strategie der flexiblen Reaktion: Seine Streitkräfte waren einige Kilometer weit im Landesinnern stationiert und darauf eingerichtet, im Notfall sofort an die Brennpunkte des Geschehens verlegt zu werden. Den Engländern war das allerdings bekannt – auch sie hatten ihre Aufklärung. Ihre Antwort bestand darin, durch die Zerstörung von Bahnlinien, Brücken, Tunnels und Telefonleitungen die Möglichkeiten der Deutschen zu einer Reaktion zu erschweren.

Franck hatte die Aufgabe, die wichtigsten potenziellen Angriffsziele im Nachschub- und Etappenbereich zu erkennen und festzustellen, inwieweit sie durch Anschläge der Résistance gefährdet waren. So wie er heute ebendieser Fernmeldezentrale von überragender strategischer Bedeutung einen unangemeldeten Besuch abstattete. Sämtlicher Fernmeldeverkehr zwischen dem Oberkommando der Wehrmacht in Berlin und den deutschen Truppen im Norden Frankreichs lief über dieses Gebäude.

Da den Alliierten offenbar auch dies bekannt war, hatten sie versucht, das Gebäude in Grund und Boden zu bomben, doch das Glück war den Deutschen hold geblieben. Und es war auch weiterhin vonnöten. Denn obwohl das Schloss ebenfalls ein ideales Ziel für die Résistance darstellte, erwiesen sich die Sicherheitsvorkehrungen nach Francks Einschätzung als äußerst lax. Seit einer halben Stunde fotografierte er nun das Gebäude, und sein Zorn auf die Wachen, die von ihm einfach keine Notiz nahmen, wuchs und wuchs.

Dann endlich – gerade waren die Kirchenglocken verklungen – schritt ein Gestapo-Mann im Rang eines SS-Sturmbannführers durch das hohe schmiedeeiserne Tor, kam auf ihn zu und schrie in schlechtem Französisch: „Geben Sie mir sofort Ihre Kamera! Es ist verboten, das Schloss zu fotografieren! Sehen Sie denn nicht, dass es sich um eine militärische Einrichtung handelt?“

„Hat verdammt lang gedauert, bis Sie mich bemerkt haben“, antwortete Franck ruhig auf Deutsch.

Der andere reagierte verdutzt. „Wer sind Sie?“

„Major Dieter Franck aus dem persönlichen Stab von Generalfeldmarschall Rommel.“

„Franck? Ich kenne Sie doch …“

Er sah sich seinen Gegenüber genauer an, dann dämmerte es auch ihm. „Willi Weber. Mich laust der Affe.“ Kein Wunder, dass die Sicherheitsmaßnahmen hier zu wünschen übrig lassen, dachte er bei sich.

Sie waren in den Zwanzigerjahren gemeinsam in den Kölner Polizeidienst eingetreten. Während Franck sich als Überflieger erwiesen hatte, war Weber ein Versager gewesen, der schließlich nach einem schweren Fehler entlassen worden war.

Seit 15 Jahren hatte Franck ihn nicht mehr gesehen. Aber er konnte sich gut vorstellen, wie sich Webers Karriere inzwischen entwickelt hatte: Eintritt in die NSDAP, Antrag auf Aufnahme in die Gestapo unter Hinweis auf seine Ausbildung bei der Polizei, rascher Aufstieg im Kreis all dieser verbitterten Minderbegabten, die sich bei der Geheimen Staatspolizei gesammelt hatten.

„Was tun Sie hier?“, wollte Weber wissen.

„Ich überprüfe im Auftrag des Generalfeldmarschalls die Sicherheitsvorkehrungen.“

„Die sind in bester Ordnung“, fauchte Weber.

„Für eine Wurstfabrik vielleicht. Sehen Sie sich das doch mal an.“ Franck deutete auf den Platz. „Angenommen, diese Leute dort sind von der Résistance. Die schalten Ihre Wachen, wenn’s darauf ankommt, doch innerhalb von ein paar Sekunden aus.“ Er machte Weber auf eine hoch gewachsene junge Frau aufmerksam, die über ihrem Kleid einen hellen Sommermantel trug. „Angenommen, die da versteckt eine Waffe unter Ihrem Mantel. Was tun Sie, wenn …?“

Er unterbrach sich. In diesem Augenblick spürte er, dass er nicht nur ein Fantasie-Szenario beschrieb. Im Unterbewusstsein war ihm aufgefallen, dass sich einige Personen auf dem Platz zu einem Überfall formierten. Die kleine Blondine und ihr Mann hatten im Café Deckung gesucht. Die große junge Frau im Sommermantel, die eben noch die Auslage eines Geschäfts betrachtet hatte, hielt sich nun im Schatten von Francks Wagen auf. Als er sie wachsam musterte, schlug sie plötzlich ihren Mantel auf, und entsetzt musste Franck erkennen, dass sie eine Maschinenpistole bei sich trug.

„Hinlegen!“, brüllte er Stéphanie zu.

Im selben Augenblick krachte es auch schon.

Auf Zehenspitzen stand Flick im Eingang des Cafés und spähte Michel über die Schulter. Ihr Herz schlug heftig, ihre Aufmerksamkeit war geschärft, doch sie beobachtete die Szenerie mit kühler Distanz.

Acht Posten waren zu sehen: Zwei am Tor kontrollierten Passierscheine, zwei weitere standen gleich hinter dem Tor, ein drittes Paar patrouillierte hinter dem schmiedeeisernen Zaun, und ein viertes stand am oberen Ende der kurzen Treppe, die zum großen Schlossportal hinaufführte. Michels Kerntruppe würde das Tor jedoch umgehen.

Die lange Nordwand der Kirche war in die den Schlosspark umgebende Mauer integriert, und das nördliche Querschiff ragte ein paar Meter in den Parkplatz hinein, der einst Teil des Ziergartens gewesen war. Zu Zeiten des *Ancien Régime* pflegte der Schlossherr die Kirche durch einen Privateingang zu betreten, eine kleine Tür in der Mauer des Querschiffs, die aber vor mehr als 100 Jahren mit Brettern vernagelt und überputzt worden war.

Vor einer Stunde jedoch hatte Gaston Lefèvre, ein pensionierter Steinbrucharbeiter, die noch leere Kirche betreten und am Fuß des blockierten Durchgangs mit großer Sorgfalt vier Stangen Plastiksprengstoff deponiert, sie mit Zündern versehen, eine Fünfsekundenlunte gelegt, die durch einen Schalter per Daumendruck gezündet werden konnte, und zu guter Letzt noch eine alte Holzbank über die Bombe geschoben. Zufrieden mit seinem Werk, war er niedergekniet, um zu beten.

Als die Kirchenglocken vor ein paar Sekunden verstummt waren, hatte sich Lefèvre von seiner Kniebank erhoben, war durchs Haupt- ins Querschiff gegangen, hatte den Schalter betätigt und schnell hinter einer Ecke Deckung gesucht. Die Detonation schüttelte den Staub von Jahrhunderten von den gotischen Bögen, doch da sich während des Gottesdienstes niemand im Querschiff aufhielt, gab es keine Verletzten unter den Besuchern der Messe.

Nach der Explosion herrschte für einen beklemmend langen Augenblick Stille auf dem Platz. Alle Anwesenden erstarrten: die Wachen vor dem Tor ebenso wie die Patrouille am Gitter, der SS-Sturmbannführer ebenso wie der gut gekleidete deutsche Zivilist und seine Begleiterin.

Voll banger Erwartung blickte Flick über den Platz und durch das Gitter in den Schlosspark. Auf dem Abstellplatz für die Fahrzeuge der Deutschen war ein Soldat gerade dabei, einen der beiden schwarzen Citroën vom Typ Traction Avant – das Lieblingsgefährt der Gestapo in Frankreich – aufzutanken. Sekundenlang rührte sich gar nichts.

Flick wartete mit angehaltenem Atem. Unter den Gottesdienstbesuchern befanden sich zehn Bewaffnete. Da der Pfarrer kein Sympathisant der Résistance war, hatte man ihn nicht vorgewarnt. So wusste er also auch nicht, dass sie in diesem Augenblick durch das neu entstandene Loch in der Mauer stürmen sollten.

Und da waren sie auch schon – sie rannten über den Parkplatz auf den Haupteingang des Schlosses zu, ihre Hände umklammerten die unterschiedlichsten Waffen: Pistolen, Revolver, Flinten. Sie gaben jedoch noch keinen Schuss ab, da sie vor Beginn des Angriffs so nahe wie möglich an das Gebäude heranwollten.

Michel sah sie ebenfalls. Jetzt war der Zeitpunkt gekommen, die Wachen abzulenken. Michel holte sein Gewehr hervor, zielte und drückte ab. Einer der Wachsoldaten stieß einen Schrei aus und brach zusammen. Michels Schuss war das Zeichen für alle anderen, das Feuer ebenfalls zu eröffnen. Die beiden Schüsse, die der 17-jährige Bertrand vom Kirchenportal aus mit seinem halb automatischen Colt abgab, krachten wie Knallfrösche, doch die Distanz zu den Wachtposten war für einen sicheren Pistolenschuss zu groß. Albert, der Funkspezialist der Widerstandsgruppe, dessen Frau heute Morgen ihr erstes Kind geboren hatte, stand neben ihm, zog eine Handgranate ab und schleuderte sie hoch über den Zaun. Hinter dem Sportwagen des Deutschen eröffnete nun auch die 20-jährige Geneviève mit ihrer Sten-MP das Feuer. Ein zweiter Posten fiel.

Jetzt endlich reagierten die Deutschen. Die Wachen gingen hinter den Steinsäulen in Deckung und brachten ihre Gewehre in Anschlag. Der Sturmbannführer riss seine Pistole aus dem Holster. Die Rothaarige drehte sich um und rannte davon, doch ihre Schuhe rutschten auf dem Kopfsteinpflaster, sodass sie stürzte. Ihr Begleiter warf sich auf sie und schützte sie mit seinem Körper. Er ist also tatsächlich Soldat, dachte Flick, denn ein Zivilist dürfte kaum wissen, dass es sicherer ist, sich auf den Boden zu werfen, anstatt davonzurennen.

Die Wachen eröffneten das Gegenfeuer, und unmittelbar darauf wurde Albert getroffen. Flick sah, wie er, die Hand um seinen Hals gekrampft, ins Taumeln geriet. Eine zweite Granate, die er gerade hatte werfen wollen, fiel ihm aus der Hand.

Bertrand sah sie über die Steintreppe des Kirchenportals kullern und versuchte sich mit einem Satz ins Innere des Gebäudes in Sicherheit zu bringen, als die Granate auch schon explodierte. Voll quälender Ungewissheit wartete Flick darauf, ob der Junge wieder auftauchte, doch das war nicht der Fall. Sie wusste also nicht, ob er tot, verwundet oder bloß benommen war.

Der Stoßtrupp aus der Kirche hatte auf dem Parkplatz innegehalten und eröffnete nun das Feuer auf die letzten sechs Wachtposten. Die vier Soldaten in der Nähe des Tors wurden binnen weniger Sekunden ausgeschaltet, sodass jetzt nur noch die beiden auf der Schlosstreppe blieben. Der Plan geht auf, dachte Flick und schöpfte Hoffnung. Doch dann besetzten die feindlichen Soldaten, die sich innerhalb des Gebäudes befanden, Tür- und Fensteröffnungen und griffen in den Kampf ein.

Die Situation änderte sich schlagartig, denn offenbar gab es wesentlich mehr Bewaffnete im Schloss, als sie gedacht hatten. Der Stoßtrupp aus der Kirche, der laut Plan bereits in das Gebäude hätte eingedrungen sein sollen, zog sich zurück und suchte hinter den Fahrzeugen auf dem Parkplatz Deckung. Der MI6 hatte sich im Hinblick auf die Anzahl der hier stationierten Soldaten geirrt, Antoinette nicht.

Vom Obergeschoss des Schlosses aus begann überraschend ein Maschinengewehr zu feuern. Es verursachte ein furchtbares Blutbad unter den Résistance-Kämpfern auf dem Parkplatz. Binnen kurzer Zeit waren nur noch zwei, drei auf den Beinen.

Es ist alles vorbei, dachte Flick verzweifelt. Wir sind klar in der Unterzahl und haben verloren.

„Von hier unten können wir das MG nicht ausschalten!“, schrie Michel. Sein Blick schweifte über den Platz, suchte im Obergeschoss des Rathauses nach geeigneten Positionen. „Vom Büro des Bürgermeisters aus hätte ich freies Schussfeld.“

„Warte!“ Flick konnte ihn nicht davon abhalten, sein Leben aufs Spiel zu setzen, aber sie konnte das Risiko verringern. „Geneviève!“, brüllte sie, so laut sie konnte. „Gib Michel Feuerschutz!“

Das Mädchen sprang aus seiner Deckung hinter dem Sportwagen hervor und feuerte unablässig auf die Schlossfenster, während Michel quer über den Platz auf das Rathaus zurannte.

Plötzlich blitzte es links von Flick auf. Als sie sich umsah, erkannte sie den Sturmbannführer. Er stand rücklings an die Rathausmauer gepresst und richtete seine Pistole auf Michel.

Flicks Befehl lautete, den Angriff zu beobachten und danach Bericht zu erstatten, sich jedoch keinesfalls selbst an den Kampfhandlungen zu beteiligen. Jetzt allerdings pfiff sie darauf. In ihrer Umhängetasche befand sich ihre eigene Waffe, ein Browning Automatic. Sie riss die Pistole hervor, streckte den Arm aus und feuerte zwei hastige Schüsse auf den Sturmbannführer ab. Die Kugeln fetzten neben seinem Gesicht Steinsplitter aus der Mauer, sodass er unwillkürlich zusammenfuhr.

Michel rannte weiter.

Als der SS-Mann abermals die Waffe hob, feuerte Michel sein Gewehr auf ihn ab, verfehlte ihn aber weit. Der Deutsche schoss sofort zurück. Michel wurde getroffen und ging zu Boden. Flick stieß einen Angstschrei aus, als er versuchte, wieder auf die Beine zu kommen, aber erneut zusammenbrach.

Fieberhaft dachte sie nach. Mit ihrem MP-Feuer zog Geneviève nach wie vor die Aufmerksamkeit der Feinde im Schloss auf sich, wodurch sich Flick die Chance bot, Michel zu retten. Auch das war befehlswidrig, doch keine Order der Welt würde sie dazu bringen, ihren Ehemann verbluten zu lassen – ganz abgesehen davon, dass man ihn, wenn er dort liegen blieb, verhaften und brutal in die Mangel nehmen würde. Als Anführer der Bollinger-Gruppe kannte er sämtliche Namen, Adressen und Kodewörter. Seine Verhaftung wäre eine Katastrophe.

Flick gab einen weiteren Schuss auf den SS-Mann ab, sodass er gezwungen war, in Deckung zu gehen, und stürmte aus der Bar auf den Platz hinaus. Am Rand ihres Blickfelds nahm sie wahr, dass der Sportwagenfahrer noch immer über seiner Freundin lag, um sie vor dem Kugelhagel zu schützen. Flick war klar, dass er sie, wenn er bewaffnet war, jetzt ohne weiteres hätte erschießen können. Doch die Kugeln blieben aus.

Als sie Michel erreichte, ging sie neben ihm auf die Knie und gab zwei weitere Schüsse auf den Sturmbannführer ab, um ihn nicht auf dumme Gedanken kommen zu lassen. Dann wandte sie sich ihrem Mann zu. Seine Augen waren offen, und er atmete. Allem Anschein nach hatte er eine blutende Wunde an der linken Gesäßhälfte.

Flick sah sich wieder nach dem SS-Offizier um. Er hatte sich etwa 20 Meter weiter zurückgezogen, um in einem Ladeneingang Deckung zu suchen. Diesmal zielte Flick genau und drückte viermal ab. Das Schaufenster zerbarst in tausend Stücke, und der Sturmbannführer taumelte und stürzte zu Boden.

„Versuch aufzustehen“, drängte Flick Michel.

Vor Schmerzen stöhnend, schaffte er es auf ein Knie, konnte aber das verwundete Bein nicht bewegen.

„Nun mach schon!“, herrschte Flick ihn an. „Wenn du hier bleibst, bist du ein toter Mann!“ Sie packte ihn vorne am Hemd und zog ihn unter Aufbietung aller Kräfte hoch. Michel stand nun auf seinem gesunden Bein, konnte aber sein eigenes Gewicht nicht tragen und stützte sich daher schwer auf sie.

Als sie sich umschaute, sah sie, dass der Sturmbannführer ebenfalls im Begriff war, sich wieder aufzurappeln. Er hatte Blut im Gesicht, schien aber ansonsten nicht ernsthaft verletzt zu sein. Wahrscheinlich war er durchaus noch in der Lage zu schießen.

Es gab nur eine einzige Chance: Sie musste Michel aus der Gefahrenzone tragen. Sie beugte sich vor ihm nieder, packte ihn bei den Hüften und legte ihn sich über die Schultern – der klassische Bergungsgriff der Feuerwehr. Flick geriet ins Taumeln, blieb aber auf den Beinen.

Voller Furcht, jederzeit getroffen zu werden, bahnte sie sich ihren Weg durch den Schusswechsel hindurch. Ihr Ziel war die Straße auf der Südseite des Platzes. Daher kam sie an dem Deutschen vorbei, der immer noch auf seiner rothaarigen Flamme lag. Für Sekundenbruchteile trafen sich ihre Blicke, und zu ihrer Überraschung nahm Flick eine Mischung aus Verblüffung und widerwilliger Anerkennung in seiner Miene wahr. Wenig später bog sie um die Ecke und war somit aus dem Schlachtgetümmel heraus.

Sie hatte noch nicht darüber nachgedacht, wohin sie sich von hier wenden sollte. Ein paar Straßen weiter standen zwei Fluchtwagen bereit, aber so weit konnte sie Michel nicht tragen. In der Straße, in der sie sich jetzt befanden, wohnte allerdings Antoinette. Sie war kein Mitglied der Résistance, sympathisierte aber mit der Widerstandsbewegung, wie das Besorgen des Gebäudeplans gezeigt hatte. Da Michel zudem ihr Neffe war, würde sie ihn gewiss nicht zurückweisen.

Sie wohnte im Erdgeschoss eines Hauses mit einem Innenhof. Flick ließ Michel zu Boden gleiten und hämmerte keuchend vor Anstrengung mit den Fäusten an Antoinettes Tür.

Eine verängstigte Stimme meldete sich. „Wer ist da?“

„Schnell, schnell!“, rief Flick atemlos. „Ihr Neffe ist verletzt!“

Sofort wurde die Tür geöffnet, und eine Frau um die 50 stand in kerzengerader Haltung vor ihnen. Ihr Gesicht war blass vor Angst.

„Michel!“

„Wir müssen ihn reinschaffen“, drängte Flick. Gemeinsam schleppten sie ihn ins Wohnzimmer. Er ächzte vor Schmerz.

„Kümmern Sie sich um ihn, während ich den Wagen hole.“ Flick lief wieder auf die Straße hinaus. Es fielen nur noch wenige Schüsse. Ihr blieb nicht viel Zeit. Sie rannte die Straße entlang, dann bog sie zweimal um die Ecke. Vor einer geschlossenen Bäckerei parkten zwei Fahrzeuge mit laufenden Motoren: ein rostiger Renault, den sie am Vormittag gestohlen hatten, und der Lieferwagen einer Wäscherei, den sie sich von Bertrands Vater geliehen hatten. Flick entschloss sich für den Pkw. Der Lieferwagen blieb besser denen vorbehalten, die das Gemetzel vor dem Schloss vielleicht überlebt hatten.

„Warten Sie noch fünf Minuten, dann verschwinden Sie!“, wies sie den Fahrer an. Danach lief sie zu dem Pkw und ließ sich auf den Beifahrersitz fallen. „Fahr los!“

Am Steuer des Renault saß Gilberte, eine 19-Jährige mit langen dunklen Haaren. Hübsch, aber doof. Flick hatte keine Ahnung, warum sie bei der Résistance war, ein typisches Mitglied war sie jedenfalls nicht. Anstatt loszufahren, fragte sie zurück: „Wohin?“

„Ich sag’s dir schon. Aber jetzt fahr endlich, um Himmels willen!“

Gilberte legte den ersten Gang ein und fuhr los.

„Erste links, dann die Nächste rechts“, sagte Flick.

In den folgenden Minuten, in denen sie zur Untätigkeit verdammt war, kam ihr erstmals das volle Ausmaß der Niederlage zu Bewusstsein. Die Bollinger-Zelle war weitgehend ausgelöscht. Geneviève, Bertrand und wer sonst vielleicht noch am Leben geblieben war, würde vermutlich den Deutschen in die Hände fallen und gefoltert werden. Und es war alles umsonst gewesen. Die Fernmeldezentrale war unversehrt geblieben, die deutschen Nachrichtenverbindungen funktionierten genauso gut wie vorher. Was war nur schief gegangen? War es ein Fehler gewesen, frontal anzugreifen? Nicht unbedingt – der Plan hätte funktionieren können, wenn der MI6 präzisere Informationen geliefert hätte. Trotzdem wäre ihre Chance größer gewesen, wenn sie sich mit irgendwelchen Tricks in das Gebäude eingeschlichen hätten.

Sie hielten vor Antoinettes Haus. „Wende inzwischen!“ Flick sprang hinaus.

Michel lag bäuchlings auf dem Sofa seiner Tante und bot mit seinen heruntergezogenen Hosen einen würdelosen Anblick. Antoinette kniete neben ihm, in der Hand ein blutiges Handtuch. Sie trug jetzt eine Brille und betrachtete Michels Kehrseite. „Die Blutung hat nachgelassen, aber die Kugel steckt noch immer in der Wunde.“

Auf dem Boden neben dem Sofa stand ihre Handtasche, deren Inhalt sie offenbar bei der hastigen Suche nach ihrer Brille auf ein Beistelltischchen gekippt hatte. Flick fiel eine Art Ausweis in einer kleinen Hülle aus Pappe ins Auge. Es handelte sich um den Passierschein, der Antoinette das Betreten des Schlosses gestattete. Eine vage Idee schoss Flick durch den Kopf.

„Draußen wartet ein Wagen“, sagte sie.

„Eigentlich ist Michel nicht transportfähig.“

„Wenn er hier bleibt, bringen die Nazis ihn um.“ Wie beiläufig nahm Flick den Passierschein und ließ ihn in ihre Tasche gleiten, ohne dass Antoinette davon etwas mitbekam. „Helfen Sie mir, ihn aufzurichten.“

Die beiden Frauen stellten Michel auf die Füße. Antoinette zog ihm die Hosen hoch und machte den Gürtel zu.

„Bleiben Sie im Haus“, bat Flick sie. „Ich möchte nicht, dass Sie mit uns zusammen gesehen werden.“

Michel legte Flick einen Arm um die Schulter, stützte sich schwer auf sie und humpelte mit ihrer Hilfe hinaus auf die Straße. Als Gilberte die beiden sah, sprang sie aus dem Wagen und riss die Tür zum Fond auf. Mit vereinten Kräften gelang es ihnen, Michel auf die Rückbank zu verfrachten. Dann ließen sie sich auf die Vordersitze fallen.

„Und jetzt nichts wie weg von hier!", rief Flick.

FRANCK war zutiefst bestürzt. Einen so geplanten Anschlag hätte er der Résistance nicht zugetraut. An Waffen und Munition fehlte es diesen Widerstandskämpfern gewiss nicht. Am schlimmsten aber war, dass die Angreifer verdammt couragiert gewesen waren. Beeindruckend dieser Mann mit dem Gewehr, der plötzlich über den Platz gerannt war, aber auch die junge Frau mit der Sten-MP, die ihm Feuerschutz gegeben hatte, und ganz besonders die kleine Blondine, die den verwundeten Schützen aus der Gefahrenzone geschleppt hatte.

Als er sicher war, dass keine Schüsse mehr fallen würden, rappelte Franck sich auf und half auch Stéphanie wieder auf die Füße. Ihre Wangen waren gerötet. „Du hast mich mit deinem Körper beschützt." Tränen stiegen ihr in die Augen. Er wischte Straßenstaub von ihrer Hüfte. Seine Ritterlichkeit überraschte ihn selbst. Er hatte rein instinktiv gehandelt und versuchte nun, die Sache leichthin abzutun. „Einem so vollendeten Körper sollte kein Schaden zugefügt werden." Er nahm sie an der Hand und führte sie über den Platz zum Tor.

Die Waffen-SS war inzwischen dabei, die überlebenden Angreifer zu entwaffnen. Franck sah sich die Widerstandskämpfer genau an. Bisher war seine Arbeit defensiv angelegt gewesen; er hatte nicht viel mehr tun können, als die Sicherheitsvorkehrungen bei bestimmten Schlüsseleinrichtungen zu verstärken. Aber durch das Verhör mehrerer Gefangener, die offensichtlich ein und derselben gut organisierten Zelle angehörten, könnte er endlich einmal in die Offensive gehen.

„He, Sie da!", rief er einem SS-Mann zu. „Holen Sie einen Arzt für die Gefangenen. Ich will sie verhören. Und sorgen Sie dafür, dass sie am Leben bleiben. Alle!"

Er führte Stéphanie die Treppe hinauf und durch den prunkvollen Eingang in die große Empfangshalle. Ihnen bot sich ein atemberaubender Anblick: Der Boden war aus rosa Marmor, die Wände waren mit Stuckaturen etruskischer Motive verziert, die Decke schmückten aufgemalte Engel, die schon etwas verblasst waren. Früher war dieser Raum sicher fantastisch möbliert, dachte Franck. Kleine Tischchen und Konsolen unter hohen Spiegeln, zierliche Stühle mit vergoldeten Beinen, Ölgemälde, riesige Vasen, Marmorstatuetten. Von all der Pracht war natürlich nichts übrig. Stattdessen reihenweise Schalttafeln und vor jeder ein Stuhl. Das Kabelknäuel auf dem Boden sah aus wie ein Schlangennest.

Die Telefonistinnen und Funker hatten im hinteren Teil des Schlossparks Zuflucht gesucht und kamen nun langsam wieder herein; offenbar waren sie sich noch nicht ganz sicher, ob sie das Gebäude wirklich schon wieder gefahrlos betreten konnten.

Franck setzte Stéphanie auf eines der Schaltbretter, tätschelte ihr die Schulter und ließ sie allein. Durch hohe Doppeltüren betrat er den Ostflügel, wo sich ein Salon an den anderen reihte. Alle Räume steckten voller Schalttafeln, und die zu Bündeln zusammengefassten Kabel führten durch Löcher im Fußboden in den darunter liegenden Keller.

Am Ende des Ostflügels kam Franck zu einem Treppenhaus und stieg in den Keller hinab. Am Fuß der Treppe befand sich eine Stahltür, gleich dahinter standen ein kleiner Schreibtisch und ein Stuhl. Wahrscheinlich hatte der Wachtposten seinen Platz verlassen, um in das Gefecht einzugreifen. Franck konnte den Keller unkontrolliert betreten – ein weiterer Verstoß gegen die Sicherheitsvorschriften, notierte er sich im Geiste.

Hier unten sah es anders aus als in den repräsentativen Räumlichkeiten der oberen Geschosse. Die Erbauer des Schlosses hatten hier Küchen- und Vorratsräume sowie Quartiere für das vielköpfige Personal vorgesehen, das vor 300 Jahren im Dienst der Schlossherren gestanden hatte. Die Decken waren niedrig, die Wände kahl, der Fußboden bestand aus einfachen Steinfliesen. Franck setzte seinen Weg durch einen breiten Korridor fort. Links von ihm, zur Vorderseite des Gebäudes hin, war die komplizierte Technik einer großen Fernmeldezentrale untergebracht: ein Generator und mehrere Zimmer voll unübersichtlicher Kabelstränge. Auf der rechten Seite befanden sich die Räume der Gestapo: ein Fotolabor, ein großer Abhörraum zur Überwachung des Funkverkehrs der Résistance sowie mehrere Haftzellen. Der Keller war bombensicher: Die Fenster waren verrammelt, die Wände mit Sandsäcken gesichert und die Decken mit Stahlbeton verstärkt.

Am Ende des Korridors gelangte Franck zu einer Tür mit der Aufschrift VERHÖRZENTRALE. Der erste Raum, den er betrat, hatte kahle, weiß getünchte Wände, helle Lampen, einen billigen Tisch und harte Stühle. Im zweiten, daran angrenzenden Zimmer waren die Lampen weniger hell, und die Mauern bestanden aus unverputzten Ziegelsteinen. An einem mit Blutflecken übersäten Pfosten waren verschiedene Haken angebracht, die zur Fesselung der Delinquenten dienten, und in einem Schirmständer lehnte eine Auswahl von Holzknüppeln und Stahlruten. Des Weiteren gab es einen Operationstisch aus einem Krankenhaus mit Kopfklammern und Riemen zum Festzurren von Handgelenken und Fußknöcheln sowie ein Elektroschockgerät. Es war eine Folterkammer.

Obwohl sich Franck schon oft in solchen Räumen aufgehalten hatte, drehte sich ihm jedes Mal der Magen um, und er musste sich ins Gedächtnis rufen, dass die Informationen, die man an diesen Orten gewann, dazu beitrugen, dass junge deutsche Soldaten am Leben blieben. Trotzdem lief ihm auch diesmal wieder ein Schauer über den Rücken.

Als er Schritte auf dem Flur hörte, kehrte er ins Verhörzimmer zurück. Man führte die Gefangenen herein. Als Erste kam die junge Frau, die die MP unter ihrem Mantel gehabt hatte. Franck registrierte es zufrieden; es war immer sehr hilfreich, eine Frau unter den Gefangenen zu haben. Beim Verhör konnten sich Frauen als ebenso zäh wie Männer erweisen, doch eine der besten Methoden, einen Mann zum Reden zu bringen, bestand darin, vor seinen Augen eine Frau zusammenzuschlagen. Diese war groß und attraktiv und allem Anschein nach unverletzt.

„Wie heißen Sie?“, sprach er sie freundlich auf Französisch an.

Sie sah ihn von oben herab an. „Geneviève Delys.“

„Ein schöner Name für eine schöne Frau.“ Er winkte sie weiter.

Als Nächster kam ein Mann in den Sechzigern, der aus einer Kopfwunde blutete. „Sie sind ein bisschen alt für solche Sachen, meinen Sie nicht auch?“, fragte Franck.

Der Mann gab sich trotzig. „Ich habe die Bombe gelegt.“

„Name?“

„Gaston Lefèvre.“

„Merken Sie sich eines, Lefèvre“, fuhr Franck in zuvorkommendem Ton fort. „Es hängt allein von Ihnen ab, wie lange die Schmerzen dauern. *Sie* entscheiden, wann sie aufhören.“

Der Nächste war ein junger Kerl, nach Francks Schätzung nicht älter als 17. Ein gut aussehender Bursche, dem das blanke Entsetzen ins Gesicht geschrieben stand. „Name?“

Der Junge zögerte, er war wie benommen vor Schrecken. „Bertrand Bisset.“

„Guten Abend, Bertrand. Willkommen in der Hölle.“

Der Junge schaute, als habe er ihn geschlagen.

Unvermittelt tauchte Willi Weber auf. „Wie sind Sie hier reingekommen?“, blaffte er Franck an.

„Einfach so reinspaziert. Ihre Sicherheitsvorkehrungen stinken zum Himmel. Ich werde jetzt die Gefangenen verhören."

„Das ist die Aufgabe der Gestapo."

„Generalfeldmarschall Rommel hat mich – und nicht die Gestapo – gebeten, die Schlagkraft der Résistance einzudämmen, damit sie nicht mehr imstande ist, seine Verbindungswege zu sabotieren."

„Ich werde die Vernehmungen selbst durchführen und die Ergebnisse an den Generalfeldmarschall weiterleiten", beharrte Weber stur.

„Das heißt, ich muss an höherer Stelle intervenieren."

„Wenn Ihnen das gelingt."

„Sie Vollidiot!", platzte es aus Franck heraus. Er drehte sich auf dem Absatz um und ging hinaus.

GILBERTE und Flick hatten Sainte-Cécile hinter sich gelassen und fuhren auf einer kleinen Nebenstraße Richtung Reims. Es gab viele Kreuzungen, weshalb sie nicht allzu schnell vorankamen, doch hatten die zahlreichen Abzweigungen den Vorteil, dass die Gestapo nicht auf jeder Straße, die aus Sainte-Cécile hinausführte, Sperren errichten konnte. Dennoch biss sich Flick auf die Lippen, weil sie fürchtete, sie könnten aus purem Zufall einer Patrouille begegnen und angehalten werden. Für einen Mann, der mit einer blutenden Schussverletzung auf dem Rücksitz lag, hatte sie keine Erklärung.

Inzwischen war ihr klar, dass sie Michel nicht nach Hause bringen konnten. Aus Sicherheitsgründen hatten Résistance-Mitglieder oft keine Ahnung, wo ihre Mitstreiter wohnten, doch bei Michel lagen die Dinge anders: Er war der Chef, und die meisten kannten seine Adresse. Und es war anzunehmen, dass einige Mitglieder des Kommandos in Sainte-Cécile lebend in die Hände des Feindes gefallen waren. Wenn die Verhörspezialisten der Deutschen ebenso vorsichtig wie entschlossen zu Werke gingen, brachten sie auch die stärkste Persönlichkeit dazu, ihre besten Freunde zu verraten. Niemand konnte Schmerzen unbegrenzt ertragen. Flick musste daher davon ausgehen, dass Michels Adresse dem Feind im schlimmsten Fall bereits bekannt war. Wohin also konnten sie ihn stattdessen bringen?

„Wie geht's ihm?", fragte Gilberte besorgt.

Flick sah sich nach ihm um. Er war eingeschlafen, doch er atmete normal. Er brauchte jemanden, der sich um ihn kümmerte, zumindest in den nächsten ein, zwei Tagen. Sie wandte sich Gilberte zu. Jung und unverheiratet, wie sie war, lebte sie wahrscheinlich noch bei ihren Eltern.

„Wo wohnst du?“

„In der Route de Cernay. Am Stadtrand.“

„Allein?“

Aus irgendeinem Grund schien es Gilberte plötzlich mit der Angst zu tun bekommen. „Ja, natürlich“, erwiderte sie zögernd.

„In einem Haus, einer Wohnung, einem möblierten Zimmer?“

„In einer Zweizimmerwohnung.“

„Gut. Fahr dorthin. Gibt’s einen Hintereingang?“

„Ja, einen schmalen Durchgang an einer kleinen Fabrik vorbei.“

„Klingt geradezu ideal.“

Flicks Einsatzplan sah noch für den gleichen Abend ihre Rückkehr nach London vor. Das Flugzeug, das sie abholen sollte, würde – wenn alles klappte – nördlich von Reims auf einer Wiese in der Nähe des Dorfes Chatelle landen. Doch ob es der Pilot tatsächlich schaffte, stand auf einem anderen Blatt. Wenn man sich bei der Navigation nur an den Sternen orientieren konnte, war es außerordentlich schwierig, ein bestimmtes Feld zu finden.

Flicks Gedanken richteten sich wieder auf die Kameraden, die sie zurückgelassen hatte. Ob der junge Bertrand noch lebte? Und Geneviève? Vielleicht war der Tod die bessere Lösung für sie, denn wenn sie noch am Leben waren, wartete die Folter auf sie. Gab es vielleicht eine Möglichkeit, darauf hinzuwirken, dass ihre Leiden nicht umsonst waren? Vielleicht konnte man auf ihrem Opfer aufbauen und am Ende doch noch einen Sieg davontragen?

Der Passierschein, den sie Antoinette gestohlen hatte, fiel Flick ein. Vielleicht ließ sich ein Kommandotrupp aus Frauen in das Schloss einschleusen, die sich als zivile Angestellte tarnten. Als Telefonistinnen konnten sie sich allerdings nicht ausgeben; das war ein Beruf, der Fachkenntnisse verlangte und eine zeitraubende Ausbildung voraussetzte. Mit einem Besen dagegen konnte jede umgehen. Und wahrscheinlich schenkten die Deutschen den Frauen, die den Boden schrubbten, keine besondere Beachtung. Es war ein Risiko, das man eingehen konnte. Die SOE verfügte über eine beachtliche Fälscherwerkstatt. Mit Antoinettes Passierschein ließen sich entsprechende Dubletten rasch herstellen.

Bei dem Gedanken an den Diebstahl meldete sich Flicks Gewissen. Aber Antoinette hätte vermutlich Nein gesagt, wenn ich sie gebeten hätte, mir das Ding zu leihen, dachte sie mit finsterer Entschlossenheit.

Als Gilberte den Wagen vor einem flachen Fabrikgebäude zum Stehen brachte, war es bereits dunkel.

Flick sprach Michel eindringlich an. „Wach auf! Wir müssen dich reinbringen."

Er stöhnte, als die beiden Frauen ihn aus dem Wagen holten, legte ihnen aber die Arme um die Schultern und ließ sich von ihnen durch die schmale Gasse hinter der Fabrik und über den Hinterhof eines Wohnblocks mitschleppen. Gilberte öffnete eine Tür, und sie gelangten hinein.

Es war ein billiges Mietshaus ohne Aufzug. Zu allem Unglück befand sich Gilbertes Wohnung im Dachgeschoss. Die Frauen kreuzten die Arme hinter Michels Oberschenkeln, nahmen sich an den Händen, und er ließ sich darauf nieder. Auf diese Weise gelang es ihnen, ihn die vier Treppen hinaufzuschleppen. Bis sie Gilbertes Wohnungstür erreichten, gerieten sie heftig ins Schnaufen. Oben angekommen, stellten sie Michel auf die Beine, und er schaffte es, hineinzuhumpeln und sich vorsichtig in einen Sessel zu setzen. Flick sah sich um. Es war eine typische Jungmädchenwohnung, hübsch und ordentlich.

Gilberte brachte Michel Kissen, um es ihm bequem zu machen, wischte ihm mit einem Handtuch vorsichtig das Gesicht ab und bot ihm Aspirintabletten an.

„Du brauchst einen Arzt", sagte Flick. „Wie wär's mit Claude Bouler? Er hat uns immer geholfen."

„Seit er verheiratet ist, hat er Angst", ächzte Michel. „Aber wenn's um mich geht, wird er kommen."

Flick nickte. Für Michel machten viele Leute eine Ausnahme. „Gilberte, fahr los und hol Dr. Bouler!"

„Ich würde lieber hier bei Michel bleiben."

„Tu, was ich dir sage!", erwiderte Flick mit Bestimmtheit. „Ich muss mit ihm noch unter vier Augen sprechen, bevor ich nach London zurückkehre."

„Und was ist mit der Ausgangssperre?"

„Wenn man dich anhält, sag, dass du auf dem Weg zum Arzt bist."

Gilberte schien das wenig zu überzeugen, aber sie zog sich eine Strickjacke über und ging.

Flick setzte sich auf die Lehne von Michels Sessel. „Das war eine Katastrophe heute. Dem MI 6 glaube ich kein Wort mehr."

„Wir haben Albert verloren. Ich muss es seiner Frau beibringen."

„Ich fliege noch heute Nacht nach London zurück und schicke dir einen anderen Funker." Sie nahm seine Hand. „Wie fühlst du dich?"

„Wie ein Idiot. Eine Kugel an dieser Stelle – das ist so würdelos."

„Du brauchst was zu trinken. Mal sehen, was Gilberte hat."

„Ein Scotch wäre jetzt nicht schlecht.“ Flicks Londoner Freunde hatten Michel vor dem Krieg auf den Geschmack von Whisky gebracht.

„Aber auch ein bisschen stark.“

In einer Ecke des Zimmers befand sich eine Kochnische. Flick öffnete einen Schrank und entdeckte darin zu ihrer Verblüffung eine Flasche Dewar's. Bei einer jungen Französin wirkte er irgendwie fehl am Platz. Daneben stand eine angebrochene Flasche Rotwein, der für einen Verwundeten sicher bekömmlicher war. Flick schenkte ein Glas halb voll und füllte es mit Leitungswasser auf. Michel trank gierig; der Blutverlust hatte ihn durstig gemacht.

Flick blickte sich im Zimmer um, dann warf sie einen Blick ins Schlafzimmer.

„Was hast du vor?“, fragte Michel scharf.

„Ich sehe mich nur etwas um. Ich muss mal auf die Toilette.“

„Die ist draußen. Die Treppe runter und den Flur lang.“

Flick folgte seinen Angaben. In der Toilette wurde ihr klar, dass etwas sie beunruhigte, etwas, was mit Gilbertes Wohnung zu tun hatte. Sie geriet ins Grübeln. Auf ihre Eingebungen konnte sie sich verlassen, sie hatten ihr schon mehrmals das Leben gerettet. Als sie wieder in die Wohnung kam, sagte sie zu Michel: „Irgendwas ist hier faul. Aber was?“

Er zuckte mit den Schultern, sah aber unbehaglich aus. „Keine Ahnung.“

Es hatte etwas mit Gilbertes Befangenheit von vorhin zu tun, mit dem Whisky und mit der Tatsache, dass Michel gewusst hatte, wo sich die Toilette befand. Flick ging ins Schlafzimmer und sah sich etwas genauer um. Auf der Tagesdecke lag eine Puppe. In einer Ecke befand sich ein Waschbecken, über dem ein Spiegelschrank hing. Flick öffnete ihn und erblickte eine Seifenschale mit Rasierer und Pinsel. Sie hatten Griffe aus poliertem Elfenbein und sahen genauso aus wie das Set, das sie Michel zum 32. Geburtstag geschenkt hatte.

Vor Schreck war Flick wie gelähmt. Dass Michel sich für eine andere interessierte, hatte sie geahnt – aber dass er so weit gegangen war, überstieg ihr Vorstellungsvermögen. Der Schock wandelte sich in Schmerz. Wie konnte er hier mit einer anderen herumknutschen, während sie in London einsam in ihrem Bett lag? Jetzt wurde sie wütend. Sie war ihm immer treu gewesen, hatte die Einsamkeit ertragen – er nicht. Mit ein paar entschlossenen Schritten war sie bei ihm.

„Du Schwein, du verdammtes Dreckschwein! Wie kannst du mich mit einer 19-Jährigen betrügen?“

„Das … das hat doch nichts zu bedeuten. Sie ist ein hübsches Ding, sonst nichts."

„Und deshalb meinst du, es wär bloß halb so schlimm?"

„Ich war einsam", entgegnete Michel mit Leidensmiene.

„Erspar mir diese Rührnummer! Du warst nicht einsam, sondern schwach."

„Liebling, lass uns nicht streiten. Wir haben heute so viele Freunde verloren, du musst wieder zurück nach England, und vielleicht haben wir beide nicht mehr lang zu leben." Er sah sie aus seinen tiefblauen Augen an. „Ich bekenne mich schuldig. Ich bin ein Mistkerl. Aber ein Mistkerl, der dich liebt. Ich bitte dich, mir zu vergeben, nur dieses eine Mal, für den Fall, dass ich dich nie wiedersehe."

Dem hatte sie kaum etwas entgegenzusetzen. Sie wog fünf Jahre Ehe gegen einen Seitensprung mit einem Betthäschen ab und gab nach. Sie trat einen Schritt auf ihn zu, und er umarmte ihre Beine und barg sein Gesicht im abgetragenen Baumwollstoff ihres Kleides. Sie streichelte ihm über das Haar. „Schon gut", flüsterte sie. „Ist ja schon gut."

In diesem Moment ging die Tür auf, und Gilberte trat ein, begleitet von Dr. Bouler. Flick fuhr auf wie ertappt und gab Michels Kopf frei. Doch schon im nächsten Augenblick schimpfte sie sich eine Idiotin. Er war *ihr* Mann, nicht der von Gilberte!

Auch das Mädchen wirkte im ersten Moment bestürzt, fing sich aber schnell wieder.

Dr. Claude Bouler, einem gut aussehenden jungen Mann, war offensichtlich nicht wohl in seiner Haut. „Was machst du denn für Sachen, Michel?"

„Ich hab eine Kugel im Hintern."

„Tja, dann hole ich die wohl am besten mal raus." Boulers Furcht wich professioneller Nüchternheit. „Legen Sie ein paar Handtücher aufs Bett", bat er Flick. „Ich wasche mir inzwischen die Hände."

Nachdem er die Kugel herausgeholt und die Wunde verbunden hatte, sagte Flick zu ihm: „Ich habe noch eine Bitte. Ich muss um Viertel vor zwölf heute Nacht ein Flugzeug erreichen. Ich brauche Sie, um uns nach Chatelle zu fahren."

„Uns? Wer fährt denn noch alles mit?"

„Michel und Gilberte. Wir alle müssen Taschenlampen halten."

Das Abholmanöver verlief immer nach dem gleichen Schema: Vier Résistance-Mitglieder stellten sich mit Taschenlampen in Form eines riesigen L auf und markierten damit die Windrichtung und den genauen Landeplatz.

„Michels Wunde kann dabei aber wieder aufgehen. Und überhaupt, wie soll ich das alles bei einer Kontrolle erklären? Ein Arzt darf während der Ausgangssperre zwar einen Notfalleinsatz durchführen, aber er hat dabei wohl kaum drei Mitfahrer an Bord."

Michel drehte sich auf die Seite. „Claude, ich flehe dich an. Tu mir den Gefallen, bitte."

Ihm etwas abzuschlagen, war nicht leicht. Bouler seufzte: „Wann?"

Flick sah auf ihre Uhr. Es war fast elf. „Jetzt."

CHATELLE bestand aus einer Hand voll Häusern, die sich um eine Straßenkreuzung gruppierten. Anderthalb Kilometer davon entfernt, stand Flick auf einer Viehweide und hielt eine Taschenlampe.

Der Ort entsprach den Anforderungen, die ihr bei der SOE-Ausbildung eingebläut worden waren. Der Boden der Weide war fest, sie fiel in keiner Richtung ab und war einen knappen Kilometer lang, denn die zweisitzige Westland Lysander der Royal Air Force, die Flick abholen sollte – ein mattschwarz gestrichener, hochflügeliger Eindecker –, benötigte 600 Meter zum Landen und Starten. Außerdem gab es in der Nähe einen Teich, der im Mondlicht für den Piloten gut erkennbar war und eine wertvolle Orientierungshilfe darstellte.

Von Flick aus gesehen, standen Michel und Gilberte in einer geraden Linie gegen den Wind, während Claude Bouler ein paar Meter neben Gilberte positioniert war, sodass die Lichtzeichen ihrer Taschenlampen von oben ein auf dem Kopf stehendes L ergaben.

Die Warterei war immer der reine Horror. Traf das Flugzeug aus irgendeinem Grund nicht ein, bedeutete dies für Flick weitere 24 Stunden Gefahr. Und *ob* die Maschine kam oder nicht, konnte kein Agent voraussagen. Dies lag nicht etwa daran, dass die Königliche Luftwaffe unzuverlässig gewesen wäre, sondern an den ungeheuren Schwierigkeiten, die sich auf Strecken von mehreren hundert Kilometern aus der Navigation bei Mondlicht ergaben. Der Pilot bediente sich einer Methode namens *dead reckoning*, der „blinden Berechnung". Dabei bestimmte er seine Position nach Richtung, Geschwindigkeit und verstrichener Zeit und versuchte das Ergebnis anhand von Geländekennzeichen wie Flüssen, Städten oder Eisenbahntrassen zu bestätigen. Versteckte sich der Mond hinter Wolken, war das Ganze von vornherein unmöglich.

Aber diese Nacht war klar, und Flick hoffte das Beste. Und tatsächlich – ein paar Minuten vor Mitternacht hörte sie das unmissverständliche Brummen einer einmotorigen Maschine, erst nur schwach, dann zunehmend lauter. Sie blinkte mit ihrer Taschenlampe das vereinbarte Zeichen, das X des Morsealphabets. Das Flugzeug beschrieb über ihnen einen Kreis und verlor dann rasch an Höhe. Es setzte auf, bremste, drehte die Nase wieder in den Wind und blieb in Startposition stehen.

Der Pilot stellte den Motor nicht ab. Er hatte nicht die Absicht, länger als ein paar Sekunden auf dem Boden zu bleiben.

Flick hätte Michel gerne umarmt und ihm alles Gute gewünscht – ihn aber auch am liebsten gleichzeitig geohrfeigt und ihm eingeschärft, seine Pfoten von anderen Frauen zu lassen. Vielleicht war es daher ganz gut, dass ihnen keine Zeit mehr für eine Abschiedsszene blieb. Sie winkte ihm nur kurz zu, kletterte die Metallleiter hinauf, öffnete die Einstiegsluke und schwang sich an Bord.

Der Pilot sah sich nach ihr um, und sie gab ihm mit hochgerecktem Daumen ein Zeichen. Mit einem Ruck schoss das kleine Flugzeug vorwärts, hob ab und stieg steil in die Höhe.

ZWEITER TAG. MONTAG, 29. MAI 1944

In seinem himmelblauen Hispano-Suiza ließ sich Franck von seinem jungen Adjutanten, Leutnant Hans Hesse, durch die Nacht fahren. Von dem Scharmützel in Sainte-Cécile hatte der Wagen eine gerade Reihe von Einschusslöchern im elegant geschwungenen Schutzblech auf der Beifahrerseite davongetragen. Doch sie waren der einzige Schaden geblieben und schmückten das stattliche Gefährt gewissermaßen wie Duellnarben die Wangen eines Offiziers.

Für die Fahrt durch die verdunkelten Straßen von Paris hatte Hesse die Scheinwerfer zunächst abgedeckt, die Blenden dann aber auf der Landstraße, die in die Normandie führte, wieder abgenommen.

Todmüde dachte Franck im Beifahrersitz über seine Zukunft nach. Ob es den Alliierten gelingen würde, Frankreich zurückzuerobern? Allein die Vorstellung, dass Deutschland den Krieg verlor, war entsetzlich. Aber auch persönlich würde es ihm schwer fallen, nach dem aufregenden Leben in Paris und mit Stéphanie in den Kölner Alltag mit Frau und Kindern zurückzukehren. Daher war aus zwei Gründen nur ein einziger glücklicher Kriegsausgang denkbar: Rommels Armee musste die Invasoren ins Meer zurücktreiben.

Noch bevor der Morgen heraufdämmerte, rollte der Wagen in das mittelalterliche Dorf La Roche-Guyon zwischen Paris und Rouen. Sie fuhren an stillen Häusern mit geschlossenen Fensterläden vorbei, passierten an den Toren zum alten Schloss einen Kontrollpunkt und parkten in dem großen gepflasterten Hof. Das Schloss war Rommels Hauptquartier.

In der Eingangshalle traf Franck mit Rommels Adjutanten zusammen, Major Walter Goedel, mit dem er gestern spät am Abend noch telefoniert hatte, um ihm sein Problem mit der Gestapo zu schildern und den Wunsch zu äußern, so bald wie möglich mit Rommel sprechen zu können. „Dann seien Sie morgen früh um vier hier", hatte Goedel erwidert. Rommel saß jeden Tag schon um diese Uhrzeit an seinem Schreibtisch.

Goedel führte Franck durch den Flur zu Rommels Büro, einem großen Raum im Erdgeschoss. Hinter einem riesigen Schreibtisch saß ein kleiner Mann mit schütterem sandfarbenem Haar.

„Major Franck ist hier, Herr Generalfeldmarschall", meldete Goedel.

Rommel setzte seine Lektüre noch eine Weile fort, dann blickte er auf. Er hatte ein Gesicht mit flacher Nase, breitem Kinn und dicht stehenden Augen, das von jener Mischung aus Berechnung und Angriffslust geprägt war, der er seinen legendären Ruf als Befehlshaber verdankte.

„Setzen Sie sich, Franck", sagte er kurz angebunden. „Was gibt's?"

Franck hatte seine Antwort schon vorbereitet. „Ich habe auf Ihren Befehl hin einige Schlüsseleinrichtungen inspiziert, die durch Angriffe der Résistance gefährdet sein könnten, und dafür Sorge getragen, dass die Sicherheitsmaßnahmen verschärft wurden. Darüber hinaus habe ich versucht, das Potenzial der Résistance daraufhin einzuschätzen, ob sie imstande wäre, unsere Reaktion auf eine alliierte Invasion zu behindern."

„Mit welchem Ergebnis?"

„Die Lage ist ernster, als wir dachten."

Rommel schnaubte ungehalten. „Gründe?"

Franck berichtete von der Attacke in Sainte-Cécile und hob besonders die Tapferkeit der Angreifer hervor.

„So was hatte ich schon befürchtet", seufzte Rommel. „Eine Invasion kann ich zurückschlagen, selbst mit den wenigen Truppen, die mir zur Verfügung stehen. Aber sobald meine Nachrichtenverbindungen zusammenbrechen, kann ich einpacken."

„Ich glaube, wir können den Angriff auf die Fernmeldezentrale zu unserem Vorteil nutzen."

Rommel zeigte ein schiefes Lächeln. „Mein Gott, ich wünschte, alle meine Offiziere wären wie Sie! Raus mit der Sprache – wie soll das funktionieren?"

„Wenn ich die Gefangenen verhören könnte, würde ich möglicherweise auch etwas über die anderen Widerstandszellen erfahren. Mit ein wenig Glück können wir der Résistance noch vor der Invasion schweren Schaden zufügen. Unglücklicherweise verwehrt mir die Gestapo den Zugang zu den Gefangenen. Ich brauche daher Ihre Unterstützung."

„Selbstverständlich." Rommel wandte sich an Goedel. „Rufen Sie in der Avenue Foch an." Das Gestapo-Hauptquartier in Frankreich befand sich in Paris in der Avenue Foch Nummer 84. „Sagen Sie denen, dass Major Franck noch heute die Gefangenen in Sainte-Cécile verhören wird, sonst kommt der nächste Anruf aus Berchtesgaden." Rommel hatte noch nie Hemmungen gehabt, sich des Feldmarschallprivilegs eines direkten Zugangs zum Führer zu bedienen.

„Jawohl, Herr Generalfeldmarschall."

„Halten Sie mich auf dem Laufenden, Franck." Rommel richtete seine Aufmerksamkeit wieder auf die vor ihm liegenden Papiere.

FLICK landete auf dem Luftwaffenstützpunkt Tempsford, der ungefähr 80 Kilometer nördlich von London lag.

Eine junge Frau in der Uniform eines FANY-Unteroffiziers wartete bereits in einem schweren Jaguar auf sie, um sie in die Hauptstadt zu bringen. „Ich fahre Sie direkt zum Orchard Court. Sie werden dort schon zur Berichterstattung erwartet."

Flick rieb sich die Augen. „Glauben die denn, wir brauchen überhaupt keinen Schlaf mehr?"

Während der schnelle Wagen südwärts raste, wurde es allmählich heller. In Flicks Kopf arbeitete es fieberhaft. Sie wollte eine zweite Gelegenheit bekommen, das Schloss zu zerstören. Insofern war es eigentlich ein Glück, dass die Besprechung so früh stattfand – da konnte sie gleich heute ihren neuen Plan vortragen.

Nachdem der Jaguar am Portman Square vor einem Wohnblock namens Orchard Court gehalten hatte, betrat Flick das Gebäude und ging zu jener Wohnung, in der eine Außenstelle der SOE untergebracht war. Das Hauptquartier in der Baker Street durften die Agenten nicht betreten, weil man verhindern wollte, dass sie bei möglichen Verhören durch den Feind dessen Geheimnisse preisgaben.

Flicks Laune besserte sich schlagartig, als sie Percy Thwaite erblickte. Der 50-jährige Oberst mit Halbglatze und zahnbürstenartigem Schnauzer empfand eine väterliche Zuneigung zu ihr. Er trug Zivil und salutierte auch nicht, weil man bei der SOE militärische Formalitäten für Zeitverschwendung hielt.

„Ich seh's dir am Gesicht an, dass die Sache schief gegangen ist."

Das Mitgefühl in seiner Stimme gab Flick den Rest. Die Tragik der Ereignisse überwältigte sie, und sie brach in Tränen aus. Thwaite nahm sie in die Arme, und sie vergrub ihr Gesicht in seiner alten Tweedjacke.

„O Gott, es tut mir Leid, ich bin solch eine blöde Kuh!"

„Ich wünschte mir, dass alle meine Männer solche Kühe wären", erwiderte Percy.

Flick ließ sich in einen Sessel fallen und beobachtete Thwaite, während er Tee zubereitete. Percy konnte sowohl mitfühlend als auch knallhart sein. Er würde ihr bohrende Fragen zu ihrem neuen Plan stellen, ihn jedoch ohne Vorurteile prüfen.

Er reichte ihr eine große Tasse Tee mit Milch und Zucker. „Wir haben heute am späten Vormittag eine Konferenz. Daher die Eile."

Flick trank den süßen Tee in kleinen Schlucken und berichtete, was sich in Sainte-Cécile zugetragen hatte, während sich Thwaite Notizen machte.

„Nach Antoinettes Zweifeln an den Geheimdienstinformationen hätte ich den Angriff verschieben und dir über Funk mitteilen müssen, dass wir in Unterzahl sind", schloss Flick.

Traurig schüttelte Percy den Kopf. „Die Zeit duldet keine Aufschübe. Es sind wahrscheinlich nur noch ein paar Tage bis zum Beginn der Invasion. Ein Versuch musste zumindest gemacht werden. Diese Fernmeldezentrale ist einfach zu wichtig. Ich gehe davon aus, dass du den Befehl bekommen hättest, trotzdem anzugreifen."

„Wenigstens ein kleiner Trost." Immerhin brauchte sie sich nicht länger einen taktischen Fehler vorzuwerfen.

„Und Michel?", wollte Percy wissen. „Wie geht's ihm jetzt?"

„Es ist ihm peinlich. Aber er kommt schon wieder auf die Beine."

Als Flick von der SOE angeworben worden war, hatte sie niemandem erzählt, dass ihr Mann in der Résistance war, denn sonst wäre sie vermutlich anderswo eingesetzt worden. Genau gewusst hatte sie es im Übrigen selbst nicht, nur vermutet. Im Mai 1940 war sie zu Besuch bei ihrer Mutter in England und Michel in der Armee gewesen; bei der Kapitulation Frankreichs hatten sie also in zwei Ländern festgesessen. Und als Flick später als Geheimagentin nach Frankreich zurückgekehrt und dort über die neue Rolle ihres Mannes in der Résistance informiert worden war, hatte sie sich für die SOE schon so unentbehrlich gemacht, dass niemand mehr auf den Gedanken gekommen war, sie wegen hypothetischer emotionaler Ablenkungen auszumustern.

Percy erhob sich. „So, und jetzt gehst du lieber nach Hause und schläfst dich aus."

„Noch nicht. Erst möchte ich von dir noch wissen, was wir bezüglich dieser Fernmeldezentrale vorhaben. Wenn sie wirklich so wichtig ist, dann *müssen* wir sie ausschalten."

Percy sah Flick aufmerksam an. „Was schlägst du vor?"

Sie holte Antoinettes Passierschein aus ihrer Handtasche. „Auf diese Weise kommen wir eher rein. Jeden Abend um sieben marschiert eine Putzkolonne damit ins Schloss."

Thwaite betrachtete den Passierschein eingehend. „Kluges Kind."

„Ich will wieder rüber. Diesmal nehme ich ein komplettes Team mit. Wir werden einfach den normalen Putztrupp ersetzen."

„Diese Kolonnen bestehen doch aus lauter Frauen, nicht wahr?"

„Ja, das stimmt. Ich bräuchte daher ein reines Frauenteam."

„Die Frage ist nur: Wo willst du die hernehmen? Unsere ausgebildeten Leute sind praktisch alle schon drüben."

„Du brauchst bloß dafür zu sorgen, dass mein Plan abgesegnet wird, dann kümmere ich mich um die Frauen. Ich nehme solche, die von der SOE abgelehnt wurden, die Ausbildung nicht erfolgreich abgeschlossen haben und ähnliche Fälle. Es muss doch eine ganze Reihe geben, die aus dem einen oder anderen Grund ausgemustert wurden."

„Schon. Aber die waren körperlich nicht fit genug, konnten ihren Mund nicht halten oder haben beim Fallschirmtraining die Nerven verloren."

„Es macht nichts, wenn sie nur zweite Wahl sind. Wir stehen jetzt vor der entscheidenden Wende des Krieges und müssen alle Kräfte gegen den Feind mobilisieren."

„Kannst du keine Französinnen von der Réstistance einsetzen?"

Diesen Gedanken hatte Flick bereits erwogen und wieder verworfen. „Es würde zu lange dauern, Frauen aus verschiedenen Zellen zusammenzutrommeln und nach Reims zu bringen. Und wir bräuchten dann immer noch für jede Einzelne einen gefälschten Passierschein mit Foto. Das lässt sich drüben nur sehr schwer bewerkstelligen. Hier bei uns sind die Dokumente dagegen in ein, zwei Tagen fertig."

„Da hast du Recht, das wäre machbar. Unsere Leute können zaubern."

Mit Befriedigung spürte Flick, dass sie auf dem besten Wege war, Percy zu überzeugen.

„Doch mal angenommen, du findest tatsächlich genügend Mädchen, die so gut Französisch können", bohrte er weiter. „Wird das funktionieren? Kennen die deutschen Wachmannschaften nicht die Putzkolonne?"

„Aller Wahrscheinlichkeit nach sind es nicht jeden Abend dieselben Frauen. Sie haben ja auch mal einen freien Tag. Außerdem achten Männer nie drauf, wer hinter ihnen den Dreck wegmacht."

„Und wie werden sich die Einheimischen innerhalb des Schlosses verhalten? Soweit ich weiß, handelt es sich bei den Telefonisten überwiegend um Frauen aus der Region. Nicht alle Franzosen mögen die Résistance. Es gibt nicht wenige, die mit den Deutschen kollaborieren, zum Teil sogar aus Überzeugung. Weiß Gott, es gab ja auch hier in England haufenweise Idioten, die von Hitler angetan waren."

Flick schüttelte den Kopf. „Die Franzosen haben mittlerweile vier Jahre Besatzung hinter sich. Jetzt setzen sie alle Hoffnung auf die Alliierten. Die Telefonistinnen werden schon den Mund halten."

„Das hoffst *du.*" Er machte eine Pause. „Mir persönlich gefällt dein Plan, und deshalb werde ich ihn dem Boss vorlegen, obwohl ich glaube, dass er ihn ablehnen wird. Es gibt nur einen Menschen, der dieses Team führen kann, und der bist du. Doch du hast gerade erst einen Einsatz hinter dir, der eigentlich dein letzter hätte sein sollen. Du weißt zu viel. Wenn du in Gefangenschaft gerätst, könntest du fast alle Résistance-Gruppen in Nordfrankreich verraten."

„Weiß ich", erwiderte Flick mit düsterer Miene. „Deshalb habe ich auch immer eine Selbstmordpille dabei."

General Sir Bernard Montgomery, der Oberbefehlshaber der 21. Armeegruppe, die die Invasion in Frankreich durchführen sollte, hatte sein improvisiertes Hauptquartier in einer Schule im Londoner Westen eingerichtet, deren Schüler aufs Land evakuiert worden waren. Konferenzen fanden im Zeichensaal statt, und jeder Teilnehmer nahm auf den harten Schulbänken Platz.

Die Briten fanden das witzig. Paul Chancellor aus Boston hielt es hingegen für ausgemachten Blödsinn. Was hätte es schon gekostet, ein paar anständige Stühle herzuschaffen? Im Großen und Ganzen mochte er die Tommys – nur dann nicht, wenn sie ihre Exzentrik zu Schau stellten.

Paul gehörte zu Montgomerys persönlichem Stab. Manche waren der Meinung, er verdanke diesen Posten nur der Tatsache, dass er einen General zum Vater hatte, aber das war ein unfaires Vorurteil. Sein Verantwortungsbereich war die Geheimdienstarbeit. Er war ein Organisator und sorgte dafür, dass die Berichte, die der populäre, Monty genannte General benötigte, zum gewünschten Zeitpunkt auf dessen Schreibtisch lagen, machte Säumern Beine, kümmerte sich darum, dass Konferenzen mit den richtigen Leuten besetzt waren, und beschaffte ergänzende Hintergrundinformationen.

Konspirative Tätigkeit war ihm nicht fremd. Er hatte zunächst für das Büro für Strategische Dienste (OSS) gearbeitet, den US-Geheimdienst, und als Agent in Frankreich und den frankophonen Ländern Nordafrikas gedient (er hatte seine Kindheit in Paris verbracht, wo sein Vater Militärattaché an der US-Botschaft gewesen war). Doch vor sechs Monaten war er bei einer Schießerei mit der Gestapo in Marseille verwundet worden. Eine Kugel hatte ihm den größten Teil seiner linken Ohrmuschel abgerissen, von seinem lädierten Äußeren abgesehen aber keine bleibenden Schäden hinterlassen. Eine zweite Kugel hatte allerdings seine rechte Kniescheibe zerschmettert, die nie wieder richtig heilen würde, und aus diesem Grund hatte Paul inzwischen einen Schreibtischjob inne.

Verglichen mit dem ständigen Gehetztsein in vom Feind besetztem Territorium war die neue Arbeit leicht – aber niemals langweilig. Auf der ganzen Welt gab es nur ein paar hundert Menschen, denen das genaue Datum der Invasion bekannt war, und Paul war einer von ihnen. Es kamen nur Tage infrage, an denen die Gezeiten, die Mondphase und die Anzahl der hellen Stunden optimal aufeinander abgestimmt waren. Da diese Voraussetzungen nicht oft gegeben waren, blieb bloß ein schmales Zeitfenster offen: Die Flotte konnte nur am Montag, dem 5. Juni, am darauf folgenden Dienstag oder am Mittwoch auslaufen. Die endgültige Entscheidung hing vom Wetter ab.

Es war sehr aufregend und spannend, zu denen zu gehören, die das größte militärische Landemanöver aller Zeiten vorbereiteten. Die Kehrseite davon war die Angst, denn Paul wusste, dass jeder Irrtum, der ihm unterlief – ein Schreibfehler, ein übersehenes Detail –, alliierten Soldaten das Leben kosten würde. Der kleinste Fehler konnte dazu führen, dass sich die Waagschale zugunsten des Feindes senkte.

Für heute Vormittag um zehn hatte Paul auf Montys Initiative hin eine Viertelstunde für die französische Résistance eingeplant. Der General war ein Mann, der kein Detail unbeachtet ließ. Seine Devise lautete: Schlachten gewinnt man, indem man nicht eher kämpft, bis alle Vorbereitungen getroffen sind.

Um fünf vor zehn betrat Simon Fortescue den Zeichensaal. Der hoch gewachsene Mann im Nadelstreifenanzug gehörte zu den Führungskräften des militärischen Geheimdienstes MI6. Hinter ihm betrat John Graves den Raum, ein nervös wirkender Beamter aus dem Ministerium für Wirtschaftliche Kriegsführung, dem die SOE unterstand.

Kurz darauf betrat General Montgomery den Raum. Er war ein kleiner Mann mit spitzer Nase und hoher Stirn. Tiefe Falten auf beiden Seiten seines kurz getrimmten Schnurrbarts zeichneten sein Gesicht. Er war 56, sah aber älter aus. Er verschwendete keine Zeit.

„In der bevorstehenden Schlacht", sagte er ohne Einleitung, „werden die ersten Momente die gefährlichsten sein. Wir werden mit den Fingerspitzen an der Klippe hängen. Das ist die größte Chance des Feindes. Er braucht uns nur mit den Hacken seiner Stiefel auf die Finger zu treten."

So einfach ist das, dachte Paul. „Overlord" ist die größte Militäroperation in der Menschheitsgeschichte; die Zukunft der Welt hängt von ihrem Ausgang ab. Tausende von Schiffen, hunderttausende von Soldaten, Millionen Dollar Kosten, zig Millionen Kugeln. Und doch kann diese gewaltige Truppe zurückgeschlagen werden, wenn in den ersten Stunden der Invasion etwas schief geht.

„Es kommt in entscheidendem Maße darauf an, dass wir alles tun, was in unserer Macht steht, um die Reaktion des Feindes zu verzögern", schloss Monty und richtete seinen Blick auf Graves.

„Die SOE hat mehr als hundert Agenten in Frankreich", begann der Beamte. „Und unter ihrer Führung stehen mehrere tausend französische Résistance-Kämpfer. Wir haben in den vergangenen Wochen viele hundert Tonnen an Waffen, Munition und Sprengstoff für sie abgeworfen."

Monty unterbrach seinen Redefluss. „Wie steht es um die Effektivität dieser Maßnahmen?"

Da Graves zögerte, ergriff Fortescue das Wort. „Die bisherigen Erfolge der SOE sind allenfalls unausgeglichen. Nehmen Sie nur das Fiasko von gestern Abend, als eine Résistance-Zelle unter Führung eines SOE-Offiziers eine Fernmeldezentrale in der Nähe von Reims angegriffen hat. Es handelt sich dabei um ein wichtiges Ziel für uns."

„Wer hat das Kommando geführt?", fragte Monty.

„Major Clairet", antwortete Fortescue und fügte hinzu: „Eine Frau."

Paul hatte schon von Felicity Clairet gehört. In der kleinen Gruppe, die in die Geheimnisse des verdeckten Kriegs der Alliierten eingeweiht war, galt sie bereits als eine Art Legende. Länger als alle anderen hatte sie Geheimdienstoperationen in Frankreich überlebt. Ihr Deckname lautete „die Leopardin", und es hieß, dass sie sich in den Straßen des besetzten Landes geräuschlos wie eine Raubkatze fortbewegte. Sie sei eine bildhübsche junge Frau mit einem Herzen aus Stein, sagte man ferner, und mehr als einmal habe sie getötet.

„Und was genau ist geschehen?", wollte Monty wissen.

„Schlechte Planung, ein unerfahrener Kommandant und Disziplinmängel in der Truppe, das kam alles zusammen“, antwortete Fortescue.

„Ich glaube nicht, dass das fair ist“, protestierte Graves schwach.

„Wir sind nicht dazu da, um irgendwem gegenüber fair zu sein“, fauchte Monty und erhob sich. „Ich glaube, wir haben genug gehört.“

„Und was machen wir mit der Fernmeldezentrale?“, fragte Graves. „Die SOE hat inzwischen einen neuen Plan …“

„Bombardieren“, fiel Montgomery ihm ins Wort.

„Haben wir schon versucht. Der Schaden reichte gerade mal aus, die Zentrale für ein paar Stunden lahm zu legen.“

„Dann versuchen Sie's eben noch mal.“ Monty eilte aus dem Raum.

Auch die anderen verließen das Schulzimmer. Draußen im Gang warteten zwei Personen: ein Mann um die 50 in einer Tweedjacke und eine junge Frau, die eine blaue Strickjacke über einem ausgebleichten Baumwollkleid trug.

Fortescue hastete an den beiden vorbei, Graves hingegen blieb stehen. „Ihr Vorschlag wurde abgelehnt“, sagte er. „Sie versuchen es noch mal mit Bombenangriffen.“

Paul hatte schon erraten, dass es sich bei der Frau um die Leopardin handelte. Er betrachtete sie voller Neugier. Sie war klein und schlank, hatte lockiges, kurz geschnittenes blondes Haar und entzückende grüne Augen.

Sie reagierte mit Empörung auf Graves' Worte. „Es ist völlig sinnlos, dieses Gebäude aus der Luft zu bombardieren. Der Keller ist extra verstärkt worden. Wie kommen die zu einer solchen Entscheidung?“

„Vielleicht fragen Sie das mal diesen Herrn hier.“ Graves wandte sich Paul zu. „Major Chancellor, darf ich Ihnen Major Clairet und Oberst Thwaite vorstellen?“

Paul war nicht glücklich darüber, dass er in eine Situation gebracht wurde, in der er eine Entscheidung verteidigen musste, die er gar nicht selbst getroffen hatte. Überrumpelt antwortete er daher mit undiplomatischer Offenheit. „Ich sehe nicht, was es da viel zu erklären gibt. Sie haben Mist gebaut, und eine zweite Chance gibt's nicht.“

Die Frau – sie war an die 30 Zentimeter kleiner als er – bedachte ihn von unten herauf mit einem finsteren Blick. „Mist gebaut? Was meinen Sie damit, verdammt noch mal?“

Er errötete. „Kann sein, dass General Montgomery nicht richtig informiert wurde. Stimmt es, dass Sie zum ersten Mal eine solche Operation geleitet haben, Major?“

„*Das* hat man Ihnen weismachen wollen? Dass ich schuld bin, weil ich nicht genug Erfahrung habe?“

Sie war schön, das erkannte er jetzt. Der Zorn weitete ihre Augen und ließ ihre Wangen rosa anlaufen. Aber da sie sehr unhöflich war, beschloss er, gleich noch eins draufzusetzen. „Ja. Daran lag's – und an der miserablen Planung …“

„Sie arroganter Pinsel!“

Unwillkürlich wich Paul einen Schritt zurück. Noch nie hatte eine Frau in diesem Ton zu ihm gesprochen. Mag sein, dass sie nicht viel größer als einsfünfzig ist, dachte er, aber ich gehe jede Wette ein, dass selbst die Nazis eine Höllenangst vor ihr haben.

Thwaite ergriff das Wort. „Nun reg dich ab, Flick.“ Er wandte sich an Paul. „Lassen Sie mich raten: Der Bericht, auf den Sie sich stützen, stammt von Simon Fortescue vom MI6, oder?“

„Das ist korrekt“, erwiderte Paul steif.

„Hat er auch erwähnt, dass der Angriffsplan auf Aufklärungsmaterial seiner eigenen Organisation basierte?“

„Ich glaube nicht.“

„Das habe ich mir gedacht. Danke, Major. Jetzt brauche ich Sie nicht weiter zu behelligen.“

Paul hatte nicht den Eindruck, dass das Gespräch tatsächlich schon beendet war. Aber da er von einem höheren Offizier entlassen worden war, blieb ihm nichts anderes übrig, als sich zu entfernen.

Offenbar war er ins Kreuzfeuer einer Fehde zwischen MI6 und SOE geraten. Am meisten ärgerte er sich über Fortescue, der das Treffen dazu missbraucht hatte, sich auf Kosten anderer zu profilieren. Ob Monty mit der Entscheidung, die Fernmeldezentrale nochmals zu bombardieren, richtig lag? Oder wäre es besser gewesen, der SOE einen zweiten Versuch zu genehmigen?

Paul beschloss, weitere Erkundigungen einzuziehen.

FRANCK hatte zu Rommel gesagt, nach dem Verhör der Gefangenen könne es *vielleicht* gelingen, der Résistance noch vor der Invasion einen entscheidenden Schlag zu versetzen, denn unglücklicherweise gab es keine Erfolgsgarantie bei Verhören. Schlaue Gefangene erzählten Lügen, die nicht überprüfbar waren. Manchen gelang es mit großem Einfallsreichtum, sich selbst umzubringen, bevor die Folterqualen unerträglich wurden. Im schlimmsten Fall hatten die perfiden Alliierten sie mit Fehlinformationen gefüttert, sodass das, was sie aussagten, wenn sie schließlich unter der Folter zusammenbrachen, nichts Verwertbares ergab, da es nur Teil eines groß angelegten Täuschungsmanövers war.

Während Leutnant Hesse den Hispano-Suiza Richtung Sainte-Cécile steuerte, stimmte sich Franck ein. Er musste absolut hartherzig und berechnend handeln. Der Zweck heiligte die Mittel. Er schloss die Augen und spürte, wie ihn eine tiefe innere Ruhe überkam, eine vertraute, Mark und Bein durchdringende Kälte, die ihm manchmal vorkam wie die Kälte des Todes selbst.

Der Wagen rollte auf das Schlossgelände. Arbeiter ersetzten die zersprungenen Fensterscheiben. In der prunkvollen Eingangshalle murmelten die Telefonistinnen unablässig in ihre Mikrofone. Gefolgt von Hesse, stieg Franck die Treppe in das befestigte Kellergeschoss hinunter, wo sie durch die Tür mit der Aufschrift VERHÖRZENTRALE traten.

Im vorderen Zimmer saß Willi Weber am Schreibtisch. „Heil Hitler!“, brüllte Franck, reckte den Arm und zwang Weber damit, sich zu erheben. „Wo sind die Gefangenen?“

Weber sah ihn verschlagen an. „Zwei sind in der Zelle.“

Franck kniff die Brauen zusammen. „Und der Dritte?“

Mit einer Kopfbewegung wies Weber auf den Nebenraum. „*Die* Dritte wird gerade verhört.“

Franck ging zur Tür und öffnete sie. Die gedrungene Gestalt eines SS-Oberscharführers stand gleich hinter der Tür. Er schwitzte und schnaufte wie nach hartem körperlichem Training. In der Hand hielt er einen Holzknüppel. Sein Blick war auf die nackte Geneviève Delys gerichtet, die an den Pfosten gebunden war.

Franck fand alle seine Befürchtungen bestätigt. Trotz seiner selbst auferlegten Ruhe fühlte er sich angewidert.

In seinem befehlsgewohnten Ton wandte er sich an den Mann. „Major Franck. Ihr Name?“

Der andere reagierte unterwürfig. „Oberscharführer Becker, Herr Major. Zu Befehl, Herr Major.“

„Was hat sie Ihnen erzählt?“

„Nichts“, erwiderte Becker peinlich berührt.

Genau diese Antwort hatte Franck erwartet. Als Weber ihn auch noch herausfordernd anblickte, erfüllte ihn eiskalte Wut. „Man hat Ihnen ausdrücklich gesagt, dass ich die Vernehmungen durchführe.“

„Der Befehl lautete, Ihnen Zugang zu gewähren“, erwiderte Weber mit selbstgefälliger Pedanterie. „Niemand hat uns verboten, die Gefangenen selbst zu verhören.“

„Und sind Sie nun zufrieden mit den Ergebnissen?"

Weber verzichtete auf eine Antwort.

„Führen Sie mich zu den anderen beiden!", befahl Franck.

Weber ging durch den Flur voran und blieb vor einer Tür mit einem Guckloch stehen. Franck schob die Blende auf und spähte hinein.

Ein in der Ecke stehender Eimer war das einzige Mobiliar in der Zelle. Auf dem nackten Boden saßen Gaston Lefèvre, auf dessen Schädel jetzt ein großes Pflaster klebte, und Bertrand Bisset, der keine erkennbaren Verletzungen davongetragen hatte.

Franck dachte nach. Er durfte jetzt keinen Fehler machen. Er konnte es sich nicht leisten, das Leben eines weiteren Gefangenen sinnlos zu vergeuden. Der junge Bursche, das war vorauszusehen, würde fürchterliche Angst haben, war aber möglicherweise imstande, starke Schmerzen auszuhalten. Lefèvre war zu alt für eine richtige Folter; es bestand die Gefahr, dass er starb, bevor er auspacken konnte. Aber vermutlich hatte er ein weiches Herz. Franck wusste nun, welche Verhörstrategie bei den beiden die richtige war.

Er kehrte in den Verhörraum zurück. „Oberscharführer, binden Sie die Frau los, und bringen Sie sie in die Zelle zu den beiden anderen Gefangenen."

Becker verschwand in der Folterkammer und kam kurz darauf wieder heraus, Geneviève Delys' zerschundenen Körper über der Schulter.

„Sorgen Sie dafür, dass der Alte sie genau zu sehen bekommt", befahl Franck. „Und dann bringen Sie ihn her." Becker zog ab.

Um sich von Webers Gegenwart zu befreien, die ihm unerträglich war, sagte Franck: „Sie sollten hier bleiben und dem Verhör beiwohnen. Sie können von mir noch eine Menge lernen."

„Das glaube ich kaum", widersprach Weber erwartungsgemäß und verschwand demonstrativ.

Hesse, der still in einer Ecke saß, sah seinen Vorgesetzten für die geschickte Manipulation bewundernd an. Franck zuckte mit den Schultern. „Manchmal ist es einfach zu leicht."

Wenig später kam Becker mit Lefèvre zurück. Der alte Mann war blass. Franck deutete auf den freien Stuhl und bot ihm ein Päckchen Zigaretten und Streichhölzer an. Lefèvre nahm eine Zigarette und zündete sie sich mit zitternden Händen an.

„Ich werde Ihnen jetzt ein paar Fragen stellen", begann Franck in zuvorkommendem Ton auf Französisch.

„Ich weiß gar nichts", erwiderte Lefèvre.

„Doch, doch, Sie wissen was. Sie sind über sechzig und haben vermutlich Ihr ganzes Leben in Reims und Umgebung verbracht." Da Lefèvre nicht widersprach, fuhr Franck fort. „Ich gehe davon aus, dass die Mitglieder einer Résistance-Zelle Decknamen benutzen und einander aus Sicherheitsgründen nur sehr wenige persönliche Informationen mitteilen. Aber Sie kennen die meisten dieser Leute ja schon seit Jahrzehnten."

Lefèvre wandte den Blick ab. Er wollte nicht, dass der Deutsche ihm an den Augen ablesen konnte, wie Recht er hatte.

„Ich möchte, dass Ihnen eines ganz klar ist", setzte Franck hinzu. „Die Entscheidung über das, was hier geschieht, liegt vollkommen bei Ihnen. Schmerzen oder keine Schmerzen, Todesstrafe oder Begnadigung – es liegt allein in Ihrer Hand."

„Ich kann Ihnen nichts erzählen", entgegnete Lefèvre fast im Flüsterton. Er hatte zwar Angst, aber noch nicht allen Mut verloren.

Franck seufzte. Dann musste er eben andere Saiten aufziehen. „Gehen Sie, und holen Sie den Jungen", befahl er Becker auf Deutsch. „Er soll sich ausziehen. Dann bringen Sie ihn her und binden ihn nebenan an den Pfosten." Er wandte sich wieder an Lefèvre. „Sie werden mir die Namen und Decknamen aller Männer und Frauen nennen, die Mitglieder Ihrer Gruppe sind."

Der alte Mann schüttelte den Kopf.

Wenig später kam Becker mit Bertrand Bisset herein. Lefèvre sah mit offenem Mund zu, wie der nackte Junge durch den Verhörraum ins Nachbarzimmer geführt wurde.

Franck erhob sich. „Hesse, passen Sie auf ihn auf." Er folgte Becker in die Folterkammer, achtete aber darauf, dass die Tür einen Spalt weit offen blieb, denn Lefèvre sollte alles mitbekommen.

Becker fesselte Bertrand an den Pfosten und versetzte ihm, ehe Franck intervenieren konnte, einen Fausthieb in den Magen. Der Junge stöhnte auf.

„Nein, nein, nein!", schimpfte Franck. Wie vermutet, ging Becker völlig unsystematisch an seine Aufgabe heran. „Zuerst verbinden Sie ihm die Augen." Er zog ein großes buntes Schnupftuch aus Baumwolle aus der Tasche und band es Bertrand über die Augen. „Auf diese Weise trifft ihn jeder Schlag wie ein Schock, und jede Sekunde zwischen den Schlägen ist von der grässlichen Erwartung des nächsten erfüllt."

Becker hob seinen Knüppel auf und schlug sein Opfer gegen den Kopf. Es krachte laut. Bertrand schrie auf vor Angst und Schmerzen.

„Nein, nein!" Wieder war Franck nicht einverstanden. „Niemals auf den Kopf. Wenn Sie ihm den Kiefer ausrenken, kann er vielleicht nicht mehr sprechen. Schlimmer noch: Sie können einen Hirnschaden verursachen, sodass er nur noch wertloses Zeug von sich gibt." Er nahm Becker den Knüppel ab und wählte aus dem Schirmständer eine Eisenrute aus, die er dem Oberscharführer in die Hand drückte. „Es geht darum, unerträgliche Schmerzen hervorzurufen, ohne das Leben des Betroffenen oder seine Fähigkeit, uns Auskunft zu geben, zu gefährden."

Heimtücke lag in Beckers Blick. Er zielte sorgfältig und traf Bertrand mit einem brutalen Schlag. Gellend kreischte der Junge auf. Franck kannte diesen Ton nur zu gut.

„Aufhören, bitte", flehte Bertrand.

Franck ging ins Nebenzimmer, wo Lefèvre noch immer auf seinem Stuhl saß. Doch er war jetzt ein anderer Mann. Vornübergebeugt hockte er da, verbarg sein Gesicht in den Händen, schluchzte und betete.

Franck kniete vor ihm nieder. „Sie allein entscheiden, ob es aufhört."

„Bitte hören Sie auf", stöhnte Lefèvre. „Ich bitte Sie!"

„Werden Sie meine Fragen beantworten?"

In die entstehende Stille platzte Bertrands nächster Schrei.

„Ja!", brüllte Lefèvre. „Ja, ja, ja! Ich sage Ihnen alles, wenn Sie nur aufhören!"

Franck hob die Stimme. „Becker, Schluss fürs Erste!"

„Zu Befehl, Herr Major." Es klang enttäuscht.

Franck wechselte wieder ins Französische. „Fangen wir ganz oben an. Wie heißt Ihr Chef? Name? Deckname?"

„Michel Clairet. Deckname Monet."

Das war der Durchbruch. Der erste Name war immer der schwierigste, der Rest machte dann keine Mühe mehr.

FLICK wohnte in einem möblierten Dachzimmer in einem großen alten Haus in Bayswater. Persönliche Dinge gab es hier nur wenige: ein Foto, das Michel beim Gitarrespielen zeigte, ein Bücherbord mit Werken von Flaubert und Molière im Original und ein Aquarell, das Flick mit 15 selbst gemalt hatte, eine Ansicht von Nizza. Drei Schubladen einer kleinen Kommode enthielten Kleidung, die vierte Waffen und Munition.

Müde und deprimiert, weil ihr Plan abgelehnt worden war, zog Flick sich aus und legte sich aufs Bett, doch immer wieder kehrten ihre Gedanken zu der Katastrophe in Sainte-Cécile zurück. Immer wieder spielte sie den Angriff durch und traf imaginäre Alternativentscheidungen, die statt in die Niederlage zu einem Sieg geführt hätten. Außerdem fürchtete sie, ihren Mann ebenso zu verlieren wie das Gefecht, und fragte sich, ob es zwischen beidem eine Verbindung gab. Ich habe als Einsatzleiterin versagt, dachte sie, und offenbar auch als Ehefrau. Vielleicht habe ich einen tief sitzenden Charakterfehler.

Endlich fiel sie in einen unruhigen Schlaf, aus dem sie erst erwachte, als jemand vehement an die Tür klopfte. „Flick, Telefon!“ Es war eines der Mädchen aus der Wohnung unter ihr. Sie zog sich einen Morgenrock über, rannte die Treppe hinunter und ging ans Telefon, das im Flur stand.

„Du musst jemanden instruieren“, meldete sich Thwaite. „Kannst du zum Orchard Court kommen?“

Sie freute sich immer, wenn sie Percys Stimme hörte. Sie hatte ihn im Lauf der Zeit schätzen gelernt – obwohl er sie ständig von neuem in Gefahr brachte. Aber sie wusste, dass er sie nie einem unnötigen Risiko aussetzen würde.

„Ich bin in ein paar Minuten da.“

PERCY erwartete sie in der Wohnung am Portman Square. „Ich habe einen Funker als Ersatz für Albert gefunden. Ohne praktische Erfahrung, aber gut ausgebildet. Morgen schicke ich ihn nach Reims. Wir haben heute nichts von Michel gehört. Ich muss wissen, was von der Gruppe Bollinger noch übrig ist.“

Flick nickte. „Ja, aber was nützt das noch?“

„Selbst wenn außer Michel und einer Hand voll anderer niemand mehr übrig ist, können sie noch was tun. Die Fernmeldezentrale ist zwar das wichtigste Ziel, aber nicht das einzige. Doch ich kann ihnen keine Weisungen erteilen, wenn ich nicht mit ihnen kommunizieren kann.“

„Schon klar. Ich sag dem Neuen, was ich weiß.“

Prüfend sah Percy sie an. „Wie ging's Michel – abgesehen von der Schusswunde?“

„Gut.“ Flick schwieg einen Augenblick. Es hatte keinen Sinn, ihn hinters Licht führen zu wollen; er kannte sie zu gut. Sie seufzte. „Da ist so ein Mädchen.“

„Das hatte ich schon befürchtet.“

„Ich weiß nicht, ob meine Ehe noch existiert“, sagte sie verbittert.

„Das tut mir Leid.“

„Es würde mir helfen, wenn ich mir sagen könnte, dass ich mit einem Opfer dazu beigetragen habe, einen entscheidenden Coup für unsere Seite zu schlagen.“

„Du hast in den letzten beiden Jahren schon mehr getan als die meisten anderen."

„Aber einen zweiten Sieger gibt's im Krieg nicht, oder?" Sie war ihm dankbar für die liebevolle Zuneigung, spürte jedoch, wie sie dadurch sentimental wurde. „Dann werde ich mal den neuen Funker einweisen."

„Er heißt Brian Standish. Sein Deckname lautet Helicopter. Er ist schon ganz versessen darauf, dich zu sehen."

Sie runzelte die Stirn. „Versessen? Wieso?"

Er lächelte kryptisch. „Geh und find's selber raus."

Percys Sekretärin führte sie zu einem weiteren Zimmer. Vor der Tür hielt Flick kurz inne. Es ist, wie es ist, sagte sie zu sich selbst. Du reißt dich jetzt zusammen, tust weiter deine Arbeit und kannst nur hoffen, dass du irgendwann darüber wegkommst.

Helicopter war ein hellhäutiger junger Mann um die 20. Er trug einen Tweedanzug. Dass er Engländer war, sah man ihm schon von weitem an. Ein Glück, dass man ihn noch entsprechend ausstaffieren würde, bevor er in das Flugzeug stieg, sodass er in einer französischen Stadt nicht auffiel.

Nachdem Flick sich vorgestellt hatte, sagte er: „Wir kennen uns eigentlich schon, ehrlich gesagt. Sie haben mit meinem Bruder Charles in Oxford studiert und waren mal bei uns zu Hause in Gloucestershire."

„Charlie Standish, ja, natürlich!" Flick erinnerte sich nun an einen anderen blassen Jungen in Tweed und ein Wochenende, das sie in den Dreißigerjahren in einem Landhaus bei einer Familie mit einem liebenswürdigen englischen Vater und einer schicken französischen Mutter verbracht hatte. Charlie hatte einen kleinen Bruder gehabt, einen etwas linkischen Knaben in der Pubertät, der knielange Shorts getragen und großes Getue um seinen neuen Fotoapparat gemacht hatte. Flick hatte sich ein wenig mit ihm unterhalten, worauf er sich sofort in sie verknallt hatte.

„Und wie geht's Charlie? Ich habe ihn seit dem Studium nicht mehr gesehen."

„Er ist tot, wissen Sie." Brian sah auf einmal todtraurig aus. „Gefallen. 41, in der beschissenen Wüste."

Flick befürchtete, er würde gleich in Tränen ausbrechen. Mit beiden Händen ergriff sie seine Rechte. „Das tut mir furchtbar Leid, Brian."

Er schluckte heftig, dann riss er sich zusammen, und seine Miene hellte sich auf. „Ich habe Sie aber in der Zwischenzeit mal gesehen. Sie haben einen Vortrag vor meiner Ausbildungsgruppe bei der SOE gehalten. Hatte leider nicht die Gelegenheit, Sie danach noch anzusprechen."

„Ich hoffe, mein Vortrag hat Ihnen was genutzt."

„Sie sprachen über den Umgang mit Verrätern in der Résistance. ‚Ganz einfach', haben Sie gesagt. ‚Sie richten den Lauf Ihrer Pistole auf den Hinterkopf von diesem Schweinehund und drücken zweimal ab.' Danach hatten wir die Hosen voll, ehrlich gesagt."

In seinen Augen lag so etwas wie Heldenverehrung. Allmählich wurde Flick klar, worauf Percy angespielt hatte: Brian war offenbar immer noch in sie verliebt.

„Fangen wir an. Sie wissen, dass Sie mit einer Résistance-Gruppe Kontakt aufnehmen sollen, die zum größten Teil aufgerieben ist."

„Jawohl. Ich soll rausfinden, wie viele von den Leuten noch einsatzfähig sind und was sie noch tun können. Wenn überhaupt noch was."

„Ihr Kontakt in Reims ist eine Frau mit dem Decknamen Bourgeoise. Sie geht jeden Nachmittag um drei in die Krypta der Kathedrale, um zu beten. Sie erkennen sie an ihren Schuhen, sie trägt einen schwarzen und einen braunen. Sie sprechen Sie dann mit ‚Beten Sie für mich' an. Worauf sie antwortet: ‚Ich bete für den Frieden.' Das ist die Parole."

Er wiederholte ihre Worte. „Leicht zu merken."

„Sie wird Sie mit sich nach Hause nehmen und mit dem Chef der Gruppe Bollinger in Kontakt bringen, einem Mann mit dem Decknamen Monet. Wenn Sie dann die anderen Mitglieder der Zelle treffen, erwähnen Sie niemals die Adresse von Bourgeoise. Es ist besser, sie kennen sie nicht." Sie hatte Bourgeoise selbst rekrutiert. Selbst Michel war dieser Frau nie persönlich begegnet. „Haben Sie noch Fragen?"

„Wahrscheinlich hunderte, aber konkret fällt mir keine ein."

Flick stand auf und drückte ihm die Hand. „Dann wünsche ich Ihnen viel Glück. Bleiben Sie am Leben, Brian."

Sie kehrte in Percys Büro zurück.

„Alles so weit in Ordnung?", erkundigte er sich.

Sie nickte. „Aber aus dem Holz, aus dem der ideale Geheimagent geschnitzt wird, ist er nicht. Noch vor zwei Jahren hättest du ihn zum Heer zurückgeschickt."

Thwaite zuckte mit den Schultern. „Stimmt. Aber er ist tapfer, spricht Französisch wie ein Pariser, und schießen kann er auch." Er erhob sich und ging zur Tür. „Ich sehe jetzt zu, dass er fortkommt. Schau dir unterdessen mal unsere Verbrecheralben an, ja?" Er deutete auf die Bücher und Fotos, die auf dem Schreibtisch lagen. „Das sind sämtliche Bilder, die der MI6 von deutschen Offizieren hat. Sollte der Mann darunter sein, den du auf dem Platz in Sainte-Cécile gesehen hast, sag's mir. Ich wüsste gerne, wie er heißt." Er ließ sie allein.

Flick nahm eines der Bücher zur Hand. Es war das Jahrbuch der Abschlussklasse einer Militärakademie mit ein paar hundert briefmarkengroßer Porträtfotos frischer junger Männer. Insgesamt gab es ein gutes Dutzend ähnlich aussehender Alben. Hinzu kamen mehrere hundert Einzelfotos, die bei den unterschiedlichsten Gelegenheiten entstanden waren. Auf manchen waren Offiziere beim Handschlag mit Hitler oder bei Truppeninspektionen zu sehen, andere waren von Spionen aus Autos heraus oder durch Fensterscheiben geknipst worden und zeigten die deutschen Soldaten beim Einkauf, nach einem Taxi rufend oder beim Pfeifeanzünden.

Der Mann auf dem Platz war um die 40 gewesen, das hieß, dass er so um 1926 seinen Abschluss gemacht haben musste. So alt war aber keines der Jahrbücher. Flick richtete ihre Aufmerksamkeit nun auf die Einzelfotos und versuchte sich an den Mann zu erinnern. Ziemlich groß, gut gekleidet, dichtes dunkles Haar, dunkle Augen, gerade Nase, markantes Kinn – ein richtiger Film-Beau, ehrlich gesagt.

Flick überflog die Bilder, so schnell sie konnte. Bei jedem Dunkelhaarigen ließ sie sich ein bisschen länger Zeit, doch keiner sah so gut aus wie der von Sainte-Cécile. Sie hatte das Foto eines Mannes in Polizeiuniform bereits beiseite gelegt, nahm es dann aber noch einmal zur Hand. Als sie das Bild nun näher betrachtete, wuchs ihre Überzeugung, den Gesuchten gefunden zu haben. Sie drehte das Foto um. Auf der Rückseite klebte ein maschinengeschriebener Zettel.

> FRANCK, DIETER WOLFGANG, geb. 3. Juni 1904 in Köln. Studium an der Humboldt-Universität in Berlin und der Polizeihochschule in Köln. Verheiratet seit 1930 mit Waltraud Franck, geb. Loewe, 1 Sohn, 1 Tochter. Bis 1940 Oberinspektor bei der Kriminalpolizei in Köln, dann Major, Aufklärung, Afrikakorps. Jetzt? Star in Rommels Spionageabwehr. Gilt als Verhörspezialist und unbarmherziger Folterer.

Flick schauderte. Ein erfahrener Kriminalpolizist, der seine Kenntnisse dem militärischen Abwehrdienst zur Verfügung stellte, war ein Feind, vor dem man sich in Acht nehmen musste.

Als Thwaite zurückkam, gab sie ihm das Foto. „Das ist er."

„Dieter Franck! Von dem haben wir schon gehört. Wie interessant. Nach dem, was du von seinem Gespräch mit dem SS-Mann auf dem Platz mitbekommen hast, scheint Rommel ihm eine Art Anti-Résistance-Auftrag erteilt zu haben."

Es klopfte an der Tür, und Thwaites Sekretärin schaute herein. „Da ist jemand, der Sie sprechen möchte, Oberst. Ein Major Chancellor."

Flick fiel sofort der arrogante amerikanische Offizier ein, der sie am Vormittag in Montys Hauptquartier so heruntergeputzt hatte. „Oje, ausgerechnet der. Was will der denn hier?"

„Schicken Sie ihn rein", bat Percy seine Sekretärin.

Chancellor betrat das Büro.

Sein leichtes Hinken war Flick am Morgen gar nicht aufgefallen. Er hatte ein angenehmes Gesicht mit einer großen Nase und einem leicht vorspringenden Kinn. Als gut aussehend konnte man ihn trotzdem nicht bezeichnen; das verhinderte schon sein linkes Ohr, beziehungsweise das, was davon übrig war.

Er salutierte. „Guten Abend, Oberst. Guten Abend, Major."

„Wir haben's hier bei der SOE nicht so mit dem Salutieren", wehrte Percy ab. „Bitte nehmen Sie Platz. Was führt Sie zu uns?"

Chancellor rückte sich einen Stuhl zurecht und nahm die Uniformmütze ab. „Ich bin froh, dass ich Sie beide erwischt habe. Ich habe den Tag nämlich weitgehend damit zugebracht, über unser Gespräch heute Vormittag nachzudenken." Er grinste verlegen. „Und der größte Teil der Zeit ging, wie ich gestehen muss, dafür drauf, dass ich mir witzig-niederschmetternde Kommentare zurechtformulierte, die ich hätte von mir geben können, wenn sie mir nur rechtzeitig eingefallen wären."

Flick konnte sich ein Lächeln nicht verkneifen. Ihr war es nicht viel anders ergangen.

„Oberst Thwaite", fuhr Chancellor fort, „Sie deuteten an, dass der MI 6 nicht die ganze Wahrheit über den Angriff auf die Fernmeldezentrale berichtet haben könnte. Also habe ich Ihren Bericht angefordert. Nach der Lektüre war mir klar, dass der Hauptgrund für die Niederlage in falschen Geheimdienstinformationen zu suchen ist."

„Und die kamen vom MI 6", ergänzte Flick empört.

„Ja, das ist mir nicht entgangen. Der MI 6 hat offenbar seine eigene Inkompetenz zu vertuschen versucht. Außerdem habe ich mir Ihren neuen Plan, das Schloss mit einer List zu knacken, einmal genau angesehen, Major Clairet. Die Sache ist natürlich riskant, aber sie könnte klappen."

Soll das etwa heißen, sie überlegen es sich noch mal?, dachte Flick, wagte aber nicht, die Frage laut zu stellen.

Percy sah Chancellor unverwandt an. „Und was haben Sie in dieser Angelegenheit vor?"

„Ich bin zu Monty gegangen und habe ihm gesagt, dass wir einen Fehler gemacht haben." Er schnitt eine Grimasse. „Was bei einem General nicht ganz so einfach ist. Aber er hat Ihren Plan genehmigt."

„Gott sei Dank!" Flick sprang auf. „Eine zweite Chance!"

„Großartig", kommentierte Thwaite.

Warnend hob Chancellor die Hand. „Zwei Punkte noch. Gut möglich, dass Ihnen der erste gegen den Strich geht. Monty hat mich mit der Leitung der Operation beauftragt."

„Sie? Warum das denn?", fragte Flick zurück.

„Man nimmt einen General, der einem einen Befehl erteilt, nicht ins Kreuzverhör. Tut mir Leid, wenn Ihnen das missfällt. Monty vertraut mir eben – auch wenn Sie's nicht tun."

„Und was ist die zweite Bedingung?"

„Ein Zeitlimit. Ich kann Ihnen nicht sagen, wann die Invasion beginnt, doch wenn Sie Ihr Ziel nicht bis Mitternacht am nächsten Montag erreicht haben, ist es wohl zu spät. Uns bleibt genau eine Woche."

DRITTER TAG. DIENSTAG, 30. MAI 1944

Im Morgengrauen verließ Flick London auf einem Motorrad. Die Straßen waren menschenleer, und sie fuhr sehr schnell. Sie fand es gefährlich, aber spannend.

Ihre Gefühle hinsichtlich des bevorstehenden Einsatzes waren ähnlich: Sie hatte Angst – und brannte gleichzeitig darauf loszuschlagen. Noch bis tief in die Nacht hinein hatte sie mit Thwaite und Chancellor zusammengesessen und bei vielen Tassen Tee eine Strategie ausgearbeitet. Das Team musste aus sechs Frauen bestehen, weil alle Schichten der Putzkolonne unveränderlich mit sechs Frauen besetzt waren. Unbedingt mussten eine Sprengstoffexpertin und eine Fernmeldetechnikerin mit von der Partie sein, um die Stellen, an denen die Sprengladungen angebracht werden sollten, exakt festzulegen. Außerdem wollte Flick eine Scharfschützin und zwei knallharte Kämpferinnen. Zusammen mit ihr selbst wären sie dann zu sechst.

Ihr blieb nur ein einziger Tag, um die Gruppe zusammenzustellen. Zwei Tage Ausbildung waren das Minimum. Am Freitagabend würden sie in der Nähe von Reims abspringen, die Attacke auf das Schloss musste dann am Samstagabend oder am Sonntag stattfinden. Das ließ noch Spielraum von einem Tag für unvorhersehbare Hindernisse.

Es war noch nicht einmal sechs, als Flick Somersholme erreichte, den

Landsitz der Barone von Colefield. Sie wusste, dass der Baron, William, gerade in Italien im Begriff war, sich mit der 8. Armee nach Rom durchzuschlagen. Seine Schwester, die Ehrenwerte Diana Colefield, war das einzige Mitglied der Familie, das im Augenblick noch hier lebte. Das riesige Haus mit Dutzenden von Schlafzimmern wurde zurzeit als Erholungsheim für verwundete Soldaten genutzt.

Flick stellte das Motorrad auf dem kiesbedeckten Vorplatz ab, wo bereits ein Krankenwagen und mehrere Jeeps parkten.

In der Eingangshalle liefen Krankenschwestern mit Teetassen hin und her. Flick erkundigte sich nach Mrs Riley, der Wirtschafterin, und wurde ins Untergeschoss geschickt, wo sie die Gesuchte in der Küche fand.

„Hallo, Mama“, begrüßte Flick sie.

Ihre Mutter drückte sie fest an sich. „Ich weiß nie genau, ob du noch am Leben bist – es sei denn, du stehst vor mir. Komm, ich mach dir ein Frühstück.“

Flick war in diesem Haus aufgewachsen. Sie hatte in der Gesindestube gespielt, war durch die Wälder gestromert, hatte die Dorfschule besucht. Sie hatte großes Glück gehabt: Die meisten Frauen in Positionen wie die ihrer Mutter waren nach der Geburt eines Kindes gezwungen, ihre Stellung aufzugeben. Doch ihre Mutter hatte bleiben dürfen, weil sie eine so gute Wirtschafterin war, dass der alte Baron, der Vater von William und Diana, sie nicht hatte verlieren wollen. Flicks Vater war der Butler gewesen, aber gestorben, als seine Tochter erst sechs Jahre alt gewesen war. Jedes Jahr im Februar hatten Flick und ihre Mutter die Familie zu deren Villa in Nizza begleitet, und dort hatte Flick auch Französisch gelernt. Der alte Baron hatte sie dazu ermuntert, eine höhere Schulbildung anzustreben. Sogar das Schulgeld hatte er ihr bezahlt, und als sie das Stipendium für die Universität Oxford erhalten hatte, war er sehr stolz auf sie gewesen. Als er kurz nach Ausbruch des Krieges gestorben war, hatte Flick sehr um ihn getrauert.

„Eine Scheibe Toast reicht mir, Mama“, wehrte Flick jetzt ab.

Mrs Riley überhörte die Bemerkung und legte Speck in die Pfanne. „Du bist offenbar wohlauf, mein Kind, das sehe ich. Aber wie geht's deinem hübschen Ehemann?“

„Michel lebt.“ Flick setzte sich an den Küchentisch.

„Er lebt? Aber er ist nicht gesund und munter?“

„Er hat eine Kugel in den Hintern gekriegt. Aber die bringt ihn nicht um.“

„Dann habt ihr euch also gesehen?“

Flick lachte. „Hör auf, Mama! Ich darf doch nicht darüber sprechen.“

„Natürlich nicht. Dann gehst du also wieder rüber?"

Der treffsichere Instinkt ihrer Mutter verblüffte Flick immer wieder von neuem. „Kann ich dir nicht sagen."

„Hast du denn nicht schon genug getan?"

„Noch haben wir den Krieg nicht gewonnen. Also hat's offenbar noch nicht gereicht."

Mrs Riley stellte einen Teller mit Eiern und Speck auf den Tisch. Es handelte sich um eine ganze Wochenration. Flick verkniff es sich zu protestieren. Besser war es, das Geschenk dankbar anzunehmen.

„Du musst diesen Krieg natürlich ganz allein gewinnen", fuhr Mrs Riley mit einem Anflug von liebevollem Sarkasmus fort. „Selbst als Kind ging dir deine Unabhängigkeit schon über alles."

„Ich weiß auch nicht, warum. Man hat sich doch immer um mich gekümmert."

„Ich glaube, ich habe deinen Drang zur Selbstständigkeit immer gefördert, weil du keinen Vater hattest. Immer wenn du von mir was wolltest – zum Beispiel, dass ich dir die Fahrradkette repariere oder einen Knopf annähe –, habe ich zu dir gesagt: ‚Versuch's erst mal selber. Wenn du's nicht schaffst, helfe ich dir.' In neun von zehn Fällen habe ich dann nichts mehr von der Sache gehört."

„Meistens hat Mark mir geholfen", gestand Flick. Mark war ihr ein Jahr älterer Bruder. Er arbeitete als Inspizient an einem Theater und lebte mit einem Schauspieler namens Steve zusammen. Mrs Riley wusste schon seit langem, dass ihr Sohn „nicht zum Heiraten geschaffen ist", wie sie es ausdrückte, dennoch war es schwer für sie, diesen Umstand zu akzeptieren.

Sie nahm Flicks leeren Teller vom Tisch und wusch ihn in der Spüle ab. „Ach, so war das." Sie klang enttäuscht.

Flick stand auf. „Ich bin noch aus einem anderen Grund gekommen, als dich zu sehen. Ich muss mit Diana reden."

„Ich hoffe, du hast nicht vor, sie mit dir nach Frankreich zu nehmen."

„Pst, Mama! Wer hat denn was von Frankreich gesagt?"

„Die bringt dir noch den Tod! Sie hat von Disziplin keine Ahnung, woher sollte sie auch? Sie ist nicht dazu erzogen worden. Du wärst eine Närrin, wolltest du dich auf sie verlassen. Diana hat schon mehrere Kriegsjobs gehabt und ist jedes Mal wieder entlassen worden."

„Ich weiß, ich weiß", erwiderte Flick ungeduldig. Aber Diana war eine glänzende Schützin, und ihr blieb keine Zeit, wählerisch zu sein. „Wo steckt sie denn gerade?"

„Draußen im Wald. Sie ist schon ganz früh raus, Kaninchen jagen."

Flick durchquerte den Küchengarten und verschwand hinter dem Haus im Wald. Die Bäume strahlten im Glanz des jungen Laubes. Als sie ungefähr 400 Meter gegangen war, hörte Flick einen Gewehrschuss. Sie blieb stehen und lauschte. „Diana?“

„Hier bin ich, du idiotisches Trampeltier, wer immer du bist!“

Diana saß auf einer Lichtung, den Rücken an eine Eiche gelehnt, und rauchte eine Zigarette. Ein Jagdgewehr lag quer über ihren Knien und um sie herum ein halbes Dutzend toter Kaninchen.

„Oh, du bist das. Du hast mir das ganze Wild vergrault.“

„Die Viecher kommen morgen wieder.“ Flick musterte ihre Jugendfreundin. Diana war eine hübsche, wenn auch eher knabenhafte junge Frau. Ihr dunkles Haar war kurz geschnitten und ihre Nase mit Sommersprossen übersät. Sie trug einen Jagdrock und Kordhosen.

„Wie geht's dir, Diana?“

„Gelangweilt, frustriert und deprimiert. Ansonsten blendend.“

Flick setzte sich neben ihr ins Gras. „Wo brennt's denn?“

„Ich vergammle hier in der englischen Provinz, während mein Bruder Italien erobert. Doch mir gibt keiner was Vernünftiges zu tun.“

„Da kann ich dir vielleicht helfen. Gut möglich, dass du es nicht magst. Es ist eine sehr schwierige und gefährliche Sache.“

„Du bist bei der FANY. Ich kann doch nicht als Chauffeurin arbeiten, Schätzchen.“ Über die untergeordneten Aufgaben, mit denen Frauen gemeinhin betraut wurden, war Diana erhaben.

„Ich wäre nicht zum Major befördert worden, wenn sich meine Tätigkeit darauf beschränkt hätte, Generale zu Besprechungen zu fahren.“

„Sieh mal einer an!“ Diana war jetzt doch beeindruckt. „Sag bloß, du bist in eine finstere Verschwörung verwickelt?“

Flick brauchte ihre freiwillige Zustimmung. „Du wärst also bereit zu einem Einsatz, den du vielleicht nicht überlebst?“

Diana wirkte eher aufgeregt als entmutigt. „Natürlich bin ich dazu bereit! William setzt jeden Tag sein Leben aufs Spiel, warum sollte ich da zurückstehen?“

Da Diana so begeistert reagierte, beschloss Flick, die Gunst der Stunde zu nutzen. „Es gibt noch eine Bedingung, die dir vielleicht unangenehmer ist als das Risiko. Du bist die Tochter des Barons, ich bin die Göre von der Wirtschafterin. Aber ich leite diesen Einsatz. Du musst mir gehorchen. Ich werde dich hart rannehmen, bis du dich dran gewöhnst.“

„Zu Befehl, Sir!“

„Du brauchst mich nicht mit Sir oder Ma'am anzusprechen, aber wir achten auf knallharte militärische Disziplin. Befehlsverweigerung kann bei solchen Sachen tödlich ausgehen."

„Oh, wie dramatisch, Schätzchen! Aber ich verstehe das natürlich."

Flick war nicht so sicher, ob Diana sich tatsächlich über die Konsequenzen im Klaren war. Aber sie hatte getan, was sie konnte. Sie zog einen Notizblock aus ihrer Bluse, schrieb eine Adresse auf und gab sie Diana. „Pack deinen Koffer für eine Dreitagereise, und dann fahr dorthin. Heute noch." Sie stand auf. „Deine Ausbildung beginnt morgen früh bei Tagesanbruch."

Auch Diana erhob sich jetzt. „Ich komme gleich mit zurück ins Haus und packe. Aber eine Frage hätte ich noch. Keiner wollte mich haben. Wieso kommst du ausgerechnet auf mich?"

Flick betrachtete die blutverschmierten Kaninchenkadaver auf dem Boden und hob langsam den Blick. „Du kannst töten. Und genau so jemanden brauche ich."

FRANCK schlief bis zehn Uhr morgens in seiner Suite im „Hotel Frankfurt" in Reims. Als er aufwachte, war er aufgeregt und optimistisch. Das Verhör Lefèvres hatte ihm eine heiße Spur geliefert. Die Frau mit dem Decknamen Bourgeoise und ihr Haus in der Rue du Bois konnten ihn ins Zentrum der französischen Widerstandsbewegung führen.

Er griff zum Telefonhörer. „Guten Morgen, Hesse, haben Sie gut geschlafen?"

„Ja, danke, Herr Major. Ich war bereits im Rathaus und habe die Adresse in der Rue du Bois überprüft. Eigentümerin und Bewohnerin ist eine gewisse Mademoiselle Jeanne Lemas. Ich bin dran vorbeigefahren, um mir das Haus mal anzusehen. Es war dort alles still."

„Gut gemacht, Hesse. Seien Sie in einer Stunde abfahrbereit."

Franck legte auf. Was diese Mademoiselle Lemas wohl für eine Frau war? Lefèvre hatte ausgesagt, dass niemand aus der Bollinger-Gruppe sie je gesehen hätte, und er glaubte ihm das. Es war ein „sicheres Haus". Neu eintreffende Agenten wussten lediglich, wo sie mit dieser Frau Kontakt aufnehmen konnten, sonst nichts.

Er ging wieder ins Schlafzimmer zurück, wo Stéphanie mittlerweile aufrecht im Bett saß. Er widerstand der Verlockung, wieder zu ihr zu schlüpfen, und fragte stattdessen: „Würdest du mir einen Gefallen tun?"

„Ich würde alles für dich tun."

„Ich hätte dich gerne dabei, wenn ich eine Frau aus der Résistance verhafte."

„Gut“, erwiderte sie ruhig. Ihre Miene verriet keine Gemütsregung.

„Danke.“ Er ging wieder ins Wohnzimmer zurück, wo er sich mit Willi Weber im Schloss von Sainte-Cécile verbinden ließ. Schon möglich, dass die Lemas allein war. Andererseits ließ sich auch nicht ausschließen, dass es in ihrem Haus vor alliierten Agenten nur so wimmelte. Er brauchte Verstärkung.

„Ich habe vor, in Kürze ein konspiratives Haus der Résistance zu durchsuchen“, teilte er Weber mit. „Vielleicht brauche ich ein paar von Ihren Schwergewichtlern dazu. Würden Sie mir vier Mann und einen Wagen zum Hotel Frankfurt schicken?“

Diesmal überschlug sich Weber schier, weil seine Leute sich an dem Einsatz beteiligen sollten. Verlief alles nach Wunsch, konnte sich die Gestapo den Erfolg an die Brust heften.

Franck zog einen dunkelgrauen Kammgarnanzug an. Seine Walther P 38 schob er in ein Schulterholster unter dem Jackett. Dann setzte er sich mit einer Tasse Kaffee ins Schlafzimmer und sah zu, wie Stéphanie sich anzog. Diese Franzosen produzieren doch einfach die schönste Unterwäsche der Welt, dachte er, als sie in ein seidenes Spitzenhöschen stieg. Mit Lust sah er, wie sie sich die Strümpfe überstreifte und die Seide über ihren Schenkeln glatt strich. Als sie fertig war, verließen sie die Suite.

Draußen vor dem Hotel wartete Hesse bereits mit dem Hispano-Suiza. Hinter dem Wagen stand ein schwarzer Citroën mit vier Gestapo-Beamten in Zivil. Weber höchstpersönlich saß auf dem Beifahrersitz und trug einen grünen Lodenanzug, der ihn wie einen Bauern auf dem Weg zum Kirchgang aussehen ließ.

„Folgen Sie mir“, wies Franck ihn an. „Und wenn wir dort sind, bleiben Sie bitte im Wagen, bis ich Sie rufe.“

„Wo haben Sie bloß so eine Karosse her?“, wollte Weber wissen.

„Das Bestechungsgeschenk eines Juden, dem ich zur Flucht nach Amerika verholfen habe.“

Weber gab einen ungläubigen Grunzlaut von sich, doch die Auskunft entsprach den Tatsachen. Unverfrorenheit war die beste Verhaltensweise im Umgang mit Leuten wie Weber. Hätte Franck zum Beispiel versucht, Stéphanie vor dem Sturmbannführer zu verstecken, hätte dieser sofort den Verdacht geschöpft, dass sie Jüdin war, und womöglich eine Untersuchung eingeleitet. Aber weil Franck sie offen präsentierte, kam Weber gar nicht erst auf dumme Gedanken.

Es waren nur wenige Fahrzeuge unterwegs. Autos wurden nur von Leuten in offizieller Funktion benutzt: der Polizei, Ärzten, der Feuerwehr – und natürlich den Deutschen. Der einfache Franzose bewegte sich zu Fuß oder auf dem Fahrrad vorwärts.

Die Rue du Bois war eine hübsche, von Bäumen gesäumte Straße in einem Außenbezirk. Hesse hielt vor einem hohen Gebäude am Ende einer Häuserzeile. Hinter ihnen stoppte Webers Citroën, doch die Gestapo-Leute blieben, den Instruktionen folgend, im Wagen sitzen.

„Folge mir, wenn ich dir ein Zeichen gebe", sagte Franck beim Aussteigen zu Stéphanie. Sein Blick fiel in den Hof neben dem Haus. Dort gab es eine Garage, dahinter einen kleinen Garten mit säuberlich gestutzten Hecken und rechtwinkligen Blumenbeeten. Die Besitzerin hatte Sinn für Ordnung und Sauberkeit.

Die Frau, die Franck öffnete, war ungefähr 60. Ihr weißes Haar war am Hinterkopf zusammengesteckt und wurde von einer Schildpattspange gehalten. Sie trug ein blaues, mit kleinen weißen Blumen gemustertes Kleid. „Guten Morgen, Monsieur", begrüßte sie ihn höflich.

Franck lächelte. Eine untadelige Dame. Schon fielen ihm vielversprechende Verhörmethoden für sie ein. „Guten Morgen. Mademoiselle Lemas?"

Als sie seinen leichten deutschen Akzent bemerkte, glomm in ihren Augen Furcht auf. Als sie antwortete, zitterte ihre Stimme ein wenig. „Was kann ich für Sie tun?"

„Sind Sie allein, Mademoiselle?" Aufmerksam beobachtete er ihr Gesicht.

„Ja, ganz allein." Sie sagte die Wahrheit, Franck war sich sicher. Eine Frau wie sie konnte nicht lügen, ohne sich mit dem Blick zu verraten.

Er drehte sich um und gab Stéphanie einen Wink. „Meine Kollegin wird mitkommen. Ich muss Ihnen ein paar Fragen stellen. Darf ich eintreten?"

„Bitte sehr."

Mobiliar aus dunklem, auf Hochglanz poliertem Holz beherrschte den vorderen Salon. Franck setzte sich auf ein Plüschsofa, Stéphanie tat es ihm nach, und Mademoiselle Lemas nahm auf einem hohen Stuhl gegenüber Platz. Sie war ziemlich pummelig. Ihr Laster musste wohl das Essen sein.

Auf einem Beistelltischchen stand eine Zigarettendose. Franck ließ den Deckel aufschnappen und sah, dass die Dose randvoll war. „Sie dürfen gerne rauchen."

Sie reagierte etwas pikiert. „Ich rauche nicht."

„Und wozu brauchen Sie dann diese Zigaretten?"

„Für Besucher. Freunde … Nachbarn." Sie fühlte sich sichtlich unwohl in ihrer Haut.

„Und englische Spione."

„Das ist absurd!"

Er schenkte ihr sein charmantestes Lächeln. „Sie sind offensichtlich eine grundanständige Dame, die aus fehlgeleiteten Motiven in kriminelle Machenschaften geraten ist. Sie sehen, ich will ganz offen mit Ihnen sein, und ich hoffe sehr, dass Sie nicht so töricht sein werden, mir Lügen zu erzählen."

„Ich werde Ihnen gar nichts erzählen."

Franck freute sich darüber, wie schnell er vorankam. Sie hatte es bereits aufgegeben, ihm vorzuspiegeln, überhaupt nicht zu wissen, wovon er redete. Das war schon so gut wie ein Geständnis.

Er erhob sich. „Dann kommen Sie bitte mit."

„Wie Sie wünschen. Vielleicht gestatten Sie, dass ich mir noch meinen Hut aufsetze."

„Aber selbstverständlich." Franck nickte Stéphanie zu. „Begleite Mademoiselle bitte, und achte darauf, dass sie weder telefoniert noch etwas aufschreibt." Er wollte vermeiden, dass sie irgendwelche Botschaften hinterließ.

Als die Frauen zurückkamen, hatte Mademoiselle Lemas einen leichten Mantel übergestreift, einen Topfhut aufgesetzt und trug eine braune Handtasche.

Der Gestapo-Citroën folgte ihnen bis nach Sainte-Cécile. Auf dem Parkplatz des Schlosses wandte sich Franck an Weber. „Ich werde sie mit raufnehmen und in ein Büro setzen."

„Wieso denn? Die Zellen sind im Keller."

„Warten Sie's ab."

Er führte die Gefangene die Treppe zu den Büroräumen der Gestapo hinauf. Dort suchte er sich jenen aus, in dem am meisten los war, ein kombiniertes Schreib- und Postzimmer, in dem sich zahlreiche junge Männer und Frauen mit flotten Hemden und Krawatten aufhielten. Er ließ Mademoiselle Lemas im Flur warten, schloss die Tür hinter sich, klatschte in die Hände und bat um Aufmerksamkeit. „Ich werde gleich eine Französin hereinführen. Es handelt sich um eine Gefangene, doch wünsche ich, dass Sie sie alle höflich und zuvorkommend wie einen Gast behandeln, verstanden? Es ist sehr wichtig, dass sie sich respektiert fühlt."

Er brachte Mademoiselle Lemas herein, ließ sie an einem Tisch Platz nehmen und fesselte, eine Entschuldigung murmelnd, einen ihrer Fußknöchel mit einer Handschelle ans Tischbein. Dann ging er hinaus und nahm Hesse mit, während Stéphanie bei der Gefangenen blieb.

„Gehen Sie in die Kantine, bestellen Sie ein Mittagessen, und lassen Sie es auf einem Tablett anrichten. Suppe, ein Hauptgericht, Wein, eine Flasche Mineralwasser und viel Kaffee. Sorgen Sie dafür, dass alles appetitlich aussieht."

Der Leutnant grinste voller Bewunderung, obwohl er keine Ahnung hatte, was sein Vorgesetzter beabsichtigte. Aber diesem war sicher wieder etwas ganz Raffiniertes eingefallen.

Es dauerte nur ein paar Minuten, bis Hesse mit dem Tablett zurückkam. Franck übernahm es, trug es ins Büro und setzte es vor Mademoiselle Lemas auf den Tisch.

„Bitte sehr. Es ist Essenszeit."

„Ich kann jetzt nichts essen, danke sehr."

„Vielleicht bloß ein bisschen Suppe?" Er schenkte ihr etwas Wein ein.

Sie verdünnte den Wein mit Mineralwasser und nippte daran. Dann probierte sie einen Löffel Suppe.

„Die französische Küche ist so deliziös! Wir Deutschen können ihr einfach nicht das Wasser reichen." Franck plauderte irgendwelchen Blödsinn, der sie entspannen sollte.

Mademoiselle Lemas verzichtete auf das Hauptgericht, trank aber den gesamten Kaffee aus. Franck war das nur recht. Nachdem sie fertig war, stellte er seine Fragen.

„Wo treffen Sie die Agenten der Alliierten? Woran erkennen sie Sie? Wie lautet die Parole?" Als sie schwieg, bedachte er sie mit einem melancholischen Blick. „Es stimmt mich sehr traurig, dass Sie mir die Zusammenarbeit verweigern, nachdem ich Sie so gut behandelt habe."

Etwas verwirrt erwiderte sie: „Ich bin Ihnen dankbar für Ihre Zuvorkommenheit, aber ich kann Ihnen wirklich nichts sagen."

„Nun denn." Er erhob sich, als wollte er sich entfernen.

„Monsieur, darf ich Sie bitten …" Es war unverkennbar, dass ihr das Thema peinlich war. „Ich würde mir gerne die Hände waschen."

„Sie wollen aufs Klo?", fragte Franck schroff.

Sie errötete. „Ja."

„Ich bedauere, Mademoiselle, das ist leider nicht möglich."

„SORGEN Sie dafür, dass diese Fernmeldezentrale zerstört wird. Und wenn es das Einzige ist, was Sie in diesem Krieg noch zuwege bringen" war das Letzte, was Monty am späten Montagabend zu Paul gesagt hatte.

Als dieser am Morgen erwachte, klang die banale Instruktion in seinem

Kopf noch nach. Erfüllte er sie, hatte er einen Beitrag zum Sieg geleistet. Er suchte Percy Thwaite in dessen Büro auf.

Der Oberst schmauchte eine Pfeife und deutete auf einen Berg Akten. „Wollen wir anfangen?"

„Was ist das?"

„Personalakten von Leuten, die wir als mögliche Agenten in die engere Wahl gezogen und dann aus dem einen oder anderen Grund doch nicht genommen haben."

Sie verbrachten den gesamten Vormittag mit der Sichtung der Unterlagen. Die meisten Kandidaten waren Anfang 20, und es gab nur eine einzige Eigenschaft, die sie alle gemeinsam hatten: Sie beherrschten eine Fremdsprache so gut wie ein Einheimischer. Nachdem Percy und Paul alle Männer aussortiert hatten und von den Frauen all jene, deren Fremdsprache nicht Französisch war, blieben nur noch drei Namen übrig.

Paul fühlte sich entmutigt. „Das Minimum sind vier – wobei ich schon voraussetze, dass Major Clairet die Frau, die sie heute Vormittag ansprechen will, auch tatsächlich rekrutiert."

„Diana Colefield."

„Und außerdem ist keine der drei Sprengstoffexpertin oder Fernmeldetechnikerin."

Thwaite war optimistischer. „Sie waren es nicht, als die SOE die Eignungsgespräche mit ihnen geführt hat, aber das kann sich ja inzwischen geändert haben. Frauen haben sich in die verschiedensten Gebiete eingearbeitet."

Es dauerte eine ganze Weile, bis sie die drei ausfindig gemacht hatten. Ihre Enttäuschung wuchs, als sie erfuhren, dass eine von ihnen mittlerweile tot war. Die beiden anderen hielten sich in London auf. Unglücklicherweise befand sich die eine, Ruby Rowland, zurzeit in Seiner Majestät Frauengefängnis in Holloway und wartete darauf, dass ihr wegen Mordes der Prozess gemacht wurde. Die andere, Maude Valentine, war laut Aktenvermerk „psychologisch nicht geeignet" und arbeitete als Fahrerin bei der FANY.

„Tja", seufzte Paul. „Wir haben ja von Anfang an gewusst, dass wir es nicht mit der ersten Wahl zu tun haben."

„Aber wir dürfen doch nicht Flicks Leben aufs Spiel setzen, indem wir solche Figuren anwerben!", rief Percy aus, und Paul spürte, dass dem Oberst viel daran lag, Felicity Clairet zu schützen. Er betrachtete sich offensichtlich als ihren Schutzengel.

Die erste Anwärterin, die sie sich vornehmen wollten, war Maude Valentine. Aus Sicherheitsgründen bestellte Thwaite sie ins „Fenchurch Hotel“, das gleich um die Ecke lag. Sie war ein hübsches Mädchen, das ein wenig kokett im Auftreten war. Die Uniformbluse spannte über ihrem Busen, und die Mütze saß leicht schräg auf ihrem Kopf.

Paul sprach sie auf Französisch an. „Was tun Sie bei der FANY?“

„Ich bin Montys Fahrerin.“

„Tatsächlich? Ich habe eine Zeit lang für ihn gearbeitet, kann mich aber nicht erinnern, Sie je gesehen zu haben.“

„Oh, ich fahre nicht immer nur Monty, sondern auch alle anderen hohen Tiere.“

„Aha.“ Er schenkte ihr eine Tasse Tee ein und spürte, wie Maude die Aufmerksamkeit genoss, die ihr zuteil wurde. Während Thwaite ihr weitere Fragen stellte, beobachtete er sie genau.

„Ich bin in Marseille geboren. Meine Familie zog nach London, als ich zehn Jahre alt war“, erzählte sie. „Mein Papa ist leitender Pastetenbäcker im ‚Claridge's Hotel‘.“

„Sehr beeindruckend.“

Ihre Akte lag auf dem Tisch, und Percy schob sie diskret ein paar Zentimeter in Pauls Richtung. Dessen Blick fiel auf einen Hinweis aus dem ersten Eignungsgespräch mit Maude: VATER: ARMAND VALENTIN, 39, KÜCHENGEHILFE IM CLARIDGE'S.

Als sie fertig waren, baten sie Maude, draußen zu warten. „Sie lebt in einer Fantasiewelt“, knurrte Thwaite, kaum dass sie die Tür hinter sich geschlossen hatte. „Sie hat ihren Vater zum Chefkoch befördert und ihren Namen in Valentine geändert.“

Paul nickte zustimmend. „Und sie wollte uns weismachen, dass sie Montys Fahrerin ist, was definitiv nicht stimmt.“

„Ja, und das ist sicher auch der Grund, warum sie beim letzten Mal nicht genommen wurde.“

„Aber jetzt haben wir keine andere Wahl.“

„Sie haben Recht“, erwiderte Percy widerstrebend. „Außerdem kann ihr Talent zum Geschichtenerzählen in einem Verhör unter Umständen nützlich sein.“

„Gut. Also holen wir sie erst mal an Bord.“ Paul rief Maude wieder herein. „Ich hätte Sie gern in dem Team, das ich gerade zusammenstelle. Was halten Sie von einem Einsatz, der ziemlich gefährlich sein kann?“

„Müssen wir dazu nach Paris?“, wollte sie wissen.

Komische Erwiderung, dachte er. „Warum fragen Sie das?“

„Ich würde so gerne mal nach Paris reisen. Ich war da noch nie.“

„Wo immer der Einsatz stattfinden mag, fürs Sightseeing haben Sie garantiert keine Zeit."

„Und dass der Einsatz gefährlich ist? Wie denken Sie darüber?", hakte Thwaite nach.

„Das geht schon in Ordnung", antwortete Maude leichten Sinnes. „Ich habe keine Angst."

Solltest du aber. Doch wohlweislich sprach Paul es nicht aus.

FLICK und Paul hatten vereinbart, sich vor dem Gefängnis zu treffen und Ruby Rowland gemeinsam zu befragen. Thwaite fuhr ihn hin.

Flick stand wartend am Eingang. Sie trug ihre FANY-Uniform: eine Jacke mit vier Taschen, einen Hosenrock und ein Hütchen mit aufgebogener Krempe, unter dem blonde Löckchen hervorquollen. Ihr Anblick raubte Paul für einen Moment den Atem. „So ein hübsches Mädchen!"

„Sie ist verheiratet", bemerkte Percy frostig. Er zögerte. „Sie müssen es sowieso wissen, denke ich. Ihr Mann, Michel Clairet, ist der Chef der Bollinger-Gruppe."

Flick schien guter Laune zu sein, und nachdem Paul ihr von Maude erzählt hatte, sagte sie erfreut: „Dann sind wir jetzt also schon zu dritt, mich eingeschlossen. Das heißt, wir haben schon die halbe Miete, und es ist gerade mal zwei Uhr mittags."

Der Eingang zum Holloway-Gefängnis wurde von steinernen Ungeheuern bewacht, zwei gewaltigen geflügelten Greifen, die Schlüssel und Handschellen in ihren Fängen hielten. Paul und Flick wurden in das Büro der Gefängnisdirektorin Miss Lindleigh geführt, einer fassförmigen Person mit einem strengen Gesicht.

„Ich habe keine Ahnung, was Sie veranlasst, die Rowland besuchen zu wollen", sagte sie. „Und offenbar soll ich es auch nicht erfahren."

„Ich entschuldige mich für unsere Geheimniskrämerei", erwiderte Paul mit seinem charmantesten Lächeln. „Aber wir halten uns lediglich an unsere Befehle."

„Nun, ich muss Sie warnen: Die Rowland ist gewalttätig. Sie kam ursprünglich wegen Volltrunkenheit hierher, doch dann hat sie beim Hofgang im Streit eine andere Gefangene umgebracht. Sie wartet jetzt auf ihren Mordprozess."

„Ein harter Brocken", urteilte Flick, deren Interesse sichtlich gewachsen war.

„So ist es, Major. Auf den ersten Blick wirkt sie durchaus vernünftig, aber sie ist sehr leicht reizbar."

Durch enge Korridore und über steile Treppen führte Miss Lindleigh die beiden in einen Verhörraum, wo Ruby Rowland bereits wartete. Sie hatte nussbraune Haut, glattes dunkles Haar und wild glühende schwarze Augen. Dennoch war sie nicht das, was man sich unter einer typischen Zigeunerschönheit vorstellte: Ihre Hakennase und das aufwärts gekrümmte Kinn verliehen ihr eher ein gnomenhaftes Aussehen.

Miss Lindleigh ließ sie allein; im Zimmer nebenan saß allerdings ein Wärter, der sie durch eine verglaste Tür beobachtete. Flick, Paul und die Gefangene setzten sich an einen schäbigen Tisch, auf dem ein verdreckter Aschenbecher stand.

Paul hatte ein Päckchen Lucky Strikes mitgebracht. Er legte es auf den Tisch und sagte auf Französisch: „Bedienen Sie sich."

Ruby nahm zwei Zigaretten heraus und steckte sich die eine zwischen die Lippen und die andere hinters Ohr.

Paul stellte ein paar Routinefragen, um das Eis zu brechen. Ruby antwortete klar und höflich, wenngleich mit starkem Akzent.

„Meine Eltern gehören zum fahrenden Volk. Als ich 'n Kind war, sind wir von Jahrmarkt zu Jahrmarkt durch Frankreich gezogen. Mein Vater hatte 'nen Schießstand, und meine Mutter verkaufte heiße Pfannkuchen mit Schokoladensoße."

„Wie kamen Sie dann nach England?"

„Ich hab mich in 'nen englischen Matrosen verguckt, den ich in Calais kennen gelernt hab. Wir haben geheiratet und dann nach London rübergemacht. Vor zwei Jahren ist er gefallen. Sein Schiff wurde im Atlantik von 'nem U-Boot versenkt." Sie schüttelte sich. „'n kaltes Grab."

„Erzählen Sie uns, warum Sie hier sind", forderte Flick sie auf Englisch auf.

„Ich hab mir 'ne Pfanne organisiert und auf der Straße Pfannkuchen verkauft. Aber die Polizei hat mich einfach nicht in Ruh gelassen. Eines Abends – ich hatte 'n bisschen Kognak intus, 'ne Schwäche von mir, ich geb's ja zu – kam's dann zu 'nem Krach. Und wie der Bulle mich geschubst hat, hab ich ihm eine verpasst. Und da lag er auf'm Boden."

Paul betrachtete sie nicht ohne ein gewisses Vergnügen. Nicht mehr als von durchschnittlicher Größe und drahtig, hatte sie dennoch große Hände und muskulöse Beine. Dass sie imstande war, einen Londoner Polizisten niederzuschlagen, konnte er sich ohne weiteres vorstellen.

„Und was geschah dann?", wollte Flick wissen.

„Zwei Kollegen von dem Bullen kamen dann plötzlich um die Ecke gefegt und haben mich mit auf die Wache genommen. Und wegen

Volltrunkenheit und schlechtem Benehmen in der Öffentlichkeit hab ich vierzehn Tage gekriegt."

„Und in der Zeit kam es dann wieder zu einer Schlägerei?"

Ruby sah Flick kritisch an. „Ich weiß nicht, ob ich so Leuten wie euch erklären kann, wie's hier drinnen aussieht. Die Mädels sind zur Hälfte durchgeknallt, und jede ist bewaffnet. Du kannst dir 'ne Löffelkante zu 'ner Klinge zurechtfeilen. Von den Wärtern wird sich nie einer einmischen, wenn zwei Gefangene aufeinander losgehen – im Gegenteil, die haben ihren Spaß dran, wenn wir uns gegenseitig in Stücke reißen."

Paul fand Rubys bildhafte Darstellung der Verhältnisse Grauen erregend. Er wollte nicht ausschließen, dass sie übertrieb, hatte aber den Eindruck, dass sie aufrichtig war.

„Wie war das mit der Frau, die Sie umgebracht haben?", fragte Flick.

„Sie hatte mir 'n Stück Seife geklaut. Ich hab's mir zurückgeholt. Und dann ist sie auf mich los und hat mir 'n Stuhlbein übern Kopp gezogen. Ich dacht, die bringt mich um. Aber ich hatte ja mein Messer, so 'nen langen, spitzen Glassplitter. Das breite Ende hatte ich in 'n Stück alten Fahrradschlauch gewickelt, wie 'n Griff. Na, und das hab ich ihr dann in 'n Hals gepiekst."

„Klingt nach Notwehr", meinte Flick.

„Ne. Da musst du nämlich beweisen, dass du nicht weglaufen konntest. Und ich hab den Mord angeblich vorsätzlich geplant, weil ich mir aus der Scherbe 'ne Waffe gebastelt hab."

Paul erhob sich. „Wir gehen mal kurz raus, sind aber gleich wieder da."

Ruby lächelte ihn an und sah dabei zum ersten Mal recht nett aus. „Sie sind so höflich."

„Was für eine grässliche Geschichte", sagte Paul draußen auf dem Flur.

„Vergessen Sie eines nicht: Alle, die hier einsitzen, behaupten von sich, unschuldig zu sein. Ich halte sie für eine Mörderin."

„Also verzichten wir auf sie."

„Ganz im Gegenteil. Sie kommt mir gerade recht."

Sie gingen wieder hinein, und Flick sagte zu Ruby: „Wenn wir Sie hier rausholen, machen Sie dann bei einem gefährlichen Kriegseinsatz mit?"

„Drüben in Frankreich?"

Flick zog die Brauen hoch. „Wie kommen Sie darauf?"

„Sie haben am Anfang Französisch mit mir gequatscht."

„Nun, ich darf Ihnen nicht viel über den Einsatz erzählen."

„Ich geh jede Wette ein, dass es um Sabotage hinter den feindlichen Linien geht."

Paul war verblüfft. Sie begriff verdammt schnell. Seine Überraschung war Ruby nicht entgangen. „Erst dacht ich, ihr wolltet mich als Dolmetscherin oder so. Aber das ist ja völlig ungefährlich. Also müssen wir rüber nach Frankreich machen. Und was soll die britische Armee dort schon tun außer Brücken in die Luft jagen und Eisenbahngleise und so?" Sie runzelte die Stirn. „Worauf ich mir noch keinen Reim machen kann, ist die Frage, warum ihr grad mich haben wollt. Das muss ja fünf nach zwölf sein bei euch. Aber sei's drum, wenn ihr mich wollt, könnt ihr mit mir rechnen."

„Ihnen ist klar, dass es sich um einen gefährlichen Einsatz handelt?", vergewisserte sich Flick.

„Na, und ob." Ruby zündete sich die zweite Lucky Strike an. „Aber so gefährlich wie 's Leben in dem Knast hier auch wieder nicht."

SIE GINGEN zu Fuß zur nächsten U-Bahn-Station. Flick wirkte nachdenklich. „Es ist Ihnen gelungen, die Tigerin Ruby in eine Miezekatze zu verwandeln."

„Wer möchte schon bei einer solchen Frau in Ungnade fallen?"

Flick lachte. Es freute Paul, dass es ihm gelungen war, sie zu beeindrucken. Aber er beschäftigte sich bereits mit dem nächsten Problem.

„Um Mitternacht sollten wir das halbe Team in unserem Ausbildungszentrum in Hampshire haben." Er verzog den Mund. „Eine undisziplinierte Aristokratin, eine niedliche Kokette, die Fantasie und Wirklichkeit nicht auseinander halten kann, und eine mörderische Zigeunerin mit einer Neigung zum Jähzorn."

„Bettler können nicht wählerisch sein", entgegnete Flick fröhlich.

„Aber wir haben noch immer keine Sprengstoffexpertin und keine Fernmeldetechnikerin."

Flick warf einen Blick auf ihre Armbanduhr. „Es ist ja erst vier."

Paul grinste. Ihr Optimismus war unwiderstehlich.

FLICK und Thwaite hatten vereinbart, sich im Orchard Court wieder zu treffen. Als sie eintrat, goss er sich gerade einen Tee auf. Er reichte ihr eine Tasse und nahm hinter seinem Schreibtisch Platz.

„Wo ist Chancellor?"

„Er versucht einen Staatsanwalt aufzutreiben, der Ruby Rowland aus dem Gefängnis holen kann."

Thwaite sah sie fragend an. „Magst du ihn?"

„Jedenfalls ist er mir sympathischer als am Anfang."

„Und Ruby Rowland? Was ist das für eine?"

„Sie hat einer Mitgefangenen bei einem Streit um ein Stück Seife den Hals aufgeschlitzt."

Ungläubig schüttelte er den Kopf. „Was für eine teuflische Bande stellen wir da zusammen?"

„Eine gefährliche. Und gefährlich soll sie ja auch sein. Was mir viel mehr Kopfzerbrechen bereitet, ist die Tatsache, dass wir bisher noch nicht die Spezialistinnen gefunden haben, die wir brauchen."

Percy trank seinen Tee aus. „Ich kenne eine Sprengstoffexpertin, die Französisch spricht. Als sie mir zuerst einfiel, habe ich den Gedanken sofort wieder verworfen. Aber da war mir noch nicht klar, unter welch enormem Druck wir stehen. Sie ist so um die vierzig. Die SOE setzt Leute dieses Alters normalerweise nicht mehr ein, schon gar nicht als Fallschirmspringer."

„Wie ist sie Sprengstoffexpertin geworden?", fragte Flick aufgeregt.

„Sie ist eine Geldschrankknackerin. Wir kennen uns seit vielen Jahren, noch aus den Zeiten, als ich im East End groß geworden bin. Dort wachsen die künftigen Polizisten und die künftigen Gauner gemeinsam auf, besuchen dieselben Schulen. Da kennt jeder jeden."

„Und wo ist die Frau jetzt?"

Thwaite sah auf seine Uhr. „Es ist grade sechs. Um diese Zeit ist sie immer an der Bar des ‚Weißen Schwans' zu finden."

„Dann lass uns hingehen!"

Sie fuhren nach Steppney. Hier war es nicht mehr weit bis zu den Docks. So schwere Bombenschäden hatte Flick noch nicht gesehen. Ganze Straßenzüge lagen in Schutt und Asche. Percy hielt vor einem Pub an.

Geraldine Knight saß auf einem Barhocker am anderen Ende der Theke und gebärdete sich, als gehörte ihr das Etablissement. Sie hatte leuchtend blonde Haare und trug eine fachkundig aufgelegte dicke Schicht Make-up. Die scheinbare Festigkeit ihrer pummeligen Figur verdankte sie zweifellos einem Korsett.

„Percy Thwaite, so wahr ich hier sitze und atme!", rief sie aus. Sie freute sich sichtlich über sein Erscheinen.

„Hallo, Jelly, darf ich dir meine Freundin Flick vorstellen?"

„Nett, dich kennen zu lernen, wirklich." Geraldine schüttelte ihr die Hand.

Flick sprach sie auf Französisch an. „Lebst du in diesem Stadtteil?"

„Seit meinem zehnten Lebensjahr", antwortete Jelly auf Französisch mit nordamerikanischem Akzent. „Geboren bin ich in Quebec."

Weniger gut, dachte Flick. Einem Deutschen fiel der Akzent vielleicht nicht auf, einem Franzosen aber mit Sicherheit. Jelly würde demnach als Französin kanadischer Herkunft auftreten müssen. So was war ungewöhnlich genug, um Skeptiker neugierig zu machen. Verdammt!

„Aber du betrachtest dich als Britin?"

„Engländerin, nicht Britin", korrigierte Jelly mit schelmischer Empörung und wechselte wieder zu Englisch. „Ich bin Anglikanerin, wähle die Torys und mag weder Ausländer noch Heiden, noch Republikaner."

„Freut mich, dass du so patriotisch bist."

„Und wieso interessiert dich das, wenn ich fragen darf?"

„Du könntest da was für dein Vaterland –"

„Ich habe Flick von deinen besonderen Fachkenntnissen erzählt", unterbrach Thwaite sie.

Geraldine betrachtete ihre knallrot lackierten Fingernägel. „Diskretion, Percy, wenn ich bitten darf."

„Du weißt wahrscheinlich, dass es auf diesem Gebiet eine Reihe faszinierender neuer Entwicklungen gibt", nahm Flick den Faden wieder auf. „Die Plastiksprengstoffe zum Beispiel."

„Ich bemühe mich, auf dem Laufenden zu bleiben." Jelly sah sie pfiffig an. „Wenn die Sache was mit dem Krieg zu tun hat, dann könnt ihr mit mir rechnen."

„Du wirst für ein paar Tage verreisen müssen – und vielleicht nicht mehr zurückkehren."

Jelly erschrak. „Oh …" Sie schluckte. „Na, und wenn schon." Doch es klang alles andere als überzeugend.

„Bist du dir ganz sicher?"

Sie wirkte nachdenklich. „Ihr wollt, dass ich was in die Luft jage. Aber das ist doch nicht etwa irgendwo auf dem Kontinent, oder?"

„Gut möglich."

„Ach, du meine Güte! Ihr wollt mich nach Frankreich schicken, oder? Hinter die feindlichen Linien! Lieber Gott, für so was bin ich nun wirklich schon viel zu alt." Sie zögerte. „Ich bin 37."

Du bist mindestens fünf Jahre älter, dachte Flick, doch sie sagte: „Ich bin auch schon fast dreißig. Für ein kleines Abenteuer ist das doch nicht zu alt."

„Das ist deine Meinung, meine Gute."

„Jelly, die Aufgabe, um die es hier geht, ist von entscheidender Bedeutung für den Kriegsverlauf", schaltete sich Thwaite ein. „Und du bist der einzige Mensch in diesem Land, der die Sache in die Hand nehmen kann."

„Red doch keinen Blödsinn!", entgegnete sie misstrauisch.

„Du bist eine Frau, die mit Sprengstoff umgehen kann, und sprichst Französisch. Was meinst du, wie viele von deiner Sorte es hierzulande gibt? Ich sag's dir: keine Einzige."

„Meinst du das ernst?"

„Ich war in meinem ganzen Leben noch nie so ernst."

„Mensch, Percy!" Sie verstummte, und Flick hielt den Atem an. Nach einer langen, langen Pause seufzte Jelly. „Okay, ich mach mit."

FLICK ließ die beiden in der Kneipe zurück. Auf dem Weg zur nächsten U-Bahn-Station geriet sie fast in Euphorie.

In der U-Bahn Richtung Bayswater trübte sich ihre Stimmung jedoch. Das wichtigste Mitglied des Einsatzkommandos fehlte noch immer. Ohne die Fernmeldetechnikerin konnte es leicht passieren, dass Jelly die Sprengsätze an der falschen Stelle anbrachte. Waren die Deutschen imstande, die Anlage binnen ein, zwei Tagen zu reparieren, lohnte das weder den enormen Aufwand noch die Gefahr für Leib und Leben der Beteiligten.

Als Flick in ihre Dachstube kam, wartete dort ihr Bruder Mark auf sie. Sie umarmte ihn. „Was für eine nette Überraschung!"

„Ich habe heute Abend frei und dachte, ich könnte dich vielleicht auf einen Drink einladen."

Flick war müde, und am liebsten hätte sie seine Einladung abgelehnt. Aber dann fiel ihr ein, dass sie ihren Bruder möglicherweise nie wiedersehen würde. „Wie wär's mit dem West End?", schlug sie daher vor.

„Einverstanden."

Sie verließen das Haus und schlenderten Arm in Arm die Straße entlang. „Ich habe heute Morgen Mutter besucht", erzählte Flick.

„Warum warst du bei ihr?"

„Das ist eine lange Geschichte, die kann ich dir jetzt nicht erzählen."

„Wieder so eine von deinen Geheimniskrämereien, was?"

Flick lächelte zustimmend. Dann seufzte sie, weil ihr das ungelöste Problem wieder einfiel. „Du kennst nicht zufällig eine Fernmeldetechnikerin, die Französisch spricht, oder?"

Mark blieb stehen. „Doch. Doch. So was in der Art."

MADEMOISELLE LEMAS litt Höllenqualen. Steif saß sie auf dem harten Stuhl mit der geraden Lehne. Ihre Gesichtszüge waren vor lauter Selbstbeherrschung zur Maske erstarrt. Sie umklammerte die robuste Lederhandtasche, die sie auf ihrem Schoß hielt.

Um sie herum hefteten die Büroangestellten und Sekretärinnen in ihren sorgfältig gebügelten Uniformen weiterhin Akten ab, tippten auf ihren Schreibmaschinen und lächelten ihr zu.

Franck saß auf seinem Stuhl und beobachtete sie. Er wusste, dass sie nicht nur körperlich litt. Schlimmer noch als ihre zum Bersten gefüllte Blase war die entsetzliche Vorstellung, sich in einem Raum voller höflicher, gut angezogener Menschen zu besudeln – der grässlichste aller Albträume für eine anständige ältere Dame aus gutem Hause. Franck bewunderte ihre Tapferkeit, doch allmählich dauerte es ihm zu lange, und er beschloss, den Lauf der Dinge zu beschleunigen. Er schickte Stéphanie ins Café des Sports, eine Flasche Bier und ein Glas zu holen. Er öffnete die Flasche und schenkte sich vor den Augen der Gefangenen langsam das Bier ein. Schmerzenstränen quollen ihr aus den Augen und kullerten über ihre Pausbacken.

Franck nahm einen tiefen Schluck. „Ihre Qualen, Mademoiselle, sind gleich vorbei. In wenigen Augenblicken werden Sie mir alle meine Fragen beantworten, und dann kommt die Erleichterung."

Sie schloss die Augen.

„Wo treffen Sie sich mit den britischen Agenten? Wie erkennen Sie einander? Wie lautet die Parole?" Er wartete einen Moment. „Formulieren Sie Ihre Antworten im Geiste, sodass Sie sie mir ohne Verzögerung geben können. Danach steht einer raschen Linderung Ihrer Pein nichts mehr im Wege." Er löste die Handschellen, die ihren Knöchel mit dem Tischbein verbunden hatten. „Auf zur Damentoilette."

Stéphanie ging voran, während Franck und Hesse die Gefangene im Griff hielten, die sich vornübergebeugt und mit zusammengebissenen Lippen voranschleppte. Am Ende des Flurs blieben sie vor einer Tür mit der Aufschrift DAMEN stehen, bei deren Anblick Mademoiselle Lemas laut aufstöhnte.

„Wo treffen Sie die britischen Agenten?"

Sie fing an zu weinen. „In der Kathedrale. In der Krypta", schluchzte sie. „Bitte lassen Sie mich jetzt gehen!"

Mit einem tiefen Seufzer bekundete Franck seine Zufriedenheit. „Und wann?"

„Nachmittags um drei. Ich gehe jeden Tag hin."

„Und wie erkennen Sie einander?“

„Ich trage verschiedenfarbige Schuhe, einen braunen und einen schwarzen. Darf ich jetzt …“

„Eine Frage noch: Wie lautet die Parole?“

„‚Beten Sie für mich.‘“

„Und Ihre Antwort?“

„‚Ich bete für den Frieden.‘ Das ist meine Antwort. Oh, ich bitte Sie!“

„Danke.“ Franck gab sie frei.

Mademoiselle Lemas rannte hinein. Stéphanie folgte ihr auf ein Nicken Francks hin und schloss die Tür hinter sich.

Er konnte seine Befriedigung nicht verhehlen. „Sehen Sie, Hesse, wir machen Fortschritte. Wenn die beiden wieder rauskommen, überstellen Sie die Gefangene der Gestapo.“

Er begann zu überlegen, wie sich die neuen Informationen am besten verwerten ließen. Das Reizvolle an dieser Aufgabe lag darin, die Agenten zu schnappen, ohne dass man in London davon erfuhr. Im Idealfall traf der nächste Agent Mademoiselle Lemas in der Krypta und ging mit ihr nach Hause. Dort gab er dann per Funk nach London durch, alles sei nach Plan verlaufen. Sobald er das Haus verlassen hatte, konnte man die Codebücher kassieren, den Spion verhaften und in der Folge nicht nur in seinem Namen weitere Funkbotschaften nach London übermitteln, sondern auch die Antworten darauf lesen. Eine aufregende Perspektive.

Weber kam vorbei. „Und – hat die Gefangene ausgepackt?“

„Ja. Sie hat uns verraten, wo sie sich mit den feindlichen Agenten trifft und welche Parolen sie benutzen.“

„Und wo finden diese Treffen statt?“

Franck zögerte. Am liebsten hätte er Weber nicht ins Vertrauen gezogen, aber er war auf dessen Hilfe angewiesen. „In der Krypta der Kathedrale, jeweils nachmittags um drei.“

Weber entfernte sich, und Franck wandte sich wieder der Planung seiner nächsten Schritte zu. Kein einziges Mitglied der Bollinger-Gruppe hatte Mademoiselle Lemas jemals gesehen, und Agenten, die aus London eingeflogen wurden, wussten nicht, wie sie aussah, deshalb brauchten sie ja Erkennungszeichen und Parolen. Vielleicht ließ sich jemand auftreiben, der als Mademoiselle Lemas auftreten konnte.

Als Stéphanie mit der Gefangenen aus der Damentoilette kam, nahm er seine Geliebte am Arm. „Hesse wird die Lemas übernehmen. Komm, ich lade dich zu einem Glas Champagner ein.“

Er führte sie aus dem Schloss hinaus, vor dem Soldaten auf dem Platz drei Pfähle errichteten. Eine Hand voll Einheimischer stand vor dem Kirchenportal und beobachtete die Vorgänge schweigend.

Franck geleitete Stéphanie in das Café und bestellte eine Flasche Champagner. „Danke für deine Hilfe. Ich weiß sie sehr zu schätzen."

„Ich liebe dich. Und du liebst mich auch, obwohl du es nie aussprichst."

„Ich würde gerne wissen, was du bei solchen Dingen wie heute denkst. Du bist Französin und hast eine Großmutter, deren Rasse wir nicht erwähnen dürfen."

„Ich glaube nicht mehr an Nationalität oder Rasse", erklärte sie leidenschaftlich. „Als mich die Gestapo verhaftet hat, gab es keinen einzigen Franzosen, der mir geholfen hätte. Und auch keinen Juden. Es war so kalt in diesem Gefängnis." Die Erinnerung ließ sie erschauern, dem warmen Frühsommerabend zum Trotz. „Nicht nur äußerlich kalt. Ich habe die Kälte auch in meinem Herzen gespürt, in meinen Knochen. Ich hatte das Gefühl, als würde mir niemals wieder warm." Nach einer längeren Pause fuhr sie fort. „Ich werde niemals die Wärme in deiner Wohnung vergessen. Sie hat mich wieder zu einem Menschen gemacht. Du hast mich gerettet."

Er nahm ihre Hand. „Das war nicht schwer."

„Du schenkst mir Geborgenheit in einer Welt, in der es kaum noch Geborgenheit gibt. Deshalb glaube ich inzwischen nur noch an dich."

„Wenn das dein Ernst ist, dann wäre da noch etwas, was du für mich tun könntest."

„Ich tue alles für dich."

„Ich möchte, dass du Mademoiselle Lemas spielst. Du gehst jeden Nachmittag um drei in die Krypta der Kathedrale. Zieh dir einen schwarzen und einen braunen Schuh an. Wenn jemand zu dir kommt und sagt: ‚Beten Sie für mich', dann antwortest du: ‚Ich bete für den Frieden.' Danach bringst du die betreffende Person in das Haus in der Rue du Bois und rufst mich an."

Der Champagner kam, und Franck füllte zwei Gläser. Er entschloss sich, ihr nichts vorzumachen. „Wenn der Agent Mademoiselle Lemas früher schon mal gesehen hat, könnte es für dich kritisch werden. Bist du bereit, dieses Risiko auf dich zu nehmen?"

„Ist das wichtig für dich?"

„Ja, sehr."

„Dann tu ich's."

Draußen auf dem Platz krachte eine Salve Gewehrschüsse. Durch das

Fenster des Cafés sah Franck drei Körper zusammengesackt in den Seilen hängen, mit denen man sie an die Pfosten gefesselt hatte. Es waren die Résistance-Kämpfer, die den Angriff am Sonntag überlebt hatten.

DIE KRIEGSBEDINGTEN Sparmaßnahmen wirkten sich auf das Leben in Soho, dem Rotlichtviertel im Herzen des Londoner Westends, kaum aus. Die Leuchtreklamen an Klubs und Bars waren wegen der Verdunkelung zwar ausgeschaltet, doch wie eh und je zogen bierselige junge Männer torkelnd durch die Straßen, die meisten von ihnen jetzt allerdings in Uniform. Und wie eh und je flanierten auf den Gehsteigen die gleichen grell geschminkten Mädchen in eng sitzenden Kleidern.

Flick und ihr Bruder betraten den „Criss-Cross Club", dessen Manager Mark wie einen Freund begrüßte. Flick war in gehobener Stimmung. Ihr Bruder kannte eine Fernmeldetechnikerin, und sie würde sie in Kürze kennen lernen. Er hatte nicht viel von ihr erzählt, außer dass sie mit Vornamen Greta hieß, wie der berühmte Filmstar.

Der Raum war verqualmt und trübe beleuchtet, es gab nur ein paar Tische. Auf einer niedrigen Bühne war hinter einer kleinen Tanzfläche eine fünfköpfige Band zu erkennen. Flick fragte sich, ob es sich hier wohl um einen Klub handelte, der sich auf Jungs wie Mark spezialisiert hatte, die „nicht zum Heiraten geschaffen" waren.

Sie bestellte sich einen Scotch, ihr Bruder einen Martini.

Eine große Blondine in einem roten Cocktailkleid fegte auf die Bühne. Applaus brandete auf. „Das ist Greta", erklärte Mark. „Tagsüber ist sie Fernmeldetechnikerin bei der Post."

Greta begann zu singen. Sie hatte eine kraftvolle Bluesstimme, doch Flick hörte sofort den deutschen Akzent heraus. Die Musik übertönend, rief sie Mark ins Ohr: „Ich dachte, du hättest gesagt, sie wär Französin."

„Sie *spricht* Französisch", korrigierte er sie. „Aber sie *ist* Deutsche."

Das klang gar nicht gut. Wahrscheinlich sprach Greta mit genauso starkem deutschem Akzent Französisch. Selbst wenn er der Gestapo vielleicht nicht auffiel, der französischen Polizei würde sie nichts vormachen können. Aber musste sie unbedingt eine Französin spielen? Es gab eine Menge deutscher Frauen in Frankreich: Offiziersgattinnen, Fahrerinnen, Stenotypistinnen. Flicks Zuversicht kehrte zurück.

Greta beendete ihren Auftritt und verließ unter Begeisterungsstürmen die Bühne.

Mark erhob sich. „Wir können in der Garderobe mit ihr sprechen."

Flick folgte ihm einen Gang entlang zu einer Tür, an die mit Reißzwecken ein rosa Papierstern geheftet war. Mark klopfte an und betrat den Raum, ohne eine Antwort abzuwarten. Das Mobiliar in dem winzigen Zimmer bestand aus einer Frisierkommode, einem Spiegel, einem Hocker und einem Filmplakat, auf dem Greta Garbo in „Die Frau mit den zwei Gesichtern" zu sehen war. Auf einem Ständer in Form eines Kopfes ruhte eine kunstvoll gearbeitete blonde Perücke. Das rote Kleid, das Greta auf der Bühne getragen hatte, hing an einem Haken an der Wand. Und auf dem Hocker vor dem Spiegel saß ein junger Mann mit behaarter Brust.

Verblüfft hielt Flick die Luft an. Es war Greta, das stand außer Frage. Das Gesicht war aufwändig mit Make-up zurechtgemacht: greller Lippenstift, falsche Wimpern, gezupfte Brauen und eine Puderschicht, die den Schatten eines dunklen Bartes überlagerte. Das Haar war kurz geschoren, damit die Perücke besser passte. Der falsche Busen war vermutlich in das Kleid eingenäht, doch der Mann trug noch einen Halbunterrock, Strümpfe und rote hochhackige Schuhe.

„Das hättest du mir ruhig sagen können!", fuhr Flick ihren Bruder an.

Er lachte belustigt auf. „Darf ich dir Gerhard vorstellen? Es freut ihn, wenn man ihm nicht auf die Schliche kommt."

Flick sah selbst, dass Gerhard darüber sehr zufrieden war. Aber sie ärgerte sich über Mark. „Das war gemein von dir! Ich dachte, du hättest eine Lösung für mein Problem, dabei hast du dir bloß einen Scherz mit mir erlaubt."

„Das ist kein Scherz. Wenn du eine Frau brauchst, nimm Greta."

„Unmöglich. Die oberen Etagen würden da nie zustimmen."

„Dann verschweig es ihnen halt."

„Verschweigen?" Im ersten Moment war Flick wie vor den Kopf geschlagen, doch dann fand sie den Gedanken gar nicht mehr so abwegig.

„Mark, Süßer, worüber redet ihr bloß?", mischte sich Gerhard ein.

„Ehrlich gesagt, ich weiß es selber nicht genau. Meine Schwester ist da in delikate Dinge verwickelt, *top secret*, verstehst du?"

„Ich werd's dir erklären", sagte Flick, an Gerhard gewandt, „aber erzähl mir erst mal von dir."

„Na gut, mein Schatz, wo soll ich denn anfangen?" Er zündete sich eine Zigarette an. „Ich komme aus Hamburg. Vor zwölf Jahren – ich war damals sechzehn und machte eine Lehre als Fernmeldetechniker – war das eine wunderschöne Stadt. Es gab viele Kneipen und Nachtklubs, und es wimmelte von Seeleuten, die über die Stränge schlagen wollten. Mit achtzehn traf ich dann die große Liebe meines Lebens. Sie hieß Manfred." Tränen stiegen ihm in die Augen. „Er liebte mich in Fummeln und brachte mir bei, wie man damit umgeht. Aber die elenden Nazis haben ihn abgeholt. Ich habe ihn nie wiedergesehen. Wahrscheinlich ist er längst tot, denn ich fürchte, dass er im Gefängnis nicht lange überlebt hat. Andererseits: Nichts Genaues weiß man nicht." Er schluckte. „Also bin ich nach London gegangen. Mein Vater war Engländer. Er starb, als ich erst zwei war, deshalb habe ich ihn nie richtig kennen gelernt. Aber ich trage seinen Nachnamen – O'Reilly – und hatte von Anfang an beide Staatsbürgerschaften. Trotzdem hat es mich 1939 meine gesamten Ersparnisse gekostet, einen Pass zu bekommen. Wie es sich rausgestellt hat, bin ich grade noch rechtzeitig abgehauen. Glücklicherweise gibt's für Fernmeldetechniker in jeder Stadt Arbeit, und so bin ich hier gelandet, bin die gefeierte, die etwas andere Diva … Aber warum interessierst du dich für meine Geschichte?"

„Ich brauche eine Fernmeldetechnikerin. Ich kann dir nicht viel darüber erzählen, es ist wirklich streng geheim. Was ich dir aber sagen kann, ist, dass du es vielleicht nicht überleben wirst."

„Da läuft's mir ja eiskalt den Rücken runter! Für so harten Tobak bin ich nicht unbedingt geschaffen."

„Die harten Kämpfertypen habe ich schon. Von dir brauche ich deine technischen Fähigkeiten."

„Hätte ich damit eine Chance, diesen verfluchten Nazischweinen eins auszuwischen?"

„Und ob!"

„Dann, Schätzchen, bin ich ganz die deine."

VIERTER TAG. MITTWOCH, 31. MAI 1944

Es war mitten in der Nacht, und die Straßen im Süden Englands waren alle verstopft. Lange Konvois von Armeelastern rumpelten auf ihrem Weg zur Küste durch die verdunkelten Dörfer und Städte.

„Mann", staunte Greta, „das sieht wirklich nach einer Invasion aus."

In einem Mietwagen hatte Flick mit ihr kurz nach Mitternacht London verlassen. Gretas Garderobe war weniger spektakulär als sonst: ein einfaches schwarzes Kleid und eine brünette Perücke. Erst nach Abschluss der Mission würde sie wieder Gerhard sein.

Flick konnte nur hoffen, dass ihr Fachwissen tatsächlich so hervorragend war, wie Mark behauptet hatte. Sie erläuterte, worum es bei dem bevorstehenden Einsatz ging. „In dem Schloss befindet sich eine neue automatische Fernmeldezentrale. Sie wurde von den Deutschen zur Bewältigung des gesamten Telefon- und Fernschreibverkehrs zwischen Berlin und den Besatzungstruppen eingerichtet."

Greta war zunächst skeptisch. „Schätzchen, selbst wenn wir Erfolg haben – was soll die Deutschen daran hindern, die Anrufe einfach um das zerstörte Netz herumzulenken?"

„Die schiere Masse. Das System ist überlastet, und das französische System besteht weitgehend noch aus manuellen Vermittlungen. Jetzt stell dir vor, die wichtigste automatische Vermittlung fällt aus, und all diese Anrufe müssen über die herkömmliche Handvermittlung laufen, also das berühmte Fräulein vom Amt, was zehnmal so lang dauert. Da kommen neunzig Prozent der Anrufe einfach nicht durch."

„Na gut." Greta dachte nach. „Wir könnten zum Beispiel die Schaltschränke mit gemeinsam genutzten Apparaturen zerstören. Aber der Schaden ließe sich reparieren. Man müsste die Handvermittlung, die automatische Vermittlung, die Verstärker für die Fernverbindungen, die Telegrafenvermittlung und deren Verstärker ausschalten – die sich wahrscheinlich alle in verschiedenen Räumen befinden."

„Vergiss nicht, dass wir nur eine beschränkte Menge Sprengstoff mitnehmen können, nicht mehr, als sechs Frauen in ihren üblichen Taschen unterbringen können. Es muss doch die eine oder andere Einrichtung geben, die alle Systeme gemeinsam haben."

„Ja, die gibt's auch. Den HV, den Hauptverteiler. Das sind zwei Gruppen von Buchsen in großen Schaltschränken. Auf der einen Seite kommen die Leitungen von außen rein, auf der anderen führen sie aus der Zentrale raus. Untereinander verbunden sind sie durch Überbrückungskabel. Am besten zündet man dort ein Feuerchen an, das heiß genug ist, um das Kupfer in den Kabeln zu schmelzen."

„Und wie lange würde es dauern, die Kabel zu ersetzen?"

„Zwei Tage. Vorausgesetzt, dass die Techniker die Schaltpläne haben, auf denen die Kabelverbindungen eingetragen sind. Normalerweise liegen sie in einem Schrank im HV-Raum. Wenn es uns gelingt, die auch zu verbrennen, ist es eine elende Tüftelei, die richtigen Verbindungen wieder herzustellen. Und das kann Wochen dauern."

„Das klingt gut. Aber jetzt hör mal: Wenn ich morgen früh den anderen unsere Mission erkläre, werde ich ihnen eine fingierte Geschichte erzählen, damit unser Einsatz nicht gefährdet wird, wenn sie eine von uns schnappen und verhören. Du bist der Einzige, der weiß, worum es wirklich geht. Also behalte die Geschichte erst mal für dich."

Das „Mädchenpensionat“ genannte Ausbildungszentrum war auf einem weitläufigen Anwesen unweit der Südküste untergebracht. In den umliegenden Wäldern verbargen sich mehrere große Landhäuser, die von der SOE requiriert worden waren und nun als Ausbildungsstätten dienten, in denen man die angehenden Agenten mit Sicherheitsvorkehrungen, der Bedienung von Funkgeräten, Kartenlesen sowie weniger harmlosen Fertigkeiten wie Einbruch, Sabotage, Dokumentenfälschung und lautlosen Tötungsmethoden vertraut machte.

Sie trafen gegen drei Uhr morgens ein. Flick steuerte den Wagen über einen holprigen Zufahrtsweg, bevor sie vor dem Herrenhaus anhielt. Jedes Mal wenn sie hierher kam, hatte sie das Gefühl, eine Fantasiewelt zu betreten, in der man über Lug und Trug, Verrat und Gewalt sprach, als handelte es sich um die größten Selbstverständlichkeiten.

Es herrschte absolute Stille. Flick wusste, dass die anderen Mitglieder des Teams bereits da waren, doch sie schliefen sicher schon. Im Dachgeschoss fand Flick zwei freie Zimmer. Auch Greta war heilfroh, endlich ins Bett zu kommen.

Flick lag noch eine Zeit lang wach und grübelte darüber nach, wie sie es am besten anstellte, aus dieser Gruppe höchst unterschiedlicher Individualistinnen eine homogene Kampftruppe zu schmieden, schlief aber bald darüber ein.

Um sechs Uhr morgens war sie wieder wach, stand auf und weckte die anderen. Percy und Paul kamen als Erste in die große Küche auf der Rückseite des Hauses. Um halb sieben erschien ein Armeekoch, und kurze Zeit später kamen die Frauen nacheinander die Treppe herunter.

Flick war erstaunt über Maude Valentine, die sie jetzt zum ersten Mal sah. Weder Paul noch Percy hatten ihr gesagt, wie hübsch das Mädchen war. Sie erschien picobello gekleidet und parfümiert, als hätte sie vor, im „Savoy“ zu dinieren. Sie setzte sich neben Paul und begrüßte ihn in suggestivem Ton. „Gut geschlafen, Major?“

Der Anblick von Ruby Rowlands dunklem Piratengesicht erleichterte Flick. Wäre Ruby in der Nacht auf Nimmerwiedersehen verschwunden, hätte es sie auch nicht überrascht. Sicher, man hätte in diesem Fall wieder wegen Mordes nach ihr fahnden können, denn die zurückgezogene Anklage konnte jederzeit erneuert werden, aber Ruby hätte das Risiko dennoch eingehen können.

Jelly Knight sah man um diese frühe Tageszeit ihr Alter an. Sie setzte sich neben Thwaite und lächelte ihm freundlich zu. „Ich nehme an, du hast geschlafen wie ein Murmeltier.“

„Das kommt von meinem reinen Gewissen."

Sie lachte. „Gewissen? Du hast doch gar keines!"

Flick hielt unwillkürlich den Atem an, als Greta in die Küche kam. Sie trug ein hübsches Baumwollkleid mit einem kleinen falschen Busen. Eine rosa Strickjacke ließ ihre Schultern runder erscheinen, und ein Chiffontuch verhüllte den maskulinen Hals. Sie trug wieder die Perücke mit kurzem dunklem Haar. In krassem Gegensatz zu ihrer rassigen Bühnenerscheinung trat sie jetzt in der Rolle einer eher unscheinbaren jungen Frau auf, der ihre überdurchschnittliche Körpergröße ein wenig peinlich war. Flick stellte sie den anderen vor und beobachtete deren Reaktionen. Doch alle lächelten Greta freundlich zu.

Das also ist meine Truppe, dachte Flick: ein kokettes Ding, eine Mörderin, eine Geldschrankknackerin, ein Transvestit. Aber jemand fehlt – ja richtig, die undisziplinierte Aristokratin! Diana war nicht erschienen, obwohl es inzwischen halb acht war.

Flick ging hinauf und klopfte an die Tür ihrer Jugendfreundin. Als niemand antwortete, trat sie ein. Diana war nicht da.

„Sie ist verschwunden", teilte sie den anderen irritiert mit. „Wie auch immer, wir fangen ohne sie an." Sie baute sich an der Schmalseite des Tisches auf. „Vor uns liegen zwei Ausbildungstage. Am Freitagabend springen wir dann über Frankreich ab. Wir sind ein reines Damenkränzchen, weil Frauen sich im besetzten Frankreich viel freier bewegen können; die Gestapo ist ihnen gegenüber nicht so misstrauisch. Unser Auftrag besteht darin, einen Eisenbahntunnel in der Nähe des Dorfes Marles unweit von Reims in die Luft zu sprengen. Er liegt an der Hauptstrecke von Paris nach Frankfurt." Sie warf einen Seitenblick auf Greta, die ja wusste, dass die Geschichte frei erfunden war. Sie schmierte Butter auf eine Scheibe Toastbrot und vermied es, Flick anzusehen.

„Normalerweise dauert die Agentenausbildung drei Monate", fuhr diese fort. „Dieser Tunnel muss aber bis spätestens Montagabend zerstört sein. Wir hoffen, euch binnen zwei Tagen beizubringen, wie man mit dem Fallschirm abspringt, euch den Umgang mit der Waffe zu zeigen und wie man ohne Lärm einen Menschen tötet."

Maude wurde blass. „Einen Menschen tötet?"

Jelly schnaubte unwillig. „Es herrscht Krieg, ist dir das eigentlich klar?"

Da erschien Diana. Sie kam von draußen; Pflanzenreste hingen an ihrer Cordhose. „Ich habe mich ein bisschen im Wald umgesehen", berichtete sie voller Begeisterung. „Großartig!"

„Setz dich!", herrschte Flick sie an. „Du kommst zu spät für die Instruktionen."

„Tut mir furchtbar Leid, Schätzchen. Habe ich etwa deine schöne Ansprache verpasst?"

„Du bist jetzt beim Militär. Wenn man dir sagt, dass du Punkt sieben in der Küche zu sein hast, ist das kein Vorschlag, sondern ein Befehl."

Diana setzte sich und schwieg, ihre Miene war jedoch rebellisch.

Krachend flog die Tür auf, und ein kleiner, muskulöser Mann um die 40 betrat die Küche. Die Winkel auf seinem Uniformhemd wiesen ihn als Feldwebel aus. „Guten Morgen, die Damen!", rief er fröhlich.

„Das ist Bill Griffiths, einer unserer Ausbilder", stellte Flick ihn vor. „Feldwebel, warum fangen Sie nicht gleich an?" Sie trat zur Seite und lehnte sich an die Wand.

Er nahm ihren Platz an der Schmalseite des Tisches ein. „Die Landung mit einem Fallschirm entspricht dem Sprung von einer etwas mehr als vier Meter hohen Mauer."

„Ach, du heiliger Strohsack!", hörte Flick Jelly vor sich hin murmeln.

„Wenn Sie versuchen, auf den Füßen zu landen und gleichzeitig stehen zu bleiben, brechen Sie sich die Beine", fuhr Griffiths fort. „Die einzig sichere Methode besteht darin, sich fallen zu lassen. Das Erste, was wir Ihnen daher heute beibringen werden, ist die richtige Art des Fallens. In drei Minuten versammeln wir uns draußen und fangen an."

Während die Frauen Overalls überzogen, verabschiedete sich Paul von Flick. „Wir brauchen morgen einen Flug für Testsprünge. Man wird mir natürlich sagen, dass keine einzige Maschine zur Verfügung steht, deshalb fahre ich jetzt zurück nach London und trete in den einen oder anderen Hintern. Heute Abend bin ich wieder hier."

Im Garten stand ein alter Kiefernholztisch, ein hässlicher Mahagonischrank und eine gut vier Meter hohe Trittleiter. Als alle bereit waren, sagte Griffiths: „Zuerst lernen wir aus null Komma null Metern fallen. Es gibt drei Möglichkeiten: vorwärts, rückwärts oder seitwärts."

Er führte ihnen alle drei Varianten vor. Mühelos ging er zu Boden und federte mit der Gelenkigkeit eines Turners wieder hoch. „Sie müssen die Beine zusammenhalten. So wie es sich für junge Damen gehört." Niemand lachte. „Strecken Sie nicht die Arme aus, um den Sturz abzubremsen, sondern halten Sie sie seitwärts am Körper."

Dass die Jüngeren keine Probleme mit dieser Übung hatten, entsprach Flicks Erwartungen. Nachdem man ihnen gezeigt hatte, wie es ging, ließen sich Diana, Ruby und Maude wie Sportlerinnen fallen. Größeres

Kopfzerbrechen bereitete ihr Jelly. Als einziges Teammitglied, das mit Sprengstoffen umgehen konnte, war sie eine Schlüsselfigur. Die Geschmeidigkeit der Jugend war ihr schon vor einigen Jahren abhanden gekommen, doch immerhin war sie entschlossen. Sie ließ sich fallen, ächzte, als sie auf den Boden prallte, fluchte beim Aufstehen, probierte es aber gleich noch einmal.

Die Schlechteste von allen war zu Flicks Erstaunen Greta. „Ich kann das nicht", klagte sie. „Ich habe doch gesagt, dass ich für solche harten Sachen nicht geeignet bin."

Es war das erste Mal, dass sie mehr als ein paar Worte gesprochen hatte. Jelly runzelte die Stirn und murmelte: „Komischer Akzent."

„Ich helfe Ihnen", sagte Griffiths. „Stellen Sie sich ganz ruhig und entspannt hin." Unvermittelt packte er Greta an den Schultern und schleuderte sie mit einer schnellen, kraftvollen Bewegung zu Boden. Sie schlug heftig auf, stieß einen Schmerzensschrei aus und fing, während sie sich aufrappelte, an zu weinen.

„Um Gottes willen, was schicken die uns denn da für Leute?", fragte Griffiths entnervt.

Glücklicherweise wuchs Gretas Selbstvertrauen schnell. Als die anderen vom Tisch sprangen, schloss sie sich ihnen an und landete perfekt. Alle applaudierten.

IM HAUS in der Rue du Bois trug Franck Stéphanies Koffer die Treppe in Mademoiselle Lemas' Schlafzimmer hinauf. Sein Blick wanderte vom straff bezogenen Einzelbett zu dem Gebetsstuhl mit dem Rosenkranz auf dem Lesepult. „Leicht wird es dir nicht fallen, die Eigentümerin dieses Hauses zu spielen." Er legte den Koffer aufs Bett.

„Ich sage einfach, ich hätte es von meiner altjüngferlichen Tante geerbt und noch keine Zeit gehabt, es nach meinem eigenen Geschmack einzurichten."

„Raffiniert. Und wie verhältst du dich, wenn das Telefon klingelt?"

Sie ließ sich mit ihrer Antwort Zeit. Als sie dann sprach, klang ihre Stimme tiefer als sonst, und ihr Pariser Akzent war dem Tonfall einer gutbürgerlichen Frau aus der Provinz gewichen. „Hallo? Sie sprechen mit Mademoiselle Lemas. Wer ist am Apparat, bitte?"

„Sehr gut", lobte Franck.

Sie untersuchten das Haus von oben bis unten. Es gab vier weitere Schlafzimmer, die offenbar jederzeit für Gäste bereitstanden. Die Betten waren frisch bezogen, und neben jedem Waschbecken hing ein frisches

Handtuch. In der Küche entdeckten sie einen Sack Reis, von dem sich Mademoiselle Lemas ein ganzes Jahr lang hätte ernähren können. Im Keller fand sich eine halb volle Kiste mit schottischem Whisky. In der Garage neben dem Haus stand ein Fahrrad und ein kleiner Simca Cinq in gutem Zustand, den Tank randvoll. Es war ausgeschlossen, dass die Behörden Mademoiselle Lemas die Erlaubnis zum Erwerb streng rationierten Benzins gegeben hatten, nur um ihr Einkaufsfahrten zu ermöglichen. So lag der Schluss nahe, dass das Fahrzeug von der Résistance betankt wurde.

Stéphanie bereitete ein Mittagessen zu. Sie hatten unterwegs eingekauft. Fleisch oder Fisch hatte es in den Geschäften nirgends gegeben, aber sie hatten Champignons und Kopfsalat sowie einen Laib Brot bekommen.

„Was Besseres als den Krieg hat sie wahrscheinlich in ihrem ganzen Leben nicht erlebt“, überlegte Franck laut, während sie aßen. „Sie ist allein, ohne Mann, ohne Familie. Und dann platzen auf einmal tapfere junge Männer und Frauen in hochbrisanter Mission in ihr Leben. Sie versteckt sie in ihrem Haus, versorgt sie mit Whisky und Zigaretten, wünscht ihnen alles Gute und schickt sie los. Das war wahrscheinlich die aufregendste Zeit in ihrem Leben.“

„Vielleicht wäre ihr ein geruhsames Dasein lieber gewesen. Ab und zu mal mit einer Freundin einen neuen Hut kaufen, einmal im Jahr ins Konzert nach Paris.“

„Kein Mensch sehnt sich nach einem geruhsamen Leben.“ Er sah auf seine Uhr. Es war bald drei. „Du musst allein in die Krypta gehen. Fahr mit dem Simca hin, der in der Garage steht. Ich werde in der Kathedrale sein, auch wenn du mich nicht siehst.“

Er küsste sie. Fast wie ein Ehemann, der ins Büro geht, dachte er mit einer Art finsterer Belustigung, als er das Haus verließ.

Zu Flicks Erleichterung hatte ihr Team die morgendlichen Instruktionen ohne weitere Schwierigkeiten hinter sich gebracht. Alle beherrschten jetzt die Landetechniken und damit den schwierigsten Teil des Fallschirmspringens.

Weniger erfolgreich war der Unterricht im Kartenlesen verlaufen: Ruby hatte niemals eine Schule besucht und konnte kaum lesen; man hätte ihr anstelle einer Karte auch einen chinesischen Text vorlegen können. Maude hingegen kam mit Himmelsrichtungen wie Nordnordost nicht zurecht und klimperte den Ausbilder immerfort mit ihren langen Wimpern an. Sollte die Gruppe in Frankreich auseinander gerissen werden, konnte sich Flick nicht darauf verlassen, dass sich die Frauen allein zurechtfanden.

Am Nachmittag standen die härteren Aufgaben auf dem Programm. Für die Ausbildung an der Waffe war Hauptmann Jim Cardwell zuständig, ein umgänglicher Mann mit zerfurchtem Gesicht und dickem Schnurrbart. Ruby fühlte sich wohl mit der Pistole in ihrer Hand und traf die vorgegebenen Ziele. Auch Jellys Umgang mit den Waffen war von entspannter Vertrautheit geprägt. Der Star dieser Lektion war allerdings Diana, die mit jedem Gewehrschuss ins Schwarze traf. „Hervorragend", lobte Cardwell überrascht. „Sie können sofort meinen Posten übernehmen." Woraufhin Diana Flick einen triumphierenden Blick zuwarf.

Als hoffnungsloser Fall erwies sich lediglich Greta, die auch auf diesem Gebiet femininer war als die echten Frauen. Bei jedem Knall fuhr sie nervös in die Höhe und schloss entsetzt die Augen, wenn sie den Abzug bediente. So schreckhaft, wie sie war, würde nie eine gute Schützin aus ihr werden. „Ich bin für dieses Gewerbe einfach nicht geschaffen", jammerte sie verzweifelt.

„Was hast du dann hier zu suchen?", meckerte Jelly sie an.

„Greta ist Technikerin", ging Flick schnell dazwischen. „Sie wird dir sagen, wo du die Sprengladungen anbringen musst."

„Wozu brauchen wir eine deutsche Technikerin?"

„Ich bin Engländerin", betonte Greta. „Mein Vater stammt aus Liverpool."

„Wenn das Liverpooler Akzent ist, was du da sprichst, dann bin ich die Herzogin von Devonshire."

„Spart euch eure Aggressionen für die nächste Lektion", rügte Flick sie. „Wir kommen jetzt zum Nahkampftraining." Das Gezänk bereitete ihr Sorgen. Es war wichtig, dass alle einander vertrauten.

Sie begaben sich wieder in den Garten, wo Griffiths schon auf sie wartete. Er würde demonstrieren, wie ein Unbewaffneter die Attacke eines Bewaffneten abwehren konnte.

Er hatte ein ganzes Waffenarsenal mitgebracht und auf dem alten Kiefernholztisch ausgebreitet: ein tückisch aussehendes Messer, das laut Griffiths zur Ausrüstung der SS gehörte; eine halbautomatische Pistole vom Typ Walther P 38, die Flick bei deutschen Offizieren gesehen hatte; den Schlagstock eines französischen Polizisten; ein schwarz-gelbes Elektrokabel; und eine Bierflasche ohne Hals mit scharfer, gezackter Bruchkante.

„Frage: Wie entkomme ich einem Kerl, der mich mit der Pistole bedroht?“ Griffiths nahm die Walther und drückte sie Maude in die Hand, die umgehend auf ihn zielte. „Früher oder später wird der Kerl, der Sie gefangen genommen hat, von Ihnen verlangen, dass Sie irgendwohin gehen.“ Er drehte sich um und streckte die Hände in die Höhe. „Es besteht eine gute Chance, dass er unmittelbar hinter Ihnen geht und Ihnen die Pistole in den Rücken drückt.“

Er lief los und beschrieb, von Maude gefolgt, einen weiten Kreis. Dann beschleunigte er seinen Schritt und zwang dadurch auch Maude, schneller zu gehen. In diesem Augenblick machte er einen Ausfallschritt rückwärts und leicht zur Seite, presste Maudes Handgelenk unter seinen Arm und hieb ihr mit einem harten, senkrecht nach unten geführten Handkantenschlag die Waffe aus der Hand. Maude schrie auf.

„Jetzt kommt der Punkt, wo Sie einen entscheidenden Fehler begehen können“, warnte Griffiths, während Maude sich ihr Handgelenk rieb. „Laufen Sie jetzt unter keinen Umständen davon! Sonst hebt der Kerl seine Knarre einfach wieder auf und knallt Sie von hinten ab. Sie machen stattdessen Folgendes.“ Er nahm die Pistole vom Boden auf, richtete sie auf Maude und drückte ab. Es krachte, Maude schrie auf und Greta mit ihr. „Sind natürlich nur Platzpatronen drin“, grinste Griffiths.

Nicht zum ersten Mal wünschte sich Flick, dass er seine Lektionen etwas weniger dramatisch gestaltete.

„Wir werden gleich all diese Techniken miteinander ausprobieren“, fuhr er fort und nahm das Elektrokabel. „Greta, legen Sie mir das um den Hals. Auf mein Kommando hin ziehen Sie es so fest an, wie Sie können.“ Er reichte ihr das Kabel. „Wer immer es auf Sie abgesehen hat, könnte Sie mit diesem Kabel zwar töten, aber nicht Ihr Gewicht halten. Also los, erwürgen Sie mich!“

Greta zögerte kurz, dann zog sie mit aller Kraft zu. Der Ausbilder warf ruckartig beide Beine nach vorn und landete auf dem Boden. Das Kabel rutschte Greta aus der Hand.

Griffiths stand auf. „Wir probieren es gleich noch mal.“

Sie nahmen die Ausgangsstellung ein, und Greta zog die Schlinge wieder zu. Diesmal packte Griffiths sie am Handgelenk, ließ sich mit dem Rücken voraus zu Boden fallen und zog sie mit sich. Als Greta auf ihn fiel, zog er ein Bein an und rammte es ihr mit Gewalt in die Magengrube. Sie rollte von ihm herunter, rang, sich krümmend, nach Luft und würgte.

„Herrgott, Bill, das war ein bisschen zu heftig“, tadelte Flick ihn.

Er wirkte indessen zufrieden. „Die Gestapo ist noch viel schlimmer als ich."

Er suchte sich sein nächstes Opfer aus. Es war Ruby. Als er ihr den Schlagstock gab, trat ein listiges Funkeln in ihre Augen. Wenn ich Bill wäre, würde ich jetzt höllisch aufpassen, dachte Flick. Von früheren Kursen wusste sie, was nun folgte: Wenn Ruby mit erhobenem Schlagstock auf ihn einstürmte, würde Griffiths sie am Arm packen, sich umdrehen und sie über seine Schultern zu Boden werfen.

„So, Zigeunermädchen, komm", lockte er sie. „Schlag mit dem Knüppel zu, so fest du kannst."

Ruby hob den Arm, doch als Griffiths danach griff, befand sich der Arm nicht da, wo er sein sollte. Vielmehr überraschte Ruby den Ausbilder mit einer Gegenattacke. Sie ließ den Stock fallen und stieß dem Feldwebel nun ihr Knie in die Weichteile, sodass er vor Schmerzen aufschrie. Dann packte sie ihn an der Hemdbrust, riss ihn zu sich heran und ließ ihren Kopf gegen seine Nase krachen. Zum Schluss trat sie ihm noch ans Schienbein.

Er stürzte zu Boden, aus seiner Nase schoss Blut. „Du Aas!", brüllte er. „So solltest du das doch nicht machen!"

„Die Gestapo ist noch viel schlimmer als ich", gab Ruby zurück.

GENAU eine Minute vor drei überquerte Franck mit schnellen Schritten den kopfsteingepflasterten Platz vor der Kathedrale. Dass schon gleich am ersten Tag ein feindlicher Agent am Treffpunkt auftauchte, war fast zu viel erwartet. Andererseits würden die Alliierten, wenn die Invasion tatsächlich unmittelbar bevorstand, jede Karte ausspielen, die sie hatten.

Durch das große Westportal trat Franck ins kühle Dämmerlicht der Kathedrale. Er sah sich nach Hesse um und erspähte ihn auf einem Stuhl in der letzten Reihe. Sie nickten einander kurz zu, wechselten aber kein Wort.

Franck wandte sich dem südlichen Seitenschiff zu und ging dort durch den langen Gang, wobei seine Schritte auf dem Steinboden widerhallten. Vom Querschiff aus sah er die Pforte und die Stufen, die in die unter dem Hochaltar liegende Krypta führten. Dort unten war Stéphanie. Er kniete nieder und sah sich um. Einige Menschen beteten oder saßen einfach nur in der geweihten Stille auf den Stühlen und in den Seitenkapellen. In den Gängen liefen ein paar Besucher herum und unterhielten sich flüsternd über die mittelalterliche Architektur.

Falls sich tatsächlich noch ein Agent der Alliierten zeigen sollte, so hatte Franck nichts weiter vor, als ihn zu beobachten. Stéphanie würde ihn an der Parole erkennen und ins Haus in der Rue du Bois bringen. Irgendwie würde der Agent ihn dann zu anderen Agenten führen.

Franck sah auf die Uhr. Fünf Minuten nach drei. Wahrscheinlich kam heute niemand. Als er wieder aufblickte, entdeckte er zu seinem Entsetzen Willi Weber. Was zum Teufel hatte der denn hier zu suchen?

Er trug wieder seinen grünen Lodenanzug. Begleitet von einem jüngeren Gestapo-Beamten in einer Jacke im Karomuster, schritt er von der Ostseite der Kirche her auf Franck zu, hatte ihn aber noch nicht gesehen. Auf Höhe der Pforte zur Krypta blieben die beiden stehen. Franck unterdrückte einen Fluch. Weber war imstande, alles zu ruinieren.

Durch den Gang im südlichen Seitenschiff kam nun ein junger Mann mit einem kleinen Koffer. Er trug einen abgewetzten blauen Anzug in französischem Schnitt, sah aber mit seinen roten Haaren, den blauen Augen und der blassrosa Haut eher englisch aus. Sehr zielstrebig schritt er durch den Gang und hatte dabei weder Augen für die Säulen wie ein Kunstinteressierter, noch suchte er sich einen Platz wie ein frommer Beter. Francks Herzschlag beschleunigte sich. Ein Agent am ersten Tag! Der junge Mann ging an Franck vorüber und verlangsamte seinen Schritt. Es war unverkennbar, dass er die Krypta suchte.

Jetzt entdeckte auch Weber ihn, drehte sich aber rasch wieder um.

Der Agent hatte nun die Pforte zur Krypta erblickt. Er ging die Steintreppe hinunter und verschwand.

Weber spähte ins südliche Querschiff und nickte jemandem zu.

Franck war seinem Blick gefolgt und erkannte zwei weitere Gestapo-Leute, die unterhalb der Orgelempore herumlungerten. Er überlegte, ob ihm noch die Zeit blieb, Weber anzusprechen und ihn dazu zu bewegen, seine Leute fortzuschicken. Aber es war zu spät: Schon kam Stéphanie die Treppe herauf, der Agent folgte ihr auf dem Fuß.

Weber trat vor, nahm ihn am Arm und sagte etwas zu ihm. Francks letzte Hoffnungen schwanden, als er erkannte, dass Weber den Mann verhaften wollte. Erschrocken trat Stéphanie von der Szene zurück.

Franck ging entschlossen auf die kleine Gruppe zu, doch ehe er sie erreicht hatte, riss der Spion sich von Weber los und rannte davon.

Webers Begleiter im Karojackett reagierte schnell. Mit zwei großen Schritten setzte er hinter dem fliehenden Agenten her, warf sich nach vorne und umklammerte dessen Knie. Kopfüber stürzte der Spion so heftig auf den Steinboden, dass es vernehmbar klatschte. Der Koffer segelte davon. Die beiden anderen Gestapo-Beamten kamen angerannt und warfen sich auf den Agenten. Und da kam auch schon Weber herbei und strahlte vor Zufriedenheit. Es war eindeutig: Er wollte absahnen, wollte einen Agenten schnappen und den Ruhm dafür einstreichen.

Franck fluchte. Aber vielleicht ließ sich die Situation doch noch retten. Er griff in sein Jackett, zog seine Walther heraus, entsicherte sie, richtete sie auf die drei Gestapo-Beamten und brüllte auf Französisch: „Lassen Sie ihn los, oder ich schieße!"

„Aber Herr Major", stammelte Weber. „Ich …"

Franck feuerte einen Schuss in die Luft, sodass der scharfe Knall Webers weitere Worte übertönte. „Ruhe!", schrie Franck auf Deutsch, und Weber hielt ängstlich den Mund. Seine Leute erhoben sich und traten ein paar Schritte zurück.

Franck drehte sich nach Stéphanie um und rief ihr auf Französisch zu: „Lauf schnell weg!" Sofort eilte sie auf das Westportal zu.

Unterdessen rappelte sich der Agent wieder auf. „Los, gehen Sie mit ihr!", schrie Franck. Der Mann packte seinen Koffer und rannte los.

„Auf den Bauch legen!", brüllte Franck Weber und seine Begleiter an und entfernte sich, als sie seinem Befehl Folge leisteten, im Rückwärtsgang, wobei er sie weiter mit der Waffe in Schach hielt. Dann wandte er sich um und rannte hinter Stéphanie und dem Agenten her.

Als er Hesse erreichte, der mittlerweile im hinteren Teil der Kirche stand, rief er ihm zu: „Erklären Sie diesen verdammten Idioten, was wir vorhaben, und sorgen Sie dafür, dass sie uns nicht folgen." Er steckte seine Pistole in das Holster zurück und hastete hinaus.

Der Motor des Simca heulte auf. Franck schubste den Agenten auf die schmale Rückbank und sprang selbst auf den Beifahrersitz. Stéphanie trat das Gaspedal durch, und der Wagen schoss aus der Parklücke.

„Ich bin Helicopter", stellte sich der Agent auf Französisch vor. „Was zum Teufel war denn da drin los?"

Dass Helicopter ein Deckname war, stand für Franck fest. Er erinnerte sich an den Decknamen von Mademoiselle Lemas, den Lefèvre ihm genannt hatte. „Das ist Bourgeoise." Er deutete auf Stéphanie und fügte improvisierend hinzu: „Ich bin Charenton. Bourgeoise hatte in den letzten Tagen Verdacht geschöpft, dass der Treffpunkt in der Kathedrale überwacht werden könnte, und bat mich deshalb, sie zu begleiten."

„Sie waren großartig", erwiderte Helicopter begeistert. „Mein Gott, hatte ich die Hosen voll! Ich hätte gleich an meinem ersten Einsatztag alles verpatzt."

Hast du auch, dachte Franck. Helicopter würde ihm nun in jeder Hinsicht vertrauen, denn er war überzeugt, von ihm aus den Fängen der Gestapo befreit worden zu sein. Die nächste Herausforderung bestand darin, größtmöglichen Nutzen aus seiner Vertrauensseligkeit zu ziehen.

Als sie die Rue du Bois erreichten, fuhr Stéphanie den Wagen in die Garage. Durch den Hintereingang betraten sie das Haus und ließen sich am Küchentisch nieder. Stéphanie holte eine Flasche Scotch aus dem Keller und schenkte jedem einen Drink ein.

Franck wollte unbedingt in Erfahrung bringen, ob Helicopter ein Funkgerät dabeihatte. „Sie sollten sofort London Bescheid geben."

„Wir haben ausgemacht, dass ich um acht Uhr abends sende und um elf empfange."

Franck prägte sich die Zeiten ein. „Aber wir müssen ihnen umgehend mitteilen, dass der Treffpunkt in der Kathedrale aufgeflogen ist. Da darf doch kein Mensch mehr hingeschickt werden. Und vielleicht kommt heute Nacht schon wieder jemand rüber."

„O Gott, ja! Ich werde die Notfrequenz benutzen." Helicopter wuchtete den schweren Koffer auf den Tisch und öffnete ihn.

Franck unterdrückte einen Seufzer der Erleichterung. Da war also das Funkgerät. Jetzt kam es darauf an, die Frequenzen herauszubekommen – und vor allem den Kode.

Helicopter schob einen Stecker in die Steckdose.

„Ich dachte, es wäre batteriebetrieben", wunderte sich Franck.

„Es geht beides, Batterie und Netzanschluss. Bei diesem Gerät müssen Sie bei einem Netzausfall nur den Stecker hier ziehen, dann geht's sofort im Batteriebetrieb weiter." Helicopter verband das Stromkabel mit dem Gerät, nahm den Antennendraht und bat Stéphanie, ihn über einen hohen Schrank zu legen.

Franck öffnete eine Schublade und fand darin einen Stift und einen Schreibblock. „Hier, das hilft Ihnen vielleicht beim Verschlüsseln Ihrer Nachricht."

„Erst muss ich mir mal überlegen, was ich überhaupt sagen will." Helicopter kratzte sich am Kopf und schrieb dann auf Englisch: *Ankunft gut stopp Treffpunkt Krypta unsicher stopp Von Gestapo erwischt aber entkommen.*

„Wir sollten einen neuen Treffpunkt benennen für die Nächsten, die rüberkommen", gab Franck zu bedenken. „Ich schlage das ‚Café de la Gare' vor, gleich neben dem Hauptbahnhof."

Helicopter fügte den Namen zu seiner Mitteilung hinzu. Dann entnahm er seinem Koffer ein seidenes Taschentuch, das mit einer komplizierten Tabelle bedruckt war. Sie bestand aus Buchstabenpaaren. Ebenfalls im Koffer befand sich ein Block mit zehn oder zwölf Seiten, die mit jeweils fünf Buchstaben umfassenden Nonsenswörtern bedeckt waren. Franck erkannte sofort die Merkmale eines Chiffriersystems zum einmaligen Gebrauch. Ein solcher Kode ließ sich nicht knacken, es sei denn, man besaß den Block. Jede Seite wurde nur ein einziges Mal benutzt und danach sofort verbrannt.

Nachdem Helicopter seine Nachricht chiffriert hatte, schaltete er das Funkgerät ein und drehte an einem Knopf, der mit drei schwachen, mit gelber Wachskreide gezogenen Strichen versehen war. Offenbar hatte Helicopter seinem Gedächtnis misstraut und deshalb die Sendepositionen markiert. Die Einstellung, die er jetzt benutzte, war wohl für Notfälle reserviert; von den anderen beiden musste der eine für normale Übertragung, der andere für Empfang vorgesehen sein.

Franck sah Helicopter zu, als dieser seine Nachricht über den Kanal morste, und seine Stimmung hob sich. Für ihn hatte sich der Traum eines jeden Agentenjägers erfüllt: Er hatte einen Spion gefangen, der gar nicht wusste, dass er gefangen war.

Kaum war die Nachricht gesendet, baute Helicopter seine Anlage auch schon wieder ab. Weil die Deutschen Spione mit speziellen Richtantennen aufzuspüren versuchten, war es gefährlich, länger als ein paar Minuten zu senden.

In England musste die Botschaft nun aufgezeichnet, dekodiert und an Helicopters Agentenführer weitergeleitet werden, der sich vor einer Antwort eventuell noch mit anderen beraten würde. Das konnte, alles in allem, mehrere Stunden dauern. Helicopter würde daher bis zur vereinbarten Stunde auf die Reaktion aus London warten.

Franck musste es nun irgendwie schaffen, den jungen Mann von seinem Funkgerät und vor allem von den Chiffrierunterlagen zu trennen. „Ich nehme an, Sie wollen jetzt Kontakt mit der Bollinger-Gruppe aufnehmen", sagte er.

„Richtig. London muss wissen, was davon noch übrig ist."

„Ich bringe Sie zu Monet. Sein Haus liegt in der Stadtmitte."

Doch Monet würde nicht zu Hause sein. Franck hatte es längst überprüft. Der Chef der Widerstandskämpfer war untergetaucht.

„Muss die Batterie nicht ab und zu aufgeladen werden?", fragte Franck, als Helicopter das Funkgerät wieder im Koffer verstauen wollte.

„Doch, doch. Man hat uns sogar angewiesen, es bei jeder sich bietenden Gelegenheit an die Steckdose anzuschließen."

„Warum lassen Sie es dann nicht einfach noch ein wenig hier in der Steckdose? Wir kommen später zurück und holen es."

„Gute Idee."

„Also los!"

Franck fuhr den Simca Cinq aus der Garage. Dann schlug er sich mit der Hand leicht an die Stirn. „Warten Sie einen Augenblick. Ich muss Bourgeoise noch etwas sagen."

Er verschwand wieder im Haus, wo Stéphanie in der Küche neugierig den Gerätekoffer auf dem Tisch betrachtete. Franck nahm den Kodeblock und das Seidentaschentuch aus dem Zubehörfach. „Wie lang wirst du brauchen, um das alles abzuschreiben?"

Sie zog ein Gesicht. „All diese chaotischen Buchstaben? Mindestens eine Stunde."

„Mach es so schnell wie möglich. Ich halte den Kerl anderthalb Stunden beschäftigt."

Er kehrte wieder zum Wagen zurück und fuhr mit Helicopter zu Clairets Adresse, blieb aber im Auto sitzen, während der Agent zur Haustür ging. Nach ein paar Minuten kam Helicopter zurück. „Keiner da."

„Versuchen Sie's morgen noch mal. Aber ich kenne da noch eine Bar, die von der Résistance frequentiert wird. Probieren wir es dort mal, und schauen, ob ich jemanden erkenne." Es war eine Lüge; Franck kannte keine solche Bar. Spontan entschied er sich für ein x-beliebiges Lokal.

Die beiden nahmen Platz, tranken wässriges Bier und kehrten eine Stunde später in die Rue du Bois zurück. Als sie in die Küche kamen, nickte Stéphanie Franck unauffällig zu. Offenbar hatte sie Helicopters Unterlagen alle kopiert.

„Ich kann mir gut vorstellen, dass Sie jetzt gerne ein Bad nehmen würden", sagte Franck zu dem Agenten. „Ich zeige Ihnen Ihr Zimmer, während Bourgeoise Ihnen ein heißes Bad einlässt."

„Wirklich nett von Ihnen."

Franck quartierte ihn in einem Zimmer im Dachgeschoss ein, das am weitesten vom Bad entfernt lag. Sobald er den Agenten in der Wanne planschen hörte, ging er in das Zimmer und durchsuchte dessen Kleider, die alle französischer Herkunft waren. In den Jackentaschen befanden sich französische Zigaretten und Streichhölzer, das Taschentuch eines französischen Herstellers und eine Brieftasche mit einer Menge Bargeld. Die Ausweispapiere wirkten makellos, obwohl es sich um Fälschungen handeln musste.

Außerdem fand sich in der Brieftasche eine Fotografie. Franck starrte überrascht darauf. Sie zeigte Felicity Clairet, ein Irrtum war ausgeschlossen. Das war die Frau, die er auf dem Platz in Sainte-Cécile gesehen hatte, auch wenn sie auf dem Bild deutlich jünger war. Sie trug einen Badeanzug und schaute mit einem leichten Lächeln auf den Lippen in die Kamera. Hinter ihr war, etwas unscharf, ein junger Mann in Badehosen zu sehen, der Anstalten machte, in einen Fluss zu springen. Das Foto war offenbar bei einem harmlosen Badeausflug entstanden, doch da Felicity Clairet halb nackt war und dieses angedeutete Lächeln zeigte, wirkte es erotisch.

Kein Wunder, dass der Spion es in Ehren hielt, auch wenn es Agenten aus guten Gründen verboten war, mit Fotos im Gepäck in Feindesland zu reisen. Helicopters Leidenschaft für Felicity Clairet konnte sie Kopf und Kragen kosten – und einen großen Teil der französischen Résistance mit ins Verderben ziehen.

Franck steckte das Foto in seine Tasche und verließ das Gästezimmer.

DEN GANZEN Tag verbrachte Paul im Nahkampf mit der Militärbürokratie. Am Ende bekam er, was er wollte: ein Flugzeug für das Fallschirmtraining seiner Damentruppe.

Auf der Rückfahrt im Zug zum Mädchenpensionat spürte er, dass er sich darauf freute, Felicity wiederzusehen. Er mochte sie sehr. Sie war intelligent und zäh – und eine Augenweide obendrein. Wäre sie doch bloß nicht verheiratet!

Der Zug hatte Verspätung, sodass Paul das Abendessen um 18 Uhr verpasste. Als er eintraf, hatten sich fast alle Teammitglieder im Salon versammelt, wo es einen Schrank voller Spiele und ein Radio gab. Er setzte sich zu Flick aufs Sofa und fragte: „Na, wie ist's heute gelaufen?"

„Besser, als wir erwarten durften. Aber es drängt sich eben alles furchtbar zusammen. Ich weiß nicht, ob sie sich noch an alles erinnern werden, wenn sie erst mal im Einsatz sind."

„Wie macht sich Jelly?"

„Ausgezeichnet. Bei den körperlichen Übungen hat sie sich schwerer getan als die anderen, aber sie hat die Zähne zusammengebissen und mitgemacht. Ihre aggressive Haltung gegenüber Greta ist allerdings ein Problem."

„Dass eine Engländerin eine Deutsche hasst, überrascht mich eigentlich nicht."

„Aber es ist unlogisch. Greta ist bereit, gegen die Nazis zu kämpfen."

„Die Menschen handeln in solchen Fragen nicht immer logisch." Er wollte mit Felicity allein sein, sodass sie sich besser unterhalten konnten.

„Kommen Sie, machen wir einen kleinen Spaziergang im Garten." Sie gingen hinaus. Die Luft war lau, und die Dämmerung würde erst in etwa einer Stunde in die Nacht übergehen. Zum Haus gehörte eine mehrere tausend Quadratmeter umfassende Rasenfläche, auf der vereinzelte Bäume standen. Maude und Diana saßen auf einer Bank unter einer Blutbuche. Maude hing geradezu an Dianas Lippen und sah sie mit schwärmerischem Blick an.

„Was Diana ihr wohl erzählt?", überlegte Paul laut. „Maude ist ja ganz fasziniert von ihr."

„Diana hat schon einiges erlebt und ist weit gereist. Sie erzählt ihr von Modeschauen, Bällen, Kreuzfahrtschiffen und so weiter." Flick machte eine Pause. „Übrigens ist mir aufgefallen, dass Maude ein Auge auf Sie geworfen hat."

„Nicht mein Typ. Nicht gescheit genug."

„Gut. Andernfalls wären Sie in meiner Achtung gesunken."

Er grinste. Ich kann mir nicht helfen, ich mag sie, dachte er. Obwohl sie manchmal richtig arrogant ist.

Der Garten ging allmählich in den angrenzenden Wald über. Unter dem Laubdach der Bäume gingen sie eine Zeit lang schweigend nebeneinanderher. Paul geriet in eine sehr romantische Stimmung. Am liebsten hätte er Flick geküsst. Aber sie trug einen Ehering.

Nach einer Weile gingen sie denselben Weg zurück, auf dem sie gekommen waren. Maude und Diana waren verschwunden, die Bank unter der Blutbuche frei. „Setzen wir uns doch für einen Augenblick." Paul hatte es nicht eilig, wieder ins Haus zu kommen.

Flick folgte seinem Vorschlag wortlos.

Er ließ sich ein wenig schräg auf die Bank nieder, sodass er Flick ansehen konnte. Dann nahm er ihre Hand und streichelte ihre Finger. Flick sah ihn an. Ihre Miene verriet nichts, aber sie zog ihre Hand auch nicht zurück.

„Ich weiß, dass es sich nicht gehört", gestand er, „aber ich möchte dich unglaublich gern küssen."

Sie sagte immer noch nichts, sondern sah ihn mit halb belustigtem, halb traurigem Blick an. Er interpretierte ihr Schweigen als Zustimmung und küsste sie. Ihr Mund war weich und feucht. Er nahm sie in die Arme und zog sie an sich, doch Flick entschlüpfte seiner Umarmung und stand auf.

„Genug." Sie wandte sich ab und ging auf das Haus zu.

Im letzten Licht des Abends sah Paul ihr nach. Auf einmal schien es ihm auf der ganzen Welt nichts Begehrenswerteres zu geben als ihren kleinen, hübschen Körper.

FÜNFTER TAG. DONNERSTAG, 1. JUNI 1944

Franck schlief ein paar Stunden im Hotel Frankfurt. Gegen zwei Uhr morgens stand er wieder auf und fuhr über die kurvenreichen Straßen und an mondbeschienenen Weinbergen vorbei nach Sainte-Cécile. Er parkte vor dem Schloss und begab sich zuerst in den Keller, wo das Fotolabor untergebracht war. Er hatte darum gebeten, Helicopters Bild von Felicity Clairet abzufotografieren und zwei Abzüge davon herzustellen. Sie waren fertig und hingen, mit Klammern befestigt, wie Wäsche zum Trocknen an einer Leine. Da das Labor menschenleer war, nahm Franck sie selbst ab, steckte das Negativ ein und nahm auch das Originalfoto an sich, das nun so bald wie möglich wieder unbemerkt in Helicopters Besitz gelangen musste. Er fand einen leeren Briefbogen und schrieb Stéphanie eine kurze Notiz.

> Meine Liebste, wenn sich Helicopter rasiert, steck bitte dieses Foto in die Innentasche seiner Jacke. Es muss so aussehen, als wäre es aus seiner Brieftasche gerutscht. Danke.

Er steckte Brief und Bild in einen Umschlag, klebte ihn zu und adressierte ihn mit *Mlle. Lemas*. Er würde ihn später in der Rue du Bois einwerfen.

Er stieg die Treppe wieder hinauf. Im Erdgeschoss arbeiteten die Telefonistinnen der Nachtschicht an ihren Schaltbrettern. Im Stockwerk darüber befanden sich die Büroräume der Gestapo. Seit dem Fiasko in der Kathedrale hatte er Weber nicht mehr gesehen und ging davon aus, dass dieser irgendwo seine Wunden leckte. Er ging in Webers Büro und stellte zu seiner Überraschung fest, dass der Sturmbannführer am Schreibtisch saß.

Weber erhob sich. „Sie haben gestern die Waffe auf mich gerichtet", brüllte er los. „Was fällt Ihnen ein, einen Offizier mit einer Pistole zu bedrohen? Dafür kann ich Sie vors Kriegsgericht bringen!"

„Sie waren dabei, einen erstklassigen Abwehrcoup zu ruinieren."

„Ich habe einen britischen Spion verhaftet!"

„Und warum, wenn ich fragen darf? Das war doch bloß einer. Die haben noch eine ganze Menge davon. Wenn man diesen aber laufen lässt, wird er uns zeigen, wo andere sind. Sie können von Glück sagen, dass ich Sie vor einem grauenhaften Fehler bewahrt habe!"

Franck wollte nicht länger herumstreiten und verließ das Büro. In der Eingangshalle begegnete er Hesse, mit dem er sich verabredet hatte. Gemeinsam begaben sie sich in den hinteren Teil des Schlosses, wo die technische Abteilung untergebracht war. Hesse hatte dafür gesorgt, dass man ihnen einen Lieferwagen der Post und ein Moped zur Verfügung stellte. Sie streiften sich Arbeitskittel über und brachen auf. Das Moped nahmen sie im Laderaum mit.

Sie fuhren nach Reims und hielten kurz in der Rue du Bois, wo Franck den Umschlag mit dem Foto von Felicity Clairet in den Briefkasten von Mademoiselle Lemas warf.

Als sie den Lieferwagen in der Stadtmitte etwa 100 Meter von Michel Clairets Haus entfernt am Straßenrand abstellten, ging bereits die Sonne auf. Hesse stieg aus und öffnete einen Kabelschacht der Post. Während er vorgab, irgendwelche Arbeiten durchzuführen, behielt er das Haus genau im Auge. Franck blieb im Fahrzeug sitzen, sodass man ihn nicht sah.

Allmählich erwachte die Stadt. Frauen auf dem Weg zur Bäckerei gegenüber Clairets Haus waren die Ersten, die auf der Straße auftauchten. Der Laden hatte noch geschlossen, doch sie stellten sich geduldig an, warteten und schwatzten miteinander. Als die Tür endlich geöffnet wurde, versuchten sie allerdings alle gleichzeitig, sich hindurchzuzwängen. Als Franck die ersten mit ihren Brotlaiben wieder herauskommen sah, merkte er, dass er noch nicht gefrühstückt hatte.

Nach den Frauen erschienen die Männer, die zur Arbeit gingen. Sie trugen Stiefel und Baskenmützen, und alle hatten einen Beutel oder eine Bakelitdose mit ihrem Mittagessen dabei. Als Helicopter schließlich auftauchte, waren die ersten Kinder auf dem Schulweg.

Der Agent kam mit dem Fahrrad, in dessen Korb ein rechtwinkliger, mit einem Stück Stoff bedeckter Gegenstand lag. Vermutlich der Funkkoffer. Hesse steckte den Kopf aus dem Schacht und beobachtete den Agenten, als dieser abermals an Clairets Tür klopfte – natürlich wieder erfolglos.

Den nächsten Schritt hatte Franck Helicopter selbst empfohlen. „Gehen Sie in die Bar ‚Chez Régis' weiter unten in derselben Straße. Bestellen Sie sich dort Kaffee und Brötchen, und warten Sie." Franck hoffte, dass die Résistance in Erwartung eines Emissärs aus London Clairets Haus beobachtete und früher oder später jemand auftauchte, um Kontakt zu Helicopter aufzunehmen, und ihn damit direkt ins Herz der Résistance führen würde.

Eine Minute später tat Helicopter genau das, was Franck ihm vorgeschlagen hatte. Er radelte zu der besagten Bar, setzte sich an einen Tisch auf dem Gehsteig und bestellte eine Tasse Kaffee. Nach etwa 20 Minuten ließ er sich eine zweite kommen und holte sich in der Bar eine Zeitung.

Der Vormittag verging, und Franck plagten erste Zweifel. Allmählich musste Helicopter ein Mittagessen bestellen, wenn er weiterhin an seinem Tisch sitzen bleiben wollte.

Ein neuer Gast tauchte auf und ließ sich an dem Tisch neben Helicopter nieder. Franck schöpfte neue Hoffnung. Der Fremde war ein schlaksiger Mann in den Dreißigern. Er trug ein blaues Chambray-Hemd und eine marineblaue Leinenhose, wirkte jedoch nicht wie ein Arbeiter. Als er sich setzte und die Beine übereinander schlug, sodass die rechte Ferse auf dem linken Knie zu ruhen kam, hatte Franck den Eindruck, diese Pose schon gesehen zu haben. War ihm der Mann vielleicht früher einmal begegnet?

Der Kellner kam, und der Gast bestellte ein Glas blasses Bier. Er nahm einen langen Zug, dann sprach er Helicopter an.

Mit einem Schlag war Franck hellwach. War das der Moment, auf den er so lange gewartet hatte?

Die ersten Worte, die die beiden Männer wechselten, schienen belanglos zu sein. Helicopter lächelte höflich, während er sprach.

Der neue Gast trank sein Bier aus, und plötzlich fiel es Franck wie Schuppen von den Augen. Das war der Mann, den er im Straßencafé in Sainte-Cécile gesehen hatte, auch dort an einem Tisch im Freien und in Begleitung von Felicity Clairet, nur Minuten vor dem Überfall. Dies war ihr Ehemann – Michel Clairet persönlich!

Vor Genugtuung schlug Franck mit der Faust aufs Armaturenbrett. Seine Strategie hatte sich als richtig erwiesen. Da er aber mit einem solchen Volltreffer nicht gerechnet hatte, stand er nun vor einem Dilemma. Sollte er Clairet auf der Stelle verhaften? Oder war es besser, ihm in der Hoffnung zu folgen, durch ihn an die ganz großen Fische heranzukommen?

Clairet erhob sich, und Helicopter stand ebenfalls auf.

Hesse schob den Deckel wieder über den Kabelschacht und stieg in den Wagen. „Eine Kontaktperson, Herr Major?“

„Ja. Holen Sie das Moped raus, aber schnell!“

Hesse öffnete die Hecktüren des Lieferwagens und hob das Moped heraus.

Die beiden Männer legten ein paar Münzen auf die Tische und entfernten sich. Clairet hinkte, und Franck erinnerte sich daran, dass der

Franzose bei der Schießerei verwundet und von seiner Frau gerettet worden war.

„Sie folgen den beiden, ich folge Ihnen“, wies Franck Hesse an und startete den Wagen.

Der Leutnant stieg auf das Moped und trat in die Pedale, bis der Motor ansprang. Dann fuhr er seiner Beute langsam und in sicherem Abstand hinterher. Franck hielt sich hinter Hesse.

Clairet und Helicopter bogen um eine Straßenecke. Als Franck eine Minute danach um dieselbe Ecke bog, sah er, dass sie vor einem Schaufenster stehen geblieben waren – eine Vorsichtsmaßnahme gegen potenzielle Verfolger. Als er an ihnen vorbeifuhr, drehten sie sich um und gingen auf demselben Weg zurück, den sie gekommen waren. Es war klar, dass sie vor allem auf Fahrzeuge achten würden, die hinter ihnen wendeten. Franck konnte es daher nicht riskieren, ihnen unmittelbar zu folgen. Er sah allerdings, dass Hesse hinter einem Lastwagen anhielt und umdrehte. So fuhr er einmal um den Block und befand sich dann wieder hinter Clairet und Helicopter.

Sie hielten jetzt auf den Bahnhof zu und gingen hinein. Hesse ließ sein Moped stehen und folgte ihnen, und auch Franck nahm die Verfolgung zu Fuß auf. Wenn die beiden am Fahrkartenschalter anstanden, wollte er Hesse auftragen, sich hinter sie zu stellen und eine Fahrkarte zum selben Zielort zu lösen.

Aber als er den Bahnhof betrat, sah er gerade noch, wie Hesse die Treppe zu dem Fußgängertunnel hinunterging, durch den man zu den Bahnsteigen gelangte. Zur rechten wie zur linken Seite führten die Treppen zu ihnen hinauf. Franck folgte Hesse an sämtlichen Aufgängen vorbei. Schon in banger Vorahnung nahm er die Treppe zum Hintereingang des Bahnhofs im Laufschritt und holte seinen Leutnant ein. Gemeinsam kamen sie auf der Rue de Courcelles heraus.

Panik stieg in Franck auf. 100 Meter vor ihnen sprangen Clairet und Helicopter in einen schwarzen Renault, und das Fahrzeug verschwand rasch um eine Ecke.

Franck fluchte. Sie waren auf einen einfachen, aber äußerst wirksamen Trick hereingefallen: Indem sie den Fußgängertunnel benutzten, hatten Clairet und Helicopter sie gezwungen, ihre Fahrzeuge stehen zu lassen. Und auf der anderen Seite hatte ein Wagen auf sie gewartet, der ihnen die Flucht ermöglicht hatte. Vielleicht hatten sie nicht einmal gemerkt, dass sie beschattet worden waren, und der Trick mit dem Tunnel war ebenfalls eine reine Routinemaßnahme gewesen.

Ein einziger Hoffnungsschimmer war Franck geblieben. Er kannte die Übertragungszeiten für Helicopters Funkkontakte sowie die dazugehörigen Frequenzen. Mithilfe dieser Information konnte man ihn möglicherweise wieder aufspüren.

Ob die Briten inzwischen ahnten, dass Helicopter aufgeflogen war? Dass er Clairet in diesen Minuten in allen Einzelheiten von seinen Erlebnissen berichtete, war klar. Clairet würde ihn genau über die Umstände seiner Festnahme in der Kathedrale sowie die anschließende Flucht befragen, insbesondere über den neuen „Kameraden" mit dem Decknamen Charenton. Dass die vermeintliche Mademoiselle Lemas nicht die war, die zu sein sie vorgab, konnte seinen Verdacht dagegen kaum erwecken, denn er hatte sie nie kennen gelernt. Selbst wenn Helicopter sie als attraktive rothaarige junge Frau beschrieb, bestand keine Gefahr.

Vielleicht ist doch noch nicht alles verloren, dachte Franck.

DAS GROSSE Pub thronte wie eine Festung über der Küste, wenngleich Schornsteine die Wehrtürme und Rauchglasscheiben die Schießscharten ersetzten. Seit sich die SOE in der Nähe angesiedelt hatte, herrschte Abend für Abend Hochbetrieb. Die Lampen strahlten hell hinter den Verdunkelungsvorhängen, das Klavier klimperte laut, die Bars waren voll.

Nach Beendigung der zweitägigen Ausbildung hatten Flick und Paul ihr Team hierher eingeladen. Maude trug ein rosa Sommerkleid und war hübscher denn je. Ruby wirkte in dem schwarzen Cocktailkleid, das sie sich von irgendwem geliehen hatte, glutvoll erotisch. Greta hatte sich in eines ihrer Bühnenkostüme geworfen: ein Cocktailkleid und rote Schuhe. Selbst Diana trug diesmal anstelle ihrer gewohnten ländlichen Cordhose einen eleganten Rock.

Das Team hatte inzwischen den Decknamen „die Dohlen" erhalten. Weil sie mit den Fallschirmen in der Nähe von Reims abspringen würden, hatte sich Flick an die Sage der Dohle von Reims erinnert, an jenen Vogel, der den Ring des Bischofs gestohlen hatte. „Die Mönche wussten einfach nicht zu sagen, wer ihn fortgenommen hatte", erklärte sie Paul bei einem Glas Scotch. „Also verfluchte der Bischof den unbekannten Dieb. Als sie dann plötzlich die total verdreckte und zerzauste Dohle sahen, erkannten sie sie als den unter dem Fluch leidenden Dieb. Und natürlich hat man den Ring in ihrem Nest gefunden."

Paul nickte lächelnd. Er hätte genauso genickt und gelächelt, wenn sie Isländisch gesprochen hätte. Er wollte sie bloß ansehen.

Flick hatte den Tag wie ferngesteuert verbracht. Pauls Kuss hatte sie zutiefst erschreckt, aber auch erregt. Nein, hatte sie sich eingeredet, du willst keine Affäre, du willst nichts anderes, als die Liebe deines untreuen Ehemanns zurückzugewinnen. Doch Pauls Leidenschaft hatte ihre Prioritätenliste auf den Kopf gestellt. Aufgebracht fragte sie sich, warum sie sich gleichsam in die Warteschlange derer einreihen sollte, die um Michels Zuneigung buhlten, während ein Mann von Pauls Kaliber bereit war, vor ihr auf die Knie zu fallen. Dann gab es wiederum Momente, in denen sie sich des Kusses schämte.

Das Schlimmste war, dass ihre Gefühle für Paul sie von ihrem Auftrag abzulenken drohten. Das Leben von fünf Menschen lag in ihrer Hand, dazu ein entscheidendes strategisches Element des Invasionsplans. Es war einfach unangebracht, sich ausgerechnet jetzt den Kopf darüber zu zerbrechen, ob seine Augen haselnussbraun oder grün waren. Mit seinem abgeschossenen Ohr war er schließlich alles andere als ein Idol aus Hollywood – obwohl man seinem Gesicht einen gewissen Charme nicht absprechen konnte …

„Woran denkst du?“, fragte er.

Sie merkte, dass sie ihn angestarrt haben musste. „Ich frage mich, ob wir die Sache durchziehen können“, log sie.

„Ja, mit ein bisschen Glück.“

Sie sah sich in der Gaststube um. Percy bestellte eine Runde nach der anderen, und zwar mit voller Absicht. Flick musste wissen, wie ihre Dohlen unter Alkoholeinfluss reagierten. Je nachdem, ob sie aggressiv wurden oder zu viel ausplauderten, musste sie für den Ernstfall entsprechende Vorkehrungen treffen.

Ruby trank unentwegt – ihr vertraute Flick jedoch. Ruby war eine merkwürdige Mischung: Einerseits konnte sie kaum lesen und schreiben, andererseits war sie die Hellste und Erfindungsreichste der ganzen Truppe. Hin und wieder bedachte sie Greta mit kritischen Blicken. Vielleicht ahnte sie inzwischen, dass Greta ein Mann war, aber bisher hatte sie noch kein Wort darüber verloren.

Greta lehnte am Klavier, in der Hand einen rosafarbenen Cocktail. Sie unterhielt sich mit drei Männern aus der Gegend, die den Schock über ihren deutschen Akzent offenbar überwunden hatten. Sie hatte ihnen zweifellos die Geschichte von ihrem englischen Vater erzählt und unterhielt sie nun mit Episoden aus der Hamburger Nachtklubszene.

Flick stand auf, sie war müde. „Lass uns die Bande ins Bett bringen. Es ist auf absehbare Zeit die letzte Nacht, in der sie ordentlich schlafen können.“

Paul ließ seine Blicke durch die Gaststube schweifen. „Wo sind Diana und Maude?"

„Wahrscheinlich rausgegangen, um Luft zu schnappen. Ich suche sie. Kümmere du dich um die anderen."

Paul nickte zustimmend, und Flick ging hinaus.

Von Diana und Maude auch hier keine Spur. Verwundert überquerte Flick den geteerten Platz zur Rückseite des Pubs. Im Hinterhof befand sich ein kleines Nebengebäude mit einer Holztür, die offen stand. Flick ging hinein.

Als sich ihre Augen an das Dämmerlicht gewöhnt hatten, erkannte sie, dass sie sich in einem Werkzeugschuppen befand. Diana und Maude lehnten am anderen Ende des Schuppens. Dianas Bluse war aufgeknöpft und Maudes Kleid bis zur Taille hochgeschoben.

Sekundenlang war Flick so erschrocken, dass sie wie erstarrt dastand.

Da entdeckte Maude sie. „Na, genug gesehen?", fragte sie schnippisch.

Diana zuckte zusammen, fuhr erschrocken herum und blickte beschämt zu Boden.

„Ich … ich wollte euch nur sagen, dass wir aufbrechen", stammelte Flick. Sie drehte sich um und stolperte hinaus.

FUNKER waren nicht völlig unsichtbar. Sie lebten in einer Geisterwelt, in der ihre gespenstischen Umrisse vage erkennbar blieben. Auf der Suche nach ihnen spähten die Männer von der Gestapo-Funkaufklärung in die Finsternis. Sie verfügten über Fahrzeuge mit Funkpeilgeräten, und in einem davon, das am Stadtrand von Reims geparkt war, saß Franck.

In seiner Begleitung befanden sich drei Gestapo-Beamte mit Erfahrung im Aufspüren von illegalen Funkstationen. Der Empfänger war auf Helicopters Frequenz eingestellt und maß die Sendestärke ebenso wie die Richtung, aus der der Funkspruch kam. Je mehr man sich dem Sender näherte, desto weiter rückte die Nadel auf der Anzeige nach oben.

Der Beamte, der neben Franck saß, trug unter seinem Regenmantel zusätzlich einen Empfänger samt Antenne. An seinem Handgelenk war ein Messgerät befestigt, das aussah wie eine Armbanduhr und die Stärke des Funksignals anzeigte. Sobald die Suche auf eine bestimmte Straße, einen Häuserblock oder ein Gebäude eingegrenzt war, würde der Mann aussteigen und zu Fuß weitersuchen.

Franck hatte einmal an einer Jagd teilgenommen. Die Hatz auf dem Land war nicht unbedingt nach seinem Geschmack, doch immerhin war er ein guter Schütze. Jetzt war es, als läge er wieder in der Morgendämmerung auf der Lauer: gespannt vor Erwartung und voller Ungeduld der ersten Bewegung des Wilds harrend. Dass ihm Helicopter durch die Lappen gegangen war, empfand er als persönliche Schmach. Er war so versessen darauf, den Agenten wieder in seine Hände zu bringen, dass es ihm kaum etwas ausmachte, dabei auf die Hilfe von Willi Weber angewiesen zu sein.

Er warf einen Blick auf seine Armbanduhr: eine Minute nach acht. Helicopter war spät dran. Womöglich sendete er heute überhaupt nicht. Nein, das war unwahrscheinlich. Immerhin hatte er sich heute mit Michel Clairet getroffen. Er würde seinen Erfolg so schnell wie möglich an seine Vorgesetzten durchgeben wollen.

Vor zwei Stunden hatte Clairet in der Rue du Bois angerufen, als Franck gerade dort gewesen war. Was für ein riskanter Augenblick! Stéphanie hatte sich mit ihrer Imitation von Mademoiselle Lemas' Stimme gemeldet. Clairet hatte seinen Decknamen genannt und gefragt, ob Bourgeoise sich an ihn erinnere – eine Frage, die Stéphanie beruhigt hatte, hatte sie ihr doch verraten, dass Clairet Mademoiselle Lemas nicht sonderlich gut kannte und folglich auch nicht merken würde, dass er es mit einer anderen zu tun hatte.

Dann hatte er sich nach dem Neuen mit dem Decknamen Charenton erkundigt. „Das ist mein Cousin", hatte Stéphanie schroff erwidert. „Ich kenne ihn seit meiner Kindheit und würde ihm mein Leben anvertrauen." Worauf Clairet ihr erklärt hatte, sie habe kein Recht, neue Mitglieder anzuwerben, ohne das zumindest mit ihm zu besprechen. Doch hatte er ihr die Geschichte wohl abgekauft.

Die Minuten tickten dahin. Dann, genau fünf nach acht, piepste der Empfänger. Wie zuvor abgesprochen, startete der Fahrer sofort Richtung Süden. Das Signal wurde stärker, aber als sie die Kathedrale in der Stadtmitte passierten, glitt die Nadel zurück.

Der Gestapo-Mann auf dem Beifahrersitz sprach in ein Kurzwellengerät und beriet sich mit jemandem, der sich eineinhalb Kilometer weiter in einem zum Funkpeilwagen umfunktionierten Laster befand. Gleich darauf sagte er: „Das Viertel im Nordwesten." Der Fahrer bog ab, und das Funksignal wurde wieder stärker.

„Erwischt!", stieß Franck hervor. Aber fünf Minuten waren bereits verstrichen.

Im Schloss von Sainte-Cécile saß ein deutscher Funker, der sein Gerät auf dieselbe Frequenz eingestellt hatte und die verschlüsselte Botschaft mitschrieb. Später würde Franck sie mithilfe des von Stéphanie abgeschriebenen Kodierblocks entschlüsseln können. Doch vorerst war der Bote wichtiger als die Botschaft.

Sie kamen in eine Gegend mit großen alten Häusern. Das Funksignal, das ständig lauter geworden war, wurde schlagartig leiser. Zehn Minuten waren vergangen. Der Fahrer wendete, dann bremste er ab. Franck und die drei Gestapo-Beamten sprangen aus dem Wagen. Raschen Schritts lief der Mann mit dem tragbaren Spürgerät unter dem Regenmantel den Gehsteig entlang und behielt dabei unablässig sein Armbandgerät im Auge. Die anderen folgten ihm. Dann blieb er stehen und deutete auf ein baufälliges Haus. „In dem da. Aber die Übertragung ist beendet."

Einer seiner Kollegen brauchte mit dem Vorschlaghammer nur zwei Hiebe. Die Tür sprang auf, und die Männer stürmten ins Haus. Die Fußböden waren nackt, und es roch muffig. Franck stieß eine Tür auf und stand in einem leeren Zimmer. Er öffnete die Tür zum Hinterzimmer, es war ebenfalls leer. Franck rannte die Treppe hinauf. Im ersten Stock gab es ein Fenster, das auf den Garten hinter dem Haus hinausging. Franck warf einen Blick durch die Scheibe und sah Helicopter und Clairet über den Rasen laufen. Clairet humpelte hastig, und Helicopter schleppte seinen Handkoffer mit.

Franck drehte sich um. „Hintergarten!", brüllte er. Die Gestapo-Männer spurteten los, und er rannte ihnen hinterher.

Doch als sie den Zaun überwunden und den Nachbargarten durchquert hatten, gelangten sie nur noch rechtzeitig auf die Straße, um einen schwarzen Renault um die Ecke verschwinden zu sehen.

Franck fluchte. Die beiden waren ihm zum zweiten Mal an diesem Tag durch die Lappen gegangen.

NACHDEM sie zum Haus zurückgekehrt waren, kochte Flick Kakao für die ganze Gruppe. Paul stand in der Küche und beobachtete sie, während sie darauf wartete, dass das Wasser im Kessel kochte. Sie empfand seinen Blick wie eine Liebkosung. Sie ahnte, was er gleich sagen würde, und hatte sich ihre Antwort darauf schon zurechtgelegt. Es wäre ihr ein Leichtes, sich in ihn zu verlieben, doch keinesfalls würde sie ihren Mann betrügen, der im besetzten Frankreich sein Leben aufs Spiel setzte.

Die Frage, die Paul ihr stellte, war dann aber eine Überraschung für sie. „Was machst du eigentlich, wenn der Krieg vorüber ist?"

„Ich freue mich schon auf die unendliche Langeweile."

Er lachte. „Dein Leben war ja auch schon aufregend genug."

„Du sagst es." Sie dachte einen Augenblick nach. „Ich mache meinen Doktor, suche mir einen Job an der Uni und möchte meine Liebe zur französischen Kultur an junge Leute weitergeben. Und was ist mit dir? Was hast du nach dem Krieg vor?"

„Ach, bei mir ist das ganz einfach. Ich will dich heiraten und mit dir Kinder kriegen."

Konsterniert sah sie ihn an. „Ich habe schon einen Mann."

„Aber du liebst ihn nicht."

„Was fällt dir ein, so was zu sagen? Dazu hast du kein Recht!"

„Ich weiß, aber ich kann einfach nicht anders. Übrigens, das Wasser kocht."

Sie goss es über das Kakaopulver, das sie zuvor in einen großen Steingutkrug gegeben hatte. „Stell ein paar Becher auf ein Tablett!", befahl sie Paul. „Ein bisschen Hausarbeit kuriert dich vielleicht von deinen Träumen von Heim und Herd."

„Wird gemacht, Chefin."

Als sie ins Wohnzimmer kamen, beherrschten Jelly und Greta die Szene; sie stritten sich, dass die Fetzen flogen. Die anderen Frauen standen um die beiden herum und sahen zu, hin- und hergerissen zwischen Vergnügen und Entsetzen.

„Du hast ihn ja gar nicht benutzt!", fauchte Jelly gerade.

„Ich hatte meine Füße draufgelegt", gab Greta zurück.

„Aber wir haben nicht genug Stühle!" Jelly presste einen kleinen, ausgestopften Puff an sich.

Flick nahm an, dass sie ihn Greta einfach weggenommen hatte. „Bitte, meine Damen", mahnte sie. Die beiden beachteten sie überhaupt nicht.

„Du hättest mich bloß darum zu bitten brauchen, Süße", zischte Greta.

„In meinem eigenen Land brauche ich Ausländer nicht um Erlaubnis zu bitten."

„Ich bin keine Ausländerin, du fette Kuh!"

Die Beleidigung saß. Jelly war so empört, dass sie Greta an den Haaren zog – und im nächsten Augenblick deren braune Perücke in der Hand hielt. Der entblößte Kopf mit dem kurz geschnittenen dunklen Haar entlarvte unversehens den Mann.

„Heiliger Strohsack!", japste Diana, und Maude stieß einen ängstlichen Schrei aus.

Jelly war die Erste, die ihre Sprache wieder fand. „Ein Perverser", trompetete sie. „O mein Gott, ein perverser Ausländer! Ich wette sonst was, dass er ein Spion ist!"

„Halt die Klappe!“, fuhr Flick sie an. „Er ist kein Spion. Ich wusste von Anfang an, dass Greta ein Mann ist. Percy und Paul sind auch schon eingeweiht.“

Greta war in Tränen aufgelöst. Sie machte Anstalten, das Zimmer zu verlassen, doch Flick ergriff sie am Arm. „Bitte setz dich. Und Jelly, gib mir dieses verflixte Ding!“ Sie setzte Greta die Perücke wieder auf. „Jetzt hört mir mal alle genau zu. Greta ist Techniker, und ohne einen solchen können wir unsere Mission nicht ausführen. Wir brauchen Greta, und wir brauchen sie als Frau. Also gewöhnt euch an sie.“

Jelly gab ein verächtliches Schnauben von sich.

„Und ich will euch gleich noch was erklären“, fuhr Flick fort und sah Jelly dabei streng in die Augen. „Gestern nach dem Abendessen seid ihr als Offiziere verpflichtet worden. Daher untersteht ihr der militärischen Disziplinordnung. Jede von euch, die sich aus dem einen oder anderen Grund unmöglich macht, wird bis zum Kriegsende auf einen abgelegenen Stützpunkt in Schottland versetzt, und zwar ohne Urlaub. Inzwischen wisst ihr alle schon zu viel.“

„Sind wir Gefangene?“, fragte Diana.

„Ihr seid Soldatinnen, das läuft ungefähr auf das Gleiche raus. So, und nun trinkt schön euren Kakao, und geht ins Bett.“

Eine nach der anderen trollten sie sich, bis nur noch Diana übrig war. Flick hatte schon damit gerechnet. Es war ein Schock für sie gewesen, als sie die beiden Frauen überrascht hatte. In der Schule, erinnerte sie sich, hatten manchmal Mädchen für ihresgleichen geschwärmt. Eine erwachsene Frau, die andere Frauen begehrte, war ihr bislang aber noch nicht begegnet, obwohl ihr theoretisch natürlich klar war, dass es weibliche Pendants zu Mark und Greta gab.

Aber war es von irgendwelchem Belang? Nicht im Alltagsleben. Und gefährdete die Beziehung zwischen Diana und Maude die Mission? Nicht unbedingt. Daher hatte Flick bereits beschlossen, die Sache auf sich beruhen zu lassen. Aber Diana wollte darüber sprechen.

„Es ist nicht so, wie’s ausgesehen hat“, sagte sie ohne jede Einleitung. „Du musst mir glauben. Es war bloß ein dummer Ausrutscher …“

„Beruhige dich. Die Welt hört nicht auf, sich zu drehen, bloß weil du Maude geküsst hast.“

Diana setzte sich und begann zu weinen. „Das war nicht einfach nur ein Kuss. Du hast es doch gesehen. Was musst du bloß gedacht haben!“

Flick wählte ihre Worte sorgfältig. „Maude ist ein hübsches Mädchen, und du hast dich in sie verliebt. Dessen brauchst du dich doch nicht zu schämen. Allerdings solltest du Diskretion wahren, damit du Kleingeister wie Jelly nicht vor den Kopf stößt."

„Ich nehme an, dass Maude und ich jetzt von der Mission ausgeschlossen werden."

„Ach was! Ich brauche euch."

Diana zog ein Taschentuch hervor und putzte sich die Nase. Flick stand auf und trat ans Fenster, um Diana Zeit zu geben, sich zu fangen. Nach einer Weile sagte sie: „Geh jetzt schlafen, Diana. Und wenn ich du wäre …"

„Was dann?"

„Dann würde ich jetzt zu Maude ins Bett schlüpfen. Es könnte eure letzte Chance sein."

„Danke", flüsterte Diana und verließ das Zimmer.

Flick drehte sich wieder um und blickte in den Garten hinaus. Am Himmel stand ein Dreiviertelmond. Wenn er sich in ein paar Tagen zur vollen Kugel rundete, begann die Invasion der Alliierten in Frankreich.

Ich sollte auch sehen, dass ich zu meinem Schlaf komme, dachte Flick. Sie verließ das Wohnzimmer und stieg die Treppe hinauf. Plötzlich musste sie an die Empfehlung denken, die sie Diana gegeben hatte: *Es könnte eure letzte Chance sein.* Vor Pauls Tür blieb sie stehen. Dianas Situation ist eine ganz andere, ging ihr durch den Kopf. Sie ist Single. Ich aber bin verheiratet.

Doch es könnte meine letzte Chance sein.

Sie klopfte an die Tür und trat ein.

IN DÜSTERER Stimmung kehrte Franck zum Schloss von Sainte-Cécile zurück und begab sich sogleich in den Funkraum im Kellergeschoss, wo er auf Willi Weber traf.

„Haben Sie die Nachricht, die Helicopter gefunkt hat?", fragte er.

Weber händigte ihm einen Durchschlag der abgetippten Botschaft aus. „Sie ist bereits an die Dechiffrierungsstelle in Berlin unterwegs."

Franck betrachtete die scheinbar sinnlos aneinander gereihten Buchstaben. „Dort wird kein Mensch sie entziffern können. Der Bursche benutzt Kodeblöcke zur einmaligen Verwendung." Er faltete das Papier zusammen und schob es in die Tasche.

„Und was können *Sie* dann damit anfangen?", fragte Weber.

„Ich besitze eine Abschrift seines Kodebuchs. Um 23 Uhr wird er auf Empfang gehen, da kommt die Antwort." Franck warf einen Blick auf seine Armbanduhr. Es war bereits kurz vor elf. „Zeichnen wir die auch noch auf. Ich entschlüssele dann beide zusammen."

Schlag elf verfiel ein Empfänger, der auf Helicopters Frequenz eingestellt war, in das Gefiepe der kurzen und langen Piepser des Morsealphabets. Ein Funker schrieb die Buchstaben mit, tippte die Mitschrift ab und reichte Franck den Durchschlag.

Dieser setzte sich hinter das Steuerrad seines Hispano-Suiza. Der Mond schien hell auf die kurvenreiche Landstraße, die durch die Weingärten nach Reims führte. Optimales Wetter für eine Invasion, dachte Franck, als er den Wagen in der Rue du Bois abstellte.

Stéphanie wartete in der Küche auf ihn. Er legte die verschlüsselten Nachrichten auf den Tisch und zog die Abschriften heraus, die Stéphanie von Helicopters Kodeblock und dem Seidentaschentuch gemacht hatte. Dann rieb er sich die Augen und begann, Helicopters ersten Funkspruch zu dekodieren. Stéphanie sah ihm eine Weile über die Schulter, stellte ein oder zwei Fragen, nahm sich schließlich die zweite Nachricht vor und begann mit deren Dechiffrierung.

Die Botschaft entpuppte sich als präziser Bericht über den Zwischenfall in der Kathedrale. Franck kam darin als Charenton vor, ein Mann, den Bourgeoise rekrutiert habe, weil sie um ihre Sicherheit bei diesem Treffen besorgt gewesen sei. Außerdem hieß es, Monet habe die ungewöhnliche Maßnahme ergriffen, Bourgeoise anzurufen, um sich die Vertrauenswürdigkeit von Charenton bestätigen zu lassen. Außerdem zählte die Nachricht die Kodenamen jener Mitglieder der Bollinger-Zelle auf, die überlebt hatten. Es waren nur noch vier.

Franck trank eine Tasse Kaffee und wartete, bis Stéphanie fertig war. Als er die Antwort las, konnte er sein Glück kaum fassen.

> Bereiten Sie Empfang von sechs Fallschirmspringern vor stopp Deckname Dohlen stopp Kommando Leopardin stopp Ankunft dreiundzwanzig Uhr Freitag zweiter Juni Champ de Pierre

„Allmächtiger“, flüsterte Franck.

Champ de Pierre war ebenfalls ein Deckname, doch was damit gemeint war, hatte Lefèvre ihm schon beim ersten Verhör verraten. Es handelte sich um eine Landezone auf einer Wiese außerhalb von Chatelle, einem kleinen Weiler kaum acht Kilometer von Reims entfernt. Franck wusste nun also genau, wo sich Helicopter und Clairet in der kommenden Nacht aufhalten würden. Er brauchte bloß hinzufahren und die beiden einzukassieren. Als Zugabe konnte er sechs feindliche Agenten abfangen, wie sie zur Erde segelten. Und darunter befand sich die Leopardin, durch die er der Résistance das Rückgrat brechen konnte.

SECHSTER TAG. FREITAG, 2. JUNI 1944

Franck hatte beschlossen, seine Einsatzbesprechung im Ballsaal des Schlosses von Sainte-Cécile abzuhalten. Als Alternative hätte sich sonst nur noch Webers Büro angeboten, doch das kam für Franck nicht infrage. Bei keinem der 20 zusammengerufenen Gestapo-Beamten sollte der Eindruck entstehen, dass Weber das Heft in der Hand hielt.

Auf eine Schiefertafel hatte Franck einen genauen Plan von Chatelle gezeichnet. Das Dorf bestand aus drei großen Gebäuden sowie sechs kleinen Häusern plus einer Bäckerei. Im Osten lag eine große Viehweide, die an einem breiten Teich endete.

„Die Fallschirmspringer werden versuchen, auf der Weide zu landen", erläuterte Franck. „Das Wichtigste, was Sie sich einprägen müssen, ist die Tatsache, dass wir sie landen lassen wollen. Wir müssen also alles vermeiden, was dem Empfangskomitee oder dem Piloten unsere Anwesenheit verraten könnte."

Weber ergriff das Wort – vor allem wohl deshalb, um den Anwesenden ins Gedächtnis zu rufen, dass er auch noch da war. „Sie gestatten, dass ich noch einmal hervorhebe, was Major Franck soeben ausgeführt hat: Verhalten Sie sich vollkommen unauffällig! Und halten Sie sich strikt an den Plan!"

„Danke, Sturmbannführer", brummte Franck. „Wir werden Punkt zwanzig Uhr in dem Dorf eintreffen und im Handstreich jedes einzelne Haus nehmen. Alle Einwohner werden unverzüglich in das größte der drei Anwesen gebracht und dort von ein paar Mann bis zum Ende der Operation festgehalten. Wir anderen werden im Schutz der Bäume neben dem Teich Posten beziehen und abwarten, bis die Fallschirmspringer gelandet und vom Empfangskomitee eingesammelt worden sind." Franck hob die Stimme. „Bis zur Beendigung dieses Vorgangs wird niemand festgenommen! Wenn der Zeitpunkt für den Zugriff gekommen ist, werde ich persönlich das Signal geben. Und zu keiner Zeit darf auf den Feind geschossen werden. Wir wollen diese Fallschirmspringer nicht töten, sondern lebendig in die Hände bekommen, um sie zu verhören. Ist das klar?"

DIE FAHRT der Dohlen im Kleinbus gen Norden nahm den ganzen Vormittag in Anspruch. Es ging nur langsam voran, von einem Marktflecken zum nächsten. Auf dem Land schien man weder vom Krieg noch vom 20. Jahrhundert Notiz zu nehmen, und Flick hoffte, dass das noch lange so blieb. Sie war dankbar, dass die Nazis nicht über den Kanal gekommen waren.

Sie saß neben Paul und ließ die Landschaft an sich vorüberziehen, bis die Müdigkeit nach der Liebesnacht sie überwältigte. Ihr Kopf sank gegen Pauls Schulter, und sie schlummerte selig ein.

Gegen zwei Uhr nachmittags erreichten sie eine große Villa mit Namen Tempsford House. Flick kannte sich hier aus; es war der Sammelplatz für den nahe gelegenen Flugplatz Tempsford.

Im Esszimmer servierte man ihnen Tee und Sandwiches, danach versammelten sich die Frauen in der Bibliothek, die allerdings eher wie der Kleiderfundus eines Filmstudios aussah. Es gab Ständer voller Mäntel und Kleider sowie stapelweise Hut- und Schuhschachteln, mehrere Nähmaschinen und Schneiderinnen.

Oberbefehlshaberin des Ganzen war Madame Guillemin, eine schmale Französin um die 50. Auf ihrer Nasenspitze trug sie eine Brille, um den Hals ein Maßband, und sie sprach mit Pariser Akzent. „Wie Sie wissen, unterscheidet sich die französische Kleidung deutlich von der britischen. Ich will nicht unbedingt sagen, dass sie eleganter ist, aber sie ist, nun ja … eben eleganter." Sie zuckte die Achseln auf typisch französische Art, und die Frauen mussten lachen.

„Wir brauchen Kleidung, die ziemlich teuer, aber schon etwas abgetragen ist", erklärte Flick ihr. „Falls wir kontrolliert werden, müssen wir gutbürgerlich aussehen." Und wenn sie Hüte, Handschuhe und Gürtel wegließen, konnten sie sich bei Bedarf rasch in weniger respektabel gekleidete Putzfrauen verwandeln.

Madame Guillemin begann mit Ruby, für die sie ein marineblaues Kleid und einen hellbraunen Mantel von einem Ständer nahm. „Probieren Sie das mal an. Ist zwar ein Herrenmantel, aber in Frankreich kann sich heutzutage niemand leisten, wählerisch zu sein." Sie deutete auf einen Wandschirm. „Sie können sich dahinter umziehen, wenn Sie wollen. Und für die ganz Schüchternen gibt es ein Vorzimmer hinter dem Schreibtisch."

Sie musterte Greta von Kopf bis Fuß. „Ich komme noch mal zu Ihnen." Sie ging weiter und wählte Kleidung für Jelly, Diana und Maude aus, und die drei verschwanden hinter dem Wandschirm.

Madame Guillemin wandte sich wieder Greta zu. „Sie sind ein Mann", sagte sie unverblümt. „Sicher lassen sich eine Menge Leute von Ihnen täuschen, aber ich nicht. Ihre Schultern sind zu breit, Ihre Hüften zu schmal, Ihre Beine zu muskulös."

„Er muss bei diesem Einsatz unbedingt als Frau durchgehen, also verkleiden Sie ihn, so gut Sie können“, bat Flick.

Die Französin musterte Greta noch einmal gründlich. „Ich gebe Ihnen Rock und Bluse in kontrastierenden Farben, damit Sie nicht so groß wirken, dazu einen Mantel in Dreiviertellänge.“ Sie suchte die Kleidungsstücke aus und überreichte sie Greta.

Deren Blick verriet, dass sie gerne etwas Spektakuläreres gehabt hätte. Aber sie beklagte sich nicht. „Ich bin sehr genierlich und werde mich daher im Vorzimmer einschließen“, verkündete sie lediglich.

Als Letztes gab Madame Guillemin Flick ein apfelgrünes Kleid und eine dazu passende Jacke. „Die Farbe betont Ihre Augen.“

Das Kleid war weit geschnitten und wirkte wie ein Zelt an Flick, doch das behob sie mit einem Ledergürtel um die Taille. „Wirklich schick. Wie eine junge Französin“, kommentierte Madame Guillemin.

Alle zogen sich um und stolzierten kichernd im Zimmer umher, als hätten sie vergessen, weswegen sie eingekleidet wurden. Greta kam aus dem Vorraum und sah erstaunlich schick aus. Sie hatte den Kragen ihrer einfachen weißen Bluse aufgestellt, was elegant wirkte, und trug den formlosen Mantel über die Schultern drapiert wie ein Cape.

Flicks Kleid musste gekürzt werden. Während dies geschah, zeigte sie Madame Guillemin das Messer, das sie unter dem Revers ihrer Jacke trug. Es war nur knapp zehn Zentimeter lang und hatte eine schmale Klinge, war aber ungemein scharf. Es steckte in einer dünnen Lederscheide mit eingestanzten Löchern, durch die man Fäden ziehen konnte.

„Würden Sie mir das bitte unters Jackenrevers nähen?“, bat Flick.

Jede Frau erhielt einen kleinen Stapel Unterwäsche, zwei Stück jeweils von allem. Jedes Teil war mit dem Etikett eines französischen Herstellers versehen. Zuletzt legte Madame Guillemin ihnen noch eine Auswahl an Reisetaschen vor, von denen jede eine bekam. Sie fanden darin Zahnbürsten und -pasta, Gesichtspuder, Schuhcreme, Zigaretten und Streichhölzer, alles französische Marken.

„Ich erinnere noch mal dran“, sagte Flick, „dass ihr außer den Sachen, die ihr heute Nachmittag bekommen habt, nichts mitnehmen dürft, überhaupt nichts. Das wäre lebensgefährlich. So, nun geht auf eure Zimmer, und zieht die französischen Sachen an, auch die Unterwäsche. Danach treffen wir uns unten zum Abendessen.“

Im großen Salon des Hauses war eine Bar eingerichtet worden. Als Flick eintrat, wurde sie von ungefähr einem Dutzend Männern umlagert, von denen einige die Uniform der RAF trugen. Von ihren früheren Aufenthalten in Tempsford House wusste Flick, dass sie alle auf ihren Einsatzbefehl für geheime Flüge über Frankreich warteten. Auf einer Tafel standen die Namen oder Decknamen derer, die heute noch starten würden, einschließlich der Abfahrtszeiten zum Flugplatz. *Dohlen 20.30 Uhr*, las Flick. Sie warf einen Blick auf ihre Armbanduhr. Noch zwei Stunden.

Später im Speisesaal verzehrten die Dohlen ihre letzte Mahlzeit in England. Das Essen war reichlich, für Kriegszeiten ein wahres Bankett, und alle langten tüchtig zu. Danach wurde es auch schon Zeit, zum Flugplatz aufzubrechen. Dort angekommen, betraten sie ein Gebäude, das aussah wie ein Kuhstall und in dem ein Fliegeroffizier Metallregale mit militärischen Ausrüstungsgegenständen bewachte.

Paul teilte die Ausweise und Lebensmittelmarken aus. Zudem erhielt jede Frau 100 000 Francs, vorwiegend in schmuddeligen 1000er Scheinen. Auch ihre Waffen händigte man ihnen jetzt aus, halb automatische Colts vom Kaliber .45 sowie beidseits scharf geschliffene Messer der Marke Commando. Flick verzichtete darauf, da sie ihre eigene Pistole mitnahm, eine halbautomatische 9-Millimeter-Browning, die ihr lieber war als der bei der SOE gebräuchliche Colt, weil sie 13 Schuss anstatt nur sieben im Magazin hatte. Flicks Messer steckte bereits unter ihrem Revers. Das Commando-Messer war zwar gefährlicher, aber nicht so handlich. Außerdem bekam sie noch eine Sten-Maschinenpistole mit Schalldämpfer und Diana ein Gewehr.

Der Plastiksprengstoff, den Jelly benutzen sollte, wurde zu gleichen Teilen auf alle sechs Frauen verteilt, sodass selbst dann, wenn ein, zwei Gepäckstücke verloren gingen, genug übrig blieb, um die Operation durchzuführen.

„Der kann mich doch in die Luft jagen!“, beschwerte sich Maude, worauf Jelly ihr erklärte, wie außerordentlich sicher dieser Sprengstoff war.

Des Weiteren gab man ihnen Handgranaten und je einen Füllfederhalter, in dessen hohler Kappe eine Selbstmordpille versteckt war.

Schließlich legten sie Fliegerkombinationen an, setzten Helme und Schutzbrillen auf und zwängten sich in ihre Fallschirmgurte.

Paul nahm Flick für einen Moment beiseite. Die wichtigsten Ausweise hatte er noch zurückbehalten – die Passierscheine, mit denen die Frauen als Putzkolonne das Schloss betreten konnten. Sicherheitshalber gab er alle Dokumente Flick, die sie erst kurz vor der Aktion verteilen würde.

Dann küsste er sie. Sie erwiderte den Kuss voller verzweifelter Leidenschaft und presste Paul heftig an sich. „Komm heil zurück", raunte er ihr ins Ohr.

Ein diskretes Hüsteln unterbrach sie. „Der Pilot möchte Sie noch kurz sprechen, Major", sagte Percy. Paul nickte und ging davon.

Flick wurde flau im Bauch, als sie Thwaites finstere Miene sah. „Was ist los?"

Er zog ein Blatt Papier aus der Jackentasche und reichte es ihr. „Diese Nachricht traf gestern Abend von Brian Standish ein."

Flick besah sich den Text, dessen Inhalt sie traf wie ein Schlag in die Magengrube. „Brian ist der Gestapo in die Hände gefallen?"

„Nur ein paar Sekunden lang."

„So steht es hier zumindest."

„Hast du Grund zu der Annahme, dass es nicht stimmt?"

„Oh, Mist!" Sie holte tief Luft. „Jeder Agent, der vom Feind geschnappt wird, unter welchen Umständen auch immer, hat umgehend zur Berichterstattung nach London zurückzukehren. Und was ist mit diesem Charenton? Alle neuen Anwerbungen müssen von London überprüft werden."

„Du weißt doch selber, dass sich noch nie einer an diese Regel gehalten hat. Zumindest hält Michel Charenton für vertrauenswürdig."

Flick seufzte. „Mir gefällt die Sache trotzdem nicht. Aber für besondere Vorkehrungen fehlt uns die Zeit. Wenn wir die Fernmeldezentrale nicht in den nächsten drei Tagen ausschalten, ist es zu spät. Wir müssen auf jeden Fall rüber."

Percy nickte. Flick sah, dass er Tränen in den Augen hatte. „Braves, tapferes Mädchen." Seine Stimme war nur ein Flüstern. „Braves, tapferes Mädchen."

SIEBTER TAG. SAMSTAG, 3. JUNI 1944

Das Flugzeug, das die Dohlen bestiegen, war eine in Amerika gebaute zweimotorige Hudson, ein leichter Bomber, der für diese Nutzung mittlerweile ausgemustert worden war. Im hinteren Teil des Transportraums gab es eine Rutsche wie auf einem Spielplatz, über die Fallschirmspringer ins Freie gleiten konnten. Sitze waren keine vorhanden, sodass die sechs Frauen und ihr Absetzer auf dem Metallboden hockten.

Außer ihnen befanden sich noch ein Dutzend Metallbehälter in der

Kabine, jeder mannsgroß und mit einem Fallschirm versehen. Flick nahm an, dass sie Waffen und Munition für eine andere Zelle der Résistance enthielten. Nach dem Absprung der Dohlen bei Chatelle würde die Hudson noch ein anderes Ziel anfliegen, bevor sie umkehrte und wieder Kurs auf Tempsford nahm.

Der Start hatte sich verzögert, weil ein fehlerhafter Höhenmesser hatte ersetzt werden müssen, sodass sie erst gegen ein Uhr morgens die englische Küste hinter sich ließen. Bald überflogen sie den stark befestigten Atlantikwall an der französischen Küste. Der Mond war beinahe voll, weshalb größere Städte trotz der Verdunkelung leicht auszumachen waren. Da sich dort aber meistens Flakstellungen befanden, mussten sie gemieden werden. Flüsse und Seen waren daher die nützlichsten Geländemerkmale. Auch das Schimmern von Eisenbahngleisen, die Glut einer befeuerten Dampflokomotive und die Scheinwerfer eines Wagens, dessen Fahrer sich nicht an die Verdunkelungsvorschriften hielt, konnten wertvolle Hinweise liefern. Trotzdem war es für den Navigator ein Glücksfall, dass Flick neben ihm saß, die schon mehrmals bei Chatelle gelandet war und den Ort aus der Luft erkennen konnte.

Den ganzen Flug dachte sie über die von Brian übermittelte Botschaft nach. Alles klang sehr plausibel – nur traute sie plausiblen Erklärungen nicht über den Weg. Sie fühlte sich nur dann sicher, wenn die Dinge genau nach Plan verliefen und keine weiteren Ausführungen erforderlich machten.

Endlich waren sie am Ziel. Die Maschine kreiste über dem Dorf und überflog in einer Höhe von knapp 100 Metern die Viehweide. Flick sah die vier in Form eines L flackernden Markierungslichter. Der Pilot zog das Flugzeug auf 200 Meter hinauf, die ideale Höhe für den Absprung. Wer aus größerer Höhe sprang, wurde vom Wind zu weit vom vorgesehenen Landeplatz abgetrieben, und aus niedrigerer Höhe konnte es passieren, dass der Fallschirm nicht genug Zeit hatte, sich vollständig zu entfalten.

„Ich bin so weit, wenn Sie's auch sind“, sagte der Pilot.

„Irgendwas stimmt hier nicht.“ Flicks Gespür für Gefahren ließ die Alarmglocken in ihrem Kopf schrillen. Sie deutete nach Westen, auf das Dorf. „Kein einziges Licht.“

„Das stört Sie? Ist doch Verdunkelung. Außerdem ist es nach drei Uhr nachts.“

Flick schüttelte den Kopf. „Wir sind hier auf dem Land. Da scheren sich die Leute nicht so sehr um die Verdunkelung. Und irgendwer ist immer auf: eine Mutter mit einem Neugeborenen, jemand, der nicht schlafen kann. Ich habe dieses Dorf noch nie total verdunkelt gesehen."

Was sollte sie tun? Sie konnte die Operation doch nicht einfach abblasen, nur weil sich die Einwohner von Chatelle plötzlich an die Verdunkelungsvorschriften hielten.

Die Maschine hatte die Weide ein weiteres Mal überflogen und legte sich in die Kurve.

„Denken Sie dran, dass das Risiko mit jedem Überflug wächst", mahnte der Pilot nervös. „Jeder in diesem Kaff da unten kann unsere Motoren hören. Da braucht nur ein Einziger auf die Idee zu kommen, die Polizei zu rufen."

„Das ist es ja!", rief Flick. „Wir müssen doch alle aufgeweckt haben, aber nicht einer hat das Licht angemacht! Das ist merkwürdig." Plötzlich wusste sie, was sie noch beunruhigte. „Der Ofen des Bäckers brennt nicht! Normalerweise sieht man das Glühen aus der Luft. Das Dorf wirkt wie ausgestorben."

„Dann machen wir uns lieber wieder vom Acker."

Flick hatte den Eindruck, jemand könnte die Dorfbewohner zusammengetrieben und in eine Scheune gesperrt haben. Für die Gestapo wäre das typisch. Vorausgesetzt, sie wusste Bescheid und lag auf der Lauer.

Flick fielen die Behälter im Frachtraum ein. „Was ist Ihr nächstes Ziel?", fragte sie den Piloten.

„Ein Feld nördlich von Chartres."

Es ging also um die Vestryman-Zelle. „Ich weiß Bescheid. Sie können uns dort zusammen mit den Behältern rauslassen. Es wird ein Empfangskomitee da sein, das sich um uns kümmert. Mit dem Zug können wir heute Nachmittag in Paris sein und morgen Vormittag in Reims."

Der Pilot griff nach dem Steuerknüppel. „Ich kann Sie dort absetzen, kein Problem. Die strategische Entscheidung liegt bei Ihnen."

Flick überlegte. Sie musste Michel über die Funkverbindung zu Brian informieren, dass sie zwar die Landung in Chatelle abgeblasen hatten, sich aber dennoch auf dem Weg nach Reims befanden.

Sie konnte einen kurzen Funkspruch aufnotieren und ihn von dem Piloten zu Percy bringen lassen. In ein paar Stunden wäre Brian dann im Bilde. Auch die Pläne für die Abholung der Dohlen nach dem Einsatz mussten geändert werden. Wenn Chatelle auf welche Weise auch immer an die Deutschen verraten worden war, musste die Maschine umgeleitet werden, und zwar zu einem geheimen Landeplatz mit dem Decknamen Champ d'Or, der westlich von Reims bei Laroque lag. Und da der Einsatz einen Tag länger dauern würde, weil ihnen noch die Fahrt von Chartres nach Reims bevorstand, musste das Flugzeug auf Montagmorgen zwei Uhr bestellt werden. Flick wog die Konsequenzen gegeneinander ab. Das Ausweichen nach Chartres bedeutete den Verlust eines Tages, die Landung in Chatelle aber konnte das komplette Scheitern der Mission zur Folge haben und dazu führen, dass alle Dohlen in den Fängen der Gestapo endeten. Im Grunde hatte sie keine Wahl.

„Fliegen Sie nach Chartres", wies sie den Piloten an.

FRANCK lag unter einer Hecke und beobachtete mit wachsender Befremdung das britische Flugzeug, das über der Viehweide kreiste, den Landeplatz mehrmals überflog, dann überraschend abdrehte und dröhnend in südlicher Richtung verschwand.

Franck war am Boden zerstört. Die Clairet war ihm entkommen, und das vor den Augen von Weber und 20 seiner Leute. Was war nur schief gelaufen? Das Dröhnen der Flugzeugmotoren wurde leiser, und Franck hörte jetzt aufgeregtes Geschrei auf Französisch. Die Résistance-Kämpfer schienen genauso perplex zu sein wie er.

Er dachte kurz nach. Hier hatte er vier Widerstandsaktivisten direkt vor der Nase: Michel Clairet, den Kopf der Zelle; Helicopter, den britischen Agenten; einen Franzosen, den er nicht identifizieren konnte; und eine junge Frau. Was sollte er mit ihnen tun? Seine Strategie, Helicopter frei herumlaufen zu lassen, war nur in der Theorie gut gewesen. In der Praxis hatte sie zu zwei demütigenden Rückschlägen geführt. Es blieb ihm nichts anderes übrig, als auf die alten Verhörmethoden zurückzugreifen und darauf zu hoffen, wenigstens noch einen Teilerfolg zustande zu bringen und seine eigene Reputation zu retten.

Er hob das Mikrofon des Kurzwellensenders vor die Lippen. „An alle Einheiten: Es geht los, ich wiederhole, es geht los!"

Die in den Bäumen verborgenen Scheinwerfer flammten auf und strahlten die vier Résistance-Kämpfer auf der Wiese gnadenlos an.

„Sie sind umstellt! Hände hoch!", rief Franck ihnen auf Französisch zu.

Einer aus der Vierergruppe rannte los. Franck fluchte. Es war Helicopter, der dumme Junge. „Feuer!", brüllte Franck ein paar in seiner Nähe postierten Scharfschützen zu. Helicopter lief noch zwei Schritte, dann stürzte er zu Boden. Langsam hoben die anderen drei die Hände über den Kopf.

„In Marsch setzen und die Gefangenen festnehmen!", befahl Franck. Dann lief er zu der Stelle, wo Helicopter lag, und überzeugte sich, dass dieser sich nicht mehr regte. „Du warst ein schlechter Spion, aber ein tapferer Junge.“ Franck drückte ihm die Augen zu.

Die drei anderen wurden gerade entwaffnet und gefesselt. Clairet versprach ein harter Brocken zu werden; Franck hatte ihn im Einsatz erlebt und wusste, dass er Mut hatte. Ein Gestapo-Beamter durchsuchte den zweiten Mann und zeigte Franck eine Sondergenehmigung, die es Dr. Claude Bouler gestattete, auch nach der Ausgangssperre noch unterwegs zu sein. Der Arzt war bleich, aber gefasst. Das Mädchen war um die 20 und hübsch, mit langen dunklen Haaren und großen Augen. Ihre Papiere besagten, dass sie Gilberte Duval hieß. Von Lefèvre wusste Franck, dass sie Clairets Geliebte war. Wenn man sie richtig behandelte, ließ sie sich wahrscheinlich leicht umdrehen.

Ein Gestapo-Laster transportierte die Gefangenen zusammen mit den Einsatzkräften ab, während Franck in Webers Mercedes nach Sainte-Cécile gefahren wurde.

Als sie beim Schloss ankamen, war Francks Plan für das Verhör ausgereift. Er befahl Hesse, Clairet für das Verhör vorzubereiten, indem er ihn nackt auszog und an einen Stuhl in der Folterkammer fesselte. „Zeigen Sie ihm die Zange, mit der wir Fingernägel ausreißen, und lassen Sie sie auf dem Tisch liegen, sodass er sie dauernd vor Augen hat.“

Während Hesse den Befehl ausführte, besorgte sich Franck einen Federhalter, ein Fässchen Tinte und einen Block Briefpapier aus den Büros im oberen Stockwerk. Schließlich beschaffte er noch eine Ausgabe von Flauberts „Madame Bovary“.

In der Folterkammer musterte er Clairet genau. Der Anführer der Bollinger-Zelle hatte wohl Angst, wirkte aber sehr entschlossen. Franck deponierte Federhalter, Tinte und Papier direkt neben der Fingernagelzange auf dem Tisch. Es war ein stummer Hinweis für Clairet, dass es Alternativen gab.

„Binden Sie ihm die Hände los, Hesse.“ Franck zog „Madame Bovary“ aus der Tasche und legte das Buch aufgeschlagen auf den Tisch. „Monsieur, ich brauche eine Probe Ihrer Handschrift. Schreiben Sie Kapitel neun im zweiten Teil ab.“

Clairet zögerte. Franck sah ihm an, dass er einen Trick vermutete, sich aber nicht vorstellen konnte, welchen. So begann er mit der Abschrift. Nach zwei Seiten ließ Franck ihn von Hesse in seine Zelle bringen und befahl, als Nächstes Gilberte Duval vorzuführen. Während er wartete, riss er einen der von Clairet beschriebenen Bögen sorgfältig in mehrere Teile.

Als Gilberte hereinkam, wirkte sie verängstigt, aber trotzig.

Franck befahl ihr, sich zu setzen, und bot ihr Kaffee an. „Es ist echter", sagte er, als er ihr die Tasse reichte, denn für Franzosen gab es nur Ersatzkaffee zu kaufen.

Gilberte nippte daran und bedankte sich.

„Sie sind eine schöne Frau, Mademoiselle", begann Franck. „Ich glaube, im Herzen sind Sie keine Mörderin. Eine Frau tut so manches aus Liebe, nicht wahr?"

Überrascht sah sie ihn an. „Sie verstehen?"

„Ich weiß alles über Sie. Sie lieben Michel Clairet. Gewiss, er ist bedauerlicherweise verheiratet, aber Sie lieben ihn. Und deshalb sind Sie zur Résistance gegangen. Aus Liebe, nicht aus Hass. Habe ich Recht?"

Sie senkte den Kopf. „Ja", flüsterte sie.

„Aber Sie haben sich irreleiten lassen, meine Liebe. Ich muss Ihnen leider mitteilen, dass *er* Sie nicht liebt. Er liebt seine Frau."

Tränen stiegen ihr in die Augen. „Ich glaube Ihnen kein Wort."

„Er schreibt ihr Liebesbriefe nach England. Er schreibt ihr, wie sehr sie ihm fehlt. Einen hatte er bei seiner Verhaftung bei sich. Er wollte ihn noch vernichten, doch gelang es uns, ihm ein Stück davon zu entwinden." Franck reichte ihr ein Stück des Bogens, den er zerrissen hatte.

> Ich denke unaufhörlich an dich! … Die Erinnerung an dich bringt mich zur Verzweiflung! … dem Lächeln der Engel kann man nicht widerstehen! Man lässt sich hinreißen von dem, was schön ist, bezaubernd, anbetungswürdig.

Gilberte schluchzte auf und warf das Papier fort.

Franck zog das weiße Taschentuch aus der Brusttasche seines Anzugs und reichte es ihr. Sie vergrub ihr Gesicht darin.

„Ich nehme an, er lebt mit Ihnen zusammen, seit seine Frau fort ist."

„Schon viel länger! Schon seit sechs Monaten war er jede Nacht bei mir, nur nicht an den Tagen, an denen *sie* in Reims war." Gilberte weinte wieder.

„War es nicht ein bisschen schwierig, in so einer kleinen Wohnung auch noch Helicopter unterzubringen?"

„Er hat nicht bei uns gewohnt. Er ist ja erst heute gekommen."

„Aber Sie müssen ihn doch gefragt haben, wo er unterkommen sollte."

„Nein. Michel hatte schon was für ihn gefunden, ein leer stehendes Zimmer über der alten Buchhandlung in der Rue Molière."

„Und sein Gepäck? Hat er es bei Ihnen gelassen, als Sie nach Chatelle zum Landeplatz gefahren sind?"

„Nein, er hat es zuvor in sein Zimmer geschafft."

Jetzt wusste Franck, was er hatte erfahren wollen: wo sich Helicopters Funkgerät befand. „Ich bin fertig mit ihr", sagte er auf Deutsch zu Hesse. „Sie können sie an Becker weiterreichen."

Vor dem Schloss stand der blaue Hispano-Suiza. Mit Hesse auf dem Beifahrersitz raste Franck nach Reims, wo sie nach kurzer Suche die Buchhandlung in der Rue Molière fanden. Sie schlugen die Tür ein und stiegen über eine Holztreppe zu dem Zimmer hinauf, das sich über dem Laden befand. Ein Strohsack mit einer Wolldecke lag auf dem Boden. Daneben standen eine Flasche Whisky und der kleine Koffer.

Franck klappte ihn auf, um Hesse das Funkgerät zu zeigen, und verkündete triumphierend: „Damit kann ich mich in Helicopter verwandeln!"

Auf der Rückfahrt nach Saint-Cécile diskutierten sie die Nachricht, die sie nach England funken wollten. „Zunächst mal wird Helicopter sicher wissen wollen, warum die Fallschirmspringer nicht abgesprungen sind", meinte Franck. „Außerdem, was er jetzt tun soll. Also wird er um neue Befehle bitten."

Wieder zurück im Schloss, begaben sie sich in den Kellerraum, in dem die Funksprüche abgehört wurden. Ein Funker mittleren Alters schloss das Gerät an und stellte es auf Helicopters Notruffrequenz ein, während Franck die Nachricht auf einen Zettel kritzelte. Er erklärte dem Funker genau, wie dieser die Meldung verschlüsseln und welche Sicherheitskennungen er einbauen musste.

Dann hielt er inne. „Werden die nicht merken, dass das gar nicht Helicopter am Apparat ist? Können die nicht die persönliche Handschrift des Sendenden erkennen?"

„Doch", antwortete der Funker. „Aber ich habe diesen Burschen schon zweimal abgehört, als er gesendet hat, und kann ihn daher nachahmen. Das ist so ähnlich, wie wenn man einen Dialekt nachäfft. Außerdem sind Spione häufig unter Zeitdruck, wenn sie aus einem Versteck senden, deshalb werden die Engländer geringfügige Abweichungen sicherlich seiner Belastung zuschreiben."

Franck und Hesse gingen zum Frühstück in die Kantine. Es war schon hell, als eine junge Frau in SS-Uniform erschien und meldete, die Antwort sei eingetroffen und der Funker habe sie auch schon fast dechiffriert. Sie eilten die Treppe hinunter. Weber mit dem ihm eigenen Talent, überall aufzutauchen, wo es etwas Neues gab, war bereits da. Der Funker reichte ihm das Original der getippten Nachricht und gab Franck den Durchschlag.

Dohlenabsprung abgeblasen stopp Anderswo gelandet stopp Warten Sie Kontaktaufnahme durch Leopardin ab

Franck frohlockte. „Die Leopardin ist in Frankreich – und ich habe ein Bild von ihr!“ Schwungvoll zog er die Abzüge des Fotos von Felicity Clairet aus seiner Tasche und reichte Weber den einen. „Lassen Sie davon tausend Steckbriefe drucken. Binnen zwölf Stunden hängt dieses Bild überall in Reims aus. Hesse, lassen Sie meinen Wagen auftanken!“

„Wo wollen Sie hin?“

„Nach Paris. Dort mache ich dasselbe mit dem zweiten Abzug. Jetzt habe ich sie!“

DER ABSPRUNG verlief ohne größere Zwischenfälle. Zuerst wurden die Behälter abgeworfen, dann setzten sich die Dohlen der Reihe nach ans obere Ende der Rutsche und ließen sich, sobald ihnen der Absetzer auf die Schulter tippte, ins Freie gleiten.

Flick sprang als Letzte. Sie machte eine perfekte Landung und blieb einen Moment lang still liegen. Im Mondlicht sah sie, wie ein halbes Dutzend Résistance-Kämpfer dabei war, die Behälter aufzulesen und wegzutragen.

Flick kämpfte sich aus ihren Fallschirmgurten, zog den Helm ab und die Fliegerkombi aus. Sie war noch nicht ganz fertig, als ein junger Mann auf sie zugerannt kam und sie atemlos auf Französisch ansprach.

„Wir haben nicht mit Personen gerechnet, nur mit Material.“

„Der Plan wurde geändert. Ist Anton hier?“ Der Anführer der Vestryman-Zelle trug diesen Decknamen. „Sagen Sie ihm, die Leopardin ist da. Wir sind zu sechst, brauchen ein Transportmittel und haben keine Zeit zu verlieren.“

„Wird gemacht.“ Der junge Mann hastete davon.

Flick faltete ihren Fallschirm zusammen und machte sich auf die Suche nach den anderen Dohlen. Greta war in einem Baum gelandet, aber es war ihr gelungen, sich aus ihren Gurten zu befreien und auf den Boden zu klettern. Die anderen vier waren alle sicher im Gras gelandet.

„Ich bin sehr stolz auf mich“, bemerkte Jelly. „Aber ein zweites Mal mache ich das nicht, nicht für eine Million Pfund.“

Wenig später kletterten sie auf die Ladefläche eines Lieferwagens. Als die Sonne aufging und sie in Chartres einfuhren, verdüsterte sich die allgemeine Stimmung. „Ich kann’s nicht fassen, worauf ich mich da eingelassen habe“, jammerte Maude, und Diana drückte ihre Hand.

Doch Flick dachte schon voraus. „Wir teilen uns jetzt in Zweiergruppen auf."

Die drei Paare waren bereits festgelegt worden. Flick hatte Maude mit Diana zusammengespannt, weil diese sonst einen Aufstand gemacht hätte. Sie selbst hatte sich Ruby gewählt, weil sie in kritischen Situationen eine Gesprächspartnerin haben wollte und Ruby die Cleverste im Team war.

Dies bedeutete allerdings, dass ausgerechnet Greta und Jelly das dritte Paar bilden mussten. Und prompt hatte Jelly gemault. „Wir sind in einem militärischen Einsatz", hatte Flick sie angefahren. „Tu einfach, was dir gesagt wird!"

„Wir müssen unsere Legenden verändern, weil wir eine Erklärung für die Zugfahrt brauchen", gab sie jetzt zu bedenken. „Fällt euch was ein?"

„Ich bin die Gattin von Major Remmer, einem deutschen Offizier, der in Paris stationiert ist, und habe mit meiner französischen Hausangestellten die Kathedrale von Chartres besichtigt", schlug Greta vor.

„Klingt gut. Diana?"

„Maude und ich sind Sekretärinnen bei den Elektrizitätswerken von Reims. Wir waren in Chartres, weil Maude schon lange keinen Kontakt mehr zu ihrem Verlobten hatte und wir geglaubt haben, er könnte in Chartres sein."

Flick nickte zufrieden. „Und ich bin nach Chartres gefahren, um meine verwaiste Kusine abzuholen, die künftig bei mir in Reims leben soll." Sie wandte sich an den Fahrer. „Lassen Sie uns irgendwo raus, wo keine Leute sind. Den Bahnhof finden wir dann schon allein."

Ein paar Minuten später stiegen sie aus und fanden sich in einer Gasse wieder, die beiderseits von hohen Häusern flankiert wurde. Flick erinnerte die anderen noch einmal an den Plan. „Wir gehen zum Bahnhof, kaufen Fahrkarten nach Paris und steigen in den ersten Zug ein, der kommt. Jedes Paar verhält sich so, als würde es die anderen nicht kennen. Auf jeden Fall treffen wir uns in Paris wieder; ihr habt die Adresse." Ihr Ziel war eine billige Absteige namens „Hôtel de la Chapelle". „Diana und Maude zuerst – los, fort mit euch! Dann ihr beide, Jelly und Greta, aber geht etwas langsamer."

Die Angst stand ihnen ins Gesicht geschrieben, als sie sich auf den Weg machten. Als Letzte verließen Flick und Ruby die Gasse.

Die ersten Schritte in einer französischen Stadt waren immer die schlimmsten. Flick war, als trüge sie ein Schild mit der Aufschrift BRITISCHE SPIONIN! KNALLT SIE AB! auf dem Rücken. Doch nachdem zwei deutsche Offiziere an ihnen vorbeigegangen waren, ohne sie zu behelligen, begann sich ihr Puls wieder zu normalisieren.

Vor dem Fahrkartenschalter am Bahnhof hatte sich eine Schlange gebildet, doch es war kein schlechtes Zeichen, weil es bedeutete, dass die Einheimischen in absehbarer Zeit mit einem Zug rechneten. Greta und Jelly hatten sich in die Schlange eingereiht. Da von Diana und Maude nirgends etwas zu sehen war, befanden sie sich offenbar bereits auf dem Bahnsteig.

Der Fahrkartenkauf verlief reibungslos. Vor dem Bahnsteig hatte die Gestapo allerdings einen Kontrollpunkt eingerichtet. Flicks Herzschlag beschleunigte sich. Für Greta und Jelly, die vor ihnen in der Schlange standen, war dies die erste Begegnung mit dem Feind. Stumm betete Flick darum, dass die beiden nicht die Nerven verloren.

Greta sprach Deutsch mit den Gestapo-Leuten. Flick konnte deutlich hören, wie sie ihre Legende erzählte.

„Ich kenne einen Major Remmer“, sagte einer der beiden Gestapo-Beamten. „Ist er nicht Ingenieur?“

„Nein, er ist beim Nachrichtendienst.“ Greta wirkte bemerkenswert gelassen.

„Sie mögen Kathedralen?“, fuhr der Mann im Plauderton fort. „Na ja, was anderes gibt’s in diesem Nest hier ja auch nicht zu sehen.“ Er prüfte nun Jellys Papiere und sprach sie auf Französisch an. „Sie begleiten Madame Remmer auf all ihren Reisen?“

„Ja, sie ist sehr nett zu mir.“ Flick konnte Jellys Stimme zittern hören und wusste, dass sie entsetzliche Angst hatte.

„Haben Sie sich auch den Bischofspalast angeguckt?“

Einen Moment verschlug es Jelly die Sprache, dann antwortete sie: „Ja, die Frau des Bischofs war sehr freundlich.“

Flick war entsetzt. Jelly wusste zwar, dass anglikanische Bischöfe heiraten durften, hatte aber offenbar keine Ahnung davon, dass Priester im katholischen Frankreich der Ehelosigkeit verpflichtet waren.

„Was für eine Frau?“, argwöhnte der Gestapo-Mann.

„Sie meint seine Haushälterin, nicht seine Ehefrau“, mischte sich Greta auf Französisch ein und lachte. Die Erklärung war plausibel: Im Französischen ist *une femme* eine Ehefrau, eine Haushälterin dagegen *une femme de ménage*.

Erst jetzt merkte Jelly, dass sie einen Fehler gemacht hatte. „Ja, natürlich, ich habe die Haushälterin des Bischofs gemeint.“

Der Gestapo-Kontrolleur zögerte noch einen Augenblick, dann gab er den beiden ihre Papiere zurück.

Flick atmete auf. Schließlich kamen sie und Ruby an die Reihe, und Flick gab ihre Legende zum Besten.

„Sie sind Kusinen?“, fragte der Beamte und ließ seinen Blick von der einen zur anderen gleiten.

„Wir sehen uns nicht besonders ähnlich, was?“, gab Flick heiter zurück. „Ihre Mutter stammte aus Neapel.“

Der Mann wandte sich an Ruby. „Wie sind Ihre Eltern gestorben?“

„Bei ’nem Zugunglück. ’n Anschlag von der Résistance.“

„Mein Beileid, junge Dame. Diese Leute sind wahre Bestien.“

Er gab ihnen die Papiere zurück, und sie gingen durch die Sperre.

Diana und Maude saßen in der Bahnhofswirtschaft. Flick, die einen Blick durchs Fenster warf, sah die beiden Champagner trinken und wurde wütend. Sie hätten wissen müssen, dass sie von nun an einen klaren Kopf behalten mussten. Doch sie konnte die beiden hier in aller Öffentlichkeit nicht zurechtweisen.

Greta und Jelly hatten sich auf eine Bank gesetzt. Flick und Ruby fanden nicht allzu weit entfernt eine andere freie Bank, nahmen ebenfalls Platz und warteten.

Stunden vergingen, und immer mehr Menschen drängten sich auf dem Bahnsteig. Gegen elf Uhr vormittags fuhr der Zug endlich ein. Die Waggons waren bereits voll, Flick und Ruby mussten sich daher mit einem Stehplatz begnügen. Greta und Jelly ging es ebenso, aber Diana und Maude fanden noch Sitzplätze in einem Abteil für sechs Personen, in dem schon zwei Frauen mittleren Alters und zwei Gendarmen saßen.

Die Polizisten machten Flick unruhig. Es gelang ihr, sich bis unmittelbar vor das Abteil durchzuschlängeln, damit sie die Insassen durch die Fensterscheibe im Auge behalten konnte. Es war ein Glück, dass Diana und Maude unter dem Einfluss des Champagners und der durchwachten Liebesnacht einschliefen, kaum dass der Zug den Bahnhof verlassen hatte.

Langsam stampfte er durch Wälder und wogende Felder. Nach einer Stunde stiegen die beiden Französinnen aus, woraufhin Flick und Ruby kurz entschlossen deren Plätze einnahmen. Die Polizisten, die beide in den Zwanzigern waren, fingen sofort eine Unterhaltung mit ihnen an. Sie waren sichtlich erfreut darüber, sich die lange Fahrt durch eine Plauderei mit zwei jungen Frauen etwas zu verkürzen. Sie hießen Christian und Jean-Marie. Der redselige Christian saß zwischen seinem Kollegen und Ruby auf dem Mittelsitz, Flick auf der Bank gegenüber neben Maude, die wiederum an Diana lehnte und den Kopf an deren Schulter gebettet hatte.

Die Gendarmen waren, wie Christian erzählte, auf dem Weg nach Paris, um dort einen Gefangenen abzuholen. Es ging um einen Mann aus der Gegend von Chartres, der seine Frau und seinen Stiefsohn umgebracht hatte und nach der Tat in die Hauptstadt geflohen war. Dort war er der Polizei ins Netz gegangen. Christian griff in die Tasche seiner Uniformjacke und zeigte die Handschellen vor, als wollte er beweisen, dass er nicht nur herumprahlte.

Der Zug rollte gerade durch die Vororte von Paris, als Diana aufwachte und laut auf Englisch stöhnte: „Himmel, hab ich Kopfweh! Wie spät ist's denn?" Kaum hatte sie geendet, erblickte sie die Gendarmen und erkannte, was sie angestellt hatte. Aber es war zu spät.

„Das war ja Englisch", wunderte sich Christian.

Flick sah, wie Ruby nach ihrer Waffe griff.

„Sie sind Engländerin", sagte Christian zu Diana. Er sah Maude an. „Und Sie auch." Er ließ seinen Blick durchs Abteil wandern. „Sie alle!"

Flick packte Ruby am Handgelenk, um sie daran zu hindern, die Waffe herauszuziehen. Doch der Pistolengriff war bereits zu sehen.

„Und Sie sind bewaffnet", setzte Christian hinzu. „Sie sind Agentinnen der Alliierten!"

Flick saß wie auf glühenden Kohlen und wartete seine weitere Reaktion ab. Sekunden tickten dahin. Dann endlich lächelte er und flüsterte: „Ich wünsche Ihnen viel Glück. Ihr Geheimnis ist bei uns sicher."

Erleichtert lehnte sich Flick in ihrem Sitz zurück. „Ich danke Ihnen. Ich bin sehr froh, dass Sie auf unserer Seite sind."

„Ich war schon immer gegen die Deutschen." Christian plusterte sich ein wenig auf. „Mein Beruf hat es mir ermöglicht, der Résistance den einen oder anderen Dienst zu erweisen. Natürlich sehr diskret."

Flick glaubte ihm kein Wort. Gegen die Deutschen mochte er sein, gewiss; doch hätte er tatsächlich mit der Résistance kooperiert, so hätte er keiner Menschenseele etwas davon erzählt. Aber das spielte im Moment keine Rolle. Wichtig war nur, dass er sah, woher der Wind augenblicklich blies, und allein schon aus diesem Grund alliierte Agenten nicht wenige Tage vor der Invasion der Gestapo auslieferte.

Der Zug fuhr nun ganz langsam, weil er in den Gare d'Orsay einlief. Flick erhob sich.

„Sie sind tapfere Frauen. Viel Glück!" Christian küsste ihre Hand.

Sie verließ den Zug als Erste der Dohlen. Als sie den Bahnsteig betrat, sah sie einen Mann in Arbeiterkluft ein Plakat ankleben. Ihr Schreck war so groß, dass ihr fast das Herz stehen geblieben wäre: Sie sah ein Bild von sich selbst. Sie kannte es nicht, konnte sich nicht einmal daran erinnern, dass sie jemals im Badeanzug fotografiert worden war. Auf dem Plakat stand ihr Name, außerdem wurde sie als Mörderin bezeichnet.

Flick begriff, dass dieser Steckbrief in ganz Paris aushängen musste. Wie angewurzelt stand sie auf dem Bahnsteig. Endlich fasste sie sich. Die wichtigste Frage war, wie sie aus dem Bahnhof herauskommen sollte. Vorne an der Sperre, wo man die Fahrkarten vorzeigen musste, kontrollierte die Gestapo die Reisenden. Die Dienst habenden Beamten kannten den Steckbrief mit Sicherheit schon. Wie sollte sie an ihnen vorbeikommen?

Sie sah sich um. Ruby, Diana und Maude waren bereits aus dem Zug ausgestiegen, die beiden Gendarmen wollten es gerade. Plötzlich fielen Flick die Handschellen in Christians Tasche ein, und eine verrückte Idee schoss ihr durch den Kopf. Sie stieg wieder ein und drängte Christian und seinen Kollegen in den Waggon zurück.

Der junge Polizist lächelte unsicher. „Was ist los?"

„Sehen Sie dort, da hängt ein Steckbrief mit meinem Bild. Sie müssen mir helfen. Ich muss unbedingt an dem Kontrollpunkt vorbei."

„Aber die werden Sie sofort verhaften."

„Nicht, wenn ich schon verhaftet bin. Legen Sie mir Ihre Handschellen an. Tun Sie so, als hätten Sie mich geschnappt, und behaupten Sie, Sie brächten mich zum Gestapo-Hauptquartier in der Avenue Foch."

Christian sah aus, als würde er schier sterben vor Angst. Es war offensichtlich, dass er verzweifelt nach einer Ausrede suchte, um sich zu drücken, doch mit seinen großen Worten über die Résistance hatte er sich zu sehr festgelegt.

Da meldete sich erstmals der schweigsame Jean-Marie zu Wort. „Das klappt bestimmt."

Auch Ruby war inzwischen wieder in den Waggon gestiegen. „Flick, der Steckbrief da …"

„Ich weiß. Die beiden Gendarmen hier werden mich in Handschellen durch die Kontrolle bringen und später wieder laufen lassen. Sollte irgendwas schief gehen, übernimmst du das Kommando." Sie wechselte ins Englische. „Den Eisenbahntunnel kannst du vergessen, der war nur vorgeschoben. Unser eigentliches Ziel ist die Fernmeldezentrale in Sainte-Cécile. Aber sag es den anderen erst im letzten Augenblick. Und jetzt hol sie schnell wieder rein."

Es dauerte nicht lange, und sie drängten sich alle in dem Abteil zusammen. Flick erläuterte ihren Plan. Zum Schluss fügte sie hinzu: „Sollte der Trick nicht funktionieren und ich verhaftet werden, hat unsere Mission absoluten Vorrang. Überlasst mich meinem Schicksal, sammelt euch im Hotel und macht weiter. Ruby wird in diesem Fall das Kommando übernehmen. Und jetzt macht euch auf die Socken.“ Sie drehte sich zu Christian um. „Die Handschellen.“

Er schloss ihr rechtes und Jean-Maries linkes Handgelenk zusammen, dann stiegen sie aus dem Zug und marschierten zu dritt nebeneinander den Bahnsteig entlang, wobei Christian Flicks Koffer und ihre Umhängetasche mit der halbautomatischen Pistole darin trug.

An der Kontrolle hatte sich eine Schlange gebildet. „Platz da!“, rief Jean-Marie. „Lassen Sie uns durch!“ Sie steuerten direkt auf die Spitze der Schlange zu, wo die Gendarmen vor den Deutschen salutierten.

Der verantwortliche SS-Hauptsturmführer musterte Flick von oben bis unten. „Das ist ja die Frau auf dem Steckbrief!“

„Jawohl, *mon capitaine*, wir haben sie in Chartres verhaftet“, erwiderte Jean-Marie. „Unser Befehl lautet, sie in der Avenue Foch abzuliefern.“

Der Deutsche schüttelte den Kopf. „Diese Engländer! Schicken sie doch tatsächlich kleine Mädchen ins Gefecht. Weitergehen!“

Flick und die beiden Gendarmen passierten die Kontrolle und traten hinaus in den Sonnenschein.

ALS PAUL von der Nachricht erfuhr, in der Brian Standish gefunkt hatte, dass er beinahe von der Gestapo geschnappt worden war, ärgerte er sich maßlos über Thwaite. „Sie haben mich getäuscht!“, schrie er. „Sie haben ganz bewusst dafür gesorgt, dass ich nicht anwesend war, bevor Sie das Flick gezeigt haben!“

„Ich dachte mir, Sie würden vielleicht den Flug absagen.“

„Hätte ich vielleicht auch. Oder zumindest hätte ich es tun *sollen*.“

„Aber Sie hätten es aus Liebe zu Flick getan, nicht aus operativen Gründen.“

Damit hatte er Pauls wunden Punkt getroffen. Dieser wusste es selbst nur allzu gut und war gerade deshalb besonders wütend.

Die beiden Männer verbrachten die ganze Nacht auf dem Flugplatz und gingen, verbunden durch die gemeinsame Sorge um die Frau, die sie beide auf ihre Weise liebten, rauchend auf und ab.

Paul trug in der Brusttasche seines Hemdes noch die hölzerne französische Zahnbürste, die Flick und er am Freitagmorgen nach der gemeinsamen Nacht benutzt hatten. Er war alles andere als abergläubisch, und doch tastete er immer wieder nach diesem Gegenstand, als würde er Flick selbst berühren und sich auf diese Weise vergewissern, dass sie wohlauf war.

Als das Flugzeug zurückkehrte und der Pilot ihnen berichtete, wie Flick über Chatelle Verdacht geschöpft hatte und daraufhin mit den anderen in der Nähe von Chartres abgesprungen war, überkam Paul eine solche Erleichterung, dass er beinahe in Tränen ausgebrochen wäre.

Kurz darauf erhielt Percy einen Anruf aus dem SOE-Hauptquartier und erfuhr, dass Brian Standish per Funk wissen wollte, was passiert war. Paul beschloss, ihm jene Antwort zu übermitteln, die Flick auf einen Zettel gekritzelt und dem Piloten mitgegeben hatte: dass die Dohlen woanders gelandet waren und sich mit ihm in Verbindung setzen würden. Auf weitere Informationen hatte sie verzichtet, falls Brian inzwischen der Gestapo in die Hände gefallen war.

Aber immer noch wusste niemand genau, was drüben in Frankreich eigentlich vorgefallen war. Paul fand diese Ungewissheit unerträglich. Flick musste unbedingt nach Reims gelangen, egal, wie. Aber es konnte sein, dass die Gestapo ihr eine Falle gestellt hatte. Man musste doch irgendwie überprüfen können, ob Brians Botschaft echt war.

Die Morsezeichen trugen die korrekten Sicherheitskennungen. Allerdings wusste die Gestapo von der Existenz dieser Kennungen. Sie hätte Brian foltern und zur Herausgabe seiner eigenen zwingen können. Es gebe noch subtilere Methoden, die Echtheit der Nachricht zu überprüfen, meinte Percy, aber dazu brauche man die Mädchen in der Abhörstation.

Paul begab sich sofort dorthin.

Auch Grendon Underwood war ein Herrenhaus auf dem Land, das vom Militär übernommen worden war. 400 Funker und Kodierer, die meisten weiblichen Geschlechts und zu der FANY gehörend, arbeiteten und wohnten hier. Auf dem Gutsgelände waren in bogenförmigen Gruppen Funkantennen aufgestellt, die Funksprüche aus ganz Europa aus dem Äther fischten.

Paul wurde von einer Abteilungsleiterin herumgeführt. Jean Bevins war eine dicke Frau mit Brille. Sie führte ihn in den Senderaum, wo ungefähr 100 junge Frauen mit Kopfhörern in Reihen saßen. Auf einer großen Tafel standen die Kodenamen der einzelnen Agenten, die Ankunftszeiten der erwarteten Funksprüche sowie deren Frequenzen.

Jean Bevins stellte Paul ein hübsches junges Mädchen namens Lucy Briggs vor. „Helicopter? Ja, ich kenne Helicopter. Er ist neu bei uns."

„Würden Sie seine Handschrift erkennen, Lucy?“

Zweifelnd sah sie Paul an. „Er hat erst dreimal gesendet. Am Mittwoch war er ein bisschen nervös, vielleicht weil es das erste Mal für ihn war, aber sein Rhythmus war ruhig und gleichmäßig, als wüsste er, dass er viel Zeit hatte und sicher war.“

„Erinnern Sie sich auch noch an seinen zweiten Funkspruch?“

„Ja. Der kam am Donnerstag, und da hat er es eilig gehabt. Wenn sie in Eile sind, kann man manchmal nur schwer verstehen, was sie meinen – waren das jetzt zum Beispiel zwei Punkte hintereinander oder ein kurzer Strich? Helicopter jedenfalls wollte den Ort, von dem aus er gesendet hat, so schnell wie möglich wieder verlassen.“

„Und danach?“

„Die nächste Meldung kam erst am Samstagmorgen rein, kurz vor Morgengrauen, auf der Notfallfrequenz. Klang aber nicht nach Panik oder so, im Gegenteil. Ich habe mir noch gedacht, jetzt hat er wohl den richtigen Dreh raus. Der Rhythmus war regelmäßig, die Buchstaben kamen alle klar und deutlich rüber.“

„Wäre es denkbar, dass bei diesem Mal jemand anders sein Funkgerät benutzt hat?“

Lucy dachte über Pauls Frage nach. „Doch, ja, das wäre möglich. Und angenommen, es war ein Deutscher, der sich für Helicopter ausgab, der hätte sauber und klar geklungen, denn er hätte ja nichts zu befürchten gehabt. Also hätte er auch in aller Ruhe und Regelmäßigkeit senden können, nicht wahr?“

Jean Bevins, die sich vorübergehend entfernt hatte, kam mit mehreren Bogen Papier zurück. „Hier habe ich die Entschlüsselungen der drei Sendungen von Helicopter.“

Ihre ruhige, effiziente Art gefiel Paul. Er betrachtete das erste Blatt.

> Ankuft gut stopp Trefpunkt Krypta unsichr stopp Von Gestapo erwscht aber entkomen stopp Treffpukt kuenftik Cafe de la Gar Ende

„Mit seiner Rechtschreibung hapert’s aber gewaltig“, kommentierte Paul.

„Es liegt nicht an seiner Rechtschreibung“, erklärte Jean Bevins. „Beim Morsen machen sie alle Fehler. Wir weisen die Dechiffrierer an, die Fehler nicht zu korrigieren. Manchmal haben sie nämlich auch eine bestimmte Bedeutung.“

Brians zweiter Funkspruch war länger.

> Aktiv Ageten fuenf Stueck wie folt stopp Monet derzeit verwundet stopp Comtese alles klar stopp Cheval hift ab und zu aus stopp Burgeoise noch an Ort und Stele stopp Plus mein Retter Decknme Charenton

Darüber hinaus enthielt diese Nachricht einen ausführlichen Bericht über den Zwischenfall in der Kathedrale. Paul wandte sich der dritten Botschaft zu.

> Was zum Teufel ist passiert Fragezeichen Erwarte Instruktionen stopp Antwort unverzuelich erbeten Ende

„Sehr viel besser. Bloß ein Fehler dieses Mal.“

„Ja, er schien mir am Sonnabend viel gelassener“, bestätigte Lucy.

„Entweder das – oder jemand anders hat den Funkspruch gesendet.“ Plötzlich hatte Paul eine Idee, wie er das überprüfen könnte. „Lucy, unterlaufen Ihnen jemals Fehler bei den Funkübertragungen?“

„Nur ganz selten. Fehler sollten grundsätzlich nicht passieren. Die Agenten haben genug andere Sorgen.“

Paul wandte sich an Jean Bevins. „Können Sie eine Nachricht genau so verschlüsseln lassen, wie ich Sie Ihnen aufschreibe? Ich denke an eine Art Test.“

„Gewiss. Wenn er sich um acht Uhr meldet, sagen wir ihm, er soll dranbleiben, weil wir gleich nach seiner Sendung eine Notfallmeldung für ihn haben.“

Paul setzte sich an einen Tisch, dachte ein wenig nach und schrieb dann auf einen Notizblock:

> Anzal Ihrer Waffen miteilen Wievie Automatis Stens Auch Munitio Wie viel Schuss jeder plus Gratanen Antwort unverzueglch

Die Anfrage war unvernünftig und in herablassendem Ton abgefasst. Sie wirkte darüber hinaus nachlässig verschlüsselt und übertragen. Paul zeigte sie Jean Bevins, die die Stirn runzelte.

„Das ist ja eine grässliche Botschaft! Da würde ich mich schämen.“

„Was glauben Sie, wie ein Agent darauf reagieren würde?“

„Fuchsteufelswild. Garantiert mit ein paar saftigen Kraftausdrücken.“

„Dann lassen Sie diesen Text jetzt bitte exakt so verschlüsseln, wie er ist, und senden ihn an Helicopter.“

Ihr war sichtlich unwohl dabei. „Wenn Sie wünschen.“

DER ROTLICHTBEZIRK von Paris, ein Viertel aus engen, schmutzigen Straßen, lag auf einem niedrigen Hügel hinter der Rue de la Chapelle unweit des Gare du Nord. Und mittendrin lag die Rue de la Charbonnière. Auf der Nordseite der Straße stand ein Kloster, in dem acht Nonnen lebten, die ihr Leben den armseligsten Elendsgestalten von Paris geweiht hatten. Gleich neben dem Kloster stand das Hôtel de la Chapelle. Es war nicht direkt ein Bordell, aber wenn nicht alle Zimmer vermietet waren, nahm die Besitzerin auch Stundengäste.

Als Flick eintrat, empfand sie eine enorme Erleichterung. Die Gendarmen hatten sie einen knappen Kilometer vor dem Hotel abgesetzt, und auf dem Weg hierher hatte sie zwei Steckbriefe mit ihrem Abbild gesehen. Christian hatte ihr sein Taschentuch gegeben, ein sauberes quadratisches Baumwolltuch, das sich Flick als Kopftuch umgebunden hatte, um ihr blondes Haar halbwegs zu verdecken. Dennoch wusste sie, dass sie jeder, der sie genau ansah, als die Frau auf dem Steckbrief identifizieren würde.

Die freundliche, übergewichtige Hotelbesitzerin trug einen rosafarbenen Morgenmantel aus Seide. Flick hatte schon früher hier übernachtet, doch die Frau schien sich nicht an sie zu erinnern. Sie nahm das Geld entgegen und gab Flick einen Zimmerschlüssel, ohne irgendwelche Fragen zu stellen. Flick wollte gerade zu ihrem Zimmer hinaufgehen, als sie Diana und Maude ankommen sah.

„Gütiger Himmel, was für ein Drecksloch", klagte Diana, als sie zur Tür hereinkam. „Vielleicht können wir woanders essen."

„Vergiss es!", fuhr Flick sie an. „Wir halten uns hier ein paar Stunden lang versteckt, dann schlagen wir uns bei Tagesanbruch zum Gare de l'Est durch."

Maude sah Diana vorwurfsvoll an. „Du hast doch versprochen, mit mir ins ‚Ritz' zu gehen."

Flick musste an sich halten. „In welcher Welt lebt ihr eigentlich? Niemand geht irgendwohin, kapiert? Ich muss mich vorerst bedeckt halten. Diana, du setzt dich hierher und wartest auf die anderen, und du, Maude, belegst inzwischen ein Zimmer für euch."

Auf der Treppe nach oben begegnete Flick einer Schwarzen in einem engen roten Kleid und mit auffallend glattem schwarzem Haar. „Einen Moment bitte", sprach Flick sie an. „Würden Sie mir Ihre Perücke verkaufen?"

Die Frau musterte sie von oben bis unten und hielt sie offenbar für eine Freizeitnutte. „Ohne das Ding kann ich nicht arbeiten."

Flick zog einen 1000-Franc-Schein aus ihrer Jackentasche. „Kaufen Sie sich eine andere dafür."

Die Schwarze sah Flick plötzlich mit anderen Augen. Für eine Kollegin hatte die Fremde zu viel Geld. Doch sie zuckte nur die Achseln, nahm das Geld an sich und gab dafür die Perücke her. „Na, dann kann ich mir den Abend heute wohl freinehmen."

Auf Flicks Zimmer gab es ein Waschbecken mit einem Spiegel darüber. Sie kämmte ihr blondes Haar hinter die Ohren und steckte es mit Klemmen fest. Dann setzte sie die Perücke auf. Das schwarze Haar veränderte ihr Aussehen vollkommen. Allerdings fielen jetzt ihre blonden Brauen auf. Mit dem Augenbrauenstift aus ihrem Make-up-Täschchen zog sie sie dunkel nach.

Als Nächstes holte sie ihre Ausweise aus der Jackentasche und retuschierte die Fotografien, indem sie mit dünnen Strichen des Augenbrauenstifts Haare und Augenbrauen dunkel einfärbte. Sie war mit ihrer Arbeit zufrieden; solange niemand auf den Dokumenten herumrieb, könnte die Manipulation unentdeckt bleiben.

Sie nahm die Perücke wieder ab, legte sich aufs Bett und war binnen Sekunden eingeschlafen. Ein Klopfen an der Tür weckte sie. Draußen wurde es schon dunkel; sie musste mehrere Stunden geschlafen haben.

„Wer ist da?"

„Ruby."

Sie ließ sie herein. „Alles in Ordnung?"

„Diana und Maude sind nicht in ihrem Zimmer."

„Diese Idiotinnen! Sie sind vermutlich ausgegangen. Maude wollte ins Ritz."

Ruby konnte es nicht fassen. „So blöd kann man doch gar nicht sein!"

„Diana ist verliebt. Deshalb erfüllt sie Maude jeden Wunsch. Komm mit, wir holen sie dort raus." Flick setzte ihre Perücke auf.

„Hab mich schon gewundert, dass du plötzlich dunkle Brauen hast", sagte Ruby. „Aber 's funktioniert, siehst ganz anders aus."

„Gut so. Hol deine Pistole."

Am Empfang gab die Besitzerin Flick ein Briefchen, das in Dianas Handschrift an sie adressiert war.

> Wir suchen uns ein besseres Hotel und treffen euch morgen früh um fünf am Gare de l'Est. Macht euch keine Sorgen.

Flick zeigte Ruby das Briefchen und zerriss es dann in kleine Schnipsel.

FRANCK war erschöpft. Der Druck und die Verteilung tausender von Steckbriefen binnen eines halben Tages hatte seinen gesamten Vorrat an Überredungs- und Einschüchterungskünsten beansprucht. Hinzu kam, dass er in der vergangenen Nacht kein Auge zugetan hatte. Seine Nerven waren zum Zerreißen gespannt, und sein Kopf schmerzte.

Doch als er das große Haus mit Blick auf den Bois de Boulogne betrat, überkam ihn ein Gefühl von Ruhe und Frieden. Die Wohnung hatte ihn etliches an Bestechungsgeldern gekostet, aber es hatte sich gelohnt. Er liebte die dunkle Mahagonivertäfelung, die schweren Vorhänge, die hohen Zimmerdecken, das Silber aus dem 18. Jahrhundert.

Er wusch sich den Schmutz der Großstadt von Gesicht und Hals. Dann schlüpfte er in ein sauberes weißes Hemd, schloss die Ärmel mit goldenen Manschettenknöpfen und wählte eine silbergraue Krawatte aus. Jetzt musste er warten, bis jemand Felicity Clairet aufspürte.

Versonnen betrachtete er das Telefon auf seinem Schreibtisch und erwog, zu Hause in Köln anzurufen. Es war nicht leicht durchzukommen; das französische Netz war überlastet, und die Telefonate der Wehrmacht hatten Vorrang. Aber er sehnte sich plötzlich nach den Stimmen seiner Kinder. Er streckte die Hand nach dem Hörer aus, doch bevor er ihn berührte, klingelte der Apparat.

„Major Franck."

„Hier ist Hesse."

Sein Puls beschleunigte sich. „Sie haben die Clairet gefunden?"

„Nein, aber was anderes, das fast genauso gut ist."

DAS FOYER des Ritz an der Place Vendôme strahlte im Lichterglanz, und vor den Bars zu beiden Seiten drängten sich Männer im Abendanzug oder in Uniform. Im Stimmengewirr schnalzten und zischten deutsche Konsonanten; die gedehnten Vokale des Französischen waren kaum zu hören. Flick hatte den Eindruck, eine Hochburg des Feindes zu betreten.

Sie ging zur Rezeption, während sich Ruby im Hintergrund hielt. Der Concierge blickte hochmütig auf sie herab. Da er sie weder für eine Deutsche noch für eine reiche Französin hielt, fragte er kühl: „Sie wünschen?"

„... zu erfahren, ob Mademoiselle Legrand auf ihrem Zimmer ist", erwiderte Flick herrisch. Sie rechnete damit, dass Diana den Namen auf ihren falschen Ausweispapieren benutzte. „Ich bin Madame Martigny, ihre Chefin."

„Sehr wohl, Madame. Mademoiselle befindet sich im hinteren Speisesaal."

Flick und Ruby durchquerten das Foyer und betraten das Restaurant. Es war von vorbildhafter Eleganz: weiße Tischtücher, Silberbesteck, Kerzen und schwarz gewandete Ober, die beim Servieren der Delikatessen zu schweben schienen. Kein Mensch wäre bei diesem Anblick auf die Idee gekommen, dass halb Paris hungerte.

Auf der Schwelle zum hinteren Saal entdeckten sie Diana und Maude, die an einem kleinen Tisch am anderen Ende des Raumes saßen und Wein tranken. Flick hätte sie am liebsten erwürgt.

Sie wollte zu den beiden hingehen, doch der Oberkellner stellte sich ihr in den Weg. Mit einem demonstrativen Blick auf ihr billiges Kostüm fragte er: „Bitte sehr, Madame?"

„Ich muss die Dame dort hinten sprechen."

„Dann werde ich ihr mitteilen, dass Sie hier sind. Ihr Name?"

„Ich bin Madame Martigny. Bitte sagen Sie ihr, dass ich sie umgehend sprechen muss."

„Sehr wohl. Wenn Madame hier bitte warten wollen."

Der Oberkellner sprach mit Diana, dann winkte er Flick herbei.

„Du bleibst besser hier. Eine erregt weniger Aufsehen als zwei", raunte sie Ruby zu und ging auf Dianas Tisch zu.

Doch plötzlich entstand hinter ihr Unruhe. Sie drehte sich um und hielt die Luft an: Im Eingang stand der gut gekleidete Offizier, den sie am vergangenen Sonntag auf dem Platz in Sainte-Cécile gesehen hatte! Umgehend kehrte sie ihm wieder den Rücken zu und betete zum Himmel, dass er sie nicht gesehen hatte. Aber selbst wenn, bestand dank der dunklen Perücke eine gute Chance, dass er sie nicht sofort wieder erkannt hatte.

Inzwischen kannte sie seinen Namen aus Thwaites Unterlagen: Dieter Franck. Sie glaubte nicht an Zufälle. Wenn er hier zur gleichen Zeit wie sie auftauchte, gab es einen Grund dafür.

Sie brauchte nicht lange auf die Erklärung zu warten. Er steuerte direkt auf Dianas Tisch zu, vier Gestapo-Schergen im Schlepptau. Im Saal war es schlagartig still geworden.

Flick erreichte die Tür, wo Ruby stand und ihr zuflüsterte: „Er wird sie sich krallen."

„Wir können nichts tun. Wir können es vielleicht mit ihm und einer Hand voll Gestapo-Kerlen aufnehmen, aber dann sind wir immer noch von deutschen Offizieren umzingelt, die hier Gäste sind."

Franck musste Diana und Maude nach ihren Papieren gefragt haben, denn die beiden griffen gleichzeitig nach ihren Handtaschen, die neben ihren Stühlen auf dem Boden standen. Franck veränderte seine Position, sodass er nun schräg hinter Diana stand und ihr über die Schulter sehen konnte.

Urplötzlich wusste Flick, was als Nächstes passieren würde.

Maude holte ihren Ausweis aus der Handtasche, doch Diana zog ihre Waffe. Ein Schuss knallte, und einer der Gestapo-Leute brach zusammen. Im Restaurant brach Chaos aus. Frauen kreischten, Männer suchten Deckung.

Nur Franck behielt einen kühlen Kopf. Mit beiden Händen packte er Dianas rechten Unterarm und schmetterte ihr Handgelenk gegen die Tischkante. Sie schrie vor Schmerz und ließ den Colt fallen.

„Hauen wir ab!“, zischte Flick Ruby zu.

Am Eingang war ein wüstes Gedränge entstanden. Die in Panik geratenen Gäste wollten alle gleichzeitig zur Tür hinaus. Flick und Ruby stürzten sich in das Getümmel und kämpften sich nach draußen durch, wo eine lange Reihe von Autos am Straßenrand stand. Die meisten Chauffeure waren jedoch unterwegs in Richtung Hotel, weil sie sehen wollten, was dort los war.

Flick entschied sich für einen Mercedes, dessen Schlüssel steckte. „Steig ein!“, schrie sie Ruby zu. Sie setzte sich hinters Lenkrad, zog den Anlasser und gab Gas. Rasch ließen sie das Ritz hinter sich zurück.

Sie stellten den Wagen in der Rue de la Chapelle ab und kehrten auf schnellstem Weg in ihr Hotel zurück. Ruby holte Greta und Jelly und brachte sie in Flicks Zimmer. Dort erfuhren die beiden, was passiert war.

„Diana und Maude werden garantiert sofort in die Mangel genommen“, sagte Flick. „Wir müssen davon ausgehen, dass die beiden alles erzählen, was sie wissen. Daher müssen wir auf der Stelle verschwinden, gleich nebenan in das Kloster. Da nehmen sie jeden auf, ich war schon mal dort.“

„Und dann?“

„Gott sei Dank habe ich für jede von uns Ersatzpapiere mitgenommen. Sie sind zwar mit den gleichen Fotografien versehen, führen aber andere Namen. Wir gehen jedoch nicht, wie ursprünglich geplant, gleich bei Tagesanbruch zum Bahnhof, sondern warten bis ungefähr zehn Uhr. Um diese Zeit wimmelt es dort von Menschen.“

„Sie werden auch verraten, was wir vorhaben“, bemerkte Jelly.

„Sie werden ihnen erzählen, dass wir den Eisenbahntunnel bei Marles sprengen wollen. Aber das ist gar nicht unser Ziel, sondern nur eine Tarngeschichte.“

„Du denkst aber auch an alles“, sagte Jelly voller Bewunderung.

„Darum bin ich auch noch am Leben“, erwiderte Flick düster.

SEIT über einer Stunde saß Paul schon in Grendon Underwood und sorgte sich um Flick. Allmählich setzte sich bei ihm die Überzeugung durch, dass Brian Standish aufgeflogen war. Der Zwischenfall in der Kathedrale von Reims und der merkwürdig fehlerfreie dritte Funkspruch waren Indizien, die in ein und dieselbe Richtung deuteten.

Endlich wurde er in das Büro von Jean Bevins gerufen. Sie reichte ihm ein Blatt, und er las es rasch durch.

> Zwei Stens plus je sechs Magazine stopp Ein Lee Enfeld plus zehn Magazine stopp sechs Colt Automatic plus etwa einhundert Schuss stopp Keine Granaten Ende

„Ich hatte mit einer wüsten Antwort gerechnet", sagte Jean Bevins. „Aber er beschwert sich nicht mal. Er beantwortet Ihre Fragen wie ein braver Schulbub."

„Genau. Weil die Antwort gar nicht von ihm ist."

Der Funkspruch stammte nie und nimmer von einem gejagten Agenten im Feld, den seine bürokratischen Vorgesetzten mit einer völlig abwegigen Anfrage genervt hatten, sondern vielmehr von einem Gestapo-Mann, der sich krampfhaft bemüht hatte, den Anschein gelassener Routine aufrechtzuerhalten. Der einzige Fehler war „Enfeld" statt „Enfield", und selbst das wies auf einen Deutschen als Verfasser hin. Es gab keinen Zweifel mehr: Flick war in höchster Lebensgefahr.

Von Jean Bevins' Apparat aus telefonierte Paul mit Percy. „Ich bin überzeugt, dass sie Brian geschnappt haben. Sein Funkgerät wird von der Gestapo benutzt."

„Mein Gott! Ohne das Gerät können wir Flick nicht warnen."

„Doch, können wir. Verschaffen Sie mir eine Maschine, Percy. Ich fliege nach Reims."

ACHTER TAG. SONNTAG, 4. JUNI 1944

Beim Verhör der beiden Engländerinnen hatte Franck erfahren, dass die Mission der Dohlen die Sprengung des Eisenbahntunnels bei Marles war. Also ordnete er dort schwere Bewachung an. Selbst wenn sich die Dohlen bis dorthin durchschlagen sollten, war vor den Tunneleingängen Schluss. Felicity Clairet würde ihr Ziel nicht erreichen.

Aber das war zweitrangig. Franck brannte vor Ehrgeiz darauf, diese Frau zu schnappen und zu verhören. In wenigen Stunden konnte er dem französischen Widerstand das Rückgrat brechen – wenn es ihm gelang, der Leopardin habhaft zu werden. Er brauchte dafür nur die Namen und Adressen, die sie im Kopf hatte. Der groß angelegte Aufstand hinter den deutschen Linien, von dem sich die Alliierten bei der Invasion zweifellos Unterstützung erhofften, würde im Keim erstickt, sodass die deutschen Truppen in Ruhe und Ordnung ihren Gegenschlag organisieren und die Invasoren ins Meer zurückjagen konnten.

Franck hatte einen Gestapo-Trupp losgeschickt, der im Hôtel de la Chapelle eine Razzia vornehmen sollte, aber das war bloß eine Formsache; er war sicher, dass die Clairet mit den drei restlichen Frauen sofort nach der Verhaftung der beiden anderen das Weite gesucht hatte. Doch wo waren sie jetzt? Für einen Angriff auf Marles blieb Reims nach wie vor der beste Ausgangspunkt. Franck nahm deshalb an, dass sie immer noch dorthin wollten. Die Stadt lag sowohl an der Straßenverbindung als auch an der Eisenbahnstrecke nach Marles, und möglicherweise gab es noch den einen oder anderen Helfer aus dem Umfeld der Bollinger-Zelle, mit dem die Agentinnen rechnen konnten.

Er rief Weber an und erklärte ihm die Lage. Ausnahmsweise schoss Weber nicht quer, sondern erklärte sich bereit, je zwei Gestapo-Leute zur Bewachung der Häuser von Michel Clairet und Gilberte Duval abzustellen. Eine dritte Patrouille wurde zum Schutz Stéphanies in die Rue du Bois beordert. Danach rief Franck bei ihr an. „Die englischen Spione sind unterwegs nach Reims. Ich lasse dir zwei Mann schicken, die auf dich aufpassen werden."

Sie blieb gelassen wie eh und je. „Vielen Dank."

„Aber es ist wichtig, dass du auch weiterhin den Treffpunkt aufsuchst. Vergiss nicht, wir haben ihn von der Krypta in der Kathedrale ins Café de la Gare verlegt. Lässt sich dort wer blicken, bring ihn mit dem Wagen sofort in die Rue du Bois. Die Gestapo erledigt dann den Rest."

„Alles klar."

„Ich schlafe jetzt ein paar Stunden und fahre morgen früh zu dir."

„Ich liebe dich."

Er wollte schon erwidern: Ich dich auch, doch aus alter Gewohnheit zögerte er, die Worte auszusprechen. Und schon klickte es in der Leitung; Stéphanie hatte aufgelegt.

IN DEN frühen Morgenstunden des Sonntags sprang Paul über einem Kartoffelacker unweit des westlich von Reims gelegenen Dorfes Laroque mit dem Fallschirm ab. Der Vorzug – oder das Risiko – eines

Empfangskomitees wurde ihm dabei nicht zuteil. Bei der Landung fuhr ihm ein grauenhafter Schmerz durch sein verwundetes Knie. Er biss die Zähne zusammen, blieb reglos auf dem Boden liegen und wartete ab, bis es besser wurde. Dann rappelte er sich auf und befreite sich von seinen Fallschirmgurten. Er fand die Straße, orientierte sich an den Sternen und machte sich auf den Weg. Aber er hinkte schwer.

Nach der Legende, die Thwaite ihm hastig zurechtgebastelt hatte, war er ein Lehrer aus Epernay, das ein paar Kilometer weiter westlich lag, und per Anhalter unterwegs nach Reims, um seinen kranken Vater zu besuchen. Percy hatte ihm die erforderlichen Papiere beschafft, die in der vergangenen Nacht in großer Eile hergestellt worden waren.

Hierher zu kommen war noch der leichteste Teil seines Vorhabens gewesen. Als Nächstes musste er Flick finden. Er konnte nur hoffen, dass die Bollinger-Zelle wenigstens zum Teil noch intakt und nur Helicopter in Händen der Deutschen war. Zuerst würde er sich an Mademoiselle Lemas wenden.

Er ließ sich von einem Jungen auf einem Traktor mitnehmen, der ihn am Stadtrand absetzte. Humpelnd setzte Paul seinen Weg fort. Der Treffpunkt war zwar ins Café de la Gare verlegt worden, doch der Zeitpunkt war der gleiche geblieben, drei Uhr nachmittags. Er hatte noch etliche Stunden totzuschlagen.

Er betrat das Café, um zu frühstücken und sich ein wenig dort umzusehen. Den Vormittag verbrachte er dann in der Kathedrale, indem er sich durch mehrere Gottesdienste döste. Gegen halb zwei ging er wieder in das Café und aß dort zu Mittag. Eine Stunde später begann sich das Lokal zu leeren. Paul blieb sitzen und trank Ersatzkaffee.

Punkt drei betrat eine große, attraktive Frau das Café. Ihre Kleidung war von unaufdringlicher Eleganz: ein Sommerkleid aus grüner Baumwolle, dazu ein Strohhut. Allerdings trug sie zwei verschiedene Schuhe, der eine schwarz, der andere braun. Das musste Bourgeoise sein.

Paul hatte eigentlich eine ältere Frau erwartet, obwohl Flick Bourgeoise nie konkret beschrieben hatte. Trotzdem war er noch nicht bereit, ihr zu vertrauen.

Er zahlte, verließ das Café, ging zum Bahnhof und stellte sich dort in den Eingang, von wo aus er das Café im Auge behalten konnte. Weit und breit war niemand in Sicht, der auch nur im Geringsten gefährlich wirkte.

Schließlich, es war schon halb vier, kam auch Bourgeoise wieder heraus. Sie entfernte sich über den Bürgersteig in die vom Bahnhof wegführende Richtung. Paul folgte ihr. Vor einem kleinen schwarzen Wagen, einem Simca Cinq, blieb sie stehen und stieg ein.

Der Augenblick der Entscheidung war da. Irgendwann kam immer der Punkt, wo man ein Risiko eingehen musste. Paul schloss zu dem Wagen auf und öffnete die Beifahrertür. „Beten Sie für mich."

„Ich bete für den Frieden." Die Frau sah ihn kühl an.

Paul stieg ein und ließ sich spontan einen Decknamen einfallen. „Ich bin Danton."

Die Frau fuhr los. „Warum haben Sie mich nicht schon im Café angesprochen?"

„Ich wollte mir nur sicher sein, dass es keine Falle war."

Sie blickte kurz zu ihm herüber. „Sie haben gehört, was mit Helicopter passiert ist?"

„Ja. Wo ist denn Ihr Cousin, der ihn gerettet hat, Charenton?"

Sie bog in eine Straße ab, die nach Süden führte, und gab Gas. „Er muss heute arbeiten."

„An einem Sonntag? Was macht er denn?"

„Er ist bei der Feuerwehr. Heute hat er Dienst."

Das klang glaubhaft. „Wo ist Helicopter?"

Sie schüttelte den Kopf. „Keine Ahnung."

„Haben Sie eine Nachricht von der Leopardin bekommen?"

„Nein."

Während der Wagen durch die Vororte kurvte, geriet Paul ins Grübeln. Bourgeoise konnte ihm kaum etwas sagen. Er musste sich an das nächste Glied in der Kette wenden.

Bourgeoise parkte in einem Hof neben einem hohen Haus. „Kommen Sie rein, und machen Sie sich frisch."

Paul stieg aus. So weit schien alles seine Ordnung zu haben. Bourgeoise war am richtigen Treffpunkt gewesen und hatte sich korrekt identifiziert. Andererseits wusste er weder, wie weit die Bollinger-Zelle inflitriert war, noch konnte er die Gefahr einschätzen, in der sich Flick befand. Während Bourgeoise ihn zur Haustür führte und aufschloss, tastete er nach der hölzernen Zahnbürste in seiner Hemdtasche. Sie war in Frankreich hergestellt, deshalb hatte er sie mitnehmen dürfen. Und plötzlich hatte er eine Eingebung. Während Bourgeoise das Haus betrat, zog er die Zahnbürste aus der Tasche und ließ sie direkt vor der Tür auf den Boden fallen. Dann trat er ebenfalls ein.

Bourgeoise öffnete eine Tür und machte einen Schritt zur Seite, damit er als Erster durchgehen konnte. „Kommen Sie in die Küche."

Als Paul durch die Tür ging, erblickte er zwei Männer in Gestapo-Uniform. Beide hielten Pistolen in der Hand. Und die Waffen waren auf ihn gerichtet.

ZWISCHEN Paris und Meaux hatten sie eine Autopanne: Ein krummer Nagel steckte im Reifen. Der Aufenthalt ärgerte Franck. Rastlos schritt er am Straßenrand auf und ab, während Hesse den Wagenheber ansetzte und den Reifen wechselte. Franck konnte es kaum erwarten, nach Reims zu kommen. Er hatte Felicity Clairet eine Falle gestellt und musste unbedingt an Ort und Stelle sein, wenn sie hineintappte.

Während der Hispano-Suiza wieder über die schnurgerade Straße dahinschoss, machte sich Franck schwerste Vorwürfe, dass er Stéphanie in einer sehr exponierten Position in seine Tätigkeit mit einbezogen hatte. Die Kämpfer der Résistance machten keine Gefangenen. Da sie selbst in ständiger Todesgefahr lebten, hatten sie keine Skrupel, Franzosen, die mit dem Feind kollaborierten, umzubringen.

Der Gedanke, Stéphanie könnte getötet werden, schnürte Franck die Brust zu. Ein Leben ohne sie konnte er sich kaum noch vorstellen. Mit einem Mal erkannte er, dass er sich in sie verliebt hatte. Sein Wunsch, endlich nach Reims zu kommen und ihr zur Seite stehen zu können, wurde immer drängender.

Da hatten sie den nächsten Platten, wieder ein krummer Nagel. Franck hätte vor Wut und Hilflosigkeit schreien können. Warfen die Franzosen mit Absicht ihre alten Nägel auf die Straßen, weil sie wussten, dass neun von zehn Fahrzeugen der Besatzungsmacht gehörten?

Da der Wagen nur einen Ersatzreifen hatte, musste der Reifen geflickt werden, bevor sie weiterfahren konnten. Sie ließen das Fahrzeug stehen und gingen zu Fuß.

Nach etwas mehr als einem Kilometer fanden sie in einer kleinen Werkstatt einen mürrischen Mechaniker. Er setzte einen uralten Laster in Bewegung und fuhr mit Hesse auf dem Nebensitz davon. Franck saß derweilen im Wohnzimmer der Mechanikerfamilie und musste wieder an Stéphanie denken. Er steckte den Kopf in die Küche und fragte die Frau des Mechanikers höflich: „Darf ich im Flur von Ihrem Apparat aus ein Gespräch führen? Selbstverständlich bezahle ich dafür.“

Sie funkelte ihn feindselig an, nickte aber.

Franck nannte dem Amt die Nummer des Hauses in der Rue du Bois, und Stéphanie meldete sich sofort mit ihrer Imitation von Mademoiselle Lemas. Franck fiel ein Stein vom Herzen.

„Ich bin's. Ist bei dir alles in Ordnung?"

„Liebling, ich habe schon wieder einen feindlichen Spion für dich gefangen", erwiderte sie.

Ihm blieb die Spucke weg. „Gut gemacht! Wie ist das passiert?"

„Ich habe ihn im Café de la Gare aufgelesen und hierher gebracht. Die beiden Gestapo-Leute haben ihn gefesselt. Ich wollte gerade in Sainte-Cécile anrufen und ihn abholen lassen."

„Lass das lieber. Sperr ihn im Keller ein. Ich will mit ihm reden."

„Wo bist du?"

„In irgendeinem Nest. Wir haben eine Reifenpanne. Aber ich bin in ein, zwei Stunden spätestens bei dir. Wie fühlst du dich?"

„Wie ich mich *fühle*? Solche Fragen bin ich von dir gar nicht gewöhnt."

Er zögerte. „Es ist auch ungewöhnlich, dass ich dich bei der Festnahme feindlicher Spione einsetze. Ich will dich nicht verlieren."

Ihre Stimme wurde weich. „Es geht mir gut. Mach dir keine Sorgen um mich."

Er hörte ein merkwürdiges Geräusch und begriff, dass sie weinte. Er spürte selbst einen Kloß im Hals. „Ich bin bald bei dir."

„Ich liebe dich", erwiderte Stéphanie.

Die Frau des Mechanikers glotzte ihn böse an, doch das war ihm egal. „Ich liebe dich auch." Er legte den Hörer auf.

DIE DOHLEN brauchten fast den ganzen Tag, um von Paris nach Reims zu kommen, obwohl sie alle Kontrollstellen ohne Zwischenfall passierten. Ihre neuen Legenden funktionierten ebenso gut wie die alten, und niemandem fiel auf, dass Flicks Passfoto retuschiert worden war. Doch weil alliierte Bomben die Bahnstrecke an vielen Stellen schwer beschädigt hatten, hielt der Zug immer wieder an und blieb bis zu einer Stunde auf freier Strecke stehen. Flick schwitzte Blut und Wasser.

Ein paar Minuten nach vier Uhr nachmittags fuhren sie endlich in Reims ein. Um die geplante Operation noch am gleichen Abend durchführen zu können, war es bereits zu spät. Und daraus ergab sich gleich das nächste Problem: Wo sollten die Dohlen übernachten?

Flick kannte drei mögliche Verstecke: Michels Haus, Gilbertes Wohnung und das Haus von Mademoiselle Lemas. Bedauerlicherweise musste man aber damit rechnen, dass alle drei von der Gestapo überwacht wurden, je nachdem, wie weit die Deutschen die Bollinger-Zelle mittlerweile infiltriert hatten. Doch es blieb ihnen nichts anderes übrig, als das selbst zu überprüfen.

„Wir müssen uns wieder in Zweiergruppen aufteilen“, sagte Flick zu den anderen. „Vier Frauen zusammen sind zu verdächtig. Ruby und ich gehen voran. Greta und Jelly, ihr folgt uns im Abstand von hundert Metern.“

Michels Haus lag in Bahnhofsnähe und war daher ihr erstes Ziel. Seit ihrer Hochzeit war es auch Flicks Heim, doch in Gedanken bezeichnete sie es immer noch als „sein Haus“. Es lag in einer verkehrsreichen Straße mit zahlreichen Geschäften.

Vor der Bäckerei gegenüber stand ein schwarzer Citroën Traction Avant. Auf den Vordersitzen saßen zwei Männer in Anzügen und rauchten Zigaretten. Sie schienen sich offensichtlich zu langweilen.

Flick wurde nervös. Sie trug die dunkle Perücke und war sich ziemlich sicher, dass man sie nicht mit der Gesuchten auf dem Steckbrief in Übereinstimmung bringen würde. Dennoch beschleunigte sich ihr Puls, als sie mit schnellen Schritten an dem Wagen vorbeigingen. Ihre Befürchtungen hatten sich bestätigt: Michels Haus kam als Quartier nicht infrage, weil es von der Gestapo observiert wurde.

Flick erwog die anderen beiden Möglichkeiten. Gilbertes Appartement war äußerst klein, ganz abgesehen davon, dass vier Übernachtungsgäste bei den anderen Hausbewohnern vielleicht Verdacht erregt hätten. Der geeignetste Platz zum Übernachten war daher zweifellos das Haus in der Rue du Bois. Flick war schon zweimal dort gewesen. Es war ein großes Gebäude mit vielen Schlafzimmern, zwei oder drei Kilometer vom Stadtzentrum entfernt.

Wie bisher machten sich die Dohlen in zwei Paaren mit 100 Metern Abstand zueinander auf den Weg.

Eine halbe Stunde später erreichten sie ihr Ziel. Die Rue du Bois war eine stille Vorortstraße, kein einziges Fahrzeug weit und breit. Dennoch gingen Flick und Ruby vorsichtshalber erst einmal an Mademoiselle Lemas’ Haus vorbei. Alles sah aus wie immer. Ihr Simca Cinq stand im Hof.

Flick verlangsamte ihren Schritt und spähte kurz durch das Fenster des nach vorn liegenden Salons. Niemand war zu sehen.

Unmittelbar vor der Haustür lag ein Gegenstand auf dem Boden. Es war eine hölzerne Zahnbürste. Ohne im Gehen innezuhalten, bückte sich Flick und hob sie auf.

„Die sieht aus wie Pauls Zahnbürste“, sagte sie verdutzt zu Ruby.

„Warum sollte er hierher nach Frankreich gekommen sein?“

„Ich weiß nicht. Vielleicht will er uns vor einer Gefahr warnen.“

Sie bogen um die Ecke und warteten, bis Greta und Jelly zu ihnen aufgeschlossen hatten.

„Greta und Jelly, ihr wartet kurz und klingelt dann an der Haustür“, sagte Flick. „Ruby und ich gehen derweil hinten rum. Wenn euch geöffnet wird, erwähnt uns mit keinem Wort und wartet, bis wir auftauchen.“

Sie verschwanden im Hof und schlichen an dem Simca vorbei um das Haus herum. Die Küche nahm fast die gesamte Rückseite ein.

Flick wartete, bis das Schellen der Türglocke ertönte, dann riskierte sie einen schnellen Blick durch ein Fenster. Ihr blieb schier das Herz stehen. Drei Personen hielten sich in der Küche auf: zwei Männer in Gestapo-Uniformen und eine große junge Frau mit üppigem rotem Haar, die mit der ältlichen Mademoiselle Lemas gewiss nichts zu tun hatte. Alle drei hatten sich in Richtung der Haustür umgewandt.

Flick duckte sich wieder und überlegte rasch. Die Frau musste sich als Mademoiselle Lemas ausgeben, denn sie trug zwei verschiedene Schuhe, der eine schwarz, der andere braun. Die Erkenntnis war niederschmetternd: Das sichere Haus war verraten worden und fungierte als Agentenfalle. Der arme Brian musste direkt hineingetappt sein. Es war fraglich, ob er überhaupt noch lebte.

Flick zog ihre Pistole, und Ruby tat es ihr nach. „Drei Personen, zwei Männer, eine Frau.“ Flick holte tief Luft. „Wir erschießen die Männer. Die Frau würde ich gerne noch verhören, aber wenn sie uns durch die Lappen zu gehen droht, erschießen wir sie auch. Die Männer stehen auf der linken Seite der Küche. Die Frau wird wahrscheinlich zur Haustür gehen, um aufzumachen. Du stellst dich an dieses Fenster, ich mich an das da drüben. Nimm den Mann ins Visier, der dir am nächsten steht. Schieß, sobald ich schieße.“

Sie robbte an der Hauswand entlang und hockte sich unter das zweite Fenster. Ihr Herz schlug wie ein Dampfhammer, aber ihre Gedanken waren klar und nüchtern wie bei einer Schachpartie. Sie stand auf und sah hinein.

Die beiden Männer blickten zur Flurtür. Beide hielten jetzt eine Pistole in der Hand. Flick richtete ihre Waffe auf den Mann, der ihr am nächsten stand.

Die rothaarige Frau kam zurück und hielt die Küchentür auf. Völlig ahnungslos betraten Greta und Jelly den Raum – und erblickten die beiden Gestapo-Beamten. Greta stieß einen Angstschrei aus, dann hoben sie und Jelly die Hände über den Kopf.

Die falsche Mademoiselle Lemas betrat nun ebenfalls die Küche. Als

Flick ihr Gesicht sah, traf sie die Erkenntnis wie ein Schock: Sie hatte diese Frau schon einmal gesehen. Am vergangenen Sonntag war sie mit Dieter Franck auf dem Platz von Sainte-Cécile gewesen!

In diesem Augenblick sah die Frau Flicks Gesicht am Fenster. Ihre Augen weiteten sich, und sie hob die Hand, um auf ihre Entdeckung aufmerksam zu machen. Die beiden Männer fuhren herum.

Flick drückte ab. Der Knall des Schusses vermischte sich mit dem Krachen des splitternden Fensterglases. Flick hielt die Waffe ruhig in der Hand und gab zwei weitere Schüsse ab. Eine Sekunde nach ihr feuerte auch Ruby. Beide Männer stürzten zu Boden.

Flick riss die Hintertür auf und eilte in die Küche. Die junge Frau rannte bereits auf die Haustür zu, doch Jelly hastete hinter ihr her und warf sie auf die Fliesen des Korridors.

„Jelly, halt sie in Schach!“, befahl Flick. „Greta, du suchst einen Strick und fesselst sie an einen Stuhl in der Küche. Und du, Ruby, gehst rauf und vergewisserst dich, dass sonst keiner mehr im Haus ist. Ich sehe mich unterdessen im Keller um.“

Sie lief die Treppe hinunter. Auf dem Boden lag Paul gefesselt und geknebelt. Sie zog ihm den Knebel vom Mund, beugte sich über ihn und gab ihm einen langen, leidenschaftlichen Kuss. „Willkommen in Frankreich!“

Paul grinste. „So schön bin ich noch nie begrüßt worden.“

„Ich habe deine Zahnbürste gefunden.“

„Das war so ein Einfall in letzter Sekunde, weil ich der Rothaarigen nicht hundertprozentig über den Weg getraut habe.“

Flick zog ihr kleines, scharfes Messer aus der Scheide unter dem Revers und begann Pauls Fesseln zu durchschneiden. „Wie bist du hergekommen?“

„Ich bin vergangene Nacht abgesprungen. Wir haben festgestellt, dass Brians Funkgerät von der Gestapo benutzt wird. Ich wollte dich warnen.“

Sie warf die Arme um ihn. „Ich bin so froh, dass du hier bist!“

Er drückte sie an sich und küsste sie. Gemeinsam stiegen sie danach die Treppe hinauf.

„Seht mal, wen ich im Keller gefunden habe“, sagte Flick.

Sie mussten jetzt so bald wie möglich verschwinden. Flick wandte sich an die falsche Mademoiselle Lemas, die nun an den Küchenstuhl gefesselt war, und wurde bitterernst. Sie wusste, was zu tun war.

„Wie heißen Sie?“

„Stéphanie Vinson."

„Sie sind die Geliebte von Dieter Franck."

Die Frau war bleich wie ein Leintuch, aber ihre Miene wirkte herausfordernd. „Er hat mir das Leben gerettet."

So hat er sie also für sich gewonnen, dachte Flick. Aber letztlich war es gleichgültig. Verrat war Verrat, egal, aus welchem Motiv er begangen wurde. „Sie haben Helicopter in dieses Haus gebracht, damit er geschnappt wird. Lebt er noch, oder ist er tot?"

„Das weiß ich nicht."

Flick deutete auf Paul. „Ihn haben Sie ebenfalls hergebracht. Und Sie hätten der Gestapo auch bei unserer Verhaftung geholfen."

Die Französin senkte den Blick. Flick stellte sich hinter ihren Stuhl und zog die Pistole.

Stéphanie spürte wohl, was ihr bevorstand. „Was werden Sie mit mir machen?", flüsterte sie.

„Wenn wir Sie hier zurücklassen, erzählen Sie Franck alles über uns, damit er uns verhaften, foltern und töten kann." Flick richtete die Pistole auf den Hinterkopf der Französin. „Haben Sie eine Entschuldigung dafür, dass Sie dem Feind geholfen haben?"

„Ich habe getan, was ich tun musste. Machen das nicht alle so?"

„Richtig." Flick drückte zweimal ab.

Einen Moment lang herrschte Schweigen, dann sagte sie: „Sehen wir zu, dass wir hier wegkommen."

ES WAR schon sechs Uhr abends, als Hesse vor dem Haus in der Rue du Bois hielt. Franck fiel sofort auf, dass der Simca Cinq nicht dastand. War Stéphanie weggefahren? Sie sollte doch eigentlich im Haus auf ihn warten. Ein Schauer lief ihm über den Rücken.

„Hesse, warten Sie hier auf mich."

Er stieg aus und klingelte. Niemand kam, um zu öffnen. Nach einem weiteren erfolglosen Klingeln ging er um das Haus herum zur Rückseite. Zwei Küchenfenster waren zerbrochen, und die Hintertür stand offen. Franck bekam es mit der Angst zu tun. Was war hier vorgegangen? Er trat ein.

Zunächst begriff er gar nicht, was er sah. In einem Küchenstuhl hing ein gefesselter Frauenkörper. Erst als er erkannte, dass die Tote zwei verschiedenfarbige Schuhe trug, ging ihm auf, dass dies Stéphanie war. Er heulte auf und sank schluchzend auf die Knie. Der Verlust schmerzte wie eine offene Wunde. Stéphanies Eleganz, ihre Klugheit, ihre Ängste und Sehnsüchte – *perdu*, ausgelöscht, fort. Ihm war, als wäre auf ihn selbst geschossen worden, als hätte er einen Teil von sich verloren.

Plötzlich hörte er hinter sich ein unartikuliertes Grunzen. Er sprang auf und fuhr herum. Erst jetzt bemerkte er die zwei Männer auf dem Fußboden. Stéphanies Leibwächter von der Gestapo. Der eine regte sich nicht mehr, aber der andere versuchte etwas zu sagen.

Franck kniete neben ihm nieder und legte sein Ohr an die Lippen des Mannes. „Wer war das?"

„Vier Frauen", brachte der Verletzte heiser heraus. „Zwei von vorne … zwei von hinten."

„Die Dohlen", stellte Franck erbittert fest. „Wer hat Stéphanie umgebracht?"

„Die Kleine", röchelte der Gestapo-Mann.

„Felicity Clairet!" Kaum bezähmbare Rachsucht stieg in Franck auf.

„Es tut … mir Leid, Herr Major …" Dann bewegten sich die Lippen des Beamten nicht mehr. Er hatte aufgehört zu atmen.

Es war nicht leicht, fünf Personen in den Simca Cinq zu zwängen. Ruby und Jelly quetschten sich auf die winzige Hinterbank, Greta setzte sich auf den Beifahrersitz und nahm Flick auf den Schoß, während sich Paul hinter das Steuer klemmte. Unter normalen Umständen hätten sie darüber gekichert, aber ihnen war nicht zum Lachen zumute. All ihre Sinne waren geschärft. Im Augenblick dachten sie ausschließlich an das nackte Überleben.

Flick dirigierte Paul zu Gilberte. Vor genau sieben Tagen habe ich da meinen verwundeten Ehemann hingeschleppt, ging ihr durch den Kopf.

Auf der dem Haus gegenüberliegenden Straßenseite parkte allerdings wieder ein schwarzer Citroën Traction Avant mit zwei Männern auf den Vordersitzen. Das sieht gar nicht gut aus, dachte Flick, der Verzweiflung nahe. Irgendwer hatte ausgepackt, und Franck war minutiös einer Spur gefolgt, die ihn zuerst zu Mademoiselle Lemas, dann zu Brian und Gilberte geführt hatte. Und was war mit Michel? War er in Haft? Alles sprach dafür.

„Sieht schlecht aus", teilte sie den anderen mit. „Die Wohnung wird ebenfalls von der Gestapo überwacht."

„Verdammt!", fluchte Paul. „Wohin jetzt?"

„An einem Ort können wir's noch versuchen. Fahr zum Bahnhof. Dort lassen wir den Wagen stehen."

„Gute Idee. Vielleicht glauben sie dann, wir wären mit dem Zug abgehauen."

Sie erreichten das Stadtzentrum ohne Zwischenfall. Paul parkte in der Nähe des Bahnhofs, und sie stiegen alle aus.

„Ich muss das jetzt alleine machen", sagte Flick. „Ihr geht am besten in die Kathedrale und wartet dort auf mich."

Ihr Ziel war noch einmal die Straße, in der Michels Haus stand. Diesem gegenüber betrat sie die Bar „Chez Régis". Alexandre Régis, der Besitzer, kannte sie und nickte ihr zu.

Flick ging zu der Tür mit der Aufschrift TOILETTEN, durchschritt einen kurzen Flur und öffnete eine Art Schranktür. Dahinter führte eine steile Treppe ins erste Stockwerk. Oben versperrte eine schwere Tür mit einem Guckloch den Weg. Flick klopfte an und stellte sich so hin, dass sie durch den Spion gesehen werden konnte. Gleich darauf wurde die Tür von Mémé Régis, der Mutter des Barbesitzers, geöffnet.

Flick betrat einen großen Raum mit schwarz gestrichenen Fensterscheiben. In einer Ecke stand ein Roulettetisch, in einer anderen saßen mehrere Männer an einem großen runden Tisch und spielten Karten. Das Ganze war eine illegale Spielhölle.

Michel pokerte gerne um hohe Einsätze; deshalb verbrachte er ab und zu seine Abende hier. Flick selbst hatte nie gespielt, aber manchmal ein Stündchen dabeigesessen, weil er immer behauptete, sie brächte ihm Glück. Der Klub war ein gutes Versteck vor der Gestapo, und Flick hatte gehofft, Michel hier zu finden.

Sie ging an die Bar, setzte sich auf einen Hocker und lächelte der Bedienung zu, einer Frau mittleren Alters mit knallrot geschminkten Lippen. Es war Yvette Régis, Alexandres Ehefrau.

„Ich suche Michel."

„Ich habe ihn schon seit einer Woche nicht mehr gesehen."

Flick bestellte sich einen Whisky. „Na, ich warte mal ein Weilchen, vielleicht taucht er ja noch auf."

FRANCK war der Verzweiflung nahe. Die Leopardin war nicht in die Falle gegangen. Jetzt trieb sie sich irgendwo in Reims und Umgebung herum, aber er wusste nicht mehr, wie er sie finden sollte.

Michel Clairets Haus und die Wohnung von Gilberte Duval hatte er unter Beobachtung stellen lassen, obwohl die Clairet bestimmt viel zu durchtrieben war, um sich von einem durchschnittlichen Gestapo-Bullen erkennen zu lassen. Die ganze Stadt hing voller Steckbriefe, doch sie musste ihr Erscheinungsbild verändert haben, denn es hatte noch kein Mensch gemeldet, sie gesehen zu haben. Bislang war noch jede Runde des Duells an sie gegangen. Franck brauchte einen genialen Einfall. Und er hatte auch einen gehabt.

Auf einem Fahrrad saß er nun in der Stadtmitte am Straßenrand. Er trug eine Baskenmütze, eine Brille und einen groben Baumwollpullover. Seine Hosenbeine hatte er in die Socken gestopft. Er starrte auf die Straße, die gen Westen führte, dann sah er auf die Uhr. Jede Minute konnte der schwarze Citroën kommen, auf den er wartete.

Auf der anderen Straßenseite saß Hesse am Steuer eines alten Peugeots. Der Leutnant war ebenfalls verkleidet. Zu einer Sonnenbrille und einer Mütze trug er einen schäbigen Anzug und abgewetzte Schuhe.

Franck hatte keine Ahnung, ob es funktionieren würde; sein Plan war aus Verzweiflung geboren. Dienstagnacht war Vollmond. Er rechnete fest damit, dass die Alliierten dann losschlagen würden. Felicity Clairet war jetzt jedes Risiko wert. Der Endsieg interessierte ihn allerdings kaum noch. Die Leopardin hatte Stéphanie ermordet und damit sein Leben ruiniert. Er wollte dieses Weib in den Keller des Schlosses von Sainte-Cécile schleppen und dort seine Rache auskosten.

Doch zuerst musste er sie finden.

In der Ferne tauchte ein schwarzer Citroën auf. Es war das zweitürige Modell, das die Gestapo immer dazu benutzte, Verhaftete zu transportieren. Im Innern saßen vier Personen, und Franck erkannte auf dem Rücksitz das attraktive Gesicht von Michel Clairet, der von einem uniformierten Beamten bewacht wurde. Ja, das war der Wagen, auf den er wartete. Er war heilfroh, dass er ausdrücklich befohlen hatte, Clairet in seiner Abwesenheit nicht zu foltern, denn in diesem Fall wäre sein neuer Plan undurchführbar gewesen.

Als der Citroën fast auf gleicher Höhe war, fuhr Hesse in dem alten Peugeot plötzlich an. Der Wagen schoss auf die Fahrbahn und knallte seitlich in den entgegenkommenden Citroën. Metall schepperte, Glas klirrte. Die zwei Gestapo-Männer auf den Vordersitzen sprangen heraus und fingen an, Hesse in schlechtem Französisch zu beschimpfen. Dass sich ihr Kollege auf dem Rücksitz den Kopf angeschlagen hatte – er saß in sich zusammengesunken offenbar bewusstlos neben seinem Gefangenen –, war ihnen entgangen.

Jetzt kommt's drauf an, dachte Franck. Seine Nerven waren gespannt wie Drahtseile. Würde Clairet nach dem Köder schnappen?

Endlich reagierte dieser. Er streckte seine gefesselten Hände über die Lehne des Vordersitzes, fummelte am Türknopf herum, stieß den Sitz vor und wand sich aus dem Wagen. Die beiden Gestapo-Männer, die sich mit Hesse stritten, standen mit dem Rücken zu ihm. Rasch ging er davon.

Triumphierend sah Franck ihm nach. Sein Plan ging auf. Er folgte Clairet mit dem Fahrrad, während Hesse die Gestapo-Leute abwimmelte und seinem Vorgesetzten zu Fuß hinterhereilte.

Clairet bog gleich in die erste Querstraße ein. Aufgrund seiner Schusswunde hinkte er noch ein wenig, kam aber trotzdem recht schnell voran. Seine gefesselten Hände ließ er vor seinem Körper herabhängen, damit sie weniger auffielen. Überraschenderweise bog er wenig später in die Straße unweit der Kathedrale ein, in der sein eigenes Haus stand. Konnte er sich nicht denken, dass es überwacht wurde? Aber halt, nicht sein Haus war das Ziel, sondern die Bar auf der gegenüberliegenden Straßenseite.

Franck lehnte sein Fahrrad an die Wand des Nachbarhauses, einem leer stehenden Laden mit einem verblassten Metzgereischild, und wartete ein paar Minuten. Erst als klar war, dass Clairet blieb, betrat er selbst die Bar, wobei er sich auf seine Tarnung verließ. Aber Clairet war nirgendwo zu sehen. Unschlüssig blieb Franck stehen.

„Monsieur?", fragte der Barmann.

„Ein Bier bitte. Vom Fass."

„Kommt sofort."

„Wo ist die Toilette?"

Der Barmann deutete auf eine Tür in der Ecke, und Franck ging hindurch. Clairet war nicht dort, auch nicht in der Damentoilette. Franck öffnete eine Tür, die wie die eines Schranks aussah, und fand dahinter eine Treppe. Er stieg hinauf. Am Ende der Stufen befand sich eine schwere Tür mit einem Guckloch. Er klopfte, doch niemand öffnete. Zu hören war nichts, doch er hätte schwören können, dass jemand hinter der Tür stand und ihn durch das Guckloch beobachtete. Er tat so, als hätte er sich auf dem Weg zur Toilette verlaufen, und ging wieder hinunter.

Er kehrte an die Bar zurück, nahm sein Bier in Empfang und setzte sich an einen Tisch. Das Bier war wässrig und schmeckte fade, doch Franck zwang sich, das Glas auszutrinken. Dann verließ er die Bar.

„Er ist in einer Art Privatzimmer im ersten Stock", informierte er Hesse, der draußen gewartet hatte. „Vielleicht trifft er sich dort mit anderen Partisanen. Es kann sich aber auch um ein Bordell handeln oder so was. Aber ich will ihn nicht auffliegen lassen, bevor er uns zu den entscheidenden Leuten geführt hat."

Hesse nickte. Er verstand die komplizierte Situation.

Franck entschied sich. „Wenn er rauskommt, folge ich ihm. Sobald wir fort sind, führen Sie hier eine Razzia durch." Franck deutete auf die zwei Gestapo-Männer im Citroën, die Clairets Haus überwachten. „Die beiden sollen Ihnen helfen. Tun Sie so, als wären Sie von der Sitte."

FLICK saß an der Bar des improvisierten kleinen Casinos und unterhielt sich geistesabwesend mit Yvette. Wenn sie Michel nicht fand, sah es finster aus. Ihre Dohlen waren zwar in der Kathedrale vorerst sicher, konnten dort aber nicht die Nacht verbringen. Außerdem brauchten sie ein Transportmittel.

Sie trank ihren Whisky aus. Da öffnete sich die Tür, und Michel kam herein. Ein überwältigendes Gefühl der Erleichterung überkam Flick. Er würde ihr helfen können. Die Mission würde doch noch glücken!

Beim Anblick seiner schlaksigen Figur und des zerknitterten Jacketts empfand sie eine Art zwiespältiger Zuneigung zu ihm.

Als er näher kam, erkannte sie, dass er sehr mitgenommen aussah. In seiner Miene spiegelten sich Erschöpfung und Furcht, und er wirkte eher wie 50 als wie 35.

Dennoch war er sichtlich erfreut, sie zu sehen. „Flick!", rief er. „Ich wusste doch, dass du hier auftauchen würdest!"

„Ich fürchtete schon, die Gestapo hätte dich erwischt", flüsterte sie.

„Hat sie auch." Er stellte sich so, dass die anderen Anwesenden nur seinen Rücken sehen konnten, und streckte ihr seine Hände entgegen, die mit einem dicken Strick an den Gelenken gefesselt waren.

Flick zog das kleine Messer hervor und schnitt die Fesseln durch, während er erzählte, wie er entkommen war. „Hab ich ein Schwein gehabt", schloss er und massierte seine Handgelenke.

Sie nickte. „Vielleicht ein bisschen *zu* viel. Vielleicht war es ein Trick. Könnte es sein, dass man dich verfolgt hat?"

Den unausgesprochenen Vorwurf, der Gestapo leichtgläubig auf den Leim gegangen zu sein, konnte er nicht auf sich sitzen lassen. Im Brustton der Überzeugung verneinte er. „Ich habe natürlich darauf geachtet."

Flick ließ es dabei bewenden, obwohl ihre Zweifel noch nicht ganz ausgeräumt waren. „Also ist Brian Standish tot, und drei andere sind verhaftet: Jeanne Lemas, Gilberte und Dr. Bouler."

„Ja. Die anderen sind alle tot. Die Deutschen haben die Leichen derer, die bei der Schießerei am Sonntag umgekommen sind, freigegeben. Die drei Überlebenden – Gaston, Geneviève und Bertrand – haben sie auf dem Platz in Sainte-Cécile erschossen."

„O Gott!"

Sie schwiegen eine Zeit lang. Michel bestellte ein Bier, trank das Glas in einem Zug leer und wischte sich den Mund ab. „Ich nehme an, du bist zurückgekommen, weil du's noch mal versuchen willst."

Flick nickte. „Wir müssen irgendwo übernachten."

Er dachte nach. „In der Kellerei von Joseph Laperrière, einem Champagner-Produzenten."

„Ist er einer von uns?"

„Ein Sympathisant." Michel lächelte säuerlich. „Heutzutage sind alle Sympathisanten, weil jeden Tag mit der Invasion gerechnet wird."

„Schön. Außerdem brauche ich für morgen ein Fahrzeug."

„Um nach Sainte-Cécile zu kommen?"

„Ja. Und von dort zum Flugzeug – falls wir noch leben."

„Du weißt, dass Chatelle nicht mehr infrage kommt? Dort hat mich die Gestapo erwischt."

„Ich weiß. Wir werden über Laroque ausgeflogen."

„Philippe Moulier hat einen Lieferwagen. Er beliefert die deutschen Stützpunkte mit Fleisch."

„Dann bring den Lieferwagen morgen Vormittag um zehn zu Laperrières Kellerei."

Michel berührte ihre Wange. „Können wir die Nacht nicht gemeinsam verbringen?"

Sie wollte ihm die Wahrheit sagen, denn sie hasste Unehrlichkeit jedweder Art. Doch ein Geständnis konnte die Mission gefährden.

„Nein."

Michel schien geknickt. „Ist es wegen Gilberte?"

Sie nickte. „Ja, zum Teil."

Er wirkte wehrlos, beinahe verängstigt. „Hast du einen anderen?"

Sie brachte es nicht über sich, ihm wehzutun. „Nein", log sie.

Prüfend sah er sie an. „Das freut mich." Er glitt von seinem Hocker. „Laperrière wohnt im Chemin de la Carrière. Zu Fuß eine halbe Stunde von hier. Ich mache mich jetzt am besten auf die Socken und frage Moulier wegen des Lieferwagens." Er nahm Flick in die Arme und küsste sie auf den Mund.

Ihr war elend zumute. Michel zu küssen kam ihr wie ein Verrat an Paul vor. Sie schloss die Augen und wartete passiv ab, bis ihr Mann die Umarmung beendete.

Ihr Mangel an Beteiligung war ihm nicht entgangen. Nachdenklich musterte er sie, sagte aber nichts. „Dann also bis morgen um zehn."

Flick beschloss, ihm fünf Minuten Vorsprung zu geben, bevor auch sie sich auf den Weg machte, und bestellte sich bei Yvette einen zweiten Scotch. Doch kaum hatte sie das Glas an den Mund gesetzt, begann ein rotes Licht über der Tür zu blinken.

Obwohl niemand sprach, reagierte jeder sofort. Der Croupier hielt das Rouletterad an und drehte es um, sodass es aussah wie eine ganz normale Tischplatte. Die Kartenspieler strichen ihre Einsätze ein und schlüpften in ihre Jacken.

„Eine Razzia", erklärte Yvette. „Alexandre hat uns von unten gewarnt. Verschwinden Sie, Flick, rasch!"

Sie folgte Yvettes Geste und sah Mémé in einen Schrank steigen, hastig ein paar alte Mäntel beiseite schieben und eine dahinter verborgene Tür öffnen, durch welche die Glücksspieler einer nach dem anderen verschwanden.

Das rote Blinklicht erlosch. Im nächsten Augenblick hämmerte jemand gegen die schwere Eingangstür. Flick schloss sich den Männern an, die durch den Schrank drängten. Als sie, ihnen folgend, die Treppe hinuntergerannt war, erkannte sie, dass sie sich in der ehemaligen Metzgerei befand. Von hier führte eine Tür in eine schmale Gasse, in der sich die Spieler in alle Himmelsrichtungen zerstreuten.

Auch Flick machte, dass sie davonkam. Nach einer Weile blieb sie atemlos stehen, orientierte sich kurz und schlug dann die Richtung zur Kathedrale ein, in der die anderen auf sie warteten. „Mein Gott", flüsterte sie, „das war vielleicht knapp!"

Als sie wieder frei atmen konnte, begann sie die Razzia in einem anderen Licht zu sehen. Dass die Aktion, wenige Minuten nachdem Michel gegangen war, stattgefunden hatte, war merkwürdig. Flick glaubte nicht an einen Zufall. Je länger sie darüber nachdachte, desto mehr wuchs ihre Überzeugung, dass die Kerle, die an die Tür gehämmert hatten, in Wirklichkeit hinter ihr her gewesen waren. Die Geschichte von Michels Flucht war ihr von Anfang an verdächtig vorgekommen. Genauso wie die „Rettung" von Brian Standish, war sie Teil eines raffiniert eingefädelten Täuschungsmanövers gewesen. Und hinter allem steckte höchstwahrscheinlich der hinterlistige Verstand von Dieter Franck.

Stimmte ihre Vermutung, war irgendwer Michel in die Bar gefolgt. Und man würde ihn weiterhin beschatten, wenn er heute Abend bei Moulier aufkreuzte und morgen früh mit dem Lieferwagen der Schlachterei zur Champagnerkellerei fuhr, um die Dohlen und Paul aus ihrem Versteck zu holen.

Und was, zum Teufel, kann ich dagegen tun?, fragte sich Flick.

NEUNTER TAG. MONTAG, 5. JUNI 1944

Franck erwachte in seinem Bett im Hotel Frankfurt noch vor dem Morgengrauen. Während er sich rasierte, ging er in Gedanken noch einmal die Ereignisse des vergangenen Abends durch und stellte sich die Frage, ob er wirklich sein Möglichstes getan hatte.

Er hatte Hesse vor der Bar Chez Régis postiert und war Michel Clairet bis zum Haus eines gewissen Philippe Moulier gefolgt. Franck hatte es eine Stunde lang im Auge behalten, doch niemand war herausgekommen. Danach war er davon ausgegangen, dass Clairet vermutlich bei Moulier übernachten würde. Von einer Bar aus hatte er Hesse angerufen, der sich aufs Motorrad gesetzt und sich mit ihm vor Mouliers Haus getroffen hatte. Dort hatte er Franck von der Razzia bei Chez Régis und dem aus unerklärlichen Gründen leeren Raum im ersten Stock berichtet.

„Die müssen ein Frühwarnsystem haben", hatte Franck spekuliert. „Wenn jemand kommt und oben nachsehen will, schlägt der Barmann unten Alarm. Haben Sie ihn festgenommen?"

„Ich habe alle festgenommen, die dort waren. Sie befinden sich jetzt im Schloss."

Franck hatte Hesse die Beobachtung von Mouliers Haus überlassen und war nach Sainte-Cécile gefahren. Dort hatte er den vor Angst schlotternden Barbesitzer Alexandre Régis vernommen und binnen weniger Minuten erfahren, dass Michel Clairet sich im illegalen Spielklub mit seiner Frau getroffen hatte. Wieder einmal war Felicity Clairet um Haaresbreite entkommen.

Franck beendete nun seine Rasur, zog sich an, erbat sich in der Hotelküche ein halbes Dutzend ofenwarme Croissants, rief dann im Schloss an und gab Order, einen Wagen mit drei Gestapo-Männern zu schicken.

Etwa 50 Meter von Mouliers Haus entfernt drückte sich Hesse in einem Kaufhauseingang herum. Die ganze Nacht lang, so teilte er Franck mit, sei kein Mensch gekommen oder gegangen. Clairet müsse also noch im Haus sein.

Gemeinsam mit seinem Leutnant aß Franck die Croissants, während über den Dächern von Reims die Morgensonne aufstieg. Heute würde er endlich zum Kern der Résistance geführt werden.

Vielleicht.

Franck konnte nur das Beste hoffen.

Es war schon nach neun, als die Haustür geöffnet wurde und Clairet herauskam. „Na endlich“, flüsterte Franck.

Ein schwarzer Lieferwagen, auf dessen Seiten in weißen Buchstaben der Schriftzug MOULIER & SÖHNE – FLEISCHWAREN prangte, stand im Hof. Clairet stieg ein.

Franck war wie elektrisiert. Wenn sich Clairet einen Lieferwagen auslieh, brauchte er ihn für die Dohlen. „Los!“

Hesse hastete zu seinem Motorrad und folgte Clairet, während Franck in den Citroën der Gestapo sprang und den Fahrer anwies, dem Leutnant zu folgen.

Sie fuhren Richtung Osten. Der Lieferwagen war leicht zu verfolgen. Schließlich lenkte Clairet ihn in den Hof der Champagnerkellerei Laperrière. Hesse fuhr vorbei und hielt hinter der nächsten Ecke. Der Citroën der Gestapo folgte ihm, und Franck sprang aus dem Wagen.

„Ich glaube, die Dohlen haben hier übernachtet.“

„Durchsuchen, Herr Major?“, schlug der Leutnant eilfertig vor.

„Jetzt noch nicht.“ Michel Clairet war Francks letzte Waffe, und er konnte es nicht riskieren, sie zu verlieren. „Wir warten ab.“

Sie gingen bis zum Ende der Straße und beobachteten Laperrières Haus von der Ecke aus. Es war ein hoher, eleganter Bau, der von einem Hof voller Fässer umgeben wurde, in dem auch ein niedriges Betriebsgebäude stand. Franck vermutete darunter die Kellerei. Sein Puls raste. Jeden Moment konnte Clairet mit seiner Frau und den anderen Dohlen im Gefolge wieder auftauchen.

Nach einer Weile trat er wirklich aus dem Kellereigebäude, doch er war allein. Mit gerunzelter Stirn blieb er im Hof stehen und sah sich unschlüssig um.

„Was ist denn mit dem los?“, fragte Hesse.

„Irgendwas, womit er nicht gerechnet hat.“ Franck fühlte seine Hoffnungen schwinden. „Wir halten es wie gestern Abend, nur dass *Sie* Clairet verfolgen. Das Gebäude nehme diesmal ich mir vor.“

Er wartete, bis Clairet, verfolgt von Hesse, davongefahren war. Kaum waren sie außer Sichtweite, winkte er die Gestapo-Beamten zu sich und trat mit ihnen auf den Hof. Zwei Männer bekamen die Order: „Überprüfen Sie das Wohnhaus, und achten Sie darauf, dass niemand es verlässt!“ Dem dritten Mann nickte er zu. „Wir durchsuchen die Kellerei.“

Sie fanden tausende von Champagnerflaschen – aber keine einzige Frau. In einer Nische am Ende des letzten Gewölbes entdeckte Franck allerdings einen Hinweis: Auf dem Boden lagen Brotkrümel, Zigarettenstummel und eine Haarklemme. Die Dohlen hatten tatsächlich die Nacht hier verbracht, waren aber entkommen.

Franck ging zum Wohnhaus. „Alle verhaften!“, ordnete er übellaunig vor Wut und Frustration an.

Im Flur klingelte das Telefon. Franck hob ab. „Hier Hesse, Herr Major. Ich bin am Bahnhof. Clairet hat den Wagen abgestellt und eine Fahrkarte nach Marles gekauft. Der Zug fährt gleich ab.“

Genau damit hatte Franck gerechnet! Die Dohlen waren vorausgefahren und hatten Clairet instruiert, ihnen zu folgen. Offenbar wollten sie noch immer den Eisenbahntunnel sprengen.

„Steigen Sie in den Zug, Hesse. Bleiben Sie am Mann. Wir sehen uns in Marles.“

FLICK und Paul saßen im Café de la Gare. Ihr Frühstück bestand aus Schwarzbrot sowie Ersatzkaffee. Ruby, Jelly und Greta hatten an einem anderen Tisch Platz genommen, ohne erkennen zu lassen, dass zwischen ihnen eine Verbindung existierte.

Flick ließ die Straße vor dem Fenster nicht aus dem Auge. Ihr war klar, dass Michel sich in höchster Gefahr befand. Sie hatte erwogen, ihn zu warnen, doch damit hätte sie nur den Deutschen in die Hände gespielt, die Michel bestimmt in der Hoffnung observierten, dass er sie zu ihr führte. Aus diesem Grund hatte sie in der Kellerei Laperrière eine Nachricht für ihn hinterlassen und ihm Folgendes geschrieben:

> Michel, ich bin ganz sicher, dass du beschattet wirst. Der Ort, an dem wir uns gestern aufgehalten haben, wurde durchsucht, nachdem du gegangen warst. Bestimmt ist man dir auch heute Morgen hierher gefolgt. Wir gehen, bevor du kommst, und machen uns irgendwo in der Stadtmitte unsichtbar. Stelle den Wagen am Bahnhof ab, und lege den Schlüssel unter den Fahrersitz. Steige in den nächsten Zug nach Marles. Sieh zu, dass du deinen Schatten loswirst, und komme dann zurück. Und jetzt verbrenne dieses Blatt!

Den ganzen Vormittag wartete sie in fiebriger Gespanntheit darauf, ob der Plan auch funktionierte. Gegen elf Uhr sah sie endlich den schwarzen Lieferwagen vorfahren und parken. Michel stieg aus und betrat die Bahnhofshalle. Also hielt er sich an ihren Plan.

Sie versuchte herauszufinden, ob ihm jemand folgte, aber das war unmöglich zu erkennen. Vor dem Bahnhof herrschte ein reges Kommen und Gehen. Zu Fuß, per Fahrrad oder mit dem Auto trafen unentwegt

Menschen ein, von denen jeder Einzelne Michels Schatten hätte sein können.

Sie blieb im Café sitzen und ließ den Lieferwagen nicht aus den Augen. Trotz aller Wachsamkeit entdeckte sie niemanden, der das Fahrzeug überwachte. Nach einer Viertelstunde nickte sie Paul zu. Die beiden erhoben sich, nahmen ihr Gepäck auf und gingen hinaus zu dem Wagen. Flick öffnete die Fahrertür und setzte sich ans Steuer. Während Paul auf der anderen Seite einstieg, holte sie den Schlüssel unter dem Sitz hervor.

Nun kamen auch die drei anderen Dohlen aus dem Café und stiegen hinten ein. Nachdem Ruby die Türen zugezogen hatte, legte Flick den ersten Gang ein und fuhr los.

„Geschafft", jubelte Jelly. „Lieber Gott, ich danke dir!"

Flick lächelte dünn. Das Schlimmste stand ihnen noch bevor.

Sie nahm die Ausfallstraße Richtung Sainte-Cécile. Zwar hielt sie nach den Citroën der Gestapo Ausschau, doch im Augenblick fühlte sie sich relativ sicher.

Kurz nach zwölf erreichten sie Sainte-Cécile, und Flick fuhr zu dem Haus von Michels Tante Antoinette. Ein Holztor, dessen einer Flügel offen stand, führte in den Innenhof. Paul sprang heraus, um auch den zweiten Torflügel zu öffnen. Als Flick den Metzgereiwagen auf den Hof gefahren hatte, schloss Paul das Tor hinter ihr. Das Fahrzeug war nun von der Straße aus nicht mehr zu sehen.

Flick ging zu Antoinettes Wohnungstür, während die anderen im Wagen warteten. Als sie beim letzten Mal hier geklopft hatte – es war erst acht Tage her, und doch kam es ihr vor, als wäre ein ganzes Leben vergangen –, war Michels Tante wegen der Schüsse vor dem Schloss so verängstigt gewesen, dass sie sich kaum zu öffnen getraut hatte. Diesmal kam sie sofort.

Zuerst sah sie Flick, die nach wie vor die dunkle Perücke trug, nur fragend an, doch dann erkannte sie, wer da vor ihr stand. „Sie?" Ihre Miene verriet Panik. „Was wollen Sie?"

Flick pfiff die anderen herbei und stieß Antoinette in die Wohnung zurück. „Nur keine Angst. Ich erklär's Ihnen gleich."

Die anderen kamen herein, und Ruby schloss die Tür.

„Was soll das alles?", fragte Antoinette.

„Es ist ganz einfach", erklärte Flick. „Sie und Ihre Kolleginnen werden heute Abend nicht zum Putzen ins Schloss gehen. Das tun wir."

„Wie wollen Sie das denn anstellen?"

„Wir teilen den Frauen der Abendschicht mit, dass sie vor Arbeitsbeginn hierher kommen sollen: Wenn sie auftauchen, fesseln wir sie, damit die Deutschen glauben, wir hätten sie mit Gewalt gezwungen, und gehen dann an ihrer Stelle ins Schloss."

„Das können Sie nicht! Sie haben keine Passierscheine."

„Doch, haben wir."

„Wie ...?" Antoinette hielt die Luft an. „Dann waren *Sie* das, die vorigen Sonntag meinen Ausweis gestohlen hat. Und ich dachte, ich hätte ihn verloren. Sie haben mich damit in die größten Schwierigkeiten gebracht!"

„Das tut mir Leid."

„Aber diesmal wird's noch schlimmer. Sie wollen doch bestimmt das ganze Gebäude in die Luft jagen! Und mir werden sie die Schuld daran geben, Sie kennen die Deutschen doch. Die werden uns alle foltern. Und dann werden wir getötet!"

Flick verschloss ihr Herz. „Richtig. Deshalb heißt es ja auch Krieg."

MARLES war eine Kleinstadt östlich von Reims. Durch den Tunnel gleich hinter der Stadt floss ein stetiger Strom von Versorgungsgütern aus der Heimat der deutschen Besatzungsmacht nach Frankreich. Die Zerstörung des Tunnels hätte bedeutet, dass Rommel bald die Munition ausging.

Der örtliche Gestapo-Chef hatte sich im Büro des Bürgermeisters gegenüber dem Bahnhof einquartiert. Er, Franck und ein Hauptmann Bern, der für die Bewachung des Tunnels zuständig war, beugten sich über eine Landkarte und besprachen ihre Strategie.

„Ich habe an beiden Tunneleinfahrten je einen Zug von zwanzig Mann postiert, und ein dritter patrouilliert auf dem Berg", erläuterte Bern. „Aber bislang haben wir noch nichts Verdächtiges bemerkt."

„Wie anfällig ist der Tunnel für Detonationsschäden?", fragte Franck.

„Er führt durch soliden Fels. Sie bräuchten eine Lastwagenladung voller Dynamit. Und sie müssten es irgendwie herschaffen, ohne dabei von uns erwischt zu werden."

„Da haben Sie allerdings Recht." Franck wandte sich an den Gestapo-Chef. „Liegen Ihnen Berichte über ungewöhnliche Fahrzeuge oder das Eintreffen ortsfremder Personengruppen in der Stadt vor?"

„Nichts dergleichen. Meinen Männern ist nichts Ungewöhnliches aufgefallen."

„Ist es denkbar, Herr Major", warf Bern zögernd ein, „dass der Bericht, den Sie über einen geplanten Angriff auf den Tunnel erhalten haben, eine falsche Fährte war, die Sie vom eigentlichen Ziel ablenken soll?"

Franck hatte diese Möglichkeit auch schon in Erwägung gezogen.

War es denkbar, dass die Leopardin ihn schon wieder ins Leere laufen ließ? Aber diese Vorstellung war einfach zu beschämend, um länger darüber nachzudenken. „Ich habe die Informantin persönlich verhört und bin sicher, dass sie die Wahrheit gesagt hat.“ Es kostete ihn Überwindung, seine Wut nicht durchklingen zu lassen. „Es kann allerdings sein, dass sie selbst falsch informiert war, als Vorsichtsmaßnahme.“

Bern, der ein außergewöhnlich feines Gehör hatte, hob den Kopf. „Ein Zug kommt.“

Der Gestapo-Chef trat ans Fenster. „Der hier kommt von Osten. Sie sagten doch, Herr Major, Ihr Mann käme aus Reims, oder?“

Franck nickte.

„Ich höre gerade, es kommen *zwei* Züge“, korrigierte sich Bern. „Einer aus jeder Richtung.“

Die drei Männer verließen das Büro und gingen zum Bahnhof.

Der Zug aus Osten fuhr als Erster ein. Die Passagiere waren noch dabei, auszusteigen und ihr Gepäck auszuladen, als auch der Gegenzug einrollte. Gleich neben der Sperre zur Überprüfung der Fahrkarten befand sich ein Kontrollpunkt der Gestapo. Der Ortsleiter trat an den Tisch und gesellte sich zu seinen Leuten, während sich Bern an eine Säule lehnte. Franck dagegen kehrte zu seinem Wagen zurück, setzte sich in den Fond und behielt von dort aus den Bahnhof im Auge.

Was tue ich, wenn Bern Recht hat und die Tunnelgeschichte nur ein Ablenkungsmanöver ist?, überlegte er. Ich muss mir über mögliche Alternativen Gedanken machen. Ich könnte mir natürlich gleich Clairet vorknöpfen, doch wer garantiert mir, dass er Bescheid weiß? Nein, es ist sicher besser, ihn weiterhin zu beschatten und abzuwarten, bis er sich mit seiner Frau trifft. Die kennt das wahre Ziel garantiert.

Sorgfältig kontrollierte die Gestapo die Ausweise der Reisenden, sodass es lange dauerte, bis die Passagiere, einer nach dem anderen, aus der Bahnhofshalle traten. Plötzlich ertönte ein Pfiff, und der Zug Richtung Reims setzte sich in Bewegung.

Hesse hastete durch die Bahnhofstür. Er sah sich um, entdeckte den schwarzen Citroën und hielt darauf zu. Franck sprang aus dem Wagen.

„Was ist passiert? Wo ist er?“, rief Hesse.

„Was meinen Sie damit?“, brüllte Franck ihn an. „*Sie* sollen ihn beschatten!“

„Habe ich doch! Er ist hier ausgestiegen. In der Schlange vor dem Kontrollpunkt habe ich ihn allerdings aus den Augen verloren.“

„Kann er in den Gegenzug gestiegen sein?“

Dem Leutnant klappte der Unterkiefer herunter. „Als wir an dem Übergang zum anderen Bahnsteig vorbeikamen, war er plötzlich weg …“

„Das war’s dann!“, schimpfte Franck. „Verflucht! Jetzt fährt er also nach Reims zurück. Er hat bloß den Lockvogel gespielt. Das Ganze war ein Ablenkungsmanöver.“ Er ärgerte sich maßlos. „Wir fahren dem Zug nach und holen ihn ein. Dann können Sie die Beschattung fortsetzen. Steigen Sie ein, los!“

FLICK konnte es kaum fassen, wie weit sie bereits gekommen waren. Vier der ursprünglich sechs Dohlen waren der Gefangennahme entgangen und saßen nun in einer Küche in unmittelbarer Nähe des Schlossplatzes in Sainte-Cécile, gewissermaßen direkt unter der Nase der Gestapo. Antoinette und ihre fünf Kolleginnen von der Putzkolonne waren an die Küchenstühle gefesselt worden, und bis auf Antoinette selbst hatte Paul alle geknebelt. Die Frauen hatten für die Arbeitspause um 21.30 Uhr in Einkaufstaschen oder Leinenbeuteln eigene Verpflegung mitgebracht. Jetzt packten die Dohlen eilends um: In den Behältnissen verschwanden Taschenlampen, Waffen, Munition und gelber Plastiksprengstoff.

Aber Flick erkannte schnell, dass sie zu klein waren. Sie hatte ihre Sten-Maschinenpistole mit Schalldämpfer bereits zerlegt, doch waren die drei Einzelteile mit jeweils 30 Zentimetern noch immer zu lang. Außerdem musste Jelly 16 Sprengkapseln in einem stoßsicheren Behälter mitnehmen, dazu eine Brandbombe sowie einen chemischen Sauerstofferzeuger, der dazu diente, in geschlossenen Räumen Feuer zu entzünden. Die Sachen passten mit Müh und Not in die verfügbaren Taschen und Beutel, doch für die zur Tarnung unerlässlichen Esspakete der Putzfrauen waren die Behältnisse definitiv zu klein.

In der Speisekammer fand Flick einen Einkaufskorb aus geflochtenem Schilfrohr. Aber sie brauchten insgesamt vier.

„Wo haben Sie Ihren Korb gekauft, Antoinette?“

„In dem Laden gegenüber.“

Flick drehte sich zu Ruby um. „Geh und kauf uns schnell noch drei solche Körbe. Wenn’s geht, drei verschiedene.“

„Alles klar.“ Ruby verschwand.

Derweil händigte Flick Jelly und Greta deren Passierscheine aus. Rubys Dokument noch in der Hand, trat sie ans Fenster.

Ruby verließ in diesem Augenblick mit drei in Form und Farbe unterschiedlichen Körben den Laden. Erleichtert sah Flick auf die Uhr. Es war zwei Minuten vor sieben.

Da geschah das Unglück. Ruby wollte gerade die Straße überqueren, als sie von einem Mann angesprochen wurde. Er trug die Uniform der Nazitreuen *Milice*, jener französischen Sicherheitstruppe, die die Drecksarbeit für die Besatzer erledigte. „O nein!“, stöhnte Flick.

Paul sah ihr über die Schulter. „Mist, einer von diesen beschissenen Milizionären!“

Der Uniformierte begann Ruby Fragen zu stellen. Sein Ton klang aggressiv. Flick hielt es für möglich, dass er die dunkelhäutige Frau als Zigeunerin beschimpfte. Ruby holte ihre Papiere hervor. Der Kerl prüfte sie und stellte weitere Fragen.

Paul zog eine Pistole.

„Steck das Ding wieder ein!“, befahl ihm Flick. „Wenn wir uns jetzt auf eine Schießerei einlassen, sind wir erledigt. Die Sabotage der Telefonzentrale ist wichtiger als Rubys Leben. Also weg mit der verdammten Waffe!“

Paul schob die Pistole in den Hosenbund zurück.

Der Wortwechsel zwischen Ruby und dem Milizionär eskalierte. Der Mann packte sie entschlossen an der linken Schulter; offenbar wollte er sie verhaften. Ruby reagierte blitzschnell. Sie ließ die Körbe fallen, zog die rechte Hand aus der Tasche und hielt ein Messer darin. Die Klinge mit der nach oben gerichteten, aufs Herz zielenden Spitze drang direkt unterhalb der Rippen in den Körper ihres Widersachers ein. Der Mann stieß einen Schrei aus, der rasch zu einem grässlichen Gurgeln erstarb, und sackte zu Boden.

Flick kalkulierte schnell die Optionen. Wenn es gelang, die Leiche so schnell wie möglich von der Straße zu schaffen, kamen sie vielleicht noch einmal davon. Gab es Zeugen? Sie lehnte sich zum Fenster hinaus. Zur Linken war alles still. Von der anderen Seite her näherten sich jedoch drei junge Leute in Uniform, zwei Männer und eine Frau. Es musste Gestapo-Personal aus dem Schloss sein. Noch ehe Flick den Mund aufmachen und Ruby warnen konnte, sprangen die zwei Männer auch schon auf diese zu und packten sie. Einer schlug ihre rechte Hand mehrmals gegen die Wand des Haushaltswarengeschäfts, bis sie das Messer fallen ließ. Die Frau rannte zurück zum Schloss, vermutlich, um Hilfe zu holen, denn der Milizionär schien doch noch nicht tot zu sein. Die beiden Männer schleppten Ruby nun in die gleiche Richtung davon.

„Paul, geh raus und hol die Körbe, die Ruby fallen gelassen hat!“

Er zögerte keine Sekunde. „Jawohl, Ma’am.“ Und schon war er verschwunden.

„Beeilung jetzt", drängte Flick, als er zurückkam. „Wir müssen an den Torwachen vorbei, solange dort wegen Ruby noch Aufregung herrscht."

Rasch stopfte sie eine große Taschenlampe, ihre zerlegte Sten, sechs Magazine mit jeweils 32 Schuss und ihren Sprengstoffanteil in einen der Körbe. Ihre Pistole steckte in der Tasche, das Messer unter dem Aufschlag. Sie deckte die Waffen im Korb mit einem Tuch zu und legte eine Scheibe in Pergamentpapier gewickelte Gemüsepastete obenauf.

Die Kirchenglocke am Stadtplatz schlug sieben. Sie waren bereit.

„Irgendwem wird auffallen, dass heute nur drei Putzfrauen kommen statt sechs wie sonst", sagte Flick zu Paul. „Wenn jemand aufkreuzt, um bei Antoinette nachzufragen, was los ist, wirst du ihn erschießen müssen."

„Alles klar."

Sie küsste ihn kurz, aber heftig und trat hinaus. Greta und Jelly folgten ihr. Sie erreichten den Platz, als Ruby und ihre beiden Häscher gerade das Schlossgelände betraten. Immerhin ist sie schon mal drin, dachte Flick grimmig.

Zwei Wachsoldaten vom Schlosstor kamen im Laufschritt über den Platz. Sie waren zweifellos zu dem verwundeten Milizionär unterwegs. Von den drei Putzfrauen, die zusahen, dass sie ihnen nicht in die Quere gerieten, nahmen sie keine Notiz.

Flick trat als Erste ans Tor, wo jetzt nur noch ein Posten stand, der sich zudem mehr für seine Kameraden, die über den Platz rannten, als für Flick interessierte. Er warf nur einen kurzen Blick auf ihren Passierschein und winkte sie durch. Bei Greta verhielt er sich genauso. Flick dachte schon, sie hätten es geschafft, als sich der Soldat plötzlich für Jellys Korb interessierte.

„Das riecht aber gut. Was ist da denn drin?"

„Das ist die Wurst für mein Abendessen", erwiderte Jelly. „Da ist viel Knoblauch drin."

Der Posten winkte auch sie durch. Die drei Frauen gingen über die kurze Zufahrt zum Portal, stiegen die Freitreppe hinauf und betraten endlich das Schloss.

FRANCK verbrachte den ganzen Nachmittag damit, dem Zug zu folgen, in dem er Clairet vermutete. An jedem verschlafenen Landbahnhof hielt er an und wartete, ob der Widerstandskämpfer vielleicht ausstieg. Aber der fuhr die ganze Strecke nach Reims zurück.

Schließlich saß Franck im Wagen in der Nähe des dortigen Bahnhofs und wartete auf Clairets Erscheinen. Eine düstere Vorahnung suchte ihn heim. Was sollte er tun, wenn die Beschattung Clairets zu nichts führte? Irgendwann musste er diese Aktion abblasen und den Kerl in die Mangel nehmen. Aber wie viel Zeit blieb ihm noch? In der kommenden Nacht war Vollmond, doch über dem Ärmelkanal herrschte stürmisches Wetter. Möglich, dass die Alliierten das Risiko trotzdem auf sich nahmen.

Um sich abzulenken, dachte er über die beste Verhörstrategie für Clairet nach. Dessen Schwachpunkt war wahrscheinlich diese Gilberte Duval. Momentan hockte sie in einer Zelle im Schloss, würde später aber exekutiert oder ins KZ geschickt werden. Doch wie ließ sie sich nun dazu verwenden, Clairet so schnell wie möglich zum Reden zu bringen?

Der Gedanke an die KZs brachte Franck auf eine neue Idee. „Gestapo-Gefangene werden doch per Zug nach Deutschland verfrachtet, oder?“, fragte er seinen Fahrer.

„In Viehwaggons, jawohl, Herr Major.“

„Und wo werden sie verladen?“

„Gleich hier in Reims. Der Zug von Paris hält hier ja.“

„Und wie oft fahren diese Züge?“

„Fast jeden Tag, Herr Major. Sie fahren am Spätnachmittag in Paris ab und sind gegen acht Uhr abends hier – vorausgesetzt, sie sind pünktlich.“

Franck hatte seinen Plan noch nicht zu Ende gedacht, als er Clairet aus dem Bahnhof kommen sah. Zehn Meter hinter ihm folgte Hesse.

Unvermittelt bog Clairet in die schmale Gasse neben dem Café de la Gare ein. Hesse beschleunigte seinen Schritt, bis er sie erreicht hatte, und bog ebenfalls ab. Gleich darauf erschien er wieder auf der Straße und sah sich sorgenvoll in beide Richtungen um. Er stieß einen Fluch aus und verschwand wieder in der Gasse. Franck stöhnte auf. Hesse hatte Clairet wieder verloren.

Franck starrte noch immer verzagt auf die Stelle, an der die kleine Gasse abzweigte, als Clairet plötzlich durch den Vordereingang des Cafés auf die Straße trat. Francks Stimmung besserte sich schlagartig. Clairet hatte zwar Hesse abgehängt, wusste aber nicht, dass er noch einen zweiten Schatten hatte! Er überquerte die Straße und lief humpelnd in die Richtung zurück, aus der er gekommen war – und damit direkt auf das Auto zu, in dem Franck saß.

Der Zeitpunkt war gekommen, Clairet erneut festzusetzen.

Als dieser nahezu auf gleicher Höhe war, riss Franck die Autotür weit auf und sprang hinaus. Als Clairet einen Haken um das unerwartete Hindernis schlug, stellte er ihm ein Bein. Clairet stolperte und stürzte schwer auf den Bürgersteig.

Franck zog seine Pistole und drückte Clairet den Lauf an die Schläfe. „Unten bleiben!“, befahl er auf Französisch.

Der Fahrer holte Handschellen aus dem Kofferraum, legte sie Clairet an und stieß den Gefangenen in den Fond des Wagens.

Jetzt tauchte auch Leutnant Hesse wieder auf. Er war außer sich. „Was ist passiert?“, rief er.

„Clairet ist durch die Hintertür ins Café de la Gare gegangen und vorn wieder rausgekommen“, erklärte ihm Franck. „Begleiten Sie mich zum Bahnhof.“ Er wandte sich an den Fahrer. „Lassen Sie diesen Mann nicht aus den Augen. Wenn er zu fliehen versucht, schießen Sie ihn ins Bein.“

Zusammen mit Hesse eilte er schnurstracks zum Bahnhofsvorsteher.

„Womit kann ich Ihnen dienen?“, fragte dieser und lächelte nervös. Der unangekündigte Besuch eines energischen hochrangigen Deutschen versetzte ihn in Angst und Schrecken.

„Erwarten Sie heute noch einen Zug mit Gefangenen aus Paris?“

„Ja, um acht, wie gewöhnlich.“

„Halten Sie ihn auf, bis Sie von mir hören. Ich muss eine Sondergefangene verladen.“

„Sehr wohl.“

Franck wandte sich an Hesse. „Sie bringen Clairet zur Polizeiwache und setzen ihn hinter Schloss und Riegel. Dann kommen Sie zurück und achten darauf, dass meine Befehle peinlich genau befolgt werden.“

„Jawohl, Herr Major.“

Vom Telefon des Bahnhofsvorstehers aus ließ Franck sich mit Weber im Schloss von Sainte-Cécile verbinden. „In einer Ihrer Zellen befindet sich eine junge Frau namens Gilberte Duval. Lassen Sie sie in einem Wagen zum Bahnhof von Reims bringen. Leutnant Hesse ist hier und wird sie übernehmen.“

„Wird gemacht“, erwiderte Weber erstaunlich kooperativ. Er schien bester Laune zu sein. „Übrigens habe ich Neuigkeiten für Sie. Ich habe einen Spion der Alliierten verhaftet.“

„Was?“ Endlich mal eine Erfolgsmeldung! „Wann denn?“

„Erst vor ein paar Minuten.“

„Und wo, um Himmels willen?“

„Hier in Sainte-Cécile.“

„Wie ist das passiert?“

„Der Spion hat einen Milizionär angegriffen. Zufällig waren drei meiner brillanten jungen Leute Zeugen des Vorfalls und geistesgegenwärtig genug, die Übeltäterin zu ergreifen. Sie war mit einem Colt bewaffnet.“

„Der Spion ist eine Frau?"

„Jawohl."

Damit war die Sache für Franck klar: Die Dohlen hielten sich in Sainte-Cécile auf, und ihr Ziel war das Schloss! „Weber, hören Sie mir jetzt genau zu: Die Frau, die Ihnen ins Netz gegangen ist, gehört meiner Meinung nach zu einer Gruppe von Saboteuren, die das Schloss angreifen will."

„Das haben sie schon mal versucht, und da haben wir ihnen eine ordentliche Tracht Prügel verabreicht."

„Haben Sie, Weber, haben Sie. Und deshalb werden sie diesmal raffinierter vorgehen. Ich schlage vor, Sie rufen Sicherheitsalarm aus, verdoppeln die Wachen, lassen das Schloss durchsuchen und vernehmen alle nichtdeutschen Arbeitskräfte im Haus. Ich komme sofort nach Sainte-Cécile zurück. Ich muss die neue Gefangene verhören."

„Damit habe ich schon angefangen. Becker kocht sie gerade weich."

„Herrgott noch mal! Sie muss bei Verstand sein und noch reden können, wenn ich komme!"

„Gut, gut. Ich werde darauf achten, dass er nicht übertreibt."

IM EINGANG zur großen Halle des Schlosses blieb Flick stehen. Ihr Puls jagte, und in ihrer Brust nistete kalte Furcht. Ich bin mitten in der Höhle des Löwen, dachte sie. Wenn ich jetzt gefangen genommen werde, kann mich nichts und niemand mehr retten.

Rasch ließ sie ihren Blick durch den Raum schweifen. Die Schaltbretter für die Vermittlung von Ferngesprächen waren in präzise ausgerichteten Reihen installiert. 40 Telefonistinnen sorgten für lautes Stimmengewirr. Diejenigen, die dem Eingang am nächsten saßen, warfen den Neuankömmlingen neugierige Blicke zu. Die Frauen stammten alle aus der Umgebung, es war also anzunehmen, sie würden merken, dass die Dohlen Fremde waren. Aber Flick setzte jetzt alles auf eine Karte und hoffte, dass niemand sie an die Deutschen verriet.

Sie orientierte sich schnell, indem sie sich Antoinettes Plan des Gebäudes ins Gedächtnis rief. Sie wandte sich nach rechts und führte Greta und Jelly durch eine hohe getäfelte Flügeltür in den Osttrakt. Ein Raum ging in den anderen über, alle voller Schalttafeln und Geräte.

Im dritten Raum saß eine Schichtleiterin in deutscher Uniform an einem Schreibtisch. Flick beachtete sie nicht, doch die Frau rief ihr hinterher: „Wo ist Antoinette?"

Ohne stehen zu bleiben, antwortete Flick: „Sie kommt gleich."

Die Frau sah zur Uhr hinauf, die fünf Minuten nach sieben anzeigte. „Sie sind spät dran."

„Entschuldigen Sie, wir fangen sofort an." Flick beeilte sich, in den nächsten Raum zu kommen. Greta und Jelly folgten ihr auf den Fersen.

Am Ende des Ostflügels wandten sie sich nach links und kamen in den Versorgungstrakt. Antoinettes Erklärungen folgend, fanden sie eine Kammer, in der die Putzutensilien aufbewahrt wurden: Mopps, Eimer, Besen und Mülleimer, außerdem die langen braunen Baumwollkittel, die die Putzfrauen während ihrer Dienstzeit zu tragen hatten. Flick schloss die Tür hinter ihnen.

„So weit, so gut", sagte Jelly.

„Ich sterbe vor Angst!", stieß Greta hervor. „Ich glaube nicht, dass ich weitermachen kann."

Flick lächelte sie beruhigend an. „Du schaffst das schon. Immer schön eins nach dem anderen. Verstaut den Sprengstoff jetzt in den Scheuereimern."

Während die beiden der Aufforderung nachkamen, setzte Flick ihre Maschinenpistole zusammen, ließ aber den Kolben weg, wodurch die Waffe leichter zu verbergen war. Sie setzte den Schalldämpfer auf und stellte die MP auf Einzelfeuer, denn bei Benutzung eines Schalldämpfers musste die Kammer nach jedem Schuss manuell nachgeladen werden. Flick schob die Waffe in ihren Ledergürtel. Dann zog sie den Kittel über, knöpfte ihn jedoch nicht zu, damit sie leichter an die MP kam.

Auch die anderen beiden zogen Kittel über und verbargen damit die Waffen und die Munition, die sie in die Taschen gesteckt hatten.

Nun waren sie fast bereit für den Abstieg in den Keller. Der war allerdings ein Hochsicherheitsbereich, weshalb französischem Personal der Zugang strikt untersagt war.

Die Dohlen mussten daher zunächst einmal für eine gewisse Ablenkung sorgen.

Sie verließen die Putzkammer. Ihr nächstes Ziel war die Kantine. Dort war bis auf zwei junge Frauen in Uniform, die Kaffee tranken und rauchten, weit und breit niemand zu sehen.

Jelly begann den Boden zu wischen, und Flick ging, gefolgt von Greta, in die Küche. Antoinette zufolge befanden sich die Sicherungskästen für das gesamte Gebäude in einem Schrank neben dem großen Elektroofen.

Am Herd stand ein junger Deutscher. Flick schenkte ihm ein verführerisches Lächeln. „Was haben Sie einem ausgehungerten Mädchen denn anzubieten?"

Er grinste sie an.

Hinter seinem Rücken nahm Greta eine große starke Kombizange mit gummierten Griffen aus ihrem Eimer und öffnete die Schranktür.

FRANCK bemerkte, dass am Schlosstor vier Wachtposten statt der üblichen zwei standen, und obwohl er in einem Gestapo-Wagen saß, prüfte der SS-Oberscharführer vom Dienst sorgfältig seine Papiere und die des Fahrers, bevor er das Auto durchwinkte. Franck registrierte mit Zufriedenheit, dass Weber seine Warnung ernst genommen und besondere Sicherheitsvorkehrungen angeordnet hatte.

Als er die Halle betrat und die vielen Frauen an ihren Schaltbrettern sah, überlegte er, ob sich die Dohlen vielleicht als Telefonistinnen eingeschlichen hatten. Er sprach die deutsche Schichtleiterin an. „Sind in den letzten Tagen neue Frauen eingestellt worden?“

„Nein, Herr Major.“ Damit war seine Theorie widerlegt.

Am Ende des Ostflügels stieg er die Treppe hinunter. Die Tür zu den Kellerräumen war wie immer offen, doch jetzt standen zwei Soldaten statt des üblichen einen davor. Weber hatte also auch hier die Wache verdoppelt. Der Unterscharführer salutierte, und der Oberscharführer bat um Francks Ausweis. Nach der Kontrolle betrat Franck den Kellergang und hörte das Brummen des dieselbetriebenen Generators, der das Telefonsystem mit Strom versorgte. Er ging an den Türen zu den Technikräumen vorbei und betrat das Verhörzentrum. Der Vernehmungsraum war leer, doch aus dem Hinterzimmer drang ein lang gezogener, qualvoller Schrei. Heftig stieß Franck die Tür auf.

Becker stand neben dem Elektroschockgerät, Weber saß auf einem Stuhl daneben. Auf dem Operationstisch lag, an Hand- und Fußgelenken festgebunden, eine junge Frau. Ihr Kopf war mit Klammern fixiert, und zwischen ihren Beinen traten Kabel hervor, die mit dem Elektroschockgerät verbunden waren.

„Nur immer herein mit Ihnen, Herr Major“, begrüßte Weber ihn. „Bis jetzt hat sie noch nichts gesagt, aber wir haben ja auch grade erst angefangen. Der nächste Stromstoß, Oberscharführer.“

Becker ging wieder zum Apparat. In diesem Moment erlosch das Licht.

HINTER dem Elektroofen gab es einen blauen Blitz und einen Knall. Das Licht ging aus, und die Küche füllte sich mit dem Geruch nach verbranntem Isoliermaterial.

„Was ist denn da los?“, schimpfte der junge Koch auf Deutsch.

Von Jelly und Greta gefolgt, rannte Flick zur Tür hinaus und durch die Kantine. Sie liefen einen kurzen Korridor entlang bis zu der Treppe, die in den Keller führte, und hasteten die Stufen hinunter. Das Licht aus den Fenstern im ersten Stock reichte nicht weit, und der Eingang zu den Kellerräumen lag bereits im Halbdunkel.

Direkt vor der Kellertür standen zwei Soldaten. Flick erschoss sie, bevor sie reagieren konnten.

Die drei Frauen traten durch die Tür. Flick hielt ihre Pistole in der rechten, die Taschenlampe in der linken Hand. Sie hörte das Grummeln eines Motors und mehrere deutsche Stimmen in weiter entfernten Räumen. Kurz ließ sie die Taschenlampe aufleuchten. Sie befanden sich in einem breiten Flur mit niedriger Decke. Als sich weiter vorn eine Tür öffnete, schaltete Flick die Taschenlampe sofort wieder aus. Gleich darauf flammte am anderen Ende des Korridors ein Streichholz auf. Etwa 30 Sekunden mochten vergangen sein, seit Greta den Stromausfall verursacht hatte. Es konnte nicht mehr lange dauern, bis die Deutschen Taschenlampen auftrieben. Den Dohlen blieb allenfalls eine Minute, wenn nicht gar weniger Zeit, um sich unsichtbar zu machen.

Flick drückte die Klinke herunter, die ihr am nächsten war. Die Tür war verschlossen. Aus der Lage des Raums – zur Vorderfront des Schlosses hin und unterhalb einer Ecke des Parkplatzes gelegen – schloss sie, dass er die Treibstofftanks enthielt. Sie schlich weiter und öffnete die nächste Tür. Das Motorbrummen wurde lauter. Sie ließ die Taschenlampe lang genug aufblitzen, um zu erkennen, dass hier der Generator untergebracht war.

„Zieht die Leichen hier rein!“, zischte sie den beiden anderen zu.

Jelly und Greta schleiften die toten Wachen über den Boden. Flick lief zum Kellereingang zurück, knallte die Stahltür zu und schob auch noch die Riegel vor. Nun lag der Korridor in vollkommener Dunkelheit. Das verschaffte ihnen vielleicht kostbare Sekunden.

Sie kehrte zum Generatorraum zurück, schloss die Tür und knipste die Taschenlampe an. Jelly und Greta hatten die beiden Toten mittlerweile hinter die Tür gezerrt und keuchten vor Anstrengung.

Die vielen Rohre und Kabel im Raum waren mit typisch deutscher Gründlichkeit unterschiedlich angestrichen, und jede Farbe bedeutete etwas anderes: Belüftungsrohre waren gelb, Kraftstoffrohre braun, Wasserrohre grün und Stromleitungen rot-schwarz gestreift.

Flick richtete den Strahl ihrer Taschenlampe auf die braune Dieselleitung, die zum Generator führte. „Wenn uns genug Zeit bleibt, möchte ich, dass du da später ein Loch reinbläst", sagte sie zu Jelly. „Jetzt leg deine Hand auf meine Schulter und folge mir. Greta, du machst das Gleiche bei Jelly. Alles klar?"

Sie schaltete ihre Lampe aus und öffnete die Tür. Von nun an mussten sie das Untergeschoss sozusagen blind erforschen. Zur Orientierung ließ Flick eine Hand an der Wand entlangstreifen. Immer tiefer drangen sie in den Keller vor. Die nächste Tür. Flick öffnete sie und leuchtete mit ihrer Taschenlampe hinein. „Batterieraum", flüsterte Greta.

„War das eine Taschenlampe?", fragte in diesem Moment eine befehlsgewohnte Stimme. „Bringen Sie sie her!"

„Sofort", antwortete Greta mit ihrer Gerhard-Stimme auf Deutsch, während sich die drei Dohlen in entgegengesetzter Richtung fortschlichen.

Flick erreichte die nächste Tür, zog die beiden anderen in den Raum und schloss die Tür hinter sich, bevor sie die Taschenlampe anknipste. Sie befanden sich in einer langen, schmalen Kammer. An beiden Wänden reihte sich Regal an Regal, und zwei große, vom Boden bis zur Decke reichende Schaltschränke waren mit tausenden von Buchsen geradezu überladen.

„Was meinst du?" Flick sah Greta an.

Diese untersuchte die Anlage bereits im Schein ihrer eigenen Taschenlampe. Ihr Gesicht verriet Faszination. „Das ist der Hauptverteiler." Sie drehte sich mit ihrer Taschenlampe um. „Und das sind die Verstärker und Trägerfrequenzgeräte für die Ferngesprächsleitungen."

„Schön. Zeig Jelly, wo sie ihre Ladung anbringen soll."

Zu dritt machten sie sich ans Werk. Greta wickelte den in Wachspapier eingeschlagenen Plastiksprengstoff aus, während Flick die Zündschnur zurechtschnitt, die sehr schnell herunterbrannte, einen Zentimeter pro Sekunde.

„Ich schneide alle Zündschnüre auf drei Meter Länge", erklärte Flick. „Da bleiben uns genau fünf Minuten Zeit zum Verduften."

Sie leuchtete mit der Taschenlampe, während Greta die Ladungen um die Rahmen knetete und Jelly das Zündplättchen in den weichen Sprengstoff steckte. Sie arbeiteten schnell. Bald waren sämtliche Geräte mit Sprengstoffladungen übersät wie mit Pickeln. Die Zündschnüre trafen sich an einer Stelle, wo sie lose zusammengeknotet waren, sodass sie alle auf einmal in Brand gesetzt werden konnten.

Jelly nahm eine Thermitladung zur Hand, eine schwarze Dose von etwa der gleichen Größe wie eine Suppenbüchse, die fein zermahlenes

Aluminiumoxid und Eisenoxid enthielt. Sie würde, sobald sie entzündet war, eine enorme Hitze und hohe Flammen entwickeln. Jelly entfernte den Deckel, unter dem zwei Zündschnüre zutage kamen, und stellte die Dose hinter den Hauptverteiler. Dann platzierte sie eine Packung Sauerstofferzeuger am ausgangslosen Ende des Raumes auf dem Boden. „Der macht das Feuer heißer", erläuterte sie. „Mit dem Zeug hier schmelzen auch die Kupferdrähte."

Jetzt war alles bereit. Jelly zog ein Feuerzeug aus ihrer Tasche.

„Seht zu, dass ihr schnellstens aus dem Gebäude kommt", ermahnte Flick die beiden anderen. „Du, Jelly, gehst auf dem Weg nach draußen noch schnell in den Generatorraum und sprengst ein Loch in die Dieselzufuhr. Wir treffen uns alle bei Antoinette."

„Wo gehst du denn hin?", fragte Greta ängstlich.

„Ich will Ruby suchen."

„Du hast genau fünf Minuten", warnte Jelly sie. Dann steckte sie die Zündschnur in Brand.

ALS FRANCK aus der Dunkelheit des Untergeschosses ins Zwielicht des Treppenhauses trat, fiel ihm auf, dass die Wachtposten am Eingang verschwunden waren. Er rannte die Treppe hinauf zur Rückseite des Gebäudes, wo sich die Werkstätten des Schlosses befanden, und warf auf dem Weg dorthin einen Blick in die Küche, wo drei Soldaten in einen Sicherungskasten starrten.

„Im Keller hat's einen Stromausfall gegeben", teilte er ihnen mit.

„Ich weiß, Herr Major", erwiderte einer. „Die Kabel sind alle durchgeschnitten."

„Dann stehen Sie hier nicht dumm rum!", brüllte Franck ihn an. „Holen Sie Ihr Werkzeug, und ersetzen Sie die Dinger!"

„Ich glaube, es liegt am Elektroofen, Herr Major", ließ sich ein junger Koch mit bekümmerter Miene vernehmen. „Melde gehorsamst, Herr Major, sie haben hinter dem Ofen geputzt, und da gab's einen Knall ..."

„Wer? Wer hat hier geputzt?"

„Irgendwer von der Putztruppe eben."

Franck wusste nicht, was er davon halten sollte. Das Schloss befand sich offenkundig unter Attacke, aber wo war der Feind? Er lief wieder zurück ins Treppenhaus und von dort ins obere Stockwerk, wo sich die Büros befanden.

Als er an der Biegung der Treppe weiter unten eine Bewegung wahrnahm, blickte er zurück. Eine groß gewachsene Frau in einem Putzkittel kam aus dem Keller. Sie trug einen Eimer und einen Mopp bei sich.

Franck blieb wie angewurzelt stehen. Seine Gedanken überschlugen sich. Was hatte diese Frau da unten zu suchen? Den Keller durften doch nur Deutsche betreten. Aber hatte der Koch nicht gerade behauptet, dass jemand von der Putztruppe an dem Kurzschluss schuld sei?

Er eilte die Treppe wieder hinunter. „Was haben Sie im Keller gemacht?“, fragte er die Frau auf Französisch.

„Ich wollte da putzen, aber dann ist das Licht ausgegangen.“

Franck runzelte die Stirn. „Sie haben dort keinen Zutritt.“

„Ja, das hat mir der eine Soldat auch gesagt. Sie putzen selber, aber das wusste ich nicht.“

„Kommen Sie mit.“ Er packte sie mit festem Griff am Arm und führte sie zur Küche. „Erkennen Sie diese Frau?“, fragte er den Koch.

„Jawohl, Herr Major. Sie hat hinter dem Ofen geputzt.“

„So ist es, Monsieur. Es tut mir Leid, wenn ich was kaputt gemacht habe“, entschuldigte sich die Frau.

Da erkannte Franck ihren Akzent. „Sie sind Deutsche. Dreckige Verräterin! Du wirst mir alles erzählen, was ich wissen will.“

FLICK öffnete die Tür mit der Aufschrift VERHÖRZENTRALE, trat ein, schloss die Tür hinter sich und ließ den Strahl ihrer Taschenlampe durch den Raum gleiten. Niemand da. Sie war verwirrt. Ruby musste doch irgendwo hier sein.

Jetzt erst entdeckte Flick eine Tür, die vermutlich in ein Hinterzimmer führte. Sie öffnete sie und trat hindurch. Gefesselt lag Ruby auf einer Art Operationstisch. Vor Entsetzen hielt Flick den Atem an und eilte zu dem Tisch. „Ruby, kannst du mich hören?“

Ruby stöhnte, und Flicks Herz schlug höher: Sie lebte noch! „Ich mach dich los.“ Sie legte ihre Sten auf den Tisch und machte sich daran, die Gurte aufzuschnallen.

„Flick …“, brachte Ruby heraus.

„Was ist?“

„Hinter dir!“

Flick sprang zur Seite. Etwas Schweres strich an ihrem Ohr entlang und krachte heftig auf ihre linke Schulter. Sie schrie auf vor Schmerz, ließ die Taschenlampe fallen und stürzte zu Boden. Der Anblick Rubys hatte sie dermaßen schockiert, dass sie es unterlassen hatte, den Raum gleich beim Betreten mit der Lampe auszuleuchten. Irgendwer hatte im Dunkeln gelauert und sich von hinten an sie herangeschlichen.

Sie tastete auf dem Fußboden nach ihrer Taschenlampe, doch noch ehe sie sie gefunden hatte, gingen die Lichter wieder an. Sie blinzelte und sah einen gedrungenen, stämmigen Mann mit einem runden Kopf und sehr kurz geschnittenem Haar. Hinter ihm stand Ruby, die noch im Dunkeln einen Gegenstand ergriffen hatte, der sich jetzt als Stahlstange entpuppte. Mit Wucht hieb Ruby sie dem Mann über den Schädel. Es war ein lähmender Schlag. Der Mann sackte zu Boden und blieb reglos liegen.

„Darf ich dir Oberscharführer Becker vorstellen?", fragte Ruby.

„Ist dir auch nichts passiert?"

„Mir tut alles weh, aber diesem Scheißkerl werd ich's heimzahlen." Sie packte Becker an seinem Uniformhemd, zerrte ihn hoch und hievte ihn auf den Operationstisch. Dort gurtete sie ihn an Hand- und Fußgelenken fest und legte die Kopfklammer an. Schließlich nahm sie den Hartgummizylinder, der mit dem Elektroschockgerät verbunden war, und stopfte ihn Becker in den Mund. Dann trat sie an den Apparat und fummelte am Schalter herum.

Der Mann auf dem Tisch stieß einen erstickten Schrei aus, und sein Körper bäumte sich krampfhaft auf.

Sie ließen den zuckenden und sich windenden Becker liegen und liefen hinaus. Flick sah auf ihre Uhr. Zwei Minuten waren vergangen, seit Jelly die Zündschnüre in Brand gesetzt hatte.

Sie traten in den Korridor. Die allgemeine Verwirrung hatte sich gelegt. In der Nähe des Eingangs standen drei Soldaten und unterhielten sich ruhig. Flick ging rasch auf sie zu. Ruby folgte ihr dicht auf den Fersen. Flicks Instinkt sagte ihr, einfach an den Uniformierten vorbeizugehen und sich dabei auf ihre selbstbewusste Miene zu verlassen, doch dann sah sie durch die Türöffnung die große Gestalt Dieter Francks auf sich zukommen. Eine Person, die sie nicht genau erkennen konnte, war bei ihm.

Sofort öffnete Flick die nächste verfügbare Tür; sie war mit FUNKRAUM bezeichnet. Niemand war drin, und die beiden Frauen schlüpften hinein.

„Hauptsturmführer, wo sind die beiden Männer, die den Zugang bewachen sollten?", hörte Flick eine deutsche Stimme. Sie vermutete, dass es Franck war, der einen der drei Soldaten anbrüllte.

„Das weiß ich nicht, Herr Major. Ich habe mich soeben selbst bei den Kameraden hier erkundigt."

„Oberscharführer, dann übernehmen Sie und der Unterscharführer hier den Posten. Und Sie, Hauptsturmführer, gehen hinauf in Sturmbannführer Webers Büro und teilen ihm mit, dass ich ihm dringend empfehle, eine Durchsuchung des Kellergeschosses durchzuführen. Wegtreten!"

Einen Moment später hörte man Franck und die zweite Person am Funkraum vorbeigehen. Flick wartete und lauschte. Als eine Tür knallte, riskierte sie einen Blick hinaus auf den Korridor. Die Luft war rein. „Los!"

Ruhig gingen sie auf den Kellereingang zu.

„Was tun Sie denn hier?", fragte der Unterscharführer auf Französisch.

Flick hatte sich schon eine Antwort zurechtgelegt. „Meine Freundin Valérie ist neu bei uns. In dem Chaos nach dem Stromausfall hat sie sich verlaufen."

Der Unterscharführer zögerte, doch der Oberscharführer sagte auf Deutsch: „Wir sollen sie draußen halten, nicht hier drin festhalten." Er lachte und winkte die beiden Frauen durch.

FRANCK fesselte seine Gefangene an einen Stuhl. Er betrachtete die Frau und fragte sich, wie viel Zeit ihm noch blieb. Eine Agentin war auf der Straße vor dem Schloss verhaftet worden. Eine zweite – wenn sie denn eine Spionin war – hatte er eben erwischt. Und die anderen? Warteten sie irgendwo darauf, ins Schloss gelassen zu werden? Oder befanden sie sich bereits im Gebäude?

Er begann mit dem traditionellen Schlag ins Gesicht. „Wo sind Ihre Komplizinnen?"

Ihre Wange lief rot an, und Franck studierte ihren Gesichtsausdruck. Er war ihm ein Rätsel. Die Frau wirkte ausgesprochen glücklich.

„Sie befinden sich im Schlosskeller", erklärte er. „Hinter der Tür dort ist die Folterkammer. Auf der anderen Seite, hinter dieser Trennwand, sind die technischen Anlagen der Fernmeldezentrale. Wir befinden uns am Ende eines Ganges, in einer Sackgasse sozusagen. Wenn Ihre Mitkämpferinnen das Schloss in die Luft jagen, werden wir beide hier drin gemeinsam sterben."

Die Gefangene verzog keine Miene.

Vielleicht wollten sie das Schloss gar nicht in die Luft jagen. Aber was dann? „Sie sind Deutsche", fuhr Franck fort. „Warum helfen Sie den Feinden Ihres Vaterlandes?"

Endlich machte die Frau den Mund auf. „Das will ich Ihnen gern erzählen", antwortete sie in Hamburger Tonfall. „Vor vielen Jahren hatte ich einen Geliebten. Er hieß Manfred. Ihr Nazis habt ihn verhaftet und ins KZ geschleppt. Als er mir genommen wurde, habe ich mir geschworen, dass ich mich eines Tages dafür rächen würde. Und heute ist dieser

Tag." Sie lächelte glücklich. „Euer Banditenregime ist fast am Ende. Und ich habe dazu beigetragen, ihm den Rest zu geben."

Irgendwas stimmt hier nicht, dachte Franck. Sie redet, als wäre das Unheil längst geschehen. Ihm kam ein schrecklicher Verdacht. „Warum erzählen Sie mir das alles? Versuchen Sie mich abzulenken, während Ihre Komplizinnen sich aus dem Staub machen? Wollen Sie etwa Ihr Leben für den Erfolg dieses Anschlags opfern?"

Sie lächelte nur.

Francks Gedankengang wurde von einem schwachen Geräusch aus dem angrenzenden Raum unterbrochen. Er sprang auf und lief in die Folterkammer. Dort sah er die untersetzte Gestalt Beckers reglos auf dem Tisch liegen. „Oberscharführer!", rief er. „Können Sie mich hören? Was ist passiert?"

Er bekam keine Antwort.

IM ERDGESCHOSS ging alles seinen normalen Gang. Flick und Ruby passierten rasch die Telefonistinnen, die alle schwer beschäftigt vor ihren Schalttafeln saßen, leise in die Mikrofone ihrer Kopfhörer sprachen und Stecker in Buchsen steckten, um die Entscheidungsträger in Berlin, Paris und der Normandie miteinander zu verbinden. Flick sah auf ihre Armbanduhr. In genau zwei Minuten würden alle diese Verbindungen zerstört werden und der deutsche Militärapparat auseinander fallen.

Jetzt müssen wir nur noch hier raus, dachte Flick. Sie verließen das Gebäude ohne Zwischenfall. Doch im Schlosshof kam ihnen Jelly entgegen.

„Wo ist Greta?", fragte sie.

„Die ist doch mit dir gegangen", antwortete Flick.

„Ich habe noch die Bombe im Generatorraum gelegt. Greta wollte vorgehen. Aber bei Antoinette ist sie nie angekommen. Paul hat sie nicht gesehen."

Flick war bestürzt. „Dann muss sie noch da drin sein!"

„Ich hol sie raus", sagte Jelly entschlossen. „Sie hat mich in Chartres vor der Gestapo gerettet, das bin ich ihr schuldig."

Flick sah auf ihre Uhr. „Uns bleiben keine zwei Minuten mehr. Aber versuchen wir's!"

Alle drei liefen sie wieder ins Schloss. Die Frauen an den Schaltbrettern starrten sie verwundert an, als sie durch die Räume rannten. Im Treppenhaus angekommen, fragte plötzlich eine Stimme von oben: „Was geht hier vor?"

Flick erstarrte und warf einen Blick zurück. Auf der Treppe, die vom Obergeschoss herabführte, standen vier Männer. Einer von ihnen trug die Uniform eines SS-Sturmbannführers und richtete seine Pistole auf sie. Flick erkannte den Mann, der Michel verwundet hatte.

„Was wollen Sie von uns?“, fragte sie. „Wir sind die Putzfrauen.“

„Kann sein“, erwiderte Weber. „Aber hier in der Gegend treibt eine Bande feindlicher Agentinnen ihr Unwesen. Hände hoch!“

Flick gehorchte und warf dabei einen Blick auf ihre Armbanduhr. Noch 30 Sekunden.

„Treppe runter!“, befahl Weber.

Widerstrebend setzte sich Flick in Bewegung. Ruby und Jelly folgten ihr, dann die vier Männer. Am Fuß der Treppe blieb Flick stehen. 20 Sekunden.

„Sie schon wieder?“, fragte einer der Wachtposten.

„Sprechen Sie mit Ihrem Vorgesetzten“, erwiderte Flick.

„Weitergehen!“, schnauzte Weber sie an.

Noch fünf Sekunden.

Sie traten durch den Kellereingang, als es einen ohrenbetäubenden Knall gab.

Am anderen Ende des Korridors wurden die Trennwände eines der Technikräume nach außen gesprengt. Flammen schossen über den Schutt hinweg. Flick war von der Druckwelle umgeworfen worden. Sie rappelte sich aber sofort wieder auf, zog die Maschinenpistole unter ihrem Kittel hervor und fuhr blitzartig herum. Rechts und links von ihr lagen Jelly und Ruby. Die Wachtposten sowie Weber und seine drei Begleiter waren ebenfalls zu Boden gegangen. Flick drückte ab.

Von den sechs Deutschen hatte nur Weber seine Geistesgegenwart behalten. Während Flick die Männer mit einem Kugelhagel eindeckte, feuerte er seine Pistole ab. Jelly, die gerade wieder auf die Beine gekommen war, stieß einen Schrei aus und fiel zurück. Unmittelbar danach wurde Weber von einem Schuss aus Flicks MP in die Brust getroffen und sackte zusammen.

Ruby beugte sich über Jelly und tastete nach ihrem Puls. „Sie ist tot.“

Flick spähte zum anderen Ende des Korridors, wo sie Greta vermutete. Aus dem Technikraum leckten Flammen, doch die Wand der Verhörzentrale schien unversehrt zu sein.

Flick lief direkt auf das Inferno zu.

FRANCK kam wieder zu sich. Er lag auf dem Boden und wusste nicht, wie er dahin gekommen war. Dann hörte er das Prasseln von Flammen und roch den Rauch. Er rappelte sich auf und warf einen Blick in das Vernehmungszimmer. Mit einem Blick erkannte er, dass ihm die Ziegelmauern der Folterkammer das Leben gerettet hatten. Die Trennwand zwischen Verhör- und Technikraum war verschwunden. Die wenigen Möbelstücke im Vernehmungszimmer waren gegen die Wand geschleudert worden. Der Gefangenen war es nicht anders ergangen; sie lag, noch immer an den Stuhl gefesselt, auf dem Boden. Ihr Genick war gebrochen. Der Technikraum stand in Flammen, und das Feuer breitete sich rasend schnell aus.

Die Tür zum Verhörzimmer ging auf, und mit einer Maschinenpistole im Anschlag erschien Felicity Clairet auf der Schwelle. Sie trug eine dunkle Perücke, die ein wenig verrutscht war, sodass ihr blondes Haar darunter sichtbar wurde. Hätte Franck in diesem Moment eine Waffe in der Hand gehabt, er hätte sie in blinder Wut sofort niedergemäht. Aber es war sie, die eine Waffe in der Hand hielt.

Zunächst nahm sie ihn gar nicht wahr, sondern starrte auf die Leiche ihrer Kameradin. Doch dann sah die Leopardin herüber, und ihre Blicke trafen sich. Und als Felicity Clairet die Waffe hob, verzog ein Anflug von Rachsucht ihren Mund.

Franck duckte sich in die Folterkammer zurück, als die Projektile Ziegelsplitter aus der Mauer fetzten. Er zog seine Walther und zielte auf die Tür, durch die seine Gegnerin kommen musste. Aber sie kam nicht. Er riskierte einen Blick hinaus. Sie war fort. Er stürmte durch den brennenden Vernehmungsraum und lief auf den Korridor. Die Clairet und eine zweite Frau rannten auf dessen anderes Ende zu.

Im selben Moment, als Franck seine Waffe hob, fuhr ihm ein brennender Schmerz durch den Arm. Er schrie auf und ließ die Walther fallen. Sein Ärmel hatte Feuer gefangen, und er riss sich das Jackett vom Leib.

Als er wieder aufsah, waren die Frauen verschwunden. Franck hob seine Pistole auf und lief ihnen nach. Unterwegs roch er Treibstoff. Hatten die Saboteurinnen auch eine Zuleitung zerstört? Dann würde der gesamte Keller jeden Moment wie eine gigantische Bombe explodieren.

IRGENDWER hatte Feueralarm ausgelöst, und Sirenengeheul dröhnte durchs Schloss, als Flick mit Ruby durch die Vermittlungszentrale jagte. Die Telefonistinnen verließen ihre Arbeitsplätze und drängten sich vor den Türen. Unvermittelt sahen sich Flick und Ruby eingekeilt. Sie kämpften sich zum Haupteingang durch und liefen die Treppe hinunter.

Auf dem Platz stand Mouliers Fleischtransporter. Er war rückwärts vor das Schlosstor gefahren worden, der Motor lief, die Hintertüren waren offen. In der Nähe des Tors lagen tote Wachsoldaten. Mit einem Gewehr in der Hand stand Paul neben dem Wagen und blickte voller Sorge durch die Stäbe des schmiedeeisernen Gitters.

Der schönste Anblick meines Lebens, dachte Flick.

Zusammen mit Ruby stürmte sie durch das große Tor und hechtete in den Lieferwagen. Im Wegfahren sah sie, dass Franck auf den Parkplatz zurannte, auf dem sein himmelblauer Hispano-Suiza stand.

Im selben Moment erreichten die Flammen im Keller die Dieseltanks.

Es gab ein tiefes Grollen wie ein Erdbeben. Der Parkplatz explodierte; Kies, Erde und Betonplatten flogen durch die Luft. Die Hälfte der abgestellten Autos wurde umgeworfen, und auf alle regneten große Steine und Ziegelbrocken herab. Franck wurde zurückgeschleudert und landete auf den Treppenstufen. Dann bog der Lieferwagen vom Platz ab, und das Schlossgelände verschwand aus Flicks Blickfeld.

Mit Höchstgeschwindigkeit jagte Paul davon. Während Flick und Ruby auf dem Bodenblech der Ladefläche durchgeschüttelt wurden, blieb Sainte-Cécile hinter ihnen zurück. Erst ganz allmählich begriff Flick, dass die Dohlen ihre Mission erfüllt hatten.

Wirkliche Freude über ihren Erfolg empfand sie allerdings nicht, denn sie hatten einen furchtbar hohen Tribut bezahlen müssen: Greta und Jelly waren tot, und wenn Diana und Maude noch lebten, so befanden sie sich vermutlich in einem Konzentrationslager und sahen dort dem Tod entgegen. Doch als sich Flick noch einmal die Bilder der brennenden Telefonzentrale und des explodierenden Parkplatzes ins Gedächtnis rief, verspürte sie eine wilde innere Genugtuung.

Sie sah Ruby an, die breit grinste. „Wir haben's geschafft!" Ruby nahm sie in die Arme und drückte sie fest.

MÜHSELIG kam Franck wieder auf die Beine und starrte auf das Bild der Zerstörung um sich herum. Die Dohlen hatten ihren Auftrag erfolgreich durchgeführt. Aber sie befanden sich noch immer auf französischem Boden – und damit bestand noch immer die Chance, Felicity Clairet zu verhaften und zu verhören und die Niederlage noch in einen Sieg zu verwandeln. Ihren Plan kannte er: Irgendwann in der kommenden Nacht würde sie sich von einem Flugzeug auf einem Feld in der Nähe von Reims abholen lassen. Er musste nur noch herausfinden, wo und wann.

Und er wusste auch schon, wer ihm das verraten würde. Ihr Ehemann.

LETZTER TAG. DIENSTAG, 6. JUNI 1944

Franck saß auf einer Bank am Bahnsteig. Der Gefangenenzug aus Paris hatte mehrere Stunden Verspätung. Ihm blieb nichts anderes übrig, als zu warten. Der Zug war sein letzter Trumpf.

Wut zerfraß ihm das Herz. Er war gedemütigt und besiegt worden – von einer Frau. Sie war immer um eine Finte besser gewesen als er. Aber er würde sie doch noch kriegen. Er würde sie die schlimmsten Folterqualen erleiden lassen. Und dann würde sie reden.

Kurz nach Mitternacht fuhr der Zug endlich ein. Franck roch den Gestank, noch bevor der Zug zum Stehen kam. Keiner der willkürlich aneinander gekoppelten Wagen war ursprünglich für den Personentransport vorgesehen. Außer Güter- und Viehwaggons war sogar ein Postwagen dabei, dessen schmale Fenster zerborsten waren. Jeder Waggon war mit Menschen überfüllt. Die Seitenwände der Viehwaggons hatten oben Schlitze. Die Gefangenen streckten ihre Arme durch diese Lücken, zeigten die nach oben gekehrten Handflächen und bettelten darum, herausgelassen zu werden, flehten um etwas zu essen, vor allem aber um Wasser.

Franck hatte zwei Scharführer der Waffen-SS bei sich, beide gute Schützen. Jetzt wandte er sich ihnen zu und befahl: „Holen Sie Clairet!“

Die zwei SS-Männer brachten ihn auf den Bahnsteig. Man hatte ihm die Hände auf den Rücken gebunden und, damit er nicht weglaufen konnte, auch Fußfesseln angelegt. Zwar bemühte er sich noch immer um ein gewisses forsches Auftreten, um sich selbst Mut zu machen, aber der Versuch misslang. Er bot das Bild eines Besiegten.

Franck nahm ihn beim Arm und führte ihn näher an den Zug heran. Zunächst schien Clairet gar nicht zu verstehen, was er da sah. Doch als er die bettelnden Hände erkannte und die Mitleid erregenden Stimmen vernahm, taumelte er, als hätte man ihn geschlagen.

„Ich brauche ein paar Informationen“, sagte Franck.

Clairet schüttelte den Kopf. „Lassen Sie mich mit in den Zug. Diese Leute sind mir eine liebere Gesellschaft als Sie.“

„Ich will wissen, wo das Flugzeug für die Dohlen landet. Und wann.“

Clairet starrte ihn an. „Sie haben sie nicht erwischt.“ Plötzlich lag ein Hoffnungsschimmer auf seinem Gesicht. „Sie haben das Schloss in die Luft gejagt, was? Sie haben’s geschafft!“ Er warf den Kopf zurück und stieß einen Jubelschrei aus. „Großartig, Flick!“

Franck führte ihn langsam an dem gesamten Zug entlang und blieb vor einem Waggon voller Frauen stehen, die ihn auf Französisch und Deutsch anbettelten.

Franck winkte, und Hesse trat aus dem Dunkel. Er führte eine junge Frau mit sich. Ihr Gesicht war gespenstisch bleich, ihr Haar hing in Strähnen herab, und ihre Lippen waren wund. Sie schien sehr schwach zu sein und konnte nur mit Mühe gehen. Es war Gilberte.

Clairet stöhnte auf.

„Wo und wann wird das Flugzeug landen?“, wiederholte Franck. Als Clairet schwieg, befahl er: „Schafft sie in den Zug!“

Ein Wachtposten zog die Tür des Waggons auf. Während zwei andere Soldaten die Frauen im Waggon mit Bajonetten in Schach hielten, stieß der Posten Gilberte hinein. „Nein!“, schrie sie. „Nein, bitte nicht!“

Der Posten wollte die Tür wieder zuziehen, doch Franck sagte: „Warten Sie.“ Er beobachtete Clairet, dem Tränen über das Gesicht strömten.

„Bitte, Michel!“, rief Gilberte. „Ich flehe dich an!“

Clairet nickte. „Ich tu’s. Lassen Sie sie raus.“

„Zeit und Ort.“

„Ein Kartoffelfeld östlich von Laroque, zwei Uhr morgens.“

Franck sah auf seine Armbanduhr. Es war Viertel nach zwölf. „Bringen Sie uns hin!“

FRANCK hatte eine Mercedes-Limousine requiriert, die außerhalb des Schlossgeländes abgestellt gewesen und somit der Explosion entgangen war. Der Wagen parkte jetzt am Rand eines Weinbergs gleich neben dem Kartoffelfeld und war mit dicht belaubten Reben getarnt worden. Michel Clairet und Gilberte Duval saßen im Fond. Sie waren an Händen und Füßen gefesselt und wurden von Hesse bewacht.

Franck hatte draußen die beiden mit Gewehren bewaffneten Scharführer der Waffen-SS bei sich. Vor ihren aufmerksamen Augen erstreckte sich der Kartoffelacker klar und deutlich sichtbar im Mondlicht.

„Die englischen Spione werden in wenigen Minuten eintreffen“, erklärte Franck den Männern. „Aber denken Sie dran: Ich muss sie lebend haben, vor allem die Anführerin, dieses kleine blonde Weib. Schießen Sie sie also nur kampfunfähig, nicht tot.“

Alle drei hielten inne und lauschten. Ein motorisiertes Fahrzeug näherte sich. Sie knieten nieder. So waren sie vor dem Hintergrund der dicht stehenden dunklen Weinstöcke nicht zu sehen.

Vom Dorf her rumpelte ein Lieferwagen mit ausgeschalteten Scheinwerfern heran und blieb vor dem Gattertor zum Kartoffelfeld stehen. Zwei Frauen und ein Mann stiegen aus.

„Ganz ruhig jetzt“, wisperte Franck.

In diesem Augenblick wurde die Stille vom Tuten einer Autohupe durchbrochen. Es klang unglaublich laut. Franck fuhr zusammen und fluchte. Der Lärm kam vom Mercedes. Franck sprang auf, lief zur Fahrertür und erkannte sofort, was passiert war.

Clairet hatte sich über den Vordersitz gebeugt und, bevor ihn Hesse daran hatte hindern können, mit seinen gefesselten Händen auf die Hupe gedrückt. Zwar versuchte der auf dem Beifahrerplatz sitzende Leutnant seine Pistole zu ziehen, doch Gilberte hatte sich auf ihn geworfen und schränkte seine Bewegungsfreiheit ein. So dröhnte die Hupe ihre ohrenbetäubende Warnung weiter in die Nacht.

Franck griff nach seiner Waffe.

In diesem Moment fand Clairet den Schalter für die Scheinwerfer, und sie gingen an. Franck blickte zurück. Seine beiden Schützen waren im Lichtkegel furchtbar exponiert. Schon ertönte vom Feld her das Rattern einer Maschinenpistole. Einer der Männer krampfte die Hände um seinen Bauch und fiel zu Boden. Den zweiten streckte ein Kopftreffer nieder.

Da erklang auch im Innern des Mercedes ein Schuss, und Clairet schrie auf. Hesse war es endlich gelungen, sich von Gilberte zu befreien und seine Pistole zu ziehen. Er feuerte ein zweites Mal, und Clairet sackte zusammen. Doch seine Hand lag unter dem Gewicht seines Körpers noch immer auf der Hupe, und der grauenvolle Lärm dauerte an.

Gilberte kreischte, warf sich erneut gegen Hesse und zerrte mit ihren gefesselten Händen an seinem Schussarm. Unterdessen hatte auch Franck seine Pistole gezogen. Er konnte jedoch nicht auf Gilberte schießen, weil er befürchten musste, dabei auch den Leutnant zu treffen.

Ein weiterer Schuss fiel, wiederum aus Hesses Waffe. Doch diesmal war die Pistole durch das Gerangel mit der Gefangenen in dem Moment, als er abdrückte, nach oben gerichtet. Die Kugel traf ihn unter dem Kinn, und er sank rückwärts gegen die Tür.

Franck zielte sorgfältig und tötete Gilberte mit einem Kopfschuss. Dann streckte er den Arm durch das geöffnete Autofenster und schob Clairets Leiche vom Lenkrad. Endlich schwieg die Hupe. Franck fand den Schalter für die Scheinwerfer, und auch sie erloschen.

Er ließ seinen Blick über das Kartoffelfeld schweifen. Der Lieferwagen stand noch da, doch die Dohlen waren verschwunden. Franck lauschte. Nichts rührte sich. Er war allein.

AUF HÄNDEN und Füßen kroch Flick durch die Reben. Ihr Ziel war Francks Wagen. Sie hoffte auf eine Wolke, die sich vor den Mond schob, doch im Augenblick war der Himmel sternenklar. Sie hatte Paul und Ruby streng angewiesen, zurückzubleiben und sich am Feldrand in der Nähe ihres Fahrzeugs zu verstecken. Drei Menschen machten den dreifachen Lärm – und sie wollte nicht, dass Begleiter ihre Anwesenheit verrieten.

Sie lauschte, ob das Flugzeug schon zu hören war. Sie musste jeden noch vorhandenen Feind stellen und töten, bevor die Maschine eintraf, denn sie konnten sich nicht mit ihren Taschenlampen auf den Acker stellen, solange zwischen den Reben noch Deutsche hockten und jederzeit auf sie feuern konnten. Standen sie aber nicht mit den Signallichtern bereit, würde das Flugzeug gar nicht erst landen, sondern ohne sie nach England zurückkehren – eine unerträgliche Vorstellung.

Fünf Reihen Rebstöcke trennten sie jetzt noch von Francks Wagen. Sie wollte den Feind von hinten überraschen. Während sie vorankroch, hielt sie die Maschinenpistole schussbereit in der rechten Hand. Der Wagen war mit Reben getarnt, doch sie sah die Reflexion des Mondlichts im Rückfenster. Mit jeder Bewegung, die sie näher an das Auto heranbrachte, wuchs ihre Wachsamkeit. Noch immer war kein Mensch zu sehen.

Zwei Reihen vor dem Rand des Weinbergs konnte sie zwei bewegungslose Körper in Uniform ausmachen. Wie viele waren insgesamt gekommen? In den Mercedes passten problemlos sechs Personen hinein.

Sie kroch wieder ein Stück näher. Noch immer keine Bewegung. Waren sie alle tot? Oder waren doch noch einer oder zwei am Leben und hielten sich in der Nähe verborgen?

Sie befand sich jetzt unmittelbar vor dem Wagen. Die Türen standen weit offen. Im Innenraum lagen anscheinend lauter Leichen. Auf dem Vordersitz erkannte sie Michel. Sie unterdrückte ein Aufschluchzen. Sie nahm an, dass er es gewesen war, der auf die Hupe gedrückt hatte, und wenn dem so war, hatte er ihr mit seinem Tod das Leben gerettet.

Neben Michel war ein Leutnant zusammengesunken. Er hatte eine Schusswunde am Hals. Im Fond lagen zwei weitere Leichen. Flick erkannte, dass eine Frau darunter war. Sie hielt die Luft an. Es war Gilberte.

Flick beugte sich über das tote Mädchen, um auch die vierte Leiche zu inspizieren. Plötzlich jedoch kam Leben in den Toten, und ehe Flick auch nur schreien konnte, wurde sie am Haar gepackt, und ein Pistolenlauf bohrte sich in das weiche Fleisch ihrer Kehle.

Es war Franck. „Lassen Sie die Waffe fallen!“, befahl er auf Französisch. „Und zurück!“

Sie trat einen Schritt nach hinten. Franck stieg aus dem Wagen und folgte ihr, die Waffe nach wie vor auf ihren Hals gepresst.

„Sie sind so klein." Er musterte sie von oben bis unten. „Und haben so viel Schaden angerichtet."

Sie fand ihre Stimme wieder. „Gut."

„Kein Grund zur Selbstzufriedenheit, denn jetzt werden Sie der Résistance Schaden zufügen. Sie werden mir schon bald alle Namen und Adressen verraten, die Sie im Kopf haben."

Sie dachte an die Selbstmordpille in der hohlen Kappe ihres Füllfederhalters. Die Frage war nur, ob sie überhaupt noch die Chance bekam, sie zu schlucken.

„Ich frage mich, was Sie wohl am ehesten zum Reden bringt." Er berührte ihr Gesicht. „Die Zerstörung Ihrer Schönheit vielleicht. Stellen Sie sich mal vor, wie dieses hübsche Gesicht aussehen wird, wenn es verunstaltet wurde."

Flick wurde übel, doch sie verzog keine Miene.

Franck drückte weiter seine Pistole gegen sie und fasste mit der anderen Hand in seine Tasche. Er zog ein Paar Handschellen heraus. „Geben Sie mir Ihre Hände."

Hilflos kam sie der Aufforderung nach.

Er schloss eine Handschelle um ihr linkes Handgelenk und wollte nach ihrer Rechten fassen. In diesem Augenblick unternahm sie einen letzten, verzweifelten Versuch. Mit der handschellenbewehrten Linken schlug sie seitwärts aus und drückte damit die Pistole von sich weg. Gleichzeitig schob sie die Rechte unters Revers ihrer Jacke und zog das kleine Messer aus der darunter verborgenen Scheide. Sie machte einen Satz nach vorn und stieß Franck das Messer direkt ins linke Auge.

Er schrie vor Qual auf und feuerte, doch der Schuss ging in die Luft. Er stolperte rückwärts, doch Flick setzte ihm nach und trieb das Messer mit dem Handballen immer weiter hinein, bis sie ihm die Waffe fast vollends in den Kopf getrieben hatte. Franck fiel rücklings auf den Boden und ließ seine Walther fallen.

Flick nahm die Pistole in beide Hände und legte auf ihn an. Aber er rührte sich nicht mehr. Sie hörte, wie jemand auf sie zurannte.

Es war Paul. „Flick! Bist du okay?"

Sie nickte. Noch immer zielte sie auf Franck.

„Ich glaube, das ist nicht mehr nötig." Sachte zog Paul ihre Hände zu sich, nahm ihr die Waffe ab und sicherte sie.

Plötzlich war auch Ruby bei ihnen. „Hört nur, hört!", rief sie.

Flick nahm das Dröhnen einer Hudson wahr.

„Kommt, wir gehen“, sagte Paul.

Sie rannten auf das Feld hinaus und stellten sich mit ihren Lampen in Position, damit das Flugzeug landen und sie nach Hause bringen konnte.

STARKE Winde wehten, und es regnete immer wieder, als sie den Ärmelkanal überflogen. In einer ruhigeren Phase kam der Navigator zu ihnen in die Passagierkabine. „Wollen Sie vielleicht mal einen Blick nach draußen werfen?“

Alle drei waren eingedöst, sie waren fix und fertig. Flick lag in Pauls Armen und hatte keine Lust aufzustehen.

Doch der Navigator ließ nicht locker. „Beeilen Sie sich! So was sehen Sie bis an Ihr Lebensende nicht mehr, und wenn Sie hundert werden.“

Die Neugier siegte über Flicks Müdigkeit. Sie stand auf und taumelte an das kleine Fenster. Ruby tat es ihr nach, und der Pilot legte die Maschine entgegenkommenderweise ein wenig auf die Seite.

Die See war kabbelig, und es wehte eine steife Brise, doch der Vollmond schien, sodass Flick alles ganz deutlich sehen konnte. Zuerst wollte sie ihren Augen nicht trauen. Unmittelbar unter dem Flugzeug fuhr ein waffenstarrendes graues Kriegsschiff. Längs daneben befand sich ein kleiner Ozeandampfer, dessen weiß gestrichener Rumpf im Mondlicht schimmerte. Dahinter schwammen Lastkähne, Truppentransporter, verbeulte alte Tanker und große, flache Landungsboote. Schiffe, Schiffe, Schiffe, so weit das Auge reichte.

Es müssen hunderte sein, dachte Flick. „Paul, schau dir das an!“

Er kam zu ihr und stellte sich neben sie. „Menschenskind! Ich wusste gar nicht, dass es auf dieser Welt so viele Schiffe gibt.“

„Was glauben Sie, wie viele das sind?“, fragte Ruby.

„Ich hab was von 5000 gehört“, antwortete der Navigator.

„Unglaublich“, staunte Flick.

„Ich gäb was drum, wenn ich dabei sein könnte“, sagte der Navigator. „Sie nicht auch?“

Flick sah Paul und Ruby an, und alle drei grinsten.

„Wir sind es“, antwortete Flick. „Wir sind doch längst dabei.“

KEN FOLLETT

Foto: Barbara Follett

„Mein ganzes Leben schon empfinde ich riesiges Vergnügen daran, anderen gute Geschichten zu erzählen."

Nach Ausflügen in das Mittelalter und die Gegenwart kehrt Ken Follett mit *Die Leopardin* in eine Epoche zurück, in der schon *Die Nadel* spielte, sein Debüt von 1978, das seinen weltweiten Erfolg begründet hat. Was fasziniert ihn so sehr an diesem Zeitabschnitt? „Der Zweite Weltkrieg war das größte Drama der Menschheitsgeschichte", erklärt der Autor, „ein wahrer Kampf zwischen Gut und Böse. Schriftsteller werden deshalb in diesem Umfeld immer ihre Geschichten finden, und das Publikum wird sie immer lesen wollen."

Der 1949 geborene Waliser hat selbst nur die Nachwehen des Krieges erlebt, es bedurfte also aufwändiger Recherche, bevor er sich ans Schreiben machen konnte. „Dennoch ist dies der leichteste Teil meiner Arbeit. Habe ich die Informationen beisammen, entwerfe ich die Handlung, das bereitet mir die meiste Freude. Am schwierigsten ist dagegen die erste Fassung, weil alles sehr konkret werden muss. Und am befriedigendsten ist die Überarbeitung, weil sie ein Buch stets verbessert."

Das erklärt, warum der mit seiner zweiten Frau in London lebende ehemalige Journalist für einen Roman zwei Jahre benötigt. Da er Tag für Tag mit der Gleichmäßigkeit eines Büroangestellten am Schreibtisch sitzt, sind ihm seine Hobbys als Ausgleich wichtig. Besonders populär sind dabei seine Auftritte als Bassgitarrist in einer Blues-Band, mit denen er regelmäßig Schwung in Bücherfeste und Messeempfänge bringt.

Stefanie Zweig

WIEDERSEHEN

MIT AFRIKA

Die Fülle und die Unendlichkeit der Landschaft betäubten Stellas Sinne. Und die Menschen mit ihrem Charme, ihrer Pfiffigkeit und Wendigkeit verzauberten sie.

EINLEITUNG

Dies ist die Geschichte von Stella und Lilly, deren ersten Teil ich in meinem Roman „Karibu heißt willkommen“ erzählt habe. Meinen neu hinzukommenden Lesern möchte ich mit der folgenden Einführung die Möglichkeit geben, die Personen und ihre Vorgeschichte kurz kennen zu lernen.

„Karibu“ heisst in der Suahelisprache „Willkommen“. Der britische Farmer Brian Hood erwählt dieses schöne Wort für den Namen seiner Farm am Fuße des Mount Kenya. In diesem Naturparadies mit einem Wasserfall, einem Teppich aus blühenden Aloen, mit Gazellen und Impalas, wachsen die Mädchen Stella, Brians Tochter, und Lilly aus dem Stamm der Kikuyu wie Schwestern auf, da Stellas Mutter bei der Geburt gestorben ist.

Chebeti, die das Haus besorgt, stillt Stella zusammen mit ihrer eigenen Tochter Lilly. Schon da liebt die schwarze Frau das blonde Kind mit den blauen Augen mehr als ihre leibliche Tochter.

Brian erkennt früh, wie klug und wissbegierig die schöne Lilly ist. Er bringt ihr Englisch bei, erweckt ihr Interesse an der Malerei, und schließlich malt er Lilly an der Schwelle der Reife. Das Bild wird beiden zum Verhängnis.

Kenias Streben nach Unabhängigkeit und damit der blutige Mau-Mau-Aufstand erreichen Karibu. Das Farmhaus geht in Flammen auf. Brian Hood kommt um, als er Lilly retten will, die in das Feuer gelaufen ist, um ihr Porträt zu holen. Sie überlebt. Am nächsten Morgen verschwindet sie zusammen mit dem Bild von der Farm.

Stella verdankt ihr Leben Chebeti, die große Risiken auf sich nimmt, um das vierzehnjährige Mädchen von Karibu fortzubringen. Monate später kommt Stella bei ihrem Großvater in London an, einem sehr wohlhabenden, vom Leben enttäuschten Mann. Großvater und Enkeltochter schließen einander vom ersten Augenblick an ins Herz. Um seinetwillen versucht Stella jahrelang, ihre afrikanische Heimat zu vergessen, doch es gelingt ihr nicht. Obgleich sie versprochen hat, den angehenden Arzt Fernando zu heiraten, spürt sie immer wieder die Wärme von Chebetis Händen und sieht Lillys Gesicht.

Und so reist sie, obwohl sie schwanger ist, eines Tages nach Kenia ab. Sie findet Lilly in einer Hotelbar in Nairobi.

„Ich bin“, sagt die Freundin, „eine Malaya.“ Stella kennt noch das Wort für Hure. Und doch gelingt es ihr, die Freundin zur Heimkehr nach Karibu zu überreden. Die Farm gibt es nicht mehr, doch Chebeti wohnt noch da. Sie schließt beide Frauen in die Arme. Aber wenn sie von ihrer Tochter spricht, meint sie immer noch die mit dem Haar in der Farbe von reifem Mais und den blauen Augen …

1

Dein Bauch wird jeden Tag dicker und das Loch in deinem Kopf immer größer“, tadelte Lilly auf dem steinigen Pfad, der von dem versiegenden Brunnen zu dem Affenbrotbaum führte. „Vielleicht sollten wir wieder einmal englisch sprechen. Suaheli frisst dir deinen letzten Verstand weg. Wenn du so weitermachst, wird dein Kind so dumm wie du.“

„Menschen ohne Verstand sind glücklicher als die Klugen.“

Die Hitze einer Trockenzeit, die schon längst hätte vorbei sein müssen, war noch intensiver und drückender als an den schwülen Tagen zuvor. Selbst die schwarzen Vögel mit dem langen gelben Schnabel, die ihren Flügeln zwischen Sonnenaufgang und dem Anbruch der Nacht nur selten Ruhe gönnten, hockten verstummt auf den morschen Ästen der durstenden Dornakazien. Schweiß tropfte in kleinen violetten Perlen von Lillys Stirn.

„Dieser steile Weg“, sorgte sie sich weiter, „ist der reinste Wahnsinn für dich.“

„Ich finde, wenn wir miteinander englisch reden, bist du besonders missgestimmt. Außerdem bringt es nichts. Hier erfährt doch jeder alles, ehe man es ausgesprochen hat.“

„Und das merkst du erst jetzt?“

„Quatsch! Gerade nach dieser herrlichen Neugierde, die ich immer als Anteilnahme empfunden habe, habe ich mich zurückgesehnt, als ich meine diskreten Landsleute und den rücksichtsvoll wortkargen Vater meines ungeborenen Kindes verließ. Fernando hat mich noch nicht einmal gefragt, ob ich einen Rückflugschein in meiner Handtasche hatte, obwohl er es brennend gern gewusst hätte."

In einem Moment von Wehmut erschien es Stella, als würde die Freundin endlich mit ihr lachen, laut und fordernd wie zu jener Zeit, als sie Kinder gewesen waren und auf das Echo gewartet hatten. Lilly schüttelte jedoch den Kopf. „In unserem ersten Leben", rügte sie, „hast du sehr gut gewusst, dass du keine Kikuyufrau bist. Madame hat schon als Zwölfjährige Zeitung gelesen, wenn sie wissen wollte, was in der Welt passierte, und sie hat nicht auf die Trommeln im Busch gelauert. Nie wärst du auf die Idee gekommen, wegen eines kreischenden Radios in der Mittagshitze einen Berg hinaufzuhetzen. Und jetzt kapierst du noch nicht einmal mehr, dass es in diesem verdammten Teil der Welt, der dich um die Ruhe gebracht hat, keine Ärzte gibt. Weiß der Teufel, ob meine Mutter noch die berühmte Schere hat, von der wir als Kinder gar nicht genug hören konnten."

„Du hast Recht", besänftigte Stella. „Ich begreife auch nicht, warum ich immerzu dicke Bäuche und kleine Kinder um mich haben will, aber Chebeti sagt, das geht den meisten Frauen beim ersten Mal so."

Jeden Tag um die Zeit des kürzesten Schattens versammelten sich die jungen Mütter und schwangeren Frauen aus den Häuschen mit den Wellblechdächern am Rande der Ortschaft Nyahururu auf einer kleinen Anhöhe. Morgens kletterten dort die munteren Klippschliefer auf den Felsen herum und nachmittags die Paviane. In der klaren Mittagsluft konnten die Augen von Menschen auf Safari zum Mount Kenya gehen, ohne dass sich Wolken und Nebel den Träumern in den Weg stellten.

Sobald Stella und Lilly am Gebüsch mit den zarten violetten Blüten auftauchten, wurde jubelnd ein altmodisches Radio angestellt. Das Gerät aus den Fünfzigerjahren stand auf einem kleinen Schemel. Es war während Kenias Kampf um Unabhängigkeit von zwei britischen Offizieren unter einem Baum vergessen worden. Das alte Kofferradio spielte noch so klar wie zu den Zeiten, da es im Dienst der britischen Armee gestanden hatte. So mancher Fremde aus Nairobi oder Mombasa, der nach Nyahururu kam, um Arbeit und Verwandte zu suchen, und dort beides nicht fand, berichtete bei der Rückkehr in die Städte von den Frauen am Mount Kenya, die Tag für Tag in bester Laune um ein betagtes Radio saßen. Solche ursprüngliche Heiterkeit von Menschen, die zufrieden waren mit den bescheidenen Verhältnissen, in denen sie lebten, war nicht mehr typisch für den Rhythmus des afrikanischen Lebens – nicht einmal in den abgelegenen Ortschaften, die noch nichts von der Hetzjagd der Städter nach Geld wussten.

In Nyahururu galten schon Musik und die vertraute Stimme eines Rundfunksprechers als Ereignisse, die jeden Tag neu belebten. Zwar waren mittags die Nachrichten aus Nairobi in der Regel langweilig, doch entscheidend für das Ritual der Frauen, das Stella seit dem ersten Tag ihres Aufenthalts in Nyahururu faszinierte, war die Mittagsmusik. Die entstammte ausschließlich der afrikanischen Welt, es gab keinen einzigen Song mit englischem Text. Der größte Teil der Interpreten sang Suaheli, einige wenige sogar Kikuyu.

Vor allem geschah es nur mittags, dass der Rundfunksprecher die wundersamen Schauris von Menschen mit ungewöhnlichem Schicksal erzählte. Zu Beginn der Sendungen waren diese Menschen nicht anders als die Nachbarn und Freunde, die man seit der Kindheit kannte, doch am Ende waren diese vom weisen Gott Mungu beglückten Fremden satt, reich und berühmt geworden. Sie wohnten in soliden Häusern mit festen Türen und Badewannen und Toiletten in extra dafür vorgesehenen Räumen. Bei Tisch ließen sie sich von Menschen ihres eigenen Stammes bedienen, sie fuhren in Autos mit Schatten spendenden Gardinen bis nach Kisumu, bestiegen Schiffe in Mombasa und Flugzeuge in Nairobi. Die Männer hatten Krawatten aus Seide, die Frauen trugen europäische Kleider und – wie die viel bestaunte Lilly aus Nairobi – Schuhe aus farbigem Leder und mit dünnen Riemen. Vor allem aßen diese neuen Reichen nichts mehr von dem, was in Nyahururu seit Generationen in die Schüsseln gekommen war.

Mit geschlossenen Augen ließen sich die Frauen aus der einsamen Gegend am Fuß des Mount Kenya von solchen Berichten zu Träumen von weichen Stoffen und süßem Brot führen. Derweil lagen ihre Babys auf alten grauen Decken im Schatten jenes mächtigen Affenbrotbaums, in den vor vielen Jahren in einer Schreckensnacht ein todbringender Blitz gefahren war.

Du kannst dir nicht vorstellen, hatte Stella gerade am Tag zuvor ihrem Großvater geschrieben, wie friedlich, idyllisch und wunderschön dieses Bild ist. Ach, mein geliebter Mzee, schon nach einem Monat hier frisst mich die Sucht auf, dir dies alles zu zeigen. Ich habe ein Loch im Herzen, weil ich dich nicht mehr umarmen kann.

Die Kleinen, die ja noch an der Mutterbrust satt wurden und keinen Tag ihres Lebens Hunger gelitten hatten, weinten nur selten. Waren sie wach, freuten sie sich an winzigen, in der Sonne funkelnden weißen

Steinen. Diese Munteren mit den wenigen Zähnen griffen nicht aus Neid nach fremder Habe, nur nach den sanft im Bergwind wippenden Ohrringen der Mutter. Ihre Füße wussten nichts von Dornen im Gebüsch und spitzen Steinen im hohen Gras. Sie waren Mungus Lieblinge.

„Kinder auf dem Rücken der Mutter wissen nicht, wie Salz schmeckt", pflegte Chebeti zu sagen, wenn eines der Kleinen ausnahmsweise mal weinte. Die kluge und von ihren Nachbarn geachtete Kikuyufrau mit dem Kopftuch in der Farbe der Sonne sprach häufig über den Segen, dass Kinder kein Gedächtnis haben. „Sie werden noch schnell genug lernen", erklärte sie den Müttern, die erst ein einziges Mal geboren hatten, „dass die Bilder im Kopf eines Menschen seine gefährlichsten Feinde sind. Sie stehlen uns bei Tag die Kraft der Augen, und nachts stehlen sie den Schlaf." Obwohl Chebeti fünf Töchter und zwei Söhne gestillt und ein mutterloses Mädchen genährt und großgezogen hatte, fiel ihr erst seit der Rückkehr von Stella und Lilly auf, wie genau Kinder ihre Umwelt beobachteten. Es verblüffte und bewegte die grüblerische Chebeti, dass die Kinder unter dem Affenbrotbaum, die noch nicht einmal imstande waren, die Fliegen von ihrem Kopf zu vertreiben, verlangend ihre Arme ausstreckten, sobald sie die beiden jungen Frauen sahen.

Die Kleinen waren dem gleichen Reiz des Fremden erlegen wie ihre Mütter und Großmütter. Seit nämlich das Auto den Berg heraufgekeucht war und auf Chebetis Vorschlag vier Ziegen geschlachtet worden waren, um die Gäste zu ehren, war das Leben in den Wellblechhäusern nicht mehr wie vorher. Neue Farben beschäftigten die Augen, ein aufregendes Parfüm, das zugleich nach Rosen, Zitrone und Jasmin duftete, neckte die Nase. Auch die Menschen in den Dörfern, zu denen man von Nyahururu aus mehr als zwei Tage laufen musste, erfuhren von der weiten Safari der Kikuyufrau und der Engländerin und was diese seltsame Reise mit Chebeti zu tun hatte. Jede Nebensächlichkeit wurde von den Alten und Jungen diskutiert – noch in Gilgil, in Naivasha und Nakuru.

Stella hieß die maisblonde Schwangere, um die sich Chebeti sorgte und deren Körper sie ohne Scheu mit beiden Händen berührte. Als ob die Weißhäutige aus ihrer Brust getrunken habe, wunderten sich die Frauen. Sie ahnten nicht, dass genau dies der Kern der Geschichte war. Lilly mit dem kaffeebraunen Teint und den großen sanften Augen war Stellas Freundin. Die zwei behaupteten, wobei sie wie kleine Mädchen kicherten, sie seien Geschwister.

Die beiden jungen Frauen waren klug und heiter, zungenflink und sehr viel besser gekleidet, als es je eine Frau gewesen war, die morgens und abends nur den Schnee vom Mount Kenya gesehen hatte. Ihre Bewunderinnen verglichen sie mit den reichen Leuten, von denen im Radio die Rede war. Lilly und Stella waren auffallend gewandter und selbstbewusster als die Menschen vom Land. Die haben, erkannte der junge Koch Komo, der drei Jahre in einem Hotel in Nairobi gearbeitet hatte und als Kenner städtischer Gepflogenheiten galt, Kopf, Augen, Ohren und Mund füttern können, wann immer sie Hunger hatten. Das macht Menschen schön, schlau und zufrieden.

Nicht nur er vermochte sich das Leben in Nairobi vorzustellen. In Nyahururu wohnten neuerdings immer mehr Männer, die in der Hauptstadt gearbeitet hatten und dann zurück in die Heimat gekommen waren. Durch sie hatten auch diejenigen, die nur die Farbe des eigenen Daches kannten, von den Bussen, Lastwagen und Autos auf den Straßen der betriebsamen Hauptstadt erfahren, von den Häusern mit Treppen und den hellen Geschäften, in denen die Reichen einkauften.

Keiner zweifelte, dass auch Lilly und Stella sorgenfrei gelebt hatten. Als sie sich jedoch an Chebetis Feuer setzten und ihre Stimmen zum Berg schickten und das Echo bejubelten, war den Klugen sofort eines klar: Die zwei von weit her geflogenen Schmetterlinge sahen die Landschaft um den Wasserfall nicht zum ersten Mal. Zu sehr verrieten ihre Augen und die Bewegung der Nase, dass sie die Farbe und den Duft der Aloen und Feuerlilien wiedererkannten.

Die kleine Gemeinschaft hatte bis dahin nur Geburt, Krankheit, Not und Tod erlebt. Nun wurde sie es nie leid, über Mungus verschlungene Wege und die Zufälle des Lebens zu staunen. Allen war bald jedes Wort der Geschichte vertraut. Der angesehene Schneider Moi, der in der Stadt viel Geld verdient hatte, bis er von einem Motorrad überfahren worden und mit nur dem linken Arm zu seiner Mutter nach Hause heimgekehrt war, entzückte auch Zuhörer, die keine Ahnung hatten, wovon er redete.

„In Nakuru“, berichtete der welterfahrene Moi, „erzählt nur das Kino so schöne Schauris. Stellas Haar hat die Farbe von reifem Mais, aber aus ihrer Kehle kommt unsere Sprache.“

„Und Lilly spricht Englisch“, johlten dann die Kinder.

Die Mütter ihrer Mütter und die zahnlosen Männer, die nie die Gier nach Reichtum von zu Hause fortgetrieben hatte, wussten zu berichten, die beiden jungen Frauen wären als Babys in dem Haus aus grauem Stein in einer weißen Schüssel gebadet worden. Sie hätten zusammen aus Chebetis Brust getrunken. „Die waren“, erinnerte sich die blinde

Wanjara, „größer, stärker und schöner als andere Kinder. Sie haben in einem hellen Zimmer auf Stühlen gesessen und aus blauen Gläsern getrunken. Ich habe sie immer gesehen, wenn ich mit meinem Eimer zum Brunnen ging."

„In dem Haus ist Stellas Vater verbrannt", pflegte Chebeti zu sagen, sobald vom Feuer die Rede war. „Wir nannten ihn Bwana Mbuzi, weil er so schöne Ziegen gemalt hat."

Seit Chebeti Stellas Herz nach den langen Jahren der Trennung wieder hatte schlagen hören und weil sie nun täglich deren gefüllten Leib mit den Augen einer Mutter streichelte, konnte sie auch von Brian Hood sprechen, ohne dass Dornen ihre Kehle aufkratzten. Kaum noch einer kannte den Namen, den die Menschen Stellas früh verstorbenem Vater gegeben hatten.

Wenn Chebeti aber nach hinten schaute, sah sie jedes seiner Bilder, sah die Farbtöpfe im Atelier und roch den süßen Tabak einer langstieligen Pfeife, die noch immer in einem ledernen Säckchen unter ihrem Bett lag. Sie hörte Brian Hoods Stimme, als seine Frau Mary im Kindbett starb, und sie hörte den zärtlichen Vater mit seiner Tochter lachen. Der von allen geschätzte Mann hatte seiner Farm den Namen „Karibu" gegeben. Als Stella in die Heimat ihrer Kindheit zurückkehrte, wussten nur noch wenige Männer und Frauen von Brian Hoods einst so ertragreichem Besitz.

Der Sturmwind von vielen Jahren hatte die unbeschwerte Geschichte von Karibus Bewohnern in alle Richtungen geweht. Es waren nur noch Spuren geblieben. Das Wort Karibu indes war ewig jung. Jede der drei sanften Silben ist noch immer Medizin für die Ohren und das Herz von Reisenden, denn Karibu heißt willkommen. Die spontane Gastlichkeit der Menschen in Nyahururu war nicht in den Flammen verbrannt, die Brian Hoods Haus gefressen hatten.

Nur zwei der stolzen Steinmauern standen noch. Zwar waren sie in der Brandnacht todesschwarz geworden, aber danach nie von den Stürmen und den Wolkenbrüchen der launischen Berge bezwungen worden. Auf den alten Mauern hatten Schlingpflanzen purpurne Blüten geboren. In der Mittagsglut betäubte deren honigsüßer Duft die Nase. Stella war beglückt, wenn sie die Bienen hörte und sah, wie die zarten Flügel die farbsatten Blumen umschwirrten. Wenn jedoch Lilly das von einem rachsüchtigen Brandstifter zerstörte Haus anstarrte, konnten sich ihre Augen kaum gegen das vor langem erstarrte Salz der Tränen wehren. Sie galten dem einzigen Mann, den sie je geliebt hatte.

Lilly, die mittlere von Chebetis fünf Töchtern, war als Einzige so lebensklug, skeptisch und geistig flexibel wie ihre Mutter. In einem Alter, da andere Kinder gerade ihre Stammessprache zu beherrschen beginnen, hatte sie schon Suaheli gesprochen. Als Siebenjährige lernte das begabte, nach Wissen durstende kleine Mädchen von Stella und deren Vater die ersten englischen Ausdrücke. Zwei Jahre später konnte die Kleine fließend lesen und machte kaum noch Fehler beim Schreiben. Und Rechnen, waren sich die Eifersüchtigen mit den Hämischen einig, kann sie besser als Kochen und Graben. Kein Mann wird sie wollen.

So kam es. Lilly war Ende zwanzig und noch unverheiratet. Ihre Haut war heller und glatter als die der meisten Frauen aus dem Stamm der Kikuyu, ihre Augen größer, die schlanken Beine länger und die Lippen voller. Lilly war graziös wie eine Gepardin, stolz und löwenmutig. Die Männer in der Stadt hatten ihr Temperament und ihre Spontaneität sehr viel mehr zu schätzen gewusst als die in ihrer Heimat.

Als Lilly nach Jahren zusammen mit Stella an die Stätten der gemeinsamen Vergangenheit zurückkehrte, hatte sie lange in Nairobi gearbeitet. Wie die misstrauische Mutter bei ihrem ersten Blick in die Reisetasche dieser immer noch besonderen Tochter feststellte, hatte die augenscheinlich außergewöhnlich gut verdient – in den Taschen aus blauem Segeltuch lag Kleidung, wie sie die Frauen von Nyahururu nie gesehen hatten. Bis zu diesem Moment war Chebeti absolut nicht schwatzhaft gewesen. Die unvermutete Pracht jedoch und einige unlösbare Rätsel trieben die sonst vorsichtige Zunge zur ausdauernden Bewegung an.

In einer sternenreichen Nacht mit frisch gebrautem *Tembo* aus Zuckerrohr wartete sie ungeduldig, bis sich ihre Tochter und Stella zurückzogen. Danach erzählte Chebeti von Lillys durchsichtigen weißen Nachthemden mit der roten Spitze im Ausschnitt und am Saum. Die Frau, die selbst nie einen getragen hatte, beschrieb anschaulich feine Büstenhalter im Zebramuster und die dazu passenden winzigen Höschen, die hauchdünnen Netzstrümpfe. Bei den Strumpfbändern aus breitem rotem Samt fehlten Chebeti zwar die Worte, aber nicht die Anschauungsobjekte. Sie gingen von einer schweißnassen Hand zur anderen.

Durch Wanja, die Närrin, die nicht gelernt hatte, ihre Lippen aufeinander zu pressen, erfuhr Lilly von der Wäscheschau bei Vollmond. Stella brauchte zwei Tage und einen Teil der dritten Nacht, um die rasende Freundin zu beruhigen. Ihrem Großvater in London schilderte sie die

Szene mit viel Humor. Es war das erste Mal seit der Trennung von seiner Enkelin, dass der alte Mann wieder so lachte wie in der glückhaften Zeit, als sie den Wall um seine Einsamkeit mit Mut und Charme gestürmt hatte. Sir William nahm Stellas Brief mit in seinen Klub. Die alten Knaben, schrieb er, der selbst auf dem Weg zu den Neunzigern war, haben sich mächtig an der Strumpfbandaffäre delektiert. Übrigens hätte ich nie gedacht, dass das horizontale Gewerbe in Nairobi auf einem so erstaunlichen Niveau steht.

Vor allem die jungen Frauen in Nyahururu hofften, Lilly würde endlich ausführlich über ihr bisheriges Leben berichten, doch die wortkarge Gazelle sprach selten über die Tage und schon gar nicht von den Nächten in der Hauptstadt. Auskunft gaben der Rock aus schwarzem weichem Leder und die roten, hochhackigen Lackschuhe, die sie abends trug, obgleich es in Nyahururu keine geteerten Straßen oder gepflasterten Wege gab. Nicht nur die Realisten erkannten, dass Lilly auch in Nairobi keine Frau wie andere gewesen war. Ihre Mutter hatte schon lange vor dem verstohlenen Blick in die Reisetasche entsprechende Ahnungen gehabt. Noch ehe diese rebellische Tochter als Fünfzehnjährige in der Nacht nach dem Brand von der Farm fortgelaufen war, hatte Chebeti sie als *Malaya* beschimpft. Lilly fielen die Szenen und die lastvollen Jahre danach ein, als sie jetzt auf dem Hügel die Hörner der weidenden Ziegenböcke sah. Das Radio spielte schon. Die Frauen schlugen den Takt zur Musik.

„Meine Mutter weiß, dass ich eine Hure gewesen bin“, begann sie. „Gesagt hat sie noch nichts, aber sie hat auch früher ihre Zunge geschont und immer mit den Augen gesprochen.“

„Du auch“, lächelte Stella. „Du hast als Kind mehr mit den Augen geredet als ich mit dem Mund. Deswegen zeigt das schönste Bild, das mein Vater je gemalt hat, ja auch dich und nicht mich. Hast du eigentlich mitbekommen, dass man sich auf Karibu erzählt, du wärst das Kind meines Vaters? Weil deine Haut so hell ist.“

„Donnerwetter! Wer hat dir die pikante Schauri zugesteckt?“

„Chebeti. Sie hat mir das allerdings erst vor zwei Tagen erzählt.“

„Ach Stella, du weißt gar nicht, wie oft ich mir ausgerechnet das gewünscht habe. Ich habe dich immer um deinen Vater beneidet.“

„Es war nicht so gut für mich, wie du denkst, seine Tochter zu sein. Ich habe nach ihm keinen anderen Mann mehr lieben können. Nur meinen Großvater. Und das ist ebenso schlimm. Leider habe ich das erst hier begriffen.“

„Es war“, sagte Lilly, „nicht besser, nicht seine Tochter zu sein. Auch ich habe nach ihm keinen anderen Mann mehr lieben können. Du bist auf einmal ganz blass. Ist dir schlecht? In deinem Zustand kann man nicht wie ein Wasserfall reden und gleichzeitig bergauf laufen. Heb dir solche Situationen für meine Mutter auf. Sie versteht ja auch, weshalb du dein Kind hier im Busch bekommen wolltest und nicht bei einem Arzt in London.“

„Mir war nie besser“, beruhigte Stella. „Die Geschichte ist ganz einfach. Ich wollte, dass mein Kind in meiner Heimat geboren wird.“

Es waren die letzten englischen Worte, die sie an diesem Tag sprachen, denn auf der gerissenen roten Erde zeichneten sich die Spuren von Dik-Diks ab und trieben Lilly und Stella ins Dickicht der Erinnerungen. Dik-Diks stehen im hohen Gras so eng beieinander, dass man aus der Ferne glaubt, sie hätten nur einen Körper. Wenn man sie trennt, sterben sie. Lilly und Stella schauten einander an und nickten Einverständnis. Sie setzten sich in den kargen Schatten eines Dornbusches. Die Sprache der Kikuyu war kehlenweich und unendlich vertraut die Weite der Landschaft und der harzige Duft eines frisch geschlagenen Jakarandabaums.

„Deswegen bin ich gekommen!“, rief Stella den Federwolken zu. Sie spürte die Hitze auf der Haut, zog ihre Bluse aus und streckte die Brust dem Windhauch entgegen. Sie wunderte sich, wie heftig sie mit einem Male atmete, später über eine Müdigkeit, die auf sie herabstürzte und die Luft aus ihrer Brust drückte. Lillys Stimme donnerte den Hang hinunter.

„Warum schreist du so?“, fragte Stella.

„Das warst du, Stella, nicht ich. Ich glaube, es geht los. Meine Mutter kommt gleich. Sie hat gesagt, du sollst liegen bleiben. Wir haben genug Schatten.“

„Dir war es auch zu dunkel im Bauch deiner Mutter“, sagte Chebeti, als sie Stella in eine Decke wickelte. „Du hast immer gewusst, wann es Zeit war.“

Drei kräftige Frauen und der einarmige Schneider Moi, der sich dieses eine Mal von keinem gesunden Rivalen hatte vertreiben lassen, trugen die Gebärende behutsam den steilen Abhang hinunter. Sie setzten sie in dem Wellblechhäuschen ab, in dem Chebeti so viele Regenzeiten auf ihre verlorene Tochter gewartet hatte. Es roch wie einst in Chebetis Hütte auf Karibu – nach dem Rauch von offenem Feuer, kochendem Maisbrei, grünen Bohnen und scharfer Kernseife. Sie entströmte Händen, die weich waren und warm.

Noch ehe es Nacht wurde, schrie sich das Kind aus der Fremde ins Leben Afrikas. Seine Stimme war schon stark genug, um auf Safari zu gehen. Chebeti wusch das Kind mit der kräftigen Stimme und dem schwarzen Haar in einer Schüssel, wickelte es in ein Kopftuch, legte es schweigend auf den Bauch seiner Mutter und hob die Petroleumlampe hoch.

Das flackernde Licht erhellte die Arme des schlafenden kleinen Mädchens. Seine Haut war weder weiß noch schwarz.

„Mein Zebra", lachte Stella.

„Hast du es gewusst?", fragte Chebeti. „Oder hast auch du mit vielen Männern geschlafen?"

„Nur mit einem", versicherte Stella, „er heißt Fernando und ist Inder." Sie lachte, weil sie die Hand zum Schwur hob, aber es verwirrte sie, dass ihre Stimme seinen Namen mit Zärtlichkeit gestreichelt hatte.

2

In der bilderprallen Suahelisprache werden Zebras gestreifte Esel genannt – Punda milia. „Du bist meine Punda milia", flüsterte Stella in das linke Ohr ihrer Tochter. Das rechte wurde von einer rutschenden grünen Wollmütze verdeckt. Der aufgestickte marineblaue Teddybär trug eine Schildmütze, die Aufschrift HARRODS war mit gelbem Seidengarn eingestickt. Stella fixierte die leuchtenden Buchstaben eine Spur länger, als ihr gut tat; prompt sah sie dann auch die uniformierten Empfangschefs vor dem noblen Londoner Kaufpalast. Um Lilly nicht zu wecken, zog Stella vorsichtig die zweigeteilte Tür ihres neuen Häuschens hinter sich zu. Langsam ging sie zu dem kleinen Hügel mit dem großen Ameisenberg in Form einer Pyramide und hielt dort ihr Kind in die Wärme des anbrechenden Tages.

Die Kleine hatte einen Haarschopf, der bereits am fünften Tag ihres Lebens so dicht und dunkel war wie der von sechs Monate alten Kikuyubabys und der wahrscheinlich bald so glänzend werden würde wie die Haarpracht ihres fernen Vaters.

„Mein Gott, ist das schön! Schau doch mal. So eine Sonne wie die über unserem Wasserfall gibt es nirgendwo sonst auf der Welt. Das hat schon mein Vater gesagt, der Bwana Mbuzi. Er nannte die Sonne die große Himmelszauberin. Tut mir Leid, dass ich so viel rede und dir jetzt schon die ganze Familie vorstelle. Ich habe irgendwo gelesen, das wäre immer so bei Müttern, denen der Mann abhanden gekommen ist. Nicht, dass ich je mit deinem Vater verheiratet gewesen war. Der ahnt ja noch nicht einmal, dass es dich gibt. Ich bin einfach aus seinem Leben spaziert. Das weiß hier aber nur Lilly."

Noch ehe die Geier auf dem blattlosen Baum ihr taufeuchtes Gefieder spreizten, färbte die Sonne die Wolken rosa und den Schnee auf dem Mount Kenya hell. Glanzstare badeten in feuchtem Gras. Ihre Flügel schimmerten metallisch blau. Stella schob die Ärmel des hellgrünen Jäckchens hoch, das Chebeti mit der Wolle aus einem kleinen Laden in der Londoner Shaftesbury Avenue in einer einzigen Nacht gestrickt hatte.

Als Stella den Arm ihrer Tochter streichelte, fiel ihr abermals auf, wie dunkel die Haut des Kindes war. „Zebrakinder", machte sie dem Baby klar, „sind sehr oft glücklicher als andere. Nur dein ehrgeiziger Vater wollte mir das nie glauben. Er geniert sich wegen seiner Hautfarbe. Weißt du, der feine Gentleman, dem du dein Leben verdankst, ist zwar in Goa geboren, aber aus ihm ist leider nur ein typischer englischer Snob geworden. Er war in Harrow und Oxford, und nun will er ein ganz feiner Arzt in der ganz feinen Harley Street werden. Für die Harley Street braucht ein Mann allerdings nicht nur Oxforderziehung, sondern ebenso sehr einen blassen Teint und einen Stammbaum wie ein Rennpferd. Er hätte sich nicht mit einer Frau einlassen sollen, die in Afrika unter einem Baum hocken will und die lieber einen nassen Hund als Chanel Nummer fünf riecht." Stella zog so viel Luft ein, wie sie in ihrer Brust zu halten vermochte, und genoss das Glück, dass der afrikanische Zauber noch immer wirkte. Diese Magie, die sich weder mit Wort noch Seufzer fangen lässt, belebte ihre Sinne auf einen beseligten Schlag.

Die beiden jungen Hunde, die um Mitternacht den vollen Mond so lange angebellt hatten, bis Heiserkeit sie stumm gemacht hatte, schliefen nun unter den Büschen. Der Schneider Moi saß bereits unter dem Jakarandabaum – er liebte diesen duftenden Riesen wie einen Freund. Die Zeitung, die Moi an seine Brust presste, stammte aus Nairobi und war vier Wochen alt.

„Ich wusste nicht, dass du lesen kannst, Moi. Wo bist du denn in die Schule gegangen?"

„In Nakuru."

„Wie ich", freute sich Stella, „ich bin auch in Nakuru in der Schule gewesen. Ich habe die vielen kleinen Häuser mit den weißen Mauern und den Dächern aus Wellblech wiedergesehen, als Lilly und ich mit dem Auto von Nairobi nach Nyahururu gefahren sind."

„Nein", widersprach Moi. „Nicht wie du, Mama. Du bist in die Schule gegangen, bis du so klug warst wie deine Lehrer. Doch mein Vater hatte sechs Söhne, da konnte nicht einer von uns sechs in der Schule so klug werden wie die reichen Leute. Ich war nur zwei Jahre in der Schule. Dann durften die Brüder, die nach mir geboren worden sind, nach Nakuru."

„Ist das heute noch wie früher, dass nicht alle Kinder in die Schule gehen können?"

„Ich bin kein Kind", erwiderte Moi. „Und ich habe auch keine Kinder. Warum soll ich dann wissen, was du mich gefragt hast? Chebeti", fuhr er nach einer Pause fort, „hat mir erzählt, dass dein Vater reich war. Er hat sehr viele Schambas mit guten Ernten und ein großes Haus aus Stein gehabt. Aber dieser reiche Vater hat nur ein Kind gehabt. Nur ein Kind für die vielen Schambas und sein schönes Auto."

„Und nur eine Frau hat er gehabt. Die ist in der Nacht gestorben, als ihr Kind geboren wurde. Du hast den Neid zu früh in deine Augen und auf deine Zunge gelassen, Moi. Mein Vater starb, ehe seine Tochter eine Frau wurde. Von dem Haus aus Stein ist noch nicht einmal eine Tür geblieben." Stella schaute über Mois Kopf hinweg in das dunkle Grün des Waldes, und sie meinte, das Moos zu riechen und das stechende Harz, sie hörte die Paviane rufen und den Wind im Gestrüpp, aber sie sah doch das Haus ihres Großvaters im Londoner Stadtteil Mayfair und den Goldfischteich im Garten.

Sie war nicht auf der Hut gewesen. Sie hatte die Stimme ihres Großvaters zu nah an ihr Ohr gelassen.

„Nur sentimentale Narren drehen sich um", schalt der Großvater.

„Du hast Recht", sagte sie, „das hat uns Orpheus bewiesen."

„Wer zum Teufel ist denn das schon wieder?"

„Niemand, mit dem du Canasta spielen würdest, Sir. Er war ein verdammter Ausländer und, soviel ich weiß, auch noch Nichtraucher."

„Du bist auf Safari gewesen", erkannte Moi, „und du kommst mit Augen zurück, die ihr Lachen verloren haben."

„Ja, ich lache nicht mehr genug." Stella drückte ihren Mund auf die Stirn ihrer schlafenden Tochter, doch ihre Erinnerungen ließen sich nicht verdrängen. „Mit meinem Großvater konnte ich gut lachen. Er hat seinen Freunden erzählt, dass er von mir lachen gelernt hat."

„Wusste er erst, wie ein Mann lacht, als er nicht mehr genug Zähne hatte, um das Fleisch vom Knochen zu beißen?“

„Seine Zähne“, erklärte Stella, „hat er immer noch. Aber er hat erst als alter Mann Freude gefunden.“

„Wenn Mungu es will, werde auch ich in den Tagen, die noch nicht gekommen sind, mit den Kindern von meinen Kindern lachen. Weißt du, wann ich immer lachen werde? Wenn du dein Kind ein Zebra nennst. Lachen ist so gut für Menschen wie Wasser für Bäume.“

„Das hast du schön gesagt, Moi. Du wirst meinem Großvater gefallen.“

„Wann kommt der lachende Mzee mit den guten Zähnen denn nach Nyahururu?“

„Er wird nicht kommen. Für so eine weite Safari ist er zu alt.“

„Wenn er nicht kommt, werde ich ihm auch nicht gefallen“, rügte Moi. „Hast du vergessen, dass nur die Dummen eine schnelle Zunge haben? Sprechen wir von den Punda milia. Und von den Kindern.“

Galoppierende Zebraherden entzückten hier in Karibu nicht nur die Kinder. Ehe die Sonne *Kwaheri* sagte, waren es die Mzee, die den kraftvollen Tieren nachschauten. Wenn die Alten in der letzten Helligkeit des Tages auf dem mit stoppeligem Gras bewachsenen Platz zwischen dem Wasserfall und den Schirmakazien saßen, riefen sie lustvoll „Punda milia“ in den Wald.

Dass Stella ihr Kind ausgerechnet in Nyahururu hatte zur Welt bringen wollen, schmeichelte der kleinen Dorfgemeinschaft, die sonst keine Beachtung in den Nachbarorten fand. Sie interessierte sich für alle Details aus Stellas Leben. Es gab niemanden, der nicht genau den Inhalt des wunderbaren Koffers aus weißem Leder kannte, der von Nairobi gekommen und, wie man inzwischen wusste, dorthin mit dem Flugzeug angereist war. Selbst kleine Mädchen, die erst fünf Regenzeiten erlebt hatten, beschrieben genau die kostbare goldene Brosche, die einen Flamingo zeigte, dessen Gefieder aus Rubinen, Smaragden und Saphiren geschmiedet war.

Moi war der Erste, der das neue Leben analysierte. „Seitdem die beiden Frauen zu uns gekommen sind“, erkannte er, „sind die Tage nicht mehr, wie sie waren. Wir kennen jetzt einen goldenen Vogel mit einem roten Auge, der nicht fliegt. Und wir sehen die Zebras, und unsere Augen erzählen uns Schauris. Warum? Weil für sie ein Zebra nicht nur ein Tier ist. ‚Das ist mein Zebrakind‘, hat sie gesagt. Welche neuen Wörter wird sie morgen finden?“

„Nur du findest Wörter, die noch keiner von uns kennt“, sagte Stella. „Du redest ja jeden Tag mehr.“

Das stimmte. Moi hatte sich verändert. Die Verzweiflung seiner kranken Tage machte seine Brust nicht mehr wund, die Beine strauchelten nicht mehr, denn zurückgekehrt war der Stolz seiner Jugend. Wenn er lachte, prallte ein für jeden hörbares Echo vom Berg ab. Selbst Menschen mit einem Kopf, der langsam arbeitete, ahnten den Grund. Stella, die nicht nur wegen ihrer Haut und der blauen Augen so ganz anders war als die Frauen von Nyahururu, unterhielt sich nämlich sehr viel häufiger mit dem neuen Moi als mit den übrigen Männern der Gemeinschaft. Bei solchen Gelegenheiten waren beider Zungen flink und ließen die Scherze so schnell wachsen wie das Gras in der ersten Nacht des großen Regens.

„Sie lachen zusammen“, vertraute Mois Mutter Wakamega ihrer jüngsten Schwester an, „weil ihre Augen die Farbe von Haut nicht unterscheiden können. Moi hat gesagt, solche Augen sind ein Geschenk von Mungu.“

Am meisten beeindruckte Moi nun jene Leute, die nach seinem Unfall die Augen gesenkt hatten, weil ihnen ein Schneider mit nur einem Arm wie ein alter Löwe erschienen war, der zum Jagen zu schwach geworden ist. Nein, Moi war nicht so ein zahnloser Löwe mit stumpf gewordenen Krallen. Ohne auch nur einen Augenblick zu zögern, hatte er Stella vom Hügel der Klippschiefer zur Schlafstätte ihrer Niederkunft getragen.

Es gab indes eine Schauri, die die Menschen noch sehr viel mehr interessierte als die Rückkehr von Chebetis so unterschiedlichen Töchtern und Mois erstaunliche Verwandlung.

Die größte Sensation war Stellas kleines Haus hinter Chebetis Bohnenfeld.

Es stand zwischen zwei Schirmakazien mit üppigen Kronen und war von einem indischen Schreiner und seinen fünf Angestellten gebaut worden, die so flink waren wie die grünen Meerkatzen. Sowohl die Innen- als auch die Außenwände des Häuschens waren so schön hellgelb gestrichen wie die großen Hotels in der Rift Valley. Sie wurden von einem spitz zulaufenden Wellblechdach beschützt. Fenster- und Türrahmen waren aus Zedernholz. Für die Männer und Frauen, die das Haus aus Stein in Karibu nicht gekannt hatten, war dieses bescheidene kleine Gebäude das größte Wunder, das sie je erlebt hatten. Die Eingangstür war so breit, dass zwei Menschen zu gleicher Zeit die Räume betreten konnten, ohne dass sich ihre Schultern berührten. Die Fenster waren so groß, dass das Glas für sie bei dem Handwerker in Nakuru bestellt werden musste, der nur für Menschen arbeitete, die ihr Geld nicht zu zählen brauchten. In Nairobi orderte Stella für die Küche einen Ofen und für ihr Kind eine Badewanne.

Die junge Mutter und ihr Baby schliefen in dem größeren der beiden Räume. Dort hörte Stella den Wasserfall in die Tiefe stürzen, sah im Morgenwind den sanft wogenden Teppich aus Aloen und träumte, es hätte sich nichts verändert seit dem Tag, da sie und ihr Vater auf den Glanz von Karibu herabgeblickt hatten. Im Nebenzimmer wickelte sich Lilly in eine rote Reisedecke aus Merinowolle, die sie im Norfolk Hotel in Nairobi einem amerikanischen Touristen aus dem Koffer gestohlen hatte. Beim Aufwachen und beim Einschlafen schickte die befreite Sklavin früherer Not ihre Augen zum Schnee des Mount Kenya und bat Mungu, mit dem sie erst seit der Rückkehr in die alte Heimat wieder zu sprechen pflegte, um den großen Reichtum und die kleine Zufriedenheit.

Lilly wurde von allen Frauen beneidet – außer einer: Chebeti misstraute ihrer Tochter. Sie sah sie an mit Augen, die ihren Spott nicht halten konnten, und fragte: „Welche von Stellas vier Wänden hast du bezahlt? Oder hat die stolze Tochter nur vergessen, ihrer dummen Mutter zu erzählen, dass sie die Nägel gekauft hat, damit die Wände zusammenhalten?“

„Habe ich beim Bwana Mbuzi die Nägel für sein Haus kaufen müssen? Oder die Töpfe, damit du für ihn die Suppe kochen konntest?“ Auch wer Lilly nicht gut kannte, merkte bei solchen Gesprächen, dass ihre Stimme zu leise und ihre Augen voll Feuer waren, doch Chebeti hatte nie den Kampfesblick ihrer Tochter gefürchtet.

„Du“, monierte sie weiter, „hast schon nicht gewusst, in welches Haus du gehörst, als du nur die Finger an einer Hand zählen konntest. Du hast deine Ohren verstopft, wenn ich mit dir reden wollte.“

„Rede mit Stella“, sagte Lilly, „die hat nie ihre Ohren verstopft, wenn du deinen Mund aufgerissen hast.“

Der eigenen Tochter zürnte Chebeti immer sehr lange, der Tochter ihrer Wahl nie länger als bis zur Stunde der langen Schatten. Selbst als Stella so schnell nach der Geburt einen Namen für ihr Kind fand und Moi dies als Erster erfuhr, mochte Chebeti nicht zum Krieg der Worte aufrufen. Es war die Zeit der schlafenden Laute, als dies geschah.

Die Hunde bellten nicht mehr, die Affen saßen bewegungslos im

Geäst der Bäume. Das Baby schmatzte beim Trinken; die Mutter streichelte seine Stirn.

„Sie heißt Julia."

„Julia", wiederholte Moi. Er machte aus seiner Hand einen Trichter und rief den Namen in den Wald hinein. „Wusstest du, dass das Wort fliegen kann?", fragte er.

„Das wusste ich. Die Wildenten, die den großen Pflug durch die Wolken ziehen, haben das Wort aus dem Himmel gerissen. Komm, ich werde Chebeti den Namen sagen."

Obwohl die drei Silben so leicht waren und so kurz, weigerte sich Chebeti, sie auszusprechen. „Hast du vergessen", schimpfte sie, „dass wir Kindern erst nach drei Regenzeiten einen Namen geben? Du wirst Mungu zornig machen, wenn du deiner Tochter jetzt schon ihren Namen gibst."

„Mungu ist nie zornig mit mir gewesen", wehrte sich Stella, „er hat mich zu dir zurückgebracht. Nimm das Kind, und sag seinen Namen. Ich kann nur lachen, wenn du auch lachst."

„Julia", sagte Chebeti leise und nahm das Kind aus Stellas Armen, „ist genau wie du. Ich konnte nie so wütend sein, wie ich wollte, wenn ich dich in meinen Armen hielt."

3

Chebeti kippte das Wasser aus der rostigen Blechschüssel auf die Tabakpflanzen, deren große, dicke Blätter sie jeden Morgen aufs Neue als ihren verdienten Sieg über den kargen Boden, die extreme Trockenheit und ihre Schmerzen in Knie und Rücken empfand. Sie hatte sich erst nach der Geburt ihres zehnten Enkelkindes das Rauchen statt des Kauens von Tabak angewöhnt und staunte immer noch, wie sehr sie jede selbst gedrehte Zigarette als einen belebenden Genuss aus der Welt der Reichen empfand – und erst recht die Züge aus der kleinen Pfeife, die sie auf dem Markt in Gilgil gegen ein lila Kopftuch eingetauscht hatte. Im Andenken an Stellas Vater rauchte Chebeti an Tagen, die sie besonders zufrieden stimmten, die schlanke Pfeife aus dem schönen hellen Holz und redete auch mit ihr, wie es der Bwana Mbuzi mit seiner Meerschaumpfeife getan hatte.

Schon dieser Erinnerungen wegen pflegte Chebeti in ihrem kleinen Schamba gerade den Tabak liebevoll. Als der Wasserstrahl auf die rote Erde klatschte und dann zwischen den grünen Bohnen am Zaun aus Bambusstäben und dem schon sieben Zentimeter hohen Okra verdampfte, flogen zwei Glanzstare von einer Schirmakazie herunter und badeten zirpend in einer kleinen Pfütze. Eine winzige Maus hockte an der Kiste mit faulenden Maiskolben und verrotteten Teeblättern und wurde von Chebeti nicht bedroht.

„Du bist", sagte sie, „ja auch noch ein Toto. Ein Toto", wiederholte sie zärtlich, das Wort, das nicht nur Kind, Welpe, Lamm, Kalb und Küken bedeutete, sondern auch Unerfahrenheit und Unschuld.

Seit Jahren pflegte Chebeti unmittelbar nach Sonnenaufgang ihren Garten zu versorgen. Diese stets gleich bleibende Arbeit hatte in bösen Zeiten ihr Gemüt vor der Dunkelheit geschützt. Obgleich sie mit dem Gießwasser zuvor ihren Becher und die Essschüsseln gespült hatte, zuweilen auch ihre beiden Röcke und täglich die Tücher für die Küche wusch und die Flüssigkeit entsprechend grau und trüb war, glänzte jeder Tropfen auf den Tabakblättern wie eine Perle.

Der Gedanke an eine Perle erinnerte Chebeti an das herrliche Gemälde, das auf Karibu im Atelier vom Bwana Mbuzi über dem Kamin gehangen hatte. Ein Mädchen mit einem sonnengelben Turban hatte aus einem goldenen Rahmen geschaut. Chebeti fiel ein, dass Lilly schon als kleines Mädchen oft und schweigend vor dem Bild gestanden hatte und wie groß und spiegelklar die Augen ihrer sechsjährigen Tochter damals gewesen waren. Missmutig drückte Chebeti ihren Seufzer in die Kehle zurück. Diese Bilder der Vergangenheit quälten ihr Herz. Es schlug unregelmäßig gegen ihre Rippen. Da sah sie Stella.

Ihre blonde, blauäugige Tochter stand vor einem Busch mit weißen Dornen und roten Blüten. Stella rieb entzückt den Tau des Morgens in ihre Hände. Sie trug die kleine Julia in einem großen Tuch auf dem Rücken. Stella war wieder so schlank wie vor der Geburt der Kleinen. Sie hatte – eine Angewohnheit aus Kindertagen – ihre Schuhe an den Schnürsenkeln zusammengeknotet und sie an ihren Gürtel gebunden. Der war aus hellem Leder und mit winzigen Perlen in allen Farben des Regenbogens besetzt.

Der Gürtel stammte von einem riesigen Parkplatz zwischen Nairobi und Nakuru, der den Touristen Aussicht auf den Mount Kenya bot und den Händlern die beste Gelegenheit, den Reisenden Essen, Getränke und Souvenirs aufzunötigen. Stella hatte den Gürtel nur deshalb einem redegewandten Greis abgekauft, weil der behauptet hatte, das Prachtstück hätte einem unbesiegbaren Massaikrieger gehört und würde jeden, der ihn trug, vor Armut, Fieber, Hunger, dem Verlust der Zähne und des Verstandes, vor Feinden und dem Zorn von Mungu schützen.

Sie trug kornblumenblaue Jeans; ihre weiße Batistbluse mit aufgestickten rosa Sternchen hatte sie unter der Brust zu einem Knoten gebunden. Die lange Kette aus weißen Muscheln, hölzernen Kaffeebohnen und kleinen Kugeln aus Kupfer stammte aus einer Orient-Boutique in der Londoner Carnaby Street. Stella hatte den Schmuck, der sie selbst im Hochland von Nyahururu noch an das belebende Aroma in einem Londoner Coffeeshop denken ließ, in dem sie sich immer freitags um fünf mit Fernando getroffen hatte, an einem nebligen Tag im November gekauft. Damals war ihr von Afrika nichts geblieben als die peinigenden Erinnerungen an ihr erstes Leben und die allnächtliche Sehnsucht, irgendwann und irgendwo Lilly und Chebeti wieder zu finden.

Julia war von einem für die höchsten Töne begabten schwarzen Vogel mit rot-weiß getupfter Brust aus dem Schlaf geholt worden. Er hockte auf einem Ast unmittelbar über dem Kopf der Kleinen und buhlte um ein grau gefiedertes Weibchen. Das Kind blinzelte Urvertrauen in seine schöne Welt – mit Augen, deren Farbe bereits vom klaren Meeresblau der Mutter in das väterliche Schwarz zu wechseln begannen. Ein Sonnenfleck, der Nase und Kinn erwärmte, versprach Grübchen, die Lippen deuteten schon einen feinen Bogen an. Mit einem Mal meldete Julia ihren Hunger an. Stella setzte sich auf einen schmalen Baumstamm, den Chebeti grün angestrichen und vor ihre Tabakpflanzen gestellt hatte. Sie wickelte den Knoten ihrer Bluse auf und legte das Baby an die Brust. Julia saugte schnell und schmatzend.

„Bald wird er kommen", sagte Chebeti.

„Redest du vom Regen?"

„Warum soll ich vom Regen reden? Meine Pflanzen haben immer genug zu trinken gehabt. Ich habe von dem Brief von deinem Großvater gesprochen. Du hast ihm geschrieben, dass du eine Tochter hast, und er hat seinen Mund nicht aufgemacht."

Stellas Heiterkeit verflog. Obwohl sie sich eine Verräterin an ihrer Liebe zu Afrika schalt, sah sie Sir William beim Frühstück im lichtdurchfluteten Wintergarten in dem noblen weißen Tudorhaus in Mayfair. Er trug eine Morgenjacke aus moosgrünem Samt und schnitt die zu kross gebratene Rinde vom Speck ab. Er spießte ein Würstchen aus Cumberland auf eine Gabel aus dem viktorianischen Service und rückte hüstelnd ein geschliffenes Glas mit zwei ineinander gewundenen Initialen zurecht. James, der Butler, goss den ersten Scotch des Tages ein und fragte, ob er die Post bringen solle.

„Erst die Times“, erwiderte Sir William.

Die Deutlichkeit der Szene verwirrte Stella. Chebeti hatte mit ihrer Frage, die nicht zufällig gestellt war, bei Stella einen Nerv getroffen, der schon seit einiger Zeit bloßlag. Sie wartete täglich ungeduldig auf Post. „Der Mzee“, murmelte Stella, „schreibt nicht mehr gern Briefe, Chebeti. Es ist nicht mehr so wie in den Tagen, als ich ein Kind war und jeden Morgen seine Briefe in Karibu ankamen.“

„Hast du deinen Großvater einen Mzee genannt?“

„Ja, sehr oft. Er konnte kein Suaheli, aber dieses Wort hat ihm gefallen.“

Stella gönnte sich, nachdem das Kind eingeschlafen war, mehr Zeit als sonst, um die Erinnerungen an London zu verbannen, doch erst als die Luft schwer von der Mittagshitze wurde, gelang es ihr, nur den besonnten Tag ins Gedächtnis zurückzuholen, an dem Julia ihren Namen bekommen hatte. Die Erinnerung war farbenfroh und von jener Heiterkeit, die für die Träumerin Afrikas Lebensfülle verkörperte – noch einmal ließ sie die federleichten Wolken am stahlblauen Himmel ihre Kreise ziehen und die Zebras im Schatten grasen. Junge Paviane balgten sich kreischend auf den hohen Felsen am Waldrand. Mois Stimme war mächtig, denn er lachte wie ein Riese, dem die Welt gehört, als Stella ihm erklärte, dass ihre Tochter ein Zebrakind sei.

„Es ist gut, wenn zwei Menschen zusammen lachen“, sagte er später.

Stella liebte diesen Satz. Seit Moi ihn erstmals gesagt hatte, hatte sie jedes Zusammensein mit ihm als eine Verschwörung gleich gesinnter Seelen empfunden. Für sie verflog in solchen Stunden ein gelegentlich aufkeimendes Gefühl von Langeweile, das sie belästigte. Zu ihrer Enttäuschung waren es nämlich nicht die jahrelang ersehnten Gespräche mit Lilly, die sie zufrieden stimmten, denn sie spürte, dass Lilly unruhig und unzufrieden war, und das nahm ihr selbst die Ruhe und auch die Freude an Lillys Freundschaft.

Besonders in den beiden Monaten nach Julias Geburt hatte Stella nach dem wolkenlosen Himmel ihrer Kindheit gesucht. Sie empfand die glühenden Tage vor der großen Regenzeit als Gnade. Die Hitze machte ihren Kopf auf die angenehme Art träge, von der Menschen in Europa nichts wissen. Zeit war ohne Gewicht und Bedeutung – in den besten Stunden lösten sich für die Heimkehrerin die Jahre, die sie in London verlebt hatte, in Nebel auf. Die Vorstellung, dieser Nebel wäre das lange ersehnte Geschenk eines gnädigen afrikanischen Gottes, machte sie euphorisch. Mungu verwehrte ihr für den größten Teil des Tages den Blick zurück in die Welt, die sie trotz aller Sehnsucht nach ihren afrikanischen Wurzeln mit einem zerrissenen Herzen verlassen hatte.

In diesen ersten Monaten eines Lebens, das Stella, wenn sie mit sich selbst sprach, als das dritte zu bezeichnen pflegte, erschien ihr Kenia noch sanfter und beseligender als einst auf der väterlichen Farm. Das Hochland mit den klaren Farben der Berge, den Baumriesen und den Wolken, die ständig auf Safari gingen und nie ein Ziel erreichten, war für sie das Paradies – geschaffen für die Genügsamen, denen allein das ewige Glück gebührte. Die Menschen, ihre Pfiffigkeit und Wendigkeit, ihr Charme, ihre Sprache mit den dunklen Lauten und dem Witz der fantasievollen Redewendungen verzauberten Stella. Die Ursprünglichkeit des Lebens gaukelte ihrem Herzen Ruhe und Dankbarkeit vor. Sie wusste nichts mehr von der Stärke der Wünsche und den Fesseln der Begierde. Auch in England hatte sie nur Afrikas Tugenden geschätzt, die Zufriedenheit, die Gelassenheit und Geduld. Das machte ihr die Heimkehr nach Afrika leicht. Stella, die am Piccadilly Circus den Pulsschlag der modernen Welt kennen gelernt hatte, drängte es nicht nach der Zerstreuung der Großstadt. Sie vermisste kein Theater, kein Kino, keine Ausstellung, nicht die teuren Restaurants und nicht die Gesellschaft, zu der sie gehört hatte.

„Warum", fragte sie, als zum ersten Mal davon die Rede war, dass die Tage in Nyahururu weder Beginn noch Ende hätten, „soll ich hier ausgerechnet Zeitungen vermissen? Ich habe auch in London kaum Zeitungen gelesen. Mein Großvater hat mir immer erzählt, wenn was in der Welt los war."

„Und Fernsehen?", bohrte Lilly. „In London haben auch die ganz armen Leute einen Fernseher. Oder hast du mit deinem Opa auch in London die Sterne gezählt?"

„Nein", lachte Stella. „Mein Großvater und ich haben abends Canasta gespielt. Er hat gesagt, wenn er mich beizeiten kennen gelernt hätte, hätte er nicht zur Armee gehen müssen, um jemanden mit Kartenverstand zu finden."

„Canasta. Du tust mir Leid, Stella. Früher hast du gewusst, was du wolltest und was gut für dich war."

„Jetzt auch", versicherte Stella. „Ich weiß ganz genau, was ich will. Dass sich nichts in meinem Leben ändert. Ich war zu jung, als ich in die

Fremde geschickt wurde, Lilly. Das war nicht die Safari, von der wir manchmal als Kinder träumten. Wahrscheinlich konnte ich deshalb Karibu nie vergessen."

„Ich auch nicht", sagte Lilly leise. „Aber", fuhr sie fort, „mich macht es wahnsinnig, dass ich immer noch zurückschaue. Ich bin nicht der Typ, der sich nicht mit dem Leben arrangieren kann. Karibu ist abgebrannt. Die Liebe, die es im Hause deines Vaters gab, ist gestorben. Dein Paradies ist tot. Es hilft nichts, wenn du die Augen zumachst."

„Dann leih mir deine Augen", sagte Stella und lachte.

Noch witterte sie die Melancholie nicht, die bereits zum Sprung auf ihre innere Balance ansetzte. Sie zweifelte nicht, dass sie und ihre Tochter für das Glück bestimmt waren. Ihre Augen und Ohren reisten nie weiter als bis zur Spitze des Mount Kenya. Sie wussten nichts von der wirtschaftlichen Not im Lande, nichts von entwurzelten, darbenden und kranken Menschen, und sie wussten auch nichts von den Mauern, die Tag für Tag ein Stück höher gezogen wurden. In England war Stellas Sehnsucht nach Afrika zu groß gewesen, die Nostalgie hatte zu lange gewährt, um sie skeptisch in Bezug auf die Gegenwart zu machen. Am Ziel ihres Traumes hatte sie kein Gespür für die Unzufriedenheit der Menschen in Kenia.

Die, die heißen Herzens um die Unabhängigkeit ihres Landes gekämpft hatten, waren um ihre Träume betrogen worden.

„Mungu", schwor lächelnd die Fabulantin auf dem Baumstamm bei den Tabakpflanzen, „sitzt auf dem Berg und freut sich sehr, wenn er mich und mein Kind sieht. Bei Sonnenaufgang ruft er mir immer zu: ‚Es ist gut, Stella, dass du deiner Tochter noch vor dem ersten Neumond ihres Lebens einen Namen gegeben hast.‘"

„Früher hast du nie eine alte Frau geärgert", versetzte Chebeti.

„Jetzt auch nicht. Du bist keine alte Frau. Du hast immer noch starke Arme und gesunde Beine."

„Früher hast du nicht auf deinen Augen geschlafen", sagte Chebeti, „schau dir meine Hände an und meinen Hals. Und was aus der Brust geworden ist, aus der du getrunken hast."

„Wir haben noch viel Zeit, Chebeti."

„Schau dir deine Tochter an. Dann weißt du, dass die Zeit auf dem Rücken der Geparden reitet."

Mit ihren neun Wochen war Julia kein einziges Mal von den Unpässlichkeiten belästigt worden, die Babys ihren Schlaf rauben. Sowohl die alten Frauen als auch die jungen mit Säuglingen auf dem Rücken schworen, die grüne Wollmütze mit den sieben goldenen Buchstaben würde Julia schützen. War Julia wach, gurgelte sie bereits Laute, die als die Sprache der Kikuyu gedeutet wurden. Zu Beginn seines dritten Lebensmonats hatte das Zebrakind eine Haut, die noch eine Schattierung dunkler war als am Tag seiner Geburt. Seine auffallend großen Augen leuchteten wie Holzkohle in der Sonne. Weder Hitze noch Kälte plagten Julia. Kein Gebrüll von streitenden Menschen und auch nicht das nächtliche Heulen der Hyänen konnten ihren Schlaf zerreißen.

Obwohl der Tag windstill war, wippte ein Zweig im Gestrüpp. Ein aufgeschreckter Webervogel flog steil in die Höhe. Die Erde gab den Klang von Schritten frei. Chebeti sah die Silhouette eines Mannes, der schneller lief als um die Mittagszeit üblich. Der rasante Läufer war Moi. In seiner Hand hielt er ein Stück weißes Papier, das er wie eine Fahne schwenkte. „Das hab ich vom Laden in Nyahururu mitgebracht!“, rief Moi. „Das ist für dich, Mama.“

Stella begriff, dass Mois weiße Jubelfahne ein Telegramm war. Mit klopfendem Herzen legte sie die schlafende Julia in Chebetis Arme. Die Hand, die sie Moi entgegenstreckte, ließ sich nicht lenken. Panik lähmte sie. Das Telegramm konnte nur aus London kommen, und es gab nur einen einzigen Grund, von England nach Afrika zu telegrafieren. „Mein Großvater ist tot“, flüsterte sie. „Es war Sünde von mir fortzugehen. Er war zu alt. Ich hätte meinen Mzee nicht allein lassen dürfen.“

„Willst du das Telegramm nicht lesen?“, kicherte Moi und hielt es ihr triumphierend entgegen. Stella sah nicht, dass es geöffnet war. „Du hast doch gesagt, dass du lesen kannst, Mama“, erinnerte sie Moi. „Jetzt sag mir, was in deinem Telegramm steht.“

Stella gab nach. Die ersten drei Wörter murmelte sie noch mit trockenen Lippen, denn sie vermochte nicht zu glauben, was sie las, doch dann erkannte sie, was geschehen war. „Er ist nicht gestorben, er lebt!“, schrie sie. „Er hat meinen Brief bekommen, und er hat Fernando erzählt, dass er Julias Vater ist.“

„Lies“, kreischte Moi, „ich kann Englisch!“

„Kein Mann“, las Stella, „verdient eine Frau wie dich, aber Kenia ist näher, als du denkst. Gib meiner Julia einen Kuss. Ich liebe dich. Fernando.“

Noch als die Hyänen die Nacht einheulten, überlegte Stella, wie oft Moi wohl nach Post für sie gefragt hatte, doch es wurde Abend, ehe ihr dämmerte, dass ihr Postillion nicht nur die Botschaften austrug, sondern sie auch unterwegs las.

4

London, Mayfair, Wintergarten

Meine liebe Stella,
ich hoffe von Herzen, dass du nicht allzu ungeduldig oder gar besorgt auf diesen Brief gewartet hast. In Erinnerung an die erquickende Brieffreundschaft, mit der ja unsere Beziehung vor vielen Jahren begonnen hat, wollte ich aber diesen Brief in optimaler Verfassung schreiben – einige Tage lang war ich leider ein wenig derangiert, was ja bekanntlich bei Männern jenseits des Heldenalters allzu rasch zu Verstimmungen, Gicht und Phlegma führt. Es handelt sich in meinem Fall jedoch keineswegs um eine gesundheitliche Krise, eher um eine Malaise, die typisch ist für einen verregneten Sommer auf einer Insel, die nur noch einige patriotische Dummköpfe als eine von Gott gesegnete zu bezeichnen belieben. Die Ursache für die verzögerte Begrüßung der jüngsten Vertreterin der Familie Hood verdanken wir drei (du, Miss Julia und ich) ausschließlich einem gewissen Mr Hugh Huntington.

Er wurde mir von vertrauenswürdigen Bekannten als kompetenter Hausarzt empfohlen. Kurz nach unserer Trennung ist nämlich der gute alte Burnes überraschend in seinem Landhaus in Sussex an einer Pilzvergiftung gestorben. Mr Huntington ist zwar Spezialist für Erkrankungen der Atemwege, aber wenn du mich fragst, kann er einen hundsordinären Schnupfen nicht von einer Lungenentzündung unterscheiden. Aus Gründen, die ich nicht durchschaue, hat mir jedenfalls dieser Trottel einen einwöchigen Hausarrest verordnet. Der wurde erst heute Morgen offiziell aufgehoben.

Weshalb ich dir das alles schreibe? Um auch vor mir selbst zu rechtfertigen, dass ich dir nicht umgehend dafür dankte, dass du mich zum Urgroßvater gemacht hast. Soeben erst hat mich Lady Priscilla Waintworth von ihrer Gegenwart erlöst. Falls du dir nach einem Vierteljahr Abwesenheit (oder ist es schon ein Vierteljahrhundert?) nicht mehr vorstellen kannst, wie Lady Prissy aussieht – wie ihre eigene Bulldogge. Nur mit Perlenkette statt Lederhalsband. Eine geschlagene halbe Stunde hat sie mir erzählt, Berenice Sitwell hätte ihr unter dem Siegel der Verschwiegenheit das größte Geheimnis aller Zeiten anvertraut. B. S. war in erster Ehe mit einem ehemaligen Mitschüler von mir verheiratet und hält sich als dritten Ehemann einen aus Goa stammenden Arzt mit einer Riesenpraxis in der Harley Street. Er ist der Vater eines grundanständigen jungen Mannes namens Fernando. Einem Ondit zufolge hast du ihn in der Zeit deines Londoner Gastspiels nicht nur sehr gut gekannt, sondern auch Beziehungen zu ihm unterhalten, die selbst in unseren permissiven Zeiten als intim gelten. Wenn es sich bei meiner Enkelin nicht um eine afrikanische Suffragette handeln würde, die lieber barbusig durch den Wüstensand läuft, als den Vater ihres Kindes zu heiraten, wäre Bernie so etwas wie deine Stiefschwiegermutter geworden. Bei ihrem allmonatlichen Treffen im Claridge's hat die gute Bernie ihrer alten Schulfreundin Prissy gesteckt, dass ihr Stiefsohn zwei Tage lang Magenkrämpfe bekam und eine Woche lang von Tee und trockenem Toast gelebt hat, als er von der Geburt eures Buschbabys erfuhr. Dann soll er dir ein Telegramm geschickt haben. Ich persönlich finde ein solches Verhalten reichlich exaltiert.

Darf ich mir übrigens eine Frage gestatten, die mich seit dem Eintreffen deines Briefes beschäftigt? Wer hat dir eigentlich bei der Geburt meiner Urenkelin Hilfestellung geleistet? Sollte es sich um den zuständigen Medizinmann handeln oder die zupackende schwarze Lady mit dem zungenbrecherischen Namen, die zum Personal deines Vaters gehörte, so bitte ich doch sehr, allen Beteiligten meine aufrichtige Dankbarkeit zu übermitteln. Vielleicht schätzen die Herrschaften den ihnen gebührenden Dank in handfester und verzinsbarer Form. Es soll niemandem, der dir Gutes tut, an etwas fehlen. Schon deshalb empfehle ich dir, meinen Brief aufmerksam zu lesen.

Stella lächelte, als sie sich Medizinmänner mit Bankkonto vorstellte und danach die pikanten Geschichten, die ihr Großvater ganz bestimmt von Julias Geburt in seinem Klub erzählt hatte, und wie die alten Herren dort rasch die *Times* zusammengefaltet und die Hand ans ertaubende Ohr gehalten hatten, um kein Detail zu verpassen. Doch sie spürte ein Pochen in den Schläfen und merkte, dass ihre Hände zu zittern begannen. Sie gab dem Wirbel ihrer Emotionen mit einem Seufzer nach. Obwohl sie den Brief ihres Großvaters ungeduldig und zuletzt mit Besorgnis erwartet hatte, war sie nicht auf den Gefühlssturm vorbereitet gewesen, der ihr durch Herz und Hirn fegte, als ihr bewusst wurde, wie sehr sie seinen Humor, seine Direktheit und den kratzbürstigen Charme vermisst hatte, den so viele Menschen in seiner unmittelbaren Umgebung als Arroganz und Snobismus verkannten. Sir Williams Esprit und seine Lebensklugheit, sein Spott, die kleinen Frivolitäten und wie sorgsam er seine Emotionen kaschiert hatte, um Stella nicht wissen zu lassen, wie sehr sie ihm fehlte, erregten sie mehr, als sie sich hatte vorstellen können. Sie spürte, wie ihre Stirn glühte und die Augen brannten.

Am meisten bewegte sie die Art, wie ihr Großvater von seiner Krankheit berichtet hatte. Sie brauchte weder ihren Instinkt noch die Erfahrung der Liebenden zu bemühen, um seinen Sarkasmus als Tarnung zu durchschauen.

„Du bist schon ein raffiniertes Schlitzohr, mein Lieber“, sagte sie. „Aber mich kannst du nicht hinters Licht führen! Ich kann meilenweit Lügen riechen. Es war eine Lungenentzündung und nicht ein Schnupfen. In all den Jahren, die wir zusammen waren, hast du dich nicht mit einem einzigen Schnupfen abgegeben.“

„Mama bekommt einen Brief, und schon kann sie nicht mehr in meiner Sprache mit mir reden“, rügte Moi.

„Wo kommst du her, Moi? Wie bist du ins Haus gekommen? Wie lange sitzt du schon hier und schaust mich an und sagst nichts?“

„Drei Fragen für zwei Ohren. Ich habe immer einen Fuß vor den anderen geschoben, und dann war ich hier. Und dann habe ich mich auf die Erde gesetzt und gewartet, bis du mit deinem Brief ins Zimmer kommst und ihn liest. Du hast die ganze Zeit nur ihn gesehen.“

„Wen?“, fragte Stella.

„Deinen Großvater“, sagte Moi leise. „Hast du gedacht, ich weiß nicht, was das für ein Brief ist, den ich aus Nyahururu abgeholt habe? Hast du nicht gewusst, dass ich jeden Tag bei dem Mann, der die Briefe vom Zug abholt, nach einem Brief für dich gefragt habe? Aber ich wusste nicht, dass du weinen wirst, wenn du den Brief liest.“

„Ich habe nicht geweint. Meine Augen sind nass geworden, aber ich weiß nicht, warum.“

„Vielleicht ist der große Regen gekommen und nur in deine Augen gefallen“, schlug Moi vor. „Ich habe“, fuhr er nach einer Pause fort, „noch nie einen Brief bekommen. Liest du mir deinen Brief vor?“

Sie hängten Lappen aus weißer Baumwolle, die sie vorher in eine Schüssel mit Wasser tauchten und die Stella auswrang, vor die weit offen stehenden Fenster, um beizeiten die Hitze zu verjagen. Die setzte gerade an, Menschen und Tiere mit der Trägheit der frühen Nachmittagsstunden zu bedrohen. Mit einem Seufzer der Zufriedenheit ließen sie sich auf die beiden Korbsessel fallen, die in Nairobi bestellt worden und erst vor einer Woche angekommen waren. Moi holte den Brief vom Tisch und hielt ihn Stella hin.

Mit einer zärtlichen Bewegung strich sie über das Büttenpapier, bestaunte den Glanz des goldfarbigen Wappens und freute sich, dass die vertraute Schrift so unverändert war. Weil sie nun wusste, dass Moi sie beobachtete, zwang Stella ihr Gesicht und auch ihren Atem zur Ruhe.

„Wenn du noch den scharfen Verstand hast, an den ich mich zu erinnern glaube“, las Stella, „wirst du ja bestimmt nicht zu dem weltfremden Schluss gekommen sein, dass Fernando nach deinem Auszug aus seinem Leben plötzlich telepathische Fähigkeiten entwickelt hat. Jedenfalls ließ er nirgendwo verlauten, dass er ein holdes Kind unter einem afrikanischen Sternenhimmel hat liegen sehen. Ich war es, der Fernando mit seinem Status als Vater einer Tochter konfrontiert hat, und ich schwöre bei meiner Soldatenehre, dass ich in bester Absicht gehandelt habe. Solltest du mir das als eine Indiskretion ankreiden, so werde ich deinen Fluch mit gutem Gewissen ertragen. Und vor allem im Wissen, dass es sogar meine Pflicht als Offizier und Gentleman war, einem Mann, den ich ob seines guten Charakters und seiner noch besseren Manieren wegen schon immer geschätzt habe, nicht kommentarlos das Desertieren von der Front seines Lebens zu gestatten. Dein Fernando soll wenigstens wissen, dass es in einem sehr fernen Flecken der Erde ein verdammtes Kaff gibt, dessen Namen kein rechtschaffener Untertan Ihrer Majestät aussprechen kann, und dass in diesem Kaff eine schöne junge Frau mit seinem Baby unter einem Baum hockt. Und ausgerechnet dieses Prachtstück von einem Weib ist nicht von der Vorstellung abzubringen, sie hätte endlich den einzigen Teil der Welt angesteuert, in der das Lamm nicht vom Löwen gefressen wird. Und natürlich hängt in ihrem Paradies der Apfel der Erkenntnis noch am Baum.

Was treibst du den ganzen Tag, Stella? Können die junge afrikanische Lady, die du als Schwester zu bezeichnen beliebtest, und deine alte fruchtbare Amme auf die Dauer für das Minimum an jener Abwechslung sorgen, die der Mensch laut herrschender Meinung braucht, um nicht zu verkümmern?

Ich will dich nicht mit Dingen quälen, die du heute vielleicht noch als unerheblich empfindest, aber ich habe nach Rücksprache mit dem alten Featherstone, der ja seit Jahren mein Berater in allen wirtschaftlichen und juristischen Fragen ist und der zu den wenigen Menschen gehört, denen ich vertraue, folgenden Plan gefasst und zum Teil bereits in die Tat umgesetzt: Auf der Barclays Bank in Nairobi wird ab sofort monatlich ein Betrag von siebenhundert amerikanischen Dollar auf deinen Namen eingehen. Das ist zunächst eine Basissumme, sie kann jederzeit aufgestockt werden. Dieser Betrag reicht meines Erachtens durchaus, um in die feine Familie Kenyatta einzuheiraten, von der ich jüngst gelesen habe, dass sie den Staatspräsidenten stellt. Andererseits scheint mir, dass du nicht besonders heiratslustig, dafür sehr auf deine Unabhängigkeit aus bist. In diesem Fall empfiehlt Featherstone dir, dich mit der Hotelbranche in Kenia vertraut zu machen. Wie ich durch ihn erfuhr, haben deine Landsleute absolut nichts gegen die Investition von europäischem Kapital in Kenia, obwohl es ja noch nicht so lange her ist, seit sie die weißen Farmer vertrieben haben. Featherstone, der übrigens seit längerer Zeit einige Klienten mit geschäftlichen Verbindungen in Kenia hat, sprach von ‚Lodges'. Wenn ich richtig verstanden habe, werden die eigens für Touristen gebaut. Sollte sich in einer Zeit, da die Menschheit immer mehr auf Reisen geht, so eine Lodge wirklich rentieren, so würde es jedenfalls niemandem schaden, wenn du entsprechende Erkundigungen einziehst. Ich könnte mir sogar denken, dass deine afrikanischen Freunde es gern sehen würden, wenn du ihnen zur Arbeit verhilfst, indem du so ein Ding baust. Laut Featherstone ist Kenia in dieser Beziehung noch äußerst preiswert.

Zürne mir nicht, dass ich so viel vom Geld spreche. Selbstverständlich kann dich niemand zwingen, das Geld von der Bank zu holen. Du musst aber wissen, dass das Geld keiner Seele mehr nützt. Im Bestfall einem Bankangestellten mit genug Mut zur Veruntreuung. Featherstone hat dafür gesorgt, dass die Bank nicht weiß, wer der Auftraggeber in London ist.

Warum ich dich zwingen will, jenseits des Horizonts zu blicken, den du im Moment anstarrst? Weil du eines Tages ein gewaltiges Vermögen erben wirst und nach dir das Kindlein im Stroh und weil ich es unmoralisch finde, nichts aus dem Geld zu machen, für das die Vorfahren gearbeitet und gekämpft haben. In deinem Fall handelt es sich um Menschen, deren Stammbaum sich bis zu Wilhelm dem Eroberer zurückverfolgen lässt.

Weißt du übrigens, wann ich mich in dich verliebte? Als du zwölf Jahre alt warst und mir von Karibu aus den ersten Brief geschrieben hast. Da habe ich sofort gemerkt, aus welchem Holz du geschnitzt bist.

Aus meinem, meine Liebste! Du bist nicht wie meine drei Söhne. Du hast Courage, du lässt dich nicht blenden, und du willst nicht blenden. Meine Enkeltochter hat Klugheit, Witz und Selbstbewusstsein und genug Humor, um über sich selbst zu lachen. Sie ist die einzige Frau, die ich kenne, die ihre Tränen nicht als Waffe einsetzt. Vor allem hast du nie Angst vor mir gehabt, und glaube mir, ich kenne sonst keinen, der bei mir nicht Bellen mit Beißen verwechselt, wenn er mir in die Augen schaut."

Stellas Stimme wurde leise. Sie faltete die letzten beiden Briefseiten, die noch zu lesen waren, zusammen und legte sie zu den übrigen auf den Tisch.

„Warum liest du nicht mehr?", flüsterte Moi. „Fang wieder an. Deine Stimme hat meine Ohren gestreichelt."

„Du hast doch kaum etwas verstanden, Moi", sagte Stella. „Bald, Moi, lese ich weiter. Mein Mund ist müde."

„Es ist nicht dein Mund, der müde ist", erkannte Moi.

Sie sagten nichts mehr, bis Julia aufwachte. Das Zebrakind gurgelte Wohlbehagen und streckte seiner Mutter die Arme entgegen. Die legte das Baby an die Brust, aber ihr Kopf war noch immer auf der Safari, zu der sie nie hatte aufbrechen wollen. Sie fragte Moi, ob er je von Lodges für Touristen gehört hatte.

Moi bat um einen Bogen Papier und einen Bleistift und begann, die mit Gras bedeckten Gästehütten und das weiß getünchte Eingangsgebäude der Lake Nakuru Lodge zu zeichnen. Die Anlage war vor drei Jahren erbaut worden und bei den Urlaubern, die auf dem Weg ins Hochland in Nakuru übernachteten, sehr beliebt. Moi kannte die Lodge gut, denn einer seiner Brüder war dort der Gehilfe des Kochs, und Samuel, der jüngste Bruder, war Wildhüter im Park und begleitete die Touristen auf ihren Pirschfahrten. Moi selbst hatte, als er noch Schneider sein durfte, oft die Hotelwäsche geflickt und Gardinen genäht.

Ehe die Sonne ihre glühenden Farben verlor und der Himmel dunkel wurde, war Moi nicht nur entschlossen, in Nyahururu die schönste Lodge im Land zu bauen und jedem von Stellas Großvater in London zu erzählen, er hatte sich auch ausbedungen, die Bauarbeiten zu beaufsichtigen und das Personal – er hatte noch drei arbeitslose Brüder – zu engagieren und jedem Arbeiter Befehle zu geben. In dem Garten vor dem Haus wollte er ebenso schöne gelbe Rosen anpflanzen, wie sie auch in Nakuru blühten. Nach der Regenzeit, wenn der Rasen vor dem Haus grün war, wollte er kleine grüne Meerkatzen zähmen.

„In Nakuru lieben die Gäste die kleinen Affen viel mehr als die Menschen“, wusste er. „Jeder Affe bringt Geld. Wir werden sehr reich sein.“

„Wenn du so viel arbeitest, Moi, was soll ich tun?“

„Du gibst das Geld von deinem Mzee. Das ist genug. Reiche Leute dürfen armen Menschen nicht die Arbeit stehlen.“

„Und Lilly“, fragte Stella, „was soll sie denn in der Lodge tun? Sie ist doch nicht zu reich zum Arbeiten.“

„Deine Freundin Lilly ist nicht zu reich zum Arbeiten. Aber wie kann sie in Nyahururu arbeiten, wenn sie nicht hier ist? Ich habe sie heute getroffen, als ich in Nyahururu den Brief für dich abgeholt habe. Ich habe sie gefragt, wann sie wieder kommt, doch ihre Ohren waren nicht mehr offen für Fragen. Deine Freundin Lilly war schon auf der Jagd.“

„Was kann Lilly denn hier jagen?“

„Männer“, sagte Moi. „Männer kann man überall jagen.“

Morgens um sieben sind die Hyänen verstummt, die Geier spreizen ihr Gefieder, und die Bäume haben ihren Durst am Tau der Nacht gestillt. Da ist die Luft leicht wie der Flügelschlag einer Libelle. Diese besondere Luft gehört zum Hochland wie die kräftigen Pflanzen mit behaarten Kelchen und wie die Bäche, die laut reden, wenn sie über Steine und Felsen springen. Der Wind von den Bergen, der den Tag begrüßt, reinigt schwer gewordene Köpfe, die von Sorgen geprügelt werden, und macht Augen klar, die sich am Rauch der offenen Feuer entzündet haben.

Lilly war zum ersten Mal seit Jahren vor Sonnenaufgang aufgestanden. Sie hatte nicht mehr das Gespür der Menschen, die die Botschaften von Erde und Himmel zu deuten wissen, für Wetter und Witterung. Ihre Arme waren nackt, sie hatte noch nicht einmal daran gedacht, eine Jacke oder das rosa Wolltuch mit den schwarzen Fransen, das ihr Stella am Abend des Wiedersehens geschenkt hatte, auf die Reise mitzunehmen. Über dem schwarzen Lederrock, der ihre Hüften stark betonte, ihr aber nur kleine Schritte gestattete, trug sie ein eng anliegendes ärmelloses T-Shirt. Es hatte ihrer Mutter so missfallen, dass sie es immer wieder hinter zerlumpten Lappen vergraben hatte. Obwohl Lilly fröstelte und ihre Füße in den Lackschuhen bereits den Schmerz der kommenden Stunden ahnen ließen, atmete sie die schwerelose Kühle mit Behagen und Erleichterung ein. Eine solche Zustimmung zum Leben entsprach allerdings weder ihrer Stimmung noch ihren Erwartungen an die unmittelbare Zukunft. Der Widerspruch irritierte sie; einen Herzschlag lang glaubte sie, ihr Ellenbogen wäre blutig und das linke Knie steif geworden. Kurz nachdem sie als Fünfzehnjährige von Karibu fortgelaufen war, hatte sie sich bei einem Sturz auf der Straße zwischen Limuru und Nairobi schwer verletzt und später auch nicht das Geld für ärztliche Hilfe gehabt. Die Parallelität der beiden Aufbrüche zu einer Safari ins Ungewisse ging Lilly erst in diesem Moment auf.

„Nein", flüsterte sie in den drei Sprachen, die ihr Leben bestimmten. Das Wort war in der englischen Sprache am kürzesten, in Suaheli am längsten. Nur in Kikuyu hatte es den besonderen Klang, der die Kehle massierte.

Sie blieb stehen, schaute auf ihre Hände. Die Knöchel leuchteten weiß unter der Haut, denn sie hatte ihre Finger verkrampft. Die Spannung wich erst aus ihrem Körper, als sie einige Minuten lang einen Vogel mit einer zitronengelben Brust und langen weißen Schwanzfedern beobachtete. Er saß auf einem Pfahl und ließ seine einzige Zuhörerin an einen Schlager denken, in dem von Liebe und Schmerz die Rede war und einer Frau, die auf einen Anruf wartete. Lilly hatte das Lied mit dem sentimentalen Text oft in der Bar vom „New Stanley" in Nairobi gehört. Einen Moment sah sie den jungen Mann, einen Amerikaner mit kurz geschorenem rötlichem Haar, krebsroter Haut und einem Durst, den er abwechselnd mit Cola und Brandy gelöscht hatte. Er war sehr schüchtern, sehr zutraulich und sehr unvorsichtig im Umgang mit Bargeld und seiner Kreditkarte von *American Express* gewesen – vor allem mit der Bemerkung „Mit der Karte kannst du dir die ganze Welt kaufen".

Ausgerechnet in Nyahururu fiel Lilly nun zum ersten Mal seit dem knappen Intermezzo ein, dass sie fest zugesagt hatte, ihm ein Geschäft in Nairobi zu zeigen, in dem er besonders preiswert Schmuck aus Elfenbein, Armbänder aus Elefantenhaar, potenzsteigernde Mittel aus Zähnen des Nashorns und billige Löwenfelle kaufen konnte. In erster Linie wegen der Kreditkarte war es nicht mehr zu dem gemeinsamen Ausflug gekommen – er gehörte schon deshalb zum Programm, weil der Ladenbesitzer sich immer an die Abmachungen in Bezug auf die versprochene Anerkennung für die von Lilly angeregten Käufe hielt.

Der zitronengelbe Vogel verstummte und flog in ein Feld von Disteln.

Lilly atmete tief ein und hängte den Riemen der kleinen Tasche aus blauem Segeltuch, die sie überstürzt gepackt und bis zu diesem Augenblick verkrampft an den Körper gepresst hatte, über ihre Schulter und genoss die belebende Vorstellung, dass Nairobi sie mit weit geöffneten Armen erwartete.

Lilly war erst seit einer halben Stunde unterwegs. Das Ziel ihrer Reise hatte sie allerdings schon am vierten Morgen nach ihrer Ankunft in Nyahururu bestimmt. Drei Tage und drei Nächte waren genug gewesen, um sie sehend zu machen. Danach hatte sie für alle Zeiten begriffen, dass sie die Großstadt – ihre Anonymität, ihr Lebenstempo und die Heiterkeit des Augenblicks – brauchte wie ein Baum das Wasser. Nyahururu war Lilly zu klein, zu gebunden an Riten und Traditionen, die in Nairobi von der neuen Zeit mit kraftvollen Zähnen zermalmt worden waren. Chebetis Nachbarn in den ärmlichen Häuschen hielten der Heimkehrerin einen Spiegel vor, und sie konnte nicht anders, als sich selbst zu erkennen. Sobald Lilly in diesen Spiegel sah, erblickte sie die herausgestreckte Zunge ihrer Richter. Die hatten sie, kaum dass sie die Finger an beiden Händen zählen konnte, als „Chebetis besondere Tochter" beschimpft, nur weil sie die Freundin von Bwana Mbuzis Tochter gewesen war und die Sprache der Mungu gelernt hatte. Die Neider von damals lehnten Lilly immer noch ab; für Alt und Jung war sie die Außenseiterin geblieben, die das genormte Leben von zufriedenen Menschen mit Unruhe bedrohte. Lilly witterte überall Gehässigkeit, Ablehnung und Missgunst.

Nur aus Rücksicht auf die hochschwangere Stella, die jahrelang vom beschaulichen, bescheidenen, glücklichen Leben in der ehemaligen Heimat geträumt hatte, war sie nicht umgehend nach Nairobi zurückgekehrt. Jeden Tag aufs Neue hatte Lilly sich vorgenommen, Stella die Wahrheit zu gestehen, aber sie hatte nicht den Mut gehabt, die Illusionen ihrer Freundin zu zertreten, das Leben zu schildern, das sie selbst in Nairobi geführt hatte, und weshalb sie nicht mehr in ihrer alten Heimat leben wollte. Lilly spürte bei jedem Wort, das gesprochen wurde, dass Stella sich ein Dasein in täglicher Ungewissheit – aber auch in der Freiheit, nur sich selbst Rechenschaft ablegen zu müssen – nie würde vorstellen können. Malaya, das Wort für Hure, war für Stella nur eine Kette von wohlklingenden Silben geblieben.

Nun, auf dem Weg zurück in ihr altes Leben, hatte ein einziger Blick nach hinten genügt, um Lilly klar zu machen, dass sie durch ihr heimliches Verschwinden ihre verständnisvolle, gutherzige Freundin, die als erwachsene Frau ebenso besessen an ihren Träumen festhielt wie als Kind, noch schmerzhafter treffen würde, als die Wahrheit es je hätte tun können. Lilly straffte ihre Schultern und hob ihren Kopf; schon diese kleinen Gesten der Wehrhaften halfen ihr. Ihre Gewissensbisse blieben leicht genug, um nicht schon am Morgen den Tag zu beschweren. „Malaya", sagte sie leise, doch sie lachte, riss ihr T-Shirt hoch und ließ die kühlende Luft an ihre Brust.

Der schmale Pfad, der durch wucherndes Gebüsch führte, das mannshohe Gras und die dickstämmigen Bäume, deren Kronen sich berührten, waren verlässliche Verbündete auf Lillys zweiter Flucht aus Nyahururu. Dieses Mal hetzten sie nicht die Trauer um Stellas toten Vater und die Angst vor der Zukunft. Die Berge und Hügel, Wald und Busch machten es ihr leicht, ihren alten Bindungen und neuen Skrupeln so rasch zu entkommen, als hätte kein Schatten sie je gestreift. Bald konnten die Augen nur noch die größten der kleinen Häuser ausmachen, die Chebetis eigenwilligster Tochter gastliches Obdach gewährt hatten.

Es war kurz nach acht Uhr, als sie auf dem Rückweg in ihr vertrautes Leben die Autostraße erreichte. Die Straße nach Nakuru hatte viele enge Kurven und nach einem Sturm am Ende der letzten Regenzeit, der Baumriesen entwurzelt hatte, die tiefsten Schlaglöcher seit Jahren. Zwischen zwei verrosteten Autowracks stand ein verwittertes Holzschild, auf dem Nyahururu noch als THOMSON'S FALLS bezeichnet wurde – der Ortsname aus der Kolonialzeit. Lilly hatte die beiden Wörter, die jahrzehntelang den Englisch sprechenden Reisenden ihre Ankunft an einem der schönsten Wasserfälle des Landes angezeigt hatten, seit ihrer ersten Flucht nicht mehr gelesen. Die Buchstaben flirrten vor ihren Augen, und in Kopf und Brust spürte sie einen zuckenden Schmerz.

So früh am Morgen waren noch keine Privatautos oder Jeeps mit Leuten auf Safari unterwegs, nur die paar Lastwagen, die Männer aus abgelegenen Ansiedlungen zu Arbeitsstellen brachten, die genauso abgelegen waren. Bald belebten auch Menschen und Tiere die Szene – junge, kräftige und auffallend große Männer standen auf der Kuppe eines sanften Hügels. Sie trugen Armreifen, Fußspangen und Ketten aus bunten Perlen um Hals und Schultern, hatten Pflöcke aus Elfenbein in den Ohren, Amulette auf der Brust, eine graue Feder mit gelber Spitze auf dem Kopf und einen Speer in der Hand. Ihre Schritte wurden kürzer, als sie sich Lilly näherten. Sie sah, dass ihre Füße in Turnschuhen aus Indien steckten, und hatte Mühe, ihr Lächeln rechtzeitig zu verschlucken. Solche weißen Turnschuhe galten als typisch europäisch und waren bei jungen

Männern begehrt. Seit kurzem wurden sie nicht nur in Nairobi, sondern auch auf den Märkten in Nakuru, Gilgil und Naivasha verkauft.

Die Männer auf der Straße waren Hirten, die in Eldoret oder in Nakuru gewesen waren, um Vieh zu kaufen und zu verkaufen, und nun auf dem Weg nach Samburu waren, wo sie wohnten und nach Traditionen und Riten lebten, die sich noch nicht von der neuen Zeit hatten verschlingen lassen. Sie wurden von Hunden mit struppigem schwarzem Fell und kräftigen Pfoten begleitet. Die Hirten und ihre Hunde trieben gemischte Herden vor sich her – Milchkühe, Ochsen, Kälber, einige wenige Schafe und viele schwarze Ziegen mit weißen Bärten. Obwohl sonst die Augen der jungen Männer aus Samburu blind waren für die Frauen vom Stamm der Kikuyu, drehten sie alle zu gleicher Zeit den Kopf und starrten Lilly an.

Kurz darauf tauchte eine Gruppe von Kindern auf, ausnahmslos Jungen zwischen neun und zwölf Jahren. Sie waren offenbar schon weit gelaufen, denn sie schwatzten kaum noch miteinander und schoben erschöpft einen Fuß vor den anderen. Sie trugen Shorts aus zerschlissenem Jeansstoff. Auf den ausgeblichenen roten T-Shirts stand COCA-COLA in weißen Buchstaben. Kaum einer der Buben hatte Schuhe an, auffallend viele von ihnen aber von der Sonne ausgeblichene hellblaue Hüte, die viel zu groß für Kinderköpfe waren und den Kleinen über die Ohren rutschten. Obwohl kein Junge eine Tasche oder auch nur ein Buch trug, fiel Lilly ein, dass in ihrer Kindheit eine Schule in der Ortschaft gewesen war, zu der der Weg an der nächsten Kreuzung führte. Wahrscheinlich hatten die Kinder ihre Hüte Touristen abgebettelt. Am letzten Tag einer Rundreise trennten die Fremden sich leichten Herzens von nicht mehr benötigtem Reisebedarf. Die himmelblauen Hüte stammten, das sah Lilly, aus einem Laden an der Kenyatta Avenue in Nairobi – das einzige Geschäft für Safari-Bedarf, das in Kenias Hauptstadt den Wechsel von der Kolonialzeit in die staatliche Unabhängigkeit unbeschadet überstanden hatte. Dort deckten sich die meisten Urlauber für ihre Rundreisen, die gewöhnlich nicht länger als zwei Wochen dauerten, mit so viel Sonnenschutzmitteln ein, dass der Vorrat für Monate in der Sahara gereicht hätte, und fast alle kauften sie die leichten blauen Hüte aus einem Stoff, der weder Sonne noch Regen, noch Wind abhielt. Obwohl die Inder in Kenia nicht beliebt waren, weil sie von den Afrikanern als arrogant empfunden wurden, mochte Lilly den Ladenbesitzer. Er war ein freundlicher, kluger Mann aus Bombay und entwickelte eine enorme Geschicklichkeit, um wohlhabenden Europäern halbhohe Schnürschuhe aus Leinen zu verkaufen. Die stammten aus einer kleinen Werkstatt in der Nähe von Thika und überdauerten auch im Jeep keine Reise, die länger als vier Tage währte.

Zu dem Affenbrotbaum mit dem vom Blitz gespaltenen Stamm, an dem die Autobusse zu halten pflegten, war es mindestens noch eine Stunde zu laufen. Lilly blieb stehen, setzte sich auf einen flachen Stein am Straßenrand, zog ihre Schuhe aus und massierte ihre Füße. Ein wenig besorgt machte sie eine Blase an der rechten Ferse aus. Noch mehr Kummer bereitete es ihr, dass Zunge und Lippen brannten. Sie hatte noch nicht einmal genug Wasser aus Nyahururu mitgenommen, um eine Katze vor dem Verdursten zu bewahren. Wütend schleuderte sie die leere Flasche auf die Straße. Lilly kannte weder die Abfahrtszeiten des Busses, noch wusste sie, ob er überhaupt täglich verkehrte, und wenn, ob er dann nach Nairobi fuhr oder nur bis Nakuru. Sie wollte auf keinen Fall in Nakuru bleiben. Nakuru war für sie zu nah am Ausgangspunkt einer Safari, die zurück in die Freiheit führen sollte. Von Tag zu Tag ein Stück mehr hatte sie sich eingeredet, sie müsste Nyahururu verlassen haben, ehe der nächste Brief von Stellas Großvater eintraf. Später konnte sie sich nicht mehr erklären, wie sie auf eine so unlogische Idee gekommen war. Sie wusste nur noch eins: Sie hatte nächtelang am offenen Fenster gehockt und sich nach ihrer schäbigen Unterkunft in Nairobi gesehnt. Die Vorstellung, sich von Stella zu lösen, war Lilly zunächst absonderlich und undankbar erschienen. Trotzdem war es ihr in keiner der schlaflosen Stunden und erst recht nicht bei Tage gelungen, den Kampf zu begreifen, der in ihr wütete. Sie spürte, dass sie gleichzeitig diejenige war, die den Bogen spannte, und diejenige, die von den Pfeilen getroffen werden würde.

Als Lilly am Straßenrand ihre heißen Füße in der Morgenbrise kühlte, rief sie beschämt die Tage der Wende in ihr Gedächtnis zurück. Es hatte noch nicht einmal die Zeit zwischen einem Sonnenuntergang und dem nächsten Morgengrauen gedauert, ehe ihr klar wurde, dass es nicht Chebeti war, die sie von Nyahururu forttreiben würde. An die Schroffheit ihrer Mutter war Lilly gewöhnt. Sie hatte ihren Frieden mit Chebeti gemacht. Manchmal hatte sie gar eine selbstquälerische Freude am Gleichklang ihrer Seelen, denn Mutter und Tochter waren von der gleichen misstrauischen, skeptischen, ironischen Art.

Die Realität, die Lilly aus dem schönen Haus von Nyahururu trieb, war so tückisch wie eine Schlange, die sich vor ihrem Angriff als Schlafende tarnt. Es war allein die gütige, tolerante Stella, die in allen Menschen

Afrikas ihre Schwestern und Brüder sah, die Lilly zu der Mörderin eines Traumes gemacht hatte. Die wunderbare Freundschaft der Tage von Karibu hatte einst zwei kleine Mädchen aneinander geschmiedet – sie hatten nichts von Neid gewusst und schon gar nichts von dem tiefen Graben zwischen den Besitzenden und denen mit den leeren Händen. Nun, da ihnen lediglich der Blick nach hinten blieb, wenn sie Gemeinsamkeit suchten, hielt nur noch eine von beiden den Traum von den zusammengewachsenen Herzen für wahr.

Sosehr sich Lilly gegen die Wahrheit gewehrt und sie als eine Schuld empfunden hatte, die sie nie würde sühnen können – es gab keine Minute des Tages, da sie Stella nicht beneidete. Sie neidete ihr die Kleider und den Schmuck, den Großvater und seine Liebe, sein Geld, sein Haus, sein Ansehen und seine Großzügigkeit. Lilly neidete Stella den Mann, der bald Arzt sein würde und der Liebe wegen Telegramme aus London schickte, und sie beneidete Stella um das Kind, dessen Hautfarbe die Mutter nicht um den Gleichmut bringen konnte. Als sie die kleine Julia zum ersten Mal an ihren Körper drückte, hatte Lilly begriffen, dass sich nur die Reichen Zebrakinder leisten können, die zwischen zwei Welten stehen.

Am meisten beneidete Lilly ihre einstige Schwester um die Großherzigkeit der Besitzenden. Noch ehe das Haus das erste Fenster hatte, war für Lilly Stellas Freigebigkeit eine Fessel aus Stahl geworden. Lilly ertrug es nicht, dass sie immer nur nehmen und nie geben konnte. Die stählerne Kette um Lillys Brust hatte ihren Stolz zermalmt. Stella hatte nichts gemerkt.

Chebeti erkannte noch vor ihrer Tochter, was geschehen war. „Geh", hatte sie gesagt, „geh dorthin, wo dich niemand fragt, wer du bist. Du bist hier nicht mehr zu Hause. Du gehörst nicht zu den Menschen, die das ehren, was gewesen ist. Geh, aber sag Stella nicht Kwaheri. Der Schmerz macht die Milch in der Brust einer jungen Mutter sauer. Sie ist für dich zurückgekommen. Sie wird nie verstehen, warum du von ihr weggehst."

„Ich werde Stella nicht Kwaheri sagen", sagte Lilly. „Dir auch nicht?"

„Mir kannst du Kwaheri sagen", überlegte Chebeti. „Meine Ohren sind stark. Ich habe keine Milch mehr, die sauer wird."

So war Lilly, ehe aus der Nacht Tag geworden war, aus Stellas Haus geschlichen wie einst als hilfloses, verwirrtes Mädchen von 15 Jahren aus Chebetis rauchiger Hütte. Diesmal war sie nicht hilflos und nicht verwirrt, auch nicht schwach oder zaudernd. Sie war nicht trauriger als ein Hund, der im Nebel seinen Herrn verloren hat. Lilly verfluchte noch nicht einmal den Neid, der ihr Herz versengt hatte. Als sie ihre Augen schloss, weil die Müdigkeit die Lider schwer machte, verdross sie nur noch eins: Für ihre Reise hatte sie aus Stellas Portmonee Geld genommen. Weil sie jedoch dann mit der Hast der Einbrecher aufgebrochen war, hatte sie vergessen, den in der Nacht geschriebenen Brief auf den Tisch zu legen. Der knisterte in ihrer Rocktasche. Ehe Lilly einschlief, hörte sie den Brief flüstern.

Zwei Stunden später erwachte sie vom Lärm eines Jeeps, der anhaltend hupte. Weil sie sich aber im Traum wähnte, blieb sie im Gras am Straßenrand auf dem Rücken liegen, die Arme über den Kopf gestreckt, die Beine zum Leib angezogen und die Füße nackt.

„Bist du taub oder blind", rief eine Männerstimme, „oder hat dich einer zum Sterben hierher gelegt und du wartest auf die Hyänen? Ich habe dich gefragt, ob du mit mir fahren willst. An deiner Stelle würde ich mal den Mund aufmachen. Für die Hyänen bist du viel zu jung. Und zu schön."

Wenn Mois Augen zu lange von den Farben und vom blendenden Licht des Hochlands getrunken hatten, verwehrten sie ihm selbst eine kurze Safari zu den Zebras am Horizont oder zu den segelnden Wolken über dem Berg. In solchen Phasen der Erschöpfung verlangten seine Ohren nach der Stille der Nacht. Der rastlose Moi hatte dann immer den gleichen Wunsch: Er wollte den ganzen Tag im Gras liegen bleiben, die Sonne auf der Haut spüren und den Wald riechen. Er nahm sich vor, nicht zu denken, keine Pläne zu machen und nichts mehr zu begehren. Doch die Ruhe der Phlegmatiker war Moi nicht gegeben. Sobald er seine bloßen Füße in den Wind hielt, sein Hemd öffnete und sich unter den Affenbrotbaum setzte, umzingelten ihn Bilder, Menschen, Emotionen, seine Vergangenheit, die Gegenwart, Begierden und Ängste.

Der Affenbrotbaum, unter dem dies alles geschah, war für Moi nicht einer wie die anderen. Er war für ihn wie ein Fixstern am Himmel, der Begleiter durch das heitere Tal der Kindheit. Dieser nie schwankende

Baumriese, der zwischen zwei mächtigen Ameisenbergen stand, hatte mehr Dürre- und Regenzeiten, Winde mit kräftigen Peitschen und erbarmungslose Gewitter erlebt als selbst die Mzee, die nur noch nach hinten blicken.

Schon weil sich der Affenbrotbaum nicht mit seinesgleichen umgab, empfand ihn Moi als einen vertrauenswürdigen Freund. In der Mittagszeit, wenn das gleißende Sonnenlicht die Farben durcheinander wirbelte, redete Moi zuweilen mit ihm. Moi sah viele Details, für die andere Menschen keine Empfindungen hatten. Es erfreute ihn zu beobachten, wie sehr Vögel mit langen bunten Schwanzfedern die starken Äste und biegsamen Zweige des bejahrten Schattenspenders liebten. Er sah die Käfer mit grünen Flügeln, die auf der Rinde krochen. Viel Spaß machten ihm Kinder, die noch so jung waren, dass sie sich nicht zu staunen genierten. Sie lachten, wenn sie die Früchte des Affenbrotbaums zum ersten Mal sahen. Die sahen aus wie Gurken und schaukelten im Wind.

„Du wirst auch bald lachen“, wusste Moi. Er kitzelte Julias Stupsnase mit seinem Atem. Die Kleine war nun fast immer bei ihm, wenn sein Kopf voll war mit Gedanken, die er nur einem Kind erzählen wollte, das noch nicht sprechen konnte. Julia lächelte erst seit einigen Tagen. Mit dem Zauber der ersten Heiterkeit war sie sehr freigebig, am meisten, wenn sich Moi zu ihr herabbeugte und ihr seine Nase überließ, damit sie greifen lernte.

„Du wirst bald aus meiner Tochter ein Kind gemacht haben, das den ganzen Tag herumgeschleppt werden will wie ein junger Affe“, tadelte Stella.

„Es ist zu spät. Siehst du das nicht? Moi hat schon am ersten Tag ihres Lebens aus Julia einen Affen gemacht“, brummte Chebeti, doch ihre Stimme war zärtlich. Mit der Linken hielt sie eine langstielige Pfanne, die sie mit weißer Asche blank wie die silbernen Armreifen der Männer aus Samburu geputzt hatte, in die Sonne. Ihre Augen hatten sich nach Lillys Flucht nicht verdunkelt. Sosehr Chebeti es zu verbergen versuchte und in Gesprächen mit Stella auch bestritt, sie schätzte Moi. Sie bewunderte seine Klugheit und dass er nie von dem Unfall sprach, der ihm so viel Kraft und den Glauben an sich selbst gestohlen hatte. Es bewegte sie, dass er so zärtlich mit Stellas Tochter umging.

Und Moi ließ jeden wissen, dass er das dunkelhäutige Kind einer blonden Mutter liebte. Wenn er in Stellas Küche saß und Karawanen von Autos mit hohen Rädern und großem Stauraum zeichnete, die er besonders geeignet für eine reiche Frau wie Stella und die ungeteerte Straße nach Nyahururu fand, summte er meistens eine Melodie, die Julia verzauberte. Er erzählte der Kleinen wundersame Geschichten, die ihre Mutter so berührten, dass sie nicht wusste, ob sie lachen oder weinen wollte. Moi imitierte Vogelstimmen so gut, dass junge, unerfahrene Hunde erwartungsvoll bellten, wenn sie ihn zwitschern hörten, und er wisperte wie der Wind im hohen Gras, wenn Julia einmal nicht einschlafen wollte. Oft sprach Moi mit dem Baby über tatsächliche Ereignisse – besonders dann, wenn er der Meinung war, Stella sollte sie erfahren, um ihr Herz vor der Torheit der Leichtgläubigkeit zu schützen.

„Unser Kind hat nicht einen Freund verloren", pflegte er mindestens einmal am Tag seit Lillys Verschwinden zu sagen. „Meine Füße sind hier geblieben."

Es war nach einer unruhigen Nacht von Zweifel und Hoffnung, Erinnerungen und Melancholie, als Stella Moi und Julia lange vor der gewohnten Zeit zurück ins Haus rief. Moi liebte komplizierte Erklärungen für simple Vorgänge, aber Stella war klar, weshalb er Julia mitten am Tag umgezogen und unter seinen Lieblingsbaum verschleppt hatte. Der Schneider Moi hatte nicht widerstehen können, einem Baby von vier Monaten das herrlichste Kleid anzuziehen, das er je gesehen und mit staunender Ehrfurcht gestreichelt hatte. Das Zebrakind mit den schwarzen Locken trug ein Gewand aus hellgelbem Voile. Der Rock bestand aus mehreren Volants. Der Halsausschnitt und die Puffärmel waren mit feiner weißer Spitze eingefasst, der schmale hellblaue Samtgürtel mit zwei winzigen goldenen Glocken verziert, die bei jeder Bewegung des Kindes leise läuteten. Das Kleid war zusammen mit einer gehäkelten Mütze aus marineblauer Wolle, Samtschuhen in der gleichen Farbe und einer silbernen Rassel, verziert mit den Buchstaben *J* und *H* auf der einen Seite und einem Pfeife rauchenden Halbmond auf der anderen, über Kontinente und Meere expediert worden und am Vortag bei Stella eingetroffen – zeitgleich mit den drei Monate zuvor bestellten Türklinken und der Metallsäge aus Nairobi.

Zu diesem Zeitpunkt hatte es sich bereits bis Gilgil und Rumuruti herumgesprochen, dass eine „Mzungu mit Haar in der Farbe von Mais und mehr Geld in ihrem Koffer, als ein Hund Flöhe hat, für zwei Frauen und ein sehr kleines Toto" in Nyahururu ein „großes Haus aus Glas und Gold" hatte bauen lassen. Folglich war es eher einer glückhaften Fügung als Mr Karatasi, dem Angestellten von der Post, zu verdanken, dass das Päckchen sich nicht zu Mr Karatasis größtem Bedauern entschlossen hatte, „in der Nacht wieder zu seinem ursprünglichen Herrn zurückzulaufen" –

das war die damals in Nyahururu gängige Formulierung für verloren gegangenes Postgut. Immerhin wussten selbst Kinder, dass Päckchen mit Briefmarken aus fremden Ländern meistens größere Kostbarkeiten enthielten als große Pakete mit Marken aus Kenia.

Moi hatte an dem bewussten Tag einen Sack Zucker und eine Staude Bananen kaufen wollen und lediglich aus Gewohnheit nach Post für die „Mzungu in Nyahururu“ gefragt. Beim Bestaunen der silbernen Rassel begriff er, dass der Mzee in London augenscheinlich in seinem langen Leben keinen Grund gehabt hatte, an der Post zu zweifeln, und am Ende auch noch auf die Idee kommen könnte, Geld oder Geschmeide in einem Pappkästchen auf Safari zu schicken. Nach Rücksprache mit einer sehr erschrockenen Stella, die ihrem skeptischen Berater zunächst nicht glauben mochte, beschloss Moi, bei der nächsten Gelegenheit Mr Karatasi verbindlich zuzusichern, fortan für jede unversehrt abgelieferte Postsendung einen großzügigen Anerkennungstribut zu entrichten.

Sir Williams exquisite Willkommensgaben für seine Urenkelin stammten von der weltberühmten Firma Asprey in der New Bond Street. Stella erkannte das Papier von Asprey, als sie noch das Band des ersten Geschenks aufknotete. Mit einem Seufzer verscheuchte sie zwei Erinnerungen. Zum letzten gemeinsamen Weihnachten hatte Sir William seiner Enkeltochter in der New Bond Street die Flamingobrosche mit Smaragden, Rubinen, Saphiren und Brillanten gekauft. Stella wähnte das kostbare Schmuckstück geborgen in der Seitentasche ihres weißen Lederkoffers. Tatsächlich war jedoch der glitzernde Flamingo mit dem großen Rubin im Auge zusammen mit Lilly auf Safari gegangen.

Vor dem Schlafengehen, als sie ihre Tochter stillte, spürte Stella eine bedrückende Schwere in der Brust. Beklommen bot sie ihren Augen die besten Beutestücke der afrikanischen Nacht an, doch sie sah zwischen dem hellen Band der Sterne nur Bilder, die zu einem Panorama der Wehmut wurden. Schließlich löste sich dieses Panorama in ein sprühendes Feuerwerk auf. Stella glaubte, sie hätte es schon einmal gesehen. Es war das funkelnde Spektakel, das sie und Fernando in ihrer ersten gemeinsamen Silvesternacht am Trafalgar Square erlebt hatten. Stellas Hand suchte Halt in der Tasche eines grauen Männermantels. Erst erwärmten sich ihre Finger und dann ihr Herz. Obwohl sie ahnte, dass es ihr nicht gut tun würde, reiste sie nicht mehr von London ab. Vor der kleinen Kirche St. Martin-in-the-Fields sagte sie „Ich liebe dich“. Fernando roch, als er sie küsste, nach Pfefferminze und heißen Maronen. Er nannte sie Lady Godiva. „Du hast“, hörte Stella ihn sagen, „einen Mann mit der falschen Hautfarbe und ohne Oxfordakzent vor dem ewigen Ausschluss aus der feinen Gesellschaft errettet, Lady Godiva.“

„Ich bin farbenblind“, hatte Stella damals erwidert.

Sie straffte ihre Schultern, schluckte die Erinnerungen hinunter und lächelte in die Dunkelheit hinaus, aber weder Courage noch die Entschlossenheit derer, die sich auf der richtigen Fährte wähnen, konnten den nächtlichen Ritt ihrer Erinnerungen aufhalten.

Stella drückte ihren Rücken gegen den Fensterrahmen und machte Bilanz. Sie war einer Kinderfreundschaft wegen in einen Ort geflüchtet, der selbst in Kenia nicht auf jeder Landkarte verzeichnet war. Fließendes Wasser und Strom, Fernsehen und Telefon, Theater und Kino, Auto, Kühlschrank, ärztliche Versorgung und die Möglichkeit, sich jederzeit nach Belieben mit den Dingen des täglichen Bedarfs zu versorgen, gehörten nicht mehr zum Zyklus ihres Lebens, aber auch nicht mehr die Sehnsucht, die sie aus England fortgetrieben hatte. Stella hatte die Landschaft ihrer Kindheit, Chebeti und Lilly wiedergefunden, ein Kind geboren, das gesund war und schön, und sie hatte ein Haus mit einem festen Dach und soliden Wänden gebaut. Auf der Bank lag von Monat zu Monat mehr Geld für eine Existenz in dem Land, das ihr Heimat war.

„Es ist genug“, sagte Stella und begrub den Zweifel am Sinn ihres neuen Lebens. „Ich werde es tun“, murmelte sie. Stella nahm sich vor, das Geld auf der Bank in Nairobi für die Menschen zu verwenden, deren Ursprünglichkeit, Gelassenheit, Lebensklugheit und Heiterkeit sie Tag für Tag aufs Neue beeindruckten. Sie zweifelte nicht an Lillys Rückkehr. Mit ihr, mit Chebeti und mit Chebetis Freunden und Nachbarn wollte sie leben, um ihrem in Nyahururu geborenen Kind die Kraft der afrikanischen Wurzeln zu sichern, die naive Heiterkeit des Seins, die noch in den Tiefen des Lebens tröstet und beschützt. Dabei sah sie sich nicht als eine Heilsbringerin aus Europa, die sich weismachen lässt, sie könnte die Menschen Afrikas aus wirtschaftlicher Not erretten, indem sie ihnen die Kultur nimmt und den Segen der Zivilisation verspricht. Stella hatte nur ein kleines Licht aufflammen sehen. Endlich sah sie die Lodge, wie das Empfangsgebäude erbaut wurde, roch das Holz für Fensterrahmen und Türen, bestellte das Glas in Nakuru und stellte sich die Menschen auf Safari vor, die in den Wasserfall schauten und erlebten, wie sich die Feuerlilien bei Sonnenaufgang glühend rot färbten.

Julia schlief in ihrem Korb unter einem feinen Netz, das im Sternenleuchten der afrikanischen Nacht wie ein Gewebe aus feinen silbernen Fäden wirkte. Behutsam zog ihre Mutter die Decke gerade und belauschte

Atemzüge, die ruhig waren und gleichmäßig. Sie versprach Julia ein Leben lang die Liebe und Aufrichtigkeit einer Mutter, die immer jung und hoffnungsfroh sein würde. Obwohl sie sah, dass Lillys Zimmer leer war, als sie zurück in ihr eigenes ging, legte sie sich zufrieden in ihr Bett.

Am nächsten Morgen fühlte sie sich erfrischt und zuversichtlich. Die Schatten, die sie beunruhigt hatten, waren hell geworden. Moi hörte sie lachen, als er mit Julia in die Küche kam.

Moi war nicht nur empfindsam und rücksichtsvoll. So jung, wie er war, hatte er die Weisheit der Mzee, die aus ihren Erfahrungen und Leiden gelernt haben. Deshalb hatte er seiner Zunge Zeit gelassen, obwohl es ihn seit Lillys Verschwinden von Stunde zu Stunde mehr nach der Befreiung von der Lüge und falscher Hoffnung getrieben hatte. Er setzte das Kind im Spitzenkleid auf den Schoß seiner Mutter.

Julia sah aus wie eine Rosenknospe im Tau des beginnenden Tages. Noch wusste sie nichts von ihrer Schönheit, nichts von ihrem dunklen Teint und nichts vom Reiz nachtschwarzer Haare. Stellas Nachbarn, die dieses Kind bewunderten, obwohl es ein Mädchen war, das nie einen Brautpreis erzielen würde, hatten noch viel Zeit zu grübeln, welcher Sprache sein erstes Wort entstammen würde.

„Jambo“, sagte Moi. Er wünschte sich sehr, dass das Kind im Sonnenkleid und er zusammen nur zwei Zungen brauchen würden, um miteinander zu reden. „Jambo“, lockte er noch einmal.

Julia gurrte gute Laune – auch dann noch, als sie ausnahmsweise ihren eigenen Daumen zum Nuckeln nehmen musste. Moi brauchte seinen für die Arbeit. Er wollte, weil Stella ihm einiges von ihren Plänen erzählt hatte, den Garten und das imposante Empfangsgebäude der Lake Nakuru Lodge zeichnen. Für diese feudale Gästeunterkunft hatte er in gesunden Tagen Bettwäsche, Gardinen und Kissenhüllen genäht. „Auf den weißen Kissen“, beschrieb er, „war ein Flamingo und auf den roten Kissen war ein schwarzes Nashorn.“

„Das musst du Lilly erzählen, wenn sie wieder hier ist“, erwiderte Stella. „Mein Vater hat ihr einmal einen blauen Löwenkopf auf ein weißes Kissen gemalt.“

„Lilly kommt nicht zurück“, erklärte Moi. Er warf den Bleistift auf den Tisch und schob das Papier zur Seite. „Alle Leute in Nyahururu wissen, dass Lilly in die Stadt gelaufen ist. Nur du weißt nichts, Mama. Du willst nicht, dass du das weißt. Du bist auf eine zu weite Safari gegangen, um deine Lilly zu suchen. Jetzt rennen deine Augen an der Wahrheit vorbei.“

Er sah, dass Stella blass geworden war. Rote Flecke krochen zu ihrem Hals.

„Warum sagst du das, Moi? Woher weißt du, dass Lilly nicht zurückkommt?“

„Ich habe sie auf der Straße nach Nakuru gesehen.“

„Aber, was hat sie auf der Straße nach Nakuru gemacht? Kennt sie denn jemand in Nakuru?“

„Sie hat gejagt, Stella. Aber eine Frau wie Lilly jagt auf der Straße nach Nakuru keine Hühner.“

Stella fiel es nicht auf, dass Moi zum ersten Mal ihren Namen nannte, denn in diesem Augenblick, da Mois sanfte Stimme endlich die Pfeile der Wahrheit auf den Weg geschickt hatte, traf Stella der Blitz. Erst Stunden später wurde sie gewahr, dass der Blitz nicht nur hell gewesen war, sondern schonungslos erhellend. Als er sie traf, hatte sie nämlich nicht nur begriffen, dass der Kindertraum von den beiden Schwestern Stella und Lilly für immer tot war. Ihr war noch Schlimmeres widerfahren. In dem Moment der gewaltigsten Enttäuschung ihres Lebens, im Wissen um den Verlust eines jahrzehntelang gehüteten Schatzes und in der Trauer um die Unwiederbringlichkeit des Glücks hatte Stella nur ein einziges Verlangen gespürt: die Sehnsucht nach ihrer Muttersprache und nach Menschen, für die sie ihre Empfindungen nicht in Bilder kleiden musste.

„Wir werden unsere Lodge bauen“, sagte sie. „Ohne Lilly.“

Moi kniff seine Augen fest zu. Noch vor dem Gespräch, das schließlich nicht nur für zwei Menschen von besonderer Bedeutung sein würde und dessen Auftakt er sich seit Tagen gründlich überlegt hatte, wollte er im weißen Mittagslicht jene grünen und gelben Sterne herbeizaubern, die sekundenlang die Wirklichkeit ausblendeten. So machte er sich erst an die Aufgabe, die er sich selbst gestellt hatte, als seine Augen gesättigt von den Funken und Farben zurückkehrten.

Er räusperte die Heiserkeit aus seiner Kehle, kratzte sich kurz am Ohr und erklärte feierlich: „Du hast gesagt, du willst eine Lodge bauen.

Weißt du noch, dass du das gesagt hast? Aber in Nyahururu ist nicht ein einziger Baum geschlagen worden für die Bretter. In Nakuru wurde kein Wellblech bestellt für ein Dach. Wo ist das Glas für die Fenster? Wir haben nur noch genug Schrauben, um den Riegel für ein Schloss an eine Tür zu machen. Dein Geld schläft immer noch auf der Bank in Nairobi, Mama."

„Halt deinen Mund, Moi, und mach ihn nie wieder auf. In einer Woche kannst du noch nicht einmal eine Hütte für einen Hund bauen. Jedenfalls nicht in Nyahururu. Da fehlen bestimmt die Nägel. Die müssen erst aus Nakuru geholt werden. Oder es fehlen die Arbeiter. Die müssen erst aus Nairobi geholt werden."

„Wir haben doch keinen Hund", sagte Moi vorwurfsvoll. „Aber wenn du morgen eine Hütte für den Hund bauen willst, den du nicht hast, dann musst du es mir sofort sagen, dann fahre ich heute noch mit dem Bus nach Nakuru und hole die Nägel für die Hütte deines Hundes."

„Ich will keinen Hund. Ich brauche keinen Nagel und kein Holz. Ich will hier sitzen und hören, was die Vögel reden. Hast du mich verstanden?"

„Aber ja", lachte Moi. „Ich verstehe dich sehr gut. Du hast vergessen, mir zu sagen, dass du ein Haus für deine Vögel bauen willst. Dann willst du dich an die Tür von dem Haus für deine Vögel stellen und hören, was sie sagen. Da brauchen wir Nägel. Um aber die Nägel so schnell von Nakuru nach Nyahururu zu bekommen, musst du heute das Auto kaufen, von dem wir die ganze Zeit reden."

„Hör auf. Wir haben nie von einem Auto gesprochen."

„Ist jetzt nie, Mama? Wir sprechen schon seit fünf Minuten von deinem neuen Auto."

„Vergiss das Auto. Ich brauche kein Auto. Ich kann überhaupt nicht Auto fahren. Ich habe in meinem ganzen Leben noch nicht einmal auf einem Fahrrad gesessen."

„Was willst du in Nyahururu mit einem Fahrrad?", staunte Moi. „Hier gibt es zu viele Berge, und alle Straßen haben tiefe Löcher."

Sie hatten auf dem breiten Baumstamm vor Chebetis Gemüsegarten auf die Kühle des Nachmittags gewartet. Der schmale Pfad zu den großen Felsen, vor denen Stella so gern saß und die olivgrünen Meerkatzen beobachtete, deren Grazilität und Lebenslust sie immer wieder entzückten, wurde von keinem Baum gesegnet. Der schwache Wind trug schwer an der feuchten Hitze. Nur gelegentlich zeigte eine rötlich staubende Wolke an, dass die Zebras einen neuen Futterplatz gefunden hatten. Sobald die Augen jedoch zum Wasserfall schweiften und in den herabsteigenden Strahl schauten, glühte das Leben in den Farben des Regenbogens. In solchen Momenten von Fülle und Schönheit wurde die Trägheit, die den Kopf noch schwerer als den Körper machte, leicht wie Wolken, die einander wie übermütige Kinder jagen. Bis zu dem Gespräch über die Lodge und das Geld auf der Bank, das Stella durch sein überraschendes Ende mehr verstört hatte, als ihr zunächst bewusst wurde, war sie immer der Meinung gewesen, Moi würde diese Trägheit mit dem gleichen Behagen genießen wie sie. Es war eine Stimmung, die weder Freude noch Furcht kannte, weder Begehr, Gier noch Groll, nicht den Erfolg und nicht die Niederlage.

Doch als Stella Moi anschaute, wurde ihr klar, dass es unter Afrikas besonntem Himmel durchaus Menschen gibt, die nicht die Gabe haben, ihren Gedanken allzeit die Ruhe der Passiven zu befehlen. Moi war ein Mann, der wissen wollte, wie es um das Leben und die Welt bestellt war. Anders als für viele Menschen in Kenia, denen von Kindheit an die Resignation sehr viel vertrauter ist als die Hoffnung, war Zukunft für Moi nicht ein Wort, dem das Herz fehlte. Er hatte das an dem Tag begriffen, da ein Motorradfahrer seine Zukunft überrollt hatte. Das Wort aber und seine Bedeutung waren in seinem Gedächtnis geblieben. Stella spürte, wie eilig es dieser ungewöhnliche Mann hatte, Saat keimen zu sehen und die Ernte einzubringen.

„Ich habe allen Leuten hier erzählt, dass du in Nyahururu die größte Lodge in Kenia bauen willst. Eine Lodge mit vielen kleinen runden Hütten und weißen Steinen auf allen Wegen. Alle wissen auch, dass du dir ein Auto kaufen willst. Ein rotes Auto mit gelben Rädern und einer Hupe. Was gefällt dir besser für die Sitze? Das Fell von einem Leoparden oder das von einem Zebra?“

„Moi, man spricht nicht über die Tage, die noch nicht gekommen sind.“

„Die Tage sind anders geworden in Kenia, seit du ein Kind warst, Mama. Die Menschen sind auch anders geworden. Sie sitzen heute nicht mehr vor ihren Hütten und reden von dem Land, das sie haben wollen. Dieses Land gehört ihnen. Deswegen haben sie auch keinen weißen Bwana mehr, der ihnen Arbeit gibt und Essen und ihnen sagt, was sie pflanzen und was sie ernten sollen.“

„Ich verstehe dich nicht. Warum sagst du das alles?“

„Es ist“, erkannte Moi, „nicht eine Krankheit deiner Ohren, wenn du mich nicht verstehst. Die Männer, die für deinen Vater in Karibu gearbeitet haben, und auch ihre Frauen wollten bei Tag ihr Ugali im Topf haben und abends vor der Hütte sitzen und die Sterne zählen. Das war ihnen genug. Willst du auch nur die Sterne zählen? Heute und morgen und immer?"

„Deshalb bin ich ja hergekommen, Moi. Ja, ich will die Sterne zählen. Jede Nacht. Ich weiß, dass es Hunger gibt und Krieg, aber ich bin davongelaufen, weil ich mit Menschen zusammenleben will, die keine Uhr haben und die nicht immer wissen wollen, wie spät es ist. Mit solchen Menschen will ich jeden Tag lachen."

„Hier lacht niemand, weil er keine Uhr hat, Mama. Alle wollen wir eine Uhr. Wenn du in Nyahururu fertig bist mit Lachen", schlug Moi vor, „musst du nach Nakuru fahren und dort ins Kino gehen. Dort habe ich Leute so lachen sehen, dass sie ganz nasse Augen hatten. Aber um im Kino in Nakuru zu lachen, brauchst du ein Auto. Habe ich dir schon von dem roten Auto mit den gelben Rädern erzählt?"

Stella sprang auf und trommelte mit beiden Händen auf Mois Brust. Jeden Fluch, den sie in ihrer Kindheit gelernt hatte, alle Verwünschungen in Englisch und sämtliche Beleidigungen, die sie je in Kikuyu gehört hatte, spie sie Moi vor die Füße. Er aber lachte nur.

Er berichtete von Mr Patel. „Er wird dir gefallen, er hat Augen, Haut und Haare wie unser Zebrakind."

Mr Patel stammte aus Madras und lebte erst seit fünf Jahren in Nakuru. Er war laut Moi ein bemerkenswerter Geschäftsmann und kannte sich auf sehr unterschiedlichen Gebieten des Lebens aus. Er handelte nicht nur mit Baumaterial und Holzkohle, sondern auch mit Seife für die Armen und mit den begehrten kosmetischen Produkten für die Reichen, mit Töpfen, Tellern und Besteck und – je nach Bedarf seiner Kunden von Mombasa bis Kisumu – mit Schuhen, Gürteln und Textilien. Er belieferte die Märkte in Gilgil, Naivasha und Nakuru mit alten Fahrrädern und die Geschäfte in Nairobi mit Radiogeräten, Jagdausrüstungen, Fotoapparaten und Ferngläsern, beriet die Hotels und Lodges in der Rift Valley und schien selbst welche zu besitzen. Der rührige Handelsmann, der zu Stellas Erstaunen Mois Wertschätzung genoss, obwohl die Menschen in Kenia damals besonders viele Vorurteile gegen indische Geschäftsleute hatten, betrieb eine Agentur für Safaris im Hochland und eine Schule für indische Kinder in Kitale. Zweimal im Jahr fuhr er in seine Heimat, um Brüder, Onkel und Vettern für sein rasch expandierendes Imperium ins Land zu holen.

Schließlich wusste Moi zu berichten, dass Mr Patel „eine sehr kluge Frau" hatte. Sie hatte nicht nur in fünf Jahren vier Kinder geboren; sie trug die kostbarsten Saris, die Moi je gesehen hatte, und Schmuck aus

Gold mit glitzernden Steinen, und sie konnte schneller rechnen als ein Mann. Diese vierfache junge Mutter sah jeden Tag im „Duka la dawa" ihres Gatten nach dem Rechten. Stella übersetzte die drei Wörter, die ihr in der Zusammenstellung bis dahin nie begegnet waren, als einen Laden für Medikamente. Obwohl sie Moi das nicht wissen ließ, empfand sie seinen letzten Satz als ein unerwartetes Geschenk. Das Wissen, dass es in Nakuru eine Apotheke gab, machte sie geradezu euphorisch. Ihr Jubel minimierte sich jedoch beträchtlich, als sie erfuhr, dass es in der Apotheke von Mrs Patel nicht sehr viel mehr zu kaufen gab als Jod, Chinin und einen zähflüssigen Saft, der aus einem großen Holzfass geschöpft wurde und den Stella nach Mois Beschreibung als Rizinusöl definierte. Er war gerade dabei, seine Krankheit zu schildern, die ohne das Rizinusöl binnen zwei Stunden tödlich verlaufen wäre, als er sich selbst mitten im Satz unterbrach. Verlegen, aber mit fester Stimme, kündigte er plötzlich den unmittelbar bevorstehenden Besuch von Mr Patel an.

„Ich glaube, er kommt dich heute besuchen", sagte er.

„Und was will Mr Patel von mir?"

„Mr Patel kommt, um dir das Auto zu zeigen, das du kaufen willst. Vielleicht kommt auch sein Bruder. Oder der Sohn seines Bruders. Ein Auto muss man genau anschauen, bevor man es kauft."

Es wurde Abend, ohne dass sich Mr Patel oder einer aus seiner weitläufigen Verwandtschaft zeigte. Auch am nächsten Tag geschah nichts Außergewöhnliches – nur, dass Moi sehr wortkarg war. Ein paarmal lief er zu einer kleinen Anhöhe, von der aus die Augen die besten Chancen hatten, die Straße aus Nakuru zu überblicken, kam jedoch jedes Mal kopfschüttelnd zurück. Von Zeit zu Zeit legte er sich flach auf die Erde und drückte sein Ohr fest auf eine Stelle, an der kein Gras wuchs.

Stella wusste sofort Bescheid. Sie spürte einen scharfen Stich in der Brust. Seit ihrem Aufbruch aus Karibu hatte sie niemanden mehr auf der Erde liegen sehen, um den Klang von Schritten auf einem gut ausgetretenen Pfad oder Geräusche von der Straße aufzufangen. Sie und Lilly hatten das oft gemacht.

„Sie kommen", jubelte Moi, „ich habe dir doch gesagt, dass Mr Patel kommen wird."

Es war fast drei Uhr, als zwei Wagen den steilen Berg hinaufkeuchten. Das eine Auto war ein großer blauer Dodge, der zweite Wagen war ein roter Ford und augenscheinlich nicht mehr neu. Er ähnelte dem Wagen von James Stuart aus Ol' Kalau. Stella hatte seit Jahren nicht mehr an den skurrilen Schotten gedacht. James Stuart war einer der wenigen

Männer gewesen, mit denen sich Stellas Vater gut verstanden und den er öfter besucht hatte. Das Original aus Glasgow hatte auf sehr eigene Weise Kenia geliebt und sich geweigert, seine Farm aufzugeben, als Kenias Unabhängigkeitskampf gewütet hatte. Auch vor den Zeiten der Angst und Überfälle hatte er Tag für Tag eine Flasche Whisky leer getrunken; seine einzigen Vertrauten waren sein alter Koch aus dem Stamm der Kisi und ein zahmer Pavian gewesen. Noch zwei Stunden bevor Brian Hood aus Karibu im Haus aus Stein umgekommen war, hatte er mit James Stuart Schach gespielt. Stella sah, als sie auf die beiden Autos starrte, die gerade am letzten Maisfeld vor den Häusern mit den Wellblechdächern vorbeifuhren, das rot-weiß gemusterte Schachbrett vor sich. Die Springer waren Giraffen und die Bauern Klippschliefer.

„Und der Affe", murmelte sie, „hat die Schachfiguren in Bananenschalen eingewickelt."

Der allerorten bekannte Mr Patel nickte beim Aussteigen nach allen Seiten hin Zustimmung, als hätte ihn jemand nach seiner Ansicht befragt, ging lächelnd um den Wagen herum und hielt die Tür für seine Frau auf. Mrs Patel, die gertenschlanke Mutter von vier Kindern, hatte einen feuerroten Sari an und betrat die grobe Erde von Nyahururu mit goldenen Sandaletten. Ihr Mann flüsterte in ihr rechtes Ohr. Von dem baumelte ein Kranz aus winzigen Rubinen. Mr Patel lächelte noch immer. Er machte noch nicht einmal eine Bewegung, um die kreischenden Kinder zu verjagen, die seinen Wagen umlagerten. Er rief den kleinen Neugierigen „Jambo, Toto, Jambo!" zu, was sie offenbar nicht erwartet hatten, denn sie wichen scheu zurück. Patel lachte sehr viel gute Laune aus Kehle und Mund, denn er liebte nicht nur seine eigenen Kinder, sondern alle, denen er begegnete. Der rote Ford stand nun neben dem blauen Wagen. Stella bemerkte, dass der Fahrer, ein junger Inder in einer hellbeige Leinenjacke und mit ebenso glatten schwarzen Haaren und glutvollen Augen wie Fernando, ins Handschuhfach griff und ein kleines Päckchen in braunem Papier hervorholte. Er steckte es eilig in die Tasche seines Jacketts.

„Good afternoon, Madam", sagte Mr Patel.

Stella starrte ihn verblüfft an. Die Haut am Nacken wurde heiß, ihr Haar feucht. Sie streckte ihre Rechte in die Richtung von Mrs Patel vor. Bis zu diesem Moment ihres zweiten afrikanischen Lebens hatte Stella nie überlegt, weshalb sie mit ihrer Tochter ausschließlich Suaheli und Kikuyu sprach und wie sie überhaupt auf die Idee gekommen war, sie könnte schon deshalb wieder eins werden mit der Welt ihrer Kindheit. Nicht nur die Menschen, die sie liebte und von denen sie geliebt wurde, waren in London zurückgeblieben, sie hatte auch ihre Muttersprache in Mayfair zurückgelassen.

Mrs Patel fand endlich Stellas Hand. Ihre eigene war klein und kühl, der rechte Arm vom Gelenk an mit schmalen goldenen Reifen geschmückt, die bei jeder Bewegung klirrten. „Ich heiße Devika", sagte sie. Sie konnte nicht nur mit Worten reden. Mit Augen, die von Wimpern aus Samt bewacht wurden, dirigierte sie den jungen Mann zu dem blauen Dodge. Er kam mit einer Wolldecke zurück, so gelb und weich wie ein zwei Tage altes Küken, und einem großen, mit einem weißen Tuch bedeckten Korb. Devika Patel breitete, während sie von ihren Kindern, von ihrer Jugend in Madras, der Apotheke ihres Vaters in Bombay und dem Leben in Nakuru erzählte, die Decke unter einer Schirmakazie aus und begann den Korb auszupacken – zwei goldfarbene Thermosflaschen, schweres Silberbesteck, Glasteller und zierliche weiße Porzellanbecher mit geschwungenen Henkeln. Bananen mit roten, gelben und grünen Schalen wurden aus einem zweiten Korb geholt, aufgeschnittene Granatäpfel, in Scheiben zerlegte Mango- und Papayahälften, die mit einem Salat aus Orangen und Guaven gefüllt waren. Als Devika ein süßes Mohrrübendessert, das sie „Gajar Halva" nannte, auf eine Silberplatte hob und mit Mandelstiften und essbarem Blattsilber garnierte und aus einer großen Flasche den dickflüssigen Saft von Passionsfrüchten in Südweingläser schenkte, bat sie Stella, sie mit ihrem Vornamen anzureden, ihren Mann Jaskaran und den jüngeren Omar zu nennen.

Stella saß mit gekreuzten Beinen vor der Decke, auf der Herrlichkeiten standen, deren Namen sie nicht kannte. Die Atmosphäre von Leichtigkeit und Fröhlichkeit, die flauschige Decke mit dem kostbaren Geschirr, der Duft der Gewürze, die Speisen in leuchtenden Farben und die Gespräche in dem gutturalen Englisch, das typisch für indische Kehlen war, die Herzlichkeit der Menschen, dies alles erschien Stella wie eine Szene aus Tausendundeiner Nacht, und sie begriff, dass ihr ein Kapitel des Lebens abhanden gekommen war. Entsetzt spürte sie den Druck der Tränen. Sie schluckte das Salz hinunter, schaute sich um und merkte, dass Moi verschwunden war.

„Er hat gesagt", erklärte Devika, „er will uns was zeigen, was wir noch nie gesehen haben." Sie reichte Stella ein seidenes Tuch. Es duftete, als sie ihre Tränen trocknete, nach Rosen.

Sie aßen Joghurt mit Banane und geriebener Kokosnuss, frittierte Kichererbsenbällchen, ein mit Safran zubereitetes sonnengelbes Dessert aus Weißbrot mit dickem goldenem Sirup, einen Pudding, der nach

Rosenwasser duftete, und eine Reisspeise, die mit Kardamom zubereitet war. Stella erinnerte sich an ein kleines indisches Geschäft in der Londoner Carnaby Street und ihre erste Auseinandersetzung mit Fernando. „Kardamom stinkt", hatte er damals befunden. Sie überlegte, ob sie ihren Gästen von der Carnaby Street erzählen sollte, da sah sie Moi: Er lief mit riesigen Schritten durch das hohe Gras und balancierte einen Pappkarton, dessen Ausmaße seinem einen Arm zu schaffen machten. Der Karton war mit einem Kissen und dem weißen Leinentuch ausgelegt, das zuvor den Korb bedeckt hatte. Auf dem Kissen saß Julia. Moi hatte ihr das hellgelbe Taufkleid aus der New Bond Street angezogen. Er stellte sein prächtiges Angebinde mitten auf die Decke und zupfte an dem Gürtel mit den Glöckchen. Julia lächelte und krähte ungewöhnlich lange und laut. Ihre Stimme überzeugte die Besucher von ihrer Gesundheit und Lebenslust.

Jaskaran Patel streichelte über Julias Kopf, fasste an ihr Kinn, stand auf und klopfte herzhaft auf Mois Schulter. „Deine Tochter", lobte er, „ist sehr schön. So ein schönes Kind gibt es nicht noch einmal zwischen Nairobi und Nyahururu."

Moi machte seinen Mund auf und wieder zu. Stella war sicher, dass ihr Gesicht seine Farbe verloren hatte. Jaskarans entsetzte Gattin redete ein paar Worte mit ihrem Mann. Wenn auch Stella kein einziges Wort Hindi verstand, war doch Devikas Mimik in der Sprache der Welt verständlich. Sie hatte soeben ihren erfolgreichen Gatten einen Volltrottel genannt.

Stella hob das Kind aus dem Karton und hielt es vor ihren Bauch. „Julia", kicherte sie, „ist meine Tochter. Ihr Vater stammt aus Goa."

„Du hast Mut", sagte Jaskaran.

„Männer", lächelte Devika, „halten Mut für eine Tugend. Aber eine Frau sieht sofort, dass das Zauberkind im Karton ein Kind der Liebe ist."

„Das habe ich", sagte Stella ernst, „mir noch nie richtig klar gemacht."

Später konnte sie sich nicht erinnern, wie es Jaskaran gelungen war, von ihrem Geplauder die Überleitung zu der Lodge zu finden, die „unsere bewundernswerte Individualistin" bauen wollte. Und wie war er dann auf das Auto gekommen, das er Stella verkaufen wollte? Nein, nur eine Zeit lang überlassen wollte er ihr den Wagen, damit sie in Ruhe ihre Entscheidungen treffen konnte. Stella wusste nur noch, dass der junge, schweigsame Omar plötzlich sehr gesprächig geworden war und dass sie auch recht plötzlich neben ihm in dem roten Ford gesessen hatte, Julia auf dem Schoß und verwirrt das Aroma von Sandelholz einatmend, das seinen Haaren entströmte. Zu dritt waren sie bis zu dem Laden in Nyahururu gefahren. Der sanfte Omar hatte den frappierten Mr Karatasi angeherrscht wie ein Offizier seinen Burschen. „Post für die Lady!“, hatte er gebrüllt. Und Mr Karatasi griff in einen Spalt zwischen einem Sack Mehl und einem Sack Zucker und hielt ihr grinsend eine Postkarte mit einer Ansicht von Brighton hin. Die Briefmarke war sorgsam abgelöst, der Poststempel mit schwarzem Stift übermalt worden. „Ich liebe Lady Godiva und die kleine Prinzessin“, murmelte Stella. Fernandos Namen las sie laut vor, damit Omar seine gepflegte Hand von ihrem Nacken nahm.

Einen besseren Bundesgenossen als Mr Karatasi, der Post unterschlug, nach der nicht täglich gefragt wurde, hätte Jaskaran Patel sich nicht wünschen können, damit Stella sich die enorme Nützlichkeit eines Wagens vergegenwärtigte. Er pries nach ihrer Rückkehr von dem kurzen Ausflug, während sich die Kinder wieder einfanden, um jedes Teil an dem roten Ford kreischend zu befühlen, den neuen Motor, die außergewöhnlich gut funktionierenden Bremsen und die geräumige Ladefläche. Omar lobte eloquent die neuen Reifen und die vor einem Monat überzogenen Sitze. Während Devika der kleinen Julia ihren nach Rosenseife duftenden Daumen überließ, erzählte sie Geschichten von Kindern, die nur dank eines Autos und der so im letzten Moment ermöglichten ärztlichen Hilfe noch lebten.

Stella fühlte sich müde, hilflos und bedrängt. „Ich kann doch gar nicht Auto fahren“, sagte sie.

„Omar“, schlug Jaskaran vor, „könnte jeden Tag zu dir kommen und dir helfen. Den Rest kann dir Moi zeigen. Afrikaner sind geborene Autofahrer.“ Den letzten Satz sprach er in Suaheli. Moi jubelte mit den Augen.

Jaskaran Patel war entrüstet, als Stella nach dem Preis des Wagens fragte. „Wir müssen doch erst sehen, ob du fahren lernst“, sagte er besorgt. „Und wenn wir über die Lodges sprechen, die du bauen willst, kannst du mir ja immer noch sagen, ob du dieses wunderbare Auto kaufen möchtest.“

„Es ist nur von einer Lodge die Rede gewesen. Ich bin kein Maharadscha.“

Sie saßen, als die Unterhaltung geschäftlich wurde, in Stellas Wohnraum mit dem großen Fenster und beobachteten, wie die Sonne als Flammenball vom Himmel stürzte. Julia schlief. Geschirr, Korb und Decke lagen bereits im blauen Dodge, die Kinder hatten sich zurückgezogen. Da übermittelte Jaskaran Patel mit seinen schönen sanften Augen seiner Frau eine Botschaft ohne Worte. Sie sah Omar an. Ohne zu zögern, griff er in die Tasche seines Jacketts und holte das kleine Päckchen hervor, das Stella Stunden zuvor bei der überraschenden Ankunft ihrer Gäste aufgefallen war.

„Ein wunderschönes Schmuckstück“, sagte Devika und entfernte das Papier. „Das musst du dir anschauen, Stella. Es passt wunderbar zu dir. Dabei ist es purer Zufall, dass wir die Brosche heute dabeihaben. Der Mann, dem sie gehört, ist in eine plötzliche Notlage geraten. Er braucht Geld, und zwar sofort. Deshalb will er dieses kostbare Stück zu einem Spottpreis verkaufen.“

Stella hatte keine Zeit mehr für den Einwand, dass sie in Nyahururu keinen Schmuck brauchte. Auf ihrem wackeligen Tisch lag ein glitzernder Flamingo mit einem Federkleid aus Smaragden, Rubinen und Saphiren. Lupenreine Diamanten bedeckten seinen Hals und die Beine. Er hatte nur ein Auge, doch in dem funkelte ein großer Rubin. Obwohl Stella spürte, wie ihr Kopf anschwoll, weigerte sie sich zu glauben, was der Verstand ihr suggerierte. Zu groß noch war die Hoffnung auf einen Irrtum, immer noch unendlich das Vertrauen in die Freundschaft eines Lebens.

„Das ist“, stammelte Stella, „wirklich ein ganz seltsamer Zufall. Ich habe genauso eine Brosche. Mein Großvater hat sie mir geschenkt. Es ist das einzige Schmuckstück, das ich aus England mitgebracht habe.“

Steif stand sie auf, beklommen von einem kindlichen Trotz, der sie beschämte. Sie ging, um in ihrem weißen Lederkoffer nach dem Beweis zu suchen.

„Bleib hier, Mama“, sagte Moi. Seine Stimme war scharf wie ein Messer. „Dein Flamingo“, erklärte er, „ist weggeflogen. Hast du das nicht gewusst? Hast du nicht gewusst, dass der schöne Vogel mit deiner Lilly auf Safari gegangen ist?“

Wie fühlst du dich?“, fragte der junge Mann. Er hielt sein Glas in das Licht der flackernden Kerze auf dem Tisch mit dem großen Aschenbecher aus Speckstein; der bot gleichzeitig Ablagen für Zigaretten, Zigarren und Pfeifen. Am Rand des Aschenbechers saß eine geschnitzte Kobra mit erhobenem Kopf und herausgestreckter Zunge. Der Mann nahm einen zu großen Schluck und musste seinen Hals frei husten, ehe er wieder sprechen konnte.

„Wie fühlst du dich?“, begann er von vorn und gab sich umgehend die richtige Antwort. „Ein bisschen taumelig“, sagte er und fand, seine Stimme hätte beim ersten Mal tatsächlich so geklungen, als wäre er nicht mehr ganz nüchtern. Während er sich mit dem üblichen Ekel erinnerte, dass der Lehrer für englische Literatur an der High School in Oak Park immer Reste von Spiegelei in seinem Bart gehabt hatte, erklärte er: „Das war aus dem Schnee auf dem Kilimandscharo.“

„Der Kilimandscharo“, wunderte sich Lilly, „ist in Tansania. Wir sind hier am Mount Kenya.“

„Ich habe nicht von Bergen gesprochen, sondern von einer Geschichte“, lächelte er, „aber das konntest du nicht wissen. Sorry, Baby.“

„Ich heiße Lilly. Das habe ich dir doch schon im Auto gesagt.“

Sie sehnte sich noch mehr, als sie es in Nyahururu getan hatte, nach Nairobi und nach Männern, die im New Stanley Hotel übernachteten und nicht wussten, dass es überhaupt einen Ort wie Nakuru samt seinem stinkenden Salzsee gab. Sie drängte ihren Seufzer zurück in die Brust. Auf die starrte der Mann. Ohne Zärtlichkeit streichelte sie den Kopf, der sich ihr erwartungsvoll näherte.

Der Mann hatte seine weißblonden Haare auf Streichholzlänge schneiden lassen. Ein Medaillon mit einer eingravierten vierstelligen Zahl und den Buchstaben E und H baumelte an einer dünnen Silberkette an seiner Brust. Die Stoppeln auf dem Kopf und das Medaillon faszinierten Lilly. Zu seiner Enttäuschung hatte sie sich hingegen nicht von seiner Kleidung beeindruckt gezeigt. Um die Botschaft von Virilität, Saloppheit und Jagdfieber entgegenzunehmen, die von seiner mit viel Überlegung zusammengestellten Ausstattung ausging, war Lilly allerdings um Jahrzehnte zu jung. Nur noch die Kenner von Afrikas Geschichte und Geschichten hätten in der olivgrünen Buschjacke mit den vielen Taschen, der abgewetzten Khakihose und dem breiten braunen Ledergürtel, von dem Schlüssel, eine Trillerpfeife, ein Schweizer Offiziersmesser und eine Taschenlampe herabhingen, die gängige Aufmachung von Großwildjägern aus der Kolonialzeit erkannt.

Noch war der Mann nicht auf Bewährung im Kampf oder auf das Glück der Jagd aus. Sein Leben war 35 Jahre lang ohne Höhe- oder Tiefpunkte verlaufen. Seine Lehrer, die mit dem ruhigen Jungen ihre Schwierigkeiten hatten, und sein cholerischer Vater hatten nie von den Injurien erfahren, die sie einem Kind zufügten, das nicht beizeiten zu widersprechen gelernt hatte. Seinem Chef, der bereits den Wunsch nach zwei Wochen bezahltem Urlaub als Beweis einer kommunistischen

Gesinnung wertete, hatte er erstmals bei seiner Kündigung unmittelbar vor dem Abflug aus New York seine Meinung gesagt.

Sein Lächeln bezirzte selbst Menschen, die Distanz für die Tugend der Vernunft hielten. Dieser joviale Optimist, der mit einer für ihn ungewohnten Reaktionsschnelle auf der Straße zwischen Nyahururu und Nakuru einer plötzlichen Regung nachgegeben hatte, hieß Edward Harnes. Besonders charakteristisch für die geringe Lebenserfahrung von Harnes war seine Ansicht, die Menschen von Kenia würden ihm nicht auf Anhieb ansehen, dass er Amerikaner war. Auch ließ er sich, seit er den Boden Afrikas betreten hatte, nicht von dem Glauben abbringen, er könnte Alkohol gut vertragen.

An dem ersten Abend, den Harnes mit Lilly verbrachte, erkannte er seinen Irrtum nach dem dritten Glas Cola mit Whisky. In jeder anderen Bar in Kenia war es gefahrlos für das körperliche Wohlergehen gewesen, Cola mit Whisky zu bestellen; in der Lake Nakuru Lodge jedoch stammte der Whisky weder aus Schottland noch Irland und schon gar nicht aus Amerika. Das nach Kernseife, Pfeffer und Kokosnuss riechende Getränk, das unter dem Namen Whisky firmierte, war, wie der Mann hinter dem Tresen stolz betonte, ein Destillat aus Naivasha. „Das Kind von dem Sohn von meinem Bruder“, erzählte er, „hat nur ganz wenig von dem guten Whisky aus Naivasha getrunken. Und dann ist es vier Tage lang nicht aufgewacht.“ Harnes bemerkte nur Kopfschmerzen in der linken Schläfe, allerdings von einer Heftigkeit, die in Anbetracht seiner widerstandsfähigen körperlichen Konstitution doch ein wenig beängstigend war.

Trotzdem bestellte er für sich und seine schöne, schweigsame Begleiterin ein viertes Glas. Nicht begreifen konnte Harnes, weshalb eine zierliche Frau die teuflische Mixtur trinken konnte, ohne dass sie beim Aufstehen auch nur einen Schritt wankte. Ihm entging, wie geschickt die Sanftäugige nach und nach den Inhalt ihrer Gläser in einen Kübel mit einer Palme kippte.

„Ich finde Afrika wunderbar“, erklärte Harnes zwischen einer Hand voll Nüssen und vier Oliven. „Wenn's dir gut geht, ist's überhaupt das Schönste, das ich je erlebt habe. Du weißt gar nicht, wie gern ich mit dir auf die Jagd gehe, und das Land liebe ich einfach.“

Lilly überlegte verwirrt, ob sie das Wort Jagd nicht mit einem ähnlich klingenden verwechselt hatte und ob Harnes sturzbetrunken oder nur ein typischer Amerikaner war. Sie hatte Angst vor Betrunkenen. Leise sagte sie: „Ich auch.“

Wie sie im Verlauf der Beziehung merkte, die fünf Tage währte und somit fünfmal länger als jede andere vor ihr, hatte sie nicht den geringsten Grund zur Furcht gehabt. Harnes neigte zwar im angetrunkenen Zustand zu Selbstgesprächen, doch Lilly behandelte er mit sehr viel mehr Achtung, als sie es von den meisten Männern in seinem Alter gewöhnt war. Harnes entsprach keiner der Normen, die gemeinhin als typisch amerikanisch gelten. Das Gespräch über Afrika und die Jagd hatte seitdem dreimal stattgefunden – Wort für Wort und immer noch in der Bar der Lake Nakuru Lodge. Lilly war zu erschöpft von der Flucht aus Stellas Haus und zu sehr erdrückt von ihrem schlechten Gewissen, um dahinter zu kommen, was und wohin der Mann wollte.

Sie hatte an diesem ersten Abend aus Gewohnheit „Ich auch“ gesagt; in Nairobi und auch bei ihren Kolleginnen hatten sich die beiden Wörter immer gut bewährt. Der junge Amerikaner war jedoch ungeheuer erregt gewesen. Bewegt hatte er gefragt: „Hast du denn Hemingway gelesen? Verdammt, das war doch eben eine ganz entscheidende Stelle in der Geschichte.“

Am zweiten Tag, als Lilly schon seinen Namen kannte, hatte sie die gleiche Frage mit dem Satz „Du kannst wunderbar reden, Teddy“ beantwortet. Zu ihrem Erstaunen war das Kompliment ein Volltreffer geworden. Harnes, der gerade dabei war, die zweite Tüte Popcorn zu leeren, kam zu Lillys Erleichterung auf die Idee, beim Barkeeper für seine Begleitung Lammragout in Currysoße und eine große Schüssel Reis zu bestellen. „Heute Abend“, sagte er, als er feststellte, wie schwer es Lilly fiel, ihr Essen nicht wie ein ausgehungertes Tier zu verschlingen, „schläfst du in meinem Zimmer. Mir ist es egal, was der arrogante Kerl am Empfang sagt. Wo hast du eigentlich heute Nacht geschlafen, Baby?“

„Unter deinem Balkon“, antwortete Lilly kauend. „Baby fühlt gern die Kälte auf ihren Armen.“

„Ich fühle gern eine Frau in meinen Armen“, lachte Harnes. „Besonders wenn sie vor mein Auto gelaufen ist.“

„Ich bin nicht vor deinen Wagen gelaufen. Ich habe im Gras gelegen, Mister.“

„Nenn mich nicht immer Mister. Ich heiße Teddy.“

Harnes war überzeugt, dass auch unbedeutend erscheinende Zufälle in Wirklichkeit Hinweise des Schicksals seien und kein Mensch sie gering achten dürfe, wollte er seinem Leben Sinn und Erfüllung geben. Im Leben von Edward Harnes hatte der Zufall schon bei seinem allerersten

Schrei Regie geführt. Den hatte er ausgerechnet in Oak Park im amerikanischen Bundesstaat Illinois getan – am selben Fleck dieser Erde wie Ernest Hemingway, nur 38 Jahre nach ihm. Der kleine Teddy erfuhr von Hemingways Weltberühmtheit als Dichter, Jäger und Held bereits in der zweiten Klasse. Die gemeinsame Geburtsstätte animierte ihn dazu, eifriger lesen und schreiben zu lernen als seine Mitschüler und Klassenkameradinnen. Bereits als Zwölfjähriger hatte er feste Vorstellungen von seiner Zukunft. Edward Harnes, der ja die gleichen Initialen hatte wie sein Vorbild, wollte Schriftsteller, Angler und Großwildjäger werden. Doch für einen langen Zeitraum gab es nur eine Parallele zwischen dem berühmten Dichter und seinem Landsmann. Teddy begann sein Berufsleben als Reporter bei der Lokalzeitung seiner Heimat.

Anders als Hemingway hatte E. H. nicht die Gelegenheit, bei kriegerischen Auseinandersetzungen in Italien schwer verwundet zu werden oder in Paris weltberühmte Künstler kennen zu lernen. Trotzdem arrangierte er sich mit seinem Leben. „Teddy, der Träumer", wie ihn ein Kollege nannte, wäre gewiss nicht auf die Idee gekommen, die Weichen für Gegenwart und Zukunft in eine veränderte Richtung zu verschieben, wäre nicht seine Großtante Lucy gewesen. Sie starb vermögend, verwitwet und kinderlos und vermachte ihm eine größere Summe, als er je zu besitzen erhofft hatte. Ebenso entscheidend wie die überraschende Erbschaft war der Zeitpunkt, an dem Teddy von Großtante Lucys später Zuneigung erfuhr. Zwei Stunden ehe der Brief ihres Rechtsberaters eintraf, hatte er sich zwei Weisheitszähne ziehen lassen und im Bett zum dritten Mal Hemingways „Die grünen Hügel Afrikas" gelesen.

„Das", erzählte er Lilly, ehe er ihr vorschlug, mit ihm einige Tage in der Lake Nakuru Lodge zu bleiben, „war kein Zufall. Du liest gerade Hemingway und erfährst im selben Moment, dass du genug Geld hast, um mindestens ein Jahr lang auf Reisen nach Afrika zu gehen."

„Wie viel Geld hast du noch?", fragte Lilly.

„Ach, Mädchen, das lieb ich so an euch Niggern. Ihr sagt genau das, was ihr denkt."

„Wenn du in Kenia noch ein paarmal Nigger sagst, kriegst du Ärger. Wir haben nicht für unsere Unabhängigkeit gekämpft, damit so ein Mister wie du aus Amerika kommt und uns Nigger nennt und uns fotografiert wie die Gnus und die Löwen. Die meisten Touristen kapieren nicht, dass wir keine Tiere sind."

„Mann, hast du schöne Augen, wenn sie so funkeln. Schade, dass ich nicht malen kann. Ich würde ein wunderschönes Bild von dir malen."

„Das“, sagte Lilly, „hat schon ein anderer getan.“ Ihre Stirn brannte, als sie die Erinnerungen in das Atelier vom Bwana Mbuzi trieben. Er hatte Lilly, damals noch Kind und doch schon Frau, in einem sonnengelben Turban gemalt, goldene Gardinenringe am schwarzen Lederband schaukelten an ihren Ohren. „Ich habe“, sagte sie, „mein Bild aus dem Feuer geholt, und er ist in das Haus aus Stein zurückgerannt, um mich zu suchen. Er ist für mich verbrannt. Ich habe ihn getötet und Stella den Vater gestohlen.“

„Ich wusste gar nicht, dass Gazellen weinen können. Wer ist Stella?“

Für den Träumer Edward Harnes hatten jahrelang die Romane von Hemingway nur den Genuss des Zivilisationsmenschen an der unberührten Natur und dem Lockruf der Wildnis symbolisiert. Sie hatten seine Tagträume belebt und die Nächte mit Unruhe beschwert. Ab dem Tag, da Tante Lucys Geld auf seinem Konto eintraf, wurde eine Reise nach Kenia und zu Hemingways grünen Hügeln für Harnes eine Obsession, die ihn nicht mehr freigab.

„Du wirst dich wundern“, hatte ihm ein Kollege gesagt, dem auf einer Pauschalreise in Marokko Pass und Kamera gestohlen worden waren und der sich vier Wochen nach der Rückkehr noch wegen eines Fiebers unbekannter Ursache hatte behandeln lassen müssen. „Afrika ist tückisch.“

„Ich will mich wundern“, erkannte Teddy. Und Edward Harnes, der Mann des Mittelmaßes, erlebte Kenia vom Moment seiner Landung an als das Wunder, nach dem er sich seit der Begegnung mit Hemingways Exkursionen nach Afrika gesehnt hatte. Kenia, die Unendlichkeit der Landschaft, die Synthese von Herbheit und Sanftheit, die Farben der Fülle und der Duft der Magie begeisterten ihn. Teddy empfand die Menschen von Kenia als freundlich und liebenswert. Schon nach einer Woche war es ihm, als hätte er sein Leben lang nur die Menschen gekannt, die ihm spontan „Jambo“ zuriefen, ihm Gürtel und geschnitzte Giraffen verkaufen und ihre billigen T-Shirts gegen sein bei *Saks* in New York gekauftes teures Buschjackett eintauschen wollten. Dem als Abenteurer verkleideten Reisenden aus Amerika imponierte besonders die Art, wie das Land, das vor noch gar nicht so langer Zeit die weißen Farmer ermordet und vertrieben hatte, nun die Touristen gleicher Hautfarbe als Freunde willkommen hieß.

Die großartigen Hotels in Nairobi und die komfortabel eingerichteten Lodges am Schnittpunkt zwischen Zivilisation und Wildnis machten ihn immer wieder aufs Neue fassungslos. Er frühstückte auf Terrassen mit

Büfetts, auf denen Löwen aus Butter auf ein Gebirge aus Schinken starrten, und während er sich an Afrikas Früchten labte, zogen Elefanten, Zebras und Impalas zu Wasserlöchern, die findige Hotelmanager auffüllen ließen, damit Afrikas Tiere zu den Touristen kamen und sie sich nicht zu ihnen bemühen mussten.

Nach einem Vierteljahr in Kenia hatte er die großen afrikanischen fünf – Büffel, Nashorn, Elefant, Leopard und Löwe – alle schon gesehen. Sie beeindruckten ihn ob ihrer Stärke und der Herrlichkeit ihrer Körper, doch es waren die graziösen Gazellen, in die er sich verliebte, und in die Giraffen mit den großen Augen, die neugierig durch das Blattwerk von hohen Bäumen auf einen Winzling im Jeep schauten.

In dieser stillen Welt, in der nur die Natur redete, tauchte dann als die Beute aller Beuten eine zweibeinige Gazelle mit einem Teint wie Milchkaffee auf. „Die Frau im Gras“, wie er Lilly in den von Poesie getränkten Momenten nannte, hatte Teddys Leben noch einmal um ein Stück verändert.

In der ersten Nacht, als Lilly unter seinem Balkon schlief, ohne dass er dies wusste, sättigten ihn seine erotischen Imaginationen. In der zweiten Nacht bot sie ihm ihren Körper an, und er erfuhr von Reizen, denen er weder in Büchern noch Filmen begegnet war. Lilly war Lebenssaft und Droge für einen, der bis zu seiner afrikanischen Safari nur auf den Nebenstraßen des Lebens gereist war. Sie teilte sein Bett, nicht seinen Tisch. In seinem Auto saß sie neben ihm, aber weil Kenia für die eigenen Leute nur Toleranz akzeptierte, wenn sie Geld genug hatten, um sich Ansehen und Gleichberechtigung zu kaufen, saß das ungleiche Paar auf Lillys Drängen im dunkelsten Teil der Bar. Sie sagte dem Empfangschef „Jambo“, doch er sah sie nicht. Nach drei Ausflügen in das Gebiet um den Nakurusee mit Flamingos, prächtigen Pelikanen und Kormoranen, die Lilly langweilten, schlug Teddy ihr vor, mit ihm auf große Safari zu gehen. Er wollte, wenn er aus Nakuru abfuhr, an den Baringosee, dann weiter in nördlicher Richtung über das Gebiet der Samburu zum Turkanasee und schließlich so nah wie möglich an den Kilimandscharo heran.

Lilly, gesegnet mit einem scharfen Sinn für das Praktische, machte sich zum wiederholten Male ihre Lage klar: Sie besaß noch genau fünf Shilling, und ihr Körper würde bestimmt ihr einziges Kapital bleiben, wenn es ihr nicht gelang, Jaskaran Patel aufzusuchen, ehe der ihr Gesicht vergaß. Lilly wollte endlich nach Hause – in ihr mieses kleines Wohnloch in Nairobi, in dem es kein Wasser gab und kein Licht, aber die Befreiung von Moral, Zwang und Lüge.

„Morgen fahren wir zum Baringosee und spielen mit den Flusspferden", schlug Harnes vor.

„Ja", sagte Lilly. „Aber erst muss ich mir in der Stadt die Haare schneiden lassen."

„Das verstehe ich nicht. Sie sind doch ganz kurz."

„Ein Mann muss nicht alles verstehen."

„Okay, Madam. Wir fahren zusammen in die Stadt. Ich habe dort noch eine ganze Menge zu tun. Es ist schließlich unsere erste gemeinsame Safari. Wolltest du wirklich zehn Meilen hinlaufen und zehn zurück, um dich kahl scheren zu lassen?"

„Du weißt nicht, wie wir laufen können."

Sie schluckte hastig den bitteren Geschmack hinunter, der ihren Hals quälte. Die Furcht bedrängte sie, sie würde nicht mehr rechtzeitig aus der Sackgasse hinausfinden, in die sie trotz Vernunft und Instinkt gelaufen war. Und doch blieb sie ruhig. In der Stunde ihrer Not erflehte sie von Mungu nur zwei Stunden Galgenfrist, zwei Stunden ohne Teddy und ohne dass auch nur ein Auge ihre Beine verfolgte.

Lilly machte sich keine Illusionen. Selbst wenn sie ihren Körper bis zur Erschöpfung hetzte und barfuß lief, würde sie allein für den Weg zu Patels Haus eine von den beiden kostbaren Stunden benötigen, und noch wusste sie nicht, ob sie ihn überhaupt zu Hause antreffen würde. Der Zufall wurde ihr Bundesgenosse. Teddy wollte vor seiner Fahrt an den Baringosee die Bremsen und die Kupplung des Jeeps nachsehen und den Benzinkanister füllen lassen, neue Filme für seinen Fotoapparat, Aspirin und Alka-Seltzer und eine Flasche Whisky kaufen. Für Lilly plante er ein Überraschungspräsent, das er, weil er zu wenig von der Stadt wusste, in Nakuru zu entdecken hoffte.

Sie trennten sich vor einem Laden mit grün gestrichener Tür. Als Lilly den Jeep nicht mehr sah, zählte sie, wie einst als kleines Mädchen, erst bis fünfzig und dann wieder rückwärts bis eins. Dann lief sie so schnell, dass sie da schon keuchte, bis zum Ende der Hauptstraße; sie rannte einen steilen Berg außerhalb der Stadt hinauf und wieder hinunter. Nach zwanzig Minuten erreichte sie die schmale Straße, die ihr Jaskaran Patel bei der ersten Begegnung sehr genau beschrieben hatte. Der Weg war gepflastert, als Privatstraße ausgewiesen und führte nach drei Kilometern zu dem prächtigsten Anwesen, das Lilly je gesehen hatte. Patels Haus leuchtete, als wäre es aus weißem Marmor erbaut, und hatte silberfarbige Kuppeln und Ornamente an den Mauern wie die Moschee in Nairobi. Es lag in einem Park mit im Wind wippenden Palmen und hohen

Zedern. Rosen, Hibiskus und Wicken, die hohe grüne Glasstäbe emporkletterten, säumten einen Teich, in dem Wasserlilien schwammen.

Lilly hatte für die Strecke vom Laden zum Haus der Entscheidung nur fünfzig Minuten gebraucht. Sie wischte sich mit einem Tuch den Schweiß von der Stirn. Das Tor aus Gusseisen stand einen Spalt offen. Dahinter saßen zwei Wächter dösend auf der Erde, neben sich ihre Holzknüppel. Jaskaran Patel stand unter einem roten Baldachin auf der Terrasse. Er hatte den Wagenschlüssel in der Hand und Ungeduld in den Augen. Die schöne Devika saß mit ihren Freundinnen auf zierlichen Stühlen im Schatten von Bäumen. Der Duft von Zimt erreichte Lillys Nase. Die Frauen tranken Tee. Ihre Saris leuchteten im weißen Licht. Die goldenen Armbänder klirrten. Ein roter Ball mit großen gelben Punkten rollte vom Rasen auf den mit weißen Kieselsteinen bestückten Weg. Lilly gab ihm einen Stoß und rollte ihn zurück.

„Verschwinde! Neger dürfen nicht in unseren Garten!“, herrschte sie der Junge an, der dem Ball gefolgt war. Er war erst fünf Jahre alt und sprach nur Hindi. Lilly lächelte, obgleich sie seine Herrenstimme richtig gedeutet hatte.

„Verschwinde“, sagte auch Jaskaran Patel leise. Er schickte den Jungen zu den Frauen zurück. „In meinem Haus kaufe ich nichts und verkaufe nichts. Was willst du überhaupt hier?“

„In der Lodge hast du gesagt, ich darf nicht in dein Geschäft kommen und auch nicht in die Apotheke deiner Frau.“

„In welcher Lodge?“

„In der Lake Nakuru Lodge. Du hast an der Bar gesessen, und ich habe dir den schönen Schmuck gezeigt, und du hast gesagt …“

„Ich sitze nie an einer Bar.“

Sie gab, weil sie sein Gesicht sah und in diesem Gesicht Augen, die nur für die Reichen und Ebenbürtigen Güte ausstrahlten, in diesem Moment schon die Hoffnung auf das Geld auf, das er ihr versprochen hatte und das ihr zustand. Trotzdem sagte sie: „An der Bar habe ich dir die Brosche gegeben.“ Aufgeregt beschrieb sie den Flamingo mit den Brillanten und dem hocherhobenen Bein. Er schwieg, und die betrogene Diebin suchte nach dem englischen Wort für Gerechtigkeit. Verzweifelt erinnerte sie ihn daran, dass er ihr Geld versprochen hatte.

„Wenn du jemand gefunden hast, der den Schmuck kauft, hast du gesagt.“

Jaskaran Patel, der von Mombasa bis Kisumu respektiert wurde, fasste Lilly an die Schulter. Sie schüttelte ihn ab, doch weil sie den Druck seiner Hand zu lange auf der Haut spürte, wurde ihr Zorn zu einem Brand, der nicht mehr zu löschen war.

„Du lügst", schrie sie, „und du stiehlst! Du hast die Brosche genommen und in die Tasche deiner weißen Jacke gesteckt."

„Ich habe keine weiße Jacke", sagte er. Er schaute besorgt zu den Frauen unter den Bäumen, doch die tranken ihren Tee. Sie hatten nichts gehört und nichts gesehen.

Lilly hatte nur noch einen Pfeil im Köcher. „Ich habe eine sehr reiche Freundin in Nyahururu", erklärte sie. „Sie wird mir helfen, wenn ich ihr erzähle, dass du meine Brosche gestohlen hast. Mit Geld kann man alles kaufen, Mr Patel. Mit Stellas Geld werde ich deinen Kopf kaufen."

Jaskaran Patel war gerade dabei, die dösenden Wächter zu sich zu befehlen, als er Stellas Namen hörte. „Deshalb", murmelte er. Das Wort, für Lilly nur ein Laut, den sie nicht verstand, galt dem Seufzer, mit dem Mrs Hood in ihrem Haus den Flamingo im Federkleid aus Rubinen, Saphiren und Smaragden empfangen hatte. Nur für die Dauer eines Herzschlags erwog Jaskaran, Lillys Schweigen zu erkaufen, aber er hatte seine Prinzipien. „Du dreckige schwarze Nutte", drohte er, „mich erpresst keiner!" Weil er in seiner Erregung Hindi gesprochen hatte, blieben Fluch und Feststellung folgenlos. Er räusperte sich. „Du hast Mut", sagte er und ließ den Autoschlüssel in seine Tasche gleiten. „Ich bewundere mutige Frauen. Wir gehen jetzt ins Haus und einigen uns wie Männer. Aber erst nehmen wir einen Drink."

Lilly war zu erschöpft, zu aufgeregt, zu sehr in Zeitnot, um Rätsel zu lösen, schon gar nicht das von der Wandlung eines fauchenden Leoparden zu einem schnurrenden Kater. Dieser Kater redete endlich mit ihr in der Sprache, die sie verstand. Nun war der Druck auf ihrer Schulter leicht und angenehm, und Lilly machte sich bereit, Patel zu folgen.

Er führte sie in einen hellen Raum mit weißen Möbeln. Die Stühle hatten geschnitzte Lehnen, die Sessel waren mit einem zitronengelben Stoff bezogen, auf dem Pfauen ihr Rad schlugen und Enten im blauen Wasser dümpelten. Er stellte ihr eine silberne Schale mit Zuckerwerk und Küchlein mit rosa und grüner Glasur hin und verschwand durch einen Vorhang aus Ketten von Glasperlen. Als er wieder zurückkam, setzte er sich zu ihr. Auf Suaheli sagte er „misuri", und dieses Wort bedeutete gut oder schön.

Ein indischer Diener im langen weißen Hemd über der Hose und einem lindgrünen Turban kam herein. Er stellte eines der beiden hohen Gläser vor Lilly, das andere vor seinen Herrn. Es roch angenehm nach

Minze und Mandeln. „So nicht", lachte Lilly, „weißt du nicht, dass ich eine Malaya bin? Eine Malaya trinkt immer aus dem anderen Glas."

Jaskaran gab ihr das Lachen zurück. „Du hast Recht", sagte er, „das kommt in jedem Krimi vor."

Sie vertauschte die Gläser mit routinierter Bewegung. Mit einem Lächeln, das ihren Zorn abkühlte, begrüßte sie ihr wiedergekehrtes Selbstbewusstsein.

„Cheers", lachte Jaskaran. Er trank aus dem Glas, das Lilly ihm zuschob.

„Das Geld", drängte Lilly, „das Geld für meine Brosche."

Sie dachte an Teddy, der auf sie wartete, und wie sie ihn wohl überreden könnte, nach Nairobi statt an den Baringosee zu fahren. Weil sie jedoch so intensiv an Nairobi dachte, vergaß sie das Prinzip kluger Frauen, nicht mit einem Mann vor dem Abschluss des geschäftlichen Teils Alkohol zu trinken. „Cheers", sagte sie. Es war ihr letztes Wort.

Sie röchelte noch nicht einmal, als sie starb. Sie fiel zu Boden, ohne dass die Rosen in der Vase zitterten. Lilly war im Tod noch schön. Jaskaran Patel drückte die Augen der Gazelle zu. Trotzdem konnte er den Anblick nicht ertragen. Er rief den Diener, der die Getränke gebracht hatte, und deutete schweigend auf sein Opfer. Der Diener rief leise nach den beiden Wächtern mit den Holzkeulen. Dem einen Wächter versprach der treueste Gefolgsmann, der je für Jaskaran Patel gearbeitet hatte, Lillys rote Schuhe für seine Frau, dem anderen ihren schönen schwarzen Lederrock. Alle vier Männer in dem Raum, in dem es so beruhigend nach Mandeln und Minze duftete, waren zufrieden.

Jaskaran Patel erzählte seiner Frau, die der kriminellen Zeiten wegen ihre Vorräte nicht in der Apotheke, sondern in der gut bewachten Villa aufbewahrte, nicht, dass er an ihrem Giftschrank gewesen war.

Edward Harnes wartete zwei Stunden und vierzig Minuten auf Lilly, aber an dem verabredeten Treffpunkt tauchten nur eine zahnlose Greisin, eine Gruppe von Schulkindern und ein Mann auf, der ein Päckchen in Zeitungspapier trug und es so eilig hatte, dass er gegen den Außenspiegel des Jeeps stieß. Teddy verschob seine Reise zum Baringosee um zwei Tage. An beiden fuhr er nach Nakuru, um Lilly zu suchen, aber am dritten fuhr er doch zu dem See. Obwohl er nicht ahnen konnte, was mit der Frau passiert war, die aus einem Träumer einen Mann der Tat gemacht hatte, war die Freude an Afrika danach nie mehr die gleiche wie zuvor. Teddy kehrte lange vor dem Zeitpunkt, den er für seine Heimkehr bestimmt hatte, nach New York zurück. Hemingways wunderbare Novelle „Schnee auf dem Kilimandscharo" hat er nie wieder gelesen.

9

Der denkwürdige Tag von Stellas unerwarteter Befreiung lag auf der halben Wegstrecke zwischen Julias viertem Zahn und ihrem ersten Geburtstag. Schon morgens um sieben aktivierte Stella Tugenden, die sehr lange geschlummert hatten, und sie ließ sich dabei von Chebetis pessimistischen Prophezeiungen nicht einschüchtern.

„Du wirst", warnte Chebeti, „an einen Baum fahren. Dann hast du auch nur einen Arm. Wie Moi!"

„Moi ist nicht gegen einen Baum gefahren."

„Aber der Baum wird es nicht wissen. Bäume stehen immer im Weg."

Gut gelaunt steckte Stella ihre Haare hoch und suchte ihren Lippenstift – wie lange sie nicht an Schönheit und Pflege gedacht hatte, konnte sie an dem Umstand ermessen, dass der Lippenstift, die Puderdose und das letzte Fläschchen ihres geliebten Maiglöckchenparfüms in einem alten Zigarettenkasten ihres Großvaters lagen – zwischen Briefmarken aus England, der Speisekarte vom „Café Royal" und Ersatzschnullern.

Stella zog eine an den Taschen mit hellblauen Strassperlen besetzte Jeans an. Sie hatte sie noch kein einziges Mal in Kenia getragen. Im Koffer fand sie eine hellbraune Lederbluse mit Fransen an den Ärmeln, an der noch das Preisschild von *Liberty* klebte.

„Du bist schön", lächelte Chebeti. „Du warst immer schöner als sie. Sie hatte die Augen der Impalas. Aber deine Augen haben nie gelogen."

„Mein Vater hat Lilly gemalt und nicht mich", erwiderte Stella.

Sie staunte, als sie sich reden hörte, denn sie witterte aus dem Satz die Eifersucht, die ihr immer fremd gewesen war. Das Gefühl machte sie beklommen. Ihr war es, als hätte sie die verraten, die ihr ein Leben lang Vertraute, Freundin und Schwester gewesen war. Als sie aber Julia zum Abschied küsste und das Kind sie anlachte, kehrte die Fröhlichkeit des Morgens wieder zu Stella zurück. Sie rannte zur Tür, damit ihre Tochter nicht doch noch auf die Idee kam, sie mit Tränen zu verabschieden.

„Heute Nachmittag", rief sie, als der rote Ford anfuhr, „bin ich wieder da!"

Es war für Stella das erste Mal, dass weder Omar, ihr geduldiger Fahrlehrer, neben ihr saß, noch dass Moi, der ungeduldige Berater beim Anfahren am Berg oder beim plötzlichen Auftauchen von Tieren, ihr

Selbstvertrauen stärkte. Obwohl die Straße nach Nyahururu kurvenreich und steinig war und über einen steilen Berg führte, hatte Stella keine Angst. Zu beiden Seiten des Wegs standen Bäume mit üppigen Kronen und Ästen, die im Morgenwind tanzten. Im hohen Gras spielten junge Affen, die einander kreischend jagten. Als Stella im Gebüsch eine Gruppe von Impalas erspähte und ihr langsames Tempo weiter drosselte, kreuzte ein gewichtiger männlicher Pavian mit langen Armen und schaukelnden Bewegungen die Straße; Stella trat so kräftig auf die Bremse, dass ihr Knie schmerzte, und dann lachte sie unvermittelt los.

„Ich bin die beste Autofahrerin der Welt!“, rief sie dem Pavian zu, der stehen geblieben war.

„Bei Affen“, hörte sie Moi sagen, „darfst du nicht anhalten, Mama. Seit die Mzungu mit ihren Fotoapparaten auf Safari gehen, wissen viele Affen nicht mehr, dass sie Tiere sind. Sie setzen sich auf die Autos, zerren an den Scheibenwischern und warten auf Bananen. Wenn du Bananen kaufst, leg sie immer in den Kofferraum, nicht auf den Rücksitz.“

In der Ortschaft Nyahururu stieg Stella vor einem kleinen Gebäude mit Wellblechdach und einer rot angestrichenen Holztür aus dem Auto. Das Haus war zugleich Bahnhof, Lager und Versammlungsort. Zwei Autos und ein Lastwagen mit stehenden Arbeitern auf der Ladefläche, die ihr etwas zujohlten, was zu verstehen sie sich weigerte, fuhren an ihr vorbei. Sie sah eine kleine Lore auf den Eisenbahnschienen fahren und entdeckte an einer Kreuzung Schilder nach Nakuru, Nairobi, Eldoret und Kisumu.

Vor einem Haus aus der Kolonialzeit, weiß gestrichen, mit breiten Säulen vor der Veranda und bis zum Dach mit wuchernden lila Bougainvilleen bewachsen, lag ein junger irischer Wolfshund und kaute an einem Knochen. Ein rotes Kinderdreirad stand auf dem kurz geschorenen Rasen. Stella hoffte, die Mutter des Kindes, dem das Dreirad gehörte, würde sich zeigen, aber niemand rührte sich. Es roch nach gebratenem Hammelfleisch und frisch geröstetem Kaffee. Ein Geländewagen fuhr an die Zapfsäule. Der Fahrer stieg schwerfällig aus. Stella sah, dass er humpelte. Sie fuhr ebenfalls zur Zapfsäule. Der Mann war ein älterer weißhaariger Europäer; er trug ein dunkelblaues Drillichhemd und einen ausgebleichten Hut. Eine zierliche olivgrüne Meerkatze saß kauend auf seiner Schulter, eine Pfote auf dem Kopf des Mannes, in der rechten eine Bananenschale. Dem Wagen fehlte die Windschutzscheibe, die Türen waren verrostet, das Steuerrad mit Isolierband umwickelt, und auf dem Beifahrersitz hockte ein weißer Boxer mit einem schwarzen Fleck über einem Auge. Der Hund sabberte auf das Armaturenbrett, direkt auf das Päckchen Tabak, das neben einer Pfeife lag.

Der Mann musterte Stella lange ungeniert. Dann lächelte er ihr zu. Im Moment des ersten Herzklopfens kam ihr der Gedanke, der freundliche Schweiger könnte James Stuart aus Ol' Kalau sein, der Nachbar auf Karibu und der Bekannte ihres Vaters, aber sie traute sich nicht, ihn anzusprechen. „Komisch, Churchill", hörte Stella ihn sagen; sie grübelte noch am nächsten Tag, ob der Mann mit seinem Affen oder mit dem Hund geredet hatte.

In dem kleinen Laden roch es nach allen Düften ihrer Kindheit und dazu nach Terpentin, Leim und faulendem Fisch. Sie kaufte einen Sack Mehl, einen Teevorrat für mindestens sechs Monate und Zucker. Als sie bereits am Gehen war, entdeckte sie in dem Duka des freundlichen indischen Händlers einen rosa Büstenhalter mit violetten Blumen auf den Trägern und vergoldeten Haken und Ösen. Dass sie überhaupt ein Kleidungsstück in ihrer Größe kaufen konnte und noch dazu ein so intimes, vermittelte ihr ein seit London nicht mehr gekanntes Gefühl von Wohlstand, Besitz und Freiheit. Stella war klar, dass sie die Erlebnisse dieses Tages, voran die angenehme Unabhängigkeit, dem roten Ford verdankte und ihrer eigenen Ausdauer als Fahrschülerin, doch in diesem Moment galt ihre Dankbarkeit ausschließlich der Familie Patel als Initiator der Idee.

„Ich komme wieder", sagte sie dem Mann hinter der Theke.

„Das freut mich, Miss Hood."

„Woher kennen Sie meinen Namen?"

„Der Mann mit dem einen Arm hat mir von Ihnen erzählt. Ich lasse Ihre Sachen zum Wagen tragen, Madam."

Der Tag blieb für Stella ein Markstein der Dinge – aus Gründen, die sich allerdings nur im Verlauf der Zeit analysieren ließen. Von dem Moment an, da sie den Wagen wieder vor ihrem Haus parkte, musste sie sich sehr viel mehr auf jedes Detail konzentrieren als beim Einkauf von Bananen und Mehl. Ausgerechnet Julia, deren Welt doch nur aus Staunen und babbelnder Zärtlichkeit bestand, zog an den Schicksal webenden Fäden. Seit einiger Zeit sagte das sprachgewandte Geschöpf schon „Mama" – außer zu seiner Mutter noch zu Chebeti und zu sämtlichen Kindern der Familie Patel. Den Augenblick jedoch, da die strahlende Mutter mit den Herrlichkeiten aus der Fremde heimkehrte, wählte dieses Prachtkind aus, um erstmals das Wort „Baba" zu sagen. Julia hatte das Wort für Vater, das ihr weder Stella noch Chebeti beigebracht hatte, der Suahelisprache entnommen, und es gab keinen Zweifel, dass sie nur mit einem einzigen Mann sprach – mit Moi. Dass sie dies tat, war nicht logisch, denn Mois Name gehörte zu den ersten beiden Wörtern, die sie überhaupt in ihrem Leben gesprochen hatte.

Moi fand die Begebenheit so mitteilenswert, dass er am nächsten Tag schon bei Sonnenaufgang nach Nyahururu lief und die wunderbare Schauri Mr Karatasi erzählte, der sich mit einem Brief aus England revanchierte, der schon seit einer Woche bei ihm „ruhig schlief". Er hatte am Vortag, als Stella ihn nach Post fragte, komplett vergessen, in der kleinen Schublade mit Schrauben und Nägeln nachzusehen. Obwohl Stella da noch nichts von dem Brief ahnen konnte, versagte ihr Humor, als ihre redselige Tochter das Vaterrecht auf Moi übertrug.

Anders als die Nachbarn, die um Moi standen und dem Kind auf seinem Arm begeisterten Beifall klatschten, lachte Stella nicht. Sie hatte nie zu unbedachten Beschuldigungen geneigt. So geschah es, dass sich erst eine Stunde später ihr Anfangsverdacht erhärtete – Julias Anrede für den falschen Vater war, wie Stella beim Auspacken der Einkäufe von der aufgebrachten Chebeti erfuhr, tatsächlich das Ergebnis von Mois stundenlangen Bemühungen während Stellas Abwesenheit, und die Zuschauer waren eigens von Moi zu der Premiere eingeladen worden. Auf alle Fälle bedingte die Schauri, dass Stella besonders intensiv und zärtlich an Fernando dachte.

Sie quälte sich mit Überlegungen, die sie in England als kleinbürgerlich und vorgestrig abgetan hätte. Es war Stella immer nur darum gegangen, ihrem Kind die gleiche unbeschwerte Kindheit zu bieten, die sie selbst gehabt hatte. Doch ein einziges Wort dieses Kindes, das noch keinen zusammenhängenden Satz sprechen konnte, hatte für den ersten Kratzer in dem so sorgsam polierten Bild gereicht. Stella war beunruhigt genug, um sich vorzustellen, wie es sein würde, wenn Julia nach ihrem Vater fragte. Die Realität, die sie sich ausmalte, mit einer verlegen stammelnden Mutter, einer kopfschüttelnden Chebeti und einem grinsenden Moi missfiel ihr.

Später, als sie die Paraffinlampe anzündete, hatte sie das Bedürfnis nach Chebetis beruhigender Wärme, doch sie rief nicht nach ihr. Energisch stellte sie die Lampe vor Moi auf den Tisch, hob die laut protestierende Julia von seinem Schoß und brachte sie zu Bett.

Als Stella zurück in die Küche kam, kehrten ihre Gedanken zum Ausgangspunkt ihrer Wehmut zurück. Sie erinnerte sich, dass Lilly in der Dämmerung immer besonders anschaulich vom elektrischen Licht und dem fließenden Wasser in Nairobi geschwärmt hatte. Weshalb hatte sie den Hinweis auf die Unzufriedenheit der Freundin nie erkannt, nie Lillys Sehnsucht nach der Großstadt und dem Leben, das sie gewohnt war?

„Wohin ist dein Kopf schon wieder auf Safari gegangen?“, fragte Moi.

„Mein Kopf ist im Zimmer bei Julia geblieben.“

„Und warum siehst du aus wie ein Hund, der den Knochen ausgraben will, den er versteckt hat, und eine tote Maus findet? Du wirst dir nie die Traurigkeit so gut aus dem Kopf reißen, dass ich sie nicht sehe. Du wirst Lilly nie vergessen. Ihr Name wird immer in deinem Kopf bleiben. Es ist auch nicht wichtig, ob du die Augen aufmachst oder zu. Du wirst sie immer sehen.“

„Es ist gut, dass du klüger bist als ich, Moi. Ab heute werde ich nur noch mit deinem Kopf das Leben sehen.“

Die schöne afrikanische Mischung von gutem Gedächtnis und der Fähigkeit, das Unabänderliche hinzunehmen und so schnell wie nötig zu verdrängen, gelang Stella nicht. Auch nach Tagen und Wochen, selbst Monate später konnte sie nicht verwinden, dass Lilly ohne ein Wort des Abschieds von ihr gegangen war und sich nie mehr gemeldet hatte. Stella war fassungslos und enttäuscht gewesen. Wann immer sie nach einer Erklärung suchte, die die Dunkelheit hätte erhellen können, blickte sie auf die Scherben ihrer Hoffnungen und die Trümmer ihrer Vergangenheit. Sie fühlte sich getäuscht, böswillig hintergangen, vor der ganzen Dorfgemeinschaft blamiert. Und doch konnte sich Stella nicht von Lilly lösen. Ihr gelang es nicht, zu vergessen, dass in den Kindertagen die schöne Gazelle ihre fröhliche, kecke, lernbegierige Schwester gewesen war und dass sie beide denselben Mann geliebt und in seinem Atelier zum ersten Mal das Wunder der Farben und Bilder erlebt hatten.

„Lilly war doch immer meine Schwester“, sagte sie.

„Nein, Stella“, verbesserte Moi, „du warst immer ihre Schwester.“

Die Reaktion auf ihre widerstreitenden und selbstquälerischen Gefühle war atypisch für Stella, denn sie war es gewohnt gewesen, sich keinem Sturmwind zu beugen. Nun zögerte sie selbst unbedeutende Entscheidungen hinaus, mochte sich weder auf ihre ursprüngliche Courage noch auf ihr Urteilsvermögen verlassen und begann, die Realität nach ihren Wünschen zu verbiegen. Vor allem scheute sie das längst fällige Eingeständnis: Ihre Pläne und Hoffnungen für die Zukunft hatten kein Fundament mehr. Stella hatte in erster Linie für Lilly die Lodge bauen wollen; sie hatte sich an dem Gedanken erwärmt, dass die klügste von Chebetis Töchtern endlich die Position im Leben würde einnehmen können, die ihrer Intelligenz und ihrer Schönheit gebührte. Weil Stella jedoch nun endlich den Zweifel an ihren Planungen und Illusionen zuließ, konnte sie sich immer weniger vorstellen, dass sie ohne Lilly eine Lodge bauen wollte und diese dann auch noch selbst leiten sollte.

Gelegentlich erwog sie, ihrem Großvater von den veränderten Umständen zu berichten und seinen Rat zu erfragen, aber dann fiel ihr ein, wie sehr er die Idee von der Lodge gutgeheißen hatte, und sie hatte nicht mehr den Mut, das Thema auch nur anzudeuten. Ebenso wenig traute sich Stella, Moi ins Vertrauen zu ziehen, denn er erzählte ihr dreimal täglich, dass er sich bereits als Mann mit Einkommen und Prestige sah. In seinen Träumen saß er in einer weißen Jacke mit goldenen Knöpfen hinter einem Empfangstresen aus spiegelndem Mahagoniholz. „Ich werde mir sehr große Taschen an meine Jacke nähen lassen“, pflegte er sich auszumalen. „Für das Trinkgeld.“

Den Gedanken, Moi das Herz zu brechen, konnte Stella nie zu Ende denken, ohne dass ihr Herz gegen die Rippen schlug. Nach ihrem ersten Ausflug nach Nyahururu war sie noch bereit gewesen, sich ihren Vorbehalten zu stellen, doch von Woche zu Woche ließ sie sich williger vom Kern ihrer Situation ablenken. Trotz des Schmerzes um Lilly und der Bedenken, dass sie sich gegen die Lodge entscheiden wollte und nicht wusste, wie, arrangierte sich Stella noch einmal mit ihrem Leben. Für das bescheidene neue Glück von Stellas Leben reichte die Liebenswürdigkeit der Familie Patel.

Die Patels kamen immer häufiger nach Nyahururu und blieben von Mal zu Mal länger. Sonntags gab es Picknicks in Stellas neu angelegtem Garten oder unter Mois Affenbrotbaum. Im Gras, zwischen Büschen von blühendem Jasmin und Pfeffersträuchern mit roten Beeren, stand im schwarzen Lederkoffer ein Grammophon, das noch mit einer Handkurbel bedient werden musste, doch es spielte die Musik der neuen Welt. Devikas achtjährige Zwillingstöchter flochten Kränze aus roten und gelben Mohnblumen und drückten sie Julia zärtlich auf die nachtschwarzen Locken. Die Gespräche und das Gelächter von Menschen, die ihr so offensichtlich zugetan waren, animierten Stella.

Dreimal kurz hintereinander war sie im gastlichen Haus der Patels in Nakuru gewesen. Sie hatte in dem Park auf dem Rasen gesessen, Tee getrunken, den Mandelduft eines Kuchens mit gelbem Zuckerguss eingesogen und sich in die rote Nachmittagssonne verliebt, die sich in den silberfarbigen Kuppeln spiegelte.

Bei Stellas viertem Besuch fuhren die Patels mit ihrem Gast in die Lake Nakuru Lodge. Das Wochenende beeindruckte sie so sehr, dass sie noch am Abend ihrer Rückkehr einen acht Seiten langen Brief nach Mayfair schrieb. Stella saß an der Bar, an der Lilly und Teddy Harnes den Whisky aus Naivasha getrunken hatten. So blau wie an dem Tag, da Stella nach 15 Jahren den Nakurusee wiedersah, war der Himmel lange nicht mehr gewesen. „Mein Vater", erinnerte sie sich, „hat hier sein erstes Bild in Kenia gemalt. Damals hat meine Mutter noch gelebt."

„Erzähl mir mehr von deinen Eltern", bat Devika.

Stella empfand es als eine gütige Schicksalsfügung, dass ihr die Freundeshand gerade in dem Moment gereicht wurde, da sie von der einzigen Freundin ihres Lebens hatte Abschied nehmen müssen. Devika schien immer zu wissen, was Stella beschäftigte. Sie hatte stets den richtigen Rat und die richtige Antwort auf Stellas Fragen parat. Vor allem hatte sie den richtigen Mann. Jaskaran war taktvoll, klug und verschwiegen. Sie vergaß ihm nie, dass er ihr die Flamingobrosche zu einem unglaublich niedrigen Preis verschafft und sie nie über das Schmuckstück befragt hatte – Stella bezweifelte nicht, dass er ihre Erregung beim Anblick der Brosche bemerkt hatte. Mit seinen geschäftlichen Ratschlägen hatte er ein Gleichmaß in ihr Leben gebracht, das ihr wohl tat. Ständig war er dabei, die Weichen für Stellas Zukunft zu stellen. Schon um ihn nicht zu kränken, mochte sie noch nicht einmal andeuten, dass sie der Gedanke an die Lodge ängstigte.

Es war schließlich Jaskarans Weitsicht, der Stella ihre neu gewonnene Unabhängigkeit verdankte. Nicht nur, dass er Tag für Tag seinem Neffen Omar den gerade nach Ausbruch der Regenzeit beschwerlichen Weg von Nakuru nach Nyahururu zugemutet hatte, damit er ihr das Autofahren beibrachte. Augenzwinkernd überreichte er ihr eines Tages ihren Führerschein und lehnte ihren Dank ab.

„Muss man denn in Kenia keine Führerscheinprüfung machen, Jaskaran? Ich weiß doch gar nicht, ob ich schon gut genug fahre."

„Das tust du. Kein Mensch muss etwas müssen, der Jaskaran Patel zu seinen Freunden zählt. Oder hättest du gern mit einem Haufen Neger bei der Polizei herumgesessen?"

„Ich komme mir wie eine Betrügerin vor."

„Wird denn in England Klugheit als Betrug gewertet?"

„Manchmal schon."

Jaskaran ahnte immer, wann sie ihn brauchte, und er kam, ohne dass sie ihn rief. Innerhalb eines Zeitraums von nur vier Wochen nach Lillys Verschwinden ging Jaskaran dazu über, in Stellas Namen bei ihrer Bank in Nairobi zu verhandeln. Ein glücklicher Zufall kam ihm zu Hilfe.

Jaskarans Schwager Rajiv wurde von Mombasa nach Nairobi versetzt und dort Stellvertreter des Bankdirektors. Rajiv ließ sich vom Ehemann seiner Schwester rasch motivieren, Interesse an der vermögenden Mrs Hood zu nehmen.

Obwohl auch Devika Bedenken gehabt hatte, ob die Regierung von Kenia Stella überhaupt Boden für ihre geplante Lodge verkaufen würde, und sie entsprechend auf eine eventuelle Absage vorbereitet hatte, gelang es dem unermüdlichen Jaskaran in kürzester Zeit, die Verhandlungen zu einem Ende zu führen. Stella durfte den Boden für einen Betrag kaufen, den Jaskaran als ein „geradezu idiotisches Versehen des zuständigen Beamten“ deklarierte, und für die Lodge verschaffte er ihr sowohl einen Architekten als auch einen Bauunternehmer.

„Das sind zwei Männer, denen du blind vertrauen kannst“, sagte Jaskaran. „Übrigens sind die beiden entfernte Verwandte von mir.“

„Mein Vater hat immer gesagt, vor der Regenzeit baut man noch nicht einmal eine Hütte für einen Hund. Ich werde mit der Lodge warten, bis wir den großen Regen hinter uns haben.“

„Dein Vater“, lobte Jaskaran und schluckte seinen entsetzten Seufzer hinunter, „war ein kluger Mann.“

„Ach, Jaskaran, was ich dich schon fragen wollte, seit ich das erste Mal allein nach Nyahururu gefahren bin“, sagte Stella, „ich habe dort einen Europäer gesehen, einen älteren Mann, der hinkte. Hast du eine Ahnung, wer das sein könnte?“

„Ich kann mir nicht vorstellen, wen du meinst.“

„Mit einem kleinen Affen auf der Schulter und einem weißen Boxer. Eins von den beiden Tieren hieß Churchill. Kannst du nicht für mich herauskriegen, ob der Mann vielleicht in Ol’ Kalau wohnt?“

„Tut mir Leid, Stella, ich kenne niemanden, der in Ol’ Kalau wohnt. Ich war auch noch nie in Ol’ Kalau.“

Nach der Unterhaltung mit Jaskaran, bei der ihr sehr wohl ein gewisses Widerstreben aufgefallen war, auf ihre Fragen einzugehen, erwachte Stellas Interesse an dem Fremden in noch stärkerem Maße als zuvor.

„Kennst du die Leute in Ol’ Kalau?“, fragte sie Moi.

„Alle“, grinste Moi. „Ich habe gehört, dass du Mr Patel nach dem Hund gefragt hast. Ich wusste nicht, dass dir Hunde gefallen, denen die Spucke aus dem Mund läuft.“

„Moi“, brüllte Stella, „wie heißt der Mann?“

„Der Mann heißt Mr Stuart. He, Mama, warum weinst du? Dein Gesicht ist ja so weiß wie Mehl.“

10

Unmittelbar vor der Stunde des kürzesten Schattens rannte der Mann auf Stellas Haus zu. Sein kahl geschorener Kopf glänzte wie eine polierte schwarze Kugel. Der Fremde war nicht größer als die Männer von Nyahururu, doch durch seine breiten Schultern und muskulösen Waden wirkte er kräftiger als sie. Er hatte lange, fast bis auf die Schultern baumelnde Ohrläppchen wie die Massai, aber Nase und Lippen von den Leuten aus dem Stamm der Luo. Ungewöhnlich erschien den Bewohnern der Dorfgemeinschaft, die sich bereits versammelt hatten, als sie an den Ameisenhügeln die ersten Wolken von aufgewirbelter roter Erde erblickten, dass er so schnell atmete wie einer, der einen sehr weiten Weg im Dauerlauf hat zurücklegen müssen. Seinem Hemd aus Jeansstoff fehlten Kragen und Ärmel. Die Khakishorts waren an den Knien mit gelben Stoffresten und am Gesäß mit einem Stück von einem rot-weiß karierten Leinentuch geflickt worden. Der rasante Läufer atmete nun wieder ruhig. Von seinem Hals baumelte der Zahn eines Löwen an einem dunkelgrünen Lederband, von der Schulter eine große Fototasche aus hellem Kunststoff.

Die fröhlich bellende Mischung aus Foxterrier und Springerspaniel, die mit dem Läufer gekommen war, sprang japsend an ihm hoch. Zärtlich streichelte der Mann den schmalen Kopf des Hundes.

Stella stand schon eine Weile vor der Tür ihres Hauses. Als der Mann sie sah, ließ er ein Gemurmel aus seinem Mund. Umständlich holte er ein hellbraunes Kuvert aus der Fototasche. Mit der einen Hand schob der Bote Moi beiseite, der seinen Arm schon erwartungsvoll ausgestreckt hatte. Mit der Linken machte er eine auffordernde Bewegung in Stellas Richtung.

„Ich darf nur dir den Brief übergeben“, sagte er in fließendem Englisch. „Soll ich auf die Antwort warten?“

„Nur auf das Geld, das ich dir für den langen Weg geben möchte“, entschied Stella, „so schnell kann ich keinen Brief beantworten. Willst du nicht in mein Haus kommen und ein Glas Wasser trinken? Oder Kaffee?“

„Ich will zurück sein, bevor es dunkel wird. Der Weg ist weit.“ Der Briefträger streckte seine Hand aus. Schweigend steckte er das Geld in seine Hosentasche, streichelte den Hund zum zweiten Mal und rannte los.

Stella kannte die Schrift auf dem Umschlag nicht, aber sie zweifelte keinen Herzschlag lang, wer den Briefboten zu ihr geschickt hatte. Sie drückte Julia in Chebetis Arme, ging ins Haus und setzte sich auf das Fensterbrett. Ungeduldig riss sie den mit Kerzenwachs versiegelten Umschlag auf.

„Meine liebe Stella", hatte James Stuart in gestochen scharfer Schrift geschrieben, „verzeih die intime Anrede, von der ich nicht weiß, ob sie mir noch zusteht. Aber so ein Mzee wie ich kann nicht mehr umdenken. Für mich bist du immer noch vierzehn Jahre alt.

Ich habe die attraktive junge Frau beobachtet, die vor drei Wochen in Nyahururu getankt hat. (Übrigens musst du, ehe du mich besuchen kommst, mehr Luft in deinen linken Vorderreifen füllen lassen. Mit der so genannten Straße nach Ol' Kalau ist nicht zu spaßen.) Da kannst du mal sehen, was Afrika und das verfluchte Alter einem einsamen Mann antun. Er schreibt einer alten Freundin, die er nie vergessen hat, und redet von Autoreifen.

Es war keine so große Überraschung für mich, wie du offenbar angenommen hast, von dir zu hören. Hast du vergessen, dass es in diesem Land weder Geheimnisse noch Diskretion gibt? Geändert hat sich nur das Tempo der Nachrichtenübermittlung. Ich schicke dir diese Zeilen per Boten, weil ich Mr Karatasi noch nicht einmal eine Schachtel Streichhölzer anvertrauen mag, geschweige denn einen Brief, an dem mir sehr viel liegt. Der einarmige Postillion, der mir deinen Brief überbrachte, lässt mich annehmen, dass du bereits die entsprechenden Erfahrungen gemacht hast. Übrigens hat er mir berichtet, dass dein Großvater ein sehr reicher und angesehener Häuptling ist.

Natürlich weiß ich schon seit einiger Zeit, dass Brian Hoods Tochter sich von ihren Wurzeln nach Afrika hat zurücklocken lassen. In deine Heimat? In unsere Heimat? In das Land, das es nicht mehr gibt oder vielleicht auch nie gab? Das alles können wir ja klären, wenn du mich besuchen kommst. Obwohl ich ein riesengroßes Bedürfnis hatte, dich zu sehen, zögerte ich immer wieder, mich bei dir zu melden. Man weiß ja nie, was aus Kindern geworden ist, die man in einem früheren Leben gekannt hat. Zudem hat mich einiges, was mir berichtet wurde, verblüfft. Beispielsweise, dass du eine exzentrische Millionärin bist, die mit ihrem Kind, das einen indischen Vater hat, nur Kikuyu spricht, und dass du demnächst einen Einheimischen heiraten willst. Jedenfalls hatte ich Angst, du könntest denken, ich würde nur Kontakt zu dir aufnehmen, um dich anzupumpen. Und noch viel mehr habe ich befürchtet, es könnten Erinnerungen in dir hochkommen, die dir nicht gut tun, wenn du hier bist.

Auf alle Fälle bin ich ungemein froh, dass du mir erst einmal geschrieben hast und nicht gleich hier erschienen bist. Das lässt mir Zeit, meinen Hals zu waschen, mein Herz zur Ordnung zu rufen und das Geschenk für dich fertig zu stellen, das ich unmittelbar nach deinem letzten Besuch in Angriff nahm. Könnte das schon fünfzehn Jahre her sein? Vor allem bringe deine Tochter mit. Ich kann es kaum erwarten, das Enkelkind vom Bwana Mbuzi zu sehen. Dass wir uns richtig verstehen: Die Hautfarbe ist mir egal. Beeile dich, meine Liebe. Dein James Stuart.

PS: Vielleicht erinnerst du dich an meinen treuen Koch Kukamba, den alten Kisii. Als er erfuhr, dass die Tochter vom Bwana Mbuzi mich besuchen kommt, hat er innerhalb eines Zeitraums von dreißig Minuten fünf ganze Sätze mit mir gesprochen. Seitdem schlachtet er jeden Tag ein Huhn für den Fall, dass du unangemeldet hier eintriffst. Ich besitze aber nur noch vierhundert Hühner. Sag selbst, wie lange kann sich ein armer Teufel eine so aberwitzige Verschwendung leisten?“

SCHON als Stella erfahren hatte, dass ihr Instinkt sie an der Tankstelle nicht getrogen hatte und der schrullige Schotte tatsächlich noch lebte, spürte sie, dass Wesentliches, noch nicht Absehbares geschehen war. Ausführlich erzählte sie Moi von dem Tag, da sie James Stuart zum letzten Mal gesehen und wie er mit ihrem Vater über Bilder und Schach gesprochen und gesagt hatte, er würde Kenia nie verlassen.

„Es war der Tag, an dem mein Vater gestorben ist“, sagte sie.

Dieser Rückblick in die Vergangenheit und der Hinweis auf den wortkargen Koch, an den sie sich gut erinnerte, beschäftigte sie sehr. Sie hatte nicht mehr damit gerechnet, je noch irgendeinen Menschen zu treffen, der ihren Vater gekannt hatte. Ihr war es, als hätte sie das fehlende Glied einer Kette gefunden. Die Farm in Ol' Kalau, die sie nun bald wiedersehen würde, schien ihr immer mehr der gesicherte Hafen, den sie anlaufen musste, um ihr Schiff nie mehr den Stürmen des Lebens auszusetzen. Sie war so ungeduldig, den Anker zu lichten, dass sie sich nicht die Zeit nahm, ihren Besuch anzukündigen.

„Wir fahren hin, ohne dass ich ihm noch einmal schreibe.“

Sie fuhren los, als die Sonne noch rot, die Nelkenknospen taufeucht waren und die Vögel noch nicht flogen. Moi saß neben ihr, Julia in einem neuen roten Kleid auf dem Schoß. Stella hatte die kleine Safari nur mit ihrer Tochter und Chebeti machen wollen, aber Moi hatte glaubhaft versichert, die Straße nach Ol' Kalau sei zum einen Teil überschwemmt und zum anderen durch einen tiefen Krater zerrissen, in der Gegend würde seit einigen Wochen ein Menschen fressender Löwe lagern und ein Mann müsse den Löwen mit Stockschlägen und Geschrei vertreiben.

Julia hatte unter Mois unermüdlicher Anleitung vor Reiseantritt ihr sprachliches Repertoire um die Suaheliwörter für Affe und Hund erweitert. „Nugu“, lachte sie. Moi trommelte mit seiner Hand auf dem Kopf und brüllte wie ein Pavian.

„Umbua“, jubelte Julia.

„Nugu, Nugu, Nugu!“, rief er.

„Macht sie dich denn nie müde, Moi?“

„Kinder machen einen Mann nicht müde. Wenn du jetzt müde bist, ist es nicht deine Tochter, die dich müde gemacht hat. Warum bist du denn in der Nacht aufgestanden, um nach Ol' Kalau zu fahren? Ich habe dir doch gesagt, Ol' Kalau ist nicht weit.“

„Wir sind am Tag des Feuers auch morgens nach Ol' Kalau gefahren. Wir haben damals bei Mr Stuart Mittag gegessen.“

„Vergiss das Feuer, Mama. Warte! Jetzt musst du links fahren. Da ist keine Straße mehr, nur ein Weg für die Füße. Wenn du deine Augen jetzt auf eine Safari zu dem Baum mit den blauen Blättern schickst, siehst du Rauch aus dem Schornstein vom Haus kommen.“

An einem violett blühenden Jakarandabaum, der etwa zweihundert Meter vor dem Haus stand, war ein großes Schild befestigt. Zwei kunstvoll gezeichnete Affen, der eine schwarz mit weißer Mähne, der andere weiß mit schwarzer Mähne, hielten Stuarts Besuchern eine Tafel mit der Begrüßung „Willkommen in Balmoral Lodge“ entgegen. Stella fiel das Honigtöpfchen aus blauem Porzellan ein. Es hatte auch die Aufschrift „Balmoral Lodge“ gehabt und war eigens für den Pavian auf den Tisch gestellt worden. Sie sah den Affen seine Banane in Honig tauchen und ihren Vater in die Hände klatschen und lachen. Sie spürte einen plötzlichen Stich in der Brust.

„Schon gut“, murmelte sie und trat so fest auf die Bremse, dass der Ford abrupt stehen blieb. Die kleinen Steine auf dem Weg knirschten. Moi schüttelte missbilligend den Kopf.

Der weiße Boxer mit dem schwarzen Fleck über dem Auge steckte seine Schnauze aus dem Haus und lief auf die Gäste seines Herrn zu. Er wedelte freundlich, dann machte er einen für seine wohlgenährte Statur erstaunlich großen Satz und drückte sich sabbernd an Stellas Knie.

„Jetzt bin ich an der Reihe, Churchill“, sagte James Stuart. Seine Stimme hatte die Heiserkeit der Bewegtheit. Die olivgrüne Meerkatze mit dem rundlichen Gesicht und Augen wie schwarze Perlen saß auf seiner Schulter.

Moi, der auf der Fahrt seine Zunge in die Erschöpfung gejagt hatte, wurde schweigsam und presste Julia an sich. Weil sie jedoch alle Menschen für ihre dienstbereiten Gespielen hielt, lachte sie. Erleichtert hob ihr geliebter Riese sie in die Höhe. Ausgerechnet in diesem erlösenden Moment brachte die kluge Schülerin die Lektionen ihres Lehrmeisters ein wenig durcheinander. Sie rief dem Hund „Nugu“ zu, und den Affen, dem das Wort gebührte, nannte sie „Umbua“.

Stella konnte zuerst weder Beine noch Arme bewegen. Die Salzkörner im Hals waren schwer wie Felsen, und doch gelang es ihr in einem Moment der Kühnheit, die Felsen zur Seite zu rollen. Mit ausgebreiteten Armen rannte sie auf James Stuart zu. Er drückte Stella so fest an seine Brust, als wäre sie die mit Reis ausgestopfte Puppe, die er ihr vor zwanzig Jahren geschenkt hatte. Tränen drängten aus ihren Augen.

„So ist das also“, murmelte sie, als ihr dämmerte, dass von den vielen Brücken, die sie in die Vergangenheit gelockt hatten, diese eine am besten den Sturm der Zeit überstanden hatte. Zum ersten Mal seit dem Abschied von London hatte ihr Körper wieder die Zärtlichkeit einer Berührung erlebt. „Ich weine nicht“, kicherte sie verlegen, als sie Stuarts Augen leuchten sah.

„Heute ist ein Tag der Freude. Da gibt es keine Tränen. Wenn einer hier weinen darf, dann nur diese entzückende kleine Miss im roten Kleid. So etwas habe ich ja in meinem ganzen Leben nicht gesehen. Ist sie eine afrikanische Wertarbeit, oder stimmen etwa die Erzählungen von der Unwiderstehlichkeit indischer Männer?“

„Julias Vater stammt aus Goa. Er lebt in London, wird der berühmteste Arzt der Welt und wusste noch nicht mal etwas von seiner Tochter. Mein diskreter Großvater, der nie auf die Idee kommen würde, sich in anderer Leute Angelegenheiten einzumischen, konnte seinen Mund nicht halten und hat Fernando die frohe Botschaft überbracht.“

„Die Geschichte musst du mir ausführlich erzählen. Aber vorher möchte ich dir im Haus etwas zeigen. Ich kann keine Minute länger warten, um dir vorzuführen, was mir nach unserem letzten Treffen eingefallen ist.“

Moi stellte Julia auf die Füße und schob sie behutsam zu ihrer Mutter hin. „Meine Beine“, erklärte er, „müssen jetzt auf eine kleine Safari gehen. Sie wollen immer rennen, wenn ich lange im Auto gesessen habe."

Stella nickte verstehend – und schämte sich sehr. Mois plötzliche Sorge um seine erlahmenden Beine war seine Art, an den Umstand zu erinnern, dass in seinem Land immer noch die gesellschaftlichen Riten der Kolonialzeit gepflegt wurden – auch von den Afrikanern. Die einen wurden als Gäste in die Häuser aus Stein gebeten und aßen von Tellern aus Porzellan; die anderen wurden zum Personal geschickt und mit Kaffee aus Blechbechern bewirtet.

„Kukamba hat Kaffee für dich gemacht und Bohnen gekocht", sagte Stuart liebenswürdig.

„Du kommst doch nachher zu uns zurück?", bat Stella.

„Bin ich einmal nicht zu dir zurückgekommen, Mama?", fragte Moi. Er streichelte Julias Wange und lief in Richtung einer kleinen Baumgruppe.

„Baba!", rief das erzürnte Kind und stampfte mit dem Fuß auf.

„Du lieber Himmel", begriff Stuart, „bist du ganz sicher, Stella, dass du das Problem durchschaust, das du dir da eingehandelt hast?"

„Nicht mehr so ganz", gestand Stella.

Das Haus und noch mehr der Hausherr hatten sich unglaublich verändert. In den Zeiten von Karibu hatten Balmoral Lodge und sein Besitzer den gleichen desolaten Eindruck gemacht – die meisten Schambas verkommen oder gar nicht erst bewirtschaftet, das Wohnhaus mit Fenstern ohne Glas, einem undichten Dach und einer verrotteten Holztür. Einzig ein Rondell mit gelben Rosen hatte damals von den guten Tagen der Farm mit dem fruchtbarsten Boden und dem besten Vieh in ganz Ol' Kalau erzählt.

Jetzt rankten sich rosa Heckenrosen und violette Wicken an gelb getünchten Hauswänden empor. Die Fensterrahmen waren frisch geweißt, das Dach war mit rötlichen Holzschindeln eingedeckt, die Hecke um den üppig blühenden Blumengarten so akkurat geschoren wie in den Parks französischer Schlösser. Eine Entenmutter watschelte mit ihren vier Küken und einem jungen Schwan als Eskorte zu einem kleinen Teich. Unter dem Baum grasten ein Esel und eine schwarze Ziege. Für die Ananaspflanzen hinter dem Wassertank, ursprünglich kleine und wild wuchernde Früchte, waren Beete angelegt worden. In der Mitte wehte die Fahne Schottlands.

Der Hausherr hatte sich die gleiche Verjüngungskur verordnet. Am Tag des Feuers auf Karibu hatte er Brian Hood und seine kleine Tochter mit einem zweifach gebrochenen Bein begrüßt und sich mühsam auf Krücken aus einem verrosteten Rohr gestützt. Damals war sein Gesicht vom Alkohol verquollen gewesen, seine Haut gelblich und er selbst so dürr, dass Stella ihn für einen kränkelnden Greis gehalten hatte. Nun merkte sie, dass sie dem Irrtum aller Kinder erlegen war, die Menschen jenseits der dreißig auf dem Weg zum Grab wähnen. Tatsächlich war James Stuart, wie er später beim Mittagessen erzählte, 63 Jahre alt. Er hatte den rosigen Teint seiner schottischen Ahnen, dichtes weißes Haar und helle graue Augen. Sie wirkten klug, ein wenig spöttisch, doch sehr liebenswürdig. Stuarts Art, sich zu kleiden – ausgezeichneter Stoff, altmodischer Schnitt, fehlende Knöpfe und Flicken aus feinstem Leder an den Ellenbogen –, war die jener britischen Großgrundbesitzer, die Reichtum als verbrieftes Privileg und Untertreibung als lebenslange Verpflichtung erachten.

„Mein Gedächtnis", sagte Stella, während Mr Churchill mit feuchter Schnauze ihre heiße Hand kühlte, „ist miserabel. Ich hatte dich ganz anders in Erinnerung. Das Haus übrigens auch."

„Lady Stella, dein Gedächtnis ist fabelhaft. Als du mich das letzte Mal besucht hast, war ich ein schrulliger, seniler Frühgreis und nahe dran, mich um Besitz und Verstand zu saufen. Ich habe wirklich erst im allerletzten Moment begriffen, dass ich die Sache mit den Mau-Mau nur würde durchstehen können, wenn ich wieder für einen klaren Kopf sorgte."

„Das war eine gewaltige Leistung. Ich bewundere dich."

„Bitte nicht. Die siegreichen Kikuyu haben zu meinem Glück rechtzeitig kapiert, dass sie viel mehr von mir und meiner Farm haben, wenn ich den Leuten Arbeit, Essen und Unterkunft gebe, als wenn sie mich abschlachten."

„Ich habe die Sache mit Mau-Mau später noch mal genau nachgelesen. Du hast nicht nur Glück gehabt. Du hattest auch Mut."

„Glück, Stella, nur Glück. Gehen wir endlich rein ins Schloss. Darf ich Mylady meinen Arm anbieten? Und der Infantin meine Schulter."

Julia hatte den Daumen im Mund und die linke Zwergenhand auf Churchills breitem Rücken. Der Hund war soeben dahinter gekommen, dass das Kind appetitanregend nach Butterkeksen und warmer Milch roch. Zudem hatte das aromatische Leichtgewicht eine Stimme, die seine auf Wohllaut eingestellten Ohren streichelte. Churchill vergaß, dass er zu rheumatischen Schmerzen in den Gelenken neigte, tat mit den Vorderpfoten einen kleinen Hüpfer und glaubte, er wäre ein Welpe.

Julia trippelte neben ihrer Mutter ins Haus. Weil sie so beschäftigt war, das Wort „Churchill“ zu üben, entging ihr, dass sie bis zu diesem entscheidenden Moment ihres einjährigen Lebens noch keinen Schritt ohne die beschützende Hand eines Erwachsenen gelaufen war.

„Julia“, staunte Stella, „du kannst ja allein laufen. Gott, wird Moi enttäuscht sein, dass er nicht dabei war.“

„Wetten, dass sie noch viel mehr kann“, prophezeite Stuart. „Komm, meine Kleine, jetzt schaust du dir das Geschenk an, das der verkalkte alte Stuart für deine schöne junge Mami gemacht hat.“

Das Schachspiel, das auf dem runden Tisch stand, war noch nie benutzt worden. Stella erkannte die Figuren sofort. Sie waren zum Teil die Kopie von denen, die ihr Vater und James Stuart benutzt hatten und die der kleine Pavian in Bananenschalen gewickelt hatte. Rot-weiß, wie damals auch, war das Brett, die schwarzen Figuren wieder aus Ebenholz, die weißen allerdings nicht mehr wie ihre Vorgänger aus Elfenbein, sondern aus einem hellen Holz.

„Man ist endlich auch in Kenia dahinter gekommen“, sagte Stuart, „dass Elefanten die besseren Menschen sind, man hat sie unter Naturschutz gestellt.“

Er setzte, mit Julia auf seinem linken Knie und dem kleinen Affen auf der rechten Schulter, die Figuren auf das Brett. Die Bauern waren wieder Klippschliefer, sitzende Giraffen die Springer und Hütten mit spitzem Dach die Türme. Die übrigen Figuren waren noch fantasievoller ausgefallen als bei dem Spiel, das Stella bei ihrem letzten Besuch so gut gefallen hatte. Die Läufer, ursprünglich Klippschliefer wie die Bauern, nur größer als sie, hatten nun einen Telefonapparat in der Hand und eine Umhängetasche auf der Schulter. Die Könige, einst nur mit Speer und Schild bewaffnet und unverkennbar Massai, gehörten jetzt zum Stamm der Kikuyu, der ja in Kenia das Sagen hatte. Sie trugen einen verzierten Stab in der rechten Hand und einen Kopfschmuck wie Jomo Kenyatta. Aus den Königinnen, die sich im ersten Spiel mit Halsketten und Ohrringen begnügt hatten, waren Damen der Gesellschaft mit rot lackierten Fingernägeln, hochgekämmten Haaren und grell geschminktem Mund geworden.

„Warum hast du mir eigentlich nie geschrieben, Stella? Du kanntest doch meine Adresse und ich deine nicht. Hast du gedacht, die Mau-Mau hätten mich mit ihren Pangas zerstückelt?“

„Wenn du wüsstest, wie oft ich dir geschrieben habe. Mein Großvater hat sogar ein ganz hohes Tier im Außenministerium bemüht. Immer nur Kopfschütteln. Ich war mir sicher, dass du tot bist.“

Um die Rührung in die Flucht zu schlagen, lachten sie wie Kinder. Obwohl ihre Tochter protestierte, weil sie ihren Sitz auf Stuarts Knie gefährdet sah, umschlang Stella seinen Hals.

Zwei Stunden später hatten sie das Huhn gegessen, sich am Reis delektiert und den schweigsamen Koch mit Ausdrücken gelobt, die er ein Leben lang in seinem Gedächtnis bewahren würde.

Nach dem Essen hatte Kukamba vor dem Kamin auf einem braunen Kuhfell aus einer Decke und zwei großen Kissen ein Bett für Julia gebaut. In dem schlief sie nun mit dem Daumen im Mund und Mr Churchills Kopf als einem Kindertrost, wie er nur den Glücklichsten beschieden ist. Stuart trank zwei Whiskys und achtete darauf, dass das Glas nicht zu klein war. Stella bat um ein Glas von nicht so imponierender Größe und sorgte dafür, dass ihr Gastgeber es nicht nachfüllte. Weil sie jedoch seit London keinen Tropfen Alkohol getrunken hatte, reichte die Wiederbegegnung, um die Zunge biegsam zu machen. Stella war gerade dabei, von dem Haus in Mayfair und dem Leuchter im Salon zu erzählen, unter dem sie Fernando kennen gelernt hatte, als Stuart aufstand. Er stellte sich hinter ihren Sessel und berührte leicht ihre Schulter.

„Wie lange noch, Stella?“, fragte er.

Vier Wörter nur, doch sie zweifelte nicht an deren Absicht.

„Warum fragst gerade du mich so etwas? Ich weiß noch genau, dass du immer gesagt hast, man könnte dich nur in einer Kiste aus Ol’ Kalau fortschaffen.“

„Ich habe kein Kind, Stella. Julia wird dir schneller vorwerfen, als du denkst, du hättest nur an dich gedacht. Deine Tochter hat in Afrika keine Zukunft. Für die Kikuyu ist sie zu hell, für die paar Europäer, die es hier noch gibt, zu dunkel.“

„Ja, glaubst du, in England ist das anders?“

„Soweit ich mich erinnere, ist auf der guten alten Insel die Höhe des Bankkontos mindestens so entscheidend für das Wohlbefinden eines Menschen wie die Hautfarbe. Stella, ich weiß noch nicht einmal, ob ihr hier sicher seid. Kenia ist nicht mehr das Land des weißen Mannes, und mir scheint, über dein Bankkonto wissen hier einige Leute zu viel und wir zu wenig über diese Leute. Solltest du dich zu einer Reise nach England entschließen, erzähl um Himmels willen niemandem von deinen Plänen. Vor allem nicht der reizenden Familie Patel. Ich habe gehört, dass zumindest die männlichen Mitglieder dazu neigen, Abschiede zu vereiteln. Und pack keinen Koffer. Komm einfach her, wenn du so weit bist, und ich bringe euch beide zum Flughafen.“

„Was in aller Welt soll das heißen?"

„Ich will dir keine Angst machen, Stella. Tu einfach einem alten Mann den Gefallen, und versprich mir, dass ich der Einzige bin, dem du Kwaheri sagst. Das bin ich deinem Vater schuldig."

„Du bist ganz sicher, dass du mir nichts erklären möchtest, Bwana?"

„Ganz sicher", sagte Stuart.

11

Chebeti stand ächzend vom Stuhl auf und versuchte, den stechenden Schmerz aus ihrem linken Knie zu drücken. Der Nacken ließ sich nur nach der rechten Seite drehen, der Rücken war steif wie ein Brett und der Kopf voll von Gedanken. Ihren Körper beschimpfte Chebeti in der Sprache der Kikuyu, die in den Stunden der Not von ihr mehr geschätzt wurde als das Suaheli, das sie ja erst als erwachsene Frau gelernt hatte. Wie nun immer öfter, seit die Übellaunigkeit ihrer Glieder regelmäßig wiederkehrte, hatte sich Chebeti ihre Verfluchungen aus der Welt der Männer geliehen. Sie schaute sich in dem kleinen Raum um, den sie mit feuchten Tüchern vor der offenen Tür und einem nassen Lappen vor dem Fenster gegen die Mittagsglut geschützt hatte. Leicht ließ sie ihre rechte Hand über die glatte, kühlende Lehne eines Stuhles gleiten, der vor einer Woche noch in Nakuru auf Kunden gewartet hatte und dem sie nun seit acht Tagen Neuerungen ihres Lebens anvertraute, die sie bis vor kurzem gewiss einer Nachbarin oder ihrer Schwester erzählt hätte. Nicht einmal mit Stella traute sich Chebeti über ihre immer stärker werdende Neigung zu Selbstgesprächen zu reden.

An diesem Tag bewunderte Chebeti beim Wachwerden nach der kurzen Mittagsruhe ihren Stuhl noch mehr als sonst. Der herrliche Stuhl aus Nakuru ließ Chebeti täglich wissen, dass der einzige Mensch, den sie je hatte lieben können, auch sie liebte.

Eine neu aufsteigende Welle des Unbehagens überkam sie. Bei dieser lähmenden Attacke auf Kopf und Körper handelte es sich um einen Schwindel, der wehrlos machte. Manchmal schlug er am Tag zu, dann wieder nachts. Chebeti setzte sich hin und wartete auf die Erlösung von Schwerfälligkeit und Schwindel. Als sie wieder ihren Augen vertrauen konnte, holte sie aus der tiefen Tasche ihres bauschigen Rockes einen kleinen runden Spiegel. Er war mit goldfarbenen Buchstaben verziert und hatte sich auf eine noch eindrucksvollere Safari begeben als der Stuhl. Der kleine Spiegel mit der Aufschrift HARRODS war eine der vielen kleinen Gaben, die Stella aus ihrem weißen Lederkoffer und den Taschen zu holen pflegte und die Augen mit dem Salz von freudigen Tränen füllten.

Zunächst hatte Chebeti angenommen, Stellas überraschendes Geschenk wäre nur gedacht gewesen, um sie nach einer kleinen Auseinandersetzung zu versöhnen. Es war zwar ein Streit ohne allzu große Bedeutung gewesen, dennoch waren die Worte mit gut gespitzten Pfeilen versehen gewesen.

Chebeti, die Misstrauische, mochte es nämlich von Mal zu Mal weniger, dass Stella mindestens zweimal im Monat das ganze Wochenende bei der Familie Patel verbrachte. Chebeti war der Meinung, die Patels wären zu schnell auf Stella zugelaufen und hätten sie umgerannt.

Nach ihrer Auffassung hatte sich Moi von dem Gestank von Benzin und dem Gesang einer kräftigen Hupe bestechen lassen. Sie aber sah es jeden Tag mit neuem Widerwillen, dass die Patels so mühelos Stella zu dem roten Ford überredet hatten. Durch das Auto hatte Stella Flügel bekommen. Vier Reifen hatten aus einer klugen Frau, die bis dahin die kühlende Erde unter ihren nackten Füßen geschätzt hatte, einen Vogel mit weiten Schwingen gemacht, der jede Gelegenheit wahrnahm, um aus seinem Nest zu fliegen.

Ebenso wenig wie das Auto mochte Chebeti die vielen Picknicks mit den Patels – unter dem Affenbrotbaum und auf dem Rasen vor dem Haus wurde ja nur Englisch gesprochen. Da wurde jedes Mal auf einen Schlag aus der weisen Chebeti eine taube und stumme alte Frau, die sich die Ohren zuhielt, wenn sie die verfluchten Inder lachen hörte. „Wenn die den Mund aufmachen“, erzählte sie Moi, „glaube ich immer, sie lachen über mich.“

„Ich auch“, klagte er, „ich auch.“

Schon gar nicht gefiel ihr die Idee von der größten Lodge, die da in der Rift Valley gebaut werden sollte; es ängstigte sie tagelang, als Stella nach dem letzten Besuch von Jaskaran Patel sagte, sie müsste unmittelbar nach dem Ende der Regenzeit nach Nairobi fahren. Chebeti war auch nach jedem Besuch aufs Neue empört, dass Devika Patel aus ihrer Apotheke in Nakuru weiße Pillen für die kleine Julia mitbrachte. Die Kleine war so gesund, wie es Stella als Baby unter Chebetis Obhut gewesen war. Also verfütterte Chebeti sooft wie möglich die Kalktabletten an den Hund mit dem abgebissenen Ohr.

„Glaubst du wirklich, dass sein Ohr wieder wachsen wird?", spottete Stella, als sie Chebetis Geheimnis schließlich entdeckte. „Die Medizin ist für Julia. Damit ihre Zähne gesund werden. Und ihr Haar schön und kräftig."

„Ihre Zähne sind so gesund", murrte Chebeti, „dass sie jeden Hund totbeißen kann. Und aus ihrem Haar kannst du heute schon eine Matratze machen."

Besonders groß war Chebetis Wut, dass Stella stets die kleine Julia mit nach Nakuru nahm. Obgleich sie spürte, dass sie da wohl zu weit ging in ihrer Ablehnung, fand sie es eine Verhöhnung ihres Stolzes und ihrer Treue, dass das Kind von den Wochenenden mit Wörtern nach Hause kam, die Chebeti nicht verstand.

Seit kurzem hortete Chebeti in ihrem Gedächtnis, das immer noch so gut war wie das eines Elefanten, noch einen weiteren Beweis für ihre Mutmaßung, dass die Patels nicht gut für Stella waren. Vor allem nach ihrem Besuch in Ol' Kalau kehrte Stella von den Wochenenden in Nakuru auffallend still und nachdenklich zurück. Chebeti spürte von Mal zu Mal mehr, dass diese Nachdenklichkeit einem beunruhigten Kopf entstammte. In Bezug auf Stellas unerwartetes Geschenk hatte Chebeti indes einen Pfad betreten, der sie ins Gestrüpp führte. Der Stuhl, von dem die ganze Nachbarschaft sprach, war keineswegs gedacht gewesen, um Chebeti nach dem Streit friedlich zu stimmen.

„Nein", hatte Stella lachend widersprochen, als sie das sperrige Paket aus dem dicken braunen Papier holte, „dieser Stuhl ist nicht für die Frau, die mich noch nicht einmal auf eine ganz kleine Safari lassen will, damit ich nicht immer nur den einen Berg sehen muss. Dieser Stuhl ist für die Frau, die ihre Schmerzen verschluckt, damit ich keine Angst habe. Das darfst du nicht tun, Chebeti. Ich bin kein Kind mehr."

Im Verlauf von nur acht Tagen schmolz Chebetis Skepsis. Sie ließ sich überzeugen, dass Stella sie nicht für die vielen Touren zu den Patels hatte entschädigen wollen, sondern dass es ihr ausschließlich um Chebetis Wohlergehen gegangen war.

Der Stuhl, so stellte sich sehr bald heraus, war ein kluger Arzt für einen Rücken, der es verlernt hatte, auf Baumstämmen und dreibeinigen Hockern von der Last schwerer Arbeit zu genesen. Die Polsterung war weich wie die Federn von jungen Enten und die Lehne fest. Der Stuhl machte auch zwei Zungen, die steif geworden waren und lange nach dem erlösenden Wort gesucht hatten, wieder biegsam.

„Hast du gedacht, ich schlafe auf meinen Augen?", schimpfte Stella.

„Ich sehe doch, dass du schneller müde wirst als in den Tagen von Karibu. Das ist nicht, weil du alt geworden bist. Auch ich muss mich setzen, wenn ich viel gearbeitet habe."

„Ich bin alt", erklärte Chebeti, „aber noch nicht dumm. Meine Augen und Ohren lassen sich auch nicht von den freundlichen Lügen täuschen, die eine gute Tochter aus dem Mund holt, weil sie die Tränen der Mutter fürchtet."

Wenn sie allein war, sprach Chebeti laut mit ihrem Stuhl. Der stumme Vertraute mit dem bequemen Polster redete ihr nicht die Vorbehalte gegen Jaskaran Patel aus, und er war zu schlau, um die Gebrechen des Alters zu beschönigen. Er warf Chebeti auch nicht vor, dass sie Lilly nicht vermisste. Und nie stritt der Stuhl über den einzigen Wunsch, den Chebeti noch im Leben hatte.

Weil die Sitzfläche sich beim Tragen hochklappen ließ, nahm Chebeti den Stuhl meistens mit in ihren Gemüsegarten. So war es auch an dem Tag, da sie zum ersten Mal in ihrem Leben Stella um einen Gefallen bitten sollte. Sie hatte mit viel Mühe das Unkraut aus den überwucherten Okrapflanzen gezupft. Für die kränkelnden Maisstauden hatte sie aus Stellas Haus zwei Eimer von dem Spül- und Waschwasser herangeschleppt, das sie stets für ihr Schamba aufhob. Ihre Schultern rebellierten, der Rücken forderte eine Pause. Erschöpft zog sie den Stuhl von dem Maisfeld ohne Schatten zu ihren geliebten Tabakpflanzen. Die standen noch höher als in früheren Jahren.

Sorgsam stopfte Chebeti ihre kleine Pfeife, presste ihren Rücken gegen die Lehne und schaute dem feinen Rauch nach, der von ihrer Pfeife in Richtung des Waldes entschwebte. Kurz darauf hörte sie Schritte auf dem ausgetretenen Pfad.

„Stella", rief Chebeti, „komm her! Wo warst du?"

Stella lief durch das im Wind raschelnde Gras. Sie hatte Julia auf ihre Schultern gesetzt, damit das Kind den Himmel und die Berge sehen konnte, die Paviane auf den Felsen und die Zebras am Horizont. In diesem Augenblick wurde sich Chebeti ihrer letzten Pflicht bewusst. Ehe für sie die Zeit von Krankheit und Müdigkeit kam, musste sie die Tochter von Bwana Mbuzi nach Hause schicken. Sie hatte seit Stellas Rückkehr ihre Augen zu lang mit Jubel verwöhnt, ihr Herz mit Seligkeit, und sie schämte sich, weil sie diese Freude zugelassen hatte, ohne ihr auch nur mit einem Wort der Vernunft zu widersprechen. Stella musste begreifen, dass das Nyahururu der neuen Zeit nicht wie das Karibu der alten Tage war. Zu viele Leute wussten von der „Mzungu in Nyahururu", und es wussten zu viele, dass sie gutgläubig und sehr reich war. Ihr Geld würde sie eines Tages zur Beute von jenen Jägern machen, für die Raub und Mord selbstverständlich waren. Chebeti wollte Stella vor den Patels warnen – und vor den Freunden und Verwandten der Patels, die auf der Bank in Nairobi arbeiteten. Chebeti war nie von Nyahururu fortgekommen, doch sie kannte sich aus mit Menschen. Die waren überall gleich, und es kam bei gierigen und neidischen Menschen, die Verlockungen nicht widerstehen konnten, weder auf die Farbe der Haut noch auf Klugheit und Besitz an.

Sie hatte mit Stellas Widerstand gerechnet und holte viel Atem in ihre Brust, als sie sich auf einen langen Streit einstellte. Ihr Herz schlug zu schnell, und ein Pochen quälte ihre Schläfen. Sie war bereit, Stellas Zorn abzuwehren.

„Hast du vergessen, dass zwei Männer auf dich warten?", fragte Chebeti.

Stellas Schweigen war leicht zu deuten. Weil sie einen Pulsschlag lang wähnte, sie könnte die Wahrheit noch rechtzeitig zerbeißen, drückte sie ihre Zähne in die Lippen. Als die Erkenntnis zu ihr kam, dass sich ihre Wurzeln aus Afrikas Erde gelöst hatten und längst nach einem anderen Boden dursteten, senkte Stella den Kopf. Der Schmerz war gewaltig. „Warum weißt du, was ich noch nicht weiß?", schluchzte sie. „Wer hat es dir gesagt?"

„Deine Augen, Stella. Sie sind an dem Tag gestorben, an dem Lilly gestorben ist."

„Lilly ist nicht tot. Sie wird wiederkommen."

„Für mich ist Lilly tot. Lass sie sterben, Stella. Sie wollte tot sein für dich. Du hast sie in Nairobi gesucht, und du hast sie gefunden. Du hast sie in deinem Haus wohnen lassen, ihr deine Kleider geschenkt und ihr dein Geld gegeben. Aber sie ist fortgelaufen. Lilly hat immer nur von dir genommen und dir nie Danke gesagt. Das machen nur Diebe."

Stella fragte sich, ob Moi trotz seines Versprechens nicht doch getratscht und Chebeti von der Brosche erzählt hatte, aber sie sagte nichts.

Chebetis Stimme war scharf wie ein Messer, doch die Hände, die Stella an sich drückten, waren warm und tröstend. „Hast du nicht gewusst, dass der Tag für dich kommen wird, um den Weg zurückzugehen?"

„Ja", flüsterte Stella, „aber erst, als ich in Ol' Kalau war, habe ich es gewusst."

„Dieses Mal darfst du dich umdrehen, wenn du gehst", erklärte Chebeti. „Dieses Mal kannst du mir Kwaheri sagen."

Sie sagten beide nichts und schluckten Wehmut. Nur ihre Augen ließen einander wissen, dass jede von ihnen an denselben Tag dachte. Bei dem Abschied nach dem Brand auf Karibu hatte Chebeti befohlen: „Deine Augen dürfen mich nicht mehr suchen, wenn du gehst", und ihre folgsame Tochter hatte sich kein einziges Mal umgedreht.

Später, als sie wieder atmen konnte, erzählte Stella Chebeti von Fernando. Sie beschrieb seine schwarzen Augen, die wie die von Julia leuchteten, und erzählte, dass er die gleiche Haut aus cremefarbenem Samt hatte wie seine Tochter. Dass Stella, als sie Fernandos Namen aussprach, ihn „Lady Godiva" sagen hörte und dass sich nachts ihre Brust nach seinen Händen sehnte, das verschwieg sie. Sie merkte dennoch, dass Chebeti viel mehr verstand, als ihre Ohren zu hören bekamen. Als Stella aber von Sir William erzählte, galoppierte ihre Sehnsucht davon. Sie begriff endgültig, dass die Zeit vorbei war, unter einer Schirmakazie zu liegen und den Kopf auf Safari nach Mayfair zu schicken. Sie saßen eng umschlungen, hörten den Wasserfall auf die Felsen im Fluss prallen und die Paviane im Wald rufen. Das Zebrakind war auf der Decke im Gras eingeschlafen.

Chebeti stand auf, hob Julia hoch, ohne dass sie wach wurde, steckte ihr die Rassel in die kleine Tasche und drückte das Kind in Stellas Arme. Sie faltete den Stuhl aus Nakuru zusammen. Langsam gingen die beiden Frauen zum Haus.

„Chebeti, ich habe Angst."

„Du weißt nicht, was Angst ist, Stella."

Chebeti behielt Recht. Am ersten Tag nach der Entscheidung suchte Stella ihre Papiere zusammen. Am zweiten Tag zerriss sie den Brief an James Stuart, mit dem sie ihre Ankunft in Ol' Kalau ankündigen wollte, denn sie erinnerte sich, dass er ihr geraten hatte, ohne Vorbereitungen und ohne Gepäck auf ihre letzte afrikanische Reise zu gehen. Sie verabschiedete sich auch nicht von Jaskaran und Devika Patel. Der Brief an Moi, den sie in der dritten Nacht schrieb und in den sie so viel Geld legte, wie sie nur in das Kuvert hineinpressen konnte, war kurz, denn es gelang ihr nicht, Moi klar zu machen, dass sie keinen Tag in Nyahururu ihren Großvater hatte vergessen können. Am vierten Tag bat Stella Chebeti, nach ihrer Abreise Moi den Brief zu übergeben und ihm das zu erklären, was er zu verstehen bereit war. Am fünften Tag wartete sie noch nicht einmal die aufgehende Sonne ab. Sie verschloss nicht ihre Haustür und zog die Gardinen nicht vom Fenster. Nur Julias silberne Rassel steckte sie noch in die kleine Tasche mit dem Reisebedarf. Im allerletzten Moment zog sie das gelbe Taufkleid, das Moi so geliebt hatte, aus der Tasche und legte es auf den Küchentisch.

Genau wie beim ersten Mal reisten drei Menschen zu James Stuart nach Ol' Kalau. Nur bei der zweiten Safari saß nicht Moi auf dem Beifahrersitz, sondern Chebeti, die Julia auf dem Schoß schaukelte. Die Kleine war unruhig. Chebeti machte Julias ersten Backenzahn für die Tränen verantwortlich. Stella wusste es besser. Sie begriff, dass ihre Tochter am ersten Liebeskummer ihres Lebens litt, denn sie rief abwechselnd „Moi" und „Baba" in den anbrechenden Tag.

12

Die Maschine aus Nairobi landete mit zwei Stunden Verspätung um neun Uhr morgens in London. Viele der einreisenden Frauen trugen seidene, mit Goldfäden bestickte Saris in transparentem Rot oder Grün. Die indischen Gewänder erinnerten Stella ausgerechnet in dem Augenblick, da sie nach fünfzehn Monaten wieder englischen Boden betrat, an ihre Freundin Devika Patel, von der sie sich nicht hatte verabschieden dürfen.

„Aber ich werde sie doch eine Ewigkeit nicht mehr wiedersehen", hatte sie noch auf der Autofahrt von Ol' Kalau nach Nairobi protestiert, „wenn überhaupt."

„Die Familie Patel steht auf der Liste von den Leuten, denen du nicht Kwaheri sagen solltest, ganz oben", hatte James Stuart erwidert.

Von den afrikanischen Frauen, die in London langsam die Gangway hinunterschritten, waren alle Kikuyu. Es fiel Stella erst nach dem Flug auf, dass die meisten von ihnen sehr modisch gekleidete Ehemänner begleiteten und dass sie ausgezeichnet Englisch sprachen.

Die Touristen versteckten ihre Augen hinter Sonnenbrillen und zeigten genug rot verbrannte Haut, um kundzutun, dass sie in ihren Ferien weder Afrikas Sonne noch seine Bewohner respektiert hatten, die halb bekleidete Mzungu als weiße Affen einzustufen pflegen und als eine Nichtachtung des Staats und seiner stolzen Bürger empfinden. Die meisten hatten sich mit dicken Muschelketten aus Mombasa, farbigen T-Shirts, die mit Zebraköpfen, Elefanten, Giraffen oder der Aufschrift JAMBO verziert waren, und wuchtigen Filzhüten mit Bändern aus Leopardenfell dekoriert.

Von Bord gebracht wurden hölzerne Speere und schützende Schilde, wie sie die Massai in alter Zeit als Waffe trugen und in ihrer traurigen Gegenwart zur Ausstattung als Fotomodell brauchten. Getragen wurden ferner eine geschnitzte Giraffe aus Ebenholz, drei mit Zebrafell bespannte Trommeln, vier protestierende Babys, die in drei Sprachen Rache für die Ohrenschmerzen bei der Landung kreischten, und ein zufrieden nuckelndes Kleinkind mit schwarzen Locken. Sein Teint erregte den Neid derer, die Afrikas Sonne zur Bräunung von Gesicht und Gliedern missbraucht hatten.

Eine junge Stewardess war von ihrer Vorgesetzten abkommandiert worden, Stellas schwere Tasche mit Kinderkleidung, Trockenmilch und Fläschchen, mit Tabakblättern von Chebetis Schamba, zwei Papayas und drei Mangos zu tragen.

Der Himmel über der Themse war wolkenlos. Die Sonne, die Kirchen und Kuppeln, Türme, Schiffe und Brücken in goldene Strahlen tauchte, verzauberte auf der Straße selbst Lastwagen und machte Paläste aus den bescheidensten Häusern. Für die Heimkehrerin Stella Hood, die an die Märzwinde über den Dächern von Mayfair und an den englischen Aprilregen gedacht hatte, wucherte die Stadt auch noch mit den Wundern des Frühlings. Stella presste ihre Nase an die Scheibe des Taxis. In den Vorgärten blühten die Fliederbäume. Windräder in knalligen Jahrmarktsfarben, an langen Holzstielen zwischen Vergissmeinnicht und Mohnblumen in die Erde gerammt, drehten sich. Ein Rotkehlchen und eine Abordnung Meisen saßen auf einem grün gestrichenen Zaun.

Stella dachte an James Stuart und wie er noch in der Aufregung des Aufbruchs hatte Gedanken lesen können. Er hatte vorgeschlagen, Chebeti zurück nach Nyahururu zu fahren, ehe sie gewagt hatte, ihn darum zu bitten. Stella stöhnte leise, als sie an Chebeti dachte. Sie sah sie in der Küche mit Stuarts Koch Kukamba sitzen, die Augen ohne Glanz, die Schultern eingezogen, und sie flehte ihr Gedächtnis an, die Bilder zu löschen, ehe jede Szene dieses letzten Tages zu Trauer erstarrte.

Das Zebrakind schlief in Stellas Armen. Mit ihren Händen umklammerte die junge Globetrotterin einen grünen Stoffhasen, der seinerseits eine quittengelbe Karotte in den Pfoten hielt.

Das grinsende Tier mit einer goldenen Krone zwischen seinen Hasenlöffeln war Julia von der Stewardess in dem Moment als Bestechungsversuch übergeben worden, da sich abzuzeichnen begann, dass das Kind aus Afrika die von den übrigen Fluggästen hoch geschätzte Äquatortaufe mit Champagner niederbrüllen würde. Der neue Hasenkumpel hatte tatsächlich eine beruhigende Wirkung gehabt. Julia verschlief die geballte Begegnung mit ihrer Muttersprache, die auf dem Flughafen aus sämtlichen Lautsprechern dröhnte.

„Du liebe Zeit, das hatte ich ja auch total vergessen", murmelte Stella, als der Wagen an einer Bushaltestelle vorbeifuhr und sie die Menschen sah, die diszipliniert Schlange standen.

„Haben Sie Ferien im Paradies gemacht?", fragte der Taxifahrer. „Oder auf dem Mond?"

„Ich komme gerade aus Kenia."

„Leben Sie dort, oder waren Sie nur auf Urlaub?"

Es war der Augenblick, in dem Stella aufging, dass es wahrscheinlich schwer sein würde, auf diese Frage eine Antwort zu finden. Julia wachte auf, als das Taxi in die Cromwell Road einbog, und mischte alle Wörter, die sie kannte, zu einem gut gelaunten Potpourri. „Hapana", krähte sie.

„Grandpa", lachte Stella. „Grandpa. Wenn du das Wort lernst, ehe wir in Mayfair ankommen, kaufe ich dir einen lebendigen Hasen. Was meinst du, wie sich dein Urgroßvater freuen würde, wenn du mit ihm reden könntest. Grandpa! Versuch's doch mal."

Der grüne Stoffhase und seine Besitzerin wackelten im Takt mit dem Kopf. Julia nahm huldvoll einen Schokoladenkeks entgegen.

Stella hatte sich vorgestellt, dass Angst ihre Kehle zuschnüren könnte. Sie wischte sich mit Julias Ärmel den Schweiß von der Stirn, fühlte sich erschöpft und feige. Im Taxi, das so englisch war wie Morgentee, Orangenmarmelade und Gespräche über das Wetter, sah sie zum ersten Mal ihre Situation ohne die Retusche von Wunschdenken und Nostalgie. Der Sicherheit wegen war sie in die Unsicherheit aufgebrochen. Sie hatte zum letzten Mal vor vier Wochen einen Brief von Sir William erhalten, und weil der nur in Ausnahmefällen über sein Befinden Auskunft gab, wusste sie noch nicht einmal, ob er gesund war oder nicht. Was aber, wenn er nicht in London war, das Personal im Urlaub, das Haus verschlossen?

„Natürlich habe ich dir vom Flughafen in Nairobi telegrafieren wollen", murmelte sie. Doch Stuart hatte sehr bestimmend abgeraten, die Abreise durch ein Telegramm öffentlich zu machen. Stella spürte, dass er Komplikationen befürchtete und auch konkrete Gefahren im Visier hatte, und hatte nachgegeben. Es war ihr noch nicht einmal schwer gefallen, sich zu fügen und keine Fragen zu stellen. Auf dem kühlen Leder eines englischen Taxis aber, in dem Entfernungen nach Pennys berechnet wurden, erschien es ihr mit einem Mal unglaublich lebensfremd und unverfroren, ohne ein ankündigendes Wort mit einem sabbernden Kleinkind auf dem Arm im Haus eines Mannes zu erscheinen, der zeit seines Lebens mehr von Pferden und Hunden verstanden hatte als von Kindern.

Doch sie lächelte, als ihr eine Bemerkung von Sir William kurz vor ihrer Reise nach Kenia einfiel. „Glaubst du, ein Mann, der viermal eine schwangere Frau unter seinem Dach hat ertragen müssen, kann je im Leben diese verdammte Würgerei am Morgen vergessen?“ Seine Stimme, so sarkastisch und unverändert, läutete die Wende ein. Stella leuchtete gleich zweifach die Fackel der Erkenntnis. Sie hatte seit dem Tod ihres Vaters nicht mehr ein so echtes Verlangen nach einem Menschen, seiner Liebe und seinem Schutz gehabt wie in diesem Moment nach Sir William. Ihr ironischer, unsentimentaler, widerstandsfähiger Großvater, der die Schützengräben von Verdun überstanden hatte, würde nicht über seinem Haus die weiße Fahne hochziehen lassen und in seinen Klub flüchten, nur weil seine Enkeltochter mit einem Kleinkind vor der Tür stand, das dringend frische Windeln brauchte.

Stella sah die Bäume des Hydeparks und Jagdhunde, die auf den großen Rasenflächen herumtollten. Ein Junge mit einer marineblauen Mütze und einem Pfeife rauchenden Großvater trug ein hölzernes Boot mit Segel zu dem Teich, den Stella gut kannte. Es war, weil sie mit Fernando dort gesessen und von der Zukunft geträumt, die sie später ermordet hatte, die Rückkehr – zu dem Mann der Rücksicht, der ihre Wunschträume nie verstanden und sie dennoch nicht zur Umkehr bedrängt hatte. Es bedrückte Stella nicht mehr, dass sie Fernando ihren Körper anvertraut und ihn dann mit einem Kopf betrogen hatte, der zur Safari aufgebrochen war und nur die eigenen Ziele hatte sehen wollen. Sie erkannte, dass die Umwege des Lebens so wichtig sind wie die Hauptstraßen. Trotzdem staunte sie, als ihr die Liebe wieder begegnete und es ihr sehr wichtig wurde, ob Fernando auf sie wartete und wo.

„Wir sind gleich da, Lady.“

„Ich würde gern am Anfang der Straße aussteigen und das letzte Stück zu Fuß gehen.“

„Mit der schweren Tasche? Und dem Kind? Das kann ich nicht zulassen.“

„Bitte“, sagte Stella, „es ist wichtig. Ich habe in meinem Leben schon ganz andere Dinge getragen als eine schwere Tasche und ein leichtes Kind.“

Sie gab dem Fahrer, weil sie die Münzen noch nicht wieder voneinander unterscheiden konnte, ein ungewöhnlich hohes Trinkgeld. Der

Taxifahrer legte zwei Finger an den Rand seiner Mütze, schlug energisch die Tür zu, als Stella ausstieg, und fuhr schnell davon.

Sie erkannte das Haus von Sir William nicht sofort – die Mauern waren neu gestrichen und nicht mehr in dem Weiß, das sie in Erinnerung hatte, sondern hellgelb getönt. In den Tagträumen von Nyahururu hatte Stella immer Rauch aus dem ziegelroten Schornstein in einen grauen Londoner Novemberhimmel entschweben sehen. Sie brauchte ein paar Sekunden, um den Schornstein überhaupt auszumachen. Er war so hell wie die Mauern und an einem warmen Junimorgen nur ein architektonisches Symbol für winterliche Freuden an einem englischen Kamin. Der Riemen der Tasche rutschte von ihrer Schulter, Julia von der Hüfte und ihr Herz in Richtung der Knie. Als Stella jedoch die Kronen von zwei dicht beieinander stehenden Eichen erkannte, lief sie den letzten Teil des Weges so schnell, als hätte sie nichts als die Unbeschwertheit der Jugend zu tragen. Das Tor des Zaunes war nicht geschlossen. Stella sah die zwei dickleibigen Putten aus weißem Marmor, die seit drei Menschengenerationen den Goldfischteich bewachten. Die orangefarbenen Goldfische versammelten sich zum Willkommensballett. Auf der Bank lag ein rotgold gestreiftes Kissen.

„Gott sei Dank!“, seufzte Stella erleichtert. Sie setzte sich auf die Bank, Julia und den Stoffhasen auf den Knien. Aus der fest mit einer Sicherheitsnadel verschlossenen Tasche der Jeansbluse holte sie die Flamingobrosche heraus und steckte sie in den widerborstigen Stoff. Geduldig wühlte sie sich in der Tragetasche durch das Obst von Karibu, Chebetis Tabakblätter, Julias Wäsche und das Schachspiel von James Stuart; sie legte einen mit blauen Perlen bestickten Gürtel, von dem sie sich nicht hatte trennen können, und zwei Päckchen Trockenmilch auf die Bank. Endlich fand sie eine frische Windel und in einer kleinen Plastiktüte aus Devika Patels Apotheke ein Tuch, das Chebeti nass eingepackt hatte und das immer noch feucht war. Stella legte ihre Tochter auf das Kissen und wischte ihr die Schokolade vom Mund.

„Warum in drei Teufels Namen kommst du nicht ins Haus? Hockst hier herum wie die heilige Mutter Maria auf dem Weg nach Bethlehem. Hast du wirklich gedacht, du kannst das kleine Ferkel mit einem Taschentuch sauber schrubben? Wenn du mich fragst, hilft da nur eine Pferdebürste. Oder eine chemische Reinigung.“

Die Seligkeit machte Stella stumm, aber nicht blind. Ihr Großvater stand, die Hände in den Taschen, aufrecht wie seine Eichen am Teich, die Schultern breit. Das weiße Haar war so schön und dicht wie an dem Tag, da er seine Enkelin zum Flughafen begleitet und sich sein Herz geweigert hatte, Abschied für immer zu nehmen. Später, als bei beiden aus der ersten Erregung die Bestätigung geworden war, dass Glück kein Gemütszustand, sondern ein Geschenk der Götter für ihre Auserwählten ist, würde er das Geheimnis seiner körperlich exzellenten Verfassung preisgeben.

„Weißt du, meine Liebe“, erzählte Sir William kurz vor dem Abendessen, „so eine Lungenentzündung ist in meinem Alter doch ein Jungbrunnen. Falls man sie überlebt. Und nichts hält einen alten Knacker so frisch wie Liebeskummer.“

Zu ihrem Empfang trug er eine Morgenjacke aus grünem Samt – genau wie bei dem ersten gemeinsamen Frühstück. Als er seine Arme nach ihr ausstreckte und einen Stoß heftiger atmete als zuvor, wusste sie, dass sie recht getan hatte, das Paradies ihrer Illusionen zu verlassen. Ohne Wehmut begriff sie, dass ihre Heimkehr endgültig war. Sie setzte Julia auf den Rasen vor der Bank, drückte ihr das grüne Stofftier in die Hand und ging auf ihren Großvater zu. Nur im ersten Moment schämte sich die Heimkehrerin ihrer Tränen. Jede einzelne war ein Feuer, das sich nicht löschen ließ, doch dann merkte sie, dass es auch seine Tränen waren, die auf ihren Wangen brannten.

„Na, na“, brummte der Recke, der Tränen verabscheute, und rieb mit seinem Taschentuch erst Stellas Gesicht trocken und dann sein Kinn.

„Ich war ein Idiot. Ich hätte nie wegfahren dürfen“, schluckte sie. „Kannst du mir je verzeihen, Mzee?“

„Du musstest fahren, Stella. Was in aller Welt soll ich dir denn verzeihen? Es ist keine Sünde, erwachsen zu werden. Es ist nur eine Sünde, den Zeitpunkt für den Abschied von der Kindheit zu verpassen.“

Er bestand darauf, das Zebrakind in sein Haus zu tragen. Erstaunlich rasch lief er mit der krähenden Last, die unterwegs die goldene Kette seiner Taschenuhr entdeckte und sie für ein Empfangspräsent ihres Urgroßvaters hielt, durch den Garten, die Stufen zur Eingangstür hinauf und dann die breite Treppe in die erste Etage. Sir William marschierte durch den Flur mit seinen in Gold gerahmten Ahnen, vorbei an einer Chippendalekommode. Vor der offen stehenden Tür des Gästezimmers machte er Halt, ließ sich mit dem einzigen französischen Wort, das er nach drei Jahren in Frankreich behalten hatte, zum Verrat an seiner Muttersprache hinreißen. „Voilà!“, rief Major Hood mit Stentorstimme.

Ein schlanker, schmaler Tisch stand an der Wand, darüber eine weiße, weiche Decke mit einer Dose Kinderpuder, Seife und einem Paket

Windeln. Auf der gegenüberliegenden Seite stand ein weiß lackiertes Kinderbett mit blau-weiß gepunkteter Wäsche und einem Kissen mit Rüschen, daneben ein hoher Kinderstuhl. Von der Jugendstillampe baumelte ein Mobile, in dem rote und safrangelbe Fische Glückskäfer jagten.

„Was soll das bedeuten? Wer hat das gemacht?"

„Ich bestimmt nicht. Es war Mrs Jenkins, die Tochter von James. Sie hat sich fast totgeschuftet, um den Zauber hier in ein paar Stunden auf die Beine zu stellen. Falls du dich nicht mehr erinnern solltest, James ist mein Butler."

„Natürlich weiß ich das. Aber du hast doch nicht gewusst, dass wir kommen."

„Das Telegramm wurde uns heute Morgen um fünf Uhr zugestellt. Von einem gewissen James Stuart. Ich nehme an, du weißt, um wen es sich handelt. Stella, falls das kleine Monster es zulässt, solltest du dich erst einmal ausruhen. Wir können nicht die ganze Vergangenheit in zehn Minuten nachholen. Mrs Jenkins wird dir helfen, bis du dich wieder zurechtfindest. Sie hat selbst zwei Kinder. Soviel ich mitbekommen habe, sind die aber längst aus dem Alter raus, in dem sie undicht sind und Wände beschmieren."

„Julia hat noch nie eine Wand beschmiert."

„Ich bin gar nicht auf die Idee gekommen, dass es in Afrika Wände gibt."

Sir William, der seine Söhne am Tag ihrer Geburt im Internat angemeldet hatte, gefiel das jüngste Mitglied der Familie Hood ohne Einschränkungen. Das wurde beim Tee im blauen Salon deutlich. Er hielt seine Urenkelin auf dem Schoß, fütterte sie mit einem Gurkensandwich, das ihr so ausgezeichnet mundete, dass sie nur ein paar Krümel auf sein Jackett spuckte, und zauberte aus den Tiefen der verschütteten Zeiten ein Kinderlied von einer verwegenen Dame auf einem Schaukelpferd hervor.

„Kann sie schon reiten?"

„Mzee, sie kann doch noch nicht einmal sprechen."

Als er erfuhr, dass seine Enkeltochter in Kenia keine Lodge gebaut hatte und bis zu ihrer Abfahrt nicht ein einziges Mal in Nairobi gewesen war, nahm er sich vor, zunächst nicht nach dem Verbleib des Geldes und erst später nach Stellas Plänen für die Zukunft zu fragen. Ihm war nicht entgangen, dass Stella schon bei der Erwähnung der Lodge ihre Fingerkuppen aneinander gedrückt hatte, um ihre Hände zu beruhigen.

„Ich habe mich sehr gefreut", sagte er, „als ich heute Morgen die Flamingobrosche an deiner Bluse gesehen habe."

Stella hörte Moi sagen, dass der schöne Flamingo mit Lilly auf Safari gegangen war, aber sie verscheuchte Lilly und verjagte die Patels. „Ich glaube, ich sollte jetzt doch probieren, Fernando zu erreichen", sagte sie. „Er muss ja wissen, dass wir hier sind."

„Welch ein kurioser Zufall", erwiderte Sir William, „er kommt zum Dinner. Eine Stunde vorher, um präzise zu sein. Ich versuchte, mich an meine Jugend zu erinnern, und da kam ich auf die Idee, du würdest ihn gern erst allein sehen. Meinst du, die junge Miss Hood würde bei Mrs Jenkins bleiben?"

„Und ob ich das meine!", sagte Stella. „Ich hab dich so schrecklich vermisst, Mzee", schluchzte sie.

WIE IN der Sommernacht, da sie sich fanden und noch nichts ahnten von Amors Tricks und den Tücken der Liebe, lief Fernando durch den Garten zu Stellas Zimmer. Dann blieb er stehen, holte einen Kamm aus seiner Jackentasche und glättete sein Haar. Weil Stella ihn entdeckte, als er an den Brombeerhecken stand und die Schuhe mit einem Taschentuch abwischte, war die Tür zu ihrem Zimmer bereits offen, als er bei ihr eintraf.

Sie erkannte ihren Fehler und verfluchte ihre Ungeduld. Die geöffnete Tür gab weder ihm noch ihr die Möglichkeit, den Moment des Wiedersehens mit einem zu der Gelegenheit passenden Wort oder einem gefühlvollen Blick zu markieren. Stella las die Botschaft in seinen Augen; sie wagte noch nicht einmal eine erlösende Bewegung und schon gar nicht das Bekenntnis, zu dem es sie drängte. Fernando war auf einer Safari gewesen, die er nicht hatte machen wollen. Er war durch Tiefen gewandert, in die sie ihn gestoßen hatte.

„Das hast du nicht verdient, Fernando."

„Man bekommt nie das, was man verdient, Lady Godiva."

Sie prusteten los, denn sie erkannten beide den Dialog, und sie lachten noch lauter, als sie sich endlich geeinigt hatten, wann und weshalb die zwei Sätze gesagt worden waren. Sie saßen eng umschlungen auf dem Bett. Fernando roch, da er, genau wie geplant, seit sechs Monaten Arzt in der Harley Street war, gut desinfiziert und, wie Stella meinte, auch sehr distinguiert.

„Ich glaube, ich will von heute an immer Arzt riechen."

„Es geht schon wieder los, Stella. Du bringst mich um den Verstand."

Noch wagte sie nicht, die Wahrheit auszusprechen. Erst in der Nacht, die Geständnisse leicht macht, wollte Stella ihm erzählen, dass es sie nicht mehr nach afrikanischen Träumen unter Affenbrotbäumen verlangte. Sie spürte mit allen Sinnen, dass ihr Körper sich nach Liebe sehnte, und sie war dankbar, dass weder ihr Herz noch ihr Kopf ihr von der Liebe abrieten.

„Ich dachte", sagte Fernando, als er seine Schuhe wieder anzog, „du hast mir etwas mitgebracht?"

„Ich gehe sie gleich holen. Sie ist bei Mrs Jenkins, und die ist ein Engel."

Julia war frisch gebadet. Ihr Haar glänzte, und ihre Haut war wie Samt, doch schon roch sie nicht mehr nach Afrikas Sonne und Chebetis Kernseife, nur noch nach englischem Kinderpuder, warmer Milch und Erdbeermarmelade. Sie hatte das rote Jeanskleid an, und sie schwenkte die silberne Rassel. Als ihr Vater sie behutsam aus den Armen ihrer Mutter nahm, stutzte sie, und einen Moment schien es, als hätte das zutrauliche Kind nun begriffen, dass nicht jeder Fremde ein Freund war, und hätte auch die Angst entdeckt. Dann aber wurden aus den Augen, die so schwarz waren wie die väterlichen und auch so groß, zwei tiefe Tümpel, in denen sich alle Wunder der Welt spiegelten. Das weit gereiste Kind staunte.

„Moi", jubelte Julia, „Moi". Sie trommelte mit beiden Händen auf Fernandos Kopf.

„Was heißt Moi?"

„Nichts. Madame fabuliert gern. Daran wirst du dich gewöhnen müssen, unsere Tochter erfindet jeden Tag ein paar neue Wörter."

STEFANIE ZWEIG

In mehr als einer Kultur zu Hause

Foto: Fertsch-Röver

Ähnlich wie Stella, die Hauptfigur von *Wiedersehen mit Afrika*, stand auch Stefanie Zweig in ihrer Jugend zwischen zwei Kulturen. In Leobschütz in Oberschlesien geboren, emigrierte sie 1938 als knapp Sechsjährige mit ihren Eltern nach Kenia, von wo sie 1947 nach Deutschland zurückkehrte. Hier musste sie erst mühsam das Lesen und Schreiben der deutschen Sprache erlernen, und es bedurfte großer Anstrengungen, sich in den so völlig andersartigen Alltag einzugewöhnen. Kein Wunder also, dass gerade jene Passagen in Stefanie Zweigs neuem Roman besonders eindringlich sind, in denen Stella das Paradies ihrer Kindheit heraufzubeschwören sucht. Dass diese Welt voller Harmonie und Unschuld aber nicht mehr existiert, wird im Roman besonders deutlich, als Lilly einem Mord zum Opfer fällt. „Leider hat Kenia auch eine gefährliche und gewalttätige Seite, vor der die Leute oftmals die Augen verschließen", erklärt die Autorin dazu.

Nach vielen Jahren als Theaterkritikerin und Journalistin bei der *Abendpost* in Frankfurt kam für Stefanie Zweig der ganz große Erfolg als Autorin mit ihrem Roman *Nirgendwo in Afrika*, in dem sie die Geschichte der Emigration ihrer Familie erzählte. Weitere Afrikaromane sicherten ihr eine treue Lesergemeinde, und schließlich begeisterte die Verfilmung von *Nirgendwo in Afrika* durch Caroline Link das Kinopublikum ebenso wie die Hollywood-Jury, die das Werk mit dem Oscar für den besten nicht englischsprachigen Film des Jahres krönte.

Henning Mankell

DIE PYRAMIDE

Ein Flugzeugabsturz und eine Brandstiftung verursachen Kommissar Kurt Wallander Kopfzerbrechen. Und als ob das nicht genug wäre, wird sein Vater während eines Ägyptenurlaubs verhaftet. Wallander bleibt nichts anderes übrig, als auch diesen „privaten Fall" selbst in die Hand zu nehmen.

PROLOG

Die Maschine drang westlich von Mossby Strand in geringer Höhe in den schwedischen Luftraum ein. Der Nebel vor der Küste war dicht, lichtete sich aber zum Festland hin. Die Konturen einer Strandlinie und die ersten Häuser kamen rasend schnell auf den Piloten zu. Aber er kannte diese Strecke so gut, dass er nach Uhr und Kompass flog. Sobald er über dem schwedischen Festland war und Mossby Strand und die Lichter an der Straße nach Trelleborg identifiziert hatte, machte er einen Schwenk nach Nordosten und dann noch einen nach Osten. Das Flugzeug, eine Piper Cherokee, gehorchte willig. Er folgte einer bis ins Detail berechneten Route, die sich wie eine unsichtbare Markscheide über ein wenig besiedeltes Gebiet von Schonen hinzog. Es war der 11. Dezember 1989, kurz vor fünf Uhr am Morgen. Um ihn herum herrschte fast undurchdringliche Dunkelheit. Jedes Mal wenn er nachts flog, dachte er an seine ersten Jahre als Pilot, in denen er als Navigator bei einer griechischen Gesellschaft beschäftigt gewesen war, die nachts heimlich Tabak aus dem damaligen Südrhodesien ausflog, das von politischen Sanktionen betroffen war. Das war 1966 und 1967 gewesen. Damals hatte er gelernt, dass ein guter Pilot auch nachts fliegen kann mit einem Minimum an Hilfsmitteln, bei totaler Funkstille.

Die Maschine flog jetzt so tief, dass der Pilot nicht wagte, sie noch weiter nach unten zu drücken. Er fragte sich, ob er eventuell umkehren müsste, ohne seinen Auftrag erledigt zu haben. Das kam vor. Die Sicherheit stand immer an erster Stelle, und die Sicht war nach wie vor schlecht. Aber plötzlich, kurz bevor er eine Entscheidung treffen musste, lichtete sich der Nebel. Er sah auf die Uhr. In zwei Minuten würde er die Lichter sehen, die die Stelle markierten, an der er seine Fracht abwerfen sollte. Er drehte sich um und rief dem Mann auf dem einzigen nicht herausmontierten Sitz in der Kabine zu: „Zwei Minuten!“

Der Mann im Dunkeln hinter ihm leuchtete sich mit einer Taschenlampe ins Gesicht und nickte.

Der Pilot spähte in die Dunkelheit. Eine Minute noch, dachte er. Und in dem Moment entdeckte er die Scheinwerfer, die ein Viereck von zweihundert Meter Seitenlänge bildeten. Er rief dem Mann hinter sich zu, er solle sich bereit machen. Dann legte er die Maschine in eine Linkskurve und näherte sich dem erleuchteten Viereck von Westen. Er spürte den kalten Luftzug, als der Mann in der Dunkelheit hinter ihm die Kabinentür öffnete. Danach legte er die Hand an den Schalter der Signallampe, die den hinteren Teil der Kabine rot beleuchtete. Er hatte die Geschwindigkeit auf ein Minimum gedrosselt. Dann drückte er auf Grün und wusste, dass der Mann hinter ihm den gummiverkleideten Tank hinausschubste. Der kalte Luftzug verschwand, als die Tür geschlossen wurde. Er lächelte vor sich hin. Der Tank war jetzt gelandet, irgendwo zwischen den Scheinwerfern. Dort gab es jemanden, der ihn abholte. Man würde die Scheinwerfer ausschalten und in einem Wagen verstauen, und dann wäre die Dunkelheit wieder so undurchdringlich wie vorher. Eine perfekte Operation, dachte er. Seine neunzehnte.

Er sah auf die Uhr. In neun Minuten würden sie die Küste überfliegen und den schwedischen Luftraum wieder verlassen. Um acht Uhr würde er die Maschine auf seiner privaten Landebahn in der Nähe von Kiel aufsetzen und schon kurz danach in seinem Auto auf dem Weg nach Hamburg sein, wo er wohnte.

Das Flugzeug schwankte. Dann gleich noch einmal. Der Pilot sah auf die Instrumententafel. Alles wirkte normal. Der Gegenwind war nicht besonders stark, und Turbulenzen gab es auch nicht. Da schwankte das Flugzeug wieder, dieses Mal heftiger. Der Pilot arbeitete mit dem Knüppel. Aber die Maschine hatte sich auf die linke Seite gelegt. Er versuchte vergeblich, das zu korrigieren. Noch immer zeigten die Instrumente normale Werte an. Als erfahrener Pilot wusste er jedoch, dass irgendetwas nicht stimmte. Die Maschine ließ sich nicht aufrichten. Obwohl er die Geschwindigkeit steigerte, hatte sie schon an Höhe verloren. Er versuchte, vollkommen ruhig zu denken. Was konnte passiert sein? Er überprüfte die Maschine immer vor dem Abflug. Als er gegen ein Uhr in der Nacht zur Flugzeughalle gekommen war, hatte er mehr als eine halbe Stunde darauf verwendet, und er hatte alle Vorschriften auf der Checkliste befolgt, bevor er gestartet war.

Er konnte die Maschine nicht aufrichten. Die Schieflage nahm zu. Jetzt wusste er, dass es ernst war. Er erhöhte die Geschwindigkeit noch mehr und arbeitete mit dem Steuerknüppel. Der Mann hinter ihm rief, was los sei. Der Pilot antwortete nicht. Er hatte keine Antwort. Wenn es ihm nicht gelänge, die Maschine wieder aufzurichten, würden sie in wenigen Minuten abstürzen. Kurz bevor sie das Meer erreichten. Er arbeitete jetzt mit heftig hämmerndem Herzen. Aber nichts half. Dann kam ein kurzer Augenblick der Wut und der Ohnmacht. Schließlich fuhr er fort, mit Händen und Füßen zu kämpfen, bis alles vorbei war.

Um 19 Minuten nach fünf am Morgen des 11. Dezember schlug das Flugzeug mit ungeheurer Wucht auf dem Boden auf und fing sofort Feuer. Aber die beiden Männer an Bord merkten nicht, wie ihre Körper zu brennen begannen. Sie waren schon beim Aufprall der Maschine auf den Boden in Stücke gerissen worden.

Der Nebel wallte inzwischen wieder vom Meer herein. Es war vier Grad über null und fast windstill.

1

Am Morgen des 11. Dezember wachte Wallander kurz nach sechs Uhr auf. Als er die Augen aufschlug, fing der Wecker auf seinem Nachttisch an zu klingeln. Er schaltete ihn aus, blieb liegen und sah in die Dunkelheit. Streckte Beine und Arme, spreizte Zehen und Finger. Er schluckte, um zu prüfen, ob sich eine Infektion in seine Luftröhre eingeschlichen hatte. Manchmal dachte er, dass er langsam, aber sicher zum Hypochonder wurde. Aber auch an diesem Morgen schien alles seine Ordnung zu haben. Außerdem fühlte er sich ausnahmsweise ausgeschlafen. Am Abend vorher war er schon um neun Uhr ins Bett gegangen und sofort eingeschlafen.

Er stand auf und ging in die Küche. Das Thermometer vor dem Fenster zeigte sechs Grad über null. Da er wusste, dass es nicht richtig anzeigte, zog er zwei Grad ab. Wallander blickte zum Himmel. Nebelschwaden zogen über die Dächer. Noch war in diesem Winter in Schonen kein Schnee gefallen. Aber er wird kommen, dachte er.

Er kochte Kaffee und strich ein paar Brote. Wie gewöhnlich war sein Kühlschrank fast leer. Bevor er am Vorabend ins Bett gegangen war, hatte er eine Einkaufsliste geschrieben, die auf dem Küchentisch lag. Er frühstückte und blätterte dabei Ystads *Allehanda* durch, die er aus dem Flur geholt hatte. Er hielt erst inne, als er bei den letzten Seiten mit den Annoncen angelangt war. Irgendwo in seinem Hinterkopf existierte die vage Sehnsucht nach einem Haus auf dem Lande. Wo er morgens gleich nach draußen gehen und ins Gras pinkeln konnte, wo er einen Hund hätte und vielleicht sogar, auch wenn dieser Traum der entfernteste war, einen Taubenschlag. Es waren einige Häuser zu verkaufen. Aber keines erschien ihm interessant. Dann entdeckte er, dass in Rydsgård Labradorwelpen zu verkaufen waren. Ich darf nicht am falschen Ende anfangen, dachte er. Erst ein Haus, dann einen Hund. Nicht umgekehrt. Dann gibt es bei meinen eigenartigen Arbeitszeiten nur Probleme, solange ich nicht mit jemandem zusammenlebe, der mitmacht, ihn auszuführen. Es war jetzt zwei Monate her, dass Mona ihn endgültig verlassen hatte. Im Innersten weigerte er sich immer noch zu akzeptieren, was geschehen war. Gleichzeitig wusste er nicht, was er tun sollte, um sie zur Rückkehr zu bewegen.

Um sieben Uhr war er startklar. Er nahm den Pullover, den er immer anzog, wenn zwischen null und acht Grad plus waren. Er hatte Pullover für jede Temperatur und war genau mit seiner Auswahl, denn er hasste es, im feuchten schonischen Winter zu frieren, und ärgerte sich sofort, wenn er zu schwitzen begann. Er glaubte, dass es seine Fähigkeit beeinträchtigte, klar zu denken. Er beschloss, zu Fuß zum Polizeipräsidium zu gehen. Er brauchte Bewegung. Als er nach draußen kam, spürte er einen schwachen Wind, der vom Meer hereinwehte. Zu Fuß brauchte er von seiner Wohnung in der Mariagatan zehn Minuten.

Unterwegs dachte er über den Tag nach, der vor ihm lag. Wenn in der Nacht nichts Außergewöhnliches vorgefallen war, worum er morgens ständig betete, sollte er einen Drogendealer verhören, der am Tag zuvor festgenommen worden war. Außerdem lagen ständig stapelweise Akten der laufenden Untersuchungen auf dem Tisch, um die er sich eigentlich kümmern müsste. Der Export gestohlener Luxusautos nach Polen war einer seiner trostlosesten Dauerbrenner.

Er trat durch die Glastür des Polizeipräsidiums und nickte Ebba zu, die an der Anmeldung saß. Sie hatte eine neue Dauerwelle.

„Schön wie immer“, sagte er.

„Man tut, was man kann“, antwortete sie. „Aber du solltest aufpassen, dass du nicht zunimmst. Geschiedene Männer neigen dazu.“

Wallander nickte. Er wusste, dass sie Recht hatte. Seit der Scheidung von Mona aß er immer unregelmäßiger und achtloser. Er ging in sein Zimmer, hängte seine Jacke auf und setzte sich an den Schreibtisch.

Im selben Moment klingelte das Telefon. Er nahm den Hörer ab. Es war Martinsson. Wallander war nicht überrascht. Sie beide waren die Frühaufsteher unter den Kriminalpolizisten.

„Ich glaube, wir müssen nach Mossby rausfahren“, sagte Martinsson.

„Was ist passiert?“

„Ein Flugzeug ist abgestürzt."

Wallander hatte das Gefühl, als setze sein Herz einen Moment aus. Sein erster Gedanke war, dass eine Maschine im Anflug auf Sturup gewesen oder gerade von dort gestartet war. Dann war es eine Katastrophe, vielleicht mit vielen Toten.

„Ein kleines Sportflugzeug", fuhr Martinsson fort.

Wallander atmete auf und verwünschte Martinsson, weil er ihm nicht gleich klare Angaben gemacht hatte.

„Der Notruf ist eben erst eingegangen", erklärte Martinsson. „Die Feuerwehr ist schon da. Offensichtlich hat die Maschine gebrannt."

Wallander nickte in den Telefonhörer. „Ich komme", sagte er. „Wer ist sonst noch im Haus?"

„Niemand, soweit ich weiß. Aber die Ordnungspolizei ist schon da."

„Dann fahren erst einmal wir beide hin."

Sie trafen sich in der Anmeldung. Als sie gehen wollten, kam Rydberg zur Tür herein. Er hatte Rheuma und sah blass aus. Wallander berichtete in aller Kürze, was passiert war.

„Fahrt ihr vor", antwortete Rydberg. „Ich muss auf die Toilette, bevor ich irgendetwas anderes tue."

Martinsson und Wallander verließen das Polizeipräsidium und gingen zu Martinssons Wagen. „Er sieht schlecht aus", sagte Martinsson.

„Es geht ihm auch schlecht", gab Wallander zurück. „Rheuma. Und dann ist da auch noch etwas anderes. Irgendetwas mit dem Harnleiter, glaube ich."

Sie fuhren die Küstenstraße entlang nach Westen. „Gib mir die Details", sagte Wallander, während er auf das Meer hinausblickte.

„Es gibt keine Details", antwortete Martinsson. „Die Maschine ist so gegen halb sechs abgestürzt. Ein Bauer hat angerufen. Offensichtlich liegt die Absturzstelle nördlich von Mossby, draußen auf einem Acker."

„Wissen wir, wie viele in der Maschine saßen?"

„Nein."

„Sturup muss einen Notruf rausgeschickt haben, dass ein Flugzeug vermisst wird. Wenn die Maschine in Mossby abgestürzt ist, dann muss der Pilot mit den Fluglotsen in Sturup Kontakt gehabt haben."

„Das war auch mein Gedanke", sagte Martinsson. „Deshalb habe ich, bevor ich dich angerufen habe, mit dem Tower in Sturup telefoniert."

„Und was haben sie gesagt?"

„Sie vermissen kein Flugzeug."

Wallander sah Martinsson erstaunt an. „Was bedeutet das?"

„Ich weiß es nicht", sagte Martinsson. „Eigentlich sollte es unmöglich sein. In Schweden zu fliegen, ohne dass es einen Flugplan gibt und ständigen Kontakt mit der Flugüberwachung."

„Aber dass Sturup keinen Notruf entgegengenommen hat. Der Pilot muss doch den Tower gerufen haben, wenn er Probleme hatte. Trotz allem dauert es doch ein paar Sekunden, bevor ein Flugzeug runterkommt, oder?"

„Ich weiß es nicht. Ich weiß nicht mehr, als ich dir gesagt habe."

Wallander schüttelte den Kopf. Er fragte sich, was ihn wohl erwartete. Er hatte schon einmal mit einem Flugzeugabsturz zu tun gehabt, und auch damals hatte es sich um eine kleine Maschine gehandelt. Der Pilot war allein gewesen. Er war buchstäblich in Stücke gerissen worden. Aber das Flugzeug hatte nicht gebrannt.

Wallander sah dem, was ihn erwartete, mit Unbehagen entgegen. Sein Morgengebet war vergeblich gewesen.

Als sie Mossby Strand erreichten, bog Martinsson nach rechts ab. Er zeigte durch die Windschutzscheibe. Wallander hatte die Rauchsäule, die in den Himmel aufstieg, schon gesehen.

Wenige Minuten später waren sie am Ziel. Das Flugzeug war auf einem Acker aufgeschlagen, ungefähr hundert Meter von einem Bauernhof entfernt. Die Feuerwehr war noch dabei, Schaum auf das Flugzeug zu sprühen. Martinsson holte ein Paar Gummistiefel aus dem Kofferraum. Wallander betrachtete missmutig seine Schuhe, fast neue Stiefel. Dann stapften sie durch den Lehm. Der Mann, der die Löscharbeiten leitete, hieß Peter Edler. Wallander war ihm im Zusammenhang mit verschiedenen Bränden schon oft begegnet. Er mochte ihn. Sie arbeiteten gut zusammen. Außer den beiden Löschzügen und einem Krankenwagen war noch ein Polizeiwagen da.

Wallander nickte Peters, einem der Ordnungspolizisten, zu. Dann wandte er sich an Peter Edler. „Wie sieht's aus?", fragte er.

„Zwei Tote", antwortete Edler. „Ich warne dich, es ist kein schöner Anblick. So sieht es aus, wenn Menschen in Benzin verbrennen."

„Du brauchst mich nicht zu warnen. Ich weiß, wie das aussieht." Wallander wandte sich zu Martinsson um. „Erkundige dich mal, wer die Polizei angerufen hat. Vermutlich jemand von dem Hof dahinten. Sieh zu, was du an Zeitangaben herauskriegen kannst. Und dann muss jemand ein ernstes Wort mit dem Tower in Sturup reden."

Martinsson nickte und stapfte in Richtung Bauernhof davon. Wallander trat näher an das Flugzeug heran. Es lag auf der linken Seite, tief in den Lehm eingegraben. Die linke Tragfläche war am Rumpf abgerissen und lag in Trümmern über den Acker verteilt. Die rechte Tragfläche saß noch am Rumpf fest, aber die äußerste Spitze war abgebrochen. Es handelte sich um eine einmotorige Maschine. Der Propeller hatte sich tief in den Lehm gebohrt. Langsam umrundete Wallander das ausgebrannte Wrack, das mit Schaum bedeckt war. Er winkte Edler zu sich. „Kann man den Schaum entfernen?“, fragte er. „Haben Flugzeuge nicht normalerweise eine Art Kennzeichen am Rumpf und unter den Tragflächen?“

„Ich glaube, wir lassen den Schaum noch eine Weile drauf“, sagte Edler. „Bei Benzin weiß man nie. Es können noch Reste im Tank sein.“

Wallander wusste, dass er sich nach Edler richten musste. Er trat näher heran und sah in das Flugzeug hinein. Edler hatte Recht. Die beiden Körper waren vollkommen verkohlt, Gesichtszüge waren nicht mehr zu erkennen. Er ging noch einmal um das Wrack herum. Dann stapfte er durch den Lehm zu der Stelle, wo das größte Trümmerteil der abgerissenen Tragfläche lag. Er ging in die Hocke. Ziffern oder Buchstabenkombinationen waren nicht zu erkennen. Es war immer noch sehr dunkel. Er rief Peters zu sich und bat ihn um eine Taschenlampe. Dann studierte er die Tragfläche genau. Schabte mit den Fingernägeln an der Unterseite. Die Tragfläche wirkte übermalt. Konnte das bedeuten, dass jemand die Identität der Maschine hatte verbergen wollen?

Er stand auf. Jetzt war er schon wieder zu schnell. Das herauszufinden war Aufgabe von Nyberg und den anderen Technikern. Gedankenverloren sah er Martinsson nach, der mit energischen Schritten auf den Hof am Rand des Ackers zuging. Ein paar Autos mit Schaulustigen hatten an einem Feldweg angehalten. Peters und seine Kollegen waren gerade dabei, sie zum Weiterfahren aufzufordern. Der nächste Polizeiwagen war angekommen, mit Hansson, Rydberg und Nyberg.

Wallander trat zu ihnen und begrüßte sie. Erklärte kurz, was passiert war, und bat Hansson, das Gelände abzusperren.

„Du hast zwei tote Körper im Flugzeug“, informierte Wallander Nyberg, der für die technische Untersuchung verantwortlich war.

Anschließend sollte eine Havariekommission gebildet werden, deren Aufgabe es sein würde, die Absturzursache zu klären. Aber damit hätte Wallander nichts zu tun.

„Ich finde, es sieht aus, als wäre die abgerissene Tragfläche übermalt“, sagte er. „Als hätte jemand verhindern wollen, dass das Flugzeug identifiziert wird.“

Nyberg nickte stumm. Er sagte nie ein überflüssiges Wort.

Rydberg war hinter Wallander aufgetaucht. „Man sollte in meinem Alter nicht mehr im Lehm herumstapfen müssen“, sagte er. „Und dieses verdammte Rheuma.“

Wallander warf einen schnellen Blick auf Rydberg. „Du hättest nicht rauszukommen brauchen“, bemerkte er. „Das hier schaffen wir auch so. Und dann muss die Havariekommission übernehmen.“

„Noch bin ich nicht tot“, antwortete Rydberg irritiert. „Obwohl, weiß der Teufel …“ Er beendete den Satz nicht. Stattdessen stapfte er auf das Flugzeug zu, beugte sich hinunter und sah hinein. „Das wird wohl auf die Zähne hinauslaufen“, sagte er. „An etwas anderem kann man sie nicht mehr identifizieren.“

Wallander gab Rydberg einen Überblick. Sie arbeiteten gut zusammen und brauchten einander nie umständliche Erklärungen zu geben. Außerdem war es Rydberg, der Wallander vieles von dem beigebracht hatte, was er heute über die Arbeit als Kriminalbeamter wusste. Wallander hatte oft gedacht, dass Rydberg wohl einer der integersten Kriminalbeamten in Schweden war. Nichts entging ihm, keine Hypothese war zu merkwürdig, um von Rydberg nicht überprüft zu werden. Seine Fähigkeit, die Zeichen an einem Tatort zu deuten, erstaunte Wallander immer wieder, und er saugte alles Wissen gierig in sich auf.

„Martinsson versucht, die genaue Uhrzeit herauszufinden“, sagte Wallander. „Und dann, denke ich, müssen wir klarstellen, warum der Tower in Sturup nicht Alarm geschlagen hat.“

„Du meinst, warum der Pilot keinen Alarm geschlagen hat“, korrigierte Rydberg.

„Vielleicht hat er es nicht mehr geschafft.“

„Es dauert kaum zwei Sekunden, einen Notruf rauszuschicken“, sagte Rydberg. „Aber du hast natürlich Recht. Das Flugzeug muss auf einer genehmigten Route geflogen sein. Wenn es nicht illegal unterwegs war, natürlich.“

„Illegal?“

Rydberg zuckte mit den Achseln. „Du kennst die Gerüchte“, sagte er. „Leute, die nachts Flugzeuglärm hören. Tief fliegende Flugzeuge mit abgeschalteten Positionslichtern, die plötzlich hier im Grenzgebiet auftauchen. Jedenfalls war es zur Zeit des Kalten Krieges so. Vielleicht ist er noch nicht ganz vorbei. Wir kriegen manchmal Berichte rein über Verdacht auf Spionagetätigkeit. Und dann kann man sich ja auch fragen, ob all das Rauschgift in Südschweden wirklich nur über den Sund kommt. Aber wir finden ja nie heraus, was für Flugzeuge das sind. Oder ob sie nur in der Einbildung der Leute existieren. Allerdings, wenn man nur tief genug fliegt, dann entgeht man den Radargeräten des Militärs. Und denen der Flugaufsicht."

„Ich fahre los und rede mit Sturup", erklärte Wallander.

„Falsch", widersprach Rydberg. „Das mache ich. Mit dem Recht des Älteren überlasse ich diesen Lehm hier dir."

Rydberg verschwand. Es wurde langsam hell. Einer der Techniker fotografierte das Flugzeugwrack von allen Seiten. Wallander sah, dass Hansson unten am Feldweg mit ein paar Journalisten sprach. Er war froh, dass er das nicht tun musste. Dann entdeckte er Martinsson, der durch den Lehm gestapft kam. Wallander ging ihm entgegen.

„Du hattest recht", sagte Martinsson. „Es wohnt ein alter Mann auf dem Hof. Robert Haverberg. Mitte siebzig, allein stehend, mit neun Hunden. Es stank teuflisch da drinnen, gelinde ausgedrückt."

„Was hat er gesagt?"

„Er hat Flugzeugmotoren gehört. Und dann wurde es still. Und dann kam das Motorengeräusch zurück. Aber dann hörte es sich eher wie ein Pfeifen an. Und dann knallte es."

Wallander dachte, dass sich Martinsson manchmal sehr schwer damit tat, klare und eindeutige Angaben zu machen. „Also noch einmal", sagte er. „Robert Haverberg hat Motorengeräusche gehört?"

„Ja."

„Wann war das?"

„Er war gerade aufgewacht. Irgendwann gegen fünf."

Wallander runzelte die Stirn. „Aber das Flugzeug ist doch erst eine halbe Stunde später abgestürzt."

„Das habe ich auch gesagt. Aber er war sich seiner Sache sicher. Erst hat er Motorengeräusche von einem vorbeifliegenden Flugzeug gehört. Das tief flog. Dann wurde es still. Er hat Kaffee gekocht. Und dann kam das Geräusch zurück und dann der Knall."

Wallander dachte nach. Was Martinsson da sagte, war offensichtlich wichtig. „Wie viel Zeit verging zwischen dem ersten Geräusch und dem Knall?"

„Wir haben uns schließlich auf ungefähr zwanzig Minuten geeinigt."

Wallander betrachtete Martinsson. „Wie erklärst du dir das?"

„Ich weiß es nicht."

„Wirkte der Alte klar im Kopf?"

„Ja. Außerdem hat er ein gutes Gehör."

„Hast du eine Karte im Auto?", fragte Wallander.

Martinsson nickte. Sie gingen zu dem Feldweg, wo Hansson immer noch mit den Journalisten sprach. Sie setzten sich in Martinssons Auto und breiteten die Karte aus. Wallander betrachtete sie schweigend. Er dachte an das, was Rydberg gesagt hatte. Über Flugzeuge, die illegal ins Land kamen.

„Also, denkbar ist Folgendes“, sagte Wallander. „Ein Flugzeug kommt in niedriger Höhe über die Küste herein, überfliegt diese Stelle hier und verschwindet. Um kurz danach zurückzufliegen. Und dann stürzt es ab.“

„Du meinst, dass es irgendwo etwas abgeworfen hat? Und dann umgekehrt ist?“, fragte Martinsson.

„Ungefähr so.“ Wallander faltete die Karte wieder zusammen. „Wir wissen zu wenig. Rydberg ist auf dem Weg nach Sturup. Und dann müssen wir die Insassen identifizieren. Und die Maschine selbst. Mehr können wir jetzt nicht tun.“

„Ich habe immer Flugangst gehabt“, sagte Martinsson. „Und von diesem Anblick wird es auch nicht besser. Aber noch schlimmer ist, dass Teres davon spricht, Pilotin zu werden.“

Teres war Martinssons Tochter. Er hatte auch noch einen Sohn. Martinsson war ein Familienmensch. Er machte sich ständig Sorgen, dass etwas passiert sein könnte, und rief mehrmals am Tag zu Hause an. Meistens fuhr er auch zum Mittagessen nach Hause. Manchmal war Wallander ein wenig neidisch auf den Kollegen und seine dem Anschein nach problemlose Ehe.

„Sag Nyberg, dass wir jetzt fahren“, sagte er zu Martinsson.

Wallander blieb im Wagen und wartete. Die Landschaft um ihn herum war grau und trostlos. Er erschauderte leicht. Das Leben geht seinen Gang, dachte er. Ich bin gerade 42 geworden. Werde ich wie Rydberg enden? Als einsamer Alter mit Rheuma?

Wallander schüttelte die Gedanken ab.

Martinsson kam, und sie fuhren zurück nach Ystad.

UM ELF Uhr stand Wallander auf, um ins Vernehmungszimmer zu gehen, wo ein mutmaßlicher Dealer namens Yngve Leonard Holm wartete. Im selben Moment ging die Tür auf, und Rydberg kam herein. Er machte sich nie die Mühe anzuklopfen. Wie immer setzte er sich in Wallanders Besucherstuhl und kam sofort zur Sache. „Ich habe mit einem der Fluglotsen gesprochen; er heißt Lycke und behauptet, dich zu kennen.“

„Ich habe ein paarmal mit ihm zu tun gehabt.“

„Auf jeden Fall war er sich sehr sicher“, fuhr Rydberg fort. „Es hat heute Morgen um fünf keine einmotorige Maschine Flugerlaubnis über Mossby erhalten. Und sie haben auch keinen Kontakt mit einem Piloten gehabt, der einen Notruf gesendet hätte. Die Radarschirme waren leer. Lycke zufolge existiert die abgestürzte Maschine überhaupt nicht. Sie haben schon beim Militär und der Himmel weiß welchen anderen Behörden Meldung gemacht. Beim Zoll vermutlich auch.“

„Du hattest also Recht“, sagte Wallander. „Irgendjemand war in illegaler Mission unterwegs.“

„Das wissen wir nicht“, wandte Rydberg ein. „Jemand flog unerlaubt. Aber ob er außerdem in illegaler Mission unterwegs war, können wir nicht beantworten.“

„Wer fliegt in der Dunkelheit herum ohne besonderen Grund?“

„Es gibt so viele Idioten“, sagte Rydberg. „Das solltest du doch wissen.“

Wallander sah ihn forschend an. „Das glaubst du doch selbst nicht, oder?“

„Natürlich nicht. Aber bis wir wissen, wer sie waren, oder bis wir die Identität des Flugzeugs kennen, können wir nichts tun. Das hier muss an Interpol weitergegeben werden. Ich wette einen ordentlichen Batzen darauf, dass das Flugzeug aus dem Ausland kam.“

Rydberg verließ den Raum.

Wallander überdachte noch einmal, was er gesagt hatte.

Dann stand er auf, nahm seine Papiere und ging in das Zimmer, in dem Yngve Leonard Holm mit seinem Anwalt wartete.

Es war Viertel nach elf, als Wallander das Tonbandgerät einschaltete und sein Verhör begann.

2

Nach einer Stunde und zehn Minuten schaltete Wallander das Tonbandgerät ab. Er hatte genug von Yngve Leonard Holm. Sowohl von seiner Art als auch von der Tatsache, dass Wallander gezwungen sein würde, ihn wieder laufen zu lassen. Wallander war überzeugt, dass der Mann, der ihm gegenübersaß, sich wiederholter und schwerer Drogendelikte schuldig gemacht hatte. Aber es gab keinen Staatsanwalt auf der Welt, der ihre Voruntersuchung vor Gericht als stichhaltig genug einschätzen würde. Am wenigsten Per Åkeson, bei dem Wallander jetzt seine Zusammenfassung abgeben sollte.

Yngve Leonard Holm war 37 Jahre alt. Er war in Ronneby geboren, aber seit Mitte der Achtzigerjahre in Ystad gemeldet. Er gab an, Straßenverkäufer von Taschenbüchern zu sein. In den letzten Jahren hatte er nur unbedeutende Einkünfte versteuert. Gleichzeitig hatte er eine große Villa in einem Wohngebiet gleich neben dem Polizeipräsidium bauen lassen. Die Villa war Millionen wert. Holm behauptete, den Bau mit größeren Glücksspielgewinnen finanziert zu haben. Quittungen für die Gewinne hatte er natürlich nicht. Sie waren leider bei einem Brand verschwunden, der praktischerweise in dem Wohnwagen ausbrach, in dem er seine private Buchhaltung aufbewahrt hatte. Die einzige Quittung, die er hatte vorweisen können, wies einen kleineren Gewinn von 4993 Kronen aus, den er vor ein paar Wochen gemacht hatte.

Nichts davon änderte etwas an Wallanders Überzeugung, dass Holm das letzte Glied in einer Kette war, die bedeutende Mengen Rauschgift nach Schonen einführte und verkaufte. Die Indizien waren überwältigend. Aber die Verhaftung Holms war äußerst schlecht organisiert gewesen. Man hätte an zwei Orten gleichzeitig zuschlagen sollen. Erstens in Holms Villa und zweitens in seinem Lagerraum in einem Industriegebiet in Malmö, wo er die Taschenbücher für die Sommermärkte aufbewahrte. Das wäre eine Gemeinschaftsaktion der Polizei in Ystad und der Kollegen in Malmö gewesen.

Aber etwas war von Anfang an schief gelaufen. Das Lager war leer gewesen, bis auf eine einsame Kiste mit abgegriffenen „Manhattan"-Krimis. Holm hatte in seiner Villa gesessen und ferngesehen, als sie an der Tür klingelten. Eine junge Frau hatte zu seinen Füßen hingegossen dagelegen und ihm die Zehen massiert, während die Polizisten das Haus durchsuchten. Natürlich hatten sie nichts gefunden. Einer der Hunde von der Drogenfahndung hatte lange an einem Taschentuch geschnüffelt, das sie in einem Papierkorb fanden. Die chemische Analyse hatte nur erbracht, dass es möglicherweise mit einem Drogenpräparat in Kontakt gewesen war. Offensichtlich war Holm gewarnt worden.

Wallander zweifelte nicht daran, dass der Mann nicht nur intelligent war, sondern auch gewissenhaft im Vertuschen seiner Machenschaften. „Sie können wieder gehen", sagte er. „Aber der Verdacht gegen Sie besteht weiter. Oder richtiger formuliert: Ich bin überzeugt, dass Sie in großem Umfang in Schonen Drogenhandel betreiben. Früher oder später kriegen wir Sie."

Der Anwalt, der einem kleinen Wiesel ähnelte, streckte sich. „So etwas muss mein Klient sich nicht bieten lassen", sagte er. „Das ist ein persönlicher Angriff ohne rechtliche Grundlage."

„Sie haben vollkommen Recht", erwiderte Wallander. „Selbstverständlich können Sie Anzeige erstatten."

Holm, unrasiert und der ganzen Situation offensichtlich überdrüssig, hinderte seinen Anwalt daran fortzufahren. „Die Polizei macht nur ihren Job", sagte er. „Leider haben Sie einen Fehler gemacht, indem Sie mich verdächtigt haben."

Wallander verließ den Raum. Holm würde nach Hause gehen und sich die Füße massieren lassen. Das Rauschgift würde weiterhin nach Schonen hereinströmen. Wir werden diesen Kampf niemals gewinnen, dachte Wallander, als er den Korridor entlangging. Unsere einzige Chance besteht darin, dass neue Generationen von Jugendlichen sich von dem Ganzen distanzieren.

Es war halb eins geworden. Er merkte, dass er Hunger hatte. Er zog eine Schreibtischschublade heraus und suchte nach der Karte einer Pizzeria, die ins Haus lieferte. Er überflog die Karte, konnte sich aber nicht entscheiden. Schließlich schloss er die Augen und tippte blind mit dem Zeigefinger. Er rief an und bestellte die Pizza, die das Schicksal ihm ausgewählt hatte.

Das Telefon klingelte. Es war sein Vater aus Löderup. „Ich dachte, wir hätten abgemacht, dass du gestern Abend kommen wolltest?", sagte er.

Wallander seufzte stumm. „Wir haben gar nichts abgemacht."

„Doch, das weiß ich genau", sagte der Vater stur. „Du bist es, der vergesslich wird. Ich dachte, Polizisten hätten einen Notizblock. Kannst du dir da nicht aufschreiben, dass du mich verhaften sollst? Dann vergisst du es vielleicht nicht."

Wallander hatte keine Lust, wütend zu werden. „Ich schau heute Abend mal rein", sagte er. „Aber wir hatten nicht abgemacht, dass ich gestern Abend kommen sollte."

„Schon möglich, dass ich mich irre", antwortete sein Vater plötzlich erstaunlich milde.

„Ich komme gegen sieben", sagte Wallander. „Ich habe gerade viel zu tun."

Er legte auf. Mein Vater betreibt emotionale Erpressung erster Güte, dachte er. Und das Schlimmste dabei ist, dass er immer wieder damit bei mir durchkommt.

Der Pizzabote kam. Wallander bezahlte und nahm den Karton mit in den Essraum. Per Åkeson saß an einem Tisch und aß Haferbrei. Wallander setzte sich ihm gegenüber.

„Ich dachte, du würdest rüberkommen, um über Holm zu reden", sagte Åkeson.

„Das werde ich auch noch tun. Aber erst mal durfte er wieder gehen."

„Das wundert mich nicht. Die Razzia war unglaublich schlecht organisiert."

„Darüber musst du mit Björk reden", sagte Wallander. „Ich hatte nichts damit zu tun."

„In drei Wochen fängt mein halbes Sabbatjahr an", sagte Åkeson.

„Das hab ich nicht vergessen", antwortete Wallander und fügte hinzu: „Ich werde dich vermissen."

„Ein halbes Jahr geht schnell vorbei. Außerdem muss ich zugeben, dass ich es mir schön vorstelle, einmal eine Zeit lang wegzukommen. Ich muss nachdenken."

„Ich dachte, du wolltest dich weiterbilden?"

„Das werde ich auch. Aber das hindert mich ja nicht daran, mir Gedanken über die Zukunft zu machen. Soll ich mein Leben lang Staatsanwalt bleiben? Oder gibt es etwas anderes, mit dem ich mich lieber beschäftigen sollte?"

„Du kannst ja segeln lernen und Vagabund zur See werden."

Åkeson schüttelte energisch den Kopf. „So was nicht. Aber ich überlege, ob ich mich im Ausland bewerben soll. Vielleicht für irgendwas, bei dem man wirklich merkt, dass man etwas Nützliches tut. Vielleicht könnte ich dabei helfen, ein funktionierendes Rechtssystem aufzubauen in einem Land, wo es das nicht gibt. In der Tschechoslowakei zum Beispiel."

„Ich hoffe, du schreibst mir mal", sagte Wallander. „Ich denke auch über die Zukunft nach. Ob ich bis zur Pensionierung Polizeibeamter bleibe oder etwas anderes mache."

Die Pizza schmeckte nach nichts. Åkeson hingegen schien seinen Haferbrei mit Appetit zu essen. „Was ist mit diesem Flugzeug?", fragte er.

Wallander erzählte, was er wusste.

„Klingt sonderbar", sagte Åkeson, als Wallander fertig war. „Geht es eventuell um Drogen?"

„Kann schon sein", antwortete Wallander und bereute, dass er Holm nicht gefragt hatte, ob er ein Flugzeug besaß. Wenn er es sich leisten konnte, eine Villa zu bauen, dann konnte er sich problemlos auch ein privates Flugzeug leisten. Die Einkünfte eines Drogenhändlers konnten Schwindel erregend hoch sein.

Sie stellten sich gleichzeitig an die Spüle und wuschen ihre Teller ab. Wallander hatte die halbe Pizza übrig gelassen. Seine Scheidung verdarb ihm noch immer den Appetit.

„Holm ist ein Halunke", sagte Wallander. „Früher oder später kriegen wir ihn."

„Da wäre ich mir nicht so sicher", antwortete Åkeson. „Aber ich hoffe natürlich, dass du Recht hast."

Gleich darauf war Wallander wieder in seinem Zimmer. Er überlegte, ob er Mona in Malmö anrufen sollte. Seine Tochter Linda wohnte zurzeit bei ihr. Mit ihr wollte Wallander reden. Es war fast eine Woche her, seit sie sich zuletzt gesprochen hatten. Sie war 19 Jahre alt und zurzeit etwas orientierungslos. Ihre letzte Idee war, doch eine Lehre in einer Möbelpolsterei zu absolvieren.

Wallander rief stattdessen Martinsson an und bat ihn zu kommen. Gemeinsam gingen sie die Ereignisse des Morgens durch. Martinsson sollte den Bericht schreiben. „Es hat jemand aus Sturup und jemand vom Militär angerufen", sagte er. „Es ist irgendwie merkwürdig mit diesem Flugzeug. Es scheint ganz einfach nicht existiert zu haben. Und du hast wahrscheinlich Recht, dass die Registrierung auf Tragflächen und Rumpf übermalt wurde."

„Mal sehen, was Nyberg herausfindet", sagte Wallander.

„Die Leichen sind in Lund", fuhr Martinsson fort. „Der einzige Anhaltspunkt für die Identifizierung sind die Zähne. Die Körper waren so verbrannt, dass sie auseinander fielen, als man sie auf die Bahren legen wollte."

„Mit anderen Worten: Wir müssen abwarten. Ich wollte Björk vorschlagen, dich als Vertreter für die Untersuchungskommission zu benennen, die die Absturzursache klären soll. Hast du etwas dagegen?"

„Ich lerne immer noch was dazu", antwortete Martinsson.

Als Wallander wieder allein war, dachte er darüber nach, was ihn und Martinsson unterschied. Es war immer Wallanders Ehrgeiz gewesen, ein guter Kriminalist zu sein. Das war ihm auch gelungen. Aber Martinsson hatte andere Ambitionen. Ihm schwebte wahrscheinlich in nicht allzu ferner Zukunft der Posten des Polizeipräsidenten vor. Gute Feldarbeit zu leisten war nur eine Stufe auf seiner Karriereleiter.

Wallander ließ den Gedanken an Martinsson fallen und ging den Korridor entlang bis zum anderen Ende, wo Björk sein Zimmer hatte. Die Tür stand offen. Björk wollte gerade gehen.

„Hast du einen Moment Zeit?", fragte Wallander.

„Ein paar Minuten. Ich muss zu einer Kirche und einen Vortrag halten."

Wallander wusste, dass Björk ständig Vorträge hielt. Offensichtlich liebte er es, vor Publikum aufzutreten, was Wallander selbst geradezu verabscheute. Pressekonferenzen waren ihm ein Gräuel. Wallander berichtete von den Geschehnissen des Morgens, aber Björk war schon informiert. Er hatte nichts dagegen einzuwenden, dass Martinsson zum Polizeivertreter in der Havariekommission bestimmt wurde.

„Ich nehme an, das Flugzeug ist nicht abgeschossen worden", sagte Björk.

„Bis jetzt spricht nichts dagegen, dass es ein Unfall war. Aber es gibt definitiv Unklarheiten, was diesen Flug angeht."

„Wir tun, was wir zu tun haben", sagte Björk und gab zu verstehen, dass das Gespräch beendet war. „Aber wir stecken nicht mehr Mühe hinein als nötig. Wir haben auch so schon genug Arbeit."

Björk verschwand in einer Wolke von Aftershave.

Wallander trottete zurück in sein Zimmer. Er holte Kaffee und verbrachte dann mehrere Stunden mit der Bearbeitung eines Falls von Körperverletzung, der sich in der vorigen Woche in Skurup ereignet hatte. Es gab neue Angaben, die dazu führen sollten, dass der Mann, der seine Schwägerin geschlagen hatte, wegen Körperverletzung angeklagt werden konnte. Wallander stellte das Material zusammen, um es am nächsten Tag an Åkeson weiterzugeben.

Mittlerweile war es Viertel vor fünf. Er beschloss, seinen Wagen zu holen und einkaufen zu fahren. Er wollte pünktlich um sieben Uhr bei seinem Vater sein.

Wallander nahm seine Jacke und ging nach Hause. Der Schneeregen war dichter geworden. Als er sich ins Auto setzte, fühlte er nach, ob er die Einkaufsliste in der Tasche hatte. Sein Peugeot ließ sich schwer starten, und er würde ihn bald austauschen müssen. Aber woher sollte er das Geld dafür nehmen? Schließlich sprang der Wagen an, und Wallander wollte gerade losfahren, als ihm ein Gedanke durch den Kopf schoss. Obwohl er wusste, dass sein Vorhaben sinnlos war, siegte die Neugierde. Er beschloss, mit dem Einkaufen zu warten. Stattdessen bog er in Österleden ein und fuhr in Richtung Löderup.

Der Gedanke war sehr einfach. In einem Haus gleich hinter Strandskogen wohnte ein pensionierter Fluglotse, den Wallander ein paar Jahre zuvor kennen gelernt hatte. Linda war mit seiner jüngsten Tochter befreundet gewesen. Wallander dachte, dass der Mann vielleicht eine Frage beantworten könnte, die er mit sich herumtrug, seit er neben dem abgestürzten Flugzeug gestanden und Martinssons Bericht über das Gespräch mit Haverberg angehört hatte.

Wallander bog auf den Hof des Hauses ein, in dem Herbert Blomell wohnte. Als er aus dem Wagen stieg, sah er Blomell, der auf einer Leiter am Haus stand und ein Fallrohr anbrachte. Er nickte freundlich, als er Wallander erkannte, und stieg vorsichtig von der Leiter.

„In meinem Alter kann ein Oberschenkelhalsbruch verhängnisvoll sein“, sagte er. „Wie geht es Linda?“

„Gut“, antwortete Wallander. „Sie ist bei Mona in Malmö.“

Sie gingen ins Haus und setzten sich in die Küche. „Bei Mossby ist heute Morgen ein Flugzeug abgestürzt“, sagte Wallander.

Blomell nickte. Er zeigte auf das Radio, das im Fenster stand.

„Es war eine Piper Cherokee“, fuhr Wallander fort. „Eine einmotorige Maschine. Ich weiß, dass du zu deiner Zeit nicht nur Fluglotse warst. Du hattest auch einen Pilotenschein.“

„Ich bin sogar ein paarmal eine Cherokee geflogen“, antwortete Blomell. „Ein gutes Flugzeug.“

„Wenn ich mit meinem Finger auf einen Punkt auf der Karte zeigen würde“, sagte Wallander, „und dir dann eine Kompassrichtung gäbe und zehn Minuten Zeit: Wie weit könntest du die Maschine dann fliegen?“

„Einfache Mathematik“, sagte Blomell. „Hast du eine Karte?“

Wallander schüttelte den Kopf. Blomell stand auf und verschwand. Ein paar Minuten später kam er mit einer Kartenrolle zurück. Sie breiteten sie auf dem Küchentisch aus. Wallander suchte den Acker, wo die Absturzstelle sein musste.

„Wenn man sich vorstellt, dass die Maschine direkt von der Küste kam. Motorengeräusche wurden genau hier zu einem bestimmten Zeitpunkt gehört. Höchstens zwanzig Minuten später kommen sie zurück. Wir können natürlich nicht wissen, ob der Pilot die ganze Zeit denselben Kurs gehalten hat. Aber nehmen wir es mal an. Wie weit ist er dann in der Hälfte der Zeit gekommen? Bevor er umgekehrt ist?“

„Die Cherokee liegt bei ungefähr 250 Kilometern in der Stunde“, sagte Blomell. „Bei normaler Last.“

„Über die Ladung wissen wir nichts.“

„Dann gehen wir von maximaler Last und normalem Gegenwind aus.“

Blomell rechnete still im Kopf. Dann zeigte er auf einen Punkt nördlich von Mossby. Wallander sah, dass er in der Nähe von Sjöbo lag.

„Ungefähr so weit“, sagte Blomell. „Aber es gibt natürlich viele Unsicherheitsmomente bei dieser Berechnung.“

„Trotzdem weiß ich jetzt bedeutend mehr als vorher.“ Wallander trommelte nachdenklich mit den Fingern auf den Küchentisch. „Warum stürzt ein Flugzeug ab?“

„Kein Absturz ist wie der andere“, erklärte Blomell. „Es mag wiederkehrende Ursachen geben. Fehler im System. Oder etwas anderes. Aber am Ende gibt es trotzdem einen ganz besonderen Grund dafür, dass ein bestimmtes Unglück eintrifft. Und es ist fast immer eine Fehleinschätzung des Piloten, die den Ausschlag gibt.“

„Warum stürzt eine Cherokee ab?“, fragte Wallander.

Blomell schüttelte den Kopf. „Der Motor kann defekt gewesen sein. Schlechte Wartung. Du musst dich gedulden, bis die Untersuchungskommission ihr Ergebnis vorlegt.“

„Die Registrierung der Maschine war übermalt, sowohl auf dem Rumpf als auch unter den Tragflächen. Was bedeutet das?“

„Dass jemand keine Spuren hinterlassen wollte. Es gibt natürlich einen Schwarzmarkt für Flugzeuge wie für alles andere auch.“

„Ich dachte, der schwedische Luftraum sei wasserdicht“, sagte Wallander. „Aber es können trotzdem Flugzeuge unbemerkt einfliegen.“

„Nichts auf der Welt ist absolut sicher. Das wird es auch niemals geben. Wer Geld genug hat und einen Grund, der kann immer über eine Grenze kommen und dann wieder spurlos verschwinden.“

Blomell wollte Kaffee kochen, aber Wallander wehrte dankend ab. „Ich will meinen Vater in Löderup besuchen“, erklärte er. „Wenn ich zu spät komme, ist die Hölle los.“

„Die Einsamkeit ist ein Fluch, wenn man alt wird“, sagte Blomell. „Ich sehne mich so sehr nach meinem Fluglotsentower, dass es wehtut. Ich träume ganze Nächte davon, wie ich Flugzeuge durch den Luftraum lotse. Und wenn ich aufwache, schneit es, und ich habe nichts anderes zu tun, als ein Fallrohr zu reparieren.“

Sie trennten sich draußen auf dem Hof. Wallander hielt bei einem Lebensmittelgeschäft in Herrestad und kaufte ein. Er erreichte das Haus seines Vaters in Löderup um drei Minuten vor sieben. Wallander sah, dass in dem Schuppen, in dem der Vater sein Atelier hatte, Licht brannte. Er atmete die frische Luft ein, während er über den Hof ging. Die Tür war angelehnt, der Vater hatte das Auto kommen hören. Er saß an seiner Staffelei, einen alten Hut auf dem Kopf und die kurzsichtigen Augen dicht vor dem Bild, das er gerade begonnen hatte. Der Geruch von Verdünner verursachte Wallander immer wieder das Gefühl von Heimeligkeit. Das ist alles, was von meiner Kindheit übrig ist, dachte er oft. Der Geruch von Verdünner.

„Du bist pünktlich", sagte der Vater, ohne ihn anzusehen.

„Ich komme immer rechtzeitig", antwortete Wallander, räumte ein paar Zeitungen von einem Stuhl und setzte sich.

Der Vater saß an einem seiner Auerhahnbilder. Als Wallander ins Atelier trat, legte er gerade eine Schablone auf die Leinwand und malte ein gedämpftes Abendrot. Wallander betrachtete ihn mit einem plötzlichen Gefühl von Zärtlichkeit. Er ist der Letzte aus der Generation vor mir, dachte er. Wenn Papa gegangen ist, bin ich als Nächster an der Reihe.

Der Vater legte Pinsel und Schablone zur Seite und stand auf. Sie gingen ins Haus. Der Vater kochte Kaffee und stellte Schnapsgläser hin. Wallander zögerte. Aber dann nickte er. Ein Glas konnte er trinken.

„Poker", sagte Wallander. „Du schuldest mir noch vierzehn Kronen vom letzten Mal."

Der Vater betrachtete ihn genau. „Ich glaube, du spielst falsch", sagte er. „Aber ich habe noch nicht rausgefunden, wie du es machst."

Wallander war verblüfft. „Willst du damit sagen, dass ich meinen eigenen Vater beim Spielen bescheiße?"

Ausnahmsweise machte sein Vater einen Rückzieher. „Nein", sagte er. „Das glaube ich vielleicht doch nicht. Aber ich fand, dass du beim letzten Mal ungewöhnlich viel gewonnen hast."

Das Gespräch verebbte. Sie tranken Kaffee.

„Ich werde verreisen", sagte der Vater plötzlich. „Weit weg."

„Wohin denn?"

„Nach Ägypten."

„Ägypten? Was willst du denn da? Ich dachte, du wolltest nach Italien?"

„Ägypten und Italien. Du hörst mir nie richtig zu."

„Was willst du denn in Ägypten?"

„Ich will die Sphinx sehen und die Pyramiden. Die Zeit wird langsam knapp. Niemand weiß, wie lange ich noch lebe. Aber ich will die Pyramiden und Rom sehen, bevor ich sterbe."

Wallander schüttelte den Kopf. „Mit wem willst du fahren?"

„Ich fliege in ein paar Tagen mit Egypt Air. Direkt nach Kairo. Ich wohne in einem sehr feinen Hotel, das ‚Mena House' heißt."

„Du willst wirklich allein reisen? Das kann doch nicht dein Ernst sein", sagte Wallander ungläubig.

Der Vater streckte sich nach ein paar Tickets, die auf der Fensterbank lagen. Wallander überflog sie und sah ein, dass der Vater die Wahrheit sagte. Er würde am 14. Dezember mit einem Linienflug von Kopenhagen nach Kairo fliegen.

Wallander legte die Tickets auf den Tisch. Ausnahmsweise einmal war er vollkommen sprachlos.

UM VIERTEL nach zehn fuhr Wallander von Löderup aus nach Hause. Auf dem Weg zum Wagen hatte er gemerkt, dass es kälter geworden war. Was wiederum bedeutete, dass sein Peugeot noch schlechter anspringen würde als gewöhnlich. Aber es war eigentlich nicht das Auto, das seine Gedanken in Anspruch nahm, sondern die Tatsache, dass es ihm nicht gelungen war, seinen Vater zu überreden, die Reise nach Ägypten abzusagen. „Du bist fast achtzig", hatte Wallander ihm vorgehalten. „Da fährt man nicht einfach so in der Welt herum."

Aber seine Argumente waren fadenscheinig. Die Gesundheit seines Vaters ließ offensichtlich nichts zu wünschen übrig. Obwohl er sich manchmal merkwürdig kleidete, hatte er die Fähigkeit, sich den unterschiedlichsten Situationen und Menschen anzupassen. Als Wallander sich außerdem vergewissert hatte, dass der Transfer vom Flugplatz zum Hotel, das direkt bei den Pyramiden lag, inbegriffen war, versiegten seine besorgten Einwände langsam. Was seinen Vater nach Ägypten zog, wusste er nicht. Aber er konnte auch nicht leugnen, dass ihm sein Vater tatsächlich vor vielen Jahren, als Wallander noch klein war, bei mehreren Gelegenheiten von den merkwürdigen Gebilden erzählt hatte, die in der Ebene von Giseh vor den Toren von Kairo standen.

Wallander blieb mit der Hand am Griff der Autotür stehen und sog die Nachtluft ein. Ich habe einen merkwürdigen Vater, dachte er. Daran führt jedenfalls kein Weg vorbei.

Wallander hatte versprochen, ihn am Morgen des 14. Dezember nach Malmö zu fahren. Er hatte die Telefonnummer des Mena House notiert, in dem sein Vater wohnen sollte. Da sein Vater selbstverständlich nicht unnötig Geld zum Fenster hinauswarf, indem er eine Reiseversicherung abschloss, wollte Wallander Ebba am nächsten Tag bitten, das zu erledigen.

Der Wagen startete widerwillig, und Wallander fuhr in Richtung Ystad. Kurz nach elf war er wieder in der Mariagatan. Als er die Haustür aufschloss, bemerkte er, dass jemand einen Brief durch den Briefschlitz geworfen hatte. Er öffnete den Umschlag und wusste schon, von wem er war. Emma Lundin, Krankenschwester im Krankenhaus von Ystad. Wallander hatte ihr versprochen, am Tag zuvor anzurufen. Sie kam normalerweise auf dem Nachhauseweg in die Dragongatan an seinem Haus vorbei. Jetzt wollte sie nur wissen, ob etwas geschehen sei. Warum hatte er nicht angerufen? Wallander bekam ein schlechtes Gewissen. Er hatte sie vor einem Monat kennen gelernt. Sie waren zufällig im Postamt in der Hamngatan ins Gespräch gekommen. Ein paar Tage später waren sie in einem Lebensmittelgeschäft aufeinander gestoßen und hatten schon nach ein paar weiteren Tagen ein Verhältnis begonnen, das von keiner Seite sonderlich leidenschaftlich war. Emma war ein Jahr jünger als Wallander, sie war geschieden und hatte drei Kinder. Wallander hatte gemerkt, dass die Beziehung ihr mehr bedeutete als ihm. Halbherzig hatte er versucht, sich aus der Sache herauszuziehen. Wie er jetzt im Flur stand, wusste er sehr gut, warum er nicht angerufen hatte. Er hatte ganz einfach keine Lust, sie zu treffen. Er legte den Brief auf den Küchentisch und dachte, dass er die Sache beenden musste. Sie hatten viel zu wenig Gesprächsstoff, viel zu wenig Zeit füreinander. Und Wallander wusste, dass er eigentlich nach etwas ganz anderem suchte, nach einer ganz anderen Frau. Einer, die Mona wirklich ersetzen konnte. Wenn es so eine Frau überhaupt gab. Aber vor allem träumte er davon, dass Mona zu ihm zurückkäme.

Er kleidete sich aus und zog seinen alten, verschlissenen Bademantel an. Das Telefon klingelte. Es war nach elf Uhr. Er hoffte, dass nichts Ernstes geschehen war, das ihn zwingen würde, sich wieder anzuziehen. Es war Linda. Er freute sich wie immer, ihre Stimme zu hören.

„Wo warst du?“, fragte sie. „Ich hab es den ganzen Abend versucht.“

„Du hättest es erraten können“, antwortete er. „Und du hättest Großvater anrufen können. Ich war bei ihm.“

„Daran hab ich nicht gedacht. Du besuchst ihn doch sonst nie.“

„Ich besuche ihn nie?“

„Jedenfalls sagt er das.“

„Er sagt so viel. Übrigens wird er in ein paar Tagen nach Ägypten fliegen und sich die Pyramiden ansehen.“

„Wie schön. Schade, dass ich nicht mitkommen kann.“

Wallander sagte nichts. Dann lauschte er ihrem wortreichen Bericht über alles, was sie in den letzten Tagen gemacht hatte. Er freute sich, dass sie sich vor kurzem wieder für eine Lehre in einer Möbelpolsterei entschieden hatte. Er nahm an, dass Mona nicht zu Hause war, weil sie sich meistens aufregte, wenn Linda so viel und so lange telefonierte. Gleichzeitig fühlte er einen Stich von Eifersucht. Obwohl sie jetzt geschieden waren, konnte er sich nicht mit dem Gedanken anfreunden, dass Mona sich mit anderen Männern traf.

Das Gespräch endete damit, dass Linda versprach, ihn in Malmö zu treffen und dem Großvater bei seiner Abreise nach Ägypten zuzuwinken.

AM MORGEN des 12. Dezember war die Temperatur auf minus vier Grad gesunken. Wallander saß um kurz vor sieben in der Küche, als das Telefon klingelte.

Es war Blomell. „Ich hoffe, ich habe dich nicht geweckt", sagte er.

„Ich bin schon aufgestanden", antwortete Wallander mit der Kaffeetasse in der Hand.

„Mir kam plötzlich ein Gedanke, nachdem du weg warst", fuhr Blomell fort. „Ich glaube, dass das Flugzeug sehr tief geflogen sein muss, wenn man bei Mossby Motorenlärm gehört hat. Das muss ja bedeuten, dass es auch andere gehört haben. Auf die Art kannst du vielleicht herausbekommen, in welche Richtung es geflogen ist. Und vielleicht findest du sogar jemanden, der ein Flugzeug gehört hat, das in der Luft gedreht hat und in die Richtung zurückgeflogen ist, aus der es kam."

Wallander sagte sich, dass Blomell selbstverständlich Recht hatte. Er hätte selbst auf die Idee kommen müssen. Aber das sagte er nicht.

„Wir sind dabei", antwortete er stattdessen.

„Das ist gut", sagte Blomell. „Wie geht es deinem Vater?"

„Er hat erzählt, dass er nach Ägypten fliegen will."

„Klingt nach einer guten Idee."

Wallander antwortete nicht.

„Es ist kälter geworden", schloss Blomell. „Der Winter kommt."

„Bald gibt es wieder Schneestürme", antwortete Wallander.

Er ging zurück in die Küche. Dachte darüber nach, was Blomell gesagt hatte. Martinsson oder jemand anders könnte mit den Kollegen in Tomelilla und Sjöbo Kontakt aufnehmen. Möglicherweise konnte man den Kurs des Flugzeugs und sein Ziel bestimmen, indem man nach Menschen suchte, die Frühaufsteher waren und im besten Falle zweimal Motorenlärm gehört hatten. Ein paar Milchbauern musste es doch noch geben, die so früh am Tag auf den Beinen waren. Aber es blieb die Frage: Was hatten die beiden Männer in dem Flugzeug gemacht? Und warum hatte das Flugzeug keine Registrierung?

Um kurz vor acht trat Wallander durch die Tür des Polizeipräsidiums. Er bat Ebba, eine Reiseversicherung für seinen Vater abzuschließen.

„Das war schon immer mein Traum", sagte sie. „Nach Ägypten zu fahren und die Pyramiden zu sehen."

Alle scheinen neidisch auf meinen Vater zu sein, dachte Wallander, als er Kaffee holte und in sein Zimmer ging. Und niemand wirkt sonderlich überrascht. Ich bin der Einzige, der sich Sorgen macht, dass etwas passieren könnte, dass er sich in der Wüste verirrt, zum Beispiel.

Martinsson hatte ihm einen Bericht über den Absturz vom Vortag auf den Tisch gelegt. Wallander überflog ihn und dachte, dass Martinsson noch immer zu viele Worte machte. Die Hälfte hätte gereicht.

Er rief Martinsson an und berichtete von seinem Gespräch mit Björk am Tag zuvor. Martinsson schien zufrieden. Dann schlug Wallander ihm vor, dass sie sich alle treffen sollten. Blomells Hinweis war bedenkenswert. Um halb neun war es Martinsson gelungen, Hansson und Svedberg zu erreichen. Aber Rydberg war noch immer nicht gekommen. Sie versammelten sich in einem der Besprechungszimmer.

„Hat jemand Nyberg gesehen?", fragte Wallander.

Im selben Moment kam er herein. Wie immer wirkte er übernächtigt. Seine Haare standen zu Berge. Er setzte sich auf seinen angestammten Platz, ein Stück von den anderen getrennt.

„Rydberg wirkt krank", sagte Svedberg, während er sich mit einem Bleistift die Glatze kratzte.

„Er *ist* krank", antwortete Hansson. „Er hat Ischias."

„Rheuma", berichtigte ihn Wallander. „Das ist ein verdammter Unterschied." Dann wandte er sich Nyberg zu.

„Wir haben die Tragflächen untersucht", sagte dieser, „den Schaum von der Feuerwehr abgewaschen und versucht, die Rumpfteile zusammenzusetzen. Ziffern und Buchstaben waren nicht nur übermalt. Man hatte sie zur Sicherheit vorher auch noch abgekratzt. Aber das ist nur teilweise gelungen, und deshalb haben sie wohl zur Malerfarbe gegriffen. Die Leute in dieser Maschine wollten wirklich nicht, dass man sie identifizieren konnte."

„Ich nehme an, dass es auf dem Motor eine Nummer gibt", sagte Wallander. „Und es werden kaum so viele Flugzeuge wie Autos gebaut."

„Wir sind dabei, Kontakt zur Piper-Fabrik in den USA aufzunehmen", sagte Martinsson.

„Es sind noch immer ein paar Fragen offen", fuhr Wallander fort. „Wie weit kann eine solche Maschine mit einer Tankfüllung fliegen? Haben sie Reservetanks?"

Martinsson schrieb. „Ich werde mich erkundigen", versprach er.

Die Tür ging auf, und Rydberg kam herein. „Ich war im Krankenhaus", sagte er kurz. „Und das dauert immer endlos lange."

Wallander sah, dass er Schmerzen hatte, sagte aber nichts.

Stattdessen brachte er seine Idee vor, Leute ausfindig zu machen, die das Motorengeräusch gehört hatten. Er schämte sich ein wenig dafür, dass er nicht Blomell die Ehre für die gute Idee zukommen ließ.

„Das wird wie während des Krieges“, kommentierte Rydberg. „Als alle in Schonen herumliefen und nach Flugzeugen horchten.“

„Es ist möglich, dass nichts dabei rauskommt“, sagte Wallander. „Aber wir können ja bei den Kollegen in den anderen Bezirken nachfragen. Ich persönlich kann mir kaum vorstellen, dass es sich um etwas anderes als einen Drogentransport gehandelt hat. Einen Abwurf irgendwo.“

„Wir sollten mit Malmö reden“, sagte Rydberg. „Wenn sie merken, dass der Umsatz dramatisch ansteigt, könnte es einen Zusammenhang geben. Ich kann sie anrufen.“

Niemand hatte etwas einzuwenden. Wallander beendete die Sitzung kurz nach neun.

Den Rest des Vormittags verbrachte er damit, die Arbeit an der Körperverletzungsgeschichte aus Skurup abzuschließen und das Material Per Åkeson vorzulegen. In der Mittagspause ging er in die Stadt und aß eine Bratwurst „Spezial“. Um Viertel nach zwei war er wieder im Präsidium. Es wirkte noch immer genauso verlassen. Wallander fuhr fort, seine Aktenberge abzuarbeiten. Nach der Körperverletzung in Skurup wartete ein Einbruch im Zentrum von Ystad, in der Pilgrimsgatan. Jemand hatte mitten am Tag ein Fenster eingeschlagen und diverse Wertgegenstände aus dem Haus geholt. Wallander schüttelte den Kopf, als er Svedbergs Bericht durchlas. Es war unbegreiflich, dass keiner der Nachbarn irgendetwas gesehen hatte.

Beginnt die Angst sich auch in Schweden auszubreiten?, dachte er. Die Angst davor, der Polizei mit den einfachsten Beobachtungen zu helfen? Wenn das so ist, dann ist die Situation bedeutend schlimmer, als ich es bis jetzt habe glauben wollen.

Wallander kämpfte mit dem Material und machte Anmerkungen über notwendige Vernehmungen und Suchaktionen im Register. Aber er machte sich keine Illusionen. Ohne eine große Portion Glück oder zuverlässige Zeugenaussagen würden sie den Einbruch nicht aufklären.

Kurz vor fünf kam Martinsson ins Zimmer. „Sjöbo hatte tatsächlich etwas zu sagen“, begann er. „Ein alter Mann war die ganze Nacht draußen und hat nach einem entlaufenen Stierkalb gesucht. Er hat die Polizei in Sjöbo angerufen und mitgeteilt, dass er um kurz nach fünf merkwürdige Lichter gesehen und Motorengeräusche gehört hätte.“

„Merkwürdige Lichter? Was meinte er damit?“

„Ich habe die Kollegen in Sjöbo gebeten, ausführlich mit dem Mann zu reden. Fridell heißt er übrigens.“

Wallander nickte. „Lichter und Motorenlärm. Das könnte die These von einem Abwurf bestätigen.“

Martinsson breitete auf Wallanders Schreibtisch eine Karte aus. Er zeigte mit dem Finger darauf. Wallander sah, dass der Ort innerhalb des Gebietes lag, das Blomell eingekreist hatte.

„Gute Arbeit“, sagte Wallander. „Mal sehen, ob uns das weiterbringt.“

Martinsson faltete die Karte zusammen. „Wenn das wahr ist, dann ist es schlimm“, sagte er. „Wenn wir wirklich so ungeschützt sind, dass jedes x-beliebige Flugzeug in unseren Luftraum eindringen und Rauschgift abwerfen kann, ohne entdeckt zu werden.“

„Wir müssen uns wohl daran gewöhnen“, antwortete Wallander. „Aber ich bin natürlich deiner Meinung.“

Martinsson ging. Nicht lange danach verließ Wallander das Präsidium. Zu Hause kochte er sich ausnahmsweise ein ordentliches Abendessen. Um halb acht hatte er sich mit einer Tasse Tee vor dem Fernseher niedergelassen, um die Nachrichten zu sehen. Als der Nachrichtensprecher zu lesen anfing, klingelte das Telefon. Es war Emma. Sie wollte jetzt das Krankenhaus verlassen. Wallander dachte, dass er im Grunde nicht wusste, was er wollte. Noch ein Abend allein. Oder mit Emma. Ohne davon überzeugt zu sein, dass er sie treffen wollte, fragte er sie, ob sie Lust habe vorbeizukommen. Sie sagte Ja. Wallander wusste, dass sie bis nach Mitternacht bleiben würde. Dann würde sie sich anziehen und nach Hause gehen. Um sich vor ihrer Begegnung zu stärken, trank er zwei Glas Whisky. In aller Hast wechselte er die Bettwäsche und warf die alte in den Schrank, in dem schon allerhand Schmutzwäsche war.

Emma kam um kurz nach acht. Als Wallander sie im Treppenhaus hörte, bereute er seine Entscheidung. Warum gelang es ihm nicht, ihr Verhältnis zu beenden, wenn es keine Zukunft hatte?

Sie kam, sie lächelte, und Wallander bat sie herein. Sie war klein und hatte braunes Haar und schöne Augen. Er hatte Musik aufgelegt, die sie mochte. Sie tranken Wein, und kurz vor elf gingen sie ins Bett. Wallander dachte an Mona.

Hinterher schliefen sie beide ein, ohne dass einer von beiden etwas gesagt hätte. Kurz vor dem Einschlafen merkte Wallander, dass er Kopfschmerzen bekam. Er wachte auf, als sie sich anzog, tat aber so, als schliefe er. Als die Wohnungstür ins Schloss fiel, stand er auf und trank

Wasser. Dann ging er wieder ins Bett, dachte noch eine Weile an Mona und schlief wieder ein.

Tief in seinen Träumen begann das Telefon zu klingeln. Er wachte sofort auf, lauschte. Das Klingeln hielt an. Er warf einen Blick auf die Uhr auf dem Nachttisch. Viertel nach zwei. Das bedeutete, dass etwas geschehen war. Er nahm den Hörer ab und setzte sich im Bett auf.

Es war Näslund, einer der Polizisten vom Nachtdienst.

„Es brennt in der Möllegatan", sagte Näslund. „An der Ecke zur Lilla Strandgatan."

„Was brennt?"

„Das Handarbeitsgeschäft der Schwestern Eberhardsson."

„Dann müssen wohl in erster Linie die Feuerwehr und die Ordnungspolizei ausrücken, oder?"

„Die sind schon da. Es scheint so, als sei das Haus explodiert. Und die Schwestern wohnen ja im Obergeschoss."

„Habt ihr sie rausholen können?"

„Sieht nicht so aus."

Wallander brauchte nicht nachzudenken. Er wusste, dass es nur eines zu tun gab. „Ich komme", sagte er. „Wen hast du noch angerufen?"

„Rydberg."

„Den hättest du ja wohl schlafen lassen können. Hol Svedberg und Hansson raus."

Wallander legte den Hörer auf. Sah wieder auf die Uhr. Siebzehn Minuten nach zwei. Während er sich anzog, dachte er an das, was Näslund gesagt hatte. Ein Handarbeitsgeschäft, das in die Luft gesprengt worden war. Das klang unwahrscheinlich. Und wenn die beiden Besitzerinnen sich nicht hatten retten können, dann war es ernst.

Um halb drei hielt Wallander in der Hamngatan. Die ganze Umgebung war abgesperrt. Er spürte den Brandgeruch schon, bevor er die Wagentür aufgemacht hatte. Feuer und Rauch stiegen zum Himmel auf. Die Feuerwehr war mit allen Löschzügen ausgerückt. Zum zweiten Mal in zwei Tagen traf Wallander Peter Edler.

„Sieht schlimm aus!", rief Edler, um den Lärm zu übertönen.

Das Haus stand in hellen Flammen. Die Feuerwehrleute spritzten gerade Wasser auf die umliegenden Häuser, damit das Feuer sich nicht ausbreitete.

„Die Schwestern?", rief Wallander.

Edler schüttelte den Kopf. „Niemand ist da rausgekommen", antwortete er. „Wenn sie zu Hause waren, liegen sie da drinnen. Wir haben einen

Augenzeugen, der gesagt hat, das Haus sei einfach in die Luft geflogen. Es hat offensichtlich überall zur gleichen Zeit angefangen zu brennen."

Edler verschwand, um die Löscharbeiten weiter zu dirigieren. Hansson tauchte an Wallanders Seite auf.

„Wer zum Teufel steckt ein Handarbeitsgeschäft in Brand?", fragte er.

Wallander schüttelte den Kopf. Er hatte keine Antwort.

Er dachte an die beiden Schwestern, die den Laden all die Jahre über geführt hatten, seit er in Ystad wohnte. Einmal hatten Mona und er einen Reißverschluss dort gekauft für einen von Wallanders Anzügen.

Jetzt waren die Schwestern nicht mehr da.

Und wenn sich Peter Edler nicht völlig irrte, dann war der Brand gelegt worden, um die Schwestern zu töten.

3

In dieser Lucianacht 1989 wachte Wallander bei anderem Flammenschein als dem der Luciakerzen*. Er blieb bis zur Dämmerung an der Brandstelle. Bis dahin hatte er nacheinander Svedberg und Hansson nach Hause geschickt. Als Rydberg auftauchte, hatte Wallander auch ihm gesagt, dass er nicht zu bleiben brauchte. Die nächtliche Kälte und die Hitze des Feuers waren nichts für sein Rheuma.

Peter Edler hatte Wallander Kaffee angeboten. Wallander hatte im Führerhaus eines der Löschzüge gesessen und darüber nachgegrübelt, warum er nicht auch einfach nach Hause gegangen war und sich schlafen gelegt hatte, statt hier zu bleiben und darauf zu warten, dass das Feuer gelöscht würde. Er fand keine Antwort. Mit einem Gefühl von Unbehagen dachte er an den Vorabend zurück. Die Erotik zwischen ihm und Emma Lundin war völlig leidenschaftslos. Kaum mehr als eine Verlängerung des nichts sagenden Gesprächs, das sie vorher geführt hatten.

Ich kann so nicht mehr weitermachen, dachte er plötzlich. Es muss etwas geschehen in meinem Leben. Bald, sehr bald. Die zwei Monate, die vergangen waren, seit Mona ihn endgültig verlassen hatte, kamen ihm vor wie zwei Jahre.

---

* Am 13. Dezember, dem Tag der Wintersonnenwende, ziehen anlässlich des in Schweden höchst beliebten Luciafestes Prozessionen durch die Orte, die von der Lichterkönigin Lucia mit einer Krone brennender Kerzen angeführt werden. Anm. d. Red.

In der Morgendämmerung war der Brand gelöscht. Das Haus war bis auf die Grundmauern niedergebrannt. Nyberg war gekommen. Sie warteten darauf, dass Peter Edler das Startzeichen gab, damit Nyberg mit den Technikern von der Feuerwehr in die rauchenden Trümmer gehen konnte.

Plötzlich war Björk aufgetaucht, wie immer untadelig gekleidet, umgeben von einem Duft von Rasierwasser, der sogar durch den Brandgeruch drang. „Traurig, so ein Brand“, sagte er. „Ich höre, die Besitzerinnen sind tot.“

„Das wissen wir noch nicht“, antwortete Wallander. „Aber leider spricht alles dafür.“

Björk sah auf die Uhr. „Ich kann nicht bleiben“, sagte er. „Ich habe eine Frühstücksverabredung mit den Rotariern.“

Björk verschwand, und es verging eine weitere Stunde, bis Peter Edler das Startzeichen geben konnte. Als Wallander in der Nacht von zu Hause aufgebrochen war, war er umsichtig genug gewesen, Gummistiefel anzuziehen, und jetzt stiegen er und Nyberg vorsichtig durch das Gewirr verbrannter Balken und eingestürzter Wände, die in einer schwarzbraunen Brühe lagen. Nyberg und einige der Feuerwehrleute suchten zwischen den Brandresten. Nach weniger als fünf Minuten hielten sie inne. Nyberg machte Wallander ein Zeichen, zu ihm zu kommen.

Die Körper von zwei Menschen lagen in einigen Metern Abstand voneinander. Sie waren bis zur Unkenntlichkeit verbrannt. Wallander dachte, dass er jetzt im Laufe von 48 Stunden zweimal den gleichen Anblick erlebte.

Er schüttelte den Kopf. „Die Schwestern Eberhardsson“, sagte er. „Wie hießen sie noch mit Vornamen?“

„Anna und Emilia“, antwortete Nyberg. „Aber wir wissen nicht, ob sie es wirklich sind.“

„Wer sollte es denn sonst sein?“, sagte Wallander. „Sie waren die Einzigen, die in dem Haus wohnten.“

„Wir werden es erfahren“, antwortete Nyberg. „Aber das dauert natürlich ein paar Tage.“

Wallander drehte sich um und ging auf die Straße zurück.

Peter Edler stand da und rauchte. „Ich will den Untersuchungen nicht vorgreifen“, sagte er. „Aber das hier war Brandstiftung. Nichts anderes. Obwohl man sich natürlich fragen kann, warum jemand zwei alte Jungfern umbringen will.“

Wallander nickte. Er wusste, dass Peter Edler ein äußerst kompetenter Feuerwehrhauptmann war.

„Zwei alte Damen, die Knöpfe und Reißverschlüsse verkauften."

Jetzt gab es wirklich keinen Grund mehr zu bleiben. Wallander verließ die Brandstelle, stieg in seinen Wagen und fuhr nach Hause. Er frühstückte und beriet sich mit dem Thermometer, welchen Pullover er anziehen sollte. Es wurde derselbe wie am Vortag. Um zwanzig nach neun parkte er vor dem Polizeipräsidium. Martinsson kam gleichzeitig an.

Sie blieben an der Anmeldung stehen. Ebba kam zu ihnen heraus.

„Stimmt es, was ich gehört habe? Dass die arme Anna und Emilia verbrannt sind?"

„Ich fürchte, ja", antwortete Wallander.

Ebba schüttelte den Kopf. „Ich habe seit 1951 Knöpfe und Nähgarn bei ihnen gekauft", sagte sie. „Sie waren immer freundlich. Wenn man etwas Besonderes brauchte, haben sie es besorgt. Und es kostete deshalb nicht mehr. Wer in Gottes Namen kann zwei alte Damen umbringen wollen, die ein Handarbeitsgeschäft führen?"

„Ist da ein Pyromane am Werk?", fragte Martinsson. „In dem Fall hat er sich eine ungewöhnlich passende Nacht ausgesucht."

„Wir müssen abwarten", antwortete Wallander. „Gibt es etwas Neues von dem abgestürzten Flugzeug?"

„Ich habe nichts gehört. Aber Sjöbo wollte mit diesem Mann reden, der nach seinem entlaufenen Kalb gesucht hat."

„Ruf sicherheitshalber auch die anderen Bezirke an", erinnerte ihn Wallander. „Es kann sein, dass noch mehr Menschen den Motorenlärm gehört haben. So viele Flugzeuge, die nachts unterwegs sind, gibt es wohl kaum."

Martinsson ging. Ebba gab Wallander ein Formular.

„Die Reiseversicherung für deinen Vater", sagte sie. „Glücklicher Mensch, entkommt diesem Wetter und sieht die Pyramiden."

Wallander nahm das Papier und ging in sein Zimmer. Als er seine Jacke aufgehängt hatte, rief er in Löderup an. Er bekam keine Antwort, sein Vater war wahrscheinlich draußen im Atelier. Wallander legte auf. Ob er sich wohl daran erinnert, dass er morgen abreisen soll?, dachte er. Und dass ich ihn um halb sieben abhole?

Wallander freute sich darauf, ein paar Stunden mit Linda zu verbringen. Das versetzte ihn immer in gute Stimmung.

Er zog den Papierstapel über den Einbruch in der Pilgrimsgatan zu sich herüber, den er am Tag zuvor liegen gelassen hatte. Aber ihn beschäftigten ganz andere Gedanken. Wenn er nun einen neuen Pyromanen auf dem Hals hatte? In den letzten Jahren waren sie davon verschont geblieben. Er zwang sich, an der Ermittlung über den Einbruch weiterzuarbeiten, aber schon um halb elf rief Nyberg an. „Ich glaube, du solltest herkommen", sagte er. „An die Brandstelle."

Wallander wusste, dass Nyberg nur anrief, wenn es wichtig war. Am Telefon Fragen zu stellen wäre Zeitvergeudung. „Ich komme", sagte Wallander und legte auf.

Er nahm seine Jacke und verließ das Polizeigebäude. Mit dem Auto brauchte er ins Zentrum nur wenige Minuten.

Nyberg stand wartend bei der Ruine, aus der immer noch Rauch aufstieg. Er kam schnell zur Sache. „Das hier war nicht nur Brandstiftung", sagte er, „sondern Mord."

„Mord?"

Nyberg gab ihm ein Zeichen, ihm zu folgen. Die beiden Körper in der Ruine waren jetzt freigelegt worden. Sie hockten sich neben den einen nieder, und Nyberg zeigte mit einem Stift auf den Schädel. „Einschussloch", sagte er. „Sie ist erschossen worden. Wenn es denn eine von den Schwestern ist. Aber davon müssen wir wohl ausgehen."

Sie standen auf und traten zu dem anderen Körper.

„Das Gleiche hier", sagte Nyberg und zeigte es ihm. „Ein Schuss in den Nacken."

„Jemand soll sie erschossen haben?"

„Sieht leider so aus. Die reinste Hinrichtung. Zwei Genickschüsse."

Es fiel Wallander schwer zu akzeptieren, was Nyberg sagte. Es war zu wirklichkeitsfern, zu brutal.

Sie gingen auf die Straße zurück. Nyberg hielt eine kleine Plastiktüte vor Wallander auf. „Wir haben die eine Kugel gefunden", sagte er. „Sie saß noch im Schädel. Die andere ist aus der Stirn ausgetreten und in der Hitze geschmolzen. Aber die Gerichtsmediziner müssen das hier natürlich richtig untersuchen."

Wallander sah Nyberg an und versuchte zu denken. „Wir haben also einen Doppelmord, den jemand durch einen Brand vertuschen wollte."

Nyberg schüttelte den Kopf. „Das stimmt nicht. Ein Mensch, der zwei Personen durch Genickschuss hinrichtet, weiß mit größter Sicherheit, dass Feuer immer die Skelette übrig lässt. Es ist trotz allem kein Krematoriumsofen."

„Was ist die Alternative?"

„Dass der Mörder etwas anderes vertuschen wollte."

„Was kann man in einem Handarbeitsgeschäft vertuschen wollen?"

„Das herauszufinden ist dein Job", antwortete Nyberg.

„Ich werde eine Ermittlungsgruppe zusammenrufen", sagte Wallander. „Um ein Uhr fangen wir an." Er sah auf die Uhr. Es war elf. „Kannst du dazukommen?"

„Ich bin hier natürlich noch nicht fertig, aber ich komme."

Wallander kehrte zu seinem Wagen zurück. Ein Gefühl von Unwirklichkeit erfüllte ihn. Wer konnte ein Motiv haben, zwei alte Damen hinzurichten, die Nadeln und Nähgarn und ab und zu einen Reißverschluss verkauften? Das übertraf alles, was er bisher erlebt hatte.

Als er zum Polizeipräsidium zurückkam, ging er direkt in Rydbergs Zimmer. Es war leer. Wallander fand ihn im Essraum, wo er auf einem Zwieback kaute und Tee trank. Er setzte sich zu ihm an den Tisch und berichtete von Nybergs Entdeckung.

„Das ist nicht gut", sagte Rydberg, als Wallander schwieg. „Überhaupt nicht gut."

Wallander stand auf. „Wir sehen uns um eins", sagte er. „Bis auf weiteres soll Martinsson sich auf das Flugzeug konzentrieren. Aber Hansson und Svedberg werden da sein. Und versuche, Åkeson mitzubringen. Haben wir jemals etwas Ähnliches erlebt?"

Rydberg dachte nach. „Nicht, soweit ich mich erinnern kann. Vor zwanzig Jahren hat mal ein Verrückter einem Kellner eine Axt in den Schädel gehauen. Das Motiv waren unbezahlte Schulden von dreißig Kronen. Aber sonst wüsste ich nichts."

Wallander blieb zögernd am Tisch stehen. „Genickschüsse", sagte er. „Das ist nicht besonders schwedisch."

„Was ist denn schwedisch?", fragte Rydberg. „Es gibt keine Grenzen mehr. Weder für Flugzeuge noch für brutale Verbrecher. Früher einmal lag Ystad irgendwie am Rand. Was in Stockholm passierte, passierte hier nicht. Aber die Zeit ist wohl vorbei."

„Und was geschieht nun?"

„Die neue Zeit wird andere Polizisten erfordern, besonders draußen bei der Feldarbeit", sagte Rydberg. „Aber solche wie du und ich, die noch immer denken können, die werden immer gebraucht."

Sie gingen zusammen den Korridor entlang. Rydberg ging mühsam. Vor seiner Tür trennten sie sich. „Ein Uhr", sagte Rydberg. „Doppelmord an zwei alten Mütterchen. Sollen wir es so nennen? Der Fall mit den Mütterchen?"

„Das hier gefällt mir nicht", sagte Wallander. „Ich begreife nicht, warum jemand zwei ehrenwerte alte Damen erschießt."

„Vielleicht müssen wir genau damit anfangen", sagte Rydberg

nachdenklich. „Herausfinden, ob sie wirklich so ehrenhaft waren, wie alle zu glauben scheinen."

Wallander war erstaunt. „Was willst du damit andeuten?"

„Nichts", sagte Rydberg und lächelte plötzlich. „Außer möglicherweise, dass du manchmal zu schnelle Schlüsse ziehst."

UM EIN Uhr waren sie im Sitzungszimmer versammelt. Wallander informierte über die Entdeckung, dass die beiden Frauen ermordet worden waren. Sofort breitete sich eine gedrückte Stimmung im Raum aus. Alle waren offensichtlich irgendwann einmal im Handarbeitsgeschäft gewesen. Dann gab Wallander Nyberg das Wort.

„Wir stochern im Matsch herum", sagte Nyberg. „Aber bis jetzt haben wir nichts gefunden, was erwähnenswert wäre."

„Die Brandursache?", fragte Wallander.

„Dafür ist es zu früh", antwortete Nyberg. „Aber den Nachbarn zufolge hörte man einen heftigen Knall. Jemand hat es als gedämpfte Explosion beschrieben. Und dann stand das Haus im Laufe weniger Minuten lichterloh in Flammen."

Wallander sah sich im Raum um. „Da kein unmittelbares Motiv erkennbar ist, müssen wir damit anfangen, so viel wie möglich über diese Schwestern herauszufinden. Stimmt es, was ich glaube, dass sie keine nahen Verwandten hatten? Beide waren allein stehend. Waren sie auch nie verheiratet? Wie alt waren sie eigentlich? Ich habe sie als alte Tantchen in Erinnerung, seit ich hierher gezogen bin."

Svedberg antwortete, er sei überzeugt, dass Anna und Emilia nie verheiratet gewesen seien und auch keine Kinder hätten. Aber er werde alles im Detail überprüfen.

„Das Bankkonto", sagte Rydberg. „Hatten sie Geld? Unter Matratzen versteckt oder auf der Bank? Es gibt Gerüchte über solche Dinge. Kann das die Ursache der Morde gewesen sein?"

„Das erklärt wohl kaum die Hinrichtungsmethode", sagte Wallander. „Aber wir müssen es herausfinden. Wir müssen es wissen."

Sie verteilten die routinemäßigen Arbeiten. Um Viertel nach zwei hatte Wallander nur noch einen Punkt übrig. „Wir müssen mit der Presse reden", sagte er. „Das hier wird die Medien interessieren. Björk muss natürlich anwesend sein. Aber ich wäre froh, wenn es ohne mich ginge."

Zur allgemeinen Verwunderung erbot sich Rydberg, mit den Journalisten zu sprechen. Normalerweise war er ebenso wenig von solchen Auftritten begeistert wie Wallander.

Sie beendeten die Sitzung. Nyberg kehrte an die Brandstelle zurück. Wallander und Rydberg blieben noch im Sitzungszimmer.

„Ich glaube, wir müssen unsere Hoffnung auf Hinweise aus der Öffentlichkeit setzen", sagte Rydberg. „Mehr als in normalen Fällen. Es ist vollkommen klar, dass es ein Motiv gegeben haben muss, diese Schwestern umzubringen. Und ich kann mir kaum etwas anderes vorstellen als Geld."

„Das haben wir schon früher erlebt", antwortete Wallander. „Leute, die nicht eine Öre besaßen und trotzdem überfallen wurden, weil das Gerücht umging, sie hätten Geld."

„Ich habe einige Bekannte", sagte Rydberg. „Ich werde da nebenbei ein bisschen nachhaken."

Sie verließen den Sitzungsraum. „Warum hast du die Pressekonferenz übernommen?", fragte Wallander.

„Damit du es ausnahmsweise nicht tun musst", antwortete Rydberg und ging in sein Zimmer.

Es gelang Wallander, Björk zu erreichen; er war zu Hause und hatte Migräne. „Wir haben vor, um fünf Uhr eine Pressekonferenz abzuhalten", sagte Wallander. „Es wäre gut, wenn du dabei sein könntest."

„Ich komme", antwortete Björk. „Migräne hin oder her."

Die Ermittlungsmaschinerie kam langsam, aber methodisch in Fahrt. Wallander sah sich noch einmal die Brandstelle an und sprach mit Nyberg, der bis zu den Knien im schlammigen Schutt stand. Dann kehrte er ins Polizeipräsidium zurück. Aber als die Pressekonferenz begann, hielt er sich fern. Gegen sechs Uhr war er zu Hause. Diesmal ging sein Vater an den Apparat, als er anrief.

„Ich habe schon gepackt", erklärte der Vater.

„Das will ich auch hoffen", sagte Wallander. „Ich bin um halb sieben da. Vergiss nicht den Pass und die Tickets."

Den Rest des Abends verbrachte Wallander damit aufzuschreiben, was er über die Geschehnisse der Nacht wusste. Gegen Mitternacht ging er ins Bett. Es fiel ihm schwer einzuschlafen, obwohl er sehr müde war. Der Gedanke an die Hinrichtung der beiden Schwestern beunruhigte ihn.

Bevor er endlich einschlief, war es ihm gelungen, sich in die Vorstellung hineinzusteigern, dass es eine lange und schwierige Ermittlung werden würde. Falls sie nicht das Glück hatten, gleich am Anfang über die Lösung zu stolpern.

Am nächsten Tag stand er um fünf Uhr auf. Pünktlich um halb sieben bog er auf den Hof in Löderup ein.

Sein Vater saß auf seinem Koffer draußen auf dem Hof und wartete.

Sie fuhren im Dunkeln nach Malmö. Wallanders Vater trug einen Anzug und auf dem Kopf einen merkwürdigen Tropenhelm, den Wallander noch nie gesehen hatte. Er ahnte, dass der Vater ihn auf irgendeinem Markt oder in einem Trödelladen gekauft hatte. Aber er sagte nichts. Er fragte nicht einmal, ob der Vater an die Tickets und den Pass gedacht hatte. „Jetzt fährst du also“ war alles, was er sagte.

„Ja“, antwortete der Vater. „Endlich.“

Wallander merkte, dass sein Vater nicht reden wollte. Das gab ihm die Möglichkeit, sich auf das Fahren zu konzentrieren und seinen eigenen Gedanken nachzuhängen. Was in Ystad geschehen war, beunruhigte ihn, und er versuchte es zu begreifen. Warum jemand vorsätzlich zwei alte Frauen in den Nacken schoss? Aber er war ratlos. Es gab keinen Zusammenhang, keine Erklärungen. Nur diese brutale und unbegreifliche Hinrichtung.

Als sie auf den kleinen Parkplatz beim Flugbootterminal einbogen, wartete Linda schon auf sie. Es versetzte Wallander einen Stich, dass sie zunächst ihren Großvater umarmte und dann erst ihn. Sie machte dem Großvater ein Kompliment wegen des Tropenhelms und fand, dass er ihn kleidete.

„Ich wünschte, ich könnte auch so eine schicke Mütze vorweisen“, sagte Wallander, als er seine Tochter in den Arm nahm.

Sie begleiteten seinen Vater in das Terminal. Wallander bezahlte seinen Fahrschein. Als er an Bord gegangen war, standen sie draußen in der Dunkelheit und sahen das Boot durch die Hafeneinfahrt verschwinden.

„Ich hoffe, ich werde wie er, wenn ich alt bin“, sagte Linda.

Wallander antwortete nicht. Wie sein Vater zu werden, fürchtete er mehr als alles andere.

Sie frühstückten zusammen im Bahnhofsrestaurant. Wallander betrachtete seine Tochter, die fast ununterbrochen redete. Schön auf eine oberflächliche Weise war sie gewiss nicht. Aber sie hatte etwas Bestimmtes und Selbstständiges in ihrer Art, sich zu geben. Sie gehörte nicht zu den jungen Frauen, die um jeden Preis allen Männern gefallen wollten, die ihnen über den Weg liefen. Von wem sie ihre Redseligkeit geerbt hatte, konnte er nicht beantworten. Sowohl er selbst als auch Mona waren eher still. Aber er hörte ihr gern zu. Sie sprach wieder davon, Möbelpolsterin zu werden, und überraschte ihn schließlich mit der Zukunftsvision, sich irgendwann in Ystad eine eigene Werkstatt aufzubauen.

„Es ist schade, dass weder du noch Mama Geld haben“, sagte sie. „Dann hätte ich nach Frankreich gehen können, um es zu lernen.“

Wallander spürte, dass sie ihm in keiner Weise einen Vorwurf machte, weil er nicht vermögend war. Trotzdem nahm er es als solchen auf.

„Ich kann einen Kredit aufnehmen. Auch ein einfacher Polizist wird wohl kreditfähig sein.“

„Einen Kredit muss man zurückzahlen“, antwortete sie. „Und außerdem bist du immerhin Kriminalkommissar.“

Dann sprachen sie über Mona. Wallander hörte mit Genugtuung Lindas Klagen über Mona an, die ihre Tochter in allem, was sie tat, kontrollierte.

„Außerdem mag ich Johan nicht“, sagte sie schließlich.

Wallander sah sie fragend an. „Wer ist das?“

„Ihr neuer Typ!“

„Ich dachte, sie hat ein Verhältnis mit einem, der Sören heißt?“

„Das ist vorbei. Jetzt heißt er Johan und besitzt zwei Bagger.“

„Und den magst du nicht?“

Sie zuckte mit den Achseln. „Er ist so polterig. Außerdem hat er, glaube ich, in seinem ganzen Leben noch kein Buch gelesen. Samstags kommt er nach Hause und hat sich *Batman* gekauft. Ein erwachsener Mann. Stell dir das vor!“

Wallander spürte eine unmittelbare Erleichterung darüber, dass er nie Comics kaufte. „Das klingt nicht gut“, sagte er. „Ich meine, dass du dich nicht mit Johan verstehst.“

„Es geht nicht so sehr um ihn und mich“, antwortete sie. „Das Problem ist eher, dass ich nicht begreife, was Mama an ihm findet.“

„Zieh doch zu mir“, sagte Wallander impulsiv. „Du hast immer noch dein Zimmer in der Mariagatan. Das weißt du.“

„Ich habe tatsächlich schon dran gedacht“, sagte sie. „Aber ich glaube nicht, dass das so gut wäre. Ystad ist zu klein. Ich würde verrückt, wenn ich dort wohnte. Später vielleicht, wenn ich älter bin. Es gibt Orte, wo man einfach nicht wohnen kann, wenn man jung ist.“

Wallander verstand, was sie meinte. Sogar geschiedenen Männern um die vierzig konnte eine Stadt wie Ystad eng vorkommen.

„Und du?“, fragte sie.

„Was meinst du?“

„Na, was glaubst du? Frauen natürlich.“

Wallander schnitt eine Grimasse. Er hatte nicht die geringste Lust, über Emma Lundin zu sprechen.

„Gib doch mal eine Annonce auf“, schlug Linda vor. „Mann in den besten Jahren sucht Frau. Du würdest viele Antworten bekommen."

„Ganz bestimmt", antwortete Wallander. „Und dann würde es fünf Minuten dauern, bis wir einander nur noch mit glasigem Blick anstarren und einsehen, dass wir uns absolut nichts zu sagen haben."

Sie überraschte ihn wieder. „Du brauchst doch eine, mit der du ins Bett gehen kannst", sagte sie. „Es ist nicht gut, wenn du herumläufst und darbst."

Wallander fuhr zusammen. So etwas hatte sie noch nie zu ihm gesagt. „Ich habe, was ich brauche", antwortete er ausweichend.

„Kannst du es nicht erzählen?"

„Da gibt es nicht viel zu sagen. Eine Krankenschwester. Sie ist ein sehr netter Mensch. Das Problem ist nur, dass ich ihr mehr bedeute als sie mir."

Linda fragte nicht weiter. Sie saßen bis nach zehn Uhr in dem Restaurant. Dann wollte er sie nach Hause fahren, aber sie hatte noch etwas zu erledigen. Sie trennten sich auf dem Parkplatz. Wallander gab ihr dreihundert Kronen.

„Das brauchst du nicht", sagte sie.

„Das weiß ich. Aber nimm sie trotzdem."

Dann sah er sie in Richtung Stadt verschwinden. Dachte, dass das seine Familie war. Eine Tochter, die ihren Weg ging. Und ein Vater, der gerade in einem Flugzeug saß, auf dem Weg ins heiße Ägypten.

UM HALB zwölf war er wieder in Ystad. Als er in die Anmeldung des Polizeipräsidiums kam, rief Ebba ihn zu sich. Sie sah etwas angespannt aus. „Björk will mit dir sprechen", sagte sie.

Wallander hängte zunächst in seinem Zimmer seine Jacke auf, ging dann zu Björk und wurde sofort vorgelassen.

Björk blieb hinter seinem Schreibtisch stehen. „Ich muss sagen, ich bin äußerst unangenehm berührt", sagte er.

„Wovon?"

„Davon, dass du in einer privaten Angelegenheit nach Malmö fährst, während wir mitten in einer schwierigen Mordermittlung stecken. Für die außerdem doch wohl du die Verantwortung trägst."

Wallander traute seinen Ohren nicht. Björk stand tatsächlich da und schimpfte ihn aus. Das war noch nie vorgekommen, auch wenn Björk oft viel bessere Gründe gehabt hätte als jetzt. Wallander dachte an all die Gelegenheiten, wo er bei einer Ermittlung viel zu eigenmächtig gehandelt hatte, ohne die anderen zu informieren.

„Das war sehr ungeschickt“, schloss Björk. „Es gibt natürlich keine offizielle Rüge. Aber es war, wie gesagt, rücksichtslos.“

Wallander starrte Björk an. Dann drehte er sich um und ging, ohne ein Wort zu sagen. Auf halbem Weg zu seinem Zimmer machte er kehrt und ging zurück, riss die Tür zu Björks Zimmer auf und sagte mit zusammengebissenen Zähnen: „Ich lass mich von dir nicht anscheißen. Nur dass du es weißt. Gib mir gern eine offizielle Rüge, wenn du willst. Aber stell dich nicht hin und rede Scheiße. Nicht mit mir.“

Dann ging er. Er spürte, wie ihm der Schweiß ausbrach. Aber es tat ihm nicht Leid. Der Ausbruch war nötig gewesen, und er machte sich nicht die geringsten Sorgen wegen eventueller Folgen. Seine Stellung im Polizeipräsidium war stark.

Er holte Kaffee aus dem Essraum und setzte sich an seinen Schreibtisch. Er wusste, dass Björk in Stockholm irgendwelche Kurse für Führungskräfte besucht hatte. Vermutlich hatte er gelernt, dass man seine Mitarbeiter regelmäßig zusammenstauchen soll, um das Klima am Arbeitsplatz zu verbessern. Aber in dem Fall hatte er sich gleich zu Anfang den Falschen ausgesucht.

Wallander wurde in seinen Gedanken unterbrochen, als plötzlich Martinsson in der Tür stand. „Hast du Zeit?“

Wallander nickte zu dem Stuhl auf der anderen Seite des Schreibtisches. Sie sprachen zunächst über den Brand und den Mord an den Schwestern Eberhardsson. Aber Wallander merkte, dass Martinsson wegen etwas ganz anderem gekommen war.

„Es geht um das Flugzeug“, sagte er. „Die Kollegen in Sjöbo haben schnell gearbeitet. Sie haben eine Stelle direkt südwestlich von der Ortschaft ausgemacht, wo in der Nacht Licht gewesen sein soll. Soweit ich es verstanden haben, ist es eine Stelle, wo keine Häuser stehen. Das könnte also auf einen Abwurf hindeuten.“

„Du meinst, die Lichter waren Leitlichter?“

„Das wäre eine Möglichkeit. Außerdem zieht sich ein Netz von kleinen Straßen durch das Gebiet. Leicht hinzukommen, leicht zu verschwinden.“

„Das stützt unsere Theorie“, sagte Wallander.

„Ich habe noch mehr“, fuhr Martinsson fort. „Die Kollegen in Sjöbo haben überprüft, wer dort in der Nähe wohnt. Die meisten sind natürlich Bauern. Aber sie sind auf eine Ausnahme gestoßen.“

Wallander spitzte die Ohren.

„Es gibt einen Hof, der Långelunda heißt. Seit mehreren Jahren haben sich dort immer wieder Menschen aufgehalten, die der Polizei in Sjöbo Probleme bereiten. Leute sind ein- und wieder ausgezogen, die Besitzverhältnisse waren unklar, und es wurde Rauschgift beschlagnahmt. Keine großen Mengen. Aber immerhin." Martinsson rieb sich die Stirn. „Der Kollege, mit dem ich gesprochen habe, Göran Brunberg, hat ein paar Namen genannt. Als ich dann aufgelegt hatte, kam ich ins Grübeln. Einer der Namen kam mir irgendwie bekannt vor. Von einem Fall, den wir vor kurzem bearbeitet haben."

Wallander setzte sich im Stuhl auf. „Du meinst doch nicht, dass Yngve Leonard Holm da oben wohnt? Dass er dort einen Unterschlupf hat?"

Martinsson nickte. „Ganz genau. Es hat eine Weile gedauert, bis ich draufgekommen bin."

Verdammt, dachte Wallander. Ich wusste, dass mit ihm etwas nicht stimmt. Aber wir waren ja gezwungen, ihn laufen zu lassen. „Wir holen ihn her", sagte er und schlug mit der Faust auf den Schreibtisch.

„Genau das habe ich auch zu den Kollegen in Sjöbo gesagt, als mir der Zusammenhang klar wurde", sagte Martinsson. „Aber als sie nach Långelunda kamen, war Holm verschwunden."

„Was meinst du damit?"

„Verschwunden, weg, abgetaucht. Er hat dort gewohnt. Obwohl er die letzten Jahre hier in Ystad gemeldet war. Und er hat seine große Villa hier in Ystad gebaut. Die Kollegen haben mit ein paar anderen Bewohnern gesprochen. Ziemlich unangenehme Typen, wenn ich sie richtig verstanden habe. Holm war gestern da. Aber dann war er verschwunden. Und niemand hat ihn seitdem gesehen. Ich bin zur Villa hier in Ystad gegangen, aber die ist verrammelt."

Wallander dachte nach. „Es war also ungewöhnlich, dass Holm verschwand?"

„Die anderen Bewohner wirkten offensichtlich etwas beunruhigt."

„Es könnte also, mit anderen Worten, einen Zusammenhang geben", sagte Wallander.

„Ich dachte, dass Holm vielleicht einer von den beiden Insassen der abgestürzten Maschine gewesen sein könnte."

„Wohl kaum", antwortete Wallander. „Das hieße, dass die Maschine irgendwo gelandet wäre und ihn an Bord genommen hätte. Und einen solchen Platz haben die Kollegen in Sjöbo doch nicht gefunden, oder? Eine improvisierte Landebahn. Außerdem sprengt das den Zeitplan."

„Ein Sportflugzeug mit einem guten Piloten braucht vielleicht nur eine kleine, ebene Fläche, um zu landen und wieder abzuheben."

Wallander zögerte. Vielleicht hatte Martinsson Recht. „Wir müssen weiter daran arbeiten", sagte er. „Leider wirst du dabei ziemlich allein sein. Wir anderen müssen uns um die ermordeten Schwestern kümmern."

„Habt ihr ein denkbares Motiv?"

„Wir haben nichts weiter als eine unbegreifliche Hinrichtung und einen explosionsartigen Brand. Aber wenn es in dem Aschenhaufen etwas gibt, dann findet Nyberg es auch."

Martinsson ging. Wallander merkte, wie seine Gedanken zwischen dem abgestürzten Flugzeug und dem Brand hin- und hergingen. Es wurde zwei Uhr. Sein Vater musste jetzt in Kairo gelandet sein, wenn die Maschine pünktlich abgeflogen war. Dann dachte er an Björks merkwürdiges Verhalten. Er spürte, dass er sich wieder aufregte und gleichzeitig zufrieden war, dass er seinem Chef die Meinung gesagt hatte.

Da er Schwierigkeiten hatte, sich auf seine Akten zu konzentrieren, fuhr er wieder zur Brandstelle hinunter. Nyberg stand mit den anderen Technikern bis zu den Knien im Dreck. Der Brandgeruch war immer noch stark.

Nyberg entdeckte Wallander und kam auf die Straße. „Es hat mit ungeheurer Hitze gebrannt, meinen Edlers Leute", sagte er. „Alles scheint geschmolzen zu sein. Und das verstärkt natürlich die Theorie, dass es sich um einen gelegten Brand handelt, der an vielen Stellen gleichzeitig ausbrach. Vielleicht mithilfe von Benzin."

„Wir müssen die kriegen, die das getan haben", sagte Wallander.

„Das wäre wohl das Beste", antwortete Nyberg. „Man hat langsam das Gefühl, dass hier ein Verrückter am Werk war."

„Oder das Gegenteil. Jemand, der wirklich wusste, was er wollte."

„In einem Handarbeitsgeschäft? Bei zwei unverheirateten alten Schwestern?" Nyberg schüttelte ungläubig den Kopf und ging zu dem abgebrannten Haus zurück.

Wallander machte einen Spaziergang zum Hafen hinunter. Er brauchte frische Luft. Es war einige Grad unter null und fast windstill. Er ging auf den Steg des Sportboothafens hinaus. Vom großen Terminal daneben legte gerade eine Fähre nach Polen ab. Gedankenverloren fragte er sich, wie viele Autos mit dieser Fähre wohl gerade aus Schweden hinausgeschmuggelt wurden.

Erst um halb vier kehrte er ins Polizeipräsidium zurück. Um vier hatte er seine Kollegen im Sitzungszimmer versammelt. Sie gingen durch, was im Laufe des Tages geschehen war. Noch immer war das Material mager.

„Auffallend mager", meinte Rydberg. „Da brennt mitten in Ystad ein Haus ab, und niemand hat irgendetwas Ungewöhnliches bemerkt."

Svedberg und Hansson berichteten, was sie herausbekommen hatten. Keine der Schwestern war jemals verheiratet gewesen. Es gab eine Reihe entfernter Verwandter, Kusinen und Vettern zweiten Grades. Aber keiner von ihnen wohnte in Ystad. Das Handarbeitsgeschäft hatte keinen Aufsehen erregenden Gewinn ausgewiesen. Auch Bankkonten mit großen Beträgen hatten sie nicht gefunden. Hansson hatte ein Schließfach bei der Handelsbank entdeckt. Aber da die Schlüssel fehlten, war Per Åkeson gezwungen, einen Antrag zu stellen, um das Fach aufbrechen zu lassen. Hansson rechnete damit, dass das im Laufe des nächsten Tages geschehen würde.

Danach legte sich eine schwere Stille über den Raum.

„Es muss ein Motiv geben", sagte Wallander. „Früher oder später werden wir es finden. Wir müssen nur Geduld haben."

„Wer kannte die beiden Schwestern?", fragte Rydberg. „Sie müssen Freunde gehabt haben und ab und zu ein bisschen Freizeit. Waren sie in irgendeiner Form am Vereinsleben beteiligt? Hatten sie ein Sommerhäuschen? Sind sie in Urlaub gefahren? Ich glaube immer noch, dass wir nur an der Oberfläche kratzen."

Wallander merkte, dass Rydbergs Stimme gereizt klang. Er hat sicher starke Schmerzen, dachte Wallander schnell. Ich frage mich, was ihm eigentlich fehlt. Wenn es denn nicht nur das Rheuma ist.

Niemand hatte etwas gegen Rydbergs Einwurf einzuwenden. Die Arbeit musste fortgeführt und vertieft werden.

WALLANDER blieb fast bis acht Uhr in seinem Zimmer. Er machte eine eigene Aufstellung aller Fakten, die sie zu den Schwestern Eberhardsson in der Hand hatten. Als er noch einmal durchlas, was er geschrieben hatte, sah er, wie wenig es tatsächlich war. Sie hatten nicht die geringste Spur.

Bevor er sein Büro verließ, rief er Martinsson zu Hause an, der ihm mitteilte, dass Holm noch immer nicht aufgetaucht war.

Wallander fuhr nach Hause. Es dauerte lange, bis sich der Motor in Gang hustete. Er beschloss wütend, einen Kredit aufzunehmen und sich so schnell wie möglich ein neues Auto zu kaufen.

Als er nach Hause kam, trug er sich in die Liste im Waschkeller ein und machte anschließend eine Dose mit Würstchen auf. Als er sich, den Teller auf den Knien balancierend, vor den Fernseher gesetzt hatte, klingelte das Telefon. Es war Emma. Sie fragte, ob sie vorbeikommen könne.

„Heute Abend nicht. Du hast sicher von dem Brand und den beiden Schwestern gelesen. Wir arbeiten zurzeit rund um die Uhr.“

Sie verstand. Als Wallander aufgelegt hatte, fragte er sich, warum er ihr nicht die Wahrheit gesagt hatte. Dass er nicht mehr mit ihr zusammen sein wollte. Obwohl es unverzeihlich feige gewesen wäre, das am Telefon zu tun. Er würde sich wohl die Mühe machen müssen, einmal abends zu ihr zu fahren. Er versprach sich selbst, das sofort zu tun, wenn er Zeit hätte.

Er aß die inzwischen kalten Würstchen. Mittlerweile war es neun Uhr.

Das Telefon klingelte wieder. Es war Nyberg. Er war noch immer an der Brandstelle und rief von einem Polizeiwagen aus an. „Ich glaube, jetzt haben wir was gefunden“, sagte er. „Einen Safe. Von der exklusiven Sorte, die sehr großer Hitze widersteht.“

„Warum habt ihr den nicht früher gefunden?“

„Der Safe war im Fundament des Hauses versenkt. Unter all dem Schlamm haben wir eine hitzeisolierte Luke gefunden. Als wir sie aufgebrochen haben, ist ein Hohlraum zum Vorschein gekommen. Und darin stand der Safe.“

„Habt ihr ihn aufgemacht?“

„Womit denn? Schlüssel gibt es ja keine. Das Ding hier wird nicht leicht zu knacken sein.“

Wallander sah auf die Uhr. Zehn nach neun. „Ich komme“, sagte er. „Vielleicht hast du da den Ansatzpunkt gefunden, nach dem wir gesucht haben.“

Als Wallander losfahren wollte, bekam er seinen Wagen nicht in Gang. Er gab auf und ging zu Fuß bis zur Hamngatan.

Zwanzig Minuten vor zehn stand er neben Nyberg und betrachtete den Safe, der von einem einsamen Scheinwerfer beleuchtet wurde.

4

Kurz nach Mitternacht am 15. Dezember war es Nyberg und seinen Männern gelungen, den Safe mithilfe eines Krans zu heben. Er wurde auf der Ladefläche eines Lastwagens abgesetzt und sofort zum Polizeipräsidium gefahren. Aber bevor Nyberg und Wallander den Ort verließen, untersuchte Nyberg den Hohlraum im Fundament des Hauses.

„Er ist nicht so alt wie das Haus“, sagte er. „Ich kann es mir nur so erklären, dass er nachträglich wegen dieses Safes eingebaut wurde."

Wallander nickte, schwieg aber. Er dachte an die Schwestern Eberhardsson. An das fehlende Tatmotiv. Jetzt hatten sie es vielleicht gefunden, obwohl sie noch nicht wussten, was der Safe enthielt.

Aber jemand anders kann es gewusst haben, dachte Wallander. Nicht nur, dass der Safe existierte, sondern auch, was sich in ihm befand.

Sie verließen die Brandstelle und traten auf die Straße.

„Kann man den Safe aufschneiden?", fragte Wallander.

„Ja, natürlich", antwortete Nyberg. „Aber dafür braucht man ein Spezialschweißgerät. Das hier ist ein Safe, an den ein gewöhnlicher Safeknacker sich nicht im Traum herantrauen würde."

„Wir müssen ihn so schnell wie möglich öffnen."

Nyberg schälte sich aus dem Overall. Er betrachtete Wallander ungläubig. „Meinst du, dass der Safe heute Nacht geöffnet werden soll?"

„Am liebsten", sagte Wallander. „Es geht um einen Doppelmord."

„Das schaffen wir nicht", sagte Nyberg. „Ich kann erst morgen die Leute mit den Spezialschweißgeräten erreichen."

„Sind sie hier in Ystad?"

Nyberg dachte nach. „Es gibt einen Betrieb, der das Militär beliefert. Die haben sicher brauchbare Schweißgeräte. Ich glaube, er heißt Fabricius. In der Industrigatan."

Wallander sah, wie müde Nyberg war. Es wäre Wahnsinn, ihn jetzt nicht nach Hause zu schicken. „Morgen früh um sieben", sagte er.

Nyberg nickte.

Wallander sah sich nach seinem Wagen um. Dann fiel ihm ein, dass er nicht angesprungen war. Nyberg hätte ihn nach Hause fahren können. Aber er zog es vor zu laufen. Der Wind war kalt. Vor einem Schaufenster in der Stora Östergatan hing ein Thermometer. Minus sechs Grad. Der Winter kommt angeschlichen, dachte Wallander. Bald ist er da.

EINE Minute vor sieben am Morgen des 15. Dezember trat Nyberg in Wallanders Zimmer. Wallander hatte das Telefonbuch aufgeschlagen vor sich. Er hatte sich den Safe schon angesehen, der in einem Zimmer neben der Anmeldung stand, das vorübergehend leer war. Einer der Polizisten, deren Nachtdienst gerade zu Ende ging, hatte erzählt, dass sie einen Gabelstapler gebraucht hatten, um den Safe hereinzubekommen. Wallander nickte. Er hatte die Spuren vor der Glastür bemerkt und gesehen, dass eine der Türangeln verbogen war. Darüber wird Björk nicht froh sein, dachte er. Aber er wird es leider ertragen müssen.

Nyberg rief den Betrieb in der Industrigatan an. Wallander holte Kaffee. Gleichzeitig kam Rydberg. Wallander erzählte von dem Safe.

„Wie ich vermutet habe“, sagte Rydberg. „Wir wissen sehr wenig von diesen Schwestern.“

„Wir sind dabei, ein Schweißgerät zu besorgen, um den Safe zu knacken“, sagte Wallander.

„Ich hoffe, du sagst Bescheid, bevor ihr das Wunderwerk aufmacht“, sagte Rydberg. „Das wird spannend.“

Wallander kehrte in sein Zimmer zurück. Er rief Ebba an und fragte, wer schon im Haus sei.

„Martinsson hat sich gemeldet und gesagt, er sei auf dem Weg nach Sjöbo“, antwortete sie. „Svedberg ist noch nicht da. Hansson duscht. Er hat anscheinend zu Hause einen Wasserrohrbruch.“

„Wir werden gleich den Safe öffnen lassen“, sagte Wallander. „Es könnte ein bisschen Lärm geben.“

„Ich hab ihn mir gerade angesehen“, sagte Ebba. „Ich dachte, Safes wären größer.“

„In einem wie diesem hier ist bestimmt auch viel Platz.“

„Igitt, ja.“

Später fragte sich Wallander, was sie eigentlich mit ihrem letzten Kommentar gemeint hatte. Erwartete sie, dass in dem Safe eine Kinderleiche lag? Oder ein abgehackter Kopf?

Hansson stand in der Tür. Sein Haar war noch nass. „Ich habe eben mit Björk gesprochen“, sagte er fröhlich. „Er hat darauf hingewiesen, dass die Eingangstür des Präsidiums in der Nacht beschädigt worden ist.“

Hansson hatte noch nichts von dem Safe gehört. Wallander erklärte es ihm. „Das gibt uns vielleicht ein Motiv“, sagte Hansson.

„Im besten Fall“, erwiderte Wallander. „Im schlimmsten Fall ist der Safe leer. Und dann stehen wir noch dümmer da.“

„Kann ja sein, dass der Mörder der beiden Schwestern ihn geleert hat“, wandte Hansson ein. „Vielleicht hat er eine erschossen und die andere gezwungen, den Safe zu öffnen?“

Der Gedanke war Wallander auch schon gekommen. Aber etwas sagte ihm, dass es nicht so gewesen war.

Um acht Uhr begannen die Schweißer unter der Leitung von Ruben Fabricius, den Safe aufzuschneiden. Es war, wie Nyberg befürchtet hatte, eine schwere Arbeit.

„Spezialstahl“, sagte Fabricius. „Ein gewöhnlicher Safeknacker würde sein ganzes Leben brauchen, um so einen Safe zu knacken.“

„Kann man ihn nicht aufsprengen?“, fragte Wallander.

„Dann besteht leider die Gefahr, dass das Haus gleichzeitig zusammenfällt“, antwortete Fabricius. „Daher würde ich den Safe erst nach draußen auf ein offenes Feld bringen. Aber manchmal braucht man so viel Sprengstoff, dass der Safe in Stücke gerissen wird. Der Inhalt verbrennt oder wird pulverisiert.“

Fabricius war ein großer, kräftiger Mann, der jeden Satz mit einem kurzen Lachen beendete. „Ein Safe wie dieser kostet sicher hunderttausend Kronen“, sagte er und lachte.

Wallander sah ihn verwundert an. „So viel?“

„Bestimmt.“

Eins war in jedem Fall klar, dachte Wallander. Die Schwestern Eberhardsson hatten erheblich mehr Geld besessen, als sie das Finanzamt hatten wissen lassen. Sie verfügten über Einkünfte, die sie nicht angegeben hatten. Aber was kann man in einem Handarbeitsgeschäft verkaufen, das so wertvoll ist? Goldfäden? Mit Diamanten besetzte Manschettenknöpfe?

Um Viertel nach neun wurden die Schweißgeräte ausgeschaltet. Fabricius nickte Wallander zu und lachte. „Fertig“, sagte er.

Rydberg, Hansson und Svedberg waren gekommen. Nyberg hatte die Arbeit die ganze Zeit verfolgt. Mit einem Kuhfuß brach Fabricius nun die hintere Wand heraus, die mit dem Schweißgerät zerschnitten worden war. Alle, die um den Safe herumstanden, reckten den Hals. Wallander sah mehrere in Plastik eingeschlagene Päckchen. Nyberg nahm eins heraus, das obenauf lag. Das Plastik war weiß und mit Tesafilm zugeklebt. Nyberg legte das Päckchen auf einen Stuhl und schnitt das Klebeband auf. Drinnen war ein dickes Bündel Scheine. Amerikanische Hundertdollarscheine. Es waren zehn Bündel mit jeweils zehntausend Dollar.

„Nicht schlecht“, sagte Wallander. Er löste vorsichtig einen Schein heraus und hielt ihn gegen das Licht. Er schien echt zu sein.

Nyberg nahm die anderen Päckchen eines nach dem anderen heraus und öffnete sie.

„Wir nehmen den Rest mit ins Sitzungszimmer“, sagte Wallander. Dann dankte er Fabricius und den beiden Männern, die den Safe aufgeschnitten hatten. „Schicken Sie uns eine Rechnung. Ohne Sie hätten wir ihn niemals aufgekriegt.“

„Ich glaube, das hier war gratis“, sagte Fabricius. „Das war ein Erlebnis für einen Fachmann. Und eine ausgezeichnete Weiterbildung dazu.“

„Es ist vielleicht nicht nötig, an die große Glocke zu hängen, was in dem Safe war", sagte Wallander und versuchte, seiner Stimme Nachdruck zu verleihen.

Fabricius lachte und salutierte. Wallander sah ihm an, dass er es nicht ironisch meinte.

Als alle Päckchen geöffnet und die Bündel gezählt waren, überschlug Wallander die Summe. Das meiste waren amerikanische Dollar. Aber es waren auch englische Pfund und Schweizer Franken dabei. „Ich komme auf ungefähr fünf Millionen Schwedische Kronen", sagte er. „Nicht gerade *peanuts*."

„Mehr Geld hätte man auch kaum in den Safe pressen können", sagte Rydberg. „Aber wenn dieses Geld das Motiv war, dann hat der oder haben die Täter nicht bekommen, was sie wollten."

„Und trotzdem haben wir so etwas wie ein Motiv", sagte Wallander. „Dieser Safe war versteckt. Nyberg meint, dass er schon einige Jahre dort stand. Irgendwann hielten die Schwestern es also für nötig, ihn anzuschaffen, da sie große Geldsummen zu verwahren und zu verstecken hatten. Es sind fast alles neue und ungebrauchte Dollarscheine. Also muss es möglich sein, ihre Herkunft zu ermitteln. Sind sie auf legalem oder auf illegalem Weg nach Schweden gekommen? Außerdem brauchen wir so schnell wie möglich Antwort auf mehrere Fragen. Was hatten diese Schwestern für Kontakte? Was für Gewohnheiten hatten sie?"

„Wir brauchen auch die schlechten", warf Rydberg ein. „Die sind mindestens so wichtig wie die anderen."

Gegen Ende der Sitzung kam Björk ins Zimmer. Er stutzte, als er das viele Geld auf dem Tisch liegen sah. „Das hier muss genau registriert werden", sagte er, als Wallander ein wenig angestrengt erklärte, was passiert war. „Selbstverständlich darf nichts wegkommen. Außerdem frage ich mich, was mit der Eingangstür geschehen ist."

„Ein Arbeitsunfall", antwortete Wallander. „Als der Gabelstapler den Safe hereinheben sollte." Er sagte das mit solchem Nachdruck, dass Björk nicht dazu kam, Einwände zu machen.

Sie beendeten die Sitzung. Wallander verließ schnell den Raum, um nicht mit Björk allein zu bleiben. Es war Wallander zugefallen, Kontakt mit einem örtlichen Tierschutzverein aufzunehmen, in dem den Angaben der Nachbarn zufolge mindestens eine der Schwestern, Emilia, aktiv gewesen war. Svedberg hatte ihm einen Namen und eine Adresse gegeben: Tyra Olofsson in der Käringgatan 11.

Bevor Wallander das Polizeigebäude verließ, rief er Arne Hurtig an, den Autohändler, bei dem er in der Regel seine Autos kaufte. Er erklärte die

Situation mit seinem Peugeot. Hurtig machte ihm verschiedene Angebote. Wallander fand sie alle zu teuer. Aber als Hurtig versprach, ihm für seinen alten Wagen noch einen guten Preis zu machen, entschied er sich für einen anderen Peugeot. Er legte auf und rief bei seiner Bank an. Es dauerte einige Minuten, bis er mit dem Angestellten sprechen konnte, der ihn normalerweise betreute. Wallander bat um einen Kredit von 20 000 Kronen. Das sollte kein Problem sein. Er könnte am nächsten Tag kommen, um den Kreditvertrag zu unterschreiben und das Geld abzuholen.

Der Gedanke an ein neues Auto versetzte ihn in gute Laune, als er das Polizeipräsidium verließ. Er blieb stehen und sah sich den verbeulten Rahmen der Eingangstür an. Da niemand in der Nähe war, trat er noch einmal kräftig dagegen. Die Beule wurde größer. Er ging schnell davon und duckte sich gegen den böigen Wind.

Natürlich hätte er Tyra Olofsson anrufen sollen, um sicherzugehen, dass sie zu Hause war. Aber da sie Rentnerin war, ging er einfach davon aus.

Als er an der Tür klingelte, wurde sie fast sofort geöffnet. Tyra Olofsson war klein und trug eine Brille, die verriet, dass sie sehr kurzsichtig war. Wallander erklärte, wer er war, und zeigte ihr seinen Ausweis, den sie wenige Zentimeter vor ihre Brille hielt und genau studierte.

„Die Polizei", sagte sie. „Dann muss es mit der armen Emilia zu tun haben."

„Das stimmt", antwortete Wallander. „Ich hoffe, ich störe nicht."

Sie bat ihn herein. Im Flur roch es stark nach Hund. Sie führte ihn in die Küche. Auf dem Boden zählte Wallander 14 Fressnäpfe. Schlimmer als Haverberg, dachte er.

„Ich halte sie draußen", sagte Tyra Olofsson, die seinem Blick gefolgt war.

Wallander fragte sich, ob es im Stadtzentrum wirklich erlaubt war, so viele Hunde zu halten. Er setzte sich an den Tisch und suchte vergeblich nach etwas zu schreiben. Ausnahmsweise hatte er daran gedacht, ein kleines Notizbuch in die Tasche zu stecken. Aber jetzt fehlte ihm ein Stift. Er angelte sich einen Bleistift, der auf der Fensterbank lag.

„Sie haben Recht, Frau Olofsson", begann er. „Es geht um Emilia Eberhardsson, die auf so tragische Weise ums Leben gekommen ist. Wir haben von einer Nachbarin gehört, dass sie im hiesigen Tierschutzverein mitgearbeitet hat. Und dass Sie sie gut kannten."

„Dass ich sie gut kannte, würde ich nicht behaupten. Das tat niemand, glaube ich."

„Und die zweite Schwester, Anna Eberhardsson, hatte nie etwas mit Ihrer Arbeit für den Tierschutz zu tun?“

„Nein.“

„Ist das nicht etwas merkwürdig? Ich meine, zwei Schwestern, beide unverheiratet, die zusammenleben. Ich stelle mir vor, dass man dann auch gemeinsame Interessen hat.“

„Das ist ein Vorurteil“, antwortete Tyra Olofsson bestimmt. „Außerdem waren Emilia und Anna vermutlich sehr unterschiedliche Frauen. Ich habe mein ganzes Leben als Lehrerin gearbeitet. Da lernt man, die Unterschiedlichkeit der Menschen zu erkennen. Man sieht es schon, wenn die Kinder klein sind.“

„Wie würden Sie Emilia beschreiben?“

Die Antwort überraschte Wallander.

„Hochnäsig. War davon überzeugt, immer alles besser zu wissen als andere. Sie konnte sehr unangenehm sein. Aber da sie es war, die Geld für unsere Arbeit spendete, konnten wir sie ja nicht rauswerfen. Auch wenn wir es gewollt hätten.“

Tyra Olofsson erzählte vom örtlichen Tierschutzverein, den sie selbst mit ein paar Gleichgesinnten in den Sechzigerjahren gegründet hatte. Der Anlass für die Gründung des Vereins war das wachsende Problem mit den ausgesetzten Katzen. Irgendwann Anfang der Siebzigerjahre hatte Emilia Eberhardsson in Ystads *Allehanda* von dem Verein gelesen und war Mitglied geworden. Sie hatte jeden Monat Geld gespendet und an Sitzungen und verschiedenen Aktivitäten teilgenommen. „Aber ich glaube, sie mochte Tiere eigentlich gar nicht“, sagte Tyra Olofsson unerwartet. „Ich glaube, sie tat es, weil man glauben sollte, dass sie ein guter Mensch sei.“

„Das klingt nicht besonders freundlich.“

Die Frau auf der anderen Seite des Tisches zwinkerte ihm zu. „Ich dachte, die Polizei will die Wahrheit wissen. Oder irre ich mich?“

Wallander wechselte das Thema und fragte nach dem Geld.

„Sie spendete einen Tausender im Monat. Für uns war das viel.“

„Machte sie den Eindruck, als sei sie reich?“

„Sie kleidete sich nicht besonders teuer. Aber Geld hatte sie immer.“

„Sie haben sich doch sicherlich gefragt, woher es kam. Ein Handarbeitsgeschäft verbindet man kaum mit Reichtum.“

„Tausend Kronen im Monat auch nicht“, antwortete sie. „Ich bin kein besonders neugieriger Mensch. Woher das Geld kam oder wie ihr Handarbeitsgeschäft ging, darüber weiß ich nichts.“

Wallander zögerte einen kleinen Moment. Dann sagte er es, wie es war. „Aus den Zeitungsberichten ging hervor, dass die beiden Schwestern verbrannt sind", sagte er. „Aber dort stand nicht, dass sie erschossen wurden. Sie waren schon tot, als der Brand ausbrach."

Sie streckte sich. „Wer erschießt denn zwei alte Frauen? Das ist genauso unglaublich, wie wenn jemand mich erschießen wollte."

„Genau das versuchen wir zu verstehen", sagte Wallander. „Deshalb bin ich hier. Hat Emilia nie etwas darüber gesagt, dass sie Feinde hatte? Machte sie nie den Eindruck, als hätte sie Angst?"

Tyra Olofsson brauchte nicht nachzudenken. „Sie war immer sehr selbstsicher. Über ihr Leben und das ihrer Schwester hat sie nie ein Wort verloren. Und wenn sie verreist waren, haben sie nicht einmal eine Postkarte geschrieben. Nicht ein einziges Mal. Wo es doch überall so schöne Karten mit Tiermotiven gibt."

Wallander zog die Augenbrauen hoch. „Sie sind also oft verreist?"

„Zwei Monate jedes Jahr. November und März. Manchmal auch noch im Sommer."

„Wissen Sie, wohin sie gefahren sind?"

„Ich habe Gerüchte gehört, dass sie nach Spanien fuhren."

„Wer kümmerte sich dann um das Geschäft?"

„Sie haben sich immer abgewechselt. Vielleicht brauchten sie zuweilen Abstand voneinander."

„Spanien? Was sagen die Gerüchte noch? Und woher kommen sie?"

„Das weiß ich nicht mehr. Ich höre normalerweise nicht auf Gerüchte. Vielleicht war es Marbella. Aber ich bin mir nicht sicher."

Wallander fragte sich, ob Tyra Olofsson wirklich so wenig an Gerüchten und Tratsch interessiert war, wie sie ihn glauben machen wollte. Er hatte nur noch eine Frage. „Wer, glauben Sie, kannte Emilia am besten?"

„Ich vermute, ihre Schwester."

Wallander bedankte sich und ging zurück zum Polizeipräsidium. Er dachte über Tyra Olofssons Worte nach. In ihrer Stimme hatte keine Bosheit mitgeklungen. Sie war sehr sachlich gewesen. Aber ihre Charakterisierung von Emilia Eberhardsson war gnadenlos.

Als Wallander im Polizeipräsidium ankam, erzählte Ebba, dass Rydberg ihn gesucht habe. Wallander ging direkt in sein Büro.

„Das Bild wird klarer", sagte Rydberg. „Ich denke, wir holen die anderen und machen eine kleine Sitzung. Ich weiß, dass sie im Haus sind."

„Was ist passiert?"

Rydberg wedelte mit ein paar Papieren. „WPZ", sagte er. „Und hier steht viel Interessantes drin."

Es dauerte einen Augenblick, bis Wallander sich erinnerte, dass WPZ Wertpapierzentrale bedeutete. Wo unter anderem Aktienbesitz registriert wurde. „Und ich habe in der Zwischenzeit herausgefunden, dass zumindest die eine der beiden Schwestern eine ausgesprochen unangenehme Person war“, sagte er.

„Wundert mich absolut nicht“, gluckste Rydberg. „Reiche Menschen werden meistens so.“

„Reich?“, fragte Wallander.

Aber Rydberg wartete mit der Antwort, bis alle im Sitzungszimmer versammelt waren. Dann wurde er umso deutlicher. „Den Informationen der Wertpapierzentrale zufolge besaßen die Schwestern Eberhardsson Wertpapiere für annähernd zehn Millionen Kronen. Wie sie es geschafft haben, dafür keine Vermögenssteuer zu zahlen, ist ein Rätsel. Auch die Dividenden scheinen sie nicht versteuert zu haben. Ich habe dem Finanzamt Dampf gemacht. Es sieht ganz danach aus, als sei Anna Eberhardsson in Spanien gemeldet gewesen. Aber was das angeht, habe ich noch keine klaren Informationen. Wie dem auch sei, sie besaßen ein beachtliches Aktienvermögen sowohl in Schweden als auch im Ausland. Die Schwestern haben mit Vorliebe Geld in die britische Waffen- und Flugzeugindustrie investiert. Und es scheint, als hätten sie ungemein viel Geschick und Risikobereitschaft an den Tag gelegt.“ Rydberg legte die Papiere auf den Tisch. „Wir dürfen also nicht von der Möglichkeit absehen, dass wir nur die berühmte Spitze des ebenso berühmten Eisbergs vor uns haben. Fünf Millionen in einem Safe und zehn Millionen in Aktien und Fonds. Das haben wir im Laufe weniger Stunden herausgefunden. Was geschieht, wenn wir noch eine Woche so weitermachen? Vielleicht steigt der Betrag auf hundert Millionen?“

Wallander berichtete von seinem Treffen mit Tyra Olofsson.

„Die Beschreibung der Schwester Anna ist auch nicht gnädig“, sagte Svedberg, als Wallander fertig war. „Ich habe mit dem Mann gesprochen, der den Schwestern vor ungefähr fünf Jahren das Haus verkauft hat. Als der Immobilienmarkt anfing zu wackeln. Davor waren sie nur Mieter. Offensichtlich war Anna diejenige, die verhandelte. Emilia habe sich nie gezeigt. Und der Mann sagte, Anna sei die anstrengendste Klientin gewesen, die er jemals gehabt habe. Außerdem war es ihr offenbar gelungen herauszubekommen, dass seine Immobilienfirma sich gerade in einer Krise befand, in Hinsicht auf die Solidität ebenso wie auf die Liquidität. Er meinte, sie sei vollkommen eiskalt gewesen und habe ihn mehr oder weniger erpresst.“ Svedberg schüttelte den Kopf. „Das ist nicht gerade das Bild, das man von zwei alten Tanten hat, die Knöpfe verkaufen", schloss er, und es wurde still im Raum.

Schließlich brach Wallander die Stille. „In gewisser Weise ist das hier wieder ein Durchbruch", begann er. „Wir haben noch immer keine Spur von dem, der sie getötet hat. Aber wir haben ein denkbares Motiv. Und es ist das gewöhnlichste aller Motive: Geld. Außerdem wissen wir, dass die Frauen Steuerhinterziehung begangen und dem Finanzamt große Summen vorenthalten haben. Wir wissen, dass sie reich waren. Es würde mich nicht wundern, wenn noch ein Haus in Spanien auftauchte. Und vielleicht noch anderer Besitz an anderen Orten auf der Welt."

Wallander goss sich ein Glas Ramlösa-Wasser ein, bevor er fortfuhr. „Alles, was wir bis jetzt wissen, lässt sich in zwei Punkten zusammenfassen. Zwei Fragen. Woher hatten sie das Geld? Und wer wusste, dass sie vermögend waren?"

Wallander wollte sein Glas heben, um zu trinken, als er sah, dass Rydberg zusammenzuckte, als habe er einen Stoß bekommen. Dann fiel er kopfüber mit dem Oberkörper auf den Tisch. Als wäre er tot.

SPÄTER erinnerte sich Wallander, dass er ein paar Sekunden lang geglaubt hatte, Rydberg wäre wirklich tot. Alle, die im Raum waren, als Rydberg zusammenbrach, hatten gedacht, Rydbergs Herz wäre plötzlich stehen geblieben. Svedberg hatte als Erster reagiert. Er saß neben Rydberg, und als er merkte, dass dieser noch lebte, hatte er nach dem Telefonhörer gegriffen und einen Krankenwagen gerufen. Gleichzeitig hatten Wallander und Hansson Rydberg auf den Boden gelegt und sein Hemd aufgeknöpft. Wallander horchte nach seinem Herzschlag, der viel zu schnell ging. Dann war der Krankenwagen gekommen, und Wallander war das kurze Stück bis zum Krankenhaus mitgefahren. Rydberg wurde sofort behandelt, und Wallander erfuhr nach weniger als einer halben Stunde, dass es wohl kein Herzinfarkt gewesen sei. Rydberg hatte eher aus unbekannter Ursache kollabiert. Er hatte das Bewusstsein wiedererlangt, schüttelte aber abwehrend den Kopf, als Wallander mit ihm sprechen wollte. Er sollte zur Beobachtung im Krankenhaus bleiben. Sein Zustand wurde als stabil bezeichnet. Für Wallander gab es keinen Grund, länger zu bleiben. Ein Polizeiwagen stand bereit, um ihn zurück ins Präsidium zu bringen. Die Kollegen hatten unterdessen im Sitzungszimmer gewartet. Sogar Björk war jetzt da. Wallander konnte berichten, dass Rydbergs Zustand unter Kontrolle war.

„Wir arbeiten zu hart", sagte er und sah Björk an. „Wir haben immer mehr zu tun. Aber das Personal wird nicht aufgestockt. Früher oder später kann es uns allen so ergehen wie Rydberg."

„Die Situation ist schwierig", räumte Björk ein. „Aber unsere Mittel sind nun einmal begrenzt."

Für die nächste halbe Stunde ruhte das Ermittlungsverfahren. Alle waren erschüttert und sprachen über die Arbeitssituation. Als Björk gegangen war, gab es härtere Worte. Über unmögliche Planung, merkwürdige Prioritäten und ständig fehlende Information.

Gegen zwei Uhr meinte Wallander, sie müssten weitermachen. „Rydberg würde das hier nicht gefallen", sagte er. „Dass wir Zeit damit vergeuden, darüber zu sprechen, wie es uns geht. Das können wir nachher tun. Jetzt müssen wir einen Doppelmörder fassen."

Sie brachen auf. Wallander ging in sein Zimmer und rief im Krankenhaus an. Man teilte ihm mit, dass Rydberg schlief. Für eine Erklärung für seinen Zusammenbruch war es selbstverständlich noch zu früh.

Wallander legte auf. Im selben Moment kam Martinsson herein.

„Was ist passiert?", fragte er. „Ich war in Sjöbo. Ebba saß an der Anmeldung und war ganz erschüttert."

Wallander erzählte. Martinsson ließ sich schwer auf den Besucherstuhl fallen. „Wir arbeiten uns noch zu Tode", sagte er. „Und wer dankt es uns?"

Wallander spürte, dass er ungeduldig wurde. „Sjöbo", sagte er. „Was wolltest du berichten?"

„Ich bin auf diversen Äckern im Lehm herumgestapft", antwortete Martinsson. „Wir konnten diese Lichter ziemlich gut lokalisieren. Aber nirgends gibt es eine Spur, weder von Scheinwerfern noch von einem Flugzeug, das gelandet und wieder gestartet ist. Andererseits ist einiges andere herausgekommen, was wahrscheinlich erklärt, warum das Flugzeug nicht identifiziert werden konnte."

„Und was?"

„Es existiert ganz einfach nicht."

„Wie meinst du das?"

Martinsson blätterte eine Weile in den Papieren, die er aus seiner Aktentasche gezogen hatte. „Nach Angaben der Herstellerfirma ist die Maschine 1986 in Vientiane abgestürzt. Besitzer war damals ein laotisches Konsortium, das die Maschine für den Transport seiner Chefs zu verschiedenen landwirtschaftlichen Anlagen im Land einsetzte. Der offiziellen Erklärung zufolge ist die Maschine wegen Benzinmangels abgestürzt. Niemand scheint verletzt worden oder umgekommen zu sein. Aber das Flugzeug war Schrott und wurde aus allen aktuellen Listen gestrichen, auch von der Versicherungsgesellschaft. Das alles hat die Kontrolle der Nummer auf dem Motor ergeben."

„Aber es stimmte also nicht?"

„Die Herstellerfirma ist natürlich sehr an dem Fall interessiert. Es ist nicht gut für ihren Ruf, wenn ein Flugzeug, das es nicht mehr gibt, plötzlich wieder fliegt. Es kann sich also um einen Versicherungsbetrug handeln oder um etwas anderes, wovon wir keine Ahnung haben."

„Und die Männer in der Maschine?"

„Wir warten immer noch darauf, dass sie identifiziert werden. Ich habe ein paar gute Kontakte zu Interpol. Sie haben versprochen, die Sache schnell anzugehen."

„Von irgendwoher muss diese Maschine doch gekommen sein", sagte Wallander.

Martinsson nickte. „Das stellt uns vor ein weiteres Problem. Wenn man ein Flugzeug mit Extratanks ausrüstet, kann es sehr weit fliegen. Nyberg hat den Verdacht, dass er möglicherweise die Reste eines Extratanks identifiziert hat. Aber wir wissen es noch nicht. Im Prinzip kann dieses Flugzeug also von überall hergekommen sein. Jedenfalls aus England und Mitteleuropa."

„Aber es müsste bemerkt worden sein", beharrte Wallander. „Man kann nicht einfach so über Landesgrenzen fliegen."

„Das denke ich auch", antwortete Martinsson. „Deshalb ist wohl die Vermutung angebracht, dass es aus Deutschland kam. Da fliegt man über das offene Meer, bis man die schwedische Küste erreicht."

„Was sagen die deutschen Luftfahrtbehörden?"

„Das dauert", antwortete Martinsson. „Aber ich bleibe dran."

Wallander dachte nach. „Eigentlich wirst du bei dem Doppelmord gebraucht", sagte er. „Kannst du einen Teil deiner Arbeit delegieren? Jedenfalls solange wir auf die Mitteilung warten, wer die Piloten waren und ob die Maschine aus Deutschland kam?"

„Ich wollte gerade dasselbe vorschlagen", sagte Martinsson. Er stand auf. „Hast du etwas von deinem Vater aus Ägypten gehört?"

„Er ruft nicht an, wenn es nicht unbedingt nötig ist."

Martinsson ging. Wallander versuchte, den Gedanken an Rydberg beiseite zu schieben. Er ging noch einmal alles durch, was sie bis jetzt über die Schwestern Eberhardsson wussten. Sie hatten ein mögliches Motiv, Geld, aber keine Spur des Täters oder der Täter. Wallander schrieb ein paar Worte auf seinen Notizblock. *Das Doppelleben der Schwestern Eberhardsson?*

Im selben Augenblick beschloss er, selbst mit der Person im Nachbarhaus zu sprechen, die die Angaben zu Anna Eberhardsson gemacht hatte. Er suchte den Namen der Nachbarin heraus, einer Frau namens Linnea Gunnér. Nur Frauen bei dieser Ermittlung, dachte er. Er wählte ihre Nummer und hatte Glück. Linnea Gunnér war zu Hause und wollte ihn gern empfangen. Er notierte sich den Türcode, den sie ihm nannte.

Er verließ das Präsidium um kurz nach drei und trat im Vorbeigehen noch einmal gegen die beschädigte Tür. Die Beule vergrößerte sich wieder ein Stück. Als er an die Brandstelle kam, war schon der Bagger im Einsatz. Noch immer standen viele Neugierige herum und betrachteten die Reste des abgebrannten Hauses.

Linnea Gunnér wohnte in der Möllegatan. Wallander tippte den Code ein und ging die Treppe hinauf in den ersten Stock. Die Frau, die ihm auf sein Klingeln hin öffnete, war äußerlich der absolute Gegensatz zu Tyra Olofsson. Sie war groß, hatte einen scharfen Blick und eine feste Stimme. Sie bat ihn in ihre Wohnung, die mit allen möglichen Gegenständen aus fremden Erdteilen gefüllt war. Im Wohnzimmer gab es sogar eine Galionsfigur. Wallander betrachtete sie lange.

„Sie gehörte zu dem Kutter *Felicia*, der in der Irischen See gekentert und gesunken ist“, sagte Linnea Gunnér. „Ich habe sie einmal billig in Middlesbrough gekauft.“

„Sie sind also auf See gewesen?“, fragte Wallander.

„Mein Leben lang. Erst als Köchin, dann als Stewardess.“

Sie sprach nicht Schonisch. „Woher kommen Sie?“, fragte Wallander.

„Aus Skänninge in Östergötland. So weit vom Meer entfernt wie nur möglich.“

„Und jetzt leben Sie in Ystad?“

„Ich habe diese Wohnung von einer Schwester meiner Mutter übernommen. Und ich kann das Meer sehen.“

Sie hatte Kaffee gekocht. Wallander dachte, dass sein Magen den sicher am allerwenigsten gebrauchen konnte. Aber er trank ihn dennoch. Er hatte sofort Vertrauen zu Linnea Gunnér gefasst. In Svedbergs Papieren hatte er gelesen, dass sie 66 Jahre alt war. Aber sie wirkte viel jünger.

„Mein Kollege Svedberg war hier“, begann Wallander.

„Ja, ich habe ihm gesagt, welchen Eindruck ich von Anna hatte.“

„Und von Emilia?“

„Sie waren verschieden. Anna redete kurz und abgehackt, Emilia war eher schweigsam. Aber sie waren beide gleich unsympathisch. Gleich verschlossen.“

„Was für ein Verhältnis hatten Sie zu ihnen?“

„Ich hatte kein Verhältnis zu ihnen. Manchmal trafen wir uns auf der Straße. Dann grüßten wir uns. Aber nie ein unnötiges Wort. Da ich gerne sticke, habe ich ziemlich oft bei ihnen eingekauft. Ich bekam immer, was ich wollte. Aber sympathisch waren sie nicht.“

„Manchmal braucht man Zeit“, sagte Wallander. „Zeit, um Erinnerungen aufsteigen zu lassen an Dinge, die man meinte, vergessen zu haben.“

„Woran denken Sie?“

„Ich weiß es nicht. Sie wissen es. Ein unerwartetes Ereignis. Etwas, was gegen ihre Gewohnheiten verstieß.“

Sie dachte nach. Wallander betrachtete einen schönen, messingeingefassten Kompass, der auf einem Sekretär stand.

„Mein Erinnerungsvermögen war noch nie gut“, sagte sie schließlich. „Aber jetzt, wo Sie es sagen, erinnere ich mich tatsächlich an etwas, was im letzten Jahr passiert ist. Ich glaube, es war im Frühling. Aber ob es wichtig ist, kann ich nicht sagen.“

„Alles kann bedeutungsvoll sein“, sagte Wallander.

„Es war an einem Nachmittag. Ich brauchte Garn. Blaues Garn, das weiß ich noch. Ich ging ins Geschäft hinunter. Zu dem Zeitpunkt waren Emilia und Anna beide hinter dem Tresen. Als ich die Garnrolle bezahlen wollte, kam ein Mann herein. Ich weiß noch, dass er zusammenzuckte. Als hätte er nicht erwartet, dass jemand im Laden wäre. Und Anna wurde böse. Sie warf Emilia einen Blick zu, der hätte töten können. Dann ging dieser Mann wieder. Er hatte eine Tasche in der Hand. Ich bezahlte das Garn. Und dann ging ich.“

„Können Sie ihn beschreiben?“

„Er sah nicht gerade schwedisch aus. Dunkel, ziemlich klein. Schwarzer Schnauzbart.“

„Wie war er gekleidet?“

„Anzug. Ich glaube, es war eine gute Qualität.“

„Und die Tasche?“

„Eine gewöhnliche schwarze Aktentasche.“

„Nichts weiter?“

Sie dachte noch einmal nach. „Ich kann mich nicht erinnern.“

„Sie haben ihn nur dieses eine Mal gesehen?“

„Ja.“

Wallander wusste, dass es stimmte, was sie sagte. Es bestärkte ihn in der Auffassung, dass die beiden Schwestern ein Doppelleben geführt hatten. Langsam drang er durch die Oberfläche.

Er bedankte sich für den Kaffee.

„Was ist eigentlich passiert?“, fragte sie, als sie im Flur standen. „Ich bin von einem Brand aufgewacht. Der Schein der Flammen war so stark, dass ich dachte, es würde bei mir brennen.“

„Anna und Emilia wurden ermordet“, antwortete Wallander. „Sie waren schon tot, als das Feuer ausbrach.“

„Wer tut denn so etwas?“

„Ich wäre wohl kaum hier, wenn ich es wüsste“, antwortete Wallander und verabschiedete sich.

Er ging langsam in Richtung Hamngatan. Im Haus neben dem von Linnea Gunnér war ein Reisebüro. Er blieb stehen, als er im Schaufenster ein Plakat von Kairo entdeckte, auf dem die Pyramiden zu sehen waren. In vier Tagen sollte sein Vater nach Hause kommen. Wallander dachte, dass er sicher ungerecht gewesen war. Warum sollte er seinem Vater nicht gönnen, einen alten Traum zu verwirklichen? Er betrachtete die Plakate im Schaufenster. Mallorca, Kreta, Spanien.

Plötzlich schoss ihm ein Gedanke durch den Kopf. Er öffnete die Tür und betrat das Geschäft. Beide Angestellten bedienten Kunden. Er setzte sich und wartete. Als die erste, eine Frau, kaum älter als zwanzig, frei wurde, stand er auf und setzte sich an ihren Tisch. Auf einem Namensschild auf dem Schreibtisch las er, dass sie Anette Bengtsson hieß.

Sie legte auf und lächelte. „Wollen Sie verreisen?“, fragte sie. „Um Weihnachten und Neujahr gibt es nur noch Restplätze.“

„Mein Anliegen ist etwas anders“, sagte Wallander und zeigte ihr seinen Ausweis. „Sie wissen sicher, dass hier gegenüber zwei alte Damen verbrannt sind?“

„Das war schrecklich.“

„Kannten Sie sie?“

Er bekam die Antwort, auf die er vage gehofft hatte. „Sie haben bei uns immer ihre Reisen gebucht. Es ist so furchtbar, dass sie nicht mehr da sind. Emilia wollte im Januar fahren. Und Anna im April.“

Wallander nickte langsam. „Wohin wollten sie?“, fragte er.

„Nach Spanien. Wie immer.“

„Wohin genau?“

„Nach Marbella. Sie hatten dort ein Haus.“

Die Fortsetzung überraschte Wallander noch mehr.

„Ich war einmal da“, sagte sie. „Im letzten Jahr war ich in Marbella. Zu einer Weiterbildung. An einem Tag, als wir frei hatten, bin ich hingefahren und habe mir ihr Haus angesehen. Ich kannte ja die Adresse.“

„War es groß?“

„Ein Palast. Mit großem Grundstück. Hohen Mauern und Wachen.“

„Ich wäre dankbar, wenn Sie mir die Adresse aufschreiben könnten“, sagte Wallander und konnte nicht verbergen, wie aufgeregt er nun war.

Sie suchte in einem Ordner und schrieb sie ihm dann auf.

„Sie sagten, Emilia wollte im Januar fliegen?“

Sie tippte etwas in den Computer. „Am 7. Januar“, antwortete sie. „Um 9.05 Uhr von Kastrup, über Madrid.“

Wallander nahm einen Stift von ihrem Tisch und notierte. „Sie buchte also keine Charterflüge?“

„Das taten sie beide nie. Immer erster Klasse.“

Ganz richtig, dachte Wallander. Die Damen liebten es vom Feinsten.

Sie gab ihm Auskunft, bei welcher Fluggesellschaft Emilia gebucht hatte. Wallander notierte: Iberia.

„Ich weiß nicht, was jetzt damit wird“, sagte sie. „Das Ticket ist schon bezahlt.“

„Das wird sich sicher klären“, antwortete Wallander. „Wie haben sie übrigens ihre Tickets bezahlt?“

„Immer in bar. Mit Tausendern.“

Wallander stopfte seine Notizen in die Tasche und stand auf. „Sie haben mir sehr geholfen“, sagte er. „Wenn ich das nächste Mal verreise, dann komme ich her und buche bei Ihnen. Aber bei mir wird es wohl ein Charterflug werden.“

Um zwanzig nach vier war Wallander wieder im Polizeipräsidium. Und noch einmal gab er der Beule an der Eingangstür einen rituellen Tritt. Ebba berichtete, dass sie im Krankenhaus angerufen und selbst mit Rydberg gesprochen habe. Es gehe ihm gut, hatte er gesagt, aber er müsse über Nacht dort bleiben.

„Ich besuche ihn.“

„Das hat er zum Schluss gesagt: Er will unter keinen Umständen Besuche oder Anrufe haben. Und am allerwenigsten Blumen.“

„Das wundert mich nicht“, sagte Wallander. „Es passt zu ihm.“

„Ihr arbeitet zu viel, esst zu schlecht und bewegt euch zu wenig.“

Wallander beugte sich zu ihr. „Das tust du auch“, sagte er. „Du bist auch nicht mehr so schmal wie vor ein paar Jahren.“

Ebba fing an zu lachen. Wallander ging in den Essraum und fand ein halbes Brot, das jemand hatte liegen lassen. Er machte ein paar Schnitten zurecht und nahm sie mit in sein Zimmer. Beim Essen schrieb er eine Zusammenfassung dessen, was Linnea Gunnér und Anette Bengtsson gesagt hatten. Um Viertel nach fünf war er fertig und las durch, was er geschrieben hatte. Überlegte, wie es weitergehen sollte. Das Geld kommt irgendwo her, dachte er. Ein Mann betritt das Geschäft und dreht auf dem Absatz wieder um. Sie hatten eine Art Signalsystem.

Die Frage ist, was dem Ganzen zugrunde liegt. Und warum die Frauen plötzlich ermordet wurden. Sie hatten irgendein System entwickelt, das plötzlich zusammenbrach.

Er hatte sich gerade die Jacke angezogen, um nach Hause zu gehen, als Martinsson ins Zimmer kam. „Ich glaube, es ist besser, du setzt dich", sagte Martinsson.

„Ich stehe gut", sagte Wallander gereizt. „Was ist passiert?"

Martinsson schien besorgt. Er hatte ein Telex in der Hand. „Das hier ist eben vom Außenministerium in Stockholm gekommen", sagte er.

Er reichte Wallander das Schreiben, der es las, ohne ein Wort zu verstehen. Dann setzte er sich an den Tisch und las es langsam, Wort für Wort, noch einmal.

Jetzt verstand er. Weigerte sich aber, es zu glauben. „Hier steht, dass mein Vater von der Polizei in Kairo verhaftet worden ist. Und dass er vor ein Gericht gestellt wird, wenn er nicht sofort ein Bußgeld von umgerechnet zehntausend Kronen bezahlt. Er ist ‚illegalen Eindringens sowie verbotener Besteigung' angeklagt. Was zum Teufel bedeutet das?"

„Ich habe im Außenministerium angerufen", sagte Martinsson. „Ich fand es auch merkwürdig. Aber offensichtlich hat er versucht, auf die Cheopspyramide zu klettern. Obwohl es verboten ist."

Wallander starrte Martinsson fassungslos an.

„Du wirst wohl hinfliegen und ihn nach Hause holen müssen", sagte Martinsson. „Es gibt Grenzen für das, was die schwedische Botschaft tun kann."

Wallander schüttelte den Kopf. Er weigerte sich, es zu glauben. Es war kurz nach sechs. Am 15. Dezember 1989.

5

Am nächsten Tag um 13.10 Uhr versank Wallander im Sitz einer DC-9 der SAS mit dem Namen „Agne". Er hatte Platz 19C, einen Gangplatz, und die vage Hoffnung, dass das Flugzeug ihn mit Zwischenlandungen in Frankfurt und Rom nach Kairo bringen würde.

Die Ankunft sollte um 20.15 Uhr sein. Wallander wusste noch immer nicht, ob es zwischen Schweden und Ägypten eine Zeitverschiebung gab. Er wusste überhaupt sehr wenig über das, was ihn aus seinem Alltag in Ystad gerissen hatte, weg von den Ermittlungen über ein Flugzeugunglück und einen brutalen Doppelmord, hinein in ein startklares Flugzeug in Kastrup und auf dem Weg nach Nordafrika.

Am Abend zuvor, als ihm der Inhalt des Telex vom Außenministerium wirklich klar geworden war, hatte er ausnahmsweise vollkommen die Kontrolle verloren. Er hatte ohne ein Wort das Polizeipräsidium verlassen und nicht einmal Martinsson geantwortet, der ihn immerhin bis zum Parkplatz begleitet und ihm seine Hilfe angeboten hatte.

Zu Hause in der Mariagatan hatte er zwei ordentliche Glas Whisky getrunken. Dann hatte er das zusammengeknüllte Telex noch ein paarmal gelesen. Aber er musste einsehen, dass das Außenministerium in Stockholm es ernst meinte. Er hatte keine andere Wahl, als die Tatsachen zu akzeptieren: Sein wahnsinniger Vater hatte versucht, eine Pyramide hinaufzuklettern, woraufhin er verhaftet worden war und jetzt bei der Polizei in Kairo saß.

Kurz nach acht hatte Wallander in Malmö angerufen. Glücklicherweise bekam er Linda an den Apparat. Er schilderte ihr die Sache wahrheitsgemäß und fragte sie um Rat. Was sollte er tun? Ihre Antwort war sehr bestimmt. Es gab keine andere Möglichkeit, als schon am nächsten Tag nach Ägypten zu fliegen und dafür zu sorgen, dass ihr Großvater aus der Haft entlassen wurde. Schließlich hatte er eingesehen, dass sie Recht hatte. Sie versprach ihm auch, herauszufinden, welche Verbindungen es nach Kairo am nächsten Tag gab.

Langsam hatte Wallander sich beruhigt. Am nächsten Tag würde er zur Bank gehen, um die 20 000 Kronen für den Autokauf abzuholen. Niemand würde ihn fragen, wofür er das Geld wirklich verwendete. Er würde genug Geld haben, um ein Ticket zu kaufen und den Rest in englische Pfund oder amerikanische Dollar zu tauschen, um seinen Vater mit dem Bußgeld auszulösen. Um zehn Uhr rief Linda an und sagte, es gäbe eine Maschine um 13.10 Uhr. Er beschloss auch, Anette Bengtsson um Hilfe zu bitten. Als er wenige Stunden zuvor versprochen hatte, bei Gelegenheit die Dienste des Reisebüros in Anspruch zu nehmen, hatte er nicht im Traum daran gedacht, dass es so schnell aktuell werden würde.

Gegen Mitternacht hatte er versucht zu packen. Aber er wusste nichts über Kairo. Sein Vater war mit einem uralten Tropenhelm auf dem Kopf losgefahren. Aber er war ganz offensichtlich geistesverwirrt und nicht wirklich ernst zu nehmen. Am Ende warf Wallander ein paar Hemden und Unterwäsche in eine Reisetasche und beschloss, dass das reichen musste. Er würde sowieso nicht länger bleiben als absolut notwendig.

Dann trank er noch ein paar Glas Whisky, stellte den Wecker auf sechs Uhr und versuchte zu schlafen. In einem unruhigen Halbschlaf trieb er unendlich langsam dem Morgengrauen entgegen.

Als die Bank am nächsten Tag öffnete, war er der erste Kunde, der durch die Türen trat. Es dauerte zwanzig Minuten, bis er die Kreditverträge unterzeichnet, sein Geld bekommen und die Hälfte in englische Pfund eingetauscht hatte. Er hoffte, dass niemand fragen würde, warum er das Auto mit Pfund bezahlen wollte. Von der Bank ging er direkt zum Reisebüro. Anette Bengtsson war erstaunt, als sie ihn zur Tür hereinkommen sah. Aber sie war sofort bereit, ihm bei der Buchung zu helfen. Als er den Preis hörte, verschlug es ihm die Sprache, aber er blätterte die Tausender hin, bekam seinen Flugschein und verließ das Reisebüro.

Dann nahm er ein Taxi nach Malmö. Ein neues Auto würde er sich nicht leisten können. Vielleicht sollte er sich stattdessen überlegen, ein Moped zu kaufen. Oder ein Fahrrad.

Linda wartete bei den Flugbooten auf ihn. Sie hatte nur wenige Minuten Zeit. Aber sie überzeugte ihn, dass er das Richtige tat. Und fragte, ob er an seinen Pass gedacht habe.

„Du brauchst ein Visum“, sagte sie. „Aber das kannst du auf dem Flughafen in Kairo kaufen.“

Jetzt saß er auf Platz 19C und spürte, wie das Flugzeug beschleunigte und abhob, den Wolken und den unsichtbaren Flugrouten in Richtung Süden entgegen. Den Frankfurter Flughafen behielt er als ein Labyrinth von unendlich vielen Gängen und Treppen in Erinnerung. Danach saß er wieder auf seinem Gangplatz, und als sie in Rom landeten, zog er sich die Jacke aus, weil es plötzlich sehr warm geworden war. Mit einer halben Stunde Verspätung setzte die Maschine auf dem Kairoer Flughafen auf. Um seine Unruhe, seine Flugangst und seine Nervosität zu dämpfen, hatte Wallander während der Reise viel zu viel getrunken. Er war nicht betrunken, als er in die schwüle ägyptische Dunkelheit hinauskletterte, aber auch nicht nüchtern. Den größten Teil des Geldes trug er in einem Stoffbeutel unter seinem Hemd. Ein müder Passkontrolleur schickte ihn zurück zu einer Bank, wo er ein Touristenvisum kaufen konnte. Er bekam ein dickes Bündel schmutziger Scheine in die Hand und hatte plötzlich Pass- und Zollkontrolle hinter sich. Ein Haufen Taxifahrer wollte ihn an jeden Ort auf der Welt fahren. Aber Wallander war geistesgegenwärtig genug, um sich nach einem Kleinbus umzusehen, an dem das Mena House als Fahrtziel angegeben war, anscheinend ein ziemlich großes Hotel. Er hatte nicht weiter geplant, als dass er vom selben Hotel aus vorgehen wollte, in dem auch sein Vater wohnte. Eingeklemmt inmitten einer Gruppe lautstarker Amerikanerinnen, fuhr er mit dem Kleinbus durch die Stadt ins Hotel. Er spürte die warme Nachtluft im Gesicht, merkte plötzlich, dass sie einen Fluss überquerten, möglicherweise den Nil, und dann waren sie am Ziel.

Als er aus dem Bus stieg, war er wieder nüchtern. Von diesem Moment an hatte er nicht die geringste Ahnung, was er tun sollte. Ein schwedischer Polizist in Ägypten kann sich ganz schön klein vorkommen, dachte er düster, als er die prächtige Eingangshalle des Hotels betrat. Er ging an die Rezeption, wo ihn ein junger Mann in untadeligem Englisch fragte, ob er ihm behilflich sein könne. Wallander erklärte wahrheitsgemäß, dass er kein Zimmer bestellt habe. Der junge Mann sah einen Augenblick lang besorgt aus und schüttelte den Kopf. Aber dann fand er doch noch ein freies Zimmer.

„Ich glaube, Sie haben schon einen Gast mit dem Namen Wallander."

Der Mann suchte auf seinem Bildschirm in der Gästeliste und nickte.

„Das ist mein Vater", sagte Wallander.

„Ich kann Ihnen leider kein Zimmer neben seinem geben", sagte der junge Mann. „Wir haben nur noch einfachere Zimmer. Ohne Aussicht auf die Pyramiden."

„Das passt mir ausgezeichnet", sagte Wallander, der nicht mehr als nötig an die Pyramiden erinnert werden wollte.

Er schrieb sich ein, bekam einen Schlüssel und eine kleine Karte und suchte sich durch das Labyrinth des Hotels seinen Weg. Er fand sein Zimmer und setzte sich auf das Bett. In dem klimatisierten Raum war es angenehm kühl. Er zog sein Hemd aus, das von Schweiß durchnässt war.

Im Badezimmer betrachtete er sein Gesicht im Spiegel. „Jetzt bin ich hier", sagte er laut zu sich selbst. „Es ist spät. Ich sollte etwas essen. Und schlafen. Vor allem schlafen. Aber das kann ich nicht, weil mein wahnsinniger Vater irgendwo hier in der Stadt auf einer Polizeiwache sitzt."

Er wechselte das Hemd, putzte sich die Zähne und ging zur Rezeption zurück. Der junge Mann, der ihm das Zimmer gegeben hatte, war nicht zu sehen. Er näherte sich einem älteren Mann, der unbeweglich dastand und das gesamte Geschehen zu überwachen schien. Er lächelte, als Wallander vor ihm auftauchte.

„Ich bin hierher gekommen, weil mein Vater in Schwierigkeiten geraten ist", sagte er. „Er heißt Wallander und ist vor ein paar Tagen angekommen."

„Welche Art von Schwierigkeiten?", fragte der Mann. „Ist er krank geworden?"

„Er scheint versucht zu haben, auf eine der Pyramiden zu klettern", antwortete Wallander. „Wie ich ihn kenne, hat er sich sicher die höchste ausgesucht."

Der Portier nickte langsam. „Ich habe davon gehört", sagte er. „Sehr bedauerlich. Der Polizei und dem Ministerium für Tourismus hat das überhaupt nicht gefallen."

Er verschwand durch eine Tür und kam sofort in Begleitung eines anderen, ebenfalls älteren Mannes zurück. Sie sprachen einen Moment sehr schnell miteinander. Dann wandten sie sich Wallander zu.

„Sind Sie der Sohn des alten Mannes?", fragte der eine.

Wallander nickte. „Nicht nur das", sagte er. „Ich bin außerdem noch Polizist." Er zeigte ihnen seinen Ausweis, auf dem deutlich POLIZEI stand.

Aber die beiden Männer schienen nicht zu verstehen. „Sie sind also nicht sein Sohn, sondern ein schwedischer Polizist?"

„Ich bin beides", antwortete Wallander. „Sowohl sein Sohn als auch Polizist."

Sie dachten einen Augenblick darüber nach. Dann baten sie ihn zu warten. Sie zeigten auf eine Sitzgruppe im Foyer. Wallander setzte sich. Eine verschleierte Frau ging vorbei. Scheherazade, dachte Wallander. Sie hätte mir helfen können. Oder Aladin. Aus der Abteilung könnte ich jemanden gebrauchen. Er wartete. Es verging eine Stunde. Es war lange nach Mitternacht. Wallander schloss die Augen. Er zuckte erst zusammen, als jemand seine Schulter berührte. Als er die Augen aufschlug, stand der Portier neben ihm, zusammen mit einer großen Gruppe von Polizisten in imponierenden Uniformen. Wallander stand auf. Eine Uhr an der Wand zeigte halb drei. Einer der Polizisten, der etwa in seinem Alter war und die meisten Tressen an seiner Uniformjacke hatte, salutierte.

„Ich habe gehört, Sie sind von der schwedischen Polizei geschickt worden", sagte er.

„Nein", antwortete Wallander. „Ich bin Polizist. Aber ich bin in erster Linie Herrn Wallanders Sohn."

Der Polizist, der salutiert hatte, explodierte augenblicklich und überschüttete die Portiers mit einem unbeschreiblichen Wortschwall. Wallander dachte, dass es am besten sei, sich wieder zu setzen.

Nach ungefähr einer Viertelstunde leuchtete das Gesicht des Polizisten plötzlich auf. „Ich heiße Hassaneyh Radwan", sagte er. „Jetzt sehe ich klar. Ich bin erfreut, einen schwedischen Kollegen zu treffen. Kommen Sie mit mir."

Sie verließen das Hotel. Umgeben von Polizisten, die alle eine Waffe trugen, fühlte sich Wallander wie ein Verbrecher. Die Nacht war sehr warm. Er setzte sich neben Radwan auf den Rücksitz eines Polizeiwagens, der sofort mit quietschenden Reifen und heulenden Sirenen losfuhr. In dem Moment, als sie den Hotelvorplatz verließen, entdeckte Wallander plötzlich die Pyramiden. Sie waren von Scheinwerfern angestrahlt. Es ging so schnell, dass er zuerst seinen Augen nicht traute. Aber es waren wirklich die Pyramiden, die er schon so oft auf Abbildungen gesehen hatte. Und dann dachte er mit Schrecken, dass sein Vater versucht hatte, an einer von ihnen hinaufzuklettern.

Sie fuhren in Richtung Osten, denselben Weg, den er vom Flughafen aus gekommen war.

„Wie geht es meinem Vater?", fragte Wallander.

„Er ist ein sehr eigenwilliger Mensch", antwortete Radwan. „Aber er spricht leider ein schwer verständliches Englisch."

Er spricht überhaupt kein Englisch, dachte Wallander resigniert.

Sie fuhren mit ungeheurem Tempo durch die Stadt. Wallander sah flüchtig ein paar Kamele, die sich mit schweren Lasten langsam und würdevoll bewegten. Sie fuhren über den Nil.

Der Polizeiwagen bremste. Wallander hatte mitbekommen, dass die Straße Sadei Barrani hieß. Sie befanden sich vor einer großen Polizeistation, vor deren hohen Toren bewaffnete Wachen in Schilderhäuschen standen. Wallander folgte Radwan. Sie kamen in einen großen Raum, an dessen Decke grelle Neonlampen leuchteten. Radwan zeigte auf einen Stuhl. Wallander setzte sich und fragte sich, wie lange er wohl warten müsste. Bevor Radwan ihn verließ, fragte Wallander, ob es möglich sei, kalte Getränke zu kaufen.

Radwan rief einen jungen Polizisten. „Er wird Ihnen helfen", sagte Radwan und verschwand.

Wallander war sich des Wertes der Scheine äußerst ungewiss und gab dem Polizisten ein kleineres Päckchen. „Coca-Cola", sagte er.

Der Polizist sah ihn fragend an. Aber er sagte nichts, nahm das Geld an sich und ging. Nach einer Weile kam er mit einem Karton voller Colaflaschen wieder zurück. Wallander zählte vierzehn Stück. Er öffnete zwei mit einem Taschenmesser und gab die anderen zwölf dem Polizisten, der sie mit seinen Kollegen teilte.

Mittlerweile war es halb fünf. Wallander betrachtete eine Fliege, die unbeweglich auf einer der Flaschen saß. Irgendwoher war ein Radio zu hören.

Radwan kam zurück. Er gab Wallander ein Zeichen, ihm zu folgen. Sie gingen durch unzählige verwinkelte Korridore, treppauf und treppab, und blieben schließlich vor einer Tür stehen, vor der ein Polizist Wache stand. Radwan nickte, und die Tür wurde geöffnet.

Dann gab er Wallander ein Zeichen hineinzugehen. „Ich komme in einer halben Stunde zurück", sagte er und verschwand.

Wallander ging hinein. In dem Raum, der von den ewig gleichen Neonröhren erleuchtet war, standen ein Tisch und zwei Stühle. Auf einem Stuhl saß sein Vater, in Hemd und Hose, aber barfuß. Das Haar stand ihm zu Berge. Plötzlich tat er Wallander Leid. „Hallo, Papa", sagte er. „Wie geht es dir?"

Der Vater sah ihn ohne die geringste Spur von Verwunderung an. „Ich werde Beschwerde einlegen", sagte er.

„Wogegen?"

„Dass man Menschen daran hindert, auf die Pyramiden zu klettern."

„Ich glaube, wir sollten mit der Beschwerde warten", sagte Wallander. „Das Wichtigste ist im Moment, dich hier rauszubekommen."

„Ich bezahle kein Bußgeld", antwortete sein Vater hitzig. „Ich will meine Strafe hier absitzen. Zwei Jahre, haben sie gesagt. Die vergehen schnell."

Wallander überlegte, ob er wütend werden sollte. Aber das würde den Vater vielleicht noch mehr aufregen. „Ägyptische Gefängnisse sind sicher nicht besonders gemütlich", sagte er vorsichtig. „Außerdem glaube ich nicht, dass sie dir erlauben werden, in der Zelle zu malen."

Der Vater betrachtete ihn schweigend. An das Problem hatte er offensichtlich nicht gedacht. Er nickte und stand auf. „Dann gehen wir", sagte er. „Hast du Geld, um das Bußgeld zu bezahlen?"

„Setz dich", sagte Wallander. „Ganz so einfach ist das, glaube ich, nicht. Du kannst nicht einfach aufstehen und gehen."

„Warum denn nicht? Ich habe schließlich nichts Schlimmes getan."

„Soweit ich es verstanden habe, hast du versucht, auf die Cheopspyramide zu klettern, oder?"

„Deshalb bin ich doch nach Kairo gekommen. Gewöhnliche Touristen können unten zwischen den Kamelen stehen und glotzen. Ich wollte die Spitze besteigen."

„Das ist nicht erlaubt. Außerdem ist es lebensgefährlich. Wie würde das aussehen, wenn die Leute überall an den Pyramiden hängen und klettern würden?"

„Ich rede nicht von den Leuten. Ich rede von mir selbst."

Wallander wusste, dass es sinnlos war, seinen Vater zur Einsicht bringen zu wollen. Gleichzeitig konnte er nicht umhin, seine Sturheit zu bewundern. „Jetzt bin ich hier", sagte er. „Ich werde versuchen, dich morgen rauszubekommen. Oder heute noch. Ich bezahle das Bußgeld, und dann ist es vorbei. Wir gehen hier raus, fahren zum Hotel und holen deine Tasche. Dann fliegen wir nach Hause."

„Ich habe mein Zimmer bis zum 21. bezahlt."

Wallander nickte geduldig. „Ich fliege nach Hause. Du bleibst. Aber wenn du noch einmal auf die Pyramiden kletterst, musst du es selbst ausbaden."

„Ich bin nicht sehr weit gekommen", sagte der Vater. „Es war schwierig. Und steil."

„Warum wolltest du eigentlich auf die Spitze klettern?"

Der Vater zögerte, bevor er antwortete. „Ein Traum, den ich immer hatte. Nichts weiter. Ich finde, man soll seinen Träumen treu sein."

Das Gespräch verebbte. Wenige Minuten später kam Radwan zurück. Wallander wandte sich an ihn. „Ich nehme an, dass es keine Möglichkeit gibt, meinen Vater jetzt mitzunehmen?"

„Er wird heute um zehn Uhr einem Richter vorgeführt. Der Richter wird das Bußgeld vermutlich akzeptieren."

„Vermutlich?"

„Nichts ist sicher", antwortete Radwan. „Aber wir wollen das Beste hoffen."

Wallander verabschiedete sich von seinem Vater. Radwan begleitete ihn zu einem Polizeiwagen, der ihn zum Hotel zurückbringen sollte. Mittlerweile war es sechs Uhr.

„Ich schicke um neun Uhr einen Wagen, der Sie abholt", sagte Radwan zum Abschied. „Einem ausländischen Kollegen sollte man immer helfen."

Wallander bedankte sich und stieg ein. Wieder wurde er durch einen Kavalierstart in den Sitz zurückgeworfen. Die Sirenen wurden eingeschaltet.

Wallander bestellte den Weckdienst für halb acht und streckte sich nackt auf dem Bett aus. Ich muss ihn rausholen, dachte er. Wenn er im Gefängnis landet, stirbt er.

Wallander sank in einen unruhigen Halbschlaf und wachte davon auf, dass die Sonne über den Horizont gestiegen war. Er duschte und zog sich an. Und schon musste er sein letztes sauberes Hemd nehmen.

Er ging nach draußen. Jetzt am Morgen war es kühler. Plötzlich blieb er stehen. Er sah die Pyramiden. Er stand ganz still. Ihre Größe war überwältigend. Er ging den Weg hinauf, der zum Eingang des Gisehplateaus führte. Unterwegs wurden ihm Esel und Kamele zum Reiten angeboten. Aber er ging zu Fuß. Tief im Inneren verstand er seinen Vater. Man soll seinen Träumen treu sein. Wie treu war er sich selbst eigentlich gewesen? Er blieb direkt vor dem Eingang stehen und betrachtete die Pyramiden. Stellte sich seinen Vater vor, wie er die steile Wand hinaufkletterte. Lange stand er so da, bevor er ins Hotel zurückkehrte, um zu frühstücken.

Pünktlich um neun Uhr stand er vor dem Hoteleingang und wartete. Der Polizeiwagen kam nach wenigen Minuten. Es herrschte dichter Verkehr, und wie immer hatte der Fahrer die Sirenen eingeschaltet. Zum vierten Mal überquerte Wallander den Nil. Er befand sich in einer riesigen, unübersichtlichen, lärmenden Stadt.

Das Gerichtsgebäude lag in einer Straße namens Al Azhar. Radwan stand auf der Treppe und rauchte, als der Wagen vorfuhr. „Ich hoffe, Sie haben ein paar Stunden geschlafen“, sagte er. „Es ist nicht gut für einen Menschen, wenn er nicht schläft.“

Sie betraten das Gebäude.

„Ihr Vater ist schon da.“

„Hat er einen Anwalt?“, fragte Wallander.

„Er hat einen juristischen Beistand. Das hier ist ein Gericht für leichtere Fälle.“

„Trotzdem kann er zu zwei Jahren Gefängnis verurteilt werden?“

„Es ist ein großer Unterschied zwischen der Todesstrafe und zwei Jahren“, antwortete Radwan nachdenklich. Sie gingen in den Gerichtssaal. „Ihr Vater ist heute der erste Fall“, sagte Radwan.

Dann wurde der Vater hereingeführt. Wallander war entsetzt. Der Vater trug Handschellen. Er spürte, wie ihm die Tränen in die Augen traten. Radwan sah ihn kurz an und klopfte ihm auf die Schulter.

Ein einzelner Richter kam herein und setzte sich. Der Staatsanwalt, der aus dem Nichts aufgetaucht war, ließ eine lange, ratternde Tirade vom Stapel, von der Wallander annahm, dass es sich um die Anklage handelte.

Radwan beugte sich zu ihm herüber. „Es sieht gut aus“, flüsterte er. „Er behauptet, Ihr Vater sei alt und geistig verwirrt.“

Wenn das nur niemand übersetzt, dachte Wallander. Dann wird er wirklich wahnsinnig.

Der Staatsanwalt setzte sich. Der Rechtsbeistand fasste sich sehr kurz.

„Er plädiert für ein Bußgeld“, flüsterte Radwan. „Ich habe das Gericht darüber informiert, dass Sie hier sind, dass Sie sein Sohn sind und Polizist.“

Der Rechtsbeistand nahm wieder Platz. Wallander konnte seinem Vater ansehen, dass er etwas sagen wollte. Aber sein Rechtsbeistand schüttelte den Kopf.

Der Richter schlug mit dem Hammer auf den Tisch und gab einige wenige Worte von sich. Dann schlug er erneut auf den Tisch, erhob sich und ging.

„Bußgeld“, sagte Radwan und klopfte Wallander auf die Schulter. „Es soll hier im Gerichtssaal bezahlt werden. Danach ist Ihr Vater wieder frei.“

Wallander angelte die Stofftasche unter seinem Hemd hervor. Radwan führte ihn zu einem Tisch, wo ein Mann die Summe von amerikanischen Dollar in ägyptische Pfund umrechnete. Fast Wallanders gesamtes Geld verschwand. Er bekam eine unleserliche Quittung über den Betrag.

Radwan veranlasste, dass die Handschellen abgenommen wurden. „Ich hoffe, dass der Rest der Reise angenehm wird“, sagte er und gab ihnen beiden die Hand. „Aber es wäre wohl nicht angebracht, dass Ihr Vater noch einmal versucht, auf eine Pyramide zu klettern.“

Radwan ließ sie von einem Polizeiwagen zum Hotel zurückbringen. Wallander hatte seine Adresse bekommen. Ihm war klar, dass die Sache ohne Radwan nicht so einfach verlaufen wäre. Er sollte ihm irgendwie danken. Vielleicht wäre es am passendsten, ihm ein Bild mit einem Auerhahn zu schicken.

Sein Vater war in strahlender Laune und kommentierte alles, was sie im Vorbeifahren sahen. Wallander war nur müde.

„Jetzt zeige ich dir die Pyramiden“, sagte sein Vater fröhlich, als sie im Hotel angekommen waren.

„Jetzt nicht“, sagte Wallander. „Ich muss zuerst ein paar Stunden schlafen. Du auch. Danach können wir uns die Pyramiden ansehen. Wenn ich meinen Rückflug gebucht habe.“

Der Vater sah ihn forschend an. „Ich muss sagen, du erstaunst mich. Dass du die Kosten nicht gescheut hast, herzukommen und mich auszulösen. Das hätte ich dir nicht zugetraut.“

Wallander antwortete nicht. „Leg dich schlafen“, sagte er nur. „Wir treffen uns hier um zwei Uhr.“

Wallander konnte nicht einschlafen. Nachdem er sich eine Stunde lang im Bett gewälzt hatte, ging er an die Rezeption und bat um Hilfe bei der Buchung der Heimreise. Er wurde an ein Reisebüro verwiesen, das in einem anderen Teil des Hotels lag. Dort gelang es ihm, einen Platz in einer Maschine zu bekommen, die am nächsten Tag, dem 18. Dezember, um neun Uhr von Kairo abflog. Als er seinen Platz bestätigt bekommen hatte, war es erst ein Uhr. Er setzte sich in ein Café neben der Rezeption. Um Punkt zwei Uhr kam sein Vater in die Rezeption. Er hatte seinen Tropenhelm auf.

Gemeinsam wanderten sie dann in der brütenden Hitze über das Gisehplateau. Wallander hatte mehrmals das Gefühl, ohnmächtig zu werden, aber seinem Vater schien die Hitze gar nichts auszumachen. Unten bei der Sphinx fand Wallander endlich ein wenig Schatten. Der Vater erzählte, und Wallander musste zugeben, dass er eine Menge Wissen über das alte Ägypten besaß, in dem die Pyramiden und die eigenartige Sphinx einst erbaut worden waren.

Es war schon fast sechs Uhr, als sie endlich wieder ins Hotel kamen. Da Wallander sehr früh am nächsten Tag abreisen musste, beschlossen sie, zusammen im Hotel zu essen, in dem es mehrere Restaurants zur Auswahl gab. Auf den Vorschlag des Vaters hin bestellten sie einen Tisch in einem indischen Restaurant, und hinterher dachte Wallander, dass er selten so gut gegessen hatte. Der Vater war die ganze Zeit freundlich gewesen, und Wallander bekam den Eindruck, dass er sich die Idee, Pyramiden zu besteigen, gänzlich aus dem Kopf geschlagen hatte.

Sie trennten sich gegen elf Uhr. Wallander sollte das Hotel schon um sechs Uhr verlassen.

„Ich werde dir natürlich winken“, sagte der Vater.

„Lieber nicht“, antwortete Wallander. „Wir mögen doch beide keine Abschiede.“

„Danke, dass du gekommen bist“, sagte der Vater. „Du hast sicherlich Recht, es wäre schwer gewesen, zwei Jahre im Gefängnis zu sitzen und nicht malen zu dürfen.“

„Wenn du am 21. nach Hause kommst, ist alles vergessen“, antwortete Wallander.

„Das nächste Mal fahren wir nach Italien“, sagte sein Vater und verschwand aufs Zimmer.

DIE MASCHINE hob pünktlich ab, und Wallander landete planmäßig in Kastrup. Er nahm ein Taxi zu den Flugbooten und war um Viertel vor vier in Malmö. Zu Fuß lief er das Stück bis zum Bahnhof und erreichte gerade noch einen Zug nach Ystad. Er ging nach Hause in die Mariagatan, zog sich um und trat um halb sieben durch die Tür des Polizeipräsidiums. Die Beule war repariert worden. Björk weiß, was Prioritäten sind, dachte er grimmig. Martinssons und Svedbergs Zimmer waren leer, aber Hansson war an seinem Platz. Wallander erzählte kurz von seiner Reise. Aber als Erstes fragte er, wie es Rydberg gehe.

„Er soll wohl morgen wiederkommen", sagte Hansson. „Das hat jedenfalls Martinsson gesagt."

Wallander fühlte sich sofort erleichtert. „Und hier?", fragte er dann. „Unser Fall?"

„Es ist etwas anderes Wichtiges passiert", sagte Hansson. „Aber das hat eigentlich mit dem abgestürzten Flugzeug zu tun."

„Und zwar?"

„Yngve Leonard Holm ist ermordet aufgefunden worden. In einem Wald bei Sjöbo."

Wallander setzte sich.

„Aber das ist nicht alles", fuhr Hansson fort. „Er ist nicht irgendwie ermordet worden. Es war ein Genickschuss. Genau wie bei den Schwestern Eberhardsson."

Wallander hielt den Atem an. Das hatte er nicht erwartet. Dass sich ein Zusammenhang zwischen dem abgestürzten Flugzeug und den beiden ermordeten Frauen ergeben würde, die man nach dem verheerenden Brand gefunden hatte. Er sah Hansson an. Was bedeutet das?, dachte er. Was folgt aus dem, was Hansson berichtete?

Die Reise nach Kairo war plötzlich in weite Ferne gerückt.

6

Am 19. Dezember um zehn Uhr morgens rief Wallander bei der Bank an und fragte, ob er seinen Kredit um weitere 20 000 Kronen erhöhen könnte. Er log und sagte, dass er den Preis des Autos, das er kaufen wolle, falsch verstanden habe. Der Bankangestellte antwortete, er sehe kein Problem. Wallander könne noch am selben Tag den Kreditvertrag unterschreiben und das Geld abholen. Nachdem er aufgelegt hatte, rief er Arne an, der ihm das Auto verkaufen sollte, und verabredete, dass dieser um ein Uhr mit dem neuen Peugeot in die Mariagatan kommen sollte. Dann würde Arne auch gleich versuchen, den alten wieder zum Leben zu erwecken oder ihn in eine Werkstatt abzuschleppen.

Diese beiden Anrufe tätigte Wallander unmittelbar nach ihrer Morgensitzung. Sie hatten zwei Stunden getagt, seit Viertel vor acht. Aber Wallander war schon um sieben im Polizeipräsidium gewesen. Als er dort eintraf, war Rydberg schon da. Sie gingen in den Essraum, wo ein paar Polizisten von der Nachtschicht saßen und gähnten. Rydberg trank Tee und aß Zwieback. Wallander setzte sich ihm gegenüber.

„Du warst in Ägypten, habe ich gehört?“, sagte Rydberg. „Wie waren die Pyramiden?“

„Hoch“, antwortete Wallander. „Sehr eigenartig.“

„Und dein Vater?“

„Er hätte im Gefängnis landen können. Aber ich habe ihn gegen fast zehntausend Kronen Bußgeld rausbekommen. Seine Eltern kann man sich nicht aussuchen.“ Wallander seufzte. „Wie geht es dir?“

„Irgendwas ist nicht in Ordnung“, antwortete Rydberg. „Von Rheuma klappt man nicht so zusammen. Irgendwas stimmt nicht. Aber ich weiß nicht, was. Und im Moment interessiert mich vor allem dieser Holm, den sie ins Genick geschossen haben.“

„Ich habe es gestern von Hansson gehört.“

Rydberg schob seine Teetasse weg. „Es wäre natürlich eine unglaublich faszinierende Geschichte, wenn sich herausstellte, dass die Schwestern Eberhardsson in Rauschgiftgeschäfte verwickelt waren. Das wäre mal ein richtiger Volltreffer für die schwedische Handarbeitsbranche. Stickereien raus, Heroin rein.“

„Der Gedanke ist mir auch schon gekommen“, antwortete Wallander und stand auf. „Wir sehen uns nachher.“

Als er in sein Zimmer ging, dachte er, dass Rydberg niemals so offenherzig über seinen Zustand sprechen würde, wenn er nicht überzeugt wäre, dass tatsächlich etwas nicht in Ordnung war. Wallander war beunruhigt.

Bis Viertel vor acht ging er einige Berichte durch, die man in den Tagen seiner Abwesenheit auf seinen Tisch gelegt hatte. Mit Linda hatte er am Tag vorher gesprochen, sobald er zu Hause gewesen war und seine Tasche abgestellt hatte. Sie hatte versprochen, ihren Großvater in Kastrup abzuholen und aufzupassen, dass er gut nach Löderup kam. Wallander hatte es nicht gewagt, mit einem zweiten Kredit zu rechnen, um ein anderes Auto zu kaufen, mit dem er ihn in Malmö abholen konnte.

Die Sitzung begann damit, dass Wallander kurz von seinem Abenteuer in Kairo und von dem hilfsbereiten Polizisten namens Radwan berichtete. Dann sprachen sie über Holm. Seine Leiche war auf dem

Gebiet des Polizeidistrikts Sjöbo gefunden worden, aber nur ein paar hundert Meter entfernt von dem Feldweg, an dem der Polizeidistrikt Ystad anfing. „Die Kollegen in Sjöbo schenken ihn uns gern", sagte Martinsson. „Wir tragen die Leiche symbolisch über den Feldweg, und sie gehört uns. Besonders weil wir schon mit Holm zu tun hatten."

Wallander bat um einen Zeitplan. Martinsson konnte Auskunft geben. Holm war ein paar Tage nach dem Flugzeugabsturz verschwunden. Während Wallander in Kairo gewesen war, hatte ein Mann die Leiche bei einem Waldspaziergang gefunden. Sie hatte am Ende eines Waldwegs gelegen. Es gab Wagenspuren. Aber Holm hatte seine Brieftasche noch, ein Raubmord dürfte es also kaum gewesen sein.

Martinsson war gerade fertig, als die Tür zum Sitzungszimmer geöffnet wurde. Ein Polizist streckte den Kopf herein und sagte, es sei eine Meldung von Interpol gekommen. Martinsson ging, um sie zu holen. Unterdessen berichtete Svedberg, welch erstaunliche Energie Björk darauf verwandt hatte, die Eingangstür reparieren zu lassen.

Martinsson kam zurück. „Einer der Piloten ist identifiziert", sagte er. „Pedro Espinosa, 33 Jahre. Geboren in Madrid. Hat wegen Betrugs in Spanien im Gefängnis gesessen und in Frankreich wegen Schmuggels."

„Schmuggel", sagte Wallander. „Das passt genau."

„Hier ist noch etwas Interessantes", sagte Martinsson. „Seine letzte bekannte Adresse war in Marbella. Wo die Schwestern Eberhardsson ihre große Villa hatten."

Es wurde still im Raum. Wallander war sich darüber im Klaren, dass es sich immer noch um Zufälle handeln konnte. Ein Haus in Marbella und ein abgestürzter Pilot, der zufällig am selben Ort wohnte. Aber insgeheim wusste er, dass sie dabei waren, eine verblüffende Verbindung aufzudecken.

„Der andere Pilot ist noch nicht identifiziert", fuhr Martinsson fort. „Aber sie arbeiten dran."

Wallander sah sich im Raum um. „Wir brauchen mehr Hilfe von der spanischen Polizei", sagte er. „Wenn sie genauso hilfsbereit ist wie Radwan in Kairo, dann sollten sie ganz flott das Haus der Schwestern Eberhardsson durchsuchen. Und zwar nach einem Safe. Und nach Rauschgift. Rausfinden, mit wem die Schwestern dort verkehrt haben. Das müssen wir wissen. Und ziemlich bald."

Sie gingen noch einmal das ganze Material durch und verteilten die anstehenden Aufgaben. In erster Linie würden sie sich jetzt auf Yngve Leonard Holm konzentrieren.

Um Viertel vor zehn brachen sie auf. Als Wallander seine Telefonate erledigt hatte, legte er den Hörer neben das Telefon und schloss die Tür. Er begann, das verfügbare Material zu dem abgestürzten Flugzeug, zu Yngve Leonard Holm und den beiden Schwestern Eberhardsson noch einmal Schritt für Schritt durchzugehen. Er zeichnete ein Dreieck auf seine Kladde, wobei jedes der drei Ereignisse eine Spitze darstellte. Fünf Tote, dachte er. Zwei Piloten, von denen der eine aus Spanien kam. In einem Flugzeug, das buchstäblich ein Fliegender Holländer war, da es offiziell nach einem Absturz in Laos verschrottet worden war. Ein Flugzeug, das nachts heimlich über die schwedische Grenze flog, südlich von Sjöbo sofort wieder wendete und bei Mossby Strand abstürzte. Auf dem Boden waren Lichter zu sehen gewesen, was auf einen Abwurf irgendwo hindeuten kann. Das ist die erste Spitze.

Die zweite Spitze sind die beiden Schwestern, die in Ystad ein Handarbeitsgeschäft betrieben. Sie werden durch Genickschüsse hingerichtet, und ihr Haus wird abgebrannt. Es stellt sich heraus, dass sie vermögend sind, im Fundament ihres Hauses einen Safe installiert haben und ein Haus in Spanien besitzen. Die zweite Spitze besteht also aus zwei Schwestern, die ein Doppelleben führten.

Wallander zog einen Querstrich zwischen Pedro Espinosa und den Schwestern Eberhardsson. Dort gab es eine Verbindung. Marbella.

Die dritte Spitze war Yngve Leonard Holm, der auf einem Waldweg bei Sjöbo hingerichtet wurde. Über ihn wussten sie, dass er ein notorischer Rauschgifthändler war, mit einer ungewöhnlich gut entwickelten Fähigkeit, seine eigenen Spuren zu verwischen.

Aber jemand hatte ihn bei Sjöbo eingeholt, dachte Wallander.

Er stand auf und betrachtete sein Dreieck. Was erzählte es? Er setzte einen Punkt in die Mitte. Ein Zentrum, dachte er. Hembergs und Rydbergs ständige Frage: Wo gibt es ein Zentrum, einen Mittelpunkt? Er fuhr fort, seine Zeichnung zu betrachten. Dann erkannte er plötzlich, dass sein Bild an eine Pyramide erinnerte. Die Basis war ein Quadrat. Aber aus der Ferne konnte die Pyramide wie ein Dreieck aussehen.

Er setzte sich wieder an den Tisch. *Alles, was ich vor mir habe, erzählt im Grunde von einer einzigen Sache. Es ist etwas geschehen, wodurch ein Muster zerstört worden ist. Höchstwahrscheinlich ist das abgestürzte Flugzeug der Ausgangspunkt. Es kam zu einer Kettenreaktion, die zu drei Morden führte, drei Hinrichtungen.*

Er fing noch einmal von vorn an. Der Gedanke an die Pyramide wollte ihn nicht loslassen. Konnte es sich um einen eigenartigen Machtkampf handeln? In dem die Schwestern Eberhardsson, Yngve Leonard Holm und das Flugzeug die Spitzen in einem Dreieck waren? In dem es aber einen nach wie vor unbekannten Mittelpunkt gab?

Langsam und systematisch arbeitete er sich durch alle Fakten, die er zur Verfügung hatte. Ab und zu schrieb er eine Frage auf. Ohne dass er es merkte, war es plötzlich zwölf Uhr geworden. Er ließ den Stift fallen, nahm seine Jacke und ging hinunter zur Bank. Draußen waren ein paar Grad über null. Nieselregen. Er füllte seine Kreditverträge neu aus und hob weitere 20000 Kronen ab. Im Moment wollte er nicht an all das Geld denken, das in Ägypten verschwunden war.

Exakt um ein Uhr kam der Autohändler mit dem neuen Peugeot. Wallander fuhr eine Runde mit dem dunkelblauen Wagen. Er war abgenutzt und verraucht. Aber er lief gut. Das war das Wichtigste. Wallander fuhr in Richtung Hedeskoga und wollte gerade wenden, als er es sich plötzlich anders überlegte. Er befand sich auf der Strecke nach Sjöbo. Martinsson hatte ihm genau erklärt, wo Holms Leiche gefunden worden war. Er wollte die Stelle mit eigenen Augen sehen. Und vielleicht sogar das Haus besuchen, in dem Holm gewohnt hatte.

Die Stelle, an der Holm gefunden worden war, war immer noch abgesperrt. Aber es waren keine Polizisten da. Wallander stieg aus dem Wagen. Um ihn herrschte Stille. Er kletterte über das Absperrband und sah sich um. Wenn man einen Menschen umbringen wollte, dann war dies ein ausgezeichneter Ort dafür. Er versuchte, sich vorzustellen, was geschehen war. Holm war mit jemandem zusammen hergekommen. Laut Martinsson gab es nur Spuren von einem Wagen.

Eine Abrechnung, dachte Wallander. Etwas soll übergeben werden, etwas soll bezahlt werden. Dann geschieht etwas. Holm wird in den Nacken geschossen. Er ist tot, bevor er zu Boden fällt. Der Mörder verschwindet spurlos. Ein Mann, dachte Wallander. Oder mehr als einer. Derselbe oder dieselben, die ein paar Tage zuvor die Schwestern Eberhardsson getötet hatten.

Wallander verließ den Waldweg und fuhr weiter. Er hatte Martinssons Karte deutlich vor seinem inneren Auge. In dem großen Kreisverkehr südlich von Sjöbo musste er nach rechts abbiegen. Dann die zweite Straße, eine Schotterstraße, nach links, das letzte Haus auf der rechten Seite, eine rote Scheune an der Straße. Blauer, halb zerfallener Briefkasten. Zwei Schrottautos und ein rostiger Traktor auf einem Hof neben der Scheune. Bellender Hund unbestimmter Rasse in einem großen Zwinger. Er hatte keine Schwierigkeiten, es zu finden. Schon bevor er die Wagentür öffnete, hörte er den Hund. Er stieg aus und betrat den Hof. Vom Wohnhaus war die Farbe abgeblättert. Fallrohre hingen in Stücken an den Giebeln. Der Hund bellte wie wild und sprang am Gitter hoch. Wallander fragte sich, was passieren würde, wenn es zusammenbrach und der Hund frei wäre. Er ging zur Haustür und drückte auf einen Klingelknopf. Dann sah er, dass die Leitung durchgeschnitten war. Er klopfte und wartete. Schließlich hämmerte er so fest gegen die Tür, dass sie aufging. Er rief hinein, ob jemand zu Hause sei. Noch immer keine Antwort. Ich sollte nicht reingehen, dachte er. Dann breche ich eine ganze Reihe von Regeln, die nicht nur für Polizisten, sondern für jedermann gelten. Doch er schob die Tür auf und ging hinein. Lose hängende Tapeten, stickige Luft, Tohuwabohu. Zerrissene Sofas, Matratzen auf dem Boden. Allerdings ein Fernseher mit Großbildschirm und ein Videogerät der modernsten Sorte. CD-Spieler mit enormen Boxen. Er rief noch einmal und lauschte. Keine Antwort. In der Küche herrschte ein unbeschreibliches Chaos. Schmutziges Geschirr stapelte sich in der Spüle. Papiertüten, Plastiktüten, leere Pizzaverpackungen auf dem Boden, über den mehrere Ameisenstraßen verliefen.

In einer Ecke huschte eine Maus vorbei. Es roch muffig. Wallander ging weiter. Blieb vor einer Tür stehen, an die „Yngves Kirche" gesprayt war. Er schob die Tür auf. Dahinter gab es ein richtiges Bett. Aber nur mit einem Laken und einer Decke. Eine Kommode, zwei Stühle. Auf der Fensterbank ein Radio. Hier hatte also Yngve Leonard Holm gewohnt. Während er gleichzeitig ein großes Haus in Ystad baute. Auf dem Boden lag das Oberteil eines Trainingsanzugs. Den hatte er getragen, als Wallander ihn verhört hatte. Wallander setzte sich vorsichtig auf die Bettkante und sah sich um. Hier hatte ein Mensch gewohnt, dachte er. Ein Mensch, der davon lebte, andere Menschen in verschiedene Varianten der Drogenhölle zu treiben. Er schüttelte verständnislos den Kopf. Dann beugte er sich nach vorn und sah unter das Bett. Große Wollmäuse. Ein Hausschuh und ein paar Pornozeitschriften. Er stand auf und zog die Schubladen der Kommode heraus. Noch mehr Zeitschriften mit unbekleideten Damen mit gespreizten Beinen. Unterwäsche, Kopfschmerztabletten, Pflaster.

In der letzten Schublade lag ein Haufen hineingeworfener Papiere. Ein paar Fotos. Holm in einer Bar mit einem Bierglas in jeder Hand. Betrunken. Rote Augen. Ein anderes Foto: Holm nackt an einem Strand. Mit einem breiten Grinsen direkt in die Kamera starrend.

Er suchte weiter unter den Papieren. Hielt bei einem alten Flugschein inne. Nahm ihn mit ans Fenster. Kopenhagen–Marbella, hin und zurück. Am 12. August 1989. Rückreise am 17. August. Fünf Tage in Spanien. Kein Charterticket. Ob Economy oder Business Class konnte er nicht erkennen. Er stopfte das Ticket in die Tasche. Suchte noch ein paar Minuten und schob dann die Schublade wieder zu. Im Schrank gab es nichts, was Wallanders Aufmerksamkeit erregte. Nur eine unbeschreibliche Unordnung. Er setzte sich wieder auf das Bett. Fragte sich, wo die anderen Hausbewohner waren. Er ging in das Wohnzimmer zurück. Auf einem Tisch stand ein Telefon. Er rief das Polizeipräsidium an und bat Ebba, die Telefonnummer des Reisebüros herauszusuchen, in dem Anette Bengtsson arbeitete. Er merkte sich die Nummer, beendete das Gespräch mit Ebba und rief das Reisebüro an. Anette Bengtsson meldete sich. Er sagte, wer er war.

„Wie war die Reise nach Kairo?“, fragte sie.

„Gut. Die Pyramiden sind sehr hoch. Sehr eigenartig. Und es war heiß.“

„Sie hätten länger dableiben sollen.“

„Ein andermal.“

Dann fragte er sie, ob sie ihm sagen könne, ob Anna oder Emilia Eberhardsson zwischen dem 12. und 17. August in Spanien gewesen seien.

„Das wird einen Moment dauern“, sagte sie und legte den Hörer ab.

Wallander sah wieder flüchtig eine Maus in einer Ecke. Der Winter kündigt sich an, dachte er. Die Mäuse kommen ins Haus.

Anette Bengtsson kehrte zurück an den Apparat. „Anna Eberhardsson flog am 10. August“, sagte sie. „Sie kam erst Anfang September wieder zurück.“

„Danke für die Hilfe“, antwortete Wallander. „Ich würde gern eine Liste sämtlicher Reisen der beiden Schwestern im letzten Jahr haben. Für die polizeiliche Ermittlung. Ich komme morgen vorbei.“

Sie versprach, ihm zu helfen. Er legte auf. Dachte, dass er sich sicher in sie verliebt hätte, wenn er zehn Jahre jünger wäre. Aber sie hatte sicher schon einen Freund. Obwohl er sich nicht erinnern konnte, einen Ring an ihrer linken Hand gesehen zu haben.

Der Hund bellte wie besessen. Wallander trat an den Käfig, und er verstummte. Sobald Wallander sich umdrehte und wegging, bellte der Hund wieder. Ich kann froh und dankbar sein, dass Linda nicht in einem Haus wie diesem wohnt, dachte er. Wie viele Menschen in Schweden, von den normalen, ahnungslosen Bürgern, kennen solch ein Milieu? Wo Menschen in einem ewigen Dämmerzustand und in Elend und Verwahrlosung leben. Er setzte sich ins Auto und fuhr davon.

Es war schon vier Uhr, als er ins Polizeipräsidium zurückkam. Er erzählte Martinsson von seinem Ausflug und von dem Gespräch mit Anette Bengtsson. Er zeigte ihm das Ticket.

„Der Saukerl musste kein Charterticket nehmen“, sagte Martinsson.

„Bestimmt nicht“, antwortete Wallander. „Aber jetzt haben wir noch eine Verbindung. Keiner soll sagen, das hier sei ein Zufall.“

Das sagte er auch bei der Sitzung der Ermittlungsgruppe um fünf Uhr. Danach fuhr jeder mit seiner Arbeit fort. Wallander rief Linda an und teilte ihr mit, dass er jetzt ein funktionierendes Auto habe, sodass er ihren Großvater in Malmö abholen könne. Um kurz vor sieben ging er nach Hause. Emma Lundin rief an. Diesmal sagte Wallander Ja. Sie blieb wie gewöhnlich bis kurz nach Mitternacht. Wallander dachte an Anette Bengtsson.

Am nächsten Tag ging er ins Reisebüro und bekam die Angaben, um die er gebeten hatte. Es waren viele Kunden da, die über Weihnachten Last-Minute-Reisen buchen wollten. Wallander hatte Lust, ein wenig zu bleiben und mit Anette Bengtsson zu reden. Aber sie hatte keine Zeit. Er blieb vor dem niedergebrannten Handarbeitsladen stehen. Plötzlich fiel ihm ein, dass es nicht einmal mehr eine Woche war bis Weihnachten. Das erste Weihnachten als Geschiedener.

An dem Tag geschah nichts, was die Ermittlungen voranbrachte. Wallander grübelte über seine Pyramide nach. Das Einzige, was er hinzufügte, war eine dicke Linie zwischen Anna Eberhardsson und Yngve Leonard Holm.

Am nächsten Tag, dem 21. Dezember, fuhr Wallander nach Malmö und holte seinen Vater ab. Er war sehr erleichtert, als er ihn aus dem Flugbootterminal herauskommen sah. Er brachte ihn in sein Haus nach Löderup. Der Vater redete ununterbrochen von seiner gelungenen Reise. Dass er im Gefängnis gesessen hatte und Wallander auch in Kairo gewesen war, schien er vergessen zu haben.

Am 22. Dezember gingen sie nochmals den Stand der Ermittlungen durch. Es war nichts Neues passiert. Die spanische Polizei hatte im Haus der Schwestern nichts Auffälliges gefunden. Keine geheimen Safes, nichts. Noch immer warteten sie darauf, dass der zweite Pilot identifiziert würde.

Am Nachmittag ging Wallander los und kaufte sich selbst ein Weihnachtsgeschenk. Ein Radio für sein Auto. Es gelang ihm auch, es selbst einzubauen.

Am 23. Dezember fassten sie die Ermittlungsergebnisse zusammen.

Nyberg konnte berichten, dass Holm mit derselben Waffe erschossen worden war wie die beiden Schwestern Eberhardsson. Aber noch immer gab es keine Spur von der Waffe. Wallander zog neue Linien auf seiner Zeichnung. Die Verbindungen verdichteten sich, doch welche Spitze die wichtigste war, blieb ihm weiter verborgen.

Während der Weihnachtstage sollte die Arbeit nicht ruhen. Aber Wallander wusste, dass sie höchstens mit halber Kraft laufen würde. Nicht zuletzt, weil es schwer war, Leute zu erreichen oder bestimmte Auskünfte zu bekommen.

Am Nachmittag des 24. Dezember regnete es. Wallander holte Linda vom Bahnhof ab. Gemeinsam fuhren sie nach Löderup. Sie hatte ihrem Großvater ein Halstuch mitgebracht. Wallander schenkte ihm eine Flasche Cognac. Linda und Wallander bereiteten das Weihnachtsessen zu, während der Vater am Küchentisch saß und von den Pyramiden erzählte. Der Abend verlief ungewöhnlich harmonisch, besonders weil sich Linda so gut mit ihrem Großvater verstand.

Nachdem Wallander und Linda nach Ystad zurückgefahren waren, saßen sie noch lange zusammen und redeten miteinander. Am nächsten Morgen schlief Wallander aus. Er schlief immer gut, wenn Linda in der Wohnung war. Der erste Weihnachtstag war kalt und klar. Sie machten einen langen Spaziergang durch Sandskogen. Sie erzählte von ihren Plänen. Wallander hatte ihr zu Weihnachten ein Versprechen geschenkt. Nämlich möglichst viel von den Kosten zu übernehmen, wenn sie sich entschied, in Frankreich ein Praktikum zu machen. Spät am Nachmittag brachte er sie zum Zug. Er hätte sie gern nach Malmö gebracht, aber sie wollte lieber mit dem Zug fahren. Am Abend fühlte sich Wallander einsam. Er sah sich im Fernsehen einen alten Film an und hörte dann „Rigoletto". Dachte, dass er Rydberg hätte anrufen und ihm frohe Weihnachten wünschen sollen. Jetzt war es zu spät.

Am zweiten Weihnachtstag fuhr Wallander gegen neun Uhr ins Polizeipräsidium. Er sprach mit ein paar Polizisten von der Nachtschicht. Weihnachten war dieses Jahr ungewöhnlich ruhig gewesen.

Jetzt musste er wieder ernsthaft die Ermittlungen der Mordfälle anpacken. Noch immer waren es zwei verschiedene Fälle, obwohl er überzeugt war, dass es dieselbe Person war, die die Schwestern Eberhardsson und Yngve Leonard Holm getötet hatte. Es war nicht nur dieselbe Waffe und dieselbe Hand. Es gab auch ein gemeinsames Motiv. Er beugte sich über seine Anmerkungen. Die Pyramide mit ihrer Basis. Er zeichnete ein großes Fragezeichen in die Mitte des Dreiecks. Die Spitze, die sein Vater hatte erklimmen wollen und zu der er sich nun selbst vorarbeiten musste. Nach mehr als zweistündigem Grübeln war er sich seiner Sache sicher. Was sie nun mit aller Kraft suchen mussten, war ein fehlendes Glied. Ein Muster, vielleicht eine Organisation, war zusammengebrochen, als das Flugzeug abgestürzt war. Dann waren einer oder mehrere Unbekannte hastig aus dem Schatten getreten und hatten gehandelt. Sie hatten drei Menschen getötet.

Schweigen, dachte Wallander. Vielleicht geht es genau darum? Um ein Wissen, das nicht ans Licht kommen darf? Tote reden nicht.

So könnte es gewesen sein. Aber auch ganz anders.

Er stellte sich ans Fenster. Der Schnee fiel jetzt dichter. Es wird seine Zeit brauchen, dachte er. Das ist das Erste, was ich bei unserer nächsten Sitzung sagen werde. Wir müssen damit rechnen, dass diese Untersuchung ihre Zeit braucht.

IN DER Nacht zum 27. Dezember hatte Wallander einen Albtraum. Er war wieder in Kairo, im Gerichtssaal. Radwan war nicht mehr an seiner Seite. Aber jetzt konnte er plötzlich alles verstehen, was der Staatsanwalt und der Richter sagten. Sein Vater saß in Handschellen da, und Wallander war entsetzt, als er zum Tode verurteilt wurde. Wallander stand auf, um zu protestieren. Aber niemand nahm von ihm Notiz. Dann strampelte er sich aus dem Traum heraus, hoch an die Oberfläche, und als er aufwachte, war er schweißnass. Er lag ganz still da und starrte in die Dunkelheit.

Der Schlaf wollte nicht wiederkommen. Bis sechs Uhr wälzte Wallander sich im Bett. Dann stand er auf, ließ Badewasser einlaufen und kochte Kaffee. Die Kaffeetasse nahm er mit ins Badezimmer. Dann lag er dösend bis halb sieben im heißen Wasser. Der Gedanke an das Wetter verursachte ihm Widerwillen. Der ständige Schneematsch. Aber jetzt hatte er immerhin ein Auto, das hoffentlich startete.

Um Viertel nach sieben drehte er den Zündschlüssel um. Der Motor sprang sofort an. Er fuhr zum Polizeipräsidium und parkte so nah wie möglich am Eingang. Martinsson stand an der Anmeldung und blätterte in der Polizeizeitung. Als er Wallander sah, nickte er. „Hier steht, dass wir in allen Belangen besser werden müssen“, sagte er düster. „Vor allem sollen wir unsere Beziehung zur Öffentlichkeit vertiefen.“

„Das ist doch nur gut“, antwortete Wallander.

Es gab ein Bild, das immer wieder in seiner Erinnerung auftauchte. Ein Vorfall, der sich vor zwanzig Jahren in Malmö zugetragen hatte.

Damals war er in einem Café von einem jungen Mädchen beschimpft und beschuldigt worden, sie bei einer Vietnamdemonstration mit dem Gummiknüppel geschlagen zu haben. Ihren Gesichtsausdruck, die totale Verachtung darin, hatte er nie vergessen.

Martinsson warf die Zeitung auf den Tisch. „Denkst du nie daran aufzuhören?“, fragte er. „Etwas anderes zu tun?“

„Jeden Tag. Aber ich weiß nicht, was das sein könnte.“

„Vielleicht sollte man sich bei einem privaten Sicherheitsdienst bewerben“, sagte Martinsson.

Wallander war erstaunt. Er hatte immer gedacht, Martinssons sehnlichster Wunsch wäre, einmal Polizeichef zu werden.

Dann erzählte er von seinem Besuch in dem Haus, das Holm bewohnt hatte. Martinsson war enttäuscht, als er hörte, dass nur der Hund zu Hause gewesen war. „Da wohnen mindestens noch zwei Personen“, sagte er. „Eine junge Frau um die 25. Ich habe sie nie gesehen. Aber ein Mann war da. Rolf hieß er. Rolf Nyman, glaube ich. An den Namen der Frau kann ich mich nicht erinnern.“

„Da war nur ein Hund“, wiederholte Wallander. „Der war so feige, dass er anfing zu kriechen, als ich ihn angebrüllt habe.“

Sie einigten sich darauf, am nächsten Morgen erst gegen neun Uhr zusammenzutreffen. Martinsson war sich nicht sicher, ob Svedberg kommen würde. Er hatte am Abend vorher angerufen und gesagt, er habe Fieber und sei stark erkältet.

Wallander ging in sein Zimmer. Kurz darauf hörte er schnelle Schritte auf dem Korridor. Es war Martinsson, der, mit einem Papier wedelnd, hereinkam. „Der zweite Pilot ist identifiziert“, sagte er. „Das hier ist gerade von Interpol gekommen. Ayrton McKenna“, las Martinsson. „Geboren 1945 in Südrhodesien. Hubschrauberpilot seit 1964 beim damaligen südrhodesischen Militär. Während der Sechzigerjahre mehrfach dekoriert. Wofür, kann man sich fragen. Dafür, dass er massenhaft Schwarze bombardiert hat?“

Wallander hatte nur eine sehr vage Vorstellung davon, was sich in den ehemaligen britischen Kolonien in Afrika abgespielt hatte.

Martinsson las weiter. „Irgendwann nach 1980 zog Ayrton McKenna nach England. Zwischen 1983 und 1985 saß er wegen Rauschgiftschmuggels in Birmingham im Gefängnis. Nach 1985 gibt es keine Angaben, bis er 1987 in Hongkong auftaucht. Dort verdächtigt man ihn des Menschenschmuggels aus der Volksrepublik. Er bricht aus der Haft in Hongkong aus, erschießt dabei zwei Wachen und wird seitdem gesucht.

Aber die Identifizierung ist eindeutig. Er war es, der mit Espinosa vor Mossby abgestürzt ist.“

Wallander dachte nach. „Was haben wir?“, sagte er. „Zwei vorbestrafte Piloten. Beide wegen Schmuggels. In einem Flugzeug, das es nicht mehr gab. Sie fliegen illegal für ein paar Minuten über die schwedische Grenze. Wahrscheinlich sind sie auf dem Rückweg, als das Flugzeug abstürzt. Sie sollten entweder etwas abliefern oder etwas holen. Da es keine Anzeichen für eine Landung gibt, sieht es danach aus, als hätten sie etwas abgeworfen. Was wirft man aus einem Flugzeug? Außer Bomben?“

„Rauschgift.“

Wallander nickte. Dann beugte er sich über den Tisch nach vorn. „Hat die Havariekommission ihre Arbeit schon aufgenommen?“

„Es hat alles unglaublich lange gedauert. Aber es spricht nichts dafür, dass die Maschine abgeschossen wurde, wenn es das ist, worauf du hinauswillst.“

„Nein“, sagte Wallander. „Was mich interessiert, sind eigentlich nur zwei Dinge. Hatte die Maschine Reservetanks, das heißt, von wie weit her kann sie gekommen sein? Und war es ein Unfall?“

„Wenn sie nicht abgeschossen wurde, kann es kaum etwas anderes gewesen sein.“

„Es gibt die Möglichkeit der Sabotage. Aber das ist vielleicht zu weit hergeholt.“

„Das Flugzeug war alt“, sagte Martinsson. „Das wissen wir. Es ist vermutlich bei Vientiane abgestürzt. Und dann wieder repariert worden. Mit anderen Worten, es kann in schlechtem Zustand gewesen sein.“

„Wann fängt diese Havariekommission eigentlich ernsthaft an zu arbeiten?“

„Am 28. Also morgen. Die Maschine ist geborgen und in eine Flugzeughalle nach Sturup gebracht worden.“

„Du solltest wohl dabei sein. Das mit den Reservetanks ist wichtig.“

„Es gehört eine Menge Sprit dazu, wenn die Maschine ohne Zwischenlandung von Spanien gekommen ist“, sagte Martinsson skeptisch.

„Davon gehe ich auch nicht aus. Aber ich will wenigstens wissen, ob sie auf der anderen Seite des Meeres abgeflogen sein kann. In Deutschland. Oder in einem der baltischen Staaten.“

Martinsson ging. Wallander machte sich Notizen. Neben den Namen Espinosa schrieb er nun McKenna.

Um halb neun traf sich die Ermittlungsgruppe. „Heute Nacht hat es eine blutige Schlägerei gegeben", sagte Hansson. „Zwei Brüder sind mit ihrem Vater aneinander geraten. Natürlich betrunken. Einer der Brüder und der Vater liegen im Krankenhaus. Sie sind offensichtlich mit Werkzeugen aufeinander losgegangen."

„Wir werden uns darum kümmern, wenn wir Zeit haben", sagte Wallander. „Im Moment haben wir drei Morde am Hals. Oder zwei, wenn wir die beiden Schwestern zusammenrechnen."

„Ich verstehe immer noch nicht ganz, warum Sjöbo sich nicht selbst um diesen Holm kümmern kann", sagte Hansson grantig.

„Weil Holm etwas mit uns zu tun hat", antwortete Wallander ebenso grantig. „Wenn wir anfangen, jeder für sich zu ermitteln, dann kriegen wir das hier nie in den Griff."

Hansson gab nicht auf. „Wissen wir denn, ob Holm etwas mit den Eberhardssons zu tun hatte?"

„Nein", antwortete Wallander. „Aber alles spricht dafür, dass es sich um ein und denselben Mörder handelt. Ich meine doch, dass das ein hinreichender Zusammenhang ist, um die Ermittlungen zu koppeln und sie von Ystad aus zu leiten."

Wallander beendete das Gespräch mit Hansson demonstrativ, indem er sich an Rydberg wandte. „Wissen wir etwas über den Drogenmarkt?", fragte er. „Ist in Malmö etwas passiert? Haben sich die Preise geändert oder das Angebot?"

„Ich habe angerufen", sagte Rydberg. „Aber offensichtlich arbeitet dort kein Polizist während der Weihnachtstage."

„Dann machen wir mit Holm weiter", entschied Wallander. „Ich habe leider mittlerweile den Verdacht, dass diese Untersuchung langwierig werden wird. Wir müssen also graben. Wer war Holm? Mit wem hat er verkehrt? Welche Position hatte er in der Drogenszene? Hatte er überhaupt eine? Und die Schwestern? Wir wissen zu wenig."

„Ganz richtig", sagte Rydberg. „Wenn man in die Tiefe gräbt, kommt man meistens vorwärts."

Wallander speicherte Rydbergs Worte. Wenn man in die Tiefe gräbt, kommt man meistens vorwärts.

Während ihnen noch Rydbergs Worte in den Ohren klangen, brachen sie auf. Wallander fuhr zum Reisebüro, um mit Anette Bengtsson zu sprechen. Zu seiner Enttäuschung hatte sie über Weihnachten frei. Ihre Kollegin hatte allerdings einen Briefumschlag, den sie Wallander übergab.

Auf dem Weg zurück zum Polizeipräsidium fiel Wallander ein, dass er genau für diesen Morgen eine Waschzeit eingetragen hatte. Er hielt in der Mariagatan an, ging in seine Wohnung hinauf und trug alle Schmutzwäsche aus dem Schrank nach unten. Als er in den Waschkeller kam, hing ein Zettel an der Waschmaschine, auf dem stand, dass sie defekt sei. Wallander wurde so wütend, dass er die Wäsche hinaustrug und in den Kofferraum warf. Es gab eine Waschmaschine im Polizeipräsidium. Als er in die Regementsgatan einbog, wäre er beinahe mit einem Motorrad zusammengestoßen, das ihm mit hoher Geschwindigkeit entgegenkam. Er fuhr an den Straßenrand, schaltete den Motor aus und schloss die Augen. Ich bin fix und fertig, dachte er. Wenn mich eine defekte Waschmaschine dazu bringt, dass ich fast die Beherrschung verliere, dann stimmt etwas nicht mit meinem Leben.

Er wusste, was es war. Die Einsamkeit. Die immer trostloseren nächtlichen Stunden mit Emma Lundin.

Statt zum Polizeipräsidium zu fahren, beschloss er, seinen Vater in Löderup zu besuchen. Es war immer riskant, unangemeldet zu kommen, aber im Moment spürte er das Bedürfnis, die Ölfarben im Atelier zu riechen. Der Traum der letzten Nacht spukte auch noch in seinem Kopf herum. Er fuhr durch die graue Landschaft und fragte sich, womit er anfangen sollte, um sein Leben zu ändern. Vielleicht hatte Martinsson Recht? Vielleicht sollte er sich ernsthaft die Frage stellen, ob er sein Leben lang Polizist sein wollte. Sogar mein Vater hat etwas, was mir fehlt, dachte er, als er auf den Hofplatz einbog. Träume, denen er treu bleiben will. Auch wenn sie seinen Sohn ein Vermögen kosten.

Er stieg aus dem Wagen und ging auf das Atelier zu. Eine Katze spazierte durch die halb offene Tür. Wallander klopfte und trat ein.

Der Vater saß vorgebeugt an seiner Staffelei. „Du bist es?“, sagte er. „Du kommst unerwartet.“

„Ich war gerade in der Nähe“, antwortete Wallander. „Störe ich?“

Sein Vater tat, als habe er die Frage nicht gehört. Stattdessen begann er, von der Ägyptenreise zu sprechen. Als sei es eine lebendige, aber schon sehr entfernte Erinnerung. Wallander hatte sich auf einen alten Schemel gesetzt und hörte zu.

„Jetzt fehlt nur noch Italien“, schloss sein Vater. „Dann kann ich mich hinlegen und sterben.“

„Ich glaube, wir warten noch mit der Reise“, sagte Wallander. „Jedenfalls ein paar Monate.“

Der Vater malte. Wallander saß stumm da. Hin und wieder wechselten sie ein paar Worte. Dann wieder Stille. Wallander spürte, dass er sich erholte. Sein Kopf fühlte sich leichter an. Nach einer guten halben

Stunde stand er auf, um zu gehen. „Ich komme Silvester vorbei“, sagte er.

„Bring eine Flasche Cognac mit“, antwortete der Vater.

Wallander kehrte zum Polizeipräsidium zurück, setzte sich in sein Zimmer und sah die Reisen der Schwestern Eberhardsson im vergangenen Jahr durch. Er versuchte, ein Muster herauszulesen, ohne genau zu wissen, wonach er eigentlich suchte. Ich weiß nichts über Holm, dachte er. Es gibt keine Ansatzpunkte, abgesehen von der einen Reise, als Holm gleichzeitig mit Anna Eberhardsson in Marbella war.

Er steckte die Papiere in den Umschlag zurück und legte ihn in einen Ordner, in dem er alles verwahrte, was mit der Mordermittlung zu tun hatte. Es war schon nach zwölf. Er hatte Hunger. Um von seiner zur Gewohnheit gewordenen Unsitte loszukommen, an einem Kiosk ein paar Würstchen hinunterzuschlingen, ging er zum Krankenhaus hinunter und aß im Café ein belegtes Brot.

Als er ins Polizeipräsidium zurückkehrte, saß Rydberg an der Anmeldung und wartete auf ihn. Wallander setzte sich neben ihn auf das Sofa. Wie immer kam Rydberg schnell zur Sache. „Malmö schwimmt in Heroin“, sagte er. „Ebenso Lund, Eslöv, Landskrona, Helsingborg. Ich habe mit einem Kollegen in Malmö gesprochen. Er sagte, es gäbe deutliche Anzeichen dafür, dass eine große Partie auf den Markt gekommen sei. Mit anderen Worten könnte es stimmen, dass aus dem Flugzeug Stoff abgeworfen worden ist. In dem Fall bleibt eigentlich nur noch eine wichtige Frage.“

Wallander verstand. „Wer stand da und hat ihn im Empfang genommen?“

„Was das betrifft, kann man mit verschiedenen Gedanken spielen“, fuhr Rydberg fort. „Dass das Flugzeug abstürzen würde, hatte niemand erwartet. Eine Scheißkiste aus Asien, die längst hätte verschrottet werden müssen. Dann muss also da auf dem Feld etwas passiert sein. Entweder haben die Falschen die Ladung abgeholt, die in der Nacht geflogen kam, oder es lauerte mehr als ein Raubtier auf die Beute.“

Wallander nickte. So ähnlich hatte er auch gedacht.

„Etwas geht schief“, sagte Rydberg. „Und das führt dazu, dass zuerst die Schwestern Eberhardsson und dann Holm hingerichtet werden. Mit derselben Waffe. Durch dieselbe Hand oder dieselben Hände.“

„Ich mag es trotzdem nicht glauben“, sagte Wallander. „Dass Anna und Emilia keine netten alten Fräuleins waren, wissen wir mittlerweile. Aber von da bis zur Verwicklung in den Handel mit harten Drogen ist es noch ein großer Schritt.“

„Darin gebe ich dir im Grunde Recht. Aber mich wundert nichts mehr. Wenn die Gier die Leute erst einmal gepackt hat, dann kennt sie keine Grenzen mehr. Vielleicht ging es abwärts mit dem Handarbeitsgeschäft? Wenn wir ihre Steuerbescheide analysiert haben, wissen wir es. Außerdem sollte es möglich sein, aus den Zahlen herauszulesen, wann etwas passiert ist. Wann sie sich plötzlich nicht mehr um die finanzielle Lage des Handarbeitsgeschäfts zu kümmern brauchten. Vielleicht haben sie von einem Leben in einem sonnigen Paradies geträumt. Das hätten sie nie durch den Verkauf von Knöpfen und Nähseide erreichen können. Plötzlich geschieht etwas. Und sie sind in das Netz verstrickt."

„Man kann es drehen und wenden", sagte Wallander. „Einen besseren Deckmantel als zwei alte Damen in einem Handarbeitsgeschäft kann man sich kaum vorstellen. Die personifizierte Unschuld."

Rydberg nickte. „Wer hat die Sendung entgegengenommen?", wiederholte er. „Und noch eine Frage: Wer stand hinter dem Ganzen? Oder richtiger: Wer steht dahinter?"

„Wir suchen noch immer nach dem Zentrum", sagte Wallander. „Nach der Spitze der Pyramide."

Rydberg gähnte und stand mühsam auf. „Früher oder später finden wir es heraus", sagte er.

IN DER Nacht schlief Wallander lange und traumlos. Am Morgen schien die Sonne, und es waren fünf Grad über null. Er ließ den Wagen stehen und ging zu Fuß zum Polizeipräsidium hinauf. Aber auf halber Strecke bereute er es. Ihm fiel ein, was Martinsson erzählt hatte. Von den zwei Bewohnern des Hauses, in dem Holm sein Zimmer hatte. Es war erst Viertel nach sieben. Er würde es noch vor der Sitzung im Polizeipräsidium schaffen, hinzufahren und nachzusehen, ob sie zu Hause waren.

Um Viertel vor acht bog er auf den Hof ein. Der Hund stand in seinem Zwinger und bellte. Wallander sah sich um. Das Haus wirkte genauso verlassen wie am Tag zuvor. Er ging zur Tür und klopfte. Keine Reaktion. Er drückte den Türgriff herunter. Die Tür war verschlossen. Es war also jemand da gewesen. Er wandte sich ab, um auf die Rückseite des Hauses zu gehen. In dem Moment hörte er, wie die Tür hinter ihm geöffnet wurde. Unwillkürlich zuckte er zusammen. Ein Mann in Unterhemd und tief hängenden Jeans stand da und sah ihn an.

Wallander ging zurück und stellte sich vor. „Sind Sie Rolf Nyman?", fragte er.

„Ja, das bin ich."

„Ich würde gerne mit Ihnen reden."

Der Mann zögerte. „Hier ist nicht aufgeräumt", antwortete er. „Und das Mädchen, das hier wohnt, schläft gerade."

„Bei mir zu Hause ist auch nicht aufgeräumt", sagte Wallander. „Und wir brauchen uns ja nicht auf ihre Bettkante zu setzen."

Nyman trat zur Seite und nahm Wallander mit in die voll gestopfte Küche. Sie setzten sich. Der Mann machte keine Anstalten, Wallander irgendetwas anzubieten. Aber er wirkte freundlich. Wallander nahm an, dass er sich wegen des Durcheinanders schämte.

„Das Mädchen hat große Probleme mit Drogen", sagte er. „Sie versucht gerade, davon wegzukommen. Ich helfe ihr, so gut ich kann. Aber es ist schwer."

„Und Sie selbst?"

„Ich rühre nie etwas an."

„Aber ist es nicht merkwürdig, dass Sie sich entschlossen haben, mit Holm zusammen zu wohnen. Wenn Sie tatsächlich wollen, dass sie von den Drogen loskommt."

Nymans Antwort kam schnell und wirkte überzeugend. „Ich habe nicht geahnt, dass er mit Drogen zu tun hatte. Wir haben hier billig gewohnt. Er war nett. Ich hatte keinen blassen Schimmer, was er machte. Zu mir hat er gesagt, er studiert Astronomie. Wir haben immer abends hier draußen auf dem Hof gestanden. Er kannte jeden einzelnen Stern."

„Was machen Sie selbst?"

„Ich kann keine feste Stelle annehmen, solange es ihr schlecht geht. Ich arbeite ab und zu in einer Diskothek."

„Sie sind Diskjockey?"

„Ja."

Wallander fand, dass der Mann einen sympathischen Eindruck machte. Das Einzige, was ihn zu beunruhigen schien, war, dass das Mädchen, das irgendwo schlief, aufwachen könnte. „Holm", sagte Wallander. „Wie haben Sie ihn kennen gelernt? Und wann war das?"

„In einer Diskothek in Landskrona. Wir kamen ins Gespräch. Er hat von diesem Haus erzählt. Ein paar Wochen später sind wir eingezogen. Das Schlimmste ist, dass ich keine Lust habe, sauber zu machen. Früher habe ich das getan. Holm auch. Aber jetzt habe ich alle Hände voll damit zu tun, mich um meine Freundin zu kümmern."

„Sie hatten nie einen Verdacht, was Holms Geschäfte anging?"

„Nein."

„Hat er hier nie Besuch gehabt?"

„Nie. Er war tagsüber meistens weg. Aber er sagte immer, wann er wiederkäme. Nur beim letzten Mal ist er nicht pünktlich zurückgekommen."

„Wirkte er an dem Tag beunruhigt? Hatte sich etwas verändert?"

Rolf Nyman dachte nach. „Nein, er war wie immer."

„Wie war er denn?"

„Fröhlich. Obwohl manchmal ein bisschen still."

Wallander überlegte, wie er weiter vorgehen sollte. „Hatte er viel Geld?"

„Er hat jedenfalls nicht aufwändig gelebt. Ich kann Ihnen sein Zimmer zeigen."

„Das ist nicht nötig. Er hatte also niemals Besuch?"

„Nie."

„Aber es muss doch mal jemand angerufen haben?"

Nyman nickte. „Er schien es immer zu wissen, wenn jemand anrufen wollte. Wenn er sich auf den Stuhl neben das Telefon setzte, klingelte es. Wenn er nicht zu Hause oder in der Nähe war, klingelte es nie. Das war das Merkwürdigste an ihm."

Wallander fielen plötzlich keine Fragen mehr ein. Er stand auf. „Was geschieht jetzt?", fragte er.

„Ich weiß es nicht. Das Haus hatte Holm von jemandem gemietet, der in Örebro wohnt. Ich nehme an, wir werden ausziehen müssen."

Rolf Nyman begleitete ihn hinaus auf die Treppe.

„Haben Sie Holm jemals von zwei Schwestern namens Eberhardsson reden hören?"

„Die beiden, die umgebracht worden sind? Nein, nie."

Wallander hatte doch noch eine letzte Frage. „Holm muss ein Auto gehabt haben", sagte er. „Wo ist das?"

Rolf Nyman schüttelte den Kopf. „Ich weiß es nicht."

„Was für ein Wagen war es?"

„Ein schwarzer Golf."

Wallander streckte die Hand aus und verabschiedete sich. Der Hund blieb stumm, als er zum Auto ging.

Holm musste seine Geschäfte gut getarnt haben, dachte er auf dem Rückweg.

Um Viertel vor neun stellte er den Wagen vor dem Polizeipräsidium ab. Ebba war auf ihrem Platz und sagte ihm, dass Martinsson und die anderen ihn im Sitzungszimmer erwarteten. Er beeilte sich. Nyberg war auch da. „Was ist passiert?", fragte Wallander, schon bevor er sich hingesetzt hatte.

„Große Neuigkeiten“, antwortete Martinsson. „Die Malmöer Kollegen haben eine Routinerazzia bei einem berüchtigten Drogenhändler gemacht. In seinem Haus fanden sie eine Pistole, Kaliber .38.“

Martinsson wandte sich an Nyberg. „Die Techniker waren schnell“, sagte er. „Die beiden Schwestern und Holm sind mit einer Waffe dieses Kalibers erschossen worden.“

Wallander hielt den Atem an. „Wie heißt der Händler?“

„Nilsmark. Aber er wird ‚Hilton‘ genannt.“

„Ist es dieselbe Waffe?“

„Das können wir noch nicht sagen. Aber die Möglichkeit besteht immerhin.“

Wallander nickte. „Gut“, sagte er. „Vielleicht ist das der Durchbruch. Und vielleicht haben wir das hier doch bis Neujahr hinter uns.“

7

Sie arbeiteten bis Silvester drei Tage lang intensiv. Wallander und Nyberg fuhren noch am Vormittag des 28. nach Malmö. Nyberg, um mit dem Techniker der Malmöer Polizei zu sprechen, Wallander, um an einem Verhör mit dem Drogenhändler Hilton teilzunehmen, beziehungsweise ihn selbst zu verhören. Der Mann war in den Fünfzigern, übergewichtig, aber dennoch ungewöhnlich geschmeidig. Er saß da in Anzug und Krawatte und wirkte gelangweilt.

Hilton hatte sofort zugegeben, dass er für die bei ihm gefundene Pistole keinen Waffenschein hatte. Er begründete ihre Anschaffung damit, dass er etwas zu seiner Verteidigung brauche, da er in einer einsamen Gegend lebe. Aber die Morde an den Schwestern Eberhardsson und Yngve Leonard Holm stritt er energisch ab.

Gegen Ende des Verhörs mit Hilton stellte Wallander ein paar Fragen, unter anderem danach, was Hilton an den jeweils aktuellen Tagen gemacht habe. Im Fall der Schwestern Eberhardsson gab es sehr exakte Zeitangaben; was Holm betraf, waren sie eher unklar. Als die Schwestern Eberhardsson starben, war Hilton in Kopenhagen, behauptete er. Da er allein gereist war, würde es Zeit brauchen, seine Behauptung zu überprüfen. Im Zeitraum zwischen Holms Verschwinden und dem Auffinden seiner Leiche hatte Hilton viele verschiedene Dinge getan.

Nach dem Verhör trank Wallander mit Kriminalinspektor Hyttner

Kaffee. „Wir haben ihm noch nie Gewalttätigkeiten nachweisen können", sagte Hyttner. „Das hat er, wenn nötig, immer andere machen lassen. Außerdem waren es nicht jedes Mal dieselben Typen. Soweit wir wissen, hat er Leute vom Kontinent geholt, wenn er jemandem, der seine Rechnung nicht bezahlt hatte, die Knochen brechen ließ."

„Die müssen alle ausfindig gemacht werden", sagte Wallander. „Wenn sich herausstellen sollte, dass es die richtige Waffe ist."

„Es fällt mir schwer zu glauben, dass er es war", meinte Hyttner. „Dazu ist er nicht der Typ. Er hat keine Skrupel, Schulkindern Heroin zu verkaufen. Aber er fällt in Ohnmacht, wenn ihm Blut abgezapft wird."

Wallander kehrte am frühen Nachmittag nach Ystad zurück. Nyberg war immer noch in Malmö. Wallander war sich bewusst, dass er eher hoffte als glaubte, dass sie sich einer Aufklärung der Morde näherten.

Gleichzeitig begann ein anderer Gedanke in ihm zu bohren. Etwas, was er übersehen haben konnte. Eine Schlussfolgerung, die er hätte ziehen müssen, eine Vermutung, zu der er hätte kommen müssen. Er suchte in seinem Kopf, fand aber keine Antwort.

Als er im Präsidium ankam, traf er Björk an der Anmeldung. „Ich habe gehört, ihr habt diese Morde aufgeklärt", sagte er.

„Nein", antwortete Wallander. „Nichts ist aufgeklärt."

„Dann müssen wir eben weiter hoffen."

Björk verschwand durch die Tür. Es ist, als hätte unsere Auseinandersetzung niemals stattgefunden, dachte Wallander. Oder er ist konfliktscheuer als ich. Oder weniger nachtragend.

Wallander versammelte die Ermittlungsgruppe und wertete aus, was in Malmö passiert war.

„Glaubst du, er ist es?", fragte Rydberg, als Wallander schwieg.

„Ich weiß es nicht", antwortete Wallander.

„Das heißt mit anderen Worten, du glaubst nicht, dass er es ist?"

Wallander antwortete nicht. Er zuckte nur resigniert mit den Schultern.

Den Rest des Tages geschah eigentlich gar nichts. Alle warteten. Die Ballistiker arbeiteten auf Hochtouren mit der Waffe. Wallander wanderte im Korridor auf und ab. Er suchte weiter nach dem Gedanken, der auf dem Weg von Malmö angefangen hatte, an ihm zu nagen. Immerhin war ihm klar, dass es sich nur um ein Detail handelte, das vorbeigehuscht war. Vielleicht ein einziges Wort, das er hätte auffangen und genauer analysieren sollen.

Es wurde sechs Uhr. Wallander und Martinsson gingen noch einmal alles durch, was sie über Yngve Leonard Holm wussten. Er war in

Brösarp geboren und, soweit sie es beurteilen konnten, in seinem ganzen Leben keiner ordentlichen Arbeit nachgegangen. Kleine Diebstähle in der Jugend hatten nach und nach zu gröberen Vergehen geführt. Aber keine Gewalt. Um sieben Uhr rief Wallander in Malmö an und sprach mit Hyttner. Auch dort gab es nichts Neues.

Wallander fuhr nach Hause. Die Waschmaschine war immer noch nicht repariert. Seine Schmutzwäsche lag noch im Auto. Wütend fuhr er ins Präsidium zurück und stopfte die Waschmaschine bis zum Rand voll. Dann setzte er sich und zeichnete Männchen auf seine Kladde. Dachte an Radwan und die gewaltigen Pyramiden. Als er die Wäsche aus dem Trockner nahm, war es schon nach neun. Er fuhr nach Hause, öffnete eine Dose Pyttipanna und aß vor dem Fernseher, während er sich einen alten schwedischen Film ansah.

Bevor er ins Bett ging, rief er Linda an. Diesmal war Mona am Apparat. An ihrer Stimme konnte er erkennen, dass sein Anruf ungelegen kam. Linda war nicht da. Wallander bat Mona nur, sie zu grüßen. Das Gespräch war schon vorbei, bevor es überhaupt begonnen hatte.

DEN FOLGENDEN Tag, den 29. Dezember, nutzte Wallander, um seine Papierberge abzuarbeiten. Am Nachmittag kam Per Åkeson in sein Zimmer und bat um einen Bericht über den bisherigen Verlauf des Geschehens. Wallander sagte, dass sie hofften, zurzeit auf der richtigen Spur zu sein. Aber noch immer sei viel Routinearbeit zu leisten.

Es war Åkesons letzter Arbeitstag vor seinem halben Sabbatjahr.

„Meine Nachfolgerin ist eine Frau“, sagte er. „Du kannst dich freuen. Sie ist viel attraktiver als ich.“

„Wir werden sehen“, antwortete Wallander. „Aber wir werden dich sicher vermissen.“

Sie wünschten einander ein frohes neues Jahr und versprachen, in Kontakt zu bleiben.

Am Abend telefonierte Wallander lange mit Linda. Sie wollte Silvester mit Freunden in Lund feiern. Wallander war enttäuscht. Er hatte gedacht oder zumindest gehofft, dass sie mit nach Löderup käme.

„Zwei alte Kerle“, sagte sie nicht unliebenswürdig „Ich kann mir was Lustigeres vorstellen.“

Nach dem Gespräch erinnerte sich Wallander daran, dass er vergessen hatte, den Cognac zu kaufen, um den ihn sein Vater gebeten hatte. Er wollte auch eine Flasche Champagner mitnehmen. Er schrieb zwei Zettel. Einen legte er auf den Küchentisch, den anderen in einen seiner

Schuhe. In der Nacht saß er lange auf und hörte sich eine alte Aufnahme von Turandot mit Maria Callas an. Erst gegen drei Uhr schlief er ein.

Am Morgen des 30. fielen riesige Schneemassen auf Ystad. Wallander dachte, dass der Jahreswechsel chaotisch werden konnte, wenn das Wetter sich nicht änderte. Aber schon gegen zehn Uhr klarte es auf, und der Schnee begann zu schmelzen. Wallander wollte wissen, warum die Ballistiker so unendlich lange brauchten, um festzustellen, ob es sich um die richtige Waffe handelte. Nyberg wurde wütend und sagte, die Kriminaltechniker bekämen ihre schlechten Gehälter nicht, um zu schludern. Wallander gab sofort klein bei, sie vertrugen sich wieder und sprachen eine Weile über die ungerecht niedrigen Gehälter der Polizei.

Am Nachmittag versammelte sich die Ermittlungsgruppe. Es wurde eine anstrengende Sitzung, da es kaum Neuigkeiten gab. Die Polizei in Marbella hatte einen außerordentlich genauen Bericht über den Besuch im Haus der Schwestern Eberhardsson geschickt. Sie hatten sogar ein Foto beigelegt. Das Bild wanderte um den Tisch. Das Haus war wirklich ein Palast. Aber dennoch hatte der Bericht nichts Neues zu den Ermittlungen beigetragen. Kein Durchbruch, nur dieses Warten.

Am Morgen des 31. Dezember platzte die Hoffnung. Die Ballistiker konnten mitteilen, dass die Waffe, die man bei Nilsmark gefunden hatte, nicht diejenige war, mit der die Schwestern Eberhardsson und Holm ermordet worden waren. Für einen Moment schien allen die Luft auszugehen. Nur Rydberg und Wallander hatten vermutet, dass der Bericht mit großer Wahrscheinlichkeit negativ ausfallen würde. Der Malmöer Polizei war es außerdem gelungen, eine Bestätigung für Nilsmarks Reise nach Kopenhagen zu bekommen. Er konnte unmöglich in Ystad gewesen sein, als die Schwestern ermordet worden waren.

„Also stehen wir wieder am Anfang“, sagte Wallander. „Im neuen Jahr müssen wir mit Volldampf weiterarbeiten. Das Material noch einmal durchgehen, uns in die Tiefe arbeiten.“

Keiner gab einen Kommentar dazu ab. Während des Jahreswechsels würde die Arbeit zum größten Teil ruhen. Da sie keine eindeutige Spur zu verfolgen hatten, war Wallander der Ansicht, dass sie vor allem Ruhe brauchten. Dann wünschten sie einander ein frohes neues Jahr. Am Ende blieben Rydberg und Wallander allein zurück.

„Wir haben es gewusst“, sagte Rydberg. „Du und ich. Dass es mit diesem Nilsmark zu einfach gewesen wäre. Warum zum Teufel sollte er die Waffe noch haben? Es war von Anfang an falsch gedacht.“

„Und trotzdem mussten wir es klarstellen."

„Polizeiarbeit heißt oft, Dinge zu tun, von denen man schon von Anfang an weiß, dass sie sinnlos sind", sagte Rydberg. „Aber es ist, wie du sagst. Jeder Stein muss umgedreht werden."

Dann sprachen sie kurz über Silvester. Sie schüttelten sich die Hand, wie um sich zu versichern, dass es ein besonderer Tag war. Dann ging Wallander in sein Zimmer, legte einen Kalender für 1990 heraus und räumte seine Schubladen auf. Silvester war dazu da, sich von alten Papieren zu befreien.

Um sieben Uhr fuhr er nach Hause, duschte und zog sich um. Kurz nach acht kam er in Löderup an. Sein Vater hatte ein überraschend gutes Fischgratin gemacht. Wallander hatte schnell noch Cognac eingekauft, und der Vater nickte erfreut, als er sah, dass es „Hennessy" war. Der Champagner wurde in den Kühlschrank gelegt. Zum Essen tranken sie Bier. Der Vater hatte sich zur Feier des Tages seinen alten Anzug und einen Schlips angezogen.

Um kurz nach neun begannen sie, Poker zu spielen. Wallander bekam zweimal einen Dreier, warf aber beide Male eine der Karten ab, damit sein Vater gewinnen konnte. Gegen elf Uhr ging Wallander auf den Hof, um zu pinkeln. Es war klar geworden und viel kälter. Der Sternenhimmel funkelte. Wallander dachte an die Pyramiden. Von den starken Scheinwerfern angestrahlt, hatten sie den ägyptischen Sternenhimmel fast verschwinden lassen. Er ging wieder ins Haus. Der Vater hatte mehrere Glas Cognac getrunken und wurde langsam betrunken. Wallander nippte nur daran, weil er nachts nach Hause fahren wollte.

Gegen halb zwölf rief Linda an. Sie sprachen nacheinander mit ihr. Im Hintergrund konnte Wallander eine sehr laut gestellte Musikanlage hören. Sie mussten einander zurufen.

„Du hättest es hier besser gehabt!", rief Wallander.

„Woher willst du das wissen?", rief sie zurück, aber es klang nicht unfreundlich.

Sie wünschten sich ein frohes neues Jahr. Der Vater genehmigte sich noch ein paar Glas Cognac. Mittlerweile kleckerte er, wenn er sich einschenken wollte. Aber er war in guter Stimmung. Und das war für Wallander das Wichtigste.

Um zwölf Uhr saßen sie vor dem Fernseher und sahen zu, wie der Schauspieler Jarl Kulle mit einem Gedicht das neue Jahr einlas. Wallander schielte zu seinem Vater hinüber, der tatsächlich Tränen in den Augen hatte. Er selbst war überhaupt nicht ergriffen, nur müde. Um kurz vor eins fuhr er nach Hause. Zuvor hatte er seinem Vater ins Bett geholfen. Er hatte ihm die Schuhe ausgezogen und eine Decke über ihn gebreitet.

„Bald fahren wir nach Italien", sagte der Vater.

Am Neujahrsmorgen wachte Wallander mit Hals- und Kopfschmerzen auf. Das sagte er auch Emma Lundin, als sie gegen zwölf Uhr kam. Da sie Krankenschwester war und Wallander nicht nur blass aussah, sondern sich auch heiß anfühlte, zweifelte sie nicht daran, dass es stimmte. „Dreitageerkältung", sagte sie. „Bleib zu Hause."

Sie kochte Tee, den sie im Wohnzimmer tranken. Als sie kurz vor drei Uhr ging, hatten sie nur verabredet, dass Wallander sich melden würde, wenn es ihm wieder besser ginge.

Den Rest des Tages lag Wallander im Bett. Über lange Phasen dämmerte er im Halbschlaf dahin. Immer wieder tauchten die Pyramiden in seinen Träumen auf. Sein Vater kletterte und fiel, oder er selbst befand sich tief in einem engen Gang, wo riesige Steinmassen über seinem Kopf lasteten.

Am Tag darauf ging es ihm immer noch schlecht. Er rief Martinsson an und sagte, er habe vor, im Bett zu bleiben. Er erfuhr, dass der Jahreswechsel in Ystad ruhig verlaufen war, an vielen anderen Orten im Land hingegen ungewöhnlich stürmisch. Gegen zehn Uhr ging er einkaufen, da sein Kühlschrank und die Speisekammer fast leer waren. Er ging auch in der Apotheke vorbei und kaufte Kopfschmerztabletten. Seinem Hals ging es besser. Aber jetzt lief die Nase.

Er ging wieder ins Bett. Schlief ein.

Plötzlich wachte er mit einem Ruck auf. Er hatte wieder von den Pyramiden geträumt. Aber etwas anderes hatte ihn geweckt. Etwas, was mit dem Gedanken zu tun hatte, der ihn zum Narren hielt.

Was sehe ich nicht?, dachte er. Er lag ganz still und starrte in den dunklen Raum. Es hatte etwas mit den Pyramiden zu tun. Und mit dem Silvesterabend bei seinem Vater in Löderup. Als er draußen auf dem Hof stand und in den Himmel schaute, hatte er die Sterne gesehen. Weil es um ihn herum dunkel war. Die Pyramiden bei Kairo waren von starken Scheinwerfern angestrahlt. Sie hatten den Sternen das Licht genommen.

Endlich bekam er den Gedanken zu fassen, der ihn beunruhigt hatte.

Das Flugzeug, das heimlich über die schwedische Küste eingeflogen war, hatte etwas abgeworfen. In den Wäldern war Licht gesehen worden. Ein Gelände war markiert gewesen, damit die Maschine sich orientieren konnte. Scheinwerfer mussten an dem Feld installiert gewesen und anschließend wieder entfernt worden sein.

Es waren die Scheinwerfer, die ihn beunruhigten. Wer hatte Zugang zu starken Strahlern?

Die Idee schien weit hergeholt. Trotzdem vertraute er auf seine Intuition. Er überlegte eine Weile, im Bett sitzend. Dann fasste er einen Entschluss, stand auf und rief im Polizeipräsidium an. Er wollte mit Martinsson sprechen. Es dauerte ein paar Minuten, bis er ans Telefon kam. „Tu mir einen Gefallen", sagte Wallander. „Ruf Rolf Nyman an. Den, mit dem Holm in dem Haus bei Sjöbo gewohnt hat. Ruf an und tu so, als sei es eine Routinesache. Ein paar Personenangaben, die noch fehlen. Nyman hat mir erzählt, dass er als Diskjockey in verschiedenen Diskotheken arbeitet. Frag ihn so ganz nebenbei nach den Namen der Lokale, in denen er jobbt."

„Warum ist das wichtig?"

„Ich weiß nicht", log Wallander. „Aber tu mir den Gefallen."

Martinsson versprach zurückzurufen. Wallander hatte sofort den Mut verloren. Es war natürlich viel zu weit hergeholt. Aber wie Rydberg gesagt hatte: Jeder Stein musste umgedreht werden.

Um halb fünf am Nachmittag rief Martinsson an. „Ich habe ihn eben erst erreicht", sagte er. „Aber ich glaube, er hat keinen Verdacht geschöpft. Ich habe hier eine Liste von vier Diskotheken. Zwei in Malmö, eine in Lund und eine in Råå, kurz vor Helsingborg."

Wallander schrieb die Namen auf. „Gut", sagte er.

„Ich hoffe, du verstehst, dass ich neugierig bin?"

„Ich hab nur so eine Idee. Wir können morgen darüber reden."

Wallander beendete das Gespräch. Ohne zu zögern, zog er sich an, verrührte ein paar Kopfschmerztabletten in einem Glas Wasser und trank eine Tasse Kaffee. Um Viertel nach fünf saß er im Auto und fuhr los.

Die erste Diskothek befand sich in einem alten Lagergebäude draußen im Freihafen von Malmö. Wallander hatte Glück. Gerade als er den Wagen anhielt, kam ein Mann aus der geschlossenen Diskothek. Wallander stellte sich vor und erfuhr, dass der Mann, den er vor sich hatte, Juhanen hieß und der Besitzer der Diskothek „Exodus" war.

„Ich wollte Sie nach Rolf Nyman fragen", sagte Wallander.

„Ist was passiert?"

„Nein. Nur Routinefragen. Er arbeitet manchmal für Sie?"

„Er ist gut. Hat vielleicht einen etwas konservativen Musikgeschmack. Aber er ist gut."

„Eine Diskothek lebt von hoher Lautstärke und Lichteffekten", sagte Wallander. „Wenn ich mich nicht völlig irre?"

„Richtig“, antwortete Juhanen. „Ich habe immer Wattepfropfen in den Ohren. Sonst wäre ich schon längst taub.“

„Hat sich Rolf Nyman jemals Beleuchtungsgeräte ausgeliehen? Ein paar von Ihren starken Scheinwerfern?“

„Warum hätte er das tun sollen?“

„Es war nur eine Frage.“

Juhanen schüttelte entschieden den Kopf. „Ich habe sowohl das Personal als auch die Ausrüstung unter Kontrolle“, sagte er. „Hier verschwindet nichts. Hier wird auch nichts ausgeliehen.“

„Das war schon alles“, sagte Wallander. „Abgesehen davon, dass ich es begrüßen würde, wenn Sie bis auf weiteres niemandem von unserem Gespräch erzählten.“

Juhanen lächelte. „Sie meinen, ich soll es Rolf Nyman nicht erzählen?“

„Genau.“

„Was hat er angestellt?“

„Nichts. Aber manchmal müssen wir ein bisschen Geheimniskrämerei betreiben.“

Juhanen zuckte mit den Schultern. „Ich sage nichts.“

Wallander fuhr weiter. Die zweite Diskothek lag in der Innenstadt. Sie war geöffnet. Der Geräuschpegel traf Wallander wie ein Schlag vor den Kopf, als er durch die Tür trat. Die Diskothek gehörte zwei Männern, von denen einer anwesend war. Wallander brachte ihn dazu, mit auf die Straße zu kommen. Auch seine Antwort war negativ. Rolf Nyman hatte nie Lampen ausgeliehen.

Wallander setzte sich ins Auto und putzte sich die Nase. Es ist sinnlos, dachte er. Verlorene Liebesmüh. Das Einzige, was dabei herauskommt, ist, dass ich länger krank sein werde.

Dann fuhr er nach Lund. Die Niesanfälle kamen und gingen in Wellen. Vermutlich hatte er wieder Fieber. Die Diskothek in Lund hieß „Lagårn“ und lag am östlichen Stadtrand. Die Beleuchtung war ausgeschaltet, die Türen waren verschlossen. Er sah sich um. Um das Lokal herum lagen ein paar kleine Industriebetriebe. Dazwischen lag eine Villa in einem Garten. Wallander ging darauf zu, öffnete die Pforte und klingelte an der Tür. Ein Mann in seinem Alter öffnete. Im Hintergrund konnte Wallander Opernmusik hören.

Wallander zeigte seinen Ausweis. Der Mann bat ihn in den Flur.

„Wenn ich mich nicht irre, ist das Puccini“, sagte Wallander.

Der Mann betrachtete ihn prüfend. „Stimmt“, erwiderte er. „‚Tosca‘.“

„Eigentlich bin ich hier, um über eine ganz andere Art von Musik zu sprechen", sagte Wallander. „Ich muss herausfinden, wem die Diskothek hier nebenan gehört."

„Wie in Dreiteufelsnamen soll ich das wissen? Aber warum sprechen Sie nicht mit Ihren Kollegen?", schlug der Mann vor. „Da draußen ist ziemlich oft Krawall. Die müssten es wissen." Er zeigte auf ein Telefon, das auf einem Tisch im Flur stand.

Wallander hatte die Nummer der Polizei in Lund im Kopf. Er bekam die Auskunft, die Diskothek gehöre einer Frau namens Boman. Wallander notierte ihre Adresse und Telefonnummer.

„Es ist leicht zu finden", sagte der Polizist am anderen Ende der Leitung. „Sie wohnt in dem Haus gegenüber vom Bahnhof, im Zentrum."

Wallander legte auf, bedankte sich und ging. Am Bahnhof parkte er im Halteverbot, ging über die Straße und drückte auf einen Knopf, an dem BOMAN stand. Das Türschloss summte, und Wallander ging hinein. Eine sehr junge Frau, kaum 25, stand in der Wohnungstür und wartete auf ihn. Sie hatte kurz geschorenes Haar und viele Ringe in den Ohren. Wallander stellte sich vor und zeigte ihr seinen Ausweis. Sie würdigte das Papier keines Blickes, sondern bat ihn nur hereinzukommen. Wallander sah sich verwundert um. In der Wohnung gab es fast keine Möbel. Die Wände waren kahl. Trotzdem war es auf gewisse Weise wohnlich. Nichts stand im Weg. Es gab nur das Notwendigste.

„Warum will die Polizei aus Ystad mit mir sprechen?", fragte sie. „Ich habe schon genug Probleme mit der Polizei hier in Lund."

Es klang so, als sei sie nicht übertrieben begeistert von Polizisten. Sie setzte sich in einen Sessel, und ihr Rock war sehr kurz.

Wallander suchte nach einem Punkt direkt neben ihrem Gesicht, an den er seinen Blick heften konnte. „Ich werde mich kurz fassen", sagte er. „Rolf Nyman."

„Was ist mit ihm?"

„Nichts. Aber er arbeitet bei Ihnen?"

„Ich habe ihn als Reserve. Falls einer meiner festen DJs ausfallen sollte."

„Meine Frage kommt Ihnen vielleicht merkwürdig vor", sagte Wallander. „Aber ich muss sie trotzdem stellen."

„Warum sehen Sie mir nicht in die Augen?", fragte sie plötzlich.

„Das kommt wohl vor allem daher, dass Ihr Rock sehr kurz ist", antwortete Wallander und wunderte sich über seine Offenheit.

Sie brach in Lachen aus, streckte sich nach einer Decke und legte sie sich über die Beine. Wallander betrachtete die Decke, dann ihr Gesicht.

„Rolf Nyman“, wiederholte er. „Ist es vorgekommen, dass er sich Scheinwerfer aus der Diskothek geliehen hat?“

„Nie.“

Wallander merkte, dass ein fast unsichtbarer Hauch von Unsicherheit über ihr Gesicht huschte. Sofort war seine Aufmerksamkeit geschärft. „Nie?“

Sie biss sich auf die Lippe. „Es ist eine seltsame Frage“, sagte sie. „Aber tatsächlich sind vor ungefähr einem Jahr einige Scheinwerfer aus der Diskothek verschwunden. Wir haben es der Polizei als Einbruch gemeldet. Aber sie haben nie eine Spur gefunden.“

„Wann war das? War es, nachdem Nyman bei Ihnen angefangen hatte?“

Sie dachte nach. „Vor genau einem Jahr. Im Januar. Nachdem Nyman angefangen hatte.“

„Sie hatten nie einen Ihrer Angestellten im Verdacht?“

„Nein.“ Sie stand auf und verließ schnell den Raum. Nach einem Moment kam sie mit einem Kalender in der Hand zurück. „Die Lampen verschwanden irgendwann zwischen dem 9. und 12. Januar. Und jetzt, wo ich nachsehe, hat da tatsächlich Rolf gearbeitet.“

„Was waren es für Lampen?“, fragte Wallander.

„Sechs Scheinwerfer. Eigentlich nichts für eine Diskothek. Sie waren mehr fürs Theater geeignet. Sehr stark, zweitausend Watt. Außerdem verschwand eine Menge Kabel.“

Wallander nickte langsam.

„Warum fragen Sie danach?“

„Darauf kann ich noch keine Antwort geben“, sagte Wallander. „Aber um eines muss ich Sie bitten. Sie können es als eine polizeiliche Anordnung betrachten. Kein Wort zu Rolf Nyman.“

„Unter der Voraussetzung, dass Sie mit Ihren Kollegen hier in Lund reden und sie bitten, mich in Frieden zu lassen.“

„Ich werde sehen, was ich tun kann.“

Sie begleitete ihn in den Flur.

„Ich glaube, ich habe Sie gar nicht nach Ihrem Vornamen gefragt“, sagte er.

„Linda.“

„So heißt meine Tochter auch. Es ist ein sehr schöner Name.“

Wallander bekam einen Niesanfall. Sie zog sich ein paar Schritte zurück. „Ich gebe Ihnen nicht die Hand“, sagte er. „Aber Sie haben mir die Antwort gegeben, auf die ich gehofft hatte.“

„Sie verstehen natürlich, dass ich gern wüsste, worum es geht?“

„Sie werden es erfahren. Früh genug."

Sie wollte gerade die Tür schließen, als Wallander noch eine Frage einfiel. „Wissen Sie etwas über Rolf Nymans Privatleben?"

„Nichts."

„Sie wissen also nichts davon, dass er eine Freundin hat, die Drogenprobleme hat?"

Linda Boman sah ihn lange an, bevor sie antwortete. „Ob er eine Freundin hat, die Drogen nimmt, weiß ich nicht. Aber ich weiß, dass Rolf selbst stark heroinabhängig ist. Keine Ahnung, wie lange er noch durchhält."

WALLANDER trat auf die Straße. Mittlerweile war es zehn Uhr geworden. Die Nacht war kalt. Wir sind durch, dachte er. Rolf Nyman. Klar ist er es.

8

Wallander war schon fast in Ystad, als er beschloss, nicht direkt nach Hause zu fahren. Im zweiten Kreisverkehr bei der Abfahrt zur Stadt bog er stattdessen nach Norden ab. Es war zehn Minuten nach elf. Seine Nase lief immer noch. Aber die Neugierde trieb ihn an. Er dachte, dass das, was er jetzt tat – zum wievielten Mal, wusste er nicht –, gegen sämtliche elementaren Polizeiregeln verstieß. Vor allem gegen die, sich nicht in gefährliche Situationen zu begeben.

Wenn es stimmte, wovon er überzeugt war, dass Rolf Nyman sowohl Holm als auch die Schwestern Eberhardsson erschossen hatte, dann war er eindeutig als gefährlich zu betrachten. Außerdem hatte er Wallander hinters Licht geführt. Und zwar mit großem Geschick. Wallander hatte während der Fahrt von Malmö darüber nachgegrübelt, was Nyman zu den Taten getrieben haben könnte. Wo hatte das System einen Riss bekommen? Die denkbaren Antworten wiesen in mindestens zwei Richtungen. Es konnte sich um einen Machtkampf handeln oder um Einflussnahme auf den Drogenhandel.

Linda Bomans Bemerkung über Nymans eigene Drogenabhängigkeit beunruhigte Wallander am meisten. Nyman spritzte sich selbst Heroin. Selten oder nie hatte Wallander es mit Drogenhändlern oberhalb des absoluten Bodensatzes zu tun gehabt, die selbst abhängig waren. Die Frage mahlte in Wallanders Kopf. Etwas stimmte da nicht, ein Teil fehlte.

Wallander bog in den Weg ein, der zum Haus führte, in dem Nyman wohnte. Er schaltete den Motor ab und das Licht aus. Aus dem Handschuhfach holte er eine Taschenlampe. Dann öffnete er vorsichtig die Wagentür, nachdem er die Innenbeleuchtung ausgeknipst hatte. Er horchte in die Dunkelheit, stieg aus und machte die Autotür so leise wie möglich zu. Es waren ungefähr hundert Meter bis zum Hofplatz. Er schirmte die Taschenlampe mit einer Hand ab und leuchtete vor seine Füße. Als er an den Waldrand kam, machte er die Taschenlampe aus. In einem Fenster war Licht. Also war jemand zu Hause. Jetzt kommt es auf den Hund an, dachte er. Er ging ungefähr fünfzig Meter den gleichen Weg zurück. Dann bog er ab in den Wald und schaltete die Taschenlampe wieder ein. Er würde sich von hinten nähern. Soweit er sich erinnerte, war das Zimmer, aus dem Licht drang, ein Durchgangszimmer mit Fenstern nach vorn und nach hinten.

Er bewegte sich langsam, versuchte die ganze Zeit, nicht auf Zweige zu treten. Als er die Rückseite des Hauses erreicht hatte, war er durchgeschwitzt. Gleichzeitig fragte er sich immer eindringlicher, was er da eigentlich tat. Im schlimmsten Fall würde der Hund bellen und Rolf Nyman die erste Warnung geben, dass jemand ihn beobachtete. Er stand regungslos da und lauschte. Es war nur das Rauschen des Waldes zu hören. In der Ferne ein Flugzeug im Anflug auf Sturup. Wallander wartete, bis sein Atem wieder normal geworden war, und näherte sich dann vorsichtig dem Haus. Er ging in die Hocke und hielt die Taschenlampe nur wenige Zentimeter über den Boden. Kurz bevor er in das Licht trat, das aus dem Fenster schien, schaltete er die Lampe aus und zog sich in den Schatten an der Hauswand zurück. Der Hund war immer noch still. Er lauschte mit einem Ohr an der kalten Wand. Keine Musik, keine Stimmen, überhaupt kein Geräusch. Dann streckte er sich vorsichtig und sah durch das Fenster.

Rolf Nyman saß mitten im Raum an einem Tisch. Er beugte sich über etwas, was Wallander zunächst nicht erkennen konnte. Dann sah er, dass Rolf Nyman eine Patience legte. Wallander fragte sich, was er erwartet hatte. Einen Mann, der auf einer Waage weißes Pulver in Tütchen abwog?

Ich habe mich geirrt, dachte er. Es ist von Anfang bis Ende ein Fehlschluss. Aber gleichzeitig war er überzeugt. Der Mann, der dort am Tisch saß und eine Patience legte, hatte vor kurzem drei Menschen getötet. Brutal hingerichtet.

Als Wallander sich gerade von der Hauswand zurückziehen wollte, begann der Hund zu bellen. Rolf Nyman zuckte zusammen. Er sah direkt in

Wallanders Richtung. Einen Augenblick lang dachte Wallander, er sei entdeckt. Dann stand der Mann eilig auf und ging zur Haustür. Da war Wallander schon auf dem Weg zurück in den Wald. Wenn er den Hund loslässt, habe ich schlechte Karten, dachte er. Er leuchtete auf den Boden und stolperte vorwärts. Er knickte um und spürte, wie ein Zweig seine Wange aufritzte. Im Hintergrund hörte er noch immer den Hund bellen.

Als er beim Auto ankam, hatte er die Taschenlampe verloren, war aber nicht stehen geblieben, um sie aufzuheben. Er drehte den Zündschlüssel herum und fragte sich, was passiert wäre, wenn er noch sein altes Auto gehabt hätte. So konnte er problemlos den Rückwärtsgang einlegen und davonfahren. Auf der Hauptstraße näherte sich ein Lastzug. Wenn es ihm gelänge, sein Motorgeräusch mit dem des Lastwagens zusammenfallen zu lassen, würde er davonkommen, ohne dass Rolf Nyman ihn hörte. Er wendete leise und fuhr vorsichtig im dritten Gang an. Als er an die Hauptstraße kam, sah er die Rücklichter des Fernlasters. Da es bergab ging, nahm er den Gang heraus und rollte. Im Rückspiegel war nichts zu sehen. Niemand folgte ihm. Wallander strich sich über die Wange, fühlte Blut.

Als er in der Mariagatan ankam, war es schon nach Mitternacht. Der Zweig hatte einen tiefen Riss in seiner Wange hinterlassen. Wallander überlegte einen Augenblick, ob er ins Krankenhaus fahren sollte. Aber er begnügte sich damit, die Wunde zu säubern und ein großes Pflaster aufzukleben. Dann kochte er einen starken Kaffee, setzte sich an den Küchentisch und zog einen seiner halb voll geschriebenen Notizblocks heran. Er überdachte noch einmal das Dreieck seiner Pyramide und tauschte das Fragezeichen in der Mitte gegen Rolf Nyman aus. Die Beweise waren sehr dünn. Das Einzige, was er eigentlich gegen Nyman vorbringen konnte, war der Verdacht, dass er die Scheinwerfer gestohlen hatte, die dann verwendet wurden, um dem Flugzeug zu signalisieren, wo es seine Ladung abwerfen sollte. Aber was hatte er sonst? Nichts. Welche Beziehung bestand zwischen Holm und Nyman? Wo kamen das Flugzeug und die Schwestern Eberhardsson ins Bild?

Wallander schob den Notizblock zur Seite. Es bedurfte gründlicher Ermittlungen, um weiterzukommen. Außerdem fragte er sich, wie er seine Kollegen davon überzeugen sollte, dass er trotz allem die Spur gefunden hatte, auf die sie sich konzentrieren mussten. Wie weit würde er damit kommen, auf seine Intuition zu verweisen? Rydberg würde Verständnis haben, vielleicht auch Martinsson. Aber Svedberg und Hansson würden sie nicht ernst nehmen.

Es war zwei Uhr, als er das Licht löschte und ins Bett ging. Seine Wange schmerzte.

Am nächsten Tag, dem 3. Januar, war es kalt und klar in Schonen. Wallander stand früh auf und war schon um kurz vor sieben im Polizeipräsidium. Er holte Kaffee und dachte über die Geschehnisse des Vorabends nach.

Aber der Zweifel des vergangenen Tages war immer noch da. Die Spur Rolf Nyman konnte sich als Holzweg erweisen. Dennoch gab es genügend Verdachtsmomente, um Nyman gründlich zu überprüfen. Wallander beschloss auch, dass sie das Haus diskret überwachen lassen sollten, nicht zuletzt um zu erfahren, wann Nyman wegging.

Sie mussten in das Haus kommen. Aber es gab noch ein weiteres Problem. Rolf Nyman war nicht allein. Da war auch eine Frau. Die niemand gesehen hatte und die geschlafen hatte, als Wallander zu Besuch gekommen war.

Plötzlich schoss Wallander der Gedanke durch den Kopf, dass die Frau vielleicht gar nicht existierte. Vieles von dem, was Nyman gesagt hatte, war ja nicht wahr gewesen. Er sah auf die Uhr. Zwanzig Minuten nach sieben. Wahrscheinlich sehr früh für eine Diskothekenbesitzerin. Aber er suchte trotzdem nach der Telefonnummer von Linda Boman in Lund. Sie nahm fast sofort ab.

„Tut mir Leid, wenn ich Sie geweckt habe“, sagte er.

„Ich war wach.“

„Ich habe noch ein paar Fragen zu Rolf Nyman. Sie haben gesagt, dass er schwer heroinabhängig ist. Woher wissen Sie das?“

„Er hat es gesagt. Es hat mich überrascht. Er hat nicht versucht, es zu verbergen. Das hat mich beeindruckt.“

„Heißt das, dass Sie nie bemerkt haben, dass er ein Problem hatte?“

„Er hat seinen Job immer gut gemacht.“

„Er war also nie high?“

„Nicht so, dass man es merkte.“

„Er war auch nie nervös oder unruhig?“

„Nicht mehr als die meisten anderen. Ich bin auch manchmal nervös und unruhig. Besonders wenn die Polizei hier in Lund mir und der Diskothek Ärger macht.“

Wallander saß einen Augenblick stumm da und überlegte. „Lassen Sie mich das noch mal wiederholen“, sagte er dann. „Sie haben ihn nie high gesehen. Er hat nur gesagt, er sei heroinabhängig?“

„Ich kann mir kaum vorstellen, dass jemand bei so etwas lügt.“

„Ich auch nicht“, antwortete Wallander. „Aber ich habe noch eine Frage. Sie sagen, Sie haben nie etwas von einer Freundin gehört?“

„Nein.“

„Er hatte nie jemanden bei sich?“

„Nie.“

„Wenn wir annehmen, dass er gesagt hat, er habe eine Freundin, dann könnten Sie nicht wissen, ob es stimmt oder nicht?“

„Ihre Fragen werden immer merkwürdiger. Warum sollte er keine Freundin haben? Er sieht schließlich nicht schlechter aus als viele andere Männer, oder?“

„Dann habe ich keine Fragen mehr“, sagte Wallander abschließend. „Und was ich gestern gesagt habe, gilt noch immer in höchstem Maße.“

„Ich werde nichts sagen.“

„Es ist möglich, dass ich mich wieder melde“, sagte Wallander. „Wissen Sie übrigens, ob Rolf einen engen Freund hatte?“

„Nein.“

Das Gespräch war beendet.

Um halb neun berichtete Wallander seinen Kollegen, was geschehen war. Von seinem Gespräch mit Linda Boman und den verschwundenen Scheinwerfern. Seinen nächtlichen Besuch auf dem einsam gelegenen Hof außerhalb von Sjöbo erwähnte er allerdings nicht. Wie erwartet hielt Rydberg seine Entdeckung für wichtig, während Hansson und Svedberg viele Einwände hatten. Martinsson sagte nichts.

„Natürlich ist das mager“, sagte Wallander, nachdem er sich die Diskussion angehört hatte. „Trotzdem bin ich der Meinung, dass wir uns im Moment auf Nyman konzentrieren sollten.“

Sie gingen zum nächsten Punkt weiter. Wallander meinte, sie müssten in das Haus bei Sjöbo kommen, ohne dass Nyman es merkte. Was sofort auf neue Proteste stieß.

„Das können wir nicht machen“, sagte Svedberg. „Das ist Einbruch.“

„Wir haben es mit einem dreifachen Mord zu tun“, sagte Wallander. „Wenn ich Recht habe, dann ist Rolf Nyman sehr listig. Wenn wir etwas finden wollen, müssen wir ihn überwachen, ohne dass er es merkt. Wann verlässt er das Haus? Was macht er? Wie lange ist er weg? Aber vor allem müssen wir wissen, ob da wirklich ein Mädchen ist.“

„Vielleicht kann ich mich als Schornsteinfeger verkleiden“, schlug Martinsson vor.

„Das durchschaut er“, sagte Wallander, den ironischen Ton überhörend. „Ich hatte gedacht, dass wir es indirekter machen. Durch den Landbriefträger. Es gibt keinen Landbriefträger, der nicht weiß, was in einem Haus draußen auf dem Lande vor sich geht."

Svedberg war hartnäckig. „Vielleicht bekommt dieses Mädchen nie Post."

„Darum geht es nicht", antwortete Wallander. „Der Landbriefträger weiß Bescheid. So ist es eben."

Rydberg nickte zustimmend. Wallander spürte seine Unterstützung. Er trieb sie an. Hansson versprach, bei der Post nachzufragen. Martinsson übernahm es widerwillig, die Überwachung des Hofes zu organisieren. Wallander sollte mit Åkeson sprechen.

„Versucht, alles über Nyman herauszufinden, was möglich ist. Aber seid diskret. Wenn er der Hund ist, für den ich ihn halte, dann darf er auf keinen Fall geweckt werden."

Wallander machte Rydberg ein Zeichen, dass er in seinem Zimmer mit ihm sprechen wollte.

„Du bist überzeugt", fragte Rydberg, „dass es Nyman ist?"

„Ja", antwortete Wallander. „Und doch bin ich mir vollkommen darüber im Klaren, dass ich mich irren kann. Dass ich möglicherweise die Ermittlungen in eine völlig falsche Richtung lenke."

„Der Scheinwerferdiebstahl ist ein starkes Indiz", sagte Rydberg. „Das ist für mich der entscheidende Punkt. Wie bist du übrigens auf die Idee gekommen?"

„Die Pyramiden", antwortete Wallander. „Sie werden von Scheinwerfern angestrahlt. Nur an einem Tag im Monat nicht. Bei Vollmond."

„Woher weißt du das?"

„Mein Vater hat es erzählt."

Rydberg nickte nachdenklich. „Drogenlieferungen richten sich wohl kaum nach dem Mondkalender", sagte Rydberg. „Außerdem gibt es in Ägypten vielleicht nicht so viele Wolken wie hier in Schonen."

„Eigentlich waren die Sphinxe das Interessanteste", sagte Wallander. „Zur Hälfte Mensch, zur Hälfte Tier. Sie wachen darüber, dass die Sonne wirklich jeden Morgen wieder zurückkehrt. Aus derselben Richtung."

„Ich habe von einem amerikanischen Sicherheitsdienst gelesen, der eine Sphinx als Logo benutzt", sagte Rydberg.

„Das passt wirklich gut", sagte Wallander. „Die Sphinx wacht. Und wir wachen. Ob wir nun Polizisten oder Nachtwächter sind."

Rydberg lachte laut auf. „Wenn man angehenden Polizisten so was erzählte, würden sie einen nicht für voll nehmen."

„Ich weiß“, antwortete Wallander. „Aber vielleicht sollte man es trotzdem tun.“

Rydberg verließ den Raum.

Wallander rief Per Åkeson zu Hause an, der versprach, Anette Brolin, seine Vertretung, zu informieren. „Wie fühlt man sich?“, fragte Wallander. „Wenn man alle Strafsachen los ist?“

„Gut“, antwortete Åkeson. „Besser, als ich es mir vorstellen konnte.“

DIE ERMITTLUNGSGRUPPE traf sich an diesem Tag noch zweimal. Martinsson organisierte die Überwachung des Hauses, Hansson verschwand, um die Landbriefträgerin zu treffen. Währenddessen versuchten die anderen, sich einen Eindruck von Rolf Nymans Leben zu machen. Er hatte noch nie mit der Polizei zu tun gehabt, was die Arbeit erschwerte. Er war 1957 in Tranås geboren und Mitte der Sechzigerjahre mit seinen Eltern nach Schonen gezogen. Der Vater war als Monteur im Außendienst bei einer Elektrizitätsgesellschaft angestellt, die Mutter war Hausfrau; Rolf war das einzige Kind der beiden. Nach dem Tod des Vaters 1986 war die Mutter nach Tranås zurückgezogen, wo sie ein Jahr später ebenfalls starb. Wallander hatte immer stärker den Eindruck, dass Rolf Nyman ein unsichtbares Leben geführt hatte. Als hätte er absichtlich all seine Spuren verwischt.

Hansson kam von seinem Gespräch mit der Landbriefträgerin Elfrida Wirmark zurück. Sie war sich ihrer Sache sehr sicher. Es wohnten zwei Menschen in dem Haus, Holm und Nyman. Was bedeutete, dass jetzt nur noch einer dort wohnte, da Holm im Leichenschauhaus lag und darauf wartete, begraben zu werden.

Um sieben Uhr abends waren sie im Sitzungszimmer versammelt. Nach den Berichten, die Martinsson erhalten hatte, hatte Nyman das Haus im Laufe des Tages nur einmal verlassen, um den Hund zu füttern. Es war auch niemand auf den Hof gekommen. Wallander fragte, ob diejenigen, die den Mann überwachten, den Eindruck hatten, dass er besonders misstrauisch sei. Aber es gab keine entsprechenden Beobachtungen.

Wallander gab die letzte Zusammenfassung des Tages: „Nichts deutet darauf hin, dass er heroinabhängig ist“, begann er. „Das ist seine erste Lüge. Die zweite ist die, dass er eine Freundin hat – er ist allein im Haus. Um hineinzukommen, haben wir zwei Möglichkeiten. Entweder warten wir, bis er das Haus verlässt. Früher oder später tut er das, und wenn er nur einkaufen geht. Oder wir lassen uns etwas einfallen, um ihn aus dem Haus zu locken.“

Sie beschlossen zu warten. Zumindest ein paar Tage. Wenn dann nichts geschehen war, würden sie die Situation neu überdenken.

Sie warteten den 4., und sie warteten den 5. Januar. Nyman verließ das Haus zweimal, um den Hund zu füttern. Nichts deutete darauf hin, dass er wachsamer geworden wäre. Unterdessen versuchten sie weiterhin, Einzelheiten über sein Leben in Erfahrung zu bringen. Doch es war, als habe er in einem merkwürdigen Vakuum gelebt. Wirkliche Freunde schien er nie gehabt zu haben.

Am Vormittag des 5. Januar setzte sich Wallander mit Rydberg zusammen und schloss die Tür ab. Rydberg meinte, dass sie noch ein paar Tage warten sollten. Aber Wallander trug ihm eine Idee vor, die es seiner Meinung nach ermöglichte, Nyman aus dem Haus zu locken. Gemeinsam beschlossen sie, diese Idee noch am Nachmittag vorzustellen. Wallander rief Linda Boman in Lund an. Am nächsten Abend hatte die Diskothek geöffnet. Ein dänischer Diskjockey sollte arbeiten. Wallander erklärte ihr seine Idee. Linda Boman fragte, wer die zusätzlichen Kosten übernehmen würde, da der Diskjockey aus Kopenhagen einen Vertrag mit ihr habe. Wallander sagte, sie könne die Rechnung an die Polizei in Ystad schicken, wenn es nötig würde. Er versprach, ihr innerhalb der nächsten Stunden Bescheid zu geben.

Um vier Uhr am Nachmittag des 5. Januar versammelte Wallander die Ermittlungsgruppe im Sitzungszimmer. So kurz wie möglich erklärte er die Idee, über die er am Vormittag mit Rydberg diskutiert hatte.

„Wir müssen Rolf Nyman ausräuchern", sagte er. „Offensichtlich bewegt er sich nicht unnötig aus dem Haus. Gleichzeitig sieht es nicht so aus, als sei er misstrauisch geworden."

„Vielleicht weil das Ganze unsinnig ist", unterbrach ihn Hansson. „Weil er nämlich nichts mit den Morden zu tun hat."

„Die Möglichkeit besteht", gab Wallander zu, „aber im Moment gehen wir vom Gegenteil aus. Und das bedeutet, dass wir in das Haus kommen müssen, ohne dass er es merkt. Zuallererst müssen wir ihn herauslocken. Mit einem Vorwand, der ihn keinen Verdacht schöpfen lässt."

Dann erklärte er seine Idee. Linda Boman sollte Rolf Nyman anrufen und ihm sagen, dass der planmäßige Diskjockey verhindert sei. Ob Rolf einspringen könne? Wenn er zusagte, wäre das Haus den ganzen Abend leer. Sie würden jemanden bei der Diskothek Wache stehen lassen, der ständig mit den anderen im Haus Kontakt halten konnte. Wenn Rolf Nyman gegen Morgen nach Sjöbo zurückkäme, würde das Haus wieder leer sein. Keiner außer dem Hund würde gemerkt haben, dass jemand dort gewesen war.

„Was passiert, wenn er seinen Kollegen in Dänemark anruft?", fragte Svedberg.

„Daran haben wir gedacht. Linda Boman wird dem Dänen Bescheid sagen, dass er nicht ans Telefon gehen soll. Die Polizei wird seine verlorene Gage bezahlen. Diese Kosten übernehmen wir gern."

Wallander hatte viele Einwände erwartet. Aber es kamen keine weiteren. Er sah sich im Raum um. Niemand hatte noch etwas zu sagen. „Dann sind wir uns also einig? Ich denke, dass wir schon morgen zuschlagen sollten." Wallander streckte sich nach dem Telefon auf dem Tisch und rief Linda Boman an. „Es geht los", sagte er, als sie abgenommen hatte. „Rufen Sie ihn in einer Stunde an." Er legte auf, sah auf seine Armbanduhr und wandte sich an Martinsson. „Wer hat da oben zurzeit Wache?"

„Näslund und Peters."

„Ruf sie über Funk an und sag ihnen, dass sie ab zwanzig nach fünf besonders aufmerksam sein sollen. Dann ruft Linda Boman bei Nyman an."

„Was wird eigentlich passieren? Was glaubst du?"

„Ich weiß es nicht. Ich spreche nur von erhöhter Wachsamkeit."

Dann gingen sie den Ablauf durch. Linda Boman sollte Nyman bitten, am Abend schon um acht Uhr nach Lund zu kommen, um ein paar neue Platten durchzusehen. Das bedeutete, dass er gegen sieben in Sjöbo aufbrechen musste. Die Diskothek würde bis drei Uhr morgens geöffnet haben. Sobald die Kollegen bei der Diskothek das Zeichen gaben, dass Nyman angekommen sei, würden die anderen in das Haus gehen. Wallander hatte Rydberg gebeten mitzukommen. Aber der hatte Martinsson vorgeschlagen. So wurde es beschlossen.

„Martinsson und ich gehen ins Haus. Svedberg fährt mit und hält Wache. Hansson übernimmt die Diskothek in Lund. Die anderen bleiben hier im Präsidium. Falls etwas passiert."

„Wonach suchen wir eigentlich?", fragte Martinsson.

Wallander wollte gerade antworten, als Rydberg die Hand hob. „Das wissen wir nicht", sagte er. „Wir wollen etwas finden, wovon wir nicht wissen, dass wir es suchen. Aber als Folge davon wird es ein Ja oder ein Nein geben. War es Nyman, der Holm und die beiden Schwestern umgebracht hat oder nicht?"

„Drogen", sagte Martinsson. „Ist es das?"

„Waffen, Geld, was auch immer. Garnrollen, die im Handarbeitsgeschäft der Schwestern Eberhardsson gekauft wurden. Kopien von Flugtickets. Wir wissen es nicht."

Um zwanzig nach fünf wählte Wallander die Nummer von Linda Boman. Das Besetztzeichen ertönte.

Sie warteten. Neun Minuten später klingelte das Telefon. Wallander griff nach dem Hörer. Er lauschte und legte dann auf.

„Nyman hat zugesagt", erklärte er. „Jetzt geht es los. Und dann werden wir sehen, ob wir auf dem richtigen Weg sind."

Sie brachen auf. Wallander hielt Martinsson zurück. „Es ist besser, wenn wir eine Waffe mitnehmen."

Martinsson sah ihn fragend an. „Ich dachte, Nyman soll in Lund sein?"

„Zur Sicherheit", antwortete Wallander. „Nichts weiter."

Am nächsten Tag, dem 6. Januar, war der Himmel bedeckt. Es blies ein schwacher Wind, Regen lag in der Luft, und es war vier Grad über null. Um sechs Uhr abends trafen sie sich im Sitzungszimmer. Hansson war schon nach Lund gefahren. Svedberg befand sich in einem Waldstück, von dem aus er die Vorderseite des Hofes in Sjöbo überblicken konnte. Rydberg saß im Essraum und löste Kreuzworträtsel. Wallander hatte widerwillig seine Waffe herausgeholt und band sich das Holster um, das nie ordentlich sitzen wollte. Martinsson hatte seine Waffe in der Jackentasche.

Neun Minuten nach sieben kam die Meldung von Svedberg über Funk. *Der Vogel ist ausgeflogen.*

Sie warteten. Um sechs Minuten vor acht kam die Meldung von Hansson. *Der Vogel ist gelandet.* Rolf Nyman war langsam gefahren.

Martinsson und Wallander standen auf. Rydberg sah von seinem Kreuzworträtsel auf und nickte.

Sie erreichten das Haus um halb neun. Svedberg empfing sie. Der Hund bellte. Aber das Haus lag im Dunkeln. „Ich habe mir das Schloss angesehen. Ein normaler Dietrich genügt."

Wallander und Svedberg leuchteten mit ihren Taschenlampen, während Martinsson das Schloss mit dem Dietrich öffnete. Svedberg verschwand, um seinen Posten wieder einzunehmen.

Sie gingen hinein. Wallander machte alle Lampen an. Martinsson sah ihn fragend an.

„Nyman legt in einer Diskothek in Lund Platten auf", sagte Wallander. „Jetzt fangen wir an."

Sie durchkämmten das Haus langsam und systematisch. Wallander konnte bald feststellen, dass es keine Spuren gab, die darauf schließen

ließen, dass eine Frau im Haus lebte. Abgesehen von dem Bett, in dem Holm geschlafen hatte, gab es nur noch ein weiteres.

„Wir hätten einen Drogenhund mitnehmen sollen“, sagte Martinsson.

„Es ist unwahrscheinlich, dass er Ware zu Hause aufbewahrt“, meinte Wallander.

Sie durchsuchten das Haus drei Stunden lang. Kurz vor Mitternacht rief Martinsson Hansson über Funk an.

„Hier ist es sehr voll“, antwortete Hansson. „Und die Musik dröhnt wie wahnsinnig. Ich bleibe lieber draußen. Aber es ist kalt.“

Sie suchten weiter. Wallander wurde langsam unruhig. Keine Drogen, keine Waffen. Nichts, was darauf hindeutete, dass Nyman an der Sache beteiligt war. Martinsson hatte den Keller und den Schuppen gründlich durchsucht. Keine Scheinwerfer. Nichts. Nur der Hund bellte wie verrückt. Wallander verspürte mehrmals Lust, ihn zu erschießen. Aber er liebte Hunde. Ganz tief drinnen. Sogar Hunde, die bellten.

Um halb zwei sprach Martinsson wieder mit Hansson. Noch immer nichts.

„Was hat er gesagt?“, fragte Wallander.

„Dass sich vor der Diskothek viele Leute drängen.“

Um zwei Uhr kamen sie nicht weiter. Wallander sah allmählich ein, dass er sich geirrt hatte. Rolf Nyman schien wirklich nichts weiter als ein Diskjockey zu sein. Die Lüge mit der Frau konnte man ihm kaum als kriminelle Tat anlasten. Außerdem hatten sie nichts gefunden, was darauf hindeutete, dass Nyman drogenabhängig war.

„Ich glaube, wir können aufhören“, sagte Martinsson. „Wir finden nichts.“

Wallander nickte. „Ich bleibe noch ein bisschen, aber du kannst mit Svedberg nach Hause fahren. Lass mir das Funkgerät da.“

Martinsson legte das Funkgerät eingeschaltet auf den Tisch.

„Blas das Ganze ab“, sagte Wallander. „Hansson muss warten, bis ich Bescheid gebe. Aber die im Präsidium können nach Hause gehen.“

„Was willst du noch finden, wenn du allein hier bleibst?“

Wallander hörte die Ironie in Martinssons Stimme. „Nichts“, antwortete er. „Vielleicht muss ich nur einsehen, dass ich uns alle auf die völlig falsche Spur geführt habe.“

„Wir fangen morgen von vorn an“, sagte Martinsson. „Ist nicht zu ändern.“

Martinsson verschwand. Wallander setzte sich in einen Sessel und sah sich im Raum um. Der Hund bellte. Wallander fluchte leise vor sich hin.

Er war überzeugt, dass er Recht hatte. Es war Rolf Nyman, der die beiden Schwestern und Holm getötet hatte. Aber er fand keinen Beweis. Eine Weile blieb er noch sitzen. Dann ging er durch die Räume und schaltete die Lampen aus.

Da hörte der Hund auf zu bellen. Wallander hielt inne. Lauschte. Der Hund war still. Sofort ahnte er die Gefahr. Woher sie kam, wusste er nicht. Die Diskothek sollte bis drei Uhr morgens geöffnet sein. Hansson hatte sich nicht gemeldet.

Was Wallander reagieren ließ, wusste er selbst nicht. Aber plötzlich merkte er, dass er vor einem hell erleuchteten Fenster stand. Er warf sich zur Seite. Gleichzeitig zerbarst die Fensterscheibe. Wallander lag reglos auf dem Boden. Jemand hatte geschossen. Wirre Gedanken jagten ihm durch den Kopf. Nyman konnte es nicht sein. Dann hätte sich Hansson gemeldet. Wallander presste sich an den Boden und versuchte gleichzeitig, seine Waffe herauszuholen. Er versuchte, sich weiter in den Schatten zu wälzen, merkte aber, dass er fast wieder im Licht landete. Der Schütze konnte jetzt das Fenster erreicht haben. Vor allem die Deckenlampe erleuchtete das Zimmer. Er hatte seine Waffe herausgezogen und zielte auf die starke Glühbirne. Als er abdrückte, zitterte seine Hand so sehr, dass er sie verfehlte. Er zielte noch einmal und hielt die Waffe jetzt mit beiden Händen. Die Birne zersplitterte. Er lag still da und horchte in die Dunkelheit. Sein Herz hämmerte. Was er jetzt vor allem brauchte, war das Funkgerät. Aber das war auf dem Tisch mehrere Meter von ihm entfernt. Und der Tisch stand im Licht.

Der Hund war immer noch still. Er lauschte. Plötzlich meinte er, jemanden im Flur zu hören. Kaum wahrnehmbare Schritte. Er richtete die Waffe auf die Türöffnung. Seine Hände zitterten. Aber es kam niemand. Wie lange er wartete, wusste er nicht. Gleichzeitig versuchte er fieberhaft zu begreifen, was passiert war. Dann sah er, dass der Tisch auf einem Teppich stand. Vorsichtig, ohne die Waffe loszulassen, begann er, an dem Teppich zu ziehen. Der Tisch war schwer. Aber er merkte, dass er sich bewegte. Unendlich langsam kam er näher. Aber als er das Funkgerät endlich in Reichweite hatte, knallte ein weiterer Schuss. Er traf das Funkgerät, das zersprang. Wallander kauerte sich in einer Ecke zusammen. Der Schuss war von der Vorderseite des Hauses gekommen. Wallander sah ein, dass er sich nicht mehr verstecken konnte, wenn der Schütze auf die Rückseite des Hauses ging. Ich muss raus, dachte er. Wenn ich hier bleibe, bin ich tot. Er versuchte verzweifelt, einen Plan zu entwickeln. An die Außenbeleuchtung kam er unmöglich heran. Der

Mensch dort draußen würde es wahrscheinlich schaffen, ihn vorher zu erschießen. Bis jetzt hatte er eine sichere Hand bewiesen.

Wallander erkannte, dass er nur eine Möglichkeit hatte. Und die war ihm überaus zuwider. Aber er hatte keine Wahl.

Er holte ein paarmal tief Luft. Dann stand er auf, rannte in den Flur, trat die Tür auf, warf sich zur Seite und schoss dreimal in Richtung des Hundezwingers. Ein Heulen sagte ihm, dass er getroffen hatte. Wallander wartete jede Sekunde darauf, dass er sterben würde. Aber das Heulen des Hundes gab ihm Zeit, in den Schatten zu kommen. Gleichzeitig entdeckte er Rolf Nyman. Er stand mitten auf dem Hof, einen Augenblick verwirrt durch die Schüsse auf den Hund. Dann sah er Wallander.

Wallander schloss die Augen und drückte ab, zweimal. Als er die Augen wieder aufmachte, sah er, dass Rolf Nyman am Boden lag. Langsam ging Wallander auf ihn zu.

Er lebte. Ein Schuss hatte ihn in die Seite getroffen. Wallander nahm ihm die Waffe aus der Hand. Dann ging er zum Hundezwinger. Der Hund war tot.

Aus der Ferne hörte Wallander Sirenen, die näher kamen.

Am ganzen Körper zitternd, setzte er sich auf die Treppe und wartete. Auf einmal spürte er, dass es angefangen hatte zu regnen.

EPILOG

Um Viertel nach vier Uhr morgens saß Wallander im Essraum des Polizeipräsidiums und trank Kaffee. Seine Hände zitterten noch immer. Nach der ersten chaotischen Stunde, in der niemand wirklich sagen konnte, was passiert war, hatte sich das Bild schließlich geklärt. Zur gleichen Zeit, als Martinsson und Svedberg das Haus bei Sjöbo verließen und über Funk mit Hansson in Kontakt waren, hatte die Polizei in Lund in Linda Bomans Diskothek eine Razzia durchgeführt, weil man den Verdacht hatte, dass sich dort viel zu viele Menschen aufhielten. In dem allgemeinen Chaos hatte Hansson Martinsson missverstanden. Er hatte geglaubt, alle hätten Nymans Haus verlassen. Außerdem hatte er viel zu spät bemerkt, dass Rolf Nyman durch eine Hintertür verschwunden war, die Hansson bei seiner Ankunft fahrlässigerweise nicht beachtet hatte. Er hatte einen der Polizisten gefragt, wo sich die Angestellten befanden, und erfahren, dass sie zum Verhör ins Polizeipräsidium gebracht worden waren. Er hatte angenommen, dass das auch Rolf Nyman betraf. Dann hatte er keinen Grund mehr gesehen, noch in Lund zu bleiben, und war in der festen Überzeugung nach Ystad zurückgefahren, dass das Haus bei Sjöbo seit über einer Stunde leer war.

Zu diesem Zeitpunkt lag Wallander auf dem Boden und zerschoss eine Deckenlampe, rannte auf den Hof, tötete einen Hund und verletzte Rolf Nyman mit einem Schuss in die Seite.

Wallander dachte nach seiner Rückkehr nach Ystad mehrmals, dass eigentlich ein Wutausbruch angebracht wäre. Aber er war sich mit sich selbst nicht einig, wem er eigentlich einen Vorwurf machen konnte. Es war eine unglückliche Verkettung von Irrtümern und Missverständnissen, die leicht ein sehr böses Ende hätte nehmen und mehr Opfer hätte fordern können als nur den Hund. Nun war es anders gekommen. Aber viel hatte nicht gefehlt.

Zu leben hat seine Zeit, zu sterben hat seine Zeit, dachte Wallander. Diese Beschwörungsformel trug er mit sich herum, seit er vor vielen Jahren in Malmö mit einem Messer verletzt worden war. Jetzt war er wieder nah dran gewesen.

Rydberg betrat den Essraum. „Rolf Nyman kommt durch“, sagte er. „Du hast ihn nur leicht verletzt. Die Ärzte meinen, wir könnten schon morgen mit ihm sprechen.“

„Ich hätte ihn genauso gut verfehlen können“, antwortete Wallander. „Oder ihn mitten zwischen die Augen treffen. Ich bin ein miserabler Schütze.“

„Das sind die meisten Polizisten“, sagte Rydberg.

Wallander schlürfte den heißen Kaffee.

„Ich habe mit Nyberg gesprochen“, fuhr Rydberg fort. „Er meinte, die Waffe könnte mit der übereinstimmen, mit der die Schwestern Eberhardsson und Holm getötet wurden. Außerdem haben die Kollegen Holms Wagen gefunden. Er war in einer Straße in Sjöbo geparkt. Vermutlich hat Nyman ihn dort abgestellt.“

„Etwas ist also aufgeklärt“, sagte Wallander. „Aber wir haben immer noch keine Ahnung, was eigentlich hinter dem Ganzen steckt.“

Rydberg hatte darauf natürlich keine Antwort.

Es sollte mehrere Wochen dauern, bis sie sich ein klares Bild machen konnten. Aber als Nyman anfing zu reden, konnte die Polizei eine gut aufgebaute Organisation ausheben, die große Mengen von harten Drogen nach Schweden einführte. Die Schwestern Eberhardsson waren Nymans gutbürgerliche Tarnung gewesen. Sie organisierten in Spanien die Annahme des Rauschgifts, das von Produzenten in Mittelamerika und Asien stammte und mit Fischerbooten ins Land kam. Holm war Nymans rechte Hand gewesen. Zu irgendeinem Zeitpunkt, den sie nie genau feststellen konnten, hatten Holm und die Schwestern Eberhardsson sich in ihrer Habgier vereint und beschlossen, Nyman herauszufordern. Als er merkte, was los war, schlug er zurück. Gleichzeitig war das Flugzeugunglück geschehen. Das Rauschgift war über Marbella nach Norddeutschland transportiert worden. Von einer privaten Landebahn bei Kiel hatten dann die nächtlichen Flüge nach Schweden begonnen. Dorthin war das Flugzeug auch zurückgekehrt, bis auf dieses letzte Mal. Die Havariekommission hatte die Absturzursache nicht feststellen können. Aber vieles sprach dafür, dass sich das Flugzeug in äußerst schlechtem Zustand befunden hatte und dass mehrere Faktoren zusammengekommen waren.

Wallander führte selbst die ersten Verhöre mit Nyman durch. Aber als zwei andere brutale Morde geschahen, musste er den Fall abgeben und die neue Ermittlung übernehmen. Von Anfang an war ihm klar gewesen, dass Rolf Nyman nicht die Spitze der Pyramide war, die er gezeichnet hatte. Über Nyman gab es noch andere, Investoren, unsichtbare Männer, die hinter der Fassade einer unbescholtenen bürgerlichen Existenz dafür sorgten, dass der Zufluss von Rauschgift nach Schweden nicht unterbrochen wurde.

An manchen Abenden dachte Wallander an die Pyramiden. An die Spitze, auf die sein Vater zu klettern versucht hatte. Wallander sagte sich, dass dieses Klettern wie ein Symbol für seine eigene Arbeit war. Er kam nie ganz ans Ziel. Immer gab es welche, die so hoch oben saßen und so unerreichbar waren, dass man ihnen niemals beikommen würde.

Aber an diesem Morgen des 7. Januar 1990 war Wallander nur müde. Um halb sechs Uhr hatte er keine Kraft mehr. Ohne ein Wort fuhr er nach Hause in die Mariagatan. Er duschte und kroch ins Bett, konnte aber nicht einschlafen. Erst nachdem er in einer vergessenen Packung im Badezimmerschrank eine Schlaftablette gefunden hatte, fiel er in Schlaf und wachte erst um zwei Uhr am Nachmittag wieder auf.

Den Rest des Tages verbrachte er im Polizeipräsidium und im Krankenhaus. Björk erschien und gratulierte Wallander zu seinem Einsatz.

Dann hatte Wallander ein erstes Gespräch mit Nyman im Krankenhaus geführt. Der Mann war blass, aber gefasst gewesen. Wallander hatte erwartet, er würde sich weigern, überhaupt etwas zu sagen. Aber er antwortete auf mehrere von Wallanders Fragen.

„Die Schwestern Eberhardsson?“, fragte Wallander gegen Ende des ersten Verhörs.

Rolf Nyman lächelte. „Zwei gierige alte Frauen“, antwortete er. „Die dadurch verführt wurden, dass jemand in ihr trostloses Leben schneite und einen Hauch von Abenteuer verbreitete.“

„Das klingt wenig glaubwürdig“, sagte Wallander. „Der Schritt ist zu groß.“

„Anna Eberhardsson hat als junge Frau ein ziemlich wildes Leben geführt. Emilia musste sie im Zaum halten. Vielleicht hätte sie insgeheim selbst gern so gelebt? Was weiß man über Menschen? Außer dass sie Schwächen haben. Und die gilt es zu finden.“

„Wie haben Sie sie eigentlich kennen gelernt?“

Nymans Antwort überraschte ihn. „Ich habe einen Reißverschluss gekauft. Ich sah die beiden alten Fräuleins und hatte eine wahnsinnige Idee. Dass sie nützlich sein könnten. Als Schild.“

„Und dann?“

„Ich ging öfter hin. Kaufte Garnrollen. Erzählte von meinen Reisen um die Welt. Wie leicht es doch war, Geld zu verdienen. Und dass das Leben kurz sei. Aber es sei nie zu spät. Ich merkte, dass sie zuhörten.“

„Und dann?“

Rolf Nyman zuckte mit den Schultern. „Eines Tages machte ich ihnen einen Vorschlag. Einen Vorschlag, dem sie, wie man so sagt, nicht widerstehen konnten.“

Wallander wollte noch weiter fragen, aber plötzlich wollte Nyman nicht mehr antworten. Wallander wechselte das Thema. „Und Holm?“

„War auch gierig. Und schwach. Viel zu dumm, um zu begreifen, dass er mich nicht hinters Licht führen konnte.“

„Wie haben Sie erfahren, dass die anderen solche Pläne hatten?“

Rolf Nyman schüttelte den Kopf. „Die Antwort gebe ich Ihnen nicht“, sagte er.

Wallander machte einen Spaziergang vom Krankenhaus zum Polizeipräsidium. Dort fand eine Pressekonferenz statt, an der er zu seiner Erleichterung nicht teilnehmen musste.

Wallander schrieb eine Zusammenfassung seines ersten Gesprächs mit Rolf Nyman. Dann fuhr er nach Hause. Machte Essen, schlief ein paar Stunden. Dachte, dass er Linda anrufen sollte. Ließ es aber sein.

Am Abend hörte er sich „La Traviata“ an. Er dachte, was er jetzt am meisten brauchte, wären ein paar Tage Ruhe. Erst gegen zwei Uhr ging er ins Bett und schlief ein.

DER TELEFONANRUF wurde bei der Polizei in Ystad um 5.13 Uhr am 8. Januar registriert. Ein übermüdeter Beamter, der seit Silvester fast ununterbrochen im Dienst gewesen war, nahm ihn entgegen. Er hatte der stammelnden Stimme zugehört und zuerst gedacht, es handle sich um einen geistig verwirrten Greis. Aber etwas hatte seine Aufmerksamkeit geweckt. Er begann, Fragen zu stellen. Als das Gespräch beendet war, dachte er nur einen kurzen Augenblick nach, dann hob er den Hörer ab und wählte eine Nummer, die er auswendig konnte.

Als das Klingeln des Telefons Wallander aus dem Schlaf riss, war er mitten in einem erotischen Traum. Er sah auf die Uhr und streckte sich gleichzeitig nach dem Telefon. Ein Unfall, war sein erster Gedanke.

Er setzte sich schwerfällig im Bett auf und presste den Hörer an die Wange, wo die Bartstoppeln brannten. „Wallander!“

„Ich hoffe, ich habe dich nicht geweckt? Aber ich dachte, ich rufe dich besser an. Ein alter Bauer aus Lenarp hat angerufen. Er behauptet, die Nachbarsfrau säße gefesselt auf dem Boden und jemand sei tot.“

Wallander überlegte schnell, wo Lenarp lag. Nicht sehr weit von Marsvinsholm, in einem für Schonen ungewöhnlich hügeligen Gebiet.

„Es klang ernst. Ich dachte, es wäre am besten, gleich bei dir anzurufen.“

„Wer ist gerade verfügbar?“

„Peters und Norén sind unterwegs und suchen nach jemandem, der das Fenster des Continental eingeworfen hat. Soll ich sie rufen?“

„Sag, dass sie zur Kreuzung zwischen Kadesjö und Katslösa fahren und warten sollen, bis ich komme. Wann kam der Notruf?“

„Vor ein paar Minuten.“

Wallander stand auf und zog sich an. Die Ruhe, die er so nötig brauchte, war ihm anscheinend nicht vergönnt.

Er fuhr aus der Stadt hinaus, vorbei an dem neu gebauten Möbelkaufhaus am Stadtrand und ahnte das dunkle Meer dahinter. Der Himmel war bedeckt. Die Schneestürme kommen, dachte er. Früher oder später brechen sie über uns herein.

Dann versuchte er sich darauf einzustellen, welcher Anblick ihm wohl bevorstand.

Der Polizeiwagen wartete an der Abzweigung nach Kadesjö auf ihn.

Es war noch dunkel …

Foto: Peter Peitsch/peitschphoto.com

„... mit einem Fuß im Schnee und dem anderen im Sand."

Der schwedische Schriftsteller Henning Mankell, 1948 in Härjedalen geboren, ist einer der angesehensten und erfolgreichsten Autoren Europas. Seinen Lesern in Deutschland ist er vor allem als Erfinder von Kommissar Kurt Wallander bekannt: Seine Romane wie *Die fünfte Frau*, *Die falsche Fährte* oder *Mittsommermord* stehen seit Jahren an der Spitze der Bestsellerlisten. Daneben verfasste er Romane über Afrika, Theaterstücke und vielfach ausgezeichnete Kinderbücher.

Schreiben ist für Mankell die eine Seite seines Berufslebens. Dabei ist es ihm ein wichtiges Anliegen, auf gesellschaftliche Missstände hinzuweisen: „Normalerweise kann Kunst nichts verändern, Verantwortung muss aber in dem, was ich schreibe, sichtbar werden", meint er.

Neben der schriftstellerischen gibt es jedoch noch eine zweite Seite: das Theater. Schon früh war er als Regieassistent und danach als Regisseur tätig. Als Mankell, der sich seit seiner ersten Afrikareise 1972 auf dem Schwarzen Kontinent zu Hause fühlt, angetragen wurde, bei der Gründung eines Theaters in Mosambik mitzuwirken, zögerte er keinen Augenblick. Seit 1986 ist er der Leiter des siebzigköpfigen Ensembles des *Teatro Avenida* in Maputo und lebt die Hälfte des Jahres in Afrika. „Seitdem hat sich meine Beziehung zu Afrika verändert und vertieft und ist zu einem entscheidenden Teil meiner Identität als Schriftsteller geworden", sagt Mankell. „Nun stehe ich sozusagen ziemlich breitbeinig da, mit einem Fuß im Schnee und dem anderen im Sand."

DIE PRINCIPESSA

PETER PRANGE

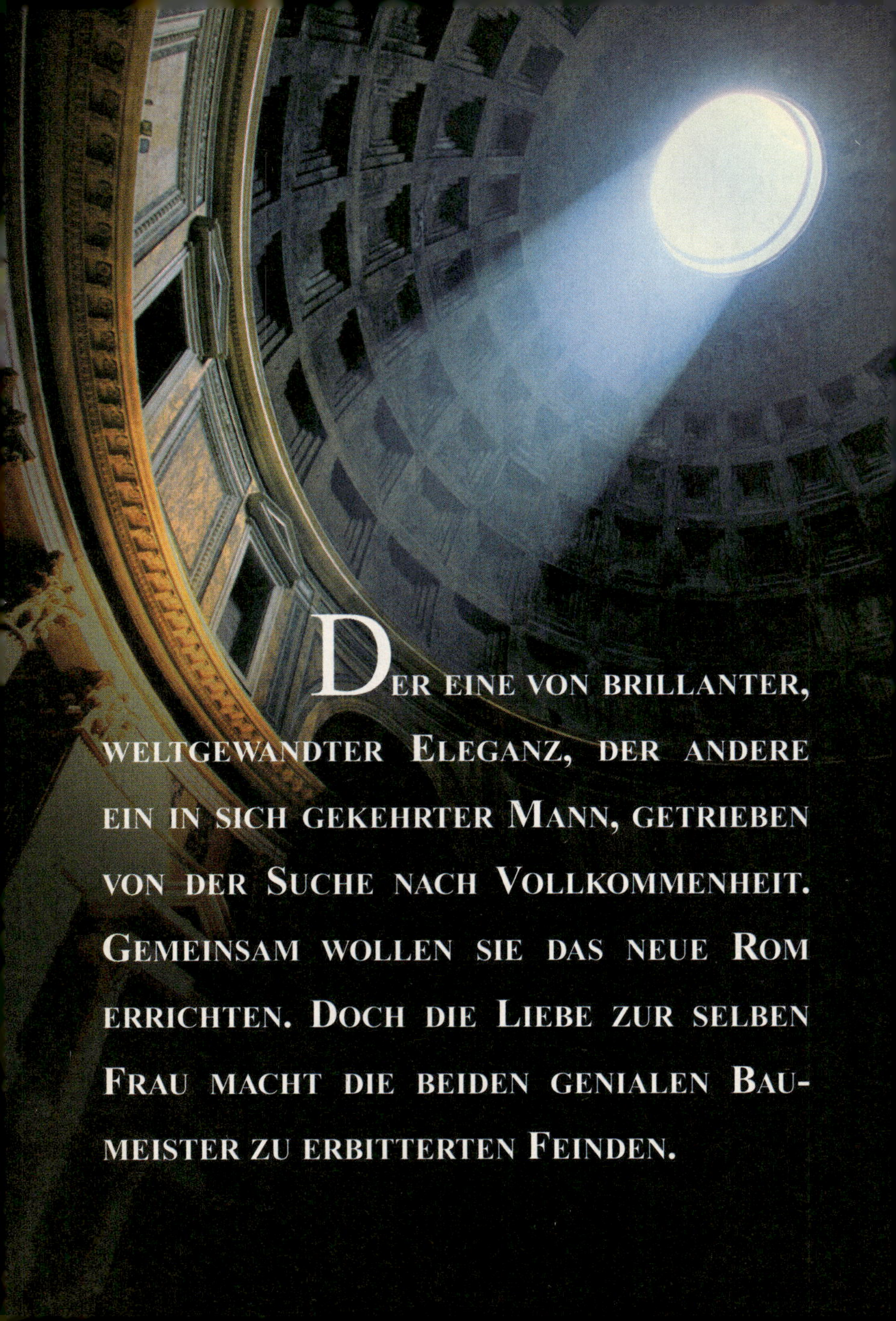

Der eine von brillanter, weltgewandter Eleganz, der andere ein in sich gekehrter Mann, getrieben von der Suche nach Vollkommenheit. Gemeinsam wollen sie das neue Rom errichten. Doch die Liebe zur selben Frau macht die beiden genialen Baumeister zu erbitterten Feinden.

Erster Teil
DAS SÜSSE GIFT DES SCHÖNEN: 1623–33

Kapitel 1

Die Mittagshitze lastete wie Blei auf der Stadt Rom. Sie brütete in den menschenleeren Gassen, kroch in die Fugen der Mauern und brachte die jahrhundertealten Steine zum Glühen. Selbst die mächtige Kuppel des Petersdoms, unter der doch die ganze römische Christenheit Zuflucht fand, schien unter der drückenden Hitze einzusinken.

Man schrieb den 6. August des Jahres 1623. Seit drei Wochen war in der Sixtinischen Kapelle das Konklave versammelt, um einen neuen Papst zu wählen. Der Tag der Entscheidung aber schien fern – so fern, dass sich auf dem großen Platz vor dem Dom, auf dem sich sonst zur Zeit der Konklave die Gläubigen erwartungsvoll drängten, nur ein verloren wirkender, barfüßiger Junge befand.

Plötzlich stieg eine dünne weiße Rauchsäule kerzengerade aus dem Schornstein der Sixtinischen Kapelle auf.

„*Habemus Papam!*“, rief die helle Kinderstimme in die bedrückende Stille. „Wir haben einen Papst!“ Eine Hausfrau am Fenster blickte zum Himmel und fiel in den Ruf ein, der sich gleich darauf fortsetzte, erst in der Nachbarschaft, dann im ganzen Viertel, sodass er bald aus unzähligen Mündern erscholl: „*Habemus Papam!* Wir haben einen Papst!“

Wenige Stunden später quollen die Straßen und Plätze Roms über vor Menschen. Pilger rutschten auf Knien durch die Stadt und priesen mit lauten Gebeten den Herrn, während auf den Märkten Kartenleger und Astrologen die Zukunft prophezeiten.

Durch das Gewühl eilte ein junger Mann mit prachtvollen schwarzen Locken und feinem Oberlippenbart: Gian Lorenzo Bernini, trotz seiner Jugend von 25 Jahren bereits angesehenes Mitglied in der Zunft der

Marmorbildhauer. Er war so aufgeregt wie vor seiner ersten Liebesnacht. Denn der Mann, der ihn zu sich gerufen hatte, war kein Geringerer als Maffeo Barberini, der Kardinal, der am heutigen Tag als Urban VIII. den Stuhl Petri bestiegen hatte.

Im Audienzsaal des Papstpalastes herrschte angespannte Nervosität unter den Prälaten und Bischöfen, Fürsten und Gesandten in ihren reichen, goldbestickten Gewändern. Lorenzo fühlte sich in dem schlichten schwarzen Habit des Cavaliere di Gesù, das er sonst mit solchem Stolz trug, wie ein Bettler. Er wischte sich den Schweiß von der Stirn, doch schon forderte ein Palastdiener ihn auf zu folgen. Laut hallten die Schritte seiner Stiefel auf dem Marmorboden wider, aber noch lauter klopfte sein Herz. Und bevor Lorenzo wusste, wie ihm geschah, stand er vor ihm und sank zu Boden.

„Heiliger Vater“, flüsterte er, während ein Bologneserhündchen an seinem Gesicht schnupperte. Der Papst empfing ihn in seinen Privatgemächern, und all die anderen da draußen mussten warten!

Eine weiß behandschuhte Hand streckte sich ihm zum Kuss entgegen. „Groß ist dein Glück, Cavaliere, Maffeo Barberini als Papst zu sehen. Aber viel größer noch ist unser Glück, dass der Ritter Bernini unter unserem Pontifikat lebt.“

„Ich bin nur der bescheidenste Diener Eurer Heiligkeit“, sagte Lorenzo und warf den Kopf in den Nacken, nachdem er, wie es das Zeremoniell verlangte, den Fischerring und den Pantoffel des Papstes geküsst hatte.

„Deine Bescheidenheit ist uns bekannt“, erwiderte Urban, während das Bologneserhündchen auf seinen Schoß kletterte, mit einem spöttischen Lächeln in den wachen blauen Augen. Nachdenklich streichelte der Papst den Hund auf seinem Schoß. „Du weißt, warum ich dich zu mir gerufen habe?“

Lorenzo zögerte. „Vielleicht, um eine Büste von Eurer Heiligkeit anzufertigen?“

Urban runzelte die Stirn. „Kennst du nicht den Beschluss des römischen Volkes, nie wieder einem Papst zu Lebzeiten eine Bildsäule zu errichten?“

Alter Heuchler!, dachte Lorenzo. Laut sagte er: „Das Volk hat ein Anrecht darauf, sich ein Bild von Eurer Heiligkeit zu machen.“

„Ich will darüber nachdenken“, erwiderte Urban. „Doch ich habe andere Pläne mit dir – große Pläne …“

Lorenzo horchte auf. Größere Pläne? Da er wusste, dass Maffeo Barberini gern und ausführlich dozierte, bevor er zum Kern einer Sache gelangte, hörte er geduldig zu, wie Urban von Dingen sprach, die ihn nicht im Geringsten interessierten: von den dreisten Angriffen, denen die katholische Kirche im Norden des Heiligen Römischen Reiches ausgesetzt war, von den protestantischen Ketzern, die der Teufel Martin Luther angestiftet hatte, Krieg zu führen gegen den allein selig machenden Glauben, von der Misswirtschaft früherer Päpste – selbst den Gestank in den Gassen vergaß Urban nicht zu beklagen.

Der Papst setzte den Hund auf den Boden. „Wir wollen ein Zeichen setzen", sagte er, plötzlich wieder ins offizielle Wir des *Pluralis Majestatis* wechselnd und mit so fester Stimme, dass Lorenzo erschrak. „Rom soll wieder zu seiner alten Größe gelangen, als Hauptstadt der Christenheit und Festung gegen die Gefahren aus dem Norden. Es ist unser Beschluss, diese Stadt in den Vorgarten des Paradieses zu verwandeln, in ein irdisches Sinnbild von Gottes herrlichem Reich, zum Ruhme des katholischen Glaubens. Kein Stein soll auf dem anderen bleiben, und du, mein Sohn, sollst dieses Werk für uns vollbringen, als der erste Künstler Roms, der Michelangelo der neuen Zeit!"

Urban holte tief Luft, um ihm seine Pläne zu erläutern. Als er nach über einer Stunde mit seiner Rede zu Ende war, klangen Lorenzo die Ohren, und ihm war schwindlig. Denn hier ging es nicht um ein paar Scudi und ein bisschen Ruhm. Hier ging es um die Ewigkeit.

Kapitel 2

Was für ein Abenteuer, William! Wir haben es geschafft – wir sind in Rom!"

Die untergehende Abendsonne tauchte die Porta Flaminia, das nördliche Stadttor von Rom, in goldgelbes Licht, während zwei Briten Einlass verlangten: der eine ein auffallend hübscher blutjunger Mann, dem breitkrempigen Hut und selbstbewussten Auftreten nach von adliger Herkunft, der andere, William genannt, ein hoch gewachsener, knochiger Hagestolz mit roter Hakennase und sicher dreimal so alt wie sein Begleiter, dem er in offenbar dienender Funktion zugeordnet war. Die beiden waren von ihren mit Taschen und Säcken bepackten Pferden abgestiegen, denn ein Zolloffizier verbaute ihnen den Weg. Mit ebenso wichtiger wie verständnisloser Miene prüfte er die Pässe, während zwei Soldaten das Gepäck durchsuchten.

„Wie lange bin ich nun schon Ihr Lehrer und Tutor?", fragte der

Ältere seinen jungen Herrn. „Aber in die Hauptstadt der Papisten reisen, gegen das Verbot des Königs! Wenn uns Landsleute entdecken und beim Gesandten anzeigen, können wir nie wieder zurück in die Heimat. – He, du Bandit, lässt du das wohl sein!“ Erbost stellte er sich dem Zolloffizier entgegen, der sich gerade anschickte, den Leib seines Schützlings abzutasten.

Der Offizier fuhr barsch zu William herum. „Ausziehen!“ Und noch während er sprach, begann er ohne Rücksicht auf Knöpfe und Nähte, William die Kleider vom Leibe zu reißen.

„Ich protestiere im Namen des Königs von England!“, rief William mit zitternder Stimme.

„Und jetzt du!“, herrschte der Offizier den jungen Herrn an. „Leibesvisitation!“

„Wagen Sie nicht, mich anzurühren!“, rief der, und das Blut schoss ihm ins Gesicht. „Ich habe nichts zu verzollen!“

„Und was ist das?“ Der Offizier griff nach dem goldenen Kreuz am Hals des jungen Herrn.

„Unterstehen Sie sich! Das Kreuz hat der Papst geweiht!“

„Der Papst?“ Hatte er eben noch so zornig dreingeblickt, als wolle er alle Briten der Welt erschlagen, strahlte er nun wie ein Vater, der seinen verlorenen Sohn empfängt. „Dann seid ihr keine Ketzer? Gelobt sei Jesus Christus! Worauf wartet ihr, Freunde? Steigt auf eure Pferde, und reitet in die Stadt! Ihr sollt mit uns feiern! Es lebe Urban, der neue Papst!“

Er hatte noch nicht zu Ende gesprochen, da saßen die zwei schon im Sattel. „Puh, das ist gerade noch mal gut gegangen!“ Der junge Herr lachte, als sie auf der anderen Seite der Stadtmauer waren, und küsste sein Kreuz.

„Wir sind mit knapper Not einer Katastrophe entronnen“, schimpfte William. „Stellen Sie sich vor, Sie hätten sich ausziehen müssen! Oh, dieses Italien! Lauter Banditen und Gauner!“

„Jetzt hören Sie doch auf zu schimpfen, William! Schauen Sie sich lieber um! So eine herrliche Stadt!“ Seine helle Stimme überschlug sich vor Aufregung. „Dort, jedes Gebäude ein Palast! Und erst die Kleider, die die Frauen tragen! Prächtiger als die unserer Königin! Und riechen Sie nur diese Luft! So muss es im Paradies duften!“

„Das ist das süße Gift des Schönen“, knurrte William. „Der König weiß, warum er seinen Untertanen den Aufenthalt in dieser Stadt verbietet. Sie gaukelt einem die herrlichsten Dinge vor, doch dahinter? Fäulnis und Verderben!“

Der junge Herr parierte sein Pferd. „Doch was gibt's da drüben? Bei den Buden, wo sich die vielen Menschen drängen?"

„Wahrsager, nehme ich an." Der Tutor schnaubte verächtlich durch die rote Hakennase. Er griff seinem Herrn in die Zügel, sodass sich das Pferd wiehernd aufbäumte. „Sehen Sie den Gasthof am Ende des Platzes? Dort gehen wir jetzt hin. Oder wollen Sie sich in diesen Kleidern Ihrer Cousine präsentieren?"

In dem Schankraum der Herberge saßen nur wenige Gäste. Während der junge Herr mit seinem Mantelsack in einer Kammer verschwand, beauftragte William den Wirt, die Pferde zu versorgen. Er selbst wollte die Zeit nutzen, um sich Notizen zu machen. Doch daraus wurde nichts.

Kaum hatte er sein Schreibzeug hervorgeholt, tippte der Wirt ihm auf die Schulter. „*Scusi*, Signor, darf man erfahren, woher Sie kommen?"

„Woher wohl?", erwiderte William. „Daher, wo alle anständigen Leute herkommen – aus England."

Der Wirt strahlte, als habe ihm die Jungfrau Maria ihr Geheimnis offenbart. „Ich liebe England! Hatten Sie eine gute Reise? Und haben Sie Hunger?" Eifrig wandte er sich ab, um zur Küche zu laufen, als er plötzlich wie angewurzelt stehen blieb. „*Porca miseria!* Was für eine schöne Frau!"

William schaute auf. Alle Augen waren auf die Tür der Kammer gerichtet, in der der junge Herr vor wenigen Minuten verschwunden war. Jetzt aber stand dort im letzten Licht der Abendsonne eine wunderschöne blutjunge Frau in einem langen Kleid – einem duftigen Gewoge aus Musselin, Spitze und Schleifen, in dessen Mitte ein goldenes Kreuz funkelte.

„So, William, jetzt können wir zu meiner Cousine gehen." Die junge Frau trat in den Schankraum, warf den blonden Lockenkopf in den Nacken und blickte mit ihren grünen Augen herausfordernd in die Runde. „Kann uns einer der Signori den Weg zum Palazzo Pamphili beschreiben?"

DER PALAZZO PAMPHILI erhob sich an der Piazza Navona, einem der bedeutendsten Plätze der Stadt. Auf dem Grundriss des alten Domitian-Zirkus erbaut, war dieser Ort seit Jahrhunderten nicht nur ein bedeutender Marktplatz, der am Tage von Händlern und bei Nacht von Huren bevölkert war, sondern auch Schauplatz prunkvoller Reitturniere und Karnevalszüge, kirchlicher und weltlicher Schauspiele.

Streng genommen war der Palazzo eher eine Häuserzeile als ein wirklicher Palast, zusammengekauft im Laufe der Generationen, verbunden durch eine gemeinsame Fassade. Verglichen mit den Prachtbauten in der Nachbarschaft, nahm sich das vierstöckige Gebäude eher bescheiden aus. An allzu vielen Stellen bröckelte der Putz, und bei ungünstiger Witterung stiegen die Ausdünstungen der zu kleinen Senkgrube bis in die Gemächer empor, wo an diesem Abend noch zu später Stunde heller Lichterschein aus den Fenstern drang.

„Ich kann mich nicht genug wundern", sagte Donna Olimpia, „dass deine Eltern dich auf eine solche Reise geschickt haben. Deutschland, Frankreich, Italien. Wie viel Mut dazu gehört! Warst du auch in Venedig?"

„Eine Stadt voller Wunder!", rief Clarissa mit leuchtenden Augen. „Und in Florenz waren wir, wo ein Gelehrter bewiesen hat, dass die Erde sich dreht, ohne dass wir runterfallen! Galilei heißt der Mann." Clarissa platzte fast vor Stolz, so sehr genoss sie die Bewunderung ihrer Cousine.

Donna Olimpia war mit ihren dreißig Jahren nur ein Dutzend Jahre älter als sie – doch wie viel reifer, wie viel selbstbewusster wirkte sie in allem, was sie tat und sagte! Das helle, fein geschnittene Gesicht von schwarzen Ringellocken eingerahmt, die beim Sprechen auf und ab tanzten, war sie, ohne darum an weiblicher Schönheit einzubüßen, von stolzem, majestätischem Wuchs. „Deine Mutter und ich waren die besten Freundinnen", sagte Olimpia. „Wie habe ich deinen Vater gehasst, als er sie nach England entführte!"

„Ich glaube, Mama hasst ihn dafür manchmal heute noch." Clarissa lachte. „Zumindest im Winter. Auf jeden Fall hat sie ihn überredet, dass ich diese Reise machen darf. Und als William, der ja schon zweimal in Italien war, sich bereit fand, mich zu begleiten …"

„Der größte Fehler meines Lebens", stöhnte ihr Tutor.

„… da hat mein Vater schließlich eingewilligt. Aber was ist das für ein nützliches Werkzeug", unterbrach sich Clarissa, während sie, Olimpias Beispiel folgend, mit der kleinen Silbergabel das Fleisch auf ihrem Teller aufspießte, um es mit dem Messer zu zerteilen. „In England müssen wir die Hände zu Hilfe nehmen wie die Barbaren. Ich werde unbedingt ein paar Dutzend davon kaufen, wenn wir heimfahren."

„Das brauchst du nicht, ich schenke dir welche zur Hochzeit", sagte Olimpia. „Deine Mutter hat mir geschrieben, dass du bald heiraten wirst. Wann wird es so weit sein?"

Clarissa wurde plötzlich ernst. „Die Hochzeit? Nun, sobald ich wieder zu Hause bin."

„Dann wirst du es wohl gar nicht abwarten können zurückzureisen?"

„Ja, sicher, Donna Olimpia."

„Ich habe dir schon dreimal gesagt, du sollst mich weder Donna nennen noch Sie zu mir sagen! Aber du siehst ja fast aus, als würdest du dich gar nicht freuen?“

Clarissa fühlte sich überhaupt nicht mehr wohl. Sollte sie ihrer Cousine die Wahrheit sagen? „Es ist nur so“, begann sie und zwang sich zu einem Lächeln, „ich würde gern viel länger hier bleiben, um alles zu besichtigen, was es in Rom zu besichtigen gibt – alles! Wer weiß, wann ich je wieder Gelegenheit habe, hierher zu kommen?“

„Und wo gedenken Sie zu wohnen?“

Es war das erste Mal, dass Principe Pamphilio Pamphili, Olimpias Gatte, sich in das Gespräch einmischte, ein ebenso hübscher wie eitler Mann. Seit sie am Tisch saßen, schlang er stumm sein Essen in sich hinein mit einer so säuerlichen Miene, als empfinde er es als Zumutung, mit ihr und William die Mahlzeit einnehmen zu müssen.

„Ich … ich dachte“, stammelte Clarissa. War das die römische Gastfreundschaft? Sie warf den Kopf in den Nacken und besann sich auf ihr bestes Italienisch. „Ich werde mir ein paar Zimmer in der Stadt nehmen. Vielleicht können Sie mir eine Herberge empfehlen, Donna Olimpia?“

„Eine Herberge, Miss Whetenham?“, protestierte William. „Wie soll ich da meine Arbeit tun?“ Er drehte seine Hakennase Donna Olimpia zu. „Sie müssen wissen, Mylady, ich bin Schriftsteller und nehme diese beschwerliche Reise allein zu dem Zweck auf mich, ein literarisches Werk zu verfassen, welches das gebildete England mit Ungeduld erwartet: ‚Reisen in Italien, unter besonderer Berücksichtigung der mannigfaltigen Verführungen und Verlockungen –‘“

„Hier können Sie jedenfalls nicht bleiben“, unterbrach Pamphili ihn. „Eine unverheiratete Frau, die in Männerkleidern reist! Wahrscheinlich können Sie auch lesen und schreiben, wie? Ich bin sicher, in England lernen Frauen das.“

„Hier etwa nicht?“, fragte Clarissa zurück.

Olimpia runzelte die Brauen. „Du kannst lesen und schreiben? Auch … in Italienisch?“

„Wie denn nicht? Ich rede ja auch italienisch.“

Ein warmes, fast zärtliches Lächeln legte sich auf Olimpias Gesicht. „Du erinnerst mich so sehr an deine Mutter“, sagte sie und tätschelte Clarissas Hand. „Und ein bisschen auch an mich selbst, als ich noch jung war. Ich würde dir gern die ältere Freundin sein, die deine Mutter mir früher war. Auf jeden Fall bleibst du bei uns. Die Familie ist uns Römern heilig! Außerdem, wenn wir Frauen nicht für uns sorgen, wer tut es dann? Als ich ein junges Mädchen war, wollte man mich zwingen, in ein Kloster zu gehen, und nur weil ich mich wie eine Löwin dagegen wehrte, konnte Pamphili mich heiraten. Zu meinem und zu seinem Glück", fügte sie hinzu und nahm den Säugling, den eine Amme ihr reichte, auf den Arm. „Nicht wahr, mein teurer Gatte?"

Während sich Pamphili missmutig wieder seinem Essen zuwandte, wiegte Donna Olimpia ihr Kind in den Schlaf. Was für eine wunderbare Frau sie war! Clarissa hatte fast ein schlechtes Gewissen, ihr nur die halbe Wahrheit gesagt zu haben.

ES WAR Mittagspause in Sankt Peter, der größten und bedeutendsten Baustelle Roms. Die Maurer und Steinmetze legten ihre Werkzeuge beiseite, wischten sich den Schweiß und Staub von der Stirn und ließen sich in einer Seitenkapelle des riesigen Doms nieder, um dort im kühlen Schatten ihr Vesper zu verzehren. Nur einer hielt sich von den übrigen abseits, Francesco Castelli, ein junger Steinmetz aus der Lombardei, der statt Wein, Brot und Käse ein Zeichenbrett und einen Graphitstift aus seinem Bündel hervorholte.

„He, Michelangelo, was zeichnest du da?"

„Sicher nackte Engel, so selig, wie der guckt!"

Francesco achtete nicht auf die Rufe. Sollten ihn die anderen nur verspotten und Michelangelo nennen – er wusste, was er tat. Wie jede freie Stunde nutzte er auch die Mittagspause, um die Architektur von Sankt Peter zu studieren. Konzentriert und geduldig zeichnete er die Säulen und Bogen nach, um immer tiefer in die Gedanken seines großen Vorbilds einzudringen, von dem die herrlichsten Teile dieses Gotteshauses stammten, die Gregorianische Kapelle, in der Francesco sich soeben niedergelassen hatte, ebenso wie die mächtige Kuppel, die wie ein steinerner Himmel die Vierung überwölbte.

Francesco hatte nicht vor, sein Leben lang nach fremden Entwürfen Steine zu behauen, Balustraden zu verzieren oder Profile auszuführen. Nein, er, Francesco Castelli, wollte Architekt werden.

Francesco schrak aus seinen Studien auf. Erregte Stimmen drangen vom Hauptaltar zu ihm herüber, Stimmen, die mit jedem Wort lauter und heftiger wurden. Er packte seine Sachen und spähte um die Säule, die ihn vom Mittelschiff trennte.

Im Kuppelraum, dem Allerheiligsten der Kirche, auf dem Grab des Apostels Petrus, reckte Carlo Maderno, Francescos greiser Lehrherr, voller Zorn die Hände in die Höhe. Er hatte seine Sänfte verlassen, in der er, gebrechlich, wie er war, gewöhnlich zur Baustelle getragen wurde, und trat einem jungen Mann entgegen, der, gekleidet wie ein Pfau, breitbeinig dastand, die Arme vor der Brust verschränkt, das Kinn erhoben, und dabei ein so verächtliches Gesicht zog, als wolle er auf den Boden spucken. Gian Lorenzo Bernini, der Marmorbildhauer, der mit seinen Skulpturen bereits Aufsehen erregt hatte, als Francesco noch in die Lehre gegangen war.

„Ich bin der Dombaumeister!", rief Maderno mit zitternder Stimme, „und ich verbiete Ihnen, hier auch nur einen Stein anzurühren!"

„Sie haben mir gar nichts zu verbieten", erwiderte Bernini. „Papst Urban hat mich beauftragt, den Hochaltar zu bauen."

Francesco biss sich auf die Lippen. Dann war es also doch wahr, was seit ein paar Tagen unter den Handwerkern gemunkelt wurde.

„Sie – einen Altar bauen?", fragte Maderno. „Wissen Sie überhaupt, wie man das Wort Statik buchstabiert?"

„Nein." Bernini grinste und musterte ihn. „Dafür weiß ich aber, wie man Einfaltspinsel buchstabiert: M-a-d-e-r-n-o!"

Der greise Baumeister erstarrte, alles Blut wich aus seinem Gesicht. Doch dann wandte sich Francescos Lehrherr ab; mit Tränen in den Augen, das schlohweiße Haar auf den Schultern, sank er in seine Sänfte und befahl zwei Arbeitern, ihn hinauszutragen. Gelähmt vor Wut, schaute Francesco dem greisen Maderno nach, dem Mann, dem er alles verdankte, was er konnte und was er besaß.

Dann aber fiel sein Blick auf eine Zeichnung, die auf einem Arbeitstisch ausgebreitet lag. Es war ein Entwurf des Hochaltars: vier monumental gewundene Säulen, die sich mit der Kraft der österlichen Auferstehung in den Himmel schraubten, bekrönt von einem Baldachin, über dem der dem Grab entstiegene Jesus Christus triumphierte, mit Banner und Kreuz. Was für ein Geniestreich! Mit Madernos Plänen für den neuen Hochaltar seit Jahren vertraut, erkannte Francesco sofort, dass dieser Entwurf mit einem Schlag alle Probleme löste, an denen der alte Dombaumeister sich wieder und wieder die Zähne ausgebissen hatte, Probleme der Raumgestaltung und der Proportionen, die sich hier, scheinbar in müheloser Leichtigkeit, in ein Wunderwerk von Harmonie verwandelten.

„Da staunst du, was?", fragte Bernini und zog ihm das Blatt unter der Nase weg. „Das ist der Altar, den ich hier errichten werde. Aber sag mal", unterbrach er sich und blickte Francesco prüfend an, „bist du nicht der *assistente* von dem alten Kerl? Ja doch, ich erkenne dich wieder!" Mit einem strahlenden Lächeln legte er Francesco eine Hand auf die

Schulter. „Das ist ja prächtig, dann kannst du mir ja helfen. Na, was meinst du – hast du Lust?“

Francesco rang vor Empörung nach Worten. „Was … was … bilden Sie sich ein?!“ Auf dem Absatz machte er kehrt, und im Laufschritt eilte er davon, aus dem Dom hinaus ins Freie.

Gian Lorenzo stand in seinem Atelier. Vor ihm auf einem Schemel saß Costanza Bonarelli, die Frau seines ersten Gehilfen Matteo, ein Weib von solcher Schönheit, dass selbst Eva an ihrer Seite vor Neid erblasst wäre, und blickte ihn über die Schulter an. Auf ihrer makellosen Haut trug sie nichts als ein offenes, weit ausgeschnittenes Hemd, sodass Lorenzo Mühe hatte, sich auf seine Aufgabe zu konzentrieren: ihre Schönheit in dem Marmorblock zu verewigen, den er gerade mit seinem Meißel bearbeitete, wie er es von seinem Vater Pietro gelernt hatte.

„Verflucht!“, rief er plötzlich und steckte den verletzten Daumen in den Mund.

„Was ist los mit dir?“, fragte Costanza. „Hast du Sorgen?“

„Sorgen ist gar kein Ausdruck! Papst Urban hat in seiner Weisheit beschlossen, Rom werde unter seiner Herrschaft einen zweiten Michelangelo hervorbringen. Rate mal, wen!“

„Dich natürlich! Was für ein kluger Mann ist doch der Heilige Vater.“

„Nein, im Ernst. Er hat einen Plan für mich aufgestellt wie in der Schule. Ich soll bildhauern, ich soll malen, ich soll Architektur betreiben, damit ich wie Michelangelo alle drei Künste beherrsche. Als hätte der Tag achtundvierzig Stunden. Und als wäre das nicht genug, lässt er mich fast jeden Abend zu sich rufen. Weißt du, was er gestern Abend verlangt hat? Ich soll den Hochaltar in Bronze ausführen! Jeder, der auch nur ein bisschen was von der Sache versteht, schlägt bei dem Gedanken die Hände über dem Kopf zusammen. Unter diesem Gewicht kracht doch der Boden ein, und der verfluchte Altar rauscht zum heiligen Petrus in die Gruft.“

„Und warum weigerst du dich dann nicht?“

Lorenzo schnaubte. „Der Papst ist der Papst!“ Er hämmerte mit einem solchen Tempo an Costanzas Büste, als wollte er sie noch vor dem Abend fertig stellen. „Und der Altar ist die Chance meines Lebens. Aber Herrgott noch mal!“, brauste er auf. „Wie zum Teufel soll das gehen?“ Wütend warf er Schlägel und Meißel zu Boden. „Maderno hat Recht! Ich kann das nicht. Ich bin Bildhauer, verflucht noch mal, kein Ingenieur!“

„Mein armer kleiner Lorenzo“, sagte Costanza und stand von ihrem

Schemel auf. „Was meinst du, wollen wir für heute nicht lieber mit der Arbeit aufhören?“ Sie streichelte Lorenzos Wange und schaute ihn dabei mit ihren großen Augen verführerisch an.

Plötzlich war er wie verwandelt. „Hast du eigentlich gar keine Angst, dass dein Mann Verdacht schöpft?“ Er grinste.

„Pst“, machte sie und legte ihm einen Finger auf die Lippen. Dann lächelte sie ihn an, streifte sich das Hemd von den Schultern, beugte sich über die Obstschale, nahm eine Frucht und drehte sich damit zu ihm herum. „Sag, mein Liebster“, hauchte sie, „möchtest du vielleicht einen Apfel?“

Kapitel 3

Rom, den 22. September 1623

Meine lieben Eltern,

jetzt bin ich schon sechs Wochen hier, doch erst heute finde ich die Muße, Ihnen zu schreiben. Aber es ist so vielerlei passiert, dass ich zuversichtlich bin, Sie werden mir verzeihen.

Was mein Leben in Rom betrifft, so können Sie ebenso beruhigt sein wie William, der immerfort fürchtet, man könne unseren Aufenthalt dem englischen Gesandten anzeigen. Doch das ist ausgeschlossen – Pamphili hält mich hier ja wie eine Gefangene! Wie gerne würde ich die Altertümer sehen, die Paläste und Kirchen, vor allem aber die Werke des Michelangelo Buonarroti, von dem die ganze Welt spricht!

Donna Olimpia ist mir in der kurzen Zeit schon eine richtige Freundin geworden. Voller Anteilnahme erkundigt sie sich nach meinen Verhältnissen zu Hause. Dabei merke ich erst, wie dumm und unerfahren ich bin, weiß ich doch auf ihre Fragen nur selten eine vernünftige Antwort. Warum zum Beispiel wünscht der König meine Verheiratung mit Lord McKinney? Hat dies, wie Olimpia vermutet, damit zu tun, dass wir dem Adel angehören und gleichzeitig Katholiken sind?

Mindestens einmal am Tag bekommt Olimpia Besuch von ihrem Schwager, einem richtigen Monsignore, der einem Kloster unweit Roms vorsteht. Das ist ein so hässlicher Mensch, doch scheint er ein gutes Herz zu haben. Während sein Bruder, der hochmütige Principe, sich nie mit Olimpia bespricht, hält der Abt so große Stücke auf sie, dass er keine Entscheidung trifft, ohne sich zuvor mit ihr zu beraten. Er ist der Grund für Donna Olimpias Eifer, das Lesen und Schreiben zu erlernen (von mir – und natürlich hinter dem Rücken ihres Mannes), wird er doch in diesen Tagen vom Papst als Nuntius nach Spanien entsandt. Sie wollen korrespondieren.

Donna Olimpia veranstaltet heute zum Abschied ihres Schwagers ein Fest. Wenn ich die Geräusche im Haus richtig deute, treffen die ersten Gäste ein. Was meinen Sie, soll ich das Kleid mit dem Spitzenbesatz tragen, welches Sie mir zum achtzehnten Geburtstag schenkten? Das ist noch kein halbes Jahr her, und doch erscheint es mir wie eine Ewigkeit.

Ich grüße Sie in Liebe und Verehrung als
Ihre stets gehorsame Tochter
Clarissa Whetenham

Clarissa hatte sich nicht getäuscht. Als sie endlich den Festsaal des Palazzo Pamphili betrat, waren dort bereits mehrere Dutzend Gäste versammelt.

„Höchste Zeit, dass du kommst!“, raunte Olimpia ihr im Vorübergehen zu. „Ich habe eine Überraschung für dich.“

„Eine Überraschung? Für mich? Was denn?“

„Das wirst du schon sehen“, erwiderte Olimpia mit einem geheimnisvollen Lächeln.

Was mochte ihre Cousine wohl meinen? Clarissa war ganz aufgeregt. Vielleicht würde Olimpia sie an diesem Abend ihren Gästen vorstellen, um sie in die römische Gesellschaft einzuführen? Doch die Gäste umringten nicht Clarissa, sondern Monsignore Pamphili, der, Olimpia an seiner Seite, in einem Lehnstuhl Hof hielt und mit mürrischer Miene einem Astrologen lauschte, der nun in dunklen Worten Pamphilis Zukunft deutete. Von der Bischofsmütze, ja vom Kardinalspurpur war die Rede. Verwundert sah Clarissa, dass auch Olimpia an den Lippen des Astrologen hing, als habe sie Angst, eines seiner Worte zu verpassen.

„What a childish superstition!“

„In der Tat, William, das ist wirklich kindischer Aberglaube“, erwiderte sie in ihrer Muttersprache. Als sie sich umdrehte, hätte sie sich am liebsten die Zunge abgebissen. Denn vor ihr stand nicht ihr Lehrer und Tutor, sondern ein fremder Mann unbestimmten Alters mit grauem Haar, grauem Gesicht, grauen Augen.

„Clarissa Whetenham, I presume?“, fragte er.

„Wer“, stotterte sie auf Italienisch, „wer sind Sie?“

„Lord Henry Wotton“, antwortete er mit der gleichgültigsten Stimme der Welt. „Gesandter Seiner Majestät Jakobs I., König von England.“

Jetzt war passiert, wovor William immer gewarnt hatte – sie war entdeckt! Noch dazu vom britischen Gesandten selbst! Hilfe suchend blickte Clarissa zu ihrer Cousine hinüber, doch Olimpia nickte ihr nur zu mit einem freudigen Lächeln.

„Wie können Sie nur“, sagte Lord Wotton, „so töricht sein, sich hierher zu wagen. Oder enthält Ihre Reiselizenz etwa nicht das Verbot, Rom und die Herrschaftsgebiete des spanischen Königs in Italien zu betreten?“

„Aber“, erwiderte Clarissa, „ich besuche hier doch nur meine Cousine Donna Olimpia.“

„Nur Ihre Cousine?“, fragte er in gelangweiltem Ton, als hätte er dieses Gespräch schon viele Male geführt. „Und die katholischen Briten, die hier den Umsturz vorbereiten? Was ist mit denen? Ganz zu schweigen von den Bräuchen der Papisten, die Sie sich hier aneignen und später mit in die Heimat nehmen. Jeder Aufenthalt in Rom ist ein Treuebruch gegenüber dem König.“

Clarissa fühlte sich plötzlich ganz schwach. „Was geschieht jetzt mit mir?“, fragte sie leise. „Muss ich in ein Gefängnis?“

Lord Wotton seufzte. „Donna Olimpia ist eine erstaunliche Diplomatin. Ein Glück, dass sie kein Mann ist, sie hätte das Zeug zum Papst. Warum hat sie eigentlich solches Interesse daran, dass Sie in Rom bleiben?“

„Ich unterrichte sie im Lesen und Schreiben. Doch ich fürchte, ich begreife nicht. Was hat das alles miteinander zu tun?“

„Mehr, als Sie ahnen“, sagte Wotton und führte sie zu einer Bank. „Doch bitte, setzen wir uns! Sie sind ja ganz blass. Ich glaube, ich sollte Ihnen ein paar Dinge erklären“, meinte er, während er ihr gegenüber Platz nahm. „Am besten, wir fangen ganz von vorn an. Wir haben zu viele Religionen, und jede behauptet, sie sei die allein selig machende. Darum haben ihre Anhänger nichts Besseres zu tun, als übereinander herzufallen. Das nennen sie Bekehrung, und die hat den Vorteil, dass man sich in Gottes Namen totschlagen darf. Um das zu unterbinden, hat König Jakob seinen Erben Karl mit der katholischen Henriette Maria von Frankreich verheiratet, ein bildhübsches Geschöpf übrigens, und seine Tochter Elisabeth, die, unter uns gesagt, weit weniger hübsch ist, mit dem protestantischen Kurfürsten Friedrich von der Pfalz. Können Sie mir bis hierhin folgen?“

Clarissa nickte tapfer.

„Gut, denn jetzt kommen wir zu Ihnen. Vielleicht ahnen Sie inzwischen ja, warum Sie Lord McKinney heiraten sollen?“

„Sie wissen, dass ich heiraten werde?“, fragte Clarissa verblüfft.

„Politiker wissen alles – jedenfalls mehr, als ihnen lieb ist“, erwiderte Lord Wotton. „Doch zurück zu unserer Frage. Wenn König Jakob Sie, Clarissa Whetenham, eine katholische Engländerin, dem schottischen Presbyterianer McKinney zur Frau gibt, will er damit nicht nur ein Zeichen der Versöhnung zwischen den Religionen setzen, sondern zugleich, sozusagen durch das Band der Liebe, seinem alten Ziel ein Stück näher kommen, England und das störrische Schottland zu vereinen. So, ich glaube, jetzt sind Sie einigermaßen im Bilde.“

Clarissa brauchte ein paar Sekunden, um seine Worte zu verarbeiten. „Und wenn Sie jetzt“, fragte sie so vorsichtig, als könne sie ihren eigenen Worten nicht trauen, „dem König meinen Aufenthalt in Rom anzeigen?“

„Dann müssen Sie Ihre Rückkehr nach England wohl eine Weile verschieben.“

„Das heißt – ich *muss* vorläufig in Rom bleiben?“

Wie auf ein Zeichen trat in diesem Augenblick Olimpia zu ihnen. „Nun, gefällt dir meine Überraschung?“, fragte sie. „Aber da fällt mir ein, ich habe dich noch gar nicht eingeführt. *Signore e signori*“, wandte sie sich an ihre Gäste, „es ist mir eine Ehre, Ihnen heute Abend meine Cousine vorzustellen. Allein aus Gründen, die ich nicht preisgeben kann“, fügte sie mit einem verschwörerischen Blick auf Lord Wotton hinzu, „ist es mir verwehrt, ihren Namen zu nennen, doch versichere ich Ihnen, sie ist eine Frau von Stand und Geblüt. Nennen Sie sie darum bitte“ – Olimpia machte eine kurze Pause – *„principessa!“*

Principessa – der Titel summte Clarissa noch in den Ohren, als sie Stunden später im Bett lag. Sie war der Mittelpunkt der Gesellschaft gewesen: Principessa hier, Principessa da! Ein halbes Dutzend Heiratsanträge hatte man ihr gemacht. Vielleicht plante zu dieser Stunde schon einer ihrer Verehrer, sie zu entführen? In einer Kutsche mit verhangenen Fenstern in dunkler Nacht. Rom schien ihr genau die Stadt zu sein zur Verwirklichung solcher Träume. Und jetzt durfte sie Monate in dieser Stadt bleiben, vielleicht sogar Jahre – Olimpia hatte dafür gesorgt.

Noch im Morgengrauen sprang Clarissa aus dem Bett. Wenn sie Glück hatte, waren die Küchenmägde schon wach und bereiteten ihr ein Frühstück. Sie streifte sich einen Umhang über und verließ das Zimmer. Fröstelnd eilte sie die endlosen Flure entlang, als sie plötzlich stutzte. Aus der dunklen Kapelle des Palazzos war ein Tuscheln zu hören. Verwundert trat Clarissa näher und spähte durch den Türspalt. Da erblickte sie auf der Bank vor dem Beichtstuhl die Umrisse zweier Gestalten, die einander umschlungen hielten.

„Ohne dich", hörte Clarissa eine Männerstimme sagen, „bin ich wie ein Schiff ohne Steuermann. Ich werde dir täglich schreiben."

„Und ich werde dir täglich antworten", erwiderte eine Frauenstimme. „So können wir uns beraten, wie wir es immer getan haben."

Das war Donna Olimpia, kein Zweifel! Jetzt drehte die größere Gestalt sich um, und für eine Sekunde blickte Clarissa in das hässliche, von einer Kapuze umhüllte Gesicht eines Mönchs. Monsignore Pamphili! Erschrocken huschte sie zurück zu ihrem Zimmer.

„Hast du gut geschlafen, Principessa?" Den kleinen Camillo auf dem Arm, begrüßte Olimpia sie später beim Frühstück so unbefangen, dass Clarissa sich fragte, ob sie die Szene in der Kapelle nur geträumt hatte. Doch während der Morgenmesse, die sie mit William in Sant'Andrea della Valle unweit der Piazza Navona besuchte, wusste sie: Nein, sie hatte nicht geträumt – das Bild verfolgte sie mit solcher Macht, dass sie kaum imstande war, die Gebete mitzusprechen. In ihr brannte ein Verlangen, eine unbestimmte, doch unabweisbare Begierde, die sie noch nie in ihrem Leben gespürt hatte, ein Drängen und Sehnen, das sich auf nichts und gleichzeitig alles zu richten schien.

Auch William war an diesem Morgen in heller Aufregung, obwohl aus ganz anderen Gründen. Nach der Messe auf dem Rückweg zum Palazzo Pamphili wusste er nicht, worüber er sich mehr empören sollte: über Clarissas Leichtsinn oder über Donna Olimpia, die ihrer beider Entdeckung durch den Gesandten offenbar gezielt herbeigeführt hatte? Er schwor, künftig ein Auge auf sie zu haben, als Clarissa einen Augenblick seiner Unachtsamkeit nutzte, um seiner Obhut zu entfliehen.

Ziellos, allein geführt von diesem fremden Verlangen, eilte sie durch die Stadt, die tausend Genüsse und tausend Gefahren verhieß.

MIT DER Sicherheit, die er in vielen Jahren auf all den Baustellen in Mailand und Rom erworben hatte, kletterte Francesco auf das Gerüst, um in luftiger Höhe den Cherub zu vollenden, an dem er seit zwei Tagen arbeitete, hier oben, den strengen Blicken seines Lehrherrn entzogen, ganz nach seinen Vorstellungen.

Immer nörgelte sein Lehrherr an ihm herum, er müsse lernen, die alten Meister zu kopieren, vor allem natürlich ihn selbst, statt ihn auch nur eine einzige Aufgabe selbstständig durchführen zu lassen. Dabei waren

Madernos Entwürfe so langweilig, dass Francesco gar nicht mehr hinsehen musste, um sie auszuführen.

Kein Wunder, dass der neue Papst Bernini mit dem Hochaltar beauftragt hatte. Seit Francesco dessen Plan gesehen hatte, wollte er ihm nicht mehr aus dem Kopf. Diese Leichtigkeit und Eleganz!

Plötzlich schrak er aus seinen Gedanken auf. Schritte näherten sich auf dem Gerüst. Kaum hatte er sich hierher zurückgezogen, kam schon jemand, ihn zu stören!

Als er sich umdrehte, blieb ihm fast das Herz stehen. Wie ein Engel, der vom Himmel herabgestiegen war, näherte sich ihm eine junge Frau, blond gelockt und mit einem Lächeln im Gesicht, wie es selbst Michelangelo nicht schöner hätte zaubern können. Ein Gesicht von so zarten Farben und solcher Anmut, dass es nicht von dieser Welt sein konnte. Und mit einer Sicherheit, die keinen Zweifel kannte, wusste er plötzlich: Dies war die Frau, die das Schicksal für ihn ausersehen hatte.

ENDLICH hatte Clarissa ihn entdeckt! So sah er also aus, der große und berühmte Mann. Erstaunt stellte sie fest, wie unglaublich jung er war – vielleicht 24, höchstens 25 Jahre. Sie hatte ihn sich viel, viel älter vorgestellt! Sie klopfte sich den Staub vom Kleid und tastete sich das Gerüst entlang.

„Was … was um Himmels willen machen Sie hier oben?“, fragte er sie mit einer warmen und gleichzeitig sehr männlichen Stimme, während er sich von den Knien erhob.

„Die Arbeiter haben mir gesagt, dass ich Sie hier finde“, erwiderte Clarissa.

„Sie – mich finden?“, stotterte er. „Ich … ich verstehe nicht … Haben Sie mich denn gesucht?“

„Aber ja doch, seit ich in Rom bin, möchte ich Sie kennen lernen!“, sagte sie und ging auf ihn zu.

„Passen Sie auf!“, rief er und fasste sie am Arm. „Sonst fallen Sie noch runter!“

„Wie dumm von mir!“ Als sie an dem Gerüst hinabschaute, trat sie unwillkürlich einen Schritt zurück. Unten am Eingang der Kirche schauten die Arbeiter, die Clarissa den Weg gewiesen hatten, neugierig zu ihr herauf.

„Was für eine eigenartige Figur“, sagte sie schließlich. „Was soll sie darstellen?“

„Sehen Sie das nicht? Einen Cherub.“

„Wenn es ein Engel ist", sagte sie, „warum lächelt er dann nicht? Er sieht eher aus, als würde er vor Schmerz schreien."

Er unterbrach seine Arbeit und drehte sich zu ihr um. „Das haben Sie erkannt?", fragte er, ungläubig und zugleich mit einem Anflug von Stolz. „Sein Schicksal ist die Qual, unter der er leidet. Darum kann er nicht lächeln und möchte laut aufschreien."

„Ein Cherub, der unter seinem Schicksal leidet? Was für ein seltsamer Gedanke! Ich dachte, die Cherubim sind die Lieblingsengel Gottes und immer in seiner Nähe. Da muss er doch glücklich sein!"

„Glauben Sie das wirklich?", fragte er zurück und sah sie ernst an. „Auch wenn er vollkommener ist als alle anderen Geschöpfe des Himmels, ist er doch im Vergleich zu Gott ein unvollkommenes Wesen. Wie soll er da den Anblick der göttlichen Vollkommenheit ertragen? Bis in alle Ewigkeit? Ist das nicht eine grausame, entsetzliche Strafe?"

Während er redete, sprach aus seinen Augen eine unendliche Trauer, und plötzlich hatte Clarissa das Gefühl, dass er gar nicht diesen Cherub meinte. Vielleicht war der Engel, den er da schuf, nur ein Abbild seiner eigenen Seele? Aber wenn das so war: Was gab es, was *ihn* so quälte?

Ohne zu wissen, warum, erfasste sie eine warme Woge der Zuneigung zu diesem Mann, und mit einem Mal verspürte sie den heftigen Wunsch, ihm ein Lächeln zu entlocken. „Wissen Sie eigentlich, wie berühmt Sie in meiner Heimat sind?", fragte sie.

„Ich? Berühmt?", fragte er noch irritierter zurück. „Sie müssen mich verwechseln. Ich bin nur ein einfacher Steinmetz." Unwirsch griff er nach seinen Werkzeugen und nahm seine Arbeit wieder auf.

Sie lachte. „Jeder gebildete Engländer kennt Ihren Namen: Michelangelo Buonarroti! Da staunen Sie, nicht wahr?", sagte sie triumphierend. „Ich habe mich einfach bei Ihren Handwerkern erkundigt, wo ich den berühmten Michelangelo –"

Schallendes Gelächter, das plötzlich aus dem Kirchenschiff heraufdrang, unterbrach sie. Verwirrt blickte sie hinab und sah die Arbeiter, die sich vor Lachen den Bauch hielten und zu ihr in die Höhe zeigten. In derselben Sekunde begriff sie ihren Fehler. „Oh, das tut mir Leid. Sicher … sicher haben Sie einen viel schöneren Namen. Würden Sie ihn mir verraten?"

„Castelli", antwortete er mit versteinerter Miene. „Francesco Castelli …" Aber noch während er sprach, begannen seine Züge zu zucken; dann fing er plötzlich an zu husten, so heftig, dass sein Gesicht rot anlief und er sich vornüber krümmte, als müsse er sich erbrechen. Er hob die Hände in die Höhe. „Gehen Sie … bitte … lassen Sie mich allein!"

Was hatte sie nur angerichtet? Clarissa wandte sich ab, und so rasch es ging, kletterte sie von dem Gerüst hinunter und eilte zur Kirche hinaus, begleitet von dem Gelächter der Arbeiter.

Kapitel 4

„Das wird einen Aufstand geben! Das lassen die Römer sich nicht gefallen!"

Gemeinsam mit seinem Vater Pietro beaufsichtigte Lorenzo Bernini die Abrissarbeiten am Pantheon. Um die Unmengen an Bronze zu beschaffen, die er für den Hochaltar von Sankt Peter brauchte, war er darauf verfallen, die Bronzebalken aus dem Dachstuhl der Vorhalle des Pantheon einzuschmelzen. Als Mann mit humanistischen Neigungen war für Urban die Vorstellung zwar abstoßend, doch als Oberhaupt der Christenheit erkannte er die große Symbolkraft eines solchen Aktes und gab schließlich seinen Segen dazu.

„Also, komm mir jetzt nicht mit neuen Problemen!", sagte Lorenzo und legte einen Arm um die Schulter seines Vaters, eines kleinwüchsigen Mannes, der die sechzig überschritten hatte. „Sag mir lieber, dass du eine Lösung für das Fundament gefunden hast!"

Pietro schüttelte den Kopf. „Nein, mein Sohn, tut mir Leid. Es gibt keine Lösung."

„Unsinn!" Lorenzo begann mit wütenden Schritten auf und ab zu gehen. „Es muss eine Lösung geben – muss, muss, muss! Urban hat schon einen Vertrag aufsetzen lassen und drängt mich jeden Tag, ihn zu unterschreiben." Doch plötzlich, so rasch wie ein Wetterwechsel im April, verschwand der trotzige Ausdruck von seinem Gesicht. „Komm, Papa, du darfst mich jetzt nicht im Stich lassen! Du hast bis jetzt doch immer eine Lösung gefunden."

Die Erinnerung verklärte Pietros Gesicht. „Ja, ich habe getan, was in meinen Kräften stand, damit aus dir etwas wurde. Alles, was ich selbst kann und weiß, habe ich dir beigebracht. Ich habe sogar meine eigenen Werke als die deinen ausgegeben, damit sich dein Ruhm schneller verbreitete." Mit einem Seufzer holte er Atem. „Aber jetzt kann ich dir nicht mehr helfen, mein Sohn, so gern ich auch wollte."

Lorenzo brauchte ein paar Sekunden, bis er begriff. Mit einem Ruck wandte er sich ab und verließ die Baustelle. Er war so wütend, dass er kaum denken konnte, als er auf sein Pferd stieg, um zum Petersdom zu reiten. Er verfluchte den Vertrag, den der Papst ihm vorgelegt hatte. Als Lohn winkten ihm 250 Scudi – im Monat! Damit wäre er von heute auf morgen ein reicher Mann. Doch der Vertrag schrieb auch vor, bis wann sämtliche Arbeiten abzuschließen waren, auf Jahr und Tag. Alle Kosten durch Überschreitung dieser Frist musste der Baumeister tragen. Sollte dieser Fall eintreten, wäre er ruiniert bis an sein Lebensende.

Vor dem Portal von Sankt Peter sprang er aus dem Sattel und drückte die Zügel einem Arbeiter in die Hand. Mit hallenden Stiefelschritten marschierte er durch das Mittelschiff zum Hochaltar und wischte dort mit einer Handbewegung seinen Arbeitstisch leer, um seine Pläne zu entrollen und sich in sie zu versenken.

Jemand räusperte sich hinter seinem Rücken.

„Stör mich jetzt nicht!“, sagte Lorenzo. Als er sich umdrehte, stutzte er. Das war doch dieser Castelli, Madernos *assistente*! Was glotzte der ihm denn da über die Schulter?

„Ich glaube“, sagte Castelli und räusperte sich noch einmal, „ich weiß eine Lösung.“

„Was? Wovon redest du?“

„Von der Statik. So, wie Sie den Entwurf bisher gezeichnet haben, können Sie ihn nicht ausführen.“

„Dir bekommt wohl die Hitze nicht!“, rief Lorenzo, mehr irritiert als verärgert. „Was verstehst du denn von Statik, du Klugscheißer? Los, verschwinde!“

Doch Castelli rührte sich nicht vom Fleck. Obwohl seine Augen vor Nervosität zuckten, ließ er sich nicht einschüchtern. „Die Bekrönung ist das Problem. Wenn Sie die entfernen, würde es gehen.“

„Du hast wirklich einen Sonnenstich!“ Lorenzo lachte laut auf. „Die Bekrönung stellt Jesus Christus dar, den Erlöser!“

„Darf ich?“ Castelli rollte auf dem Tisch ein Blatt aus, so selbstsicher und entschlossen, dass Lorenzo unwillkürlich Platz machte. „Ich habe einen Aufriss gemacht. Schauen Sie!“, sagte er und zeigte mit dem Finger auf seine Zeichnung. „Von unten wäre die Erlöserfigur sowieso kaum zu sehen. Ihr Gewicht aber überfordert nicht nur das Fundament, sondern drückt auch die Säulen so stark nach außen, dass sie unter der Last einknicken müssen.“ Er blickte Lorenzo an. „Was spricht dagegen, sie zu ersetzen? Zum Beispiel durch ein Kreuz?“

Lorenzo pfiff durch die Zähne. „Nicht übel“, murmelte er. „Aber sag mal“ – er grinste –, „woher der plötzliche Sinneswandel?“

„Ich bin mein eigener Herr“, erwiderte Castelli.

„Umso besser! Na, dann zeig mal die anderen Pläne!“

Gemeinsam beugten sie sich über die Berechnungen und Zeichnungen, die Castelli vorbereitet hatte. Und während Madernos *assistente* geduldig und konzentriert erläuterte, wie die Kräfte auf das Fundament und die Konstruktion des Baldachins wirkten, spürte Bernini mit jedem Blatt, das der andere vor ihm aufrollte, die Zentnerlast, die seit Wochen auf seine Schultern drückte, nach und nach von sich weichen. Er stand auf und reichte Castelli die Hand. „Na, du Genie, willst du bei dem Unternehmen mein *assistente* sein? Mein *assistente* und …“, er zögerte eine Sekunde, bevor er das Wort aussprach, „… mein Freund?“

An diesem Abend, zwischen der Vorspeise und einer feurigen *pasta diavolo,* unterschrieb Lorenzo Bernini an der Tafel von Papst Urban VIII. den Vertrag zum Bau des neuen Hochaltars von Sankt Peter.

„Signor Francesco Castelli!“ Der Diener machte einen Schritt zur Seite, und mit gesenktem Haupt, den Hut in der Hand, betrat Francesco den kahlen, nur spärlich möblierten Empfangssaal des Palazzo Pamphili, in dem ein leichter Duft nach modrigen Champignons hing. Er hatte nicht die geringste Ahnung, warum man ihn hierher gerufen hatte.

„Es gibt in diesem Haus ein paar Dinge zu renovieren“, eröffnete Donna Olimpia ohne weitere Begrüßung das Gespräch. „Sie wurden mir empfohlen.“

„Ich, empfohlen? Von wem?“

„Das tut nichts zur Sache“, erwiderte sie. „Für welche Bauherrn haben Sie bisher gearbeitet?“

„Ich habe vor drei Jahren die Steinmetzwerkstatt meines Onkels Garovo übernommen, die erste der Zunft, und arbeite seitdem in Diensten des Dombaumeisters Maderno.“

„Das heißt“, Donna Olimpia runzelte verwundert die Stirn, „Sie sind gar kein Architekt?“

Francescos Herz begann heftig zu pochen. Offenbar hatte man ihn als Baumeister gerufen – wie lange schon träumte er von diesem Augenblick? Doch was sollte er jetzt erwidern? „Ich habe in den Jahren meiner Ausbildung sämtliche Fertigkeiten erworben“, sagte er schließlich, „die ein Architekt beherrschen muss. Ich kann zeichnen, ich kann alle nötigen Berechnungen anstellen, und ich kann die Handwerker leiten.“

„So? Und wo haben Sie das unter Beweis gestellt? Welche Paläste, welche Kirchen haben Sie gebaut?“

Auf diese Frage hatte er keine Antwort. „Es wäre mir eine Ehre, wenn ich mein erstes Gebäude im Auftrag der Familie Pamphili errichten dürfte. Falls Sie erlauben, zeige ich Ihnen gern meine Entwürfe."

„Entwürfe?" Donna Olimpia schüttelte den Kopf, sodass die schwarzen Ringellocken links und rechts von ihrem Gesicht zu tanzen anfingen. „Ich fürchte, ich kann Ihre Dienste nicht in Anspruch nehmen, Signor … Wie war gleich Ihr Name?"

„Castelli. Dann erlauben Sie, dass ich mich verabschiede", sagte Francesco. „Aber bevor ich gehe – darf ich eine Bemerkung machen, ohne respektlos zu erscheinen?"

„Was denn noch?"

„Wem immer Sie den Auftrag erteilen, achten Sie darauf, dass er kein totes Holz verwendet. Wie in diesem Raum."

„Totes Holz? Was reden Sie da?"

„Das Mauerwerk ist von Hausschwamm befallen. Man hat offenbar keine Aufmerksamkeit auf das Holz verwandt, das beim Bau der Mauer verarbeitet wurde. Hausschwamm befällt nur das Holz toter Bäume. Eine Unachtsamkeit, die große Folgen hat. Ich darf mich empfehlen."

„Einen Augenblick!" Olimpia machte einen Schritt auf ihn zu und sah ihn fragend an. „Hausschwamm kann eine ganze Mauer zerstören, nicht wahr?"

„Eine ganze Mauer – und ein ganzes Haus!" Er klopfte gegen die Wand, einmal, zweimal, bis Putz herabbröckelte. „Hier, sehen Sie!", sagte er und zeigte auf den schmutzig grauen Pilzrasen, der unter dem sich lösenden Putz zum Vorschein kam.

„Um Himmels willen!", rief sie erschrocken. „Was kann man dagegen tun?"

„Man muss das gesamte Holzwerk entfernen, ebenso alles Füllmaterial und den Mauerbewurf. Sonst können immer wieder neue Schwämme auftreten."

„Das ist ja entsetzlich!", rief Donna Olimpia, doch im nächsten Moment zeigte ihre Miene wieder die kühle Überlegenheit wie zuvor. „Sie scheinen ein tüchtiger Handwerker zu sein. Angenommen, ich würde Ihnen den Auftrag erteilen – was würden Sie dafür verlangen?"

„Nichts", sagte er mit ruhiger, fester Stimme. „Ich würde mich mit dem begnügen, was Sie mir aus freien Stücken geben."

„Wissen Sie was? Ich möchte, dass Sie diese Arbeit übernehmen. Außerdem sollen Sie ein kleines *appartamento* entwerfen. Michelangelo", fügte sie mit einem feinen Lächeln hinzu, „hat auch nicht gleich die

Peterskuppel gebaut. Kommen Sie mit, ich will Ihnen die Räume zeigen!"

Gemeinsam stiegen sie in den ersten Stock. Olimpia erkundigte sich nach Castellis Verhältnissen, nach seiner Arbeit im Petersdom und versprach ihm, ihn im Falle ihrer Zufriedenheit den bedeutendsten Würdenträgern der Stadt und des Heiligen Stuhls vorzustellen, ja sogar den Barberini, der Familie des Papstes, zu empfehlen.

„Doch nun sollen Sie die Person sehen, für die Sie das *appartamento* bauen werden. Sagen Sie ihr Dank, sie hat Sie empfohlen!"

Als Donna Olimpia die Tür öffnete, traute Francesco seinen Augen nicht. Vor ihm stand ein blonder Engel: derselbe, der ihm in Sankt Peter erschienen war.

In den Straßen Roms herrschte Aufruhr. Der alte Bernini hatte es geahnt: Die Plünderung des Pantheons ließen sich die Römer nicht gefallen. Der Tempel war das einzige Bauwerk der Stadt aus den Zeiten Cäsars, das die Barbaren bei ihren Raubzügen verschont hatten – und jetzt kam dieser Barberini-Papst und schlachtete den Bronzedachstuhl aus, um seinen Dom damit zu schmücken! Mit Pferdeäpfeln und Kuhfladen, faulen Pfirsichen und Tomaten bewarfen die Römer die Arbeiter, die die Bronzebalken aus dem Dach der Vorhalle rissen und auf riesigen Fuhrwerken durch die engen Gassen zum neu errichteten Gießhaus am Vatikanhügel transportierten, wo sie eingeschmolzen werden sollten.

Lorenzo stieß einen Seufzer aus. An einem solchen Tag musste er sich nun auch noch Urbans Reden anhören.

„Der Aufruhr in den Straßen beunruhigt uns sehr", sagte Urban. „Was die Barbaren nicht schafften, schaffen die Barberini!"

„Nur ein Wortspiel, Heiliger Vater. Die Römer lieben Eure Heiligkeit!"

Urban schüttelte den Kopf. „Ich kann jetzt keine Unruhen gebrauchen", erklärte er mit solchem Nachdruck, dass Lorenzo zusammenzuckte. „In Frankreich wird Kardinal Richelieu täglich dreister und maßt sich Rechte an, ohne uns um Erlaubnis zu fragen. In Deutschland herrscht seit zwanzig Jahren Krieg, doch ein Ende ist immer noch nicht in Sicht. Und wer weiß, was aus England wird, jetzt, nachdem Jakob tot ist. Sein Sohn Karl scheint ein wankelmütiger Mann zu sein."

„Hat König Karl", fragte Lorenzo vorsichtig, „nicht eine katholische Frau? Henriette?"

„Was will das in England heißen? Sie kann sich morgen neu taufen lassen."

„Man müsste ihr schmeicheln, Eure Heiligkeit. Vielleicht könnte man ihr ein Geschenk machen? Vielleicht wäre es hilfreich, wenn Eure Heiligkeit eine Porträtbüste des englischen Königs anfertigen ließen, um sie der Königin zu schicken." Ein erstes Lächeln erhellte die Miene des Papstes. „Und was den Aufruhr in den Straßen betrifft", fügte Lorenzo hinzu, „gibt es vielleicht auch eine Lösung. Der Glockenturm des Pantheons ist baufällig, man könnte ihn durch zwei neue Türme ersetzen. Ich bin sicher, eine solche äußere Verschönerung wird die Römer über den inneren Verlust rasch hinwegtrösten."

Jetzt strahlte Urban über das ganze Gesicht, und seine blauen Augen blitzten. „Wir haben uns doch nicht in dir getäuscht", sagte er. „Möge Gott uns allen deine Schaffenskraft und dir meine Gesundheit erhalten!"

EIN JUBELGESANG von überirdischer Schönheit erfüllte den Dom von Sankt Peter, so hell und rein, wie nur ein Chor von Engeln singen konnte. Clarissa rutschte ungeduldig auf ihrer Bank hin und her und beobachtete dabei, in der Hoffnung, ein bestimmtes Gesicht zu entdecken, den Strom der Gläubigen, die in endloser Prozession an der Petrusfigur unweit des Eingangs vorüberzogen, das Kreuzzeichen schlugen und den Kopf vor dem Heiligen beugten, um seinen von zahllosen Berührungen blank polierten Fuß zu küssen.

Clarissa wusste, es war falsch, was sie tat, denn es geschah heimlich, ohne dass sie Olimpia davon erzählt hatte, und trotzdem konnte sie nicht anders. Lag es daran, dass ihr Kerkermeister, Principe Pamphili, an diesem Tag außerhalb Roms weilte und sie deshalb Gelegenheit gehabt hatte, ihrem Verlies zu entkommen? Sie wusste es nicht, spürte nur dieses Sehnen und Drängen, ein Gefühl ähnlich jenem ruhelosen Verlangen, das sie schon einmal hierher getrieben hatte.

Mit einem Mal brach der unwirkliche Gesang ab, und nichts als erhabene Stille erfüllte die mächtige Basilika. Da hörte sie hinter sich ein Räuspern.

„Ich bitte um Vergebung, Principessa, aber ich konnte nicht früher kommen."

Sie drehte sich um. Vor ihr stand Francesco Castelli und blickte sie aus ernsten, fast traurigen Augen an.

„Sie wollten mir den Dom zeigen", sagte sie eilig. „Ich freue mich schon so lange darauf."

„Mit Ihrer Erlaubnis", erwiderte er, „dann wollen wir mit dem Wichtigsten beginnen."

Ohne ein weiteres Wort führte er sie in Richtung Vierung. Vor einem mächtigen Pfeiler blieb er stehen und öffnete eine Tür, hinter der sich eine enge, dunkle Wendeltreppe verbarg. „Wenn Sie mir bitte folgen wollen?“

Stufe um Stufe stiegen sie empor, als sie endlich eine schlichte Sakristei erreichten und Castelli mit einem Schlüssel eine zweite Tür öffnete.

„Das ist ja“, flüsterte Clarissa, „als wäre man im Himmel.“

Sie standen auf der Innengalerie der Kuppel. Wie ein gigantisches Zelt aus Stein, das einen unermesslich großen Raum umschloss, wölbte sich über ihnen das gewaltige Rund, ein von abertausend Sternen übersätes Firmament, von dem die Engel und Heiligen Gottes auf sie herabschauten, während das Licht in solchen Massen auf sie niederflutete, dass Clarissa darin zu ertrinken glaubte.

„Seit vielen hundert Jahren“, sagte Castelli leise, fast andächtig, „träumten die Baumeister der Welt davon, hier über dem Grab des heiligen Petrus eine Kuppel zu bauen, die sich mit der des Pantheon messen kann. Aber erst Michelangelo hat das Wunder vollbracht.“ Clarissa schaute Francesco an. Während er sprach, verschwand alle Strenge, alle Härte aus seinem Gesicht, und seine dunklen Augen leuchteten vor Begeisterung und Leidenschaft. „In dieser Kuppel“, sagte er, „verschmelzen Himmel und Erde, der ganze Kreis der Schöpfung. Alles hat seinen Ort und seinen Platz. Sehen Sie, dort tritt Gottvater aus den Wolken, um sein Werk zu segnen. Ihm zur Seite, zwischen den goldenen Bändern, thronen Jesus Christus und die Mutter Gottes über allen Engeln – die ganze himmlische Heerschar. Es ist, als hätte Gott hier durch Michelangelos Hand seine Schöpfung noch einmal neu erschaffen.“

„Bis jetzt“, sagte Clarissa, „hatte ich immer geglaubt, Architektur sei nur ein Dach über dem Kopf. Aber jetzt begreife ich: Alles hat eine Bedeutung. Als wäre …“, sie suchte nach einem passenden Vergleich, „… als wäre die Architektur ein Alphabet.“

Überrascht drehte sich Castelli zu ihr um, und für eine Sekunde glaubte sie, ein kleines, scheues Lächeln auf seinem Gesicht zu erkennen, und ihr wurde ganz warm in der Brust.

„Ja“, sagte er, „Sie haben Recht. Die Architektur ist ein Alphabet – von Giganten.“ Für einen Moment erwiderte er ihren Blick, und das Gefühl in ihrer Brust wurde noch stärker. Hustend wandte er sich ab. „Kommen Sie!“

Clarissa folgte ihm nur widerwillig. Wie gern hätte sie ihm weiter zugehört! So spröde, ja abweisend er sich sonst gab, war er doch, als er ihr den Aufbau der Kuppel erklärte, ein völlig anderer Mensch geworden.

Mit jedem Wort, das er sagte, gewann er an Sicherheit, an Kraft und Männlichkeit, und seine verschlossenen Züge öffneten sich, wurden mit einem Mal schön.

„Sie bewundern Michelangelo wohl sehr?“, fragte Clarissa, als sie wieder am Fuß des Pfeilers angekommen waren.

„Ich versuche von ihm zu lernen. Idole, die man bewundert, machen einen zum Sklaven.“

„Oho“, sagte sie beeindruckt. „Haben Sie hier noch andere Dinge entworfen, Signor Castelli? Ich meine, außer dem Cherub? Ich würde sie gerne sehen.“

„Nein“, sagte er schroff. „Ich bin kein Architekt, ich bin Steinmetz.“

„Und der Altar? Die ganze Stadt spricht davon, und ich weiß genau, dass Sie daran arbeiten.“

„Der Altar ist nicht mein Werk“, erwiderte er. „Cavaliere Bernini hat ihn entworfen. Ich helfe nur, seine Pläne auszuführen. Von mir sind“, fügte er fast trotzig hinzu, „die Eisengitter vor der Kapelle dort drüben.“

„Das kann nicht sein!“, rief Clarissa empört. „Man muss Ihnen doch Gelegenheit geben, an dieser Kirche mitzubauen! Ich weiß, dass Sie Architekt sind, und Sie selbst wissen es auch. Bitte“, wiederholte sie, „zeigen Sie mir Ihre Pläne! Ich würde sie wirklich gerne sehen.“

Endlich erwiderte er ihren Blick. „Nun gut.“ Er ging zu einem Arbeitstisch, der neben dem Altar aufgestellt war, und zog unter der Tischplatte eine Rolle hervor. „Ich habe das noch niemandem gezeigt“, sagte er. „Und damit Sie mich nicht missverstehen: Es ist nur ein Zeitvertreib, zur Übung, um zeichnen zu lernen.“

Als Clarissa auf das Blatt schaute, erkannte sie sofort, was dort abgebildet war: die Fassade von Sankt Peter. Doch Castelli hatte sie nicht einfach abgezeichnet, sondern ihr ein völlig neues Gesicht gegeben: Anders als in der Wirklichkeit ragten auf dem Entwurf rechts und links der Front zwei eckige Glockentürme empor.

„Ich habe es ja gewusst“, sagte sie fasziniert. „Und ob Sie ein Architekt sind! Das ist wirklich wunderschön. Mit den Türmen wirkt alles viel leichter, viel harmonischer als jetzt. Und ich hoffe von Herzen, dass ich noch lange genug hier sein werde, um diese Türme draußen an der Fassade mit eigenen Augen anzuschauen.“ Sie legte das Blatt auf den Tisch und berührte seine Hand. Wieder sah sie dieses scheue Lächeln auf seinem Gesicht, zum zweiten Mal innerhalb weniger Minuten, und wieder spürte sie dieses warme Gefühl in der Brust, das so irritierend war und gleichzeitig so schön. „Sie müssen eine eigene Werkstatt gründen!“

„Ich habe eine eigene Werkstatt."

„Als Steinmetz – aber das reicht nicht! Sie sind dafür geboren, Architekt zu sein. Das ist Ihre Berufung. Nur wenn Sie ihr folgen, können Sie tun, was Sie tun *müssen:* Ihre eigenen Gebäude bauen – Kirchen und Paläste." Clarissa spürte nur noch seine Hand. So groß und kräftig diese war, fühlte sie sich ganz glatt an, ganz zart. Es müsste schön sein, von dieser Hand gestreichelt zu werden. Wieder lächelte er sie an.

„Miss Whetenham!", keuchte eine Stimme hinter ihr.

„William?" Clarissa ließ erschrocken Castellis Hand los. „Was machen Sie denn hier?"

Ihr Tutor stand vor ihr. „Hier", sagte er und reichte Clarissa einen Brief, „der ist eben angekommen. Von Ihren Eltern." Er schloss die Augen, und mit einem Seufzer fügte er hinzu: „Aus dem guten alten England."

Whetenham Manor, den 29. August 1625

Liebe Clarissa,

ich grüße dich im Namen des Vaters, des Sohnes und des Heiligen Geistes!

Mit Bitterkeit und Schmerz schreibe ich dir heute, mein Kind. Jakob, unser geliebter König, ist für immer von uns gegangen. Gott möge seiner Seele gnädig sein.

Sosehr mir der Tod dieses großen Mannes zu Herzen gegangen ist, muss ich nun den Blick in die Zukunft richten. Du weißt, wie sehr du Jakob mit deiner mutwilligen Reise nach Rom erzürnt hast. Jetzt aber steht deiner Heimkehr nichts mehr im Wege. Onkel Graham hat mir zugesichert, du seiest am Hofe König Karls willkommen; die Rede ist sogar davon, dich, so du erst verheiratet bist, Königin Henriette als Hofdame vorzuschlagen.

Zögere also nicht länger, und kehre heim! Auch dein künftiger Gemahl, Lord McKinney, kann es kaum erwarten, dich in seine Arme zu schließen. Damit du auf der Reise über die nötigen Barmittel verfügst, habe ich einen gehörigen Betrag zu deinen Gunsten bei der italienischen Bank in London deponiert. Mit der beigeschlossenen Zahlungsanweisung kannst du in jeder größeren Stadt davon Gebrauch machen. Spute dich, mein Kind, und begib dich auf die Reise, bevor der Winter hereinbricht!

Es segnet dich für eine glückliche Heimfahrt
dein dich liebender Vater
Lord Whetenham, Count of Brackenhamshire

Als Clarissa den Brief zu Ende gelesen hatte, zitterten ihre Hände so sehr, dass die Unterschrift ihres Vaters vor ihren Augen verschwamm wie Tinte auf feuchtem Grund.

„Jetzt werde ich Ihre Türme wohl wirklich nicht sehen“, sagte sie leise und schaute auf. Doch Castelli war schon fort.

„Einfach verschwunden“, schnaubte William. „Ohne einen Gruß. Italienische Sitten!“

„WIE SIEHST du nur aus?“, fragte Donna Olimpia erschrocken bei Clarissas Ankunft im Palazzo. „Bist du krank?“ Sie schloss die Tür des Salons und nahm Clarissa in den Arm.

Bei der Berührung konnte Clarissa die Tränen kaum noch zurückhalten. „Ich muss heim nach England“, sagte sie.

Während sie den Brief ihres Vaters ins Italienische übersetzte, strich Olimpia ihr tröstend über das Haar. „Du wusstest doch, dass es eines Tages so weit sein würde. Du darfst nach London, vielleicht sogar als Hofdame der Königin. Jeder wird dich beneiden. Und vorher feierst du Hochzeit!“

Clarissa blickte auf. Als sie Olimpias forschendes Gesicht sah, konnte sie die Wahrheit nicht mehr länger verschweigen.

„Ich will diesen Mann nicht heiraten“, platzte sie heraus. „Ich … ich kenne ihn doch gar nicht!“

„Unsinn, mein Kind. Wenn deine Eltern einen Mann für dich ausgewählt haben, musst du ihnen dankbar sein. Glaub mir, du wirst sicher sehr, sehr glücklich werden. Der Ehestand ist die natürliche Bestimmung der Weiber.“

„Ach, Olimpia!“ Clarissa schluchzte laut auf. „Ich habe solche Angst. Ganz allein in einem Schloss mit einem Mann, den ich noch nie gesehen habe. Ich weiß doch nur, dass er ein Lord ist und uralt, schon über dreißig Jahre, und irgendwo im schottischen Moor lebt.“ Sie vergrub ihr Gesicht an der Brust ihrer Cousine und ließ ihren Tränen freien Lauf.

Olimpia streichelte ihren Rücken und flüsterte leise italienische Worte, ruhig und geduldig, bis Clarissa aufhörte zu weinen. Dann zog sie ein Tuch aus ihrem Ärmel und trocknete ihr die Augen. „Was hast du heute im Dom gemacht?“

„Ich … ich habe die Kuppel besichtigt, auf der Galerie …“

„Du warst auf der Galerie? Dafür braucht man einen Schlüssel. Wer hat dir die Kuppel gezeigt?“

Clarissa zögerte.

„Du musst es mir sagen, mein Kind."

„Signor … Signor Castelli …"

„Castelli? Der Steinmetz?", fragte Olimpia verwundert.

„Ja. Aber er ist kein Steinmetz, sondern Architekt. Er hat mir alles erklärt, so wunderbar, wie mir noch nie jemand etwas erklärt hat. Er ist so klug, so gebildet und dabei so bescheiden, fast schüchtern, dass man manchmal meint, er sei einem böse, aber dann hat er gelächelt, zweimal sogar hat er mich angelächelt …"

Olimpia nickte. „Ich habe dir bei deiner Ankunft versprochen, dass ich dir die ältere Freundin sein werde, die deine Mutter mir früher war. Darum muss ich dir jetzt einige Fragen stellen. Und du musst mir versprechen, sie ehrlich zu beantworten. Willst du das tun?" Als Clarissa nickte, nahm Olimpia ihre Hand. „Freust du dich, wenn du Signor Castelli siehst?"

„Am liebsten", sagte Clarissa leise, „würde ich ihn jeden Tag sehen."

„Und wenn du ihn siehst, was empfindest du? Spürst du dann ein Kribbeln im Nacken? Oder einen Schauer im Rücken?"

Clarissa schüttelte den Kopf. „Nein. Es ist – ein warmes, ganz sanftes Gefühl. Und … ich vergesse alles andere, so wohl fühle ich mich, und ich wünsche mir nur, dass es gar nicht wieder aufhört."

Olimpia nickte. „Dann ist es schlimmer, als ich befürchtet hatte."

„Warum sagst du das, Olimpia? Du redest ja wie ein Arzt mit einem Patienten, der eine schlimme Krankheit hat."

„Die hast du auch. Die schlimmste, die eine Frau überhaupt haben kann."

„Aber ich spüre doch gar nichts, außer … außer …"

„Außer dass du ihn liebst?", führte Olimpia ihren Satz zu Ende.

Clarissa war verwirrt. Aber wenn es so war: War Liebe etwas Schlimmes? Oder gar eine Krankheit? „Was soll ich jetzt tun?"

„Du weißt selbst die Antwort", sagte ihre Cousine. „Du musst nur auf deinen Verstand hören, Clarissa, nicht auf dein Herz! Das ist das Wichtigste von allem."

Clarissa sah in das besorgte Gesicht ihrer Cousine, und plötzlich tauchte eine Erinnerung vor ihr auf: Olimpia und Monsignore Pamphili, wie sie einander umschlungen hielten am Tag von Pamphilis Abreise nach Spanien. War dies das große Geheimnis zwischen Mann und Frau? Clarissa atmete tief durch. „Ja", sagte sie. „Du hast Recht. Ich reise ab."

Kapitel 5

Carlo Maderno, der greise Dombaumeister von Sankt Peter, starb an einem trüben Januartag im Alter von 73 Jahren, nachdem er über ein Vierteljahrhundert die Bauhütte der größten und bedeutendsten Kirche der Christenheit geleitet hatte. General Barberini, der Bruder des Papstes, führte die Trauergemeinde an, die mit langsamen Schritten dem von vier Rappen gezogenen Leichenwagen folgte: die Steinmetze, Maurer und Zimmerleute mit ihren Zunftfahnen, die Marmorbildhauer und die Baumeister: der alte Pietro Bernini, gestützt auf seinen Sohn Luigi, und natürlich Francesco Castelli.

Gian Lorenzo Bernini traf auf dem Friedhof erst ein, als der Sarg bereits in der Erde ruhte. Seinen Vater und seinen Bruder, die ihm am Friedhofstor begegneten, ließ er ohne ein Wort stehen und eilte weiter, bis er den Mann entdeckt hatte, nach dem er suchte: Francesco Castelli stand als letzter der Trauergäste noch an dem offenen Grab.

„Du kannst dir die Tränen sparen!“, raunte Lorenzo ihm zu, als er an seine Seite trat. „Ich komme gerade vom Papst. Urban hat mich zum Dombaumeister ernannt – auf Lebenszeit! Geld im Überfluss! Sogar den Weg zur Arbeit kann ich in Rechnung stellen.“

„Kannst du damit nicht warten, bis das Grab zu ist?“, fragte Francesco, ohne sich umzudrehen.

„Tu nicht so scheinheilig! Meine Ernennung wird dein Schaden nicht sein.“ Lorenzo schielte ihn von der Seite an. „Was bist du nur für ein komischer Kauz! Wir zwei haben jetzt für alle Zeiten ausgesorgt. Stell dir vor, ich habe nicht nur den Dom, sondern auch den Palazzo Barberini von Maderno geerbt. Und du bist mein *assistente,* auf beiden Baustellen und auf allen anderen, die noch hinzukommen werden. Das verspreche ich dir.“

Endlich drehte sich Francesco zu ihm um. Die scharfe Falte zwischen seinen Augen versprach nichts Gutes. „Daraus wird nichts“, sagte er. „Ich gründe eine eigene Werkstatt – als Architekt.“

„*Was* willst du? Wovon willst du leben?“

„Ich kann ein paar kleine Aufträge übernehmen. Maderno hat mich noch auf dem Totenbett empfohlen.“

„Mir kommen die Tränen!“, rief Lorenzo wütend. „Und was wird aus mir? Wie soll ich die ganze Arbeit schaffen ohne dich? Undankbar bist du! Wer hat die Aufträge für deine Steinmetze besorgt, am Pantheon und im Dom? Ich war das! Ich! Ich! Ich!“ Er schlug sich vor den Kopf. „Nein, ich will nicht mit dir streiten. Du bist mein bester Freund.“

Lorenzo nahm den Hut ab, kniete vor dem Grab nieder und machte das Kreuzzeichen, um ein Vaterunser für den Toten zu beten. Als er sich beruhigt hatte, erhob er sich, nahm die Schaufel, die neben dem Grab im Boden steckte, und warf damit Erde auf den Sarg. „Zugegeben, er war ein großer Architekt“, murmelte er. „Glaub mir, ich wäre gern früher gekommen, aber ich kann Beerdigungen nicht ertragen. Wenn ich mir vorstelle, dass ich eines Tages auch in so einer Holzkiste liege und die Würmer an mir nagen …“ Er schüttelte sich.

Francesco schien ihn nicht zu hören. Mit bloßem Kopf stand er da und schaute über das Grab hinweg. Er war der seltsamste Mensch, den Lorenzo kannte, so vollkommen anders als er selbst: ein störrischer Eigenbrötler, der niemals lachte, dabei stolz und jähzornig. Trotzdem mochte Lorenzo ihn, ja, Francesco war der einzige Mensch, der ihm widersprechen durfte. Warum nur? Es war etwas Tieferes, etwas Schicksalhaftes, was sie miteinander verband.

„Es gibt eine Frau“, sagte Francesco wie zu sich selbst. „Seit ich ein Mann bin, habe ich auf sie gewartet, und jetzt bin ich ihr begegnet. Aber sie verachtet mich, weil ich ein Steinmetz bin.“

„Ach, so ist das!“ Lorenzo pfiff leise durch die Zähne. „Das ist allerdings ein Grund, den ich verstehe. Aber glaubst du“, fragte er dann vorsichtig, „sie wird Respekt vor dir haben, wenn du nur die Reste erledigst, die Maderno übrig gelassen hat? Frauen lieben Helden, keine Flickschuster.“ Für eine Sekunde hatte Lorenzo das Gefühl, dass Francesco stutzig wurde. „Komm“, sagte er rasch, „lass uns einen Pakt schließen, hier, am Grab deines Lehrmeisters! Wir wollen uns zusammentun! Und Kirchen und Paläste bauen, wie die Welt noch keine gesehen hat! Zusammen – da können wir wirklich Großes vollbringen! Komm, sei nicht dumm! Schlag ein!“

Francesco zögerte. Irgendwo riss der Wolkenhimmel auf, und plötzlich spannte sich ein riesiger, in allen Farben schillernder Regenbogen über den Friedhof.

„Siehst du?“ Lorenzo lachte. „Das ist ein Zeichen! Los, worauf wartest du noch? Tu’s für die Frau, auf die du dein Leben lang gewartet hast!“

„Und du wirst meine Pläne nie als deine Entwürfe ausgeben?“

„Mein Wort drauf! Maderno sei mein Zeuge.“

Endlich reichte Francesco ihm die Hand. „Dann wollen wir es mit Gottes Hilfe wagen.“

Clarissa hatte entgegen ihrer Absicht nun doch in Rom überwintern müssen. Ausgerechnet William, der es gar nicht erwarten konnte, wieder in die geliebte Heimat zu gelangen, hatte sich eine Lungenentzündung zugezogen, sodass sie vor Einbruch des Winters nicht mehr die Alpen hatten überqueren können.

Arme Clarissa! Sie hatte auf ihren Verstand, nicht auf ihr Herz gehört und Francesco Castelli nicht wiedergesehen, den ganzen Winter über kein einziges Mal. Wann immer Castelli im Palazzo Pamphili erwartet wurde, wo seine Arbeiter das Mauerwerk vom Hausschwamm befreiten, verließ sie in Begleitung ihrer Cousine das Haus. Sie besichtigte die Sixtinische Kapelle mit Michelangelos „Jüngstem Gericht", die Laterankirche, die noch heiliger war als der Petersdom, die Antikensammlung im Vatikan, den Circus maximus und das Kolosseum. Sie stand im Forum Romanum vor der Statue, zu deren Füßen Brutus einst Julius Cäsar erstach. Und sie fuhr mit der Kutsche auf alle sieben Hügel Roms, von denen man den herrlichsten Blick über die Stadt hatte.

Doch was hätte sie darum gegeben, an Castellis Seite die Stadt zu erkunden! Wie sehr vermisste sie seine Gegenwart! Den warmen Klang seiner Stimme. Und vor allem sein Lächeln …

Da Olimpia inzwischen keinen Unterricht mehr benötigte, verbrachte Clarissa die langen dunklen Abende damit, Williams Reiseberichte ins Reine zu schreiben, um sich von den schmerzlichen Gedanken und Fragen abzulenken, bei denen ihr oft die Tränen kamen, sodass sie am Ende des Winters erleichtert war, Rom verlassen zu können.

An einem Montag sollte die Abreise sein. Doch zuvor hatte Clarissa noch eine Aufgabe zu erfüllen. Auf Betreiben ihrer Cousine sollte sie zusammen mit dem britischen Gesandten im Namen des englischen Königspaars einen Künstler ehren. Doch drängte es sie keineswegs dazu. Denn dieser Mann genoss in der Stadt einen solchen Ruhm, als gäbe es keinen anderen Künstler außer ihm, was, das wusste niemand besser als Clarissa, ein himmelschreiendes Unrecht war.

„Sechstausend Scudi! Ein solches Prachtjuwel für einen Bildhauer!", seufzte Lord Henry Wotton, als er sie im Palast der Könige von England empfing. Dabei händigte er Clarissa eine geöffnete Schatulle aus, auf deren schwarzem Samtbett ein Ring mit einem walnussgroßen Smaragd funkelte. „Aber da kommt der Cavaliere ja schon!"

Alle Köpfe flogen herum. Durch die Flügeltür, die zwei livrierte Diener offen hielten, betrat ein junger Mann den Saal, den Kopf im Nacken, mit gezogenem Hut und wehendem Haar. Hinter sich ein Gefolge wie ein regierender Fürst, kam er auf sie zu. „Ich verneige mich vor der englischen Nation. Vor ihrer Macht und vor ihrer Schönheit." Er grüßte erst in Lord Wottons, dann in Clarissas Richtung mit einem spöttischen Lächeln um seinen Mund, den ein feiner Oberlippenbart zierte. Was für ein eingebildeter Mensch! In seinen seidenen Kniehosen, Strümpfen und Schnallenschuhen nach französischer Mode und mit so hohen Absätzen, wie Clarissa sie noch nie zuvor bei einem Mann gesehen hatte.

„Ich soll Ihnen im Namen meiner Königin Dank sagen für die Büste, die Sie von ihrem Gatten, König Karl I., angefertigt haben. Möge der Stein die Hand krönen, die das Werk geschaffen hat!"

„Principessa", erwiderte Bernini, „wie viel besser stünde er Ihnen zu Gesicht als mir! Doch ich fürchte, ich kann das Geschenk nicht ablehnen, ohne eine Königin zu beleidigen."

Flink wie ein Taschendieb nahm er den Smaragdring samt Schatulle und ließ beides in seinen goldbestickten Rock gleiten. Lord Wotton gab dem Orchester ein Zeichen, die Musik setzte ein, und die Gäste formierten sich zum Tanz. Sich in das Unvermeidliche fügend, hob Clarissa die Hand, um sie Bernini zu reichen, doch zu ihrer Überraschung forderte er nicht sie, sondern Donna Olimpia auf.

Verdutzt und empört griff Clarissa nach dem Glas Rotwein, das ein Diener ihr reichte. Ihre Hände zitterten, als sie einen Schluck trank. Über den Rand des Glases schaute sie zu, wie Bernini mit ihrer Cousine die Sarabande anführte. Wie er nur mit seinen hohen Schuhen die Füße setzte! Geziert wie eine Frau. Während er tanzte, wedelte er sich mit einem Fächer frische Luft zu, gleichzeitig scherzte und lachte er in einem fort mit Olimpia, ohne ein einziges Mal aus dem Takt zu geraten. Plötzlich trafen sich ihre Blicke. Schneller, als er ihr zunicken konnte, drehte Clarissa ihm den Rücken zu.

Zwei große Augen schauten sie erwartungsvoll an: das Marmorbildnis einer Frau. Mit leicht gerunzelter Stirn öffnete sie die vollen Lippen, als würde sie gerade überrascht. Der Ausdruck in diesem Gesicht verwirrte Clarissa und faszinierte sie zugleich.

„Sie interessieren sich für meine Arbeit?"

Clarissa fuhr herum. Bernini lächelte sie an.

„Es wäre mir eine große Ehre", sagte er, „wenn Sie mich einmal in meinem Atelier besuchen würden."

„Ich reise übermorgen ab – für immer."

„Dann haben Sie einen ganzen Tag Zeit für Ihren Besuch."

„Ganz gewiss nicht! Sind alle Skulpturen hier von Ihnen?"

„Meinen Sie hier im Palast oder hier in Rom?“

Sie überhörte diesen weiteren Beweis seines Hochmuts und sagte sehr von oben herab: „Ich stelle mir das furchtbar mühsam vor, so eine Bildsäule zu meißeln.“

„Mühsam? Überhaupt nicht!“ Er lachte. „Es ist doch alles schon da! Was immer es werden soll, ob ein segnender Kardinal oder eine badende Frau, der Marmorblock enthält jede Figur, die Sie sich vorstellen können. Sie müssen nur den überflüssigen Stein entfernen.“

Gegen ihren Willen musste Clarissa lachen. Hatte sie vielleicht zu schnell getrunken? Sie stellte ihr Glas ab, ohne Bernini aus den Augen zu lassen. Wie frech er sie angrinste! Zu ihrer Verwunderung ärgerte sie sich nicht einmal darüber.

„Doch sagen Sie, welche Skulptur gefällt Ihnen am besten?“

Clarissa schaute sich um. „Was für ein Paar ist das dort drüben?“

„Sie meinen Apollo und Daphne? Ich bewundere Ihren Geschmack!“

Er klappte seinen Fächer zu und ließ ihn in der Spitzenstulpe seines Ärmels verschwinden. Dann reichte er ihr seinen Arm und führte sie durch eine offene Verbindungstür in den Nebenraum, wo sie zuerst nur Apollos Rücken und Daphnes fliegende Haare erblickte, zusammen mit einem Paar Hände, das sich allmählich in Lorbeerzweige verwandelte.

„Ich habe sie absichtlich so aufstellen lassen. Damit man alles nach und nach entdeckt.“

Erst von hier aus, in der Mitte des Raumes, konnte Clarissa in die Gesichter der Figuren schauen. „Kann es sein, dass ich den Apollo schon mal gesehen habe?“, fragte sie. „Er erinnert mich an den vom Belvederehof im Vatikan.“

„Natürlich tut er das!“, rief Bernini. „Den habe ich ja kopiert! Warum sollte ich versuchen, etwas Vollkommenes zu verbessern? Aber erkennen Sie auch die Unterschiede? Das ruhige Gesicht, das Sie im Belvedere gesehen haben, ist jetzt ganz außer Atem von der Jagd nach der Geliebten, und schauen Sie nur, wie er staunt! Kein Wunder, wenn die Nymphe, die er mit solcher Sehnsucht begehrt, sich vor seinen Augen in einen Lorbeerbaum verwandelt, um ihm zu entkommen. Armer Apoll! Frauen können so grausam sein.“

Er führte sie von Skulptur zu Skulptur, erklärte ihr, warum er die jeweilige Figur so und nicht anders gestaltet hatte, von welcher Idee sie beseelt war. Unwillkürlich musste Clarissa an Francesco Castelli denken, wie er über seine Arbeit gesprochen hatte. Beide waren Künstler, und doch konnten sie unterschiedlicher nicht sein. Castelli – so ernst und erhaben. Und hier, bei Bernini und seinen Skulpturen, spürte sie nichts als Lebenslust, und alles schien ganz leicht und mühelos, als wäre die Kunst nur ein grandioses Spiel.

„Kunst", sagte Bernini, als hätte er ihre Gedanken erraten, „ist eine Lüge, die uns die Wahrheit erkennen lässt. Sie ist das einzig Ernsthafte auf der Welt. Darum darf sie niemals ernsthaft sein." Wieder musste sie lachen. Erst jetzt merkte sie, dass sie seit Monaten nicht mehr so oft gelacht hatte wie in der letzten halben Stunde.

Sie kehrten zu der Frauenbüste zurück, von der aus sie ihren Rundgang begonnen hatten. Als sie die Augen der steinernen Frau sah, zuckte sie zusammen. Aus diesen Augen sprach dieselbe Unruhe, dasselbe rastlose Verlangen, das sie selbst schon verspürt hatte, jenes Drängen und Sehnen, das sich auf nichts und gleichzeitig auf alles zu richten schien. Wie tief musste der Schöpfer dieser Figur in das Herz einer Frau schauen können!

„Wer hat Ihnen Modell gesessen?"

„Die Frau eines Gehilfen. Warum?"

Unfähig zu sprechen, verspürte sie plötzlich einen Wunsch, den sie zugleich wie eine gefährliche Bedrohung empfand: Sie wünschte sich an die Stelle jener fremden Frau.

Ohne ein Wort der Verabschiedung wandte sie sich ab und ließ Bernini stehen.

ALS SIE am Abend in den Palazzo Pamphili zurückkehrte, erwartete William sie mit einem Brief aus England. Der Brief stammte von Lord McKinney, ihrem künftigen Ehemann. Sie riss das Kuvert auf und überflog die Zeilen:

> … König Karl hat beschlossen, künftig ohne Parlament zu regieren. Niemand kann sagen, was nun geschehen wird. Das Schicksal Ihrer wie meiner Familie steht in den Sternen. Es drohen Verbannung und Enteignung. Als Katholikin zählen Sie ebenso zu den Dissenters wie ich als Presbyterianer. Bleiben Sie vorerst in Rom, ich flehe Sie an, bis sich die Lage geklärt hat …

Clarissa war bestürzt – und erleichtert.

„Vergebung, Principessa …" Clarissa drehte sich um. Vor ihr stand ein Diener mit einem riesigen, über und über mit Früchten beladenen Korb. „Der wurde soeben für Sie abgegeben. Mit einer Empfehlung von Cavaliere Bernini."

Kapitel 6

Während sich Urban VIII. auch im siebenten Jahr seines Pontifikats nach wie vor bester Gesundheit erfreute, segnete sein ewig kränkelnder Bruder Carlo, der Befehlshaber der päpstlichen Truppen, am 25. Februar 1630 das Zeitliche, im Alter von 68 Jahren.

Urban hatte Lorenzo Bernini mit der Gestaltung der Trauerfeierlichkeiten beauftragt. Lorenzo musste sich nun mit der menschlichen Vergänglichkeit beschäftigen – was für ein Graus! Dabei war er dem Leben so sehr zugetan, dass er nicht mal den Gedanken an den Tod ertrug. Gott sei Dank, dass ihm auch bei dieser Aufgabe Francesco Castelli zur Seite stand! Die Zeit drängte, und Lorenzo war entschlossen, das Publikum mit einem phantastischen Einfall zu verblüffen. Wenn er sich schon genötigt sah, den Tod zu preisen, dann als grandioses Spektakel. Für das Trauergerüst, in dem die Urne des Verstorbenen ausgestellt werden sollte, entwarf er einen Katafalk, auf dessen Kuppel der Tod in Gestalt eines fahnenschwingenden Gerippes triumphierte, ein Einfall, dessen Ausführung er Francesco überließ.

Die Totenmesse wurde in Santa Maria in Aracoeli gelesen. Bei der Inszenierung betrieb Lorenzo einen solchen Pomp, dass die Trauerfeier schließlich zu einem grandiosen Triumph des Lebens über den Tod geriet. Der Kavalkade der Barberini, bestehend aus über tausend Reitern, folgten die prachtvoll geschmückten Equipagen der Kardinalsfamilien, von denen manche hundert Mitglieder umfassten, ein viele Meilen langer Zug, den Bürger und Bettler, Gaukler und Edelleute auf dem Weg zur Kirche bestaunten. Diese war ein einziges Blumenmeer, eingehüllt in Wolken von Weihrauch. Reden wurden gehalten, Schauspiele aufgeführt, Chöre gesungen, und der Kastrat Bonaventura, die lieblichste Stimme Roms, intonierte eine Komposition, die Claudio Monteverdi, Kapellmeister der Markuskirche von Venedig, eigens für diesen Anlass geschrieben hatte.

Der Kardinalpräfekt der Stadt Rom, Sohn des verstorbenen Kirchenfürsten und Urbans Neffe, hatte ins Kapitol geladen, um Lorenzo Bernini für seine Gestaltung der Exequien und insbesondere des Trauergerüsts mit der Verleihung der Bürgerrechte auszuzeichnen, zusammen mit einer Sondergratifikation von fünfhundert Scudi.

„Ist der Tod das Tor zum Leben“, sagte der Präfekt, als er ihm die

Goldkette zum Zeichen seiner neuen Würde um den Hals hängte, „muss es ein Vergnügen sein, dieses Tor mit deiner Hilfe zu durchschreiten."

Als Lorenzo sich wieder aufrichtete, blieb ihm fast das Herz stehen. Ein Gesicht von solcher Schönheit, dass ihm die Augen wehtaten, lächelte ihn aus der Ferne an. Irritiert stammelte er seinen Dank, ließ den Präfekten stehen und bahnte sich einen Weg durch die Bischöfe und Kardinäle, die Barberinis und Borgheses, vorbei sogar an Papst Urban, der ihn von seinem Thron herab grüßte, bis er, fast am Ende des Saales, das kleine Häuflein der Pamphilis erreichte.

„Haben Sie Dank für die köstlichen Früchte, die Sie uns geschickt haben!", empfing ihn Donna Olimpia. „Darf ich Sie mit meinem Schwager bekannt machen? Monsignore Pamphili ist gerade als Nuntius aus Spanien zurückgekehrt."

Lorenzo erwiderte ihren Gruß so wenig wie den des hässlichen Mannes an ihrer Seite. Er war wie gebannt von den zwei smaragdgrünen Augen, die ihn nun aus der Nähe anblickten. „Was für ein Glück, Sie wiederzusehen, Principessa. Ich dachte – nein, fürchtete! –, Sie wären zurück in Ihrer englischen Heimat."

Clarissa öffnete den Mund, um etwas zu sagen, doch ihre Cousine kam ihr zuvor: „Ich gratuliere Ihnen zu der goldenen Kette, Cavaliere. Sie passt ausgezeichnet zu Ihrem Ring. Die Götter scheinen Sie zu lieben."

„Die Götter? Wer weiß? Doch will ich nicht klagen, solange es der eine Gott und seine Stellvertreter tun."

„Sie meinen den Papst und das heilige Kolleg?"

„Ich meine Amor, den Gott der Liebe, und seine irdischen Boten."

„Der Gott der Liebe heißt nicht Amor, sondern Jesus Christus", entgegnete der Nuntius mit mürrischer Miene. „Und Demut ist seine Lehre. Geben Sie Acht, Cavaliere, dass die goldene Kette um Ihren Hals sich nicht eines Tages in einen Strick aus Hanf verwandelt!"

„Monsignore", unterbrach ihn Donna Olimpia, „wollten wir nicht der *famiglia* des Papstes unsere Aufwartung machen?"

Mit einem kurzen, bösen Blick in Lorenzos Richtung reichte Pamphili ihr seinen Arm. Lorenzo zog den Hut. Während die zwei in der Menge verschwanden, hatte er für eine Sekunde ein ungutes Gefühl. War es ein Fehler gewesen, den Monsignore so zu missachten? Man sagte ihm eine große Zukunft voraus, und von Donna Olimpia hieß es, sie sei der einzige Mann in Rom – wer weiß, was aus dieser Familie noch werden konnte? Doch was kümmerte ihn die Politik? Hauptsache, er war mit der englischen Principessa allein!

Umso größer war seine Verwunderung, als er sich zu ihr umdrehte. Castelli, sein *assistente,* verneigte sich gerade vor ihr, und sie schien seine Huldigung gern entgegenzunehmen, obwohl Francesco sich so unelegant bewegte wie ein Sägebock.

„Nanu, Sie kennen meinen Gehilfen?“, fragte Lorenzo.

Francesco lief puterrot an. „Ich wollte dir melden“, brachte er hustend hervor, „draußen der Pöbel … Ich habe bereits meine Leute angewiesen …“ Ein erneuter Hustenanfall ließ ihn verstummen.

„Wir sind einander vor geraumer Zeit im Dom begegnet“, erklärte Clarissa. „Signor Castelli war so freundlich, mir die Sehenswürdigkeiten dort zu zeigen.“

„Oh“, rief Lorenzo erfreut, „dann haben Sie sicher auch meinen Altar gesehen! In aller Bescheidenheit, Principessa, er wird das achte Weltwunder sein, wenn er erst vollendet ist. Das darf ich sagen, weil er weniger mein Werk ist als das meines *assistente*.“ Beim Sprechen legte er seinen Arm um Francescos Schulter. „Sie müssen wissen, ohne Signor Castelli bin ich hilflos wie ein Säugling. Auch der Katafalk, den heute ganz Rom bewundert hat, wäre ohne seine Hilfe niemals entstanden.“

„Warum hat man Signor Castelli dann nicht zusammen mit Ihnen ausgezeichnet?“, fragte Clarissa.

„Die Welt ist ungerecht“, antwortete Lorenzo. „Sie sieht nur den glänzenden Einfall, nicht die Arbeit. Aber“, wandte er sich an Francesco, bevor dieser sich äußern konnte, „was wolltest du eben sagen? Was ist mit dem Pöbel?“

„Die Leute ziehen mit Fackeln durch die Straßen“, sagte Francesco, „und wenn wir nicht aufpassen, zünden sie den Katafalk an. Ich habe darum Wachen aufstellen lassen.“

„Das hast du gut gemacht, mein Freund. Aber noch wohler würde ich mich fühlen, würdest du dich selbst um die Bewachung kümmern. Du weißt ja, dass ich niemandem außer dir vertraue.“

„Das war ohnehin meine Absicht. Principessa“, sagte Francesco dann mit einer Verbeugung zu Clarissa, „es war mir eine große Ehre, Sie wiederzusehen.“

„Mir war es eine große *Freude*“, erwiderte sie. „Und Sie müssen mich unbedingt besuchen, Signor Castelli! Da ich nun doch wohl für einige Zeit in Rom bleiben werde, sollten wir uns daranmachen, Ihre Pläne für mein *appartamento* zu verwirklichen.“

„An mir soll es nicht liegen“, sagte Francesco, und wieder schoss ihm das Blut ins Gesicht. „Es würde mir Freude und Ehre zugleich sein.

Sobald ich einen Entwurf gezeichnet habe, der Ihrer würdig ist, Principessa." Mit einem schüchternen Lächeln wandte er sich ab.

„Francesco Castelli ist ... Ihr *Architekt*?", fragte Lorenzo ungläubig, als sein *assistente* fort war.

„Ja", antwortete sie, als sei dies die selbstverständlichste Sache der Welt. „Ich halte ihn für einen begnadeten Künstler. Genauso wie Sie."

Genauso wie ihn? Lorenzo wunderte sich ein zweites Mal. Dabei schaute sie ihn mit einem Lächeln an, als würde sie sich über ihn lustig machen. Plötzlich kam ihm eine Frage in den Sinn: War das vielleicht die Frau, wegen der Francesco ... Er hatte den Gedanken noch nicht zu Ende gedacht, da hatte er auch schon eine Idee.

„Ich bin entzückt über Ihr Urteil, Principessa. Aber wenn Sie die Kunst so sehr lieben, wollen Sie sich dann nicht erbieten, ihr einen Dienst zu erweisen?"

SIE HATTE ihn zu sich geladen! Sie wollte ihn sehen! Francesco konnte sein Glück kaum fassen. So viele Monate war die Principessa ihm aus dem Weg gegangen. Und die Furcht, dass die Frau, auf die er sein Leben lang mit solcher Sehnsucht gewartet hatte, ihn verachten könnte, hatte sich nach und nach in ihm zu einer schmerzhaften, quälenden Gewissheit verfestigt. Doch jetzt, nach der zufälligen Wiederbegegnung, war alles anders geworden.

Seine freie Zeit war nun ausgefüllt mit Entwerfen und Planen. Immer sah er ihr Bild vor Augen, bei Tag und bei Nacht, wenn er arbeitete, wenn er aß und wenn er trank, wenn er aufwachte und wenn er einschlief.

Und wann immer die Arbeit es ihm erlaubte, zeichnete er mit Graphit auf feines Schreibpapier die Skizzen und Pläne für ihr *appartamento.* Er wollte zaubern für sie, wie er noch nie zuvor gezaubert hatte, durch Anwendung perspektivischer Gesetze befreiende Weite schaffen, wo jetzt noch erdrückende Enge herrschte. Da die Räume, die ihm im Palazzo Pamphili zur Verfügung standen, nur geringe Gestaltungsmöglichkeiten boten, erfand er eigens für sie ein ganzes illusionistisches System der Raumerweiterung mit einer toskanischen Säulenordnung im Zentrum, ein phantastisches Gaukelwerk, das die Grenzen zwischen Schein und Sein in verwirrenden Augenspielereien verwischte.

Francesco überarbeitete den Entwurf viele Dutzend Male, und es dauerte eine Woche, bis er endlich zufrieden war. Als er dann mit dem bronzenen Löwenkopf an das Tor des Palazzo Pamphili klopfte, war er zu seiner eigenen Überraschung völlig ruhig und gelassen.

„Sie haben sich vergebens bemüht", sagte der Diener, der ihm die Tür öffnete. „Donna Olimpia ist außer Haus, und sie wird nicht vor Mitternacht heimkehren."

„Mein Besuch gilt nicht Donna Olimpia", erwiderte Francesco. „Bitte melden Sie mich der englischen Principessa!"

Der Diener ließ ihn eintreten und führte ihn die Treppe hinauf in den ersten Stock. Am Ende des Ganges forderte er Francesco auf zu warten und verschwand durch eine Tür.

Plötzlich hörte Francesco eine helle weibliche Stimme, die gerade laut auflachte. Das war ihre Stimme, kein Zweifel! Sie kam aus einem Raum, der nur wenige Schritte weiter lag und dessen Tür einen Spalt weit offen stand. Wahrscheinlich suchte der Diener sie an einem falschen Ort. Francesco beschloss, nicht länger zu warten und einfach anzuklopfen.

Als er durch den Türspalt blickte, bereute er seinen Entschluss, wie er nur selten zuvor in seinem Leben etwas bereut hatte. Ihm war, als würde sich eine Faust um sein Herz schließen.

„Verzeihen Sie", sagte Bernini, „aber ich muss Sie leider berauben."

Mit zusammengekniffenen Augen, wie ein Jäger, der seine Beute anvisiert, blickte er über den Rand seines Zeichenbretts, während er mit sicherem Strich ihr Bild auf das Papier übertrug.

„Sie meinen mein Äußeres?", fragte Clarissa lachend zurück. „Doch wohl nur, um es mir wieder zurückzugeben."

„Dies ist mein Bemühen, Principessa, allein ich fürchte, was ich Ihnen wiedergebe, wird weit weniger sein, als was ich Ihnen stehle. – Bitte nicht bewegen!"

Sie hatte sich umgedreht, sodass ihr der Schleier vom Kopf rutschte. Ihr war, als habe sie in der Tür, die sie einen Spalt weit offen gelassen hatte, um mit Bernini nicht allein in einem geschlossenen Raum zu sein, für einen Moment eine Gestalt gesehen. Wer konnte das gewesen sein? Donna Olimpia war nicht im Haus, und William war auf sein Zimmer gegangen, um ein Kapitel seines Reisetagebuchs zu bearbeiten.

„Mit Ihrer Erlaubnis?" Ohne ihre Antwort abzuwarten, drapierte Bernini den Stoff erneut um sie. „Versetzen Sie sich an Theresas Stelle! Sie hat ihre Vision selbst beschrieben: ‚Ein Pfeil drang hin und wieder in mein Herz, unendlich war die Süße dieses Schmerzes, und die Liebe erfüllte mich ganz und gar …' Ja, wunderbar, bitte bleiben Sie so!"

„Was für eine seltsame Art zu sprechen", sagte Clarissa irritiert, während Bernini wieder sein Zeichenbrett in die Hand nahm. „Von welchem Pfeil ist die Rede?“

„Vom Pfeil der Liebe. Ich hoffe, die heilige Theresa schaut uns gerade zu. Sie wird entzückt über ihre Stellvertreterin sein. Wissen Sie, was Jesus in der Vision zu ihr sagte?“

„Ich habe ihre Schriften nie gelesen. Sie sind in England nicht sehr bekannt.“

„Der Erlöser wusste, wenn es auf Erden Vollkommenheit gibt, dann nur in Gestalt einer Frau.“ Bernini blickte von seinem Zeichenbrett auf und schaute Clarissa an, als würden die Worte, die er nun sagte, ihr und nicht der Heiligen gelten: „‚Hätte ich den Himmel nicht bereits erschaffen, für dich allein würde ich ihn bauen.‘“

Clarissa fröstelte, und ein Schauer rieselte ihr den Rücken hinab. Warum hatte sie sich nur von ihm überreden lassen, Modell zu sitzen? Und dazu an einem Abend, an dem ihre Cousine nicht da war?

„Bitte“, sagte sie leise, „hören Sie auf, so zu reden!“

„Wie können Sie das verlangen?“, fragte er. Er ließ sein Zeichenbrett sinken und blickte sie so eindringlich an, so offen und unverwandt, dass sie plötzlich das Gefühl hatte, sie sei nackt. Sie raffte den Stoff um ihre Schultern, doch vor diesen Blicken schützte kein noch so dichtes Tuch.

„Es gibt zwei Arten von Frauen, Principessa“, sagte Bernini so ernst, als wären sie in der Kirche. „Die einen sind wie antike Vasen, wunderschön, aber wenn man sie berührt, zerfallen sie zu Staub. Die anderen sind wie Grappa, sie brennen scharf in der Kehle, doch dann, in der Brust, breiten sie wie Schmetterlinge ihre Flügel aus.“ Er machte einen Schritt auf sie zu, den Blick fest auf sie gerichtet. „Was für eine Frau, Principessa, sind Sie?“

BESTER Dinge verließ Lorenzo den Palazzo Pamphili. Was war das Leben doch für eine wunderbare Sache! Eine Kanzone pfeifend, überquerte er die Piazza Navona und machte sich auf den Weg zum Palazzo Barberini – zu Fuß, warum sollte er sich beeilen, wenn Urban ihm Wegegeld zahlte? Er wollte auf der Baustelle des päpstlichen Familienpalastes nach dem Rechten schauen, bevor er in der Peterskirche die Bekrönung der Altarsäulen mit einem Baldachinmodell aus Holz und Pappmaschee überwachte.

Francesco erwartete ihn im Hoftor des Palazzo Barberini.

„Ich arbeite nicht mehr für dich!“, erklärte er.

„Bist du verrückt geworden?“ Lorenzo fiel aus allen Wolken. Sein *assistente*, sein wichtigster Gehilfe, warf ihm die Arbeit vor die Füße? Beim Gedanken an die Folgen, die für ihn daraus erwachsen konnten, wurde Lorenzo schwindlig.

„Kannst du mir einen Grund für diesen Irrsinn sagen?“, fragte er.

Francesco blickte ihn voller Verachtung an. „Du bist ein Betrüger!“

„Ach, so ist das! Jetzt verstehe ich. Weil der Präfekt mir die Bürgerrechte verliehen hat …“

„Die Bürgerrechte und die Goldkette und fünfhundert Scudi!“

„Wie viel verlangst du? Fünfzig Scudi? Hundert?“

„Darum geht es nicht. Du unterschlägst meine Leistung. Als hättest du den Katafalk allein gebaut.“

„Du machst dich ja lächerlich! Wer hat dafür gesorgt, dass Urban dich wie ein Fürst bezahlt? Ich war das – ich, ich, ich!“

„Ja, du und der Papst! Mit fünfundzwanzig Scudi speist ihr mich ab, und davon muss ich noch meine Leute bezahlen, während du zweihundertfünfzig für den Altar kassierst. Jeden Monat! Zweihundertfünfzig Scudi – zusätzlich zu deinem Lohn als Dombaumeister! Hier, in diesem Kopf, sind die Pläne entstanden, für das Fundament und die Bekrönung. Jede Linie, jeder Winkel. Ich bin Architekt, genau wie du!“

„Ach, was! Ein kleiner, dummer Staubfresser bist du, ein armseliger Pedant und Klugscheißer, der nur ausführen kann, was andere ihm vorgeben.“ Obwohl Lorenzo spürte, dass es ein Fehler war, redete er sich immer mehr in Rage. „Du wirst nie einen eigenen Einfall haben und auch keine eigene Werkstatt, und erst recht bist du kein Architekt! Nie!“

Ein Hustenanfall Francescos unterbrach ihn.

„Siehst du!“, rief Lorenzo triumphierend. „Sogar deine Lunge gibt mir Recht. Einmal Steinmetz, immer Steinmetz!“

Francescos Gesicht lief dunkelrot an, während sein ganzer Körper sich unter dem Anfall wand.

„Mein Gott!“, rief Lorenzo erschrocken. „Francesco! Bitte! Ich habe das nicht so gemeint. Ich weiß doch, dass du ein Architekt bist. Einer der besten, die ich kenne. Aber hör um Himmels willen mit diesem Keuchen auf! Du krepierst ja!“

Als der Anfall endlich vorüber war, bereute Lorenzo längst jedes Wort, das er gesagt hatte. Behutsam, als hätte er Angst, Francesco zu verletzen, berührte er ihn am Arm. „Warum willst du nicht mehr für mich arbeiten? Das Geld kann es nicht sein, ich kenne dich doch, da steckt etwas anderes dahinter.“ Francesco erwiderte seinen Blick. Seine dunklen Augen glühten wie Kohlen. Lorenzo zögerte, er hatte eine Idee, und obwohl es ihn fürchterliche Überwindung kostete, sprach er sie aus. „Wenn du willst, bitte ich den Papst, dass er dich zum zweiten Dombaumeister ernennt." Lorenzo atmete durch. Ein solches Angebot konnte niemand abschlagen.

Aber Francesco schüttelte den Kopf. „Ich will deine Hilfe nicht", sagte er, schon wieder mit diesem Mauleselgesicht. „Und ich brauche sie nicht."

„Heilige Jungfrau Maria!", rief Lorenzo. „Wie kann ein Mensch so starrsinnig sein? Was verlangst du noch von mir, damit du mir verzeihst? Dass ich dir die Füße küsse?"

„Ich verlange überhaupt nichts von dir", sagte Francesco.

Lorenzo hielt es nicht länger aus. Während Francesco sein Bündel packte, marschierte er, um irgendwas zu tun, zwischen den Haufen aus Sand und Stein im Hof des Palazzos auf und ab. Er war verloren, verraten und verkauft. Die Renovierung der Fassade, die Anbindung des Zentralbaus an die Nebengebäude – wie sollte er das ohne Hilfe schaffen? Zumal er tief in seinem Innern wusste, dass er selbst kein Architekt war, sondern ein Künstler, und darum auf Francesco so wenig verzichten konnte wie der Herrgott auf den Papst. Dann schrie er, plötzlich außer sich vor Wut: „Scher dich zum Teufel! Und lass dich hier nie wieder blicken! Hörst du? Nie, nie, nie wieder!"

CLARISSA zögerte, während sie die tadelnden Blicke Williams, der auf ihren Wunsch und gegen seinen Willen in der Kutsche geblieben war, so deutlich auf ihrem Rücken spürte wie die stechenden Strahlen der Mittagssonne. Dann gab sie sich einen Ruck und klopfte an.

Ein Ruf wie ein Hinauswurf antwortete ihr: „Wer stört?"

Drinnen empfing sie der Geruch von kaltem Rauch.

„Principessa – Sie?"

Er blickte sie an wie eine Erscheinung. Castelli saß an einem Holztisch, vor sich ein Buch, um sich herum nur weiß getünchte Wände: ein Mönch in seiner Zelle.

„Ich habe Sie im Dom gesucht. Ein Maurer sagte mir, Sie hätten die Arbeit niedergelegt. Was ist passiert?"

„Das geht niemanden etwas an", erwiderte er schroff und stand auf.

Clarissa schaute sich um. Kein Teppich auf dem Boden, kein Bild an den Wänden, nur der Tisch und zwei Stühle, ein Herd und ein paar Regale mit eingerollten Zeichenblättern und Büchern. Wie konnte ein Mann, der Kirchen und Paläste bauen wollte, in einer solchen Wohnung hausen?

„Was wünschen Sie?", fragte er, ohne ihr einen Platz anzubieten.

„Sie hatten mir Pläne versprochen. Für mein *appartamento*."

„Ich hatte anderes zu tun", erwiderte er. „Überhaupt – weshalb fragen Sie mich? Wenden Sie sich an einen Architekten, am besten an Cavaliere Bernini. Sie kennen ihn ja gut genug."

„Womit habe ich Ihre Unfreundlichkeit verdient, Signor Castelli? Ich möchte, dass *Sie* mein *appartamento* bauen, nicht Cavaliere Bernini", erklärte sie.

Statt einer Antwort kehrte er ihr den Rücken zu. Was sollte sie tun? Bei jedem anderen Menschen wäre sie auf der Stelle gegangen, doch sie beschloss zu warten. Sie zählte in Gedanken bis zehn, zählte bis dreißig, bis fünfzig. Als sie fast bei hundert war, griff er in ein Regal und zog eine Zeichenrolle hervor.

„Da!", sagte er. „Machen Sie damit, was Sie wollen!"

Also hatte er doch einen Entwurf für sie gemacht! Und was für einen! Sie erkannte ihren Empfangssalon im Palazzo Pamphili wieder, aber auf dem Plan wirkte alles viel größer, viel freier als in der Wirklichkeit. Der Balkon war in den Garten hinaus mit einer Reihe von Säulen verlängert, die sich scheinbar verkleinerten, sodass der Eindruck einer endlos langen Kolonnade entstand, mit einer kleinen Statue im Schnittpunkt, deren alleinige Aufgabe es war, dem Auge des Betrachters das Trugbild falscher Größe zu bestätigen.

„Was für ein wunderbarer Einfall!", sagte sie.

„Ich habe versucht, den Raum zu öffnen", erklärte er.

Sie schaute von der Zeichnung auf. Ein stolzes und gleichzeitig schüchternes Lächeln glitt über sein Gesicht. Endlich erkannte sie ihn wieder. „Das ist Ihnen großartig gelungen, Signor Castelli. Und dann habe ich noch eine Bitte. Kehren Sie in den Dom zurück, nehmen Sie die Arbeit wieder auf! Der Altar ist doch auch Ihr Werk!"

Castelli blickte in ihr Gesicht. „Ist das der Grund, weshalb Sie gekommen sind?", fragte er. „Hat Bernini Sie geschickt?"

„Bernini? Mich geschickt? Wie kommen Sie darauf?"

Seine Miene verdunkelte sich. „‚Ein Pfeil drang hin und wieder in mein Herz'", sagte er leise, fast tonlos. „‚Unendlich war die Süße dieses Schmerzes …'"

Clarissa zuckte zusammen. „Dann … waren Sie das an der Tür?"

„Ich kenne die Schriften der heiligen Theresa. Ich wollte Ihnen damals meinen Entwurf bringen."

Plötzlich verstand sie alles – sein ganzes abweisendes Verhalten. Sie war so bestürzt, dass sie kein Wort hervorbrachte.

„Natürlich“, sagte Castelli, „er hat Sie geschickt. – Bitte gehen Sie, lassen Sie mich allein!“

Seine Miene war wie versteinert, und aus seinen Augen sprach eine grenzenlose Trauer.

Kapitel 7

Die Glocken der Peterskirche hatten bereits zum abendlichen Angelus geläutet, doch keiner der Arbeiter und Handwerker der Dombauhütte wagte es, sein Werkzeug aus der Hand zu legen. Wie eine Tarantella mit tausend Synkopen erklang das Hämmern der Bildhauer und Steinmetze, die sich ihre Hände an Urbans Aufträgen blutig schlugen, während die Zeichner sich mit krummem Rücken über ihre Tische beugten. Denn der Papst wurde nicht müde, immer wieder neue Aufgaben für seinen Lieblingskünstler zu ersinnen.

Lorenzo fühlte sich furchtbar allein. Wenige Wochen nachdem Francesco ihm die Arbeit aufgekündigt hatte, war sein Vater gestorben. Erst jetzt, nach dessen Tod, wurde Lorenzo gewahr, was Pietro geleistet hatte. Es war wie ein Fluch. Seit Lorenzo den Katafalk für General Barberini errichtet hatte, schien der Tod ihm überall seine Fratze zu zeigen. Nicht einmal vor dem Heiligen Vater machte er Halt. Zwei Anschläge waren in kurzer Folge auf Urbans Leben verübt worden. Das hatte den Papst daran erinnert, dass auch er nicht ewig auf Erden weilen würde, weshalb er im Alter von nicht einmal sechzig Jahren sein eigenes Grabmal in Auftrag gegeben hatte.

Obwohl der Hochaltar längst nicht vollendet war, wollte Urban noch in diesem Monat einen Entwurf von Lorenzo sehen. Zum Glück hatte Francesco die Grabnische neben dem Hochaltar noch in den wichtigsten Teilen entworfen, samt Sockel und Sprenggiebel, sodass Lorenzo nur das Grabmal selbst hineinzeichnen musste.

Plötzlich verstummte das Hämmern in der Dombauhütte.

„Was fällt euch ein, die Arbeit zu unterbrechen!“, rief Lorenzo erbost und schaute auf. „Oh, Donna Olimpia? Was für eine Freude und Ehre! Luigi, Matteo! Einen Sessel!“

„Sie arbeiten am Grabmal des Papstes?“, fragte Donna Olimpia mit einem Blick auf seine Zeichnung. „Ich hoffe, Seine Heiligkeit ist wieder wohlauf.“

„Der Heilige Vater hat sich gestern von seinem Leibarzt die Fontanelle öffnen lassen, damit die bösen Geister abziehen", antwortete Lorenzo. „Bei Tisch sprach er aber schon wieder sehr angeregt, insbesondere von Ihrem Schwager. Seine Heiligkeit ist Monsignore Pamphili überaus dankbar, dass er die Verschwörung aufgedeckt hat, und deutete den Wunsch an, ihn alsbald zum Kardinal zu kreieren."

„Mag sein", sagte Olimpia mit einem Lächeln, den Blick immer noch auf den Entwurf gerichtet, und nahm in dem Sessel Platz, den Matteo und Luigi hinter ihr abgestellt hatten. Sie wartete, bis sich die beiden entfernt hatten. „Ich wollte Sie um einen Gefallen bitten, Signor Cavaliere. Vielleicht haben Sie gehört, dass die Konservatoren der Stadt Rom einen Architekten für die Sapienza suchen, das Archigymnasium." Sie blickte ihn mit ihren klugen Augen an. „Ich dachte an Ihren *assistente*."

„Sie meinen … Francesco Castelli?"

„Ja." Sie nickte. „Wenn Sie sich beim Heiligen Vater für ihn verwenden, wird sich Urban Ihrer Empfehlung nicht verschließen und entsprechende Anweisung geben."

„Aber warum sollte ich das tun, Donna Olimpia?", rief Lorenzo. „Castelli hat mir die Arbeit aufgekündigt!"

„Er hat im Palazzo Pamphili mehrere Aufträge ausgeführt, zu meiner völligen Zufriedenheit."

„Wenn Sie ein offenes Wort erlauben: Castelli ist ein Stänker, ein Ehrgeizling und Neidhammel, der sich maßlos überschätzt."

„Mit einem Wort", unterbrach sie ihn lächelnd, „er ist Ihr Rivale. Doch tun Sie sich selbst vielleicht einen größeren Gefallen als ihm. Empfehlen Sie Castelli für die Sapienza, und akzeptieren Sie seine Kündigung im Palazzo Barberini! So schlagen Sie zwei Fliegen mit einer Klappe: Sie entfernen Ihren Konkurrenten aus der Sphäre Ihrer wichtigsten Auftraggeber, der päpstlichen Familie, und verpflichten zugleich Ihren *assistente* für die weitere Arbeit am Hochaltar von Sankt Peter. Wie ich hörte, gibt es einen Termin für die Fertigstellung?"

Und ob es den gab! Lorenzo hatte auch nicht die Strafe vergessen für den Fall einer Fristüberschreitung: die Erstattung sämtlicher Kosten.

„Erlauben Sie mir eine Frage, Donna Olimpia?", sagte er schließlich. „Warum nehmen Sie die Mühe auf sich, sich um einen unbedeutenden Künstler wie mich zu kümmern?"

Donna Olimpia stand auf und betrachtete seine Zeichnung. „Was haben Sie nur für wunderbare Ideen, Cavaliere", sagte sie, ohne auf seine Frage einzugehen. „Sie müssen sie mir erläutern. Was sind das für zwei Figuren neben dem Papst?"

„Die Gerechtigkeit und die Barmherzigkeit. Ich habe ihnen Kinder beigefügt, um die Verlassenheit der Menschen auszudrücken."

„Großartig! Wie untröstlich sie über den Verlust des Vaters trauern." Sie drehte sich zu Lorenzo herum. „Ich will Ihre Loyalität prüfen", erklärte sie nun ohne Umschweife. „Es könnte sein, dass die Familie Pamphili in Zukunft bedeutende Aufträge zu vergeben hat. Außerdem hat meine Cousine mich gebeten, in dieser Sache mit Ihnen zu sprechen. Es ist ihr Wunsch, dass Castelli den Auftrag bekommt."

MIT EINEM Lichterstab steckte Clarissa die Kerzen in der Kapelle des Palazzo Pamphili an, und mit jeder neu entzündeten Flamme traten die Figuren des Altarreliefs deutlicher hervor, als wollten sie, vom Licht beseelt, aus ihrem Schattenreich ins wirkliche Leben schreiten.

Clarissa hatte sich allein zu einer Abendandacht eingefunden. „Göttlicher Heiliger Geist", begann sie leise, die Augen fest auf den Altar gerichtet, „gib mir die Gnade, erleuchte meinen Verstand, regiere mein Herz, dass ich dieses Gebet zu deiner Ehre und zu meinem Heil verrichte, durch Jesum Christum, unseren lieben Herrn und Heiland …"

„Amen", fiel eine Männerstimme ein.

Irritiert blickte Clarissa auf. Vor dem Beichtstuhl des kleinen Gotteshauses stand Lorenzo Bernini und lächelte sie an. Im selben Moment war ihre Andacht verflogen. Voller Freude erhob sie sich, um den Cavaliere zu begrüßen.

„Es muss Gott ein Vergnügen sein, Ihrem Gebet zu lauschen, Principessa", sagte er, während er sich zum Kuss über ihre Hand beugte. „Ich bin sicher, nicht einmal der Papst findet Worte, die sein Ohr mehr entzücken."

Seine Rede kitzelte sie wie eine Gänsefeder. „Ich bete nur, wie meine Mutter es mich lehrte", erwiderte sie so würdig, wie sie nur konnte, während ihr ein herrliches Prickeln den Rücken hinunterlief.

„Dann danken Sie Ihrer Mutter für die Unterweisung, denn Ihre Gebete wurden erhört. Ich war heute beim Heiligen Vater. Die Konservatoren der Stadt Rom werden Signor Castelli zum Architekten der Sapienza ernennen."

Jubel stieg in ihr auf. „Das … das ist ja wunderbar!", rief sie. „Danke, Cavaliere!" Bevor sie überlegte, was sie tat, küsste sie ihn auf die Wange.

„Principessa …" Um seinen Mund spielte ein Lächeln. „Wie überaus reizend ist Ihre Art zu beten. Doch um wie viel reizender noch ist Ihre Art zu danken."

Und bevor sie etwas denken oder sagen konnte, presste er sie an sich und küsste sie.

Clarissa war, als falle sie in einen Strudel, der sich schneller und schneller drehte. Sie spürte Lorenzos Lippen, seinen Atem auf ihrer Haut, seine Arme, seine Schenkel an ihrem Leib. Ein Gefühl erfasste sie, wie sie es noch nie zuvor empfunden hatte. Wie viel Zeit war vergangen, bis ihre Lippen sich trennten? Eine Sekunde? Eine Ewigkeit?

Draußen auf dem Gang ertönten Schritte. Clarissa erwachte aus ihrem Traum.

„Heilige Mutter Gottes!", stieß sie hervor und floh aus seinem Arm. „Gehen Sie, bitte!"

Mit einem Augenzwinkern hob er ihren Schleier vom Boden auf und huschte hinaus. Eilig ordnete sie ihre Kleider und kehrte in ihre Bank zurück. Als sie auf die Knie sank, ging ihr Atem so schwer, dass sie meinte, ihr Mieder müsse platzen. Sie schlug wieder das Kreuzzeichen und blickte zum Altar.

Auf dem Gang hörte Clarissa Berninis Stimme, vermischt mit Donna Olimpias Lachen. Mit einem Seufzer schloss sie die Augen.

SIE HATTE ihn geküsst! In seligem Taumel verließ Lorenzo den Palazzo Pamphili, am ganzen Körper vibrierend vom Nachhall dieses Augenblicks. Er hatte sie erobert!

Auf der Piazza Navona wimmelte es von Leben. Im Schein zahlloser Fackeln promenierten Kavaliere mit ihren Damen zwischen den Buden umher, die hier des Abends aufgeschlagen waren, ließen sich aus der Hand lesen oder nahmen Erfrischungen zu sich. Feuerschlucker spien Flammen in den Nachthimmel, Akrobaten balancierten über hoch gespannte Seile, während prächtig herausgeputzte Reiter über die Piazza sprengten und mehrspännige Equipagen mit livrierten Dienern im Gefolge sich ihren Weg durch das Gewühl bahnten.

Was für eine Nacht! Plötzlich hatte Lorenzo eine Idee. Er spürte, wie ihm bei dem Gedanken das Blut in die Adern schoss. Er wollte noch etwas erleben.

Wenig später überquerte Lorenzo den Ponte Sisto. Hier in Trastevere, am anderen Ufer des Tiber, gehörte der aufblitzende Stahl einer Klinge so selbstverständlich zur Nacht wie das Lächeln schöner Frauen.

Endlich erblickte er das Haus, zu dem es ihn zog. Die Fensterläden waren geöffnet. Ein gutes Zeichen: Matteo war noch nicht daheim. Als habe sie sein Kommen geahnt, machte Costanza in diesem Moment die

Tür auf. Nur mit einem Hemd bekleidet, lugte sie ins Freie. Was für ein prächtiges Weib sie doch war! Die Lust trieb sie heraus, die Lust auf seine Umarmung, und ließ sie nach ihm Ausschau halten.

Aber was war das? Costanza war nicht allein, ein Mann war bei ihr. Sie schaute jetzt einmal nach rechts, einmal nach links die Gasse entlang, wie sie es sonst immer tat, wenn er sie verließ. Als der Mann ins Freie trat, schlang sie ihre Arme um den Fremden und verschmolz mit ihm in einem Kuss.

„Warte, das sollst du büßen!"

Mit blankem Degen sprang Lorenzo aus dem Schatten hervor. Ein Aufschrei, und Costanza verschwand im Haus, während der Fremde wie ein Blitz herumfuhr und gleichfalls den Degen zog. Im nächsten Moment klirrten die Klingen aufeinander. Lorenzo trieb seinen Gegner vor sich her. Doch der andere wehrte sich wie ein Tiger und griff plötzlich selbst an. Lorenzo holte zu einem fürchterlichen Hieb aus – da glitt er aus und stürzte zu Boden. In derselben Sekunde wandte sich der Fremde ab und rannte davon.

Den Degen in der Hand, setzte Lorenzo ihm nach, verfolgte ihn durch die dunklen Gassen und Straßen, manchmal nur noch seinen Schatten erahnend, jagte ihn durch die halbe Stadt bis Santa Maria Maggiore. Der Fremde versuchte in die Kirche zu fliehen, doch das Portal war verschlossen.

„Hab ich dich endlich!", rief Lorenzo.

Der Fremde stand mit dem Rücken zur Wand, in die Enge getrieben wie ein Tier am Ende der Jagd. Die Lust zu töten kam in Lorenzo auf. Er war entschlossen, ihm den Degen in den Leib zu rennen.

„Gnade, Lorenzo! Erbarmen!"

Der Mond trat hinter einer Wolke hervor, und plötzlich sah er das Gesicht des Fremden. Lorenzos Arm war schwer wie Blei, und er ließ den Degen sinken. Es war Luigi, sein Bruder.

MAN FEIERTE das Namensfest der Apostelfürsten Peter und Paul im Jahr 1633, auf den Tag genau eine Woche nachdem der Ketzer Galilei vor dem Heiligen Offizium der Inquisition seiner Irrlehre abgeschworen hatte, dass die Welt eine Kugel sei, die sich um sich selbst drehe. In feierlicher Prozession, angeführt vom Oberhirten der Christenheit, Seiner Heiligkeit Papst Urban VIII., zogen die Würdenträger der katholischen Kirche in den Petersdom ein, die Kardinäle im roten Purpur, gefolgt von den violett gewandeten Bischöfen und Erzbischöfen sowie den Prälaten im schlichten

Schwarz. Aus aller Welt waren Abordnungen gekommen, zur Einweihung des neuen Hochaltars über dem Grab des ersten Apostels.

Wie die Brandung des Ozeans brauste der Jubelchor auf, als auf ein Zeichen des Papstes die Verhüllung fiel. Rund 27 Meter ragte der Altar in die Kuppel empor, vier gewundene Säulen, die sich wie einst die Säulen von Salomos Tempel himmelwärts schraubten, wurden bekrönt von einem Baldachin aus glänzender Bronze, der trotz seiner gewaltigen Masse schwerelos über dem Aufbau zu schweben schien: Triumph des Willens und des Glaubens, Beweis menschlicher Erfindungsgabe und Schaffenskraft, erbaut in neun Jahren von einem Heer namenloser Bildhauer und Metallgießer, Steinmetze und Maurer, Zimmerleute und Drechsler, für die unglaubliche Summe von 180000 Scudi – fast so viel wie die vatikanischen Staatseinkünfte eines ganzen Jahres.

Die Gesänge verstummten, und ein Offizier der Schweizergarde gebot mit dreifachem Klopfen seiner Hellebarde Ruhe.

„Cavaliere Lorenzo Bernini!"

Der Aufgerufene schritt durch ein Spalier von Kardinälen zum Thron des Papstes. Als er vor Urban niedersank, ihm den Fuß und die Hand mit dem Fischerring küsste, wurde es so still in dem Gotteshaus, dass man das Rascheln seines Gewandes zu hören glaubte.

„Rom hat schon manches Wunder gesehen", erhob der Papst seine Stimme, „aber dies ist eines der größten, fürwahr eines Michelangelo würdig."

Clarissa, die an der Seite von Donna Olimpia inmitten der *famiglia* Pamphili saß, platzte fast vor Stolz. Der Mann, der dieses Wunderwerk vollbracht und den der Papst auf eine Stufe mit dem großen Michelangelo erhob – dieser Mann hatte sie geküsst!

„In Würdigung deiner Verdienste", sagte Urban zu dem vor ihm knienden Bernini, „ernennen wir dich zum *uomo universale* unseres Pontifikats, zum ersten Künstler Roms."

„Es heißt", flüsterte Donna Olimpia, „der Heilige Vater habe ihm achttausend Scudi zum Geschenk gemacht – als Sondervergütung."

Als ihre Cousine die Summe nannte, durchzuckte Clarissa eine Frage. Wo war Castelli? Bald hatte sie ihn entdeckt, am Eingang der Gregorianischen Kapelle. Die Arme vor der Brust verschränkt, schaute er der Zeremonie mit versteinerter Miene zu. Obwohl er von Menschenmassen umgeben war, wirkte er so einsam, als wäre er allein auf der Welt.

Der Anblick traf Clarissa mitten ins Herz, und das Gefühl unendlicher Scham kam über sie. Sie hatte ihn im Bann von Berninis Triumph vergessen wie alle anderen Menschen auch, die hier versammelt waren.

„Achttausend Scudi“, wiederholte Donna Olimpia, als sie nach der Feier den Dom verließen. „Das macht mit all den anderen Gratifikationen mehr als zwanzigtausend. Cavaliere Bernini ist jetzt ein reicher Mann. Komm, wir wollen ihn begrüßen!“

Lorenzo stand, umgeben von den Familiaren des Papstes, vor dem Portal der Basilika, und die Sonne schien auf ihn herab, als würde sie eigens für ihn vom Himmel strahlen. Er zog den Hut und lächelte ihnen zu.

„Ich bewundere Ihre Kunst, Signor Cavaliere“, sagte Donna Olimpia. „Doch verraten Sie uns: Was hat Ihnen als Maßstab gedient, ein Werk solcher Größe zu erschaffen?“

„Mein Auge“, erwiderte Bernini. „Weiter nichts.“

„Nur Ihr Auge?“, fragte Clarissa. „War nicht vielleicht auch die eine oder andere Hand im Spiel, um Ihnen zu helfen?“

Plötzlich ging ein Raunen durch die Menge, und im selben Moment erstarb das Lächeln auf Berninis Lippen. Eine Frau kam aus der Kirche gestürzt, warf sich vor ihm in den Staub und umklammerte seine Stiefel, während sie voller Verzweiflung immer wieder rief: „Vergib mir! Bitte, Lorenzo! Erbarmen!“

Clarissa machte unwillkürlich ein paar Schritte rückwärts. Das Gesicht der Frau war voller Narben. „Mein Gott, was ist mit dieser Frau geschehen?“, flüsterte sie.

„Hast du nicht davon gehört?“, fragte Donna Olimpia und zog sie fort. „Die ganze Stadt redet davon. Das ist Costanza Bonarelli, die Frau von Berninis erstem Gehilfen. Sie hat den Cavaliere hintergangen, mit seinem eigenen Bruder – dafür hat er sie bestraft. Ein Diener hat den Auftrag ausgeführt, heißt es, mit einem Rasiermesser.“ Aus ihrer Stimme klang unverhohlene Anerkennung. „Aber der Heilige Vater hat dem Cavaliere verziehen.“

Clarissa hörte sie und hörte sie nicht. Der Gedanke, der sie vor einer Stunde noch mit Stolz erfüllt hatte, erfüllte sie nun mit Entsetzen: Sie hatte diesen Mann geküsst. Kalter Schweiß brach ihr aus, und ein Grauen kam über sie, wie sie es nur von der Vorstellung der ewigen Verdammnis kannte.

„Hundertachtzigtausend Scudi für einen Tisch!“, schimpfte William. „Welche Eitelkeit! Welcher Wahn! Aber jetzt weiß ich, wie sie sich ihren Prachtaltar leisten – auf Kosten anständiger Leute. Gauner! Banditen!“

Sie hatten längst die Porta Flaminia hinter sich gelassen, das nördliche Stadttor von Rom, doch William wollte sich immer noch nicht beruhigen. Der Zolloffizier hatte stundenlang ihre Koffer und Mantelsäcke durchwühlt und die aberwitzigsten Vorwände erfunden, um ihnen Geld aus der Tasche zu ziehen.

Zehn Tage nach der Einweihung des neuen Hochaltars von Sankt Peter waren sie aufgebrochen. Niemand hatte Clarissas plötzliche Entscheidung verstanden. William so wenig wie Donna Olimpia oder Lord Wotton.

Ohne auf Williams Rede zu achten, schaute Clarissa noch einmal zurück auf die Stadt. Von den zahllosen Kirchen und Palästen war nur noch der Petersdom mit seiner gewaltigen Kuppel zu erkennen. So viele Jahre hatte sie hier verbracht, und fast wäre sie dem süßen Gift des Schönen in dieser fremden Welt erlegen.

Wie konnte ein Mann, der herrlichere Dinge als Gott selbst erschuf, ein solches Verbrechen begehen?

Clarissa zog den Vorhang vor das Fenster. Noch ehe das Jahr zur Neige ging, würde sie verheiratet sein.

Zweiter Teil
RISSE IN DER FASSADE: 1641–46

Kapitel 8

Seit der Aufstellung des Obelisken auf dem Petersplatz im Jahre 1586 hatte das römische Volk kein größeres Spektakel auf einer Baustelle gesehen. Hoch zu Ross, im Sattel eines schneeweißen Neapolitanerhengstes, sprengte Cavaliere Bernini vor dem Petersdom auf und ab, eine Peitsche in der Hand und Befehle rufend wie ein Feldherr in der Schlacht, während an dem neu errichteten Glockenturm, der die Fassade der Basilika an der Nordseite begrenzte, Dutzendschaften von Arbeitern mithilfe riesiger Flaschenzüge das maßstabgetreue Holzmodell des Turmhelms in den Sommerhimmel hievten, um es in schwindelnder Höhe auf die Mauerkrone zu setzen.

Man schrieb den 29. Juni des Jahres 1641. So wie Papst Urban VIII.

über die Christenheit regierte, so herrschte Lorenzo Bernini über die Künstler und Baumeister Roms. Bewundert vom Volk, gefeiert von Kardinälen und Fürsten, galt er als größtes Genie seit Michelangelo. Denn längst war er der souveräne Organisator künstlerischer Großunternehmen geworden, die das Bild der Ewigen Stadt für alle Zeiten prägten.

Obwohl das Volk immer lauter unter den unaufhörlich wachsenden Steuern stöhnte, mit denen der Papst und seine Familiaren selbst unentbehrliche Dinge wie Korn, Salz und Brennholz belegten, um ihre Bauwut zu finanzieren, verlangten die Barberini von ihrem Lieblingskünstler ständig neue Zeugnisse ihrer Macht und Herrlichkeit in Erz und Stein. Während Bernini der Arbeit kaum Herr zu werden wusste, wuchs sein Ruhm zusammen mit seinem Reichtum. Neben Bildsäulen und Porträtbüsten, die er für den Heiligen Vater und dessen Angehörige meißelte, neben der Arbeit an Urbans Grabmal, die sich nun schon über ein Jahrzehnt erstreckte, trieb Bernini auf mehreren Baustellen gleichzeitig Urbans Vision vom neuen Rom voran, dem Vorgarten des Paradieses. Kaum war der Hochaltar von Sankt Peter vollendet, begann er die Wandflächen der mächtigen Pfeiler, welche die Kuppel des Domes trugen, zu Kapellen auszugestalten, für die Aufbewahrung der vier heiligsten Reliquien, die sich im Besitz der Kirche befanden: des Kreuzes Christi, des Schleiers der Veronika, der Lanze des Longinus sowie des Hauptes des Apostels Andreas. Zugleich schuf er weitere Kapellen. Dabei durften weder die Arbeiten am Palazzo Barberini ruhen noch die am Palazzo Propaganda Fide, wo er die baufällige Fassade restaurierte.

Das Bauwerk aber, das alle anderen Unternehmen sowohl an Größe als auch an Bedeutung um ein Vielfaches überragte, war die Errichtung der Glockentürme von Sankt Peter, für deren Finanzierung der Pontifex eine eigene Kopfsteuer erhoben und außerdem die Zinsen der Staatspapiere gesenkt hatte. Sie sollten, aus der Nähe betrachtet, die Kuppel betonen und rahmen, ohne diese in der Fernsicht ihrer Wirkung zu berauben.

„*Ecco! Ecco!* Was für ein Wunder!“ Ausrufe der Begeisterung hallten über den Petersplatz, als der hölzerne Turmhelm rumpelnd und ächzend seinen Sitz auf der Mauerkrone fand, während der Cavaliere Bernini mit seinem Schimmel über die Piazza galoppierte, um sein Werk in Augenschein zu nehmen.

Ein wenig abseits von der Masse, ganz in Schwarz gekleidet, beobachtete ein Mann mit gespannter Aufmerksamkeit das Schauspiel. Borromini war sein Name, doch war der Mann kein anderer als Francesco Castelli, der sich nach dem Mailänder Heiligen Borromeo benannt hatte, um als selbstständiger Architekt nicht mehr denselben Namen zu tragen wie der einstige *assistente* Berninis. Aus dunklen Augen starrte er auf den Turm, sodass er darüber fast seinen Hass auf den Erbauer vergaß, der gerade vom Pferd stieg, um die Huldigungen purpurgewandeter Kirchenfürsten entgegenzunehmen. Was für eine herrliche Schöpfung! Leicht und luftig stiegen die Säulenreihen in zwei Geschossen in die Höhe, um sich in einem dritten Stockwerk zu verjüngen. Wie wunderbar harmonierte der Aufbau dank seiner kühnen Maße mit der wuchtigen Fassade und der schweren Attika! Und wie eindrucksvoll kam die Kuppel des Doms jetzt zu ihrem Recht! Ja, es war eine unglaubliche Leistung. Und ein unglaubliches Verbrechen …

Plötzlich hielt Borromini den Atem an. Im Portal des Doms erschien eine Frau, die gerade die Kirche verließ und seinen Blick auf sich zog. Jetzt blieb sie stehen, sodass er kurz ihr Gesicht sah. Wie konnte das sein? Sie hatte doch Rom vor vielen Jahren verlassen! Sie raffte den Rock und eilte die Treppe hinunter zu einer Kutsche, die mit offenem Schlag auf sie wartete.

Das alles dauerte nur wenige Sekunden, Borromini erwachte wie aus einem Traum. Ohne zu wissen, was er tat, drängte er sich mit Gewalt durch die Menge, um sie von nahem zu sehen.

Er hatte die Kutsche bis auf einen Steinwurf erreicht, da schwoll ein Raunen an, aus tausend Kehlen zugleich, ein Rufen und Schreien, das immer mächtiger wurde, als gelte es, Böses zu vertreiben. Unwillkürlich blickte Borromini auf, und im nächsten Moment sah er, was die Menschen auf der Piazza in solchen Schrecken versetzte: Zwei Risse, gezackt wie ein Blitz, liefen quer durch das Mauerwerk – Risse in der Fassade von Sankt Peter!

Für einen Augenblick vergaß Borromini alles andere, und eine bittere Genugtuung erfüllte ihn. Er hatte es geahnt, es gleichzeitig befürchtet und erhofft: Das Fundament war zu schwach, um die gewaltige Konstruktion zu tragen …

Doch als er sich umdrehte, um die Verfolgung wieder aufzunehmen, war es bereits zu spät. Ohnmächtig musste er zusehen, wie die Frau in ihre Kutsche stieg und der Wagen davonfuhr.

SCHON seit Jahrhunderten flohen die Päpste im Sommer den stickigen Tiberkessel, um die heißesten Monate des Jahres auf dem Quirinalhügel oberhalb der Stadt zu verbringen. Doch trotz der guten Luft fühlte Papst Urban sich an diesem Augustabend gar nicht wohl. Allein dem Cavaliere

Bernini hatte er befohlen, ihn in sein kühles Schlafgemach zu begleiten, wo seine Diener ihn auf seidene Kissen betteten.

Kaum hatte Lorenzo auf einem gepolsterten Stuhl neben dem Bett Platz genommen, sprang Vittorio, das Bologneserhündchen Seiner Heiligkeit, mit einem Satz auf seinen Schoß.

Der Papst lehnte sich zurück und schloss die Augen. „Wir haben heute angeordnet, die Arbeiten an den Glockentürmen einzustellen."

„Aber Heiliger Vater!", rief Lorenzo entsetzt. „Sosehr ich Eure Vorsicht bewundere …"

„Halt den Mund und schweige still! Wir haben uns die Lage erklären lassen. Du hast zu viel Gewicht auf den Unterbau getürmt, dadurch sind die Schäden an der Fassade entstanden. Warum hast du nicht auf die warnenden Stimmen gehört?"

„Ich habe nur auf ausdrücklichen Wunsch Eurer Heiligkeit gehandelt", erwiderte Lorenzo. „Wenn Ihr Euch erinnern mögt: Ich selbst habe darauf hingewiesen, dass wir auf schwierigem Grund bauen –"

„Ja, ja, ja", unterbrach Urban ihn erneut. „Aber wir haben dir vertraut. Hast du unser Vertrauen missbraucht?" Wie eine Echse hob er ein Augenlid und blinzelte ihn an.

„Wäre dies der Fall", sagte Lorenzo, „so wäre mein einziger Wunsch, dass Ihr mich meines Amtes entkleidet. Doch handelte ich nach bestem Wissen und Gewissen. Bedenkt, Heiliger Vater, welch herrlichen Plan Ihr verfolgt – Ihr baut das neue Rom!"

„Das neue Rom?" Urban seufzte. „Ich habe alle Hände voll zu tun, das alte zu bewahren! Meine Untertanen haben die Landsknechte Karls V. noch nicht vergessen, sie fürchten sich vor einer zweiten Plünderung. Ich muss die marmornen Denkmale durch eiserne ersetzen." Der Fürst von Castro war in die Romagna eingefallen, nachdem Urban ihm das Recht entzogen hatte, Steuern zu erheben, und brauchte nun mit seinen Truppen nur noch den Apennin zu überqueren, um Rom nach hundert Jahren ein zweites Mal in Schutt und Asche zu legen. „Wir können uns jetzt keine Fehler leisten. Und deine Türme sind mehr als ein Fehler, sie sind ein Skandal. Ein Symbol für Roms Verwundbarkeit und Schwäche."

Erschöpft hielt der Papst inne. „Na, worauf wartest du?", fragte Urban ungeduldig. „Mach endlich den Mund auf!"

„Als wir den Hochaltar von Sankt Peter bauten", sagte Lorenzo zögernd, „wurden auch Bedenken laut. Jetzt steht der Altar so fest und sicher da wie der Dom selbst."

Urban seufzte. „Damals hatten wir Geld, und du hattest tüchtige Helfer an deiner Seite. Die Probleme heute sind ungleich größer, und du bist allein."

Lorenzo spürte, wie Vittorio auf seinem Arm die Blase entleerte. *Porca miseria!* Am liebsten hätte er das kleine Mistvieh aus dem Fenster geworfen, doch Urban liebte den Köter mehr als die Apostel Petrus und Paulus zusammen. Also beherrschte sich Lorenzo und erwiderte nur: „Darf ich in aller Bescheidenheit daran erinnern, dass ich inzwischen allein und ohne jede Hilfe Bauwerke von einiger Bedeutung ausgeführt habe? Den Palast Eurer Familie, die Propaganda Fide –"

„Ja, ja", unterbrach Urban ihn ein drittes Mal. „Aber was nützt es, wenn man den Respekt vor dir verliert? Man drängt mich bereits, einen neuen Dombaumeister zu ernennen."

Lorenzo wurde blass. Ohne auf Vittorios erschrockenes Kläffen zu achten, setzte er den Hund auf den Boden und sagte: „König Ludwig von Frankreich hat mir eine Depesche geschickt. Ich wollte Eure Heiligkeit eigentlich nicht damit behelligen, aber jetzt …"

„Ja, und? Was schreibt der gottlose Mensch?"

„Seine Majestät", sagte Lorenzo und warf den Kopf in den Nacken, „dankt für die Büste ihres ersten Ministers Richelieu, die ich auf Veranlassung Eures Bruders schuf, und lädt mich nach Paris ein. Seine Majestät wünscht, ich solle ein Porträt von ihm fertigen. Wenn meine Dienste in Rom nicht länger gebraucht werden, möchte ich darum Eure Heiligkeit untertänigst um Erlaubnis bitten –"

Er sprach den Satz nicht zu Ende und blickte Urban fest in die Augen. Die Miene des Papstes verriet keinerlei Regung.

Endlich öffnete Urban den Mund. „Wir freuen uns, dass der König von Frankreich die Werke unseres ersten Künstlers zu schätzen weiß. Doch wir verbieten dir, der Einladung zu folgen. Du bist für Rom geschaffen, mein Sohn, wie Rom für dich! Was aber die Glockentürme angeht", fügte er streng hinzu, als Lorenzo erleichtert aufatmete, „so bleiben die Arbeiten vorerst ruhen, und der Aufsatz wird noch in diesem Monat entfernt. Wir können den Anblick nicht ertragen."

Damit war die Audienz beendet. Lorenzo kniete nieder, um den Segen zu empfangen.

MONSIGNORE Virgilio Spada war ein Mann in den besten Jahren, von kleinem Wuchs und angenehmem Wesen. Mönch von Beruf und Bauherr aus Berufung, oblag ihm die Aufsicht sämtlicher Bauvorhaben seines Ordens. Als Propst der Kongregation des heiligen Filippo Neri kannte er jeden Architekten in der Stadt – den ehrgeizigen Pietro da Cortona ebenso wie den berühmten Gian Lorenzo Bernini. Am meisten aber schätzte er Francesco Borromini, einen ehemaligen Steinmetz, den er vor einigen Jahren entdeckt und seitdem nach Kräften gefördert hatte, damit er sich als Architekt selbstständig machen konnte, wie es seinem Eifer und mehr noch seinen Talenten entsprach.

Mit einem Schmunzeln erinnerte sich der Monsignore, während er sich auf den Weg zur Baustelle seines Ordens machte. Borromini verband planerisches Genie mit bautechnischer Sparsamkeit. Er hatte sich damals in einer überaus misslichen Lage befunden. Die Konservatoren der Stadt Rom hatten ihn zum Architekten der Sapienza ernannt, des Archigymnasiums, aus dem die Universität mit theologischer, philosophischer und medizinischer Fakultät erwachsen sollte, doch der Beginn der Arbeiten wurde Jahr für Jahr verschoben. Mit geradezu heiligem Eifer hatte sich Borromini darum an den neuen Auftrag gemacht, mit dem Spada ihn betraut hatte, das Oratorium der Filippiner zu bauen, und er sollte ihn nicht enttäuschen. Spada war mit dieser Arbeit so zufrieden, dass er Borromini wenig später auch den Umbau des Palazzos übertrug, den sein Bruder für die Familie erworben hatte, und niemand freute sich mehr als der Monsignore darüber, dass Borromini 1641 mit der Fertigstellung von San Carlo über Nacht berühmt wurde. Hatten Spötter anfangs das Bauwerk mit seinen kapriziösen Bögen und Wölbungen, das in nie gesehener Weise den rechten Winkel vermied, als Ausgeburt eines kranken Gehirns verlacht, bemühten sich jetzt Architekten aus aller Welt um einen Grundriss der Kirche, deren Bau wenig mehr als zehntausend Scudi gekostet hatte. Das war die Hälfte der ursprünglich veranschlagten Summe.

Spada beschleunigte seine Schritte. Doch was war das? Woher rührte dieses Geschrei? Etwa aus dem Gotteshaus? Als er das Portal aufstieß, bot sich ihm ein so fürchterlicher Anblick, dass er darüber vergaß, seine Hand in das Weihwasserbecken zu tauchen. Nur wenige Schritte vom Aufgang zur Kanzel entfernt hielten zwei Männer einen halbnackten Arbeiter fest, der sich, vor Schmerzen schreiend wie ein Tier, zwischen ihnen wand, während ihn Borromini, der Baumeister der Kirche, wutentbrannt und völlig außer sich eigenhändig auspeitschte.

„Sind Sie von Sinnen, Signor? Sie bringen den Mann ja um!"

Borromini hörte ihn nicht. Gerade hob er den Arm, um erneut zuzuschlagen, da packte Spada Borrominis Handgelenk mit solcher Kraft, dass dieser in der Bewegung innehielt.

„Was hat der Mann getan, dass Sie ihn so misshandeln?"

Borromini blickte ihn mit seinen dunklen Augen an, als erwache er aus einem Traum. Ohnmächtig sank der Arbeiter zu Boden.

„Der Mann hat sich geweigert, meine Befehle auszuführen. Die Maurer behaupten, meine Pläne für die Kardinalsloge wären undurchführbar. Diese Stümper! Und der da" – Borromini zeigte voller Verachtung auf den Mann zu seinen Füßen – „ist der Anführer, der alles tut, um meine Autorität zu untergraben …" Vor Erregung begann er zu husten, so heftig, dass er seine Rede nicht zu Ende führen konnte.

„Bringt den Mann fort, und versorgt seine Wunden!", befahl Spada den zwei Arbeitern, die den Ohnmächtigen an den Armen hielten. „Und wir", wandte er sich dann an Borromini, „wollen uns endlich an die Arbeit machen. Haben Sie die Entwürfe für die Bibliothek mitgebracht?"

Kaum waren die Pläne auf dem Zeichentisch entrollt, war Borromini wie verwandelt und erläuterte ruhig und konzentriert seine Entwürfe, während seine Augen leuchteten wie die eines Verliebten. Was für wunderbare Ideen er hervorbrachte! In die Fensternischen auf der Galerie hatte er Sitze und Tische eingezeichnet, sodass die Schüler sich dort oben, allem Lärm der Welt entrückt, in ihre Studien vertiefen konnten und zugleich einen prächtigen Blick auf den Gianicolo-Hügel hatten.

„Sie wissen, wie sehr ich Sie schätze", sagte Spada. „Aber wie können Sie sich so hinreißen lassen? Haben Sie vergessen, dass der Zorn zu den Todsünden gehört, die Gott mit ewiger Verdammnis bestraft?"

Borromini erwiderte finster: „Finden meine Pläne Ihre Zustimmung?", ohne auf die Frage einzugehen.

„Zustimmung? Ich bin begeistert!"

„Darf ich meine Pläne wiederhaben?", fragte Borromini und griff nach seinem Entwurf.

Spada legte die Hand auf seinen Arm. „Was ist mit Ihnen, Signore? Haben Sie Sorgen? Wer Furcht verbreitet, trägt Furcht in sich."

Borrominis Gesicht verdunkelte sich noch mehr. „Ich bitte um Vergebung, Ehrwürdiger Vater", sagte er leise, „aber ich habe seit Tagen nicht geschlafen."

„Wegen der Arbeit?", fragte Spada.

Doch Borromini gab keine Antwort. Stumm rollte er seine Zeichnungen zusammen und stieg zur Kardinalsloge hinauf.

Den Kopf voller Fragen, machte Virgilio Spada sich auf den Heimweg. *„Nulla fere causa est, in qua non femina litem moverit"*, memorierte er eine Passage aus Juvenals „Satiren". „Es ist kein Streit unter der Sonne, den nicht ein Weib verursacht hätte."

Kapitel 9

Dreizehn Meilen sind die Stadtmauern lang", verkündete Giulio, „und über hundertzwanzigtausend Einwohner leben in Rom ..."

Clarissa hatte fast vergessen, wie unermesslich groß diese Stadt war. Seit den frühen Morgenstunden fuhr sie in der offenen Equipage durch Rom, rast- und ruhelos trotz der brütenden Hitze. Sie hatte Giulio, der sein Brot damit verdiente, Fremden für ein paar Kupfermünzen die Stadt zu zeigen, angewiesen, sie zu allen Bauwerken zu führen, die in den Jahren seit ihrer Abreise errichtet worden waren.

Wie sehr hatte Rom sich verändert! Es war, als wäre inmitten der alten Stadt, die Clarissa von früher her kannte, eine neue aus dem Boden gewachsen. Clarissa verweilte bei jeder Station nur wenige Minuten, bevor sie zur Weiterfahrt drängte. Sie konnte einfach nicht finden, wonach sie suchte. Plötzlich hatte sie eine Idee. „Bring mich zu den großen Baustellen!"

Während die Pferde anzogen, stieß Clarissa einen Seufzer aus. Durfte sie tun, was sie tat? Sie hatte sich geschworen, keinen der beiden Männer, die sie in dieser Stadt zurückgelassen hatte, je wiederzusehen. Sie war auf Wallfahrt, sollte beten für ihren Mann, Lord McKinney. Doch der Verdacht, der ihr am Vortag beim Anblick des Glockenturms von Sankt Peter gekommen war, ließ ihr keine Ruhe. Wenn wirklich stimmte, was sie befürchtete – durfte sie da tatenlos schweigen?

Während die Kutsche von Baustelle zu Baustelle fuhr, prüfte Clarissa angespannt die entstehenden Gebäude: Würde sie Castelli an seinen Werken erkennen? Überall wurde jetzt in der neuen Manier gebaut, die sie vor Jahren hier erstmals gesehen hatte, Gebäude mit so üppig schwellenden Formen, als gebe es weder Armut noch Not. Aber nirgendwo erkannte sie seinen besonderen Stil wieder, seine unverwechselbare Eigenart, die ihn vor allen anderen Architekten auszeichnete. Konnte es sein, dass er gar nicht mehr in Rom lebte? Oder, schlimmer noch, dass niemand ihm einen Auftrag gab? Wo konnte sie jetzt noch suchen? Ihr fiel nur eine Möglichkeit ein.

„Zum Vicolo dell' Agnello!", rief sie Giulio zu.

Sie erkannte das windschiefe Haus schon von weitem. Bei seinem Anblick überkam sie die Erinnerung an ihre letzte Begegnung mit Castelli, an sein versteinertes Gesicht und die grenzenlose Trauer, die aus seinen

Augen gesprochen hatte. Aber sie musste dafür sorgen, dass die Wahrheit ans Tageslicht kam. Sie stieg aus der Kutsche und klopfte an die Tür. Sie klopfte ein zweites Mal – keine Reaktion.

Clarissa stieg wieder in die Equipage und ließ sich erschöpft in die Polster fallen. Draußen senkte sich bereits die Dunkelheit über Rom. Sie schloss die Augen. Und wenn sie einfach Donna Olimpia fragte, wo Castelli steckte? Nein, ihre Cousine würde ihr nur Schwierigkeiten in den Weg legen, künftig das Haus zu verlassen. Olimpia hatte sich sehr verändert. Seit ihr Mann gestorben war, trug sie stets einen Rosenkranz in der Hand und führte ihrem Schwager, Kardinal Pamphili, den Haushalt, streng wie eine Äbtissin.

Clarissa richtete sich auf. Es gab nur einen Menschen, der ihr Auskunft über Castellis Verbleib geben konnte.

ES WAR dunkle Nacht, als sie endlich vor seinem Haus in der Via della Mercede stand, ganz in der Nähe des Palazzo di Propaganda Fide. Mannsgroße Fackeln beschienen das hohe, breite Portal, während Clarissa nach dem bronzenen Türklopfer griff. Das Herz pochte ihr bis zum Hals. Hier, in diesem herrschaftlichen Palast, der sich vier Stockwerke in den nachtschwarzen Himmel erhob, wohnte der Mann, der sich an Gott und der Schönheit gleichermaßen versündigt und sie aus Rom vertrieben hatte. Ein Diener in Livree öffnete ihr die Tür und führte sie in eine von Kerzen erleuchtete Halle, in der ein halbes Dutzend Kinder spielte. Sie wurden beaufsichtigt von einer hoch gewachsenen jungen Frau mit einem Säugling auf dem Arm, deren kastanienfarbenes Haar ein ebenmäßiges Gesicht einrahmte, aus dem Clarissa zwei sanfte Rehaugen anblickten.

„Ich bitte Sie um Verzeihung, Signora", sagte Clarissa, „wenn ich zu so später Stunde störe. Ich bin gekommen, um …"

„Principessa? Sind Sie es wirklich?" Lorenzo Bernini eilte mit ausgebreiteten Armen und einem strahlenden Lächeln auf sie zu. „Was für eine wunderbare Überraschung!", sagte er, während er sich über ihre Hand beugte. „Aber ich habe immer gewusst, dass wir uns eines Tages wiedersehen. Übrigens", fuhr er im selben Atemzug fort, „darf ich Ihnen meine Frau vorstellen? Caterina Tezio – ein Geschenk des Himmels. Oder genauer: des Papstes."

Seine Frau schüttelte mit nachsichtigem Lächeln den Kopf. „Sie wissen doch, Cavaliere, dass ich solche Reden nicht mag."

„Aber wenn es doch wahr ist!", protestierte er und küsste ihre Hand.

„Papst Urban hat mich damals gezwungen, mein schlimmes Leben aufzugeben, und ich durfte dieses wunderbare Geschöpf heiraten. Sie ist die Mutter meiner Kinder, und die bedeuten mir mehr als mein Leben. Dieses hier" – er nahm seiner Frau den Säugling vom Arm – „ist erst drei Monate alt. Chiara, ein Mädchen. Ist sie nicht ganz die Mutter?"

„Sie heißt Carla", verbesserte Caterina ihn mit einem liebevollen Kopfschütteln. „Wie oft soll ich Ihnen das noch sagen?"

„Ja, ich werde alt", erwiderte er lachend und gab seiner Frau den Säugling zurück. „Aber ich glaube, Principessa, wir sollten in mein Studio gehen. Da können wir ungestört reden", fügte er hinzu und klatschte dann in die Hände. „*Avanti, avanti, bambini!* Ab mit euch ins Bett!"

Während sich die Kinder um ihre Mutter scharten wie Küken um eine Glucke, verabschiedete sich Clarissa von Berninis Frau und folgte ihm in ein Nebenzimmer. Zum Glück war sie nicht mit ihm allein im Haus! Ohne zu überlegen, wie sie das Gespräch eröffnen sollte, stellte sie ihn zur Rede, kaum dass er die Tür hinter ihr geschlossen hatte. „Wo ist Signor Castelli?"

„Castelli?", fragte er verwundert und forderte sie mit einer Geste auf, in einem golden lackierten Lehnstuhl Platz zu nehmen. „Brauchen Sie einen Steinmetz?"

Clarissa blieb stehen. „Ich habe den Glockenturm gesehen", sagte sie, so ruhig sie konnte. „Der Entwurf stammt von Francesco Castelli, er hat ihn mir selbst gezeigt. Sie haben seine Ideen gestohlen. Der Turm ist sein Werk."

Um Berninis Augen zuckte es einmal kurz, und das Lächeln auf seinem Gesicht verschwand. „Ist es möglich", erwiderte er kühl, „dass Sie gerade Englisch mit mir gesprochen haben? Zumindest habe ich den Sinn Ihrer Worte nicht verstanden. Doch was Ihre Frage nach dem Verbleib meines ehemaligen *assistente* angeht, so kann ich Ihnen Auskunft geben." Er sah sie an. „Es gibt in Rom keinen Francesco Castelli mehr."

Clarissa spürte, wie das Blut aus ihrem Gesicht wich. „Was soll das heißen? Hat er Rom verlassen? Oder ist ihm etwas zugestoßen?"

Bernini zuckte mit den Achseln. „Er hat es selbst so gewollt."

„Was? Herrgott, sagen Sie mir doch, was mit ihm ist!"

„Bin ich sein Hüter? Ich habe andere Dinge zu tun, als mich um diesen Menschen zu kümmern."

Clarissa spürte eine unbestimmte Angst. War Castelli etwa nicht mehr am Leben? „Wenn ich ihn nicht finde", flüsterte sie, „ist der Schaden nie wieder gutzumachen."

Bernini schaute sie an. Seine Augen, die eben noch so kalt und abweisend gewesen waren, füllten sich mit liebevoller Zärtlichkeit. Clarissa spürte, wie gegen ihren Willen ihre Knie weich wurden und ihr Mund austrocknete.

„Warum hast du mich damals verlassen?“, fragte er leise und kam näher. „Ohne Abschied. Ich habe dich so sehr geliebt.“

„Du wusstest doch, dass ich heiraten würde“, sagte sie. Die Worte waren schon heraus, als sie merkte, dass sie sein Du erwiderte. „Deshalb musste ich zurück nach England.“

„Warum bist du nicht bei deinem Mann?“

„Das hat nichts mit dir zu tun.“

„Wirklich nicht?“ Er nahm ihre Hände und führte sie an seine Lippen. Er sah sie so fest an, dass sie zitterte. „Und der Kuss?“, fragte er. „Ich würde für diesen einen Kuss mein ganzes Leben geben.“ Er hob ihr Kinn und blickte ihr in die Augen. „Sag mir, dass du diesen Kuss vergessen hast, und ich glaube dir.“

Clarissa wollte sprechen, aber die Stimme versagte ihr. Dann konnte sie seinen Blick nicht länger ertragen. Sie schlug die Augen nieder und wandte sich ab.

„WAS HAT das zu bedeuten?“ Clarissa ging die Treppe hinunter in die Halle, als Donna Olimpia sie aus ihren Gedanken aufschreckte. Sie hatte die Abendstunden in ihrem kleinen Observatorium verbracht, im Dachgeschoss des Palazzo Pamphili, wo sie nach ihrer Ankunft aus England ihr neues, erst auf der Reise erworbenes galileisches Fernrohr aufgestellt hatte, um beim Betrachten des Sternenhimmels ihr inneres Gleichgewicht wieder zu finden.

„Der wurde soeben im Auftrag von Cavaliere Bernini für dich abgegeben“, sagte Olimpia und zeigte auf einen riesigen Obstkorb, den ihr Sohn Camillo, ein dicklicher junger Mann, mit dem ebenso hochmütigen wie dümmlichen Gesichtsausdruck betrachtete, den Clarissa noch von seinem Vater her kannte. Olimpia blickte sie forschend an. „Hast du den Cavaliere wiedergesehen?“, fragte sie, wie stets einen Rosenkranz um die Hand gewunden, während Camillo einen Pfirsich aus dem Korb nahm und gierig hineinbiss.

Olimpia machte ein so strenges Gesicht, dass Clarissa die Frage instinktiv verneinen wollte. Doch war sie inzwischen eine erwachsene, verheiratete Frau von 37 Jahren, die nicht um Erlaubnis fragen musste, wenn sie das Haus verließ. „Ich habe den Cavaliere nach dem Glockenturm von

Sankt Peter gefragt. Du weißt, dass ich mich für Architektur interessiere."

Olimpias Augen blitzten zornig auf. „Ehrbare Frauen treffen sich nicht ohne Begleitung mit fremden Männern. In England vielleicht, hier nicht!"

„Der Cavaliere ist kein Fremder", erwiderte Clarissa. „Der britische Gesandte hat ihn mir vorgestellt, im Palast der englischen Könige, du warst doch damals selbst dabei."

„Das ist ganz einerlei! Dieser Mann hat die Familie Pamphili beleidigt. Er hat sich geweigert, das Mausoleum für meinen Mann zu bauen, obwohl ich ihn persönlich darum gebeten habe."

Plötzlich verstand Clarissa ihre Cousine. Olimpias Mann war erst vor einem halben Jahr am Fieber gestorben, die Wunde war noch ganz frisch. „Es tut mir so Leid, was dir widerfahren ist", sagte sie beschämt.

„Gottes Wille geschehe!", erwiderte Olimpia und schlug ein Kreuzzeichen. Dann legte sie ihren Arm um die Schulter ihres Sohnes, der mit safttriefendem Mund argwöhnisch seinen Pfirsich beäugte, als sei er vergiftet. „Meine Aufgabe ist es, für das Wohl der Familie Pamphili zu sorgen. Und was deinen Aufenthalt in dieser Stadt betrifft", fügte sie hinzu, „so hat er nur einen Zweck: für deinen Mann zu beten – damit dich nicht dasselbe Schicksal ereilt wie mich."

Schuldbewusst senkte Clarissa den Blick. Sie hatte gewusst, dass es nicht gut war zurückzukehren, nachdem sie so lange Zeit gebraucht hatte, um Rom zu vergessen. Doch ihr Mann, Lord McKinney, hatte sie dazu gedrängt. Er war an einem eigentümlichen, wenig erforschten „Gallenfieber" erkrankt und hatte gewollt, dass sie in Rom für ihn bete.

Wie gern wäre Clarissa jetzt bei ihm auf Moonrock, seinem Schloss im schottischen Moor, in das sie gleich nach der Hochzeit gezogen waren, da die Königin aufgrund der politischen Spannungen keine schottische Hofdame mehr in London wünschte. Clarissa hatte die Einsamkeit an McKinneys Seite im Laufe der Jahre mehr und mehr zu schätzen gelernt, so wie sie auch ihren Gatten mehr und mehr zu schätzen gelernt hatte. McKinney war stets aufmerksam und rücksichtsvoll; bei Tage ritten sie über die Felder, um die Arbeiter auf dem großen Besitz zu beaufsichtigen, die Abende verbrachten sie am Kamin mit gemeinsamer Lektüre, oder sie zogen sich für Stunden in das mit modernsten Teleskopen bestückte Observatorium zurück. Und wie zartfühlend hatte er sie getröstet, als sie durch eine Fehlgeburt ihr lang ersehntes Kind verloren und der Arzt ihr eröffnet hatte, dass sie nie wieder einen Sohn oder eine Tochter haben würde. Wenn McKinney sie auf Wallfahrt schickte, damit sie in Rom für ihn betete, war dies so überaus seltsam, dass seine Bitte nur ein Vorwand sein konnte – aber wofür?

Camillos Stimme holte sie in die Gegenwart zurück. „Wenn der Cavaliere unser Feind ist, muss ich den Pfirsich dann nicht wegwerfen?“, fragte er.

Olimpia stutzte eine Sekunde, dann strahlte sie übers ganze Gesicht. „Was für ein kluger junger Mann du doch bist!“, lobte sie ihn. „Ja, bring den Korb in die Küche, und sag dem Koch, er soll alles den Schweinen geben.“ Dann wandte Olimpia sich wieder Clarissa zu. „Und du“, sagte sie ernst, „bete! Wenn es deinem Mann nicht hilft, hilft es dir.“

AM NÄCHSTEN Morgen verließ Clarissa in aller Frühe das Haus. Ja, sie wollte beten. Als sie durch das Tor ins Freie trat, verhüllte sie das Gesicht mit ihrem Schleier und schlug die Richtung nach Sant' Andrea della Valle ein, der Theatinerkirche unweit der Piazza Navona. Doch dann entschied sie sich anders und nahm eine Kutsche über den Tiber.

Vor Sankt Peter ließ sie die Kutsche halten. Wie sehr hatte sie einst gehofft, diesen neuen Turm mit eigenen Augen zu sehen, und mit welcher Empörung erfüllte sie jetzt, da er sich Stein auf Stein vor ihr erhob, sein Anblick. Und doch konnte sie ihren Blick nicht von ihm lassen. Sie stieg aus dem Wagen und ging auf die Basilika zu. Der Campanile schien gar keine Wände zu haben, nur Säulen und Pfeiler.

Plötzlich sprach jemand sie an mit einer Stimme wie aus einer anderen Welt. „Ich habe gewusst, dass Sie es sind, Principessa.“

Clarissa drehte sich um. „Signor Castelli?“, rief sie. „Mein Gott, Sie sind in Rom?“

„Wo sonst? Ich habe die Stadt nie verlassen.“

„Wenn Sie wüssten, was für Sorgen ich mir gemacht habe! Ich hatte schon Angst, Ihnen wäre etwas zugestoßen oder Sie wären gar tot.“

„Tot?“ Er lächelte sein scheues, verlegenes Lächeln. „Ich habe den Namen gewechselt. Ich heiße jetzt Borromini. Es gab zu viele Castellis auf den Baustellen in Rom.“

Während sie sprachen, schien es Clarissa, als wäre die Zeit stehen geblieben. Er war immer noch derselbe Mann wie damals. „Ihr Herz hat Sie hierher geführt, nicht wahr?“, sagte sie nach einer langen Weile. Sie deutete mit dem Kopf auf den Turm. „Ist das nicht Ihr Werk?“

Sein Gesicht verdüsterte sich. „Der Turm da? Eine solche Pfuscharbeit?“

„Wenn Sie mit dem Turm nicht zufrieden sind, dann bringen Sie ihn in Ordnung! Sie haben mir damals Ihre Pläne gezeigt, Signor Borromini. Ich weiß noch genau, wie Ihre Augen geleuchtet haben."

Er räusperte sich, und in seinem Gesicht begann es zu zucken, doch er öffnete sich nicht.

„Bringen Sie das in Ordnung!", wiederholte sie und nahm seine Hand. „Bitte, Signor, versprechen Sie mir das!"

SOLLTE er, oder sollte er nicht? Das Wiedersehen mit der Principessa hatte ihn aus dem Gleichgewicht gebracht. Einerseits drängte alles in ihm, Clarissa aufzusuchen, andererseits ... Er hatte sein Leben so wunderbar eingerichtet. Man ließ ihn in Ruhe arbeiten, und er konnte ab und zu seine Frau betrügen. Sollte er dieses herrliche Leben gefährden?

Wenn ihm sonst eine Frau gefiel, streckte er die Hand nach ihr aus, wie um eine Frucht zu pflücken, aber geliebt hatte er noch nie, nicht einmal Costanza – sie hatte nur seinen Stolz herausgefordert. Umso mehr verwirrten ihn die Gefühle, die Clarissa nun in ihm auslöste. War das die Liebe?

Als sich Lorenzo am Abend auf den Weg machte, schwitzte er in seinem prächtigen Anzug, so schwül stand die Luft in den Gassen. Und während er allmählich die grünen Augen der Principessa vor sich sah und bald auch ihren lächelnden Mund, dachte er darüber nach, wie er das Gespräch eröffnen sollte. Die ersten Worte waren immer entscheidend.

Er überquerte gerade die Piazza del Collegio Romano, als wütende Schreie ihn aus seinen Gedanken rissen. Gleich darauf erblickte er im Mondschein eine Rotte aufgebrachter Männer, die mit Knüppeln bewaffnet aus einer Seitengasse gestürmt kam, geradewegs auf die Statue von Papst Urban zu, Lorenzos eigenem Werk. Ohne zu überlegen, trat Lorenzo der Horde entgegen.

„Oho, wen haben wir denn da! Cavaliere Bernini! Sie müssen jetzt neue Büsten schaffen!" Der Schreihals höhnte weiter. „Los, Männer, nieder mit ihm!"

Bevor Lorenzo begriff, was passierte, hob der andere eine Eisenstange in die Höhe. Doch der Angriff galt nicht ihm, sondern der Bildsäule des Papstes. Er zog seinen Degen, stürzte sich mit einem Schrei auf den Anführer und schlug ihm mit einem mächtigen Hieb die Eisenstange aus der Hand. Der andere bückte sich, doch Lorenzo setzte ihm die Spitze seines Degens an den Hals. „Untersteh dich, die Bildsäule anzurühren", zischte er.

„Vergebung, Cavaliere! Schonen Sie mein Leben!"

Ohne den Mann einen Moment aus den Augen zu lassen, spähte Lorenzo um sich. Als er sah, wie alle rings im Kreis die Waffen sinken ließen und Schritt für Schritt zurückwichen, wusste er, dass keine Gefahr mehr bestand. „Verschwindet!“, befahl er und wartete, bis die Bande wieder in der Gasse verschwand, aus der sie aufgetaucht war, dann steckte er seinen Degen in die Scheide. Da hörte er noch einmal die Stimme aus der Dunkelheit: „Hahaha! Rette nur seine Statue, Cavaliere Bernini! Urban wird es dir in der Hölle danken. Vor einer Stunde hat der Teufel seine Seele geholt. Hahaha!“

Endlich begriff Lorenzo, was geschehen war. Papst Urban war tot. Klammheimliche Angst beschlich ihn und breitete sich immer weiter in ihm aus. Seine Hand begann zu zittern, als er sie nach der Statue ausstreckte. Er umarmte den kalten, massigen Körper und küsste das Gesicht, die Stirn, die Wangen. Doch plötzlich geschah etwas Sonderbares. Durch den Schleier seiner Tränen hindurch war es Lorenzo, als würde sich die Miene des Papstes verwandeln. In den vertrauten Zügen erkannte er nicht mehr die gütige Strenge von einst, sondern ein böses, gemeines, niederträchtiges Grinsen, als würde der Papst ihm erst jetzt sein wahres, wirkliches Gesicht zeigen, um ihn aus dem Jenseits zu verhöhnen. Von einer Sekunde zur anderen wich Lorenzos Angst aufbrausender Wut.

„Was hast du dir dabei gedacht?“, rief er. „Mich hier im Stich zu lassen!“ Blind vor Zorn griff er nach der Eisenstange und schlug mit der Stange auf die Statue ein, die in tausend Stücke zerbarst. Bis seine Hände blutig waren und er vor Erschöpfung zu Boden sank, schluchzend und am ganzen Körper bebend wie ein Kind.

Kapitel 10

Im Palazzo Pamphili herrschte angespannte Nervosität. Von morgens bis abends meldeten die Diener die bedeutendsten Würdenträger der Stadt: Kardinäle und Bischöfe, Prälaten und Äbte, Bankiers und ausländische Gesandte. Sie alle machten Donna Olimpia ihre Aufwartung, die jeden Besucher mit ausgesuchter Höflichkeit empfing. Donna Olimpias Schwager, der inzwischen siebzig Jahre alte Kardinal Pamphili, galt als möglicher neuer Papst, und die Herrin des Hauses setzte alles daran, dieses Ziel zu erreichen.

Urban war am 29. Juli des Jahres 1644 gestorben. Zehn Tage später wurde das Konklave einberufen, um das Interim zu beenden. Clarissa kam gerade in die Eingangshalle, als Donna Olimpia ihren Schwager in die Klausur verabschiedete, die ihn bis zur Entscheidung über Urbans Nachfolger mit seinen Amtsbrüdern in der Sixtinischen Kapelle vereinen würde. Als sie in die Halle zurückkehrte und Clarissa sah, sagte sie: „Urban hat sich an Gott und der Welt versündigt und beiden großen Schaden zugefügt. Wir können nur hoffen, dass sein Nachfolger mehr Frömmigkeit und auch mehr Verstand beweist. Doch solltest du in den nächsten Tagen nicht aus dem Haus gehen, Clarissa. Die Zeiten des Konklaves sind gefährliche Zeiten."

Noch am selben Tag ordnete Donna Olimpia an, das vordere Portal mit Brettern zu verbarrikadieren, während sie durch den Hintereingang Gold und Silber, Schmuck und Porzellan, Wandbehänge und Gemälde hinausschaffen ließ, um sie, auf Maultiere verpackt, in das einstige Kloster ihres Schwagers zu verbringen. Denn außer dem Pöbel, der seit Beginn der Vakanz in den Gassen marodierte, machten betrunkene Söldner die Stadt unsicher.

Also verbrachte Clarissa den folgenden Monat eingesperrt hinter den dicken Mauern des Palazzo Pamphili wie in den schlimmsten Zeiten ihres ersten Romaufenthalts. Mehrmals täglich betete sie in der Kapelle vor dem Altar der heiligen Agnes für ihren Mann, und bei Nacht betrachtete sie lange Stunden durch ihr Fernrohr den Sternenhimmel.

An einem Tag im September – Olimpia hatte sich mit einem Nepoten Urbans zurückgezogen – hatte Clarissa endlich Gelegenheit, für ein paar Stunden ihrem Gefängnis zu entkommen. Sie würde nach Sankt Peter gehen. Wer weiß, vielleicht würde sie dort Signor Borromini treffen, und wenn nicht, konnte sie im Dom ebenso gut ihre Gebete verrichten wie in jeder anderen Kirche der Stadt.

Sie überquerte die Piazza Navona und bog in eine Gasse ein, die in Richtung des Tiber führte. Wie sehr Olimpia doch übertrieben hatte! Von plündernden Söldnern und Räubern keine Spur; wohin Clarissa schaute, sah sie Handwerker und Hausfrauen, die friedlich ihren Geschäften nachgingen. Nur auf der Piazzetta am Ende der Gasse drängte sich neben einem Schneiderladen eine Menschenmenge. Dort stand der „Pasquino". Der verwitterte Marmortorso war in der ganzen Stadt bekannt, denn sein grauer Leib war stets mit Zetteln übersät: Die Römer verkündeten auf ihnen ihre Meinung zu Ereignissen, zu denen sie sich öffentlich nicht zu äußern wagten. Schallendes Gelächter drang von dort herüber.

Neugierig trat Clarissa näher. Ein kleiner Apotheker mit Augengläsern auf der Nase las gerade laut einen der vielen Zettel vor. „Ah, da haben wir ja etwas über Donna Olimpia!", rief er und rückte den Zwicker zurecht. „*Olimpia* ist ihr Name, denn *olim* war sie *pia*."

Clarissa horchte auf. *Olim* hieß „einst", und *pia* hieß „fromm" – so viel Latein konnte sie allemal. Verärgert drängte sie sich vor und riss den Zettel von der Marmorfigur. „Frechheit! Donna Olimpia ist eine ehrbare Frau!"

„Ehrbare Frau?", erwiderte der Apotheker.

„Dieses scheinheilige Biest!", meckerte der Schneider durch sein offenes Fenster. „Erst vergiftet sie ihren Mann, dann kriecht sie zu ihrem Schwager ins Bett!"

„Aber nur zum Ruhme Gottes!"

„Damit Pamphili weiß, wie Englein singen, wenn er Papst wird!"

Clarissa verschlug es die Sprache. So etwas Widerwärtiges hatte sie ihr Lebtag nicht gehört. Doch da zeigte ein baumgroßer Schmied mit ausgestrecktem Arm zum Himmel, an dem in der Ferne eine weiße Rauchsäule aufstieg.

Der Apotheker sank auf die Knie und faltete die Hände. *„Habemus Papam! Deo gratiam!"*

Für eine Sekunde war es auf der kleinen Piazza so still wie in einer Kirche. Ein Scherenschleifer kam als Erster wieder zu sich. „Auf, zum Palazzo Pamphili!", schrie er, nahm ein Messer von dem Werkzeughaufen auf seinem Karren und rannte los.

„Zum Palazzo Pamphili! Zum Palazzo Pamphili!"

Aus tausend Kehlen gleichzeitig schien der Ruf zu ertönen. Jemand stieß Clarissa beiseite, so heftig, dass sie gegen eine Mauer taumelte. Überall stürzten Männer, Frauen und Kinder in Richtung der Piazza Navona, mit gierigen Blicken und bösen Flüchen, eine rasende Horde von Menschen. Clarissa flüchtete sich in eine Toreinfahrt, wusste nicht, wie viel Zeit vergangen war, als sie sich wieder hervorwagte. Was wollten all diese Männer und Frauen dort?

Es war schon später Nachmittag, als sie endlich auf die Piazza Navona gelangte. Vor dem Palazzo Pamphili standen hunderte von Menschen, die gestikulierend aufeinander einredeten und wütend auf das Portal zeigten, aus dem Menschen ins Freie traten, die meisten mit leeren Säcken in den Händen. Die Bretter vor dem Tor waren fortgerissen.

„Was geht hier vor?", fragte Clarissa einen Priester in speckiger Soutane, der einen Bronzeleuchter in der Hand hielt. „Plündern die Leute den Palast?"

„Gewiss", erwiderte der Gottesmann. „Jeder darf den Palast des

Kardinals plündern, der zum Papst gewählt worden ist. Aber“, fügte er sichtlich enttäuscht hinzu, „Donna Olimpia war schon vor uns da.“

Clarissa stutzte. „Heißt das, Kardinal Pamphili ist der neue Papst?“

Der Priester nickte ergeben. Dann verdüsterte sich sein Gesicht, und mit unheilvoller Stimme fügte er hinzu: „Wehe, wenn Donna Olimpia die Kirche einst so zurücklässt wie dieses Haus.“

SCHON über zwei Stunden ließ Papst Innozenz X., wie Giambattista Pamphili sich seit seiner Inthronisierung nannte, ihn in diesem Vorzimmer schmoren. Dabei hatte es Wochen gedauert und einer gezielten Intervention durch Monsignore Spada bedurft, um überhaupt eine Audienz zu bekommen. Was für eine unglaubliche Frechheit!

„Monsignore Spada ließ uns wissen, dass Ludwig, das Kind auf Frankreichs Thron, dich durch seinen ersten Minister nach Paris gerufen hat. Willst du der Einladung Folge leisten?“

Lorenzo Bernini staunte, wie unsagbar hässlich Innozenz war, als er ihm endlich gegenüberstand. Mit seiner fliehenden Stirn, den kleinen Augen, der unförmigen Nase, dem schütteren Spitzbart und den riesigen Füßen, die unter der weißen Soutane hervorragten, war er das vollkommene Modell für einen Satyr oder Faun.

Lorenzo wählte seine Worte mit Bedacht: „Ich bin mir bewusst, Heiliger Vater, die Einladung ist eine unverdiente Auszeichnung. Doch darf ich mich ihr ein zweites Mal verweigern, ohne den König zu beleidigen?“

„Das heißt, du willst nach Paris?“

„Die Aufgabe, die der französische Hof mir in Aussicht stellt, ist über alle Maßen reizvoll. Ich soll eine Bildsäule Seiner Majestät fertigen. Es lässt sich“, fügte Lorenzo nach einer wohl kalkulierten Pause hinzu, „für einen Künstler nur eine Aufgabe denken, die reizvoller sein könnte als diese …“

„Und die wäre?“, fragte der Papst.

Lorenzo sah in das hässliche Gesicht des Papstes. Doch würgte er den Kloß in seinem Hals hinunter und sagte: „Eine Bildsäule Eurer Heiligkeit.“

Ein Ausdruck geschmeichelter Eitelkeit hellte Innozenz’ Miene auf, dann winkte er einen Lakaien herbei und flüsterte ihm etwas ins Ohr. „Diese Entscheidung“, sagte er, während der Lakai den Raum verließ, „wollen wir ungern allein treffen.“

Lorenzo schielte zur Tür. Eine Frau von majestätischem Wuchs trat herein, und zwei dunkle, wachsame Augen schauten ihn aus einem hellen, von dunklen Ringellocken umrahmten Gesicht an: Donna Olimpia! Voller Schreck fiel Lorenzo das Mausoleum ein, das zu bauen er sich nach dem Tod ihres Mannes geweigert hatte.

„Darf ich Ihnen“, sagte er, als er sich über ihre Hand beugte, „mein Bedauern über die Plünderung des Palazzo Pamphili ausdrücken? Der Pöbel soll wie von Sinnen gewesen sein.“

Donna Olimpia hob die Schultern. „Ein alter Brauch, Cavaliere, der durchaus seine Berechtigung hat, bedeutet er doch die Trennung des neuen Papstes von seinen weltlichen Gütern. Außerdem“, fügte sie bedeutungsvoll hinzu, „bedarf der Familienpalast ohnehin dringend der Renovierung.“

Lorenzo horchte auf. War das der Wink mit einem Auftrag? Was Donna Olimpias Trennung von den weltlichen Gütern betraf, so wusste die ganze Stadt, dass sie nichts von Wert in dem alten Gemäuer zurückgelassen hatte.

„Trotzdem, Eccellenza, die Verluste müssen fürchterlich gewesen sein. Vielleicht könnte eine Bildsäule des Heiligen Vaters Sie ein wenig trösten? Es wäre mir eine große Ehre, und sollte ein entsprechender Wunsch an mich ergehen, würde ich dafür mit Freuden die Einladung ausschlagen, mit der man mich an den Königshof nach Paris ruft.“

„Dazu wären Sie bereit, Cavaliere?“, fragte Olimpia.

Lorenzo hob seine rechte Hand. „Ich schwöre. Ohne jeden Vorbehalt.“

„Die Familie Pamphili weiß Ihre Bereitschaft zu schätzen und wird Ihr Entgegenkommen bei Gelegenheit lohnen.“

Der Papst streckte Lorenzo die Hand mit dem Fischerring entgegen. „Ein Sekretär wird dir Tag und Uhrzeit nennen.“

Da sagte Donna Olimpia: „Mir fällt gerade ein – es wird nicht gehen. Wenn mich nicht alles täuscht, verbietet ein Gesetz des römischen Volkes, Bildsäulen von einem lebenden Papst anzufertigen.“

Lorenzo atmete auf. Diesen Einwand hatte er schon einmal entkräftet. „Ein solches Gesetz darf nicht für einen Papst gelten, wie dieser einer ist. Das Volk hat ein Anrecht darauf, sich ein Bild von Seiner Heiligkeit zu machen.“

Doch zu seiner Überraschung schüttelte Donna Olimpia den Kopf. „So mögen manche Vorgänger Seiner Heiligkeit gedacht haben, doch unter dem neuen Pontifikat werden Recht und Ordnung wieder ihre alte Geltung haben. So Leid es mir tut, Cavaliere, aber Gesetz ist Gesetz.“ Olimpia sagte diese Worte in bedauerndem Ton, doch in ihren Augen blitzte ein solcher Triumph, dass Lorenzo wusste: Diese Frau hatte die Beleidigung nicht vergessen, die er ihr zugefügt hatte.

Gebeugten Hauptes bewegte er sich rückwärts. Er hatte die Türschwelle noch nicht erreicht, da richtete Donna Olimpia ein letztes Mal das Wort an ihn. „Übrigens, der Heilige Vater hat beschlossen, eine Kommission einzusetzen. Sie soll die Bauschäden an Sankt Peter untersuchen, die Ihr Glockenturm verursacht hat. Es heißt, Madernos herrliche Fassade drohe einzustürzen."

PAPST INNOZENZ saß noch keinen Monat auf dem Thron, da machte Donna Olimpia sich daran, den Augiasstall auszumisten, den Papst Urban hinterlassen hatte – eine Aufgabe, die wahrlich herkulische Kräfte erforderte. Denn Urbans ganzes Bestreben schien der Bereicherung seiner Familiaren gegolten zu haben. Während der Dauer seines langen Pontifikats hatte er seinen Nepoten das riesige Vermögen von hundertfünf Millionen Scudi geschenkt, eine so ungeheuerliche Summe, dass er kurz vor seinem Tode in Sorge um sein Seelenheil ein Konsilium eingesetzt hatte – freilich mit dem Ergebnis, dass der Papst in allen Dingen recht getan hatte.

Donna Olimpia aber galt jetzt als heimliche Königin der Stadt, und manch einer nannte sie voller Respekt den „einzigen Mann Roms".

Die neue Herrschaft bekam auch der Leiter der päpstlichen Baukongregation zu spüren, einer von Urbans zahllosen Günstlingen, an dessen Stelle Innozenz den überaus tüchtigen Propst der Kongregation des heiligen Filippo Neri, Monsignore Spada, als obersten Bauaufseher an seinen Hof berief. Es war keine Frage, dass Spada zusammen mit dem neuen Amt auch die Leitung jener Kommission übernahm, welche die Überprüfung des Glockenturms von Sankt Peter zur Aufgabe hatte.

Eine heikle Aufgabe, wie Spada wusste, denn die Überprüfung des Turmes stellte zugleich das Ansehen seines Erbauers infrage, des berühmten Cavaliere Bernini. Dennoch nahm Spada das Amt ohne Murren auf sich, denn er verknüpfte damit ein Ziel, das aller Mühe wert war. Der Turm stellte zusammen mit seinem noch zu errichtenden Zwilling an der rechten Seite der Fassade die eigentliche Vervollkommnung des Domes dar und machte diesen seiner Bedeutung als größte Kirche der Christenheit erst würdig, ein trotz seiner technischen Mängel in ästhetischer Hinsicht so großartiges Meisterwerk, dass alles darangesetzt werden musste, ihn zu erhalten.

Wen sollte er in die Kommission berufen? Dazu gehörten fraglos Stadtbaumeister Rainaldi sowie der Architekt der Stadtmauer Roms, Cipriano Artusini, ein begnadeter Mathematiker. Als Vertreter der Jesuiten hatte Spada Antonio Sassi vorgemerkt. Nur ein Name bereitete Virgilio Spada Kopfzerbrechen: Francesco Borromini. Würde er eine Berufung in die Kommission dazu missbrauchen, Rache an seinem Rivalen zu nehmen, um ihn womöglich als Dombaumeister zu verdrängen?

So blickte Spada der ersten Sitzung der Kongregation, die für den 27. März 1645 einberufen wurde, mit gemischten Gefühlen entgegen. Die Sache war immerhin von solcher Wichtigkeit, dass außer den Gutachtern sowie dem beschuldigten Architekten ein Dutzend Kardinäle und sogar Papst Innozenz persönlich erschienen. Spada kam sogleich auf die alles entscheidende Frage zu sprechen: Hätte der Erbauer des Turms, Cavaliere Lorenzo Bernini, wissen müssen, dass die Fundamente die große Last nicht tragen konnten? Der Beschuldigte selbst wies, wie nicht anders zu erwarten, jede Schuld von sich. Nach ihm erhoben die Gutachter ihre Stimme. Sie scheuten zwar nicht davor zurück, Berninis Fehler beim Namen zu nennen, doch zu Spadas Erleichterung konzentrierten sie sich weniger auf die Schuldfrage als auf mögliche Ansätze zu einer Lösung. Alle Vorschläge zielten darauf ab, die Fundamente des Turmes zu stärken, um das Bauwerk zu erhalten. Von Abriss war keine Rede.

Nur einer der Gutachter sagte während der gesamten Sitzung kein Wort: Francesco Borromini. Bei der nächsten Sitzung sollte er seine Beurteilung vortragen. Wie würde sein Votum lauten?

DIESE Frage verfolgte auch Clarissa in ihren einsamen Stunden – und davon gab es viele. Über drei Jahre dauerte die Wallfahrt für ihren Ehemann nun schon, Jahre, die sie vor allem im Gebet für seine Gesundheit verbracht hatte. Zwar schickte McKinney ihr regelmäßig Briefe aus England, Monat für Monat einen, so pünktlich wie die Wiederkehr des vollen Mondes am nächtlichen Himmelszelt, doch stand kein Wort darin, das von seiner Genesung sprach oder Clarissa zurück in die Heimat rief, obwohl sie in ihren Briefen immer drängender darum bat, während sie gleichzeitig ganz tief in ihrem Innern und gleichsam vor ihr selbst verborgen die heimliche Hoffnung hegte, noch so lange in Rom bleiben zu können, bis der Streit um den Glockenturm beigelegt war. Ach, sie wollte ja nur, dass man Borromini lobte, wie es ihm gebührte, ohne dass Bernini Schaden litt.

In ihrer Seele herrschte ein solches Durcheinander, dass sie vor dem Altar der Hauskapelle niederkniete, um sich zu sammeln.

„Was ist los mit dir?“

Clarissa schrak auf. Donna Olimpia stand vor ihr und schaute sie stirnrunzelnd an. „Du hast doch etwas auf der Seele, seit langer Zeit schon. Was ist es, was dich quält?"

„Ach, Olimpia, wenn ich es nur selbst wüsste."

„Diese englische Unsitte, alles allein mit sich und dem Herrgott auszumachen, tut dir nicht gut. Wenn du mich fragst, ich glaube, ich weiß, was du brauchst – einen Beichtvater."

Konnte Olimpia Gedanken lesen? Genau das war es, wonach Clarissa sich sehnte. „Vielleicht hast du Recht", sagte sie schließlich. „Kannst du mir einen Priester empfehlen?"

„Aber natürlich." Olimpia lachte. „Das wäre ja ein Jammer, wenn die Schwägerin des Papstes dir keinen Beichtvater nennen könnte!"

Bereits am nächsten Morgen machte sich Clarissa auf den Weg. Vom Palazzo Pamphili bis zu ihrem Ziel waren es nur wenige Minuten. Die Kutsche hielt vor einem großen renovierten Gebäude, dessen Fassade mit reichem Stuck- und Skulpturenschmuck versehen war.

Der Diener, der ihr öffnete, führte sie durch einen hellen, lichtdurchfluteten Innenhof und dann in eine tonnenüberwölbte Kolonnade, die in einen zweiten *cortile* zu münden schien. Doch diese Säulenfolge kannte sie! Das war die Scheinkolonnade, die Signor Borromini für ihr *appartamento* entworfen hatte, als er noch Francesco Castelli hieß.

Ein untersetzter Mann in schwarzer Seidensoutane kam ihr lächelnd entgegen. Mit seinem federnden Gang und den wachen Augen unter den buschigen Brauen war er ihr sogleich sympathisch.

„Monsignore Spada?", fragte sie und reichte ihm die Hand.

„Und Sie müssen Lady McKinney sein", antwortete er ihr in fließendem Englisch. „Seien Sie willkommen, Principessa!"

„Was für eine wunderbare Art, Gäste zu empfangen", erwiderte sie und zeigte auf die Säulen. „Nichts ist so, wie es scheint."

„Nicht wahr?" Er nickte eifrig. „Die Kolonnade ist mein Lieblingsort. Sie verblüfft die Sinne und belehrt den Verstand. Aber was führt Sie zu mir, Principessa? Donna Olimpia sprach von einer Seelenpein?"

Der kleine Monsignore begegnete ihr so ungezwungen und freundlich, dass Clarissa ein Gefühl von Vertrautheit verspürte, als würden sie einander seit Jahren kennen. Und nach einer Stunde hatte sie ihm fast ihr ganzes Herz ausgeschüttet. „Ich habe mich", schloss sie ihr Bekenntnis, „diesen beiden Männern zugewandt, Ehrwürdiger Vater, zwei Architekten, die Gott füreinander bestimmt hat, damit sie zusammen das neue Rom erbauen, doch ich habe sie entzweit."

„Vielleicht hat Gott Sie ein weiteres Mal hierher geschickt, damit Sie Ihren alten Fehler wieder gutmachen. Indem Sie Borromini und Bernini – nennen wir sie ruhig beim Namen! – wieder miteinander versöhnen. Vielleicht ist das der Preis, den Gott von Ihnen verlangt, damit er die Gebete für Ihren Gatten erhört."

„Glauben Sie wirklich?", fragte Clarissa überrascht.

„Meinen Sie nicht, Principessa, dass es auf den Versuch ankommt?"

NACH ihrer ersten Sitzung fasste die päpstliche Baukongregation zwei Beschlüsse: Cavaliere Bernini wurde angewiesen, die Fundamente seines Glockenturmes gründlichst auf ihre Tragfähigkeit zu untersuchen, und zwar mit dem erklärten Ziel, das Gebäude zu erhalten; zugleich aber forderte Innozenz die Architekten der Stadt Rom durch öffentlichen Anschlag auf, Entwürfe für die Neu- und Umgestaltung der Türme von Sankt Peter einzureichen, worüber in einem gesonderten Wettbewerb entschieden werden sollte.

Als der Aufruf im Juni 1645 erfolgte, machte Francesco Borromini sich mit bitterer Genugtuung ans Werk. Meist arbeitete er bei Kerzenschein in später Nacht, wenn kein Laut mehr von draußen in seine mönchische Behausung drang und den Fluss seiner Gedanken störte. Freihändig, ohne Lineal und Schablone, trug er seine Korrekturen in Berninis Pläne ein, die in so schamloser Weise seine eigenen Ideen widerspiegelten, auch wenn sie der effektvollen Manier des Cavaliere anverwandelt waren.

Borromini war entschlossen, das Bauwerk von allem überflüssigen Prunk zu reinigen. So wuchs nun, während er mit Graphit die alte Rötelzeichnung überarbeitete, aus Berninis Unterbauten ein neuer Glockenturm hervor, ein noch viel leichterer Bau als der ursprüngliche. Trotz seiner geringen Höhe erschien er hoch und schlank und strebte, befreit von der Wucht des Turmhelms, so leicht und schwerelos gen Himmel wie eine Rauchsäule.

Wieder und wieder korrigierte er die Zeichnung, ernst und beharrlich, entfernte hier eine Volute, fügte dort eine hinzu, um den Entwurf immer weiter zu verbessern. Mit einem Lappen wischte er die prätentiösen Säulenstellungen des dritten Obergeschosses in Berninis Entwurf fort, um sie durch eine schlichte Front zu ersetzen. Weg mit allem überflüssigen Gepränge! Architektur war Gottesdienst, in ihr spiegelten sich die ewigen Gesetze der Schöpfung wider. Nur darum ging es, alles andere war zuchtlose Effekthascherei.

Mit derselben Sorgfalt, die er dem Aufbau gewidmet hatte, wandte er sich dem Grundriss zu. Hier verbarg sich die Lösung für das Fundament. Dafür hatte der große Bernini natürlich keinen Sinn. Wie er sich gewunden hatte vor der Kongregation! Alle waren schuld: Maderno, Papst Urban – nur er selbst nicht! Aber wer hatte denn einen dreimal so hohen und sechsmal so schweren Turm geplant, ohne an eine Verstärkung der Fundamente zu denken? Was bildete sich dieser eitle Pfau ein?

Borromini bekam einen so schweren Hustenanfall, dass er seinen Zeichenstift niederlegen musste. Ja, Herrgott noch mal, er wusste, es war der Neid, der wieder und wieder an ihm nagte.

„Na, warte!“, sagte er, als sein Atem sich beruhigte. Papst Innozenz höchstselbst hatte ihn, Francesco Borromini, beauftragt, für den Erhalt von Sankt Peter Sorge zu tragen. Damit war er dem Dombaumeister gleichgestellt, autorisiert von Gottes Stellvertreter. Er trank einen Schluck Wein und wischte sich mit dem Ärmel den Mund ab. Er hatte alle Trümpfe in der Hand. Er brauchte in der nächsten Sitzung der Baukongregation nur schonungslos Berninis Fehler offen zu legen und ihn gleichzeitig anhand seiner eigenen Vorschläge als elenden Scharlatan zu entlarven. Und alle Welt würde begreifen, dass kein anderer als er, Francesco Borromini, imstande war, den Glockenturm zu retten.

Mit einem Mal verdüsterten sich seine Gedanken, und die Ruhe, die ihn eben noch erfüllt hatte, wich plötzlicher Angst. War es wirklich so klug, seine Pläne in dem Wettbewerb zu präsentieren, sie den begehrlichen Blicken seiner Konkurrenten auszusetzen? Über den Ausgang solcher Wettbewerbe entschied fast nie die Leistung, meist gaben Bestechung und Intrigen den Ausschlag. Und wenn dann ein anderer gewann? Was würde den daran hindern, seine Entwürfe zu kopieren? Die Vorstellung erfüllte Borromini mit Panik. Man hatte schon einmal seine Ideen gestohlen – wer konnte garantieren, dass es kein zweites Mal geschah?

Kapitel 11

Die Probegrabungen an den Fundamenten der Peterskirche wurden unverzüglich in Angriff genommen, eine Hundertschaft von Arbeitern der Dombauhütte war eigens dafür abgestellt. Tiefer und tiefer drangen die Männer in das Erdreich vor, und Cavaliere Bernini, der erste Künstler Roms, war sich nicht zu schade, die Arbeiten in eigener Person zu leiten. Schicht für Schicht legte man die mit Steinen und Kies gefüllten Schächte frei, die Maderno ein halbes Menschenleben zuvor hatte aufmauern lassen, um die Fassadenfundamente in dem schwierigen, von zahllosen Wasseradern durchzogenen Boden abzusichern.

Ungeduldig riss Lorenzo sich Rock und Hemd vom Leib, stieg in die Baugrube hinab und nahm mit nacktem Oberkörper eine Spitzhacke zur Hand. Er musste sich Gewissheit verschaffen. War der Untergrund sicher genug, um wenigstens den neuen Turm zu tragen, den er nach der ersten Sitzung der Baukongregation gezeichnet hatte?

Lorenzo arbeitete, dass ihm der Schweiß von der Stirn troff, und seine Hände waren bald voller Blasen. In 21 Meter Tiefe stießen sie auf Gruben, die bis auf den tragfähigen Lehmboden ausgehoben und wiederum mit Kieselsteinen und Kalk angefüllt waren. Lorenzos Zuversicht stieg. Maderno hatte gute Arbeit geleistet! Doch als er die Holzpfähle erblickte, mit denen sein Vorgänger versucht hatte, die Fundamente der Fassade abzustützen, wusste er, dass seine Hoffnung vergeblich war: Die Balken und Streben der Pfahlgründung waren so verrottet und verfault, dass sie unter seiner Hacke zerfielen wie modrige Pilze.

Lorenzo warf sein Werkzeug hin und kletterte über eine Leiter aus der Baugrube ins Freie. Es war zum Verzweifeln! Wenn er diese Sache nicht in den Griff bekam, war es um ihn geschehen.

„Was stehst du da und glotzt mich an!“, sagte er, als er plötzlich seinen Bruder vor sich sah. „Lass dir lieber was einfallen! Wenn wir keine Lösung finden, bist du genauso erledigt wie ich.“

„Wie wär’s“, erwiderte Luigi, „wenn du dich um deinen Besuch kümmern würdest, statt mich anzufauchen?“

„Besuch?“ Überrascht drehte sich Lorenzo um. „Principessa …“ Für einen Moment verschlug es ihm die Sprache. Eilig zog er seinen Rock über. „Bitte entschuldigen Sie, aber dringende Arbeiten –“

„Ich weiß“, unterbrach sie ihn. „Aus diesem Grund bin ich ja hier. Ich möchte Ihnen einen Vorschlag machen. Vielleicht gibt es eine Lösung.“

„Ach ja?“, fragte er, während er den letzten Knopf schloss. „Solange Innozenz jeden Tag ein so hässliches Gesicht im Spiegel sieht, ist kaum zu erwarten, dass er Kunstwerke angemessen zu würdigen weiß.“

„Ich verstehe Ihre Gefühle“, erwiderte Clarissa. „Aber glauben Sie, Zynismus hilft Ihnen weiter?“

„Haben Sie eine bessere Idee?“

„Allerdings.“ Sie nickte. „Sie sind Bildhauer, Cavaliere, ein Künstler. Mit technischen Problemen geben Sie sich nur ungern ab. Sie brauchen einen Ingenieur an Ihrer Seite. Aber nicht irgendeinen Ingenieur, Signor

Bernini. Ich meine den Mann, der sich mit dem Glockenturm ebenso lang und intensiv beschäftigt hat wie Sie und der Ihnen darum besser helfen kann als jeder andere."

Lorenzo ahnte, wen sie meinte, doch wollte er den Namen aus ihrem Mund hören. „Und wer soll dieser Erlöser sein?"

„Francesco Borromini", sagte sie, ohne zu zögern.

Lorenzo lachte auf. „Dieser Neidhammel?"

„Wenn es um sein Werk geht, wird er alles tun, um Sie zu unterstützen."

„Sein Werk, Principessa? Was wollen Sie damit sagen?"

„Sie wissen es selbst, Cavaliere." Sie trat auf ihn zu. „Erklären Sie, dass der Glockenturm Ihr gemeinsames Werk ist, und ich bin sicher, Signor Borromini wird Ihnen bei der Rettung des Turms beistehen."

Lorenzo schnappte nach Luft. „Warum soll ich so etwas erklären? Der Entwurf stammt aus *meinem* Atelier!"

„Sicher, aber hat Borromini nicht bedeutende Ideen dazu beigetragen? Wollen Sie wirklich riskieren, dass der Turm abgerissen wird? Nur um sich nicht den Ruhm mit ihm zu teilen?"

Plötzlich begegneten seine Augen Clarissas Blick: Madonna, was für eine schöne Frau! Im selben Moment war seine Entscheidung gefallen. „Wenn es Ihr Wunsch ist, Principessa, an mir soll es nicht liegen."

„Ich kann Ihnen gar nicht sagen, wie sehr mich das freut!" Mit strahlendem Gesicht reichte sie ihm die Hand. „Noch heute werde ich mit Signor Borromini sprechen." Sie raffte ihren Rock und eilte zur Piazza, wo ihre Kutsche wartete. Da drehte sie sich noch einmal um und rief: „Übrigens, Cavaliere, Donna Olimpia zerbricht sich den Kopf über eine Belustigung für den nächsten Karneval. Haben Sie vielleicht eine Idee?"

„SIE DÜRFEN nicht gegen ihn stimmen! Es wäre zu Ihrem eigenen Schaden. Sie müssen vielmehr alles tun, um den Glockenturm zu retten! Er ist doch auch Ihr Werk!"

Seit einer Viertelstunde redete Clarissa auf Francesco Borromini ein, doch es war, als rede sie gegen eine Wand.

„Mein Werk?", knurrte er. „Ganz Rom hat den Turm als eine Schöpfung des großen Bernini gepriesen, als weiteren Beweis seines Genies. Aber jetzt, nachdem die Risse da sind und jedermann sich wundert, wie das nur passieren konnte, soll ich in die Bresche springen und meinen Namen dafür hergeben!"

Draußen dämmerte es bereits. Clarissa nahm den Kerzenleuchter vom Tisch, ging damit zum Herd am anderen Ende des Raumes und entzündete mit einem Fidibus den Leuchter. „Es darf Ihnen kein zweites Mal so ergehen wie mit dem Hochaltar. Niemand weiß, was Sie damals geleistet haben. Wollen Sie wirklich, dass sich dieses Unrecht wiederholt?" Als sie sein Gesicht in dem flackernden Kerzenschein sah, erkannte sie darin die alte Trauer.

„Weshalb tun Sie das?", fragte er.

Clarissa spürte, dass ein Dämon ihn immer wieder zu Dingen antrieb, die ihm selbst zuwider waren. Was konnte sie nur tun, um ihn zu besänftigen? „Ich habe Ihre Kolonnade im Palazzo Spada gesehen", sagte sie. „Stellen Sie sich vor, ich bin auf die Täuschung hereingefallen, obwohl ich Ihren Entwurf kannte. Es ist ein solches Wunderwerk, genau wie der Monsignore sagt: verblüffend für die Sinne, belehrend für den Verstand!"

„Sie waren im Palazzo Spada?", fragte er misstrauisch.

„Ich habe mit dem Monsignore über Sie gesprochen. Über Sie und über Signor Bernini. Der Monsignore ist der Meinung, Sie und der Cavaliere sollten –"

„Was fällt Ihnen ein, sich in meine Angelegenheiten zu mischen!", brauste er auf.

„Sie glauben, der Abriss des Glockenturms sei Ihre große Chance? Nein, Signor, er wird Ihr Todesurteil sein. Die Menschen werden Sie dafür hassen – Aber was ist das?", unterbrach Clarissa sich plötzlich, als ihr Blick auf einen Plan fiel, der neben dem Leuchter ausgebreitet auf dem Tisch lag. „Das ist ja der Turm …"

„Das ist nicht für fremde Augen bestimmt", sagte Borromini und bedeckte die Zeichnung mit einem großen ledergebundenen Buch.

„Aber Sie haben ja längst getan, worum ich Sie bitten wollte." Sie rückte den Leuchter näher heran und beugte sich über die Zeichnung. Ja, kein Zweifel, das war die Überarbeitung des Turms – sorgfältig waren die Korrekturen mit Graphit in den Rötelentwurf eingezeichnet. „Ich hatte so sehr darauf gehofft. Warum haben Sie das nicht gleich gesagt?"

„Das ist nur eine Skizze und hat nichts zu bedeuten." Verärgert nahm er das Blatt vom Tisch, rollte es zusammen und legte es in ein Regal.

„Und Ihre Träume, was ist mit denen?", rief sie. „Als ich Sie kennen lernte, hatten Sie so wunderbare Ziele, Sie und Signor Bernini. Sie beide sind die größten Baumeister der Stadt, vielleicht sogar der Welt. Wenn Sie miteinander statt gegeneinander arbeiten, gibt es nichts, was Sie aufhalten kann. Der Turm ist ein Fingerzeig Gottes! Zögern Sie nicht länger – tun Sie, was Ihnen aufgetragen ist!" Wenn nur dieser verdammte Stolz nicht wäre, dachte Clarissa, der war das Schlimmste an ihm – und zugleich der Grund, weshalb sie solche Achtung vor ihm hatte. Entschlossen nahm sie seine Hand und sagte: „Versöhnen Sie sich mit Bernini! Bitte! Wenn Sie es nicht um Ihrer Träume willen tun, dann tun Sie es um meinetwillen! Sie wissen ja nicht, was für mich davon abhängt …“

Am 9. Oktober des Jahres 1645 trat die päpstliche Baukongregation zu ihrer zweiten Sitzung zusammen. Mit wenigen Worten begrüßte Innozenz die anwesenden Kardinäle sowie die Mitglieder der Gutachterkommission, dann wurde es so still im Saal, dass man die Vögel draußen durch die geschlossenen Fenster zwitschern hörte. Alle Blicke waren auf Francesco Borromini gerichtet. Sein Votum würde über das Schicksal des Turmes entscheiden.

„Wenn Sie bitte anfangen wollen?“, erteilte Virgilio Spada ihm das Wort.

„Beginnen wir mit dem Baugrund“, setzte Borromini zu seinem Vortrag an. „Der Boden unter dem Fundament besteht aus kompaktem Lehm, die Baugrundpressung ist hier nicht stärker als andernorts. Zwar hat sich in einer Ebene des Fundaments der Kalk aus dem Mörtel gelöst, doch befindet sich die unterste Schicht in relativ gutem Zustand …“

Lorenzo atmete auf. Borromini sprach ruhig und sachlich, ohne persönliche Angriffe oder Vorwürfe gegen ihn zu erheben. Sicher, er sparte nicht mit Kritik, deckte die Fehler in der Bauplanung, die Lorenzo sich hatte zuschulden kommen lassen, ebenso schonungslos auf wie mangelnde Sorgfalt bei der Baudurchführung, aber – und das war entscheidend – er deutete zugleich Maßnahmen an, die geeignet schienen, den Turm zu erhalten.

„Dann wollen wir jetzt das Fazit ziehen“, sprach der Papst von seinem Thron herab, als Francesco in seiner Rede innehielt. Auch Innozenz schien sichtlich erleichtert. Ohne auf die technischen Einzelheiten einzugehen, wies er Monsignore Spada an, für die Umsetzung und Abstimmung der nötigen Maßnahmen zu sorgen. „Dann besteht wohl kein Anlass mehr, dass du Rom verlässt, Cavaliere Bernini?“

Lorenzo beugte sein Haupt: „Ich werde alles in meinen Kräften Stehende tun, Heiliger Vater, um Fehler, so ich mir denn welche vorzuwerfen habe, alsbald wieder gutzumachen.“

„Rom verlassen?“, fragte Francesco Borromini irritiert. „Offen gestanden, ich verstehe nicht recht.“

„Der französische Hof“, erklärte Virgilio Spada, „hat den Cavaliere nach Paris gerufen.“

„Als Bildhauer des Königs“, fügte Lorenzo hinzu und schüttelte die Locken in seinem Nacken.

Als er Francescos Miene sah, wusste er, dass er besser geschwiegen hätte. Francesco wurde bleich, und seine Augen zuckten vor Erregung. „Das geht auf gar keinen Fall“, erklärte er mit seinem schlimmsten Mauleselgesicht. „Nicht bevor das Urteil in dieser Sache gesprochen ist. Es besteht sonst Gefahr, dass sich der Beschuldigte der Bestrafung entzieht.“

„Ich?“, rief Lorenzo empört. „Welcher denn? Sie haben doch eben in Ihrem Gutachten selbst gesagt –“

„Wie auch immer“, unterbrach ihn Francesco, als wäre Lorenzo sein Schüler, „der französische Hof soll warten!“

„Ich glaube nicht, dass mein ehemaliger *assistente* darüber zu entscheiden hat!“, platzte Lorenzo heraus und verfluchte im nächsten Augenblick zum zweiten Mal seine vorschnelle Zunge. „Ich fahre, wohin es mir passt!“

„Der französische Hof soll warten“, insistierte Francesco, „oder einen anderen Künstler berufen!“

Plötzlich war Lorenzo ganz ruhig und kalt. „Und – wen schicken wir dem König von Frankreich dann? Vielleicht einen Steinmetz?“

„Ich glaube“, sagte Monsignore Spada, „wir sollten wieder zum Thema zurückkehren.“

„Allerdings“, pflichtete Francesco ihm bei. „Und wenn Sie erlauben, würde ich meine Ausführungen jetzt gern beenden. Die wesentlichen Schlussfolgerungen fehlen noch.“ Mit kurzen, scharfen Sätzen, die wie Messerstiche in Berninis Herz drangen, fuhr Borromini mit seinem Gutachten fort: Der Turm sei dreimal so hoch und sechsmal so schwer wie vom Vorgänger geplant – ohne dass die Fundamente in irgendeiner Weise verstärkt worden seien. Um seine These zu veranschaulichen, ließ Francesco eine Zeichnung herumreichen, wodurch die übergroße Belastung der Unterbauten für jeden unzweideutig auf einen Blick zu erkennen war. „Mit einem Wort“, schloss er seine Ausführungen, „es ist jederzeit mit dem Einsturz des Turmes zu rechnen. Der Campanile muss abgerissen werden! Nur so können wir Schaden von Sankt Peter abwenden und die Fassade vor der Zerstörung bewahren.“

„Du scheinheiliger Heuchler!“ Lorenzo sprang auf, es hielt ihn nicht mehr auf seinem Platz. „Du willst die Türme selbst bauen und dich zum Dombaumeister aufschwingen.“

Ohne eine Miene zu verziehen, erwiderte Francesco seinen wütenden Blick. „Sie irren sich“, sagte er kalt, „wie schon so oft, Cavaliere. Ich bin hier nur als Gutachter tätig, ohne eigenes Interesse, den Turm zu bauen."

„Und was machen wir jetzt?", fragte Innozenz mit schnarrender Stimme.

„Ich schlage vor", seufzte Monsignore Spada, „wir vertagen das Urteil bis zur nächsten Sitzung."

DER WINTER war eine harte Prüfung für das römische Volk. Die Ernte des vergangenen Jahres war so schlecht ausgefallen, dass sich bereits im November die Kornkammern leerten, und da Innozenz sich mit Rücksicht auf die von Urbans Krieg und Bauwut strapazierte Staatskasse nicht imstande sah, die verhassten Steuern auf so notwendige Lebensmittel wie Mehl und Öl aufzuheben, wusste zu Weihnachten kaum eine Frau mehr in der Stadt, was sie ihrer Familie zu essen vorsetzen sollte. Wegen der Hungersnot fiel der Karneval im neuen Jahr so bescheiden aus wie selten. Papst Innozenz ordnete an, auf prunkvolle Aufzüge, Wagenrennen und Kavalkaden, sonst Höhepunkte des öffentlichen Vergnügens, ganz zu verzichten und die Feiern auf solche Belustigungen zu beschränken, die wenig oder gar kein Geld kosteten. So begann der erste Montag im Karneval 1646 wie üblich mit der öffentlichen Hinrichtung verurteilter Missetäter, auch wurden wie in jedem Jahr Krüppel, Greise und Juden zum Ergötzen der Römer nackt über den Korso getrieben. Die prachtvollen Theateraufführungen jedoch waren diesmal verboten – nur in einem Hause nicht: im Palazzo Pamphili, dem Hause Donna Olimpias.

Dort gelangte am Karnevalsdienstag ein Schauspiel zur Aufführung, das Cavaliere Bernini eigens für diesen Anlass ersonnen hatte. Den Gästen gingen die Augen über. Die Handlung der Komödie „Fontana di Trevi" war so verschlungen, dass die meisten Zuschauer nach wenigen Minuten den Faden verloren, doch jeder amüsierte sich über die geistreichen Dialoge und mehr noch über die fantastischen Effekte, mit denen Bernini die Sinne verblüffte: Wasserfluten, die in Kaskaden von den Brunnen stürzten, wirkten natürlich und echt; Blitze zuckten über den Marktplatz, der auf der Bühne aufgebaut war, und zum Entsetzen des Publikums ging der ganze Platz lichterloh in Flammen auf – und verwandelte sich im nächsten Augenblick, begleitet von erleichterten Ahs und Ohs, in einen lieblichen Garten.

Nur Clarissa fand an dem Spektakel keine Freude. Ihre Gedanken kehrten immer wieder zu einer Frage zurück: Wie konnte Signor Borromini nur für den Abriss des Turms plädieren? Hatte sie nicht alles getan, um ihn umzustimmen?

Noch eine zweite Sorge bedrückte sie: Die Nachrichten aus England waren den Winter über immer seltener geworden und enthielten dunkle Andeutungen, wonach besondere Umstände es erforderlich machten, dass sie ihren Aufenthalt in Rom bis auf weiteres verlängerte.

„Sie haben ja gar nicht geklatscht, Principessa. Hat Ihnen meine Komödie nicht gefallen?"

Clarissa schrak aus ihren Gedanken auf. Vor ihr stand Bernini.

„Verzeihen Sie, was haben Sie gesagt?"

Donna Olimpia, die neben ihr in der ersten Reihe saß und sich nun erhob, kam ihr zu Hilfe. „Ihre Komödie war wundervoll, Cavaliere", sagte sie. „Ich wusste ja gar nicht, dass Sie auch Schauspiele schreiben."

„Nur zu meiner Zerstreuung", erwiderte Bernini, das Gesicht ein einziges Strahlen. „Ich wäre damit nie an die Öffentlichkeit getreten, hätte die Principessa mir nicht von Ihrer Not berichtet."

„Was für ein Glück, dass Sie nicht an Prinzipien hängen", sagte Olimpia und hakte sich bei ihm ein. „Ich glaube, es ist angerichtet. Sind Sie so freundlich und führen Sie mich zu Tisch?"

In der Tat, es war angerichtet. Die lange Tafel im Speisesaal schien sich unter den silbernen Platten und Schüsseln, die mehrere Dutzend Diener immer wieder mit neuen Speisen füllten, förmlich zu biegen. Camillo Pamphili, von seinem Onkel erst zum jüngsten Kardinal des Kollegiums kreiert, aß mit einer Gier von allen Speisen, als hätte er den ganzen Winter über Hunger gelitten wie die Armen in seiner Diözese.

„Eine solche Pracht und Fülle in diesen Zeiten!", sagte Bernini, der Donna Olimpia zur Seite saß.

Donna Olimpia seufzte, und ihre Miene verdüsterte sich. „Wenn Sie wüssten, was so ein Haushalt verschlingt! Mit den geringen Mitteln, die dem Heiligen Vater zufließen, ist der nötige Aufwand unmöglich zu bestreiten. Und dann die Renovierung des Palastes und der Piazza! Allein der Brunnen wird Unsummen kosten. Wie viele Stunden liege ich oft wach in der Nacht, ohne Schlaf zu finden. Nur der Gedanke, dass dies alles auf himmlischem Ratschluss beruht, vermag mich zu trösten."

„Das soll auf himmlischem Ratschluss beruhen, Donna Olimpia? Da kann und will ich nicht tatenlos zusehen."

„Aber Cavaliere, was gedenken Sie denn für meinen Schlaf zu tun?"

Mit einem Lächeln hielt er ihrem Blick stand. „Weniger, als zu tun ich mich sehne", sagte er, „doch mehr, als Sie vermutlich erhoffen."

„Sie machen mich neugierig. Ihre Worte sind so rätselhaft wie Ihre Bühneneffekte."

„Dann will ich mich erklären", sagte Bernini und stellte sein Glas ab. „Wenn der Heilige Vater mir erlauben würde, den Brunnen auf der Piazza zu errichten – ich wäre bereit, die Baukosten selbst zu tragen."

Olimpia hob die Brauen. „Dazu wären Sie bereit?"

„Ein unbedeutender Beitrag zum Ruhm der päpstlichen Familie", sagte Bernini. „Und insbesondere ihrer reizendsten Vertreterin."

Mit seltsam gemischten Gefühlen verfolgte Clarissa das Gespräch der beiden. Einerseits war sie froh, dass ihre Cousine dem Cavaliere offenbar verziehen hatte – sie hatte die Versöhnung ja selbst in die Wege geleitet, damit Olimpia ihr half, zwischen Bernini und seinem Rivalen zu vermitteln –, doch andererseits … die Blicke, die Olimpia und der Cavaliere tauschten, als säßen sie allein am Tisch, das übertriebene Lachen, die flüchtigen Berührungen – tausend kleine Nadelstiche. Berninis Stimme rief sie in die Wirklichkeit zurück.

„Und Sie, Donna Olimpia", fragte er, „wären Sie vielleicht bereit, sich beim Heiligen Vater für mich zu verwenden? Damit die Kongregation nicht gar zu voreilig den Stab über mich bricht?"

Bevor Olimpia antwortete, nippte sie an ihrem Glas und prostete ihm zu. „Vielleicht, Cavaliere", sagte sie dann, ohne den Blick von ihm zu wenden. „Vielleicht."

Kapitel 12

Wie würde die Kongregation entscheiden? Ganz Rom sprach in diesen Tagen von kaum etwas anderem. Würde der Glockenturm von Sankt Peter, dieses Wunderwerk, stehen bleiben oder fallen?

Es war elf Uhr vormittags, als sich am 23. Februar 1646 im Vatikanspalast die Kardinäle der Baukongregation sowie die Architekten des Untersuchungsausschusses zu ihrer letzten und entscheidenden Sitzung einfanden. Alle Plätze am Tisch der Gutachter waren besetzt bis auf einen: Francesco Borromini fehlte.

„Bevor wir unsere Beratungen zusammenfassen", hob Monsignore Spada an, „möchte ich das bescheidene und angemessene Auftreten Cavaliere Berninis vor dieser Kommission hervorheben. Zumal andere ihre Stimme mit einer Schärfe erhoben, dass darunter sogar die Glaubwürdigkeit ihrer Argumente litt …"

Lorenzo Bernini lehnte sich schon ein wenig entspannter zurück, um den Ausführungen Spadas zu folgen. Seine Zuversicht war durchaus begründet. In klaren, wohlgesetzten Worten erwog Monsignore Spada die verschiedenen Möglichkeiten, die Affäre zur Zufriedenheit aller zu beenden. „Ursache der Bauschäden“, schloss Virgilio Spada nach einer guten halben Stunde, „sind zweifellos die Fundamente der südlichen Fassadenecke sowie der Quermauer. Für sie trägt ausschließlich und allein der ehemalige Dombaumeister Maderno die Verantwortung. Die Gefahr, dass die Fassade einstürzen könnte, erachte ich unter Berücksichtigung aller Ergebnisse als gering. Darum schlage ich vor abzuwarten, bis der Turm sich vollständig gesetzt hat, und vorerst keine weiteren Geldmittel aufzuwenden, um später auf der Grundlage von Cavaliere Berninis Überarbeitung seines Entwurfs den Bau zu vollenden.“

Spada hatte den letzten Satz noch nicht zu Ende gesprochen, da flog die Tür auf, und herein kam außer Atem und mit hochrotem Kopf Francesco Borromini. „Ich entschuldige mich für meine Verspätung“, sagte er keuchend, nachdem er den Ring des Papstes geküsst und sich vor den Kardinälen verneigt hatte. „Aber allerdringendste Geschäfte hielten mich ab, rechtzeitig zu erscheinen.“ Ohne Platz zu nehmen, schaute Borromini in die Runde. „Ich komme gerade von Sankt Peter.“

„Na und?“, fragte Spada.

„Im Mauerwerk sind neue Risse aufgetreten, es besteht akute Einsturzgefahr.“ Ein irritiertes Raunen erhob sich. Borromini fügte ernst hinzu: „Nicht nur für Madernos Fassade, sondern auch für die Kuppel.“

Eine Sekunde lang herrschte ungläubiges Schweigen. Niemand konnte fassen, was Borromini gerade verkündet hatte. Spada war der Erste, der die Sprache wieder fand. „Einsturzgefahr?“

Dann redeten plötzlich alle auf einmal. „Doch nicht die Hauptkuppel?“ – „Um Gottes willen! Die Kuppel Michelangelos?“ Alle sprangen von den Plätzen auf und drängten sich um Borromini, als plötzlich die schnarrende Stimme des Papstes dem Aufruhr ein Ende setzte: „Wir befehlen, die Behauptungen Signor Borrominis an Ort und Stelle in Augenschein zu nehmen.“

Drei Tage später verkündete Innozenz die Entscheidung. Mit seiner Unterschrift und dem päpstlichen Siegel verfügte er, dass der Glockenturm unverzüglich niedergelegt werden solle. Zugleich verurteilte er Cavaliere Bernini zur Zahlung einer Strafe von dreißigtausend Scudi sowie zur Übernahme sämtlicher Bau- und Abrisskosten. Zur Sicherung dieses Anspruchs belegte Innozenz den Besitz und das Bankvermögen des Verurteilten mit Beschlag.

„WIR HABEN beschlossen, dir den Umbau von San Giovanni in Laterano anzuvertrauen."

„Ich werde alles tun, was in meinen Kräften steht, Eure Heiligkeit, um mich Eures Vertrauens würdig zu erweisen."

Es war die erste Privataudienz, die Francesco Borromini beim Papst zuteil wurde, und sie hatte noch keine fünf Minuten gedauert, als Innozenz ihm einen Auftrag gab, der fast der Ernennung zum Dombaumeister gleichkam. Die Lateranbasilika war nach Sankt Peter das bedeutendste Gotteshaus der Christenheit, ja, sie übertraf als Sitz des Bischofs von Rom den Petersdom sogar im theologischen Rang.

Mit erhobenem Haupt nahm Francesco die Auszeichnung entgegen. Endlich fand er die Achtung, für die er so viele Jahre vergeblich gekämpft hatte, trat heraus aus dem Schatten seines verfluchten Rivalen. Francesco war am Ziel. Doch seltsam, wo waren Stolz, Jubel, Glück – Gefühle, um die er andere so oft beneidet hatte? Stattdessen spürte er nur Genugtuung, und diese Erkenntnis erfüllte ihn mit Groll.

Während Innozenz ihn mahnte, niemals die Baukosten aus den Augen zu verlieren, fasste Francesco sich an die Brust, um nach dem Kuvert in seinem Rock zu tasten. Der Brief stammte von der Principessa. In zwei Zeilen bat sie ihn um eine Unterredung im Palazzo Pamphili. Sie wollte ihn zur Rede stellen. Aber er hatte nur seine Pflicht und Schuldigkeit getan, wie sein Gewissen es von ihm verlangte.

„Wir hoffen", sagte Innozenz, „du bist dir der Bedeutung deiner Aufgabe bewusst. Die Bischofskirche des Papstes ist Mutter und Haupt aller Kirchen *urbi et orbi.* Kein Ort auf der Welt ist heiliger als der Lateran, und du, mein Sohn, sollst diesen Ort erneuern."

Die Worte erreichten zwar Francescos Ohr, nicht aber sein Herz. Wieder fühlte er den Brief in seinem Rock. Warum wollte die Principessa ihm sein Glück verleiden? Was für ein Wahn zu glauben, das Schicksal habe diese Frau für ihn bestimmt! Francesco presste die Lippen aufeinander und beschloss, ihr Bild für immer aus seinem Gedächtnis zu löschen.

TAGE und Wochen vergingen, ohne dass Borromini im Palazzo Pamphili erschien. Clarissa war zutiefst enttäuscht. Und Bernini? Wie hatte er die Schmach verkraftet, die ihm sein Rivale zugefügt hatte? Er war wie vom Erdboden verschwunden, und um seinen Verbleib rankten sich Besorgnis erregende Gerüchte. Clarissa war entsetzt von der Vorstellung, dem Cavaliere könne etwas zugestoßen sein, und wenn sie ihn in der Kapelle des Palazzo Pamphili in ihre Gebete einschloss, überkamen sie schlimme Schuldgefühle. War es möglich, dass er sich etwas angetan hatte? Musste sie ihn nicht aufsuchen, um sich Gewissheit zu verschaffen? Sie zögerte lange, ehe sie sich auf den Weg machte.

Der Diener, der ihr am Abend in der Via della Mercede die Tür öffnete, empfing sie mit einem Kerzenleuchter in der Hand. Dunkel und leer lag die Eingangshalle da, die bei ihrem ersten Besuch vom Geplapper und Lachen der Kinder erfüllt gewesen war. Während der Diener voranging, war von ferne ein gleichmäßiges Hämmern zu hören, das mit jedem Schritt lauter wurde. Clarissa atmete auf. Gott sei Dank, er lebte!

Das Atelier war hell erleuchtet. Bernini stand mit dem Rücken zur Tür und arbeitete mit Schlägel und Meißel an einer sitzenden Frauenfigur.

„Principessa?" Irritiert, fast erschrocken sah er sie an.

„Sie sind allein im Haus, Cavaliere? Wo ist Ihre Familie?"

„Meine Frau ist mit den Kindern aufs Land gefahren. Ich hatte das Bedürfnis, allein zu sein."

„Dann werde ich Sie gleich wieder verlassen. Ich wollte mich nur überzeugen, dass es Ihnen wohl ergeht."

„Bitte, bleiben Sie!", sagte er. „Ich bin froh, dass Sie da sind. Ich wusste ja nicht, wie schwer es ist, allein zu sein."

Mit einem Lächeln legte er Schlägel und Meißel beiseite und kam zu ihr. Wie anders wirkte er heute auf sie! Ohne jede Pose redete er, ruhig und freundlich, aller Hochmut und Spott waren aus seinem Gesicht verschwunden. Er strahlte nur Wärme und Zuneigung aus, während er sie mit seinen dunklen Augen anblickte.

„Ich bin auch froh, dass ich gekommen bin", sagte Clarissa leise. Plötzlich hatte sie das Gefühl, dass sie seinen Blick nicht länger erwidern sollte, und drehte ihren Kopf in Richtung einer anderen Skulptur. Sie zuckte zusammen. Sie blickte in ein Gesicht, das ihre eigenen Züge trug: das Bildnis der heiligen Theresa, hingestreckt auf einem marmornen Wolkenbett, über ihr ein Engel mit einem Speer.

„Erkennen Sie sich wieder?", fragte Bernini.

Clarissa spürte, wie ihre Hände zitterten. „‚Ein Pfeil drang hin und wieder in mein Herz'", flüsterten ihre Lippen Worte, die sie längst vergessen glaubte. „‚Unendlich war die Süße dieses Schmerzes, und die Liebe erfüllte mich ganz und gar …'"

Fasziniert und entsetzt zugleich betrachtete sie ihr Ebenbild. Bernini hatte ihre Seele bloßgelegt. Er hatte sie erkannt, wie noch kein Mann sie je erkannt hatte. Was musste er für sie empfinden, wenn er so tief in ihr Innerstes vorgedrungen war?

„Ich liebe Sie", sagte er und griff nach ihrer Hand. „Ich liebe Sie, wie ich noch keine andere Frau geliebt habe. Ich wollte es mir selbst nicht eingestehen, hoffte sogar, dass es vorübergehen würde, aber als ich Sie diesen Raum betreten sah, wusste ich, dass dieser Wunsch vergebens war."

Sie wollte gehen – warum ging sie nicht? Sie wollte ihn am Weiterreden hindern – stattdessen hörte sie ihm zu, am ganzen Körper zitternd. Sie war so vollkommen außer sich, dass sie kein einziges Wort verstand – und doch verstand sie jede Nuance seiner Rede, mit der er sich ihr offenbarte. Ohne dass sie es bemerkte, fiel er vor ihr auf die Knie.

„Ja, Principessa, ich liebe Sie mit all meinen Sinnen. Und wenn Sie mich dafür hassen, werde ich nicht aufhören, es zu tun."

Er zog sie zu sich, umarmte sie, küsste sie auf ihren Mund. Sie wollte schreien, sich wehren, ihn wegstoßen, doch da sah sie Tränen in seinen Augen. Plötzlich verspürte sie nur noch jenes Verlangen wie vor Jahren, das seit jeher in ihr schlummernde Begehren, das jedes Sträuben und Widerstreben sinnlos machte. Und sie drückte sich an ihn, und ihre Lippen verschmolzen mit den seinen, um von der Fülle zu trinken.

Als sie aus ihrem Kuss erwachten, hing der Nachhall ihrer Lust im Raum. Und wie die ersten Menschen blickten sie an sich hinab und sahen, dass sie nackt waren.

DIE STRASSEN waren leer, noch schlief die große Stadt. Der Kutscher drehte sich auf seinem Bock zu Clarissa um, als sie am frühen Morgen die Equipage vor Berninis Palazzo bestieg.

„Zum Palazzo Pamphili!"

Als sie wenig später ihre Cousine sah, wunderte sie sich, wie frei und unbefangen sie Donna Olimpia begegnen konnte.

„Hast du wieder die ganze Nacht bei deinen Sternen verbracht?", fragte diese.

„Ja", sagte Clarissa und erhob sich von ihrem Diwan. Wie leicht kam ihr die Lüge über die Lippen. Vielleicht weil es gar keine Lüge war?

Donna Olimpia reichte ihr ein Kuvert. „Eben wurde dieser Brief für dich abgegeben. Aus England."

Clarissa riss den Umschlag auf. Die Schriftzüge ihres Vaters schienen ihr wie von zittriger Hand. Sie begann zu lesen:

> Meine innig geliebte Tochter,
> ich grüße dich im Namen des Vaters, des Sohnes und des Heiligen Geistes!

> Die Hand will mir den Dienst versagen, während ich dir diese Zeilen schreibe. Doch ob sich gleich mein Herz sträubt, dir solchen Kummer zu bereiten, ist es meine bittere Pflicht, dich von dem Fürchterlichen in Kenntnis zu setzen, womit Gott der Herr – gelobt sei sein Name – deine Seele prüft, um sie für das Himmelreich zu läutern: Dein Mann, Lord McKinney, dieser aufrechte Mensch, unser herzensguter Schwiegersohn, ist verschieden, für immer dahingerafft von …

Dann wurde Clarissa schwarz vor Augen, und ohnmächtig sank sie zu Boden.

Dritter Teil
DER PHÖNIX: 1647–51

Kapitel 13

Papst Innozenz X. hatte kaum den Stuhl Petri bestiegen, da war seine Schwägerin Donna Olimpia darangegangen, die Nachbargebäude des einstigen Kardinalspalasts eines nach dem anderen aufzukaufen und die Marktleute und Huren von der Piazza Navona zu vertreiben, damit dort das Forum Pamphili entstehen konnte, steinernes Zeugnis für die Größe und Bedeutung des neuen Herrschergeschlechts.

Obwohl Donna Olimpia den alten Girolamo Rainaldi zum persönlichen Architekten des Papstes ernannt hatte, machte Francesco Borromini sich keine geringe Hoffnung, zum Baumeister der gewaltigen Anlage berufen zu werden. Die nötige Erfahrung besaß er durchaus, und seine jüngsten Aufträge bewiesen, dass man ihm höchsten Orts die Leitung solcher Großunternehmen zutraute. Gerade war er zum neuen Architekten der Propaganda Fide bestellt worden, eines Kollegs, in dem tausende von Missionaren ausgebildet wurden, gegenüber dem Palazzo seines Rivalen Bernini, dem die Leitung der Baustelle nach dem Glockenturmprozess entzogen worden war. Zuvor hatte Francesco bereits für den Fürsten Carpegna einen der prächtigsten Palazzi der Stadt von Grund auf renoviert und außerdem inzwischen auch mit dem Bau der Sapienza begonnen, der neuen Universität. Vor allem aber machten seine raschen Fortschritte beim Umbau der Lateranbasilika großen Eindruck auf den Papst. Als Innozenz ihn rief, gab Francesco deshalb sein wochenlanges Zögern auf und stand nicht länger an, im Palazzo Pamphili seine Aufwartung zu machen.

„Kommst du in San Giovanni weiter gut voran, mein Sohn?", fragte Innozenz, als Francesco ihm den Fuß küsste.

„Monsignore Spada ist zufrieden, ich selbst bin es nicht", erwiderte Francesco, nachdem er sich erhoben hatte.

Donna Olimpia saß in einem Sessel neben ihrem Schwager, auf gleicher Höhe mit seinem Thron wie eine Königin an der Seite ihres Gemahls. „Trotzdem müssen wir jetzt unsere ganze Kraft dem Palazzo Pamphili widmen. Was nützt dem Heiligen Vater die herrlichste Bischofskirche, wenn seine weltliche Residenz hinter Wohnhäusern der gewöhnlichsten Familien zurücksteht? Unsere Absicht ist es, die Piazza Navona in einen Ort zu verwandeln, der seiner neuen Bedeutung entspricht. Zu diesem Zweck wünscht der Heilige Vater, dass dort ein prächtiger Brunnen entsteht, prächtiger noch als die Fontäne auf dem Petersplatz."

„Mir ist bekannt", sagte Francesco, „dass zu diesem Vorhaben ein Wettbewerb ausgeschrieben wurde." Er räusperte sich. „Ich bitte untertänigst um Vergebung, Heiliger Vater, aber eine Teilnahme an dem Wettbewerb ist mir nicht möglich. Ich gebe grundsätzlich keine Entwürfe mehr aus der Hand."

„Wie sollen wir das verstehen?", rief Donna Olimpia. „An dem Wettbewerb nehmen die bedeutendsten Künstler der Stadt teil. Ich glaube kaum, dass sie Ihnen auch nur einen Deut nachstehen. Eher ist das Gegenteil der Fall!"

„Meine Entscheidung ist grundsätzlicher Natur", betonte Francesco unbeeindruckt. „Ich baue den Brunnen nur, wenn ich den Auftrag ohne Wettbewerb bekomme."

„Haben Sie Angst, im Vergleich zu unterliegen? Oder ist es der Hochmut, der Sie leitet? Sie scheinen zu verkennen, welche Ehre es ist, dass der Heilige Vater Sie zur Teilnahme am Wettbewerb auffordert."

„Du verlangst in der Tat sehr viel", pflichtete Innozenz seiner Schwägerin bei. „Dein Ansinnen setzt geradezu blindes Vertrauen in deine Fertigkeiten voraus. Angenommen, wir würden dir in Würdigung deiner Verdienste um die Laterankirche den Auftrag erteilen – hättest du einen Vorschlag, wie der Brunnen aussehen soll? Einen Einfall, eine Idee oder dergleichen?"

Auf diese Frage hatte Francesco gehofft. „Wenn Eure Heiligkeit sich dazu bequemen könnte, selbst Einblick zu nehmen?"

Während Innozenz, gefolgt von seiner Schwägerin, von seinem Thron herabstieg, breitete Francesco auf einem Tisch den mitgebrachten Entwurf aus. Plötzlich war er so aufgeregt, dass sich seine Stimme fast überschlug. „Die Idee ist ganz einfach", sagte er und zeigte mit dem Finger auf das Papier. „Ein Obelisk, Sinnbild des Kreuzes, mit zweimal zwei allegorischen Figuren, welche die größten Ströme der vier Weltteile darstellen. Auf diese Weise kündet der Brunnen vor der Wohnung des Papstes von der Herrschaft des Christentums über die ganze Erde."

Francesco verstummte in der Hoffnung, dass sein Entwurf für sich selbst sprach. Während Innozenz sich nachdenklich über den dünnen Kinnbart strich, mehrmals mit dem Kopf nickte und „Aha" und „Soso" vor sich hin murmelte, gab seine Schwägerin in keiner Weise zu erkennen, was sie von der Zeichnung hielt. Schweigend beugte sie sich über das Blatt, drehte es mit den Händen, um es mal von rechts, mal von links zu betrachten, trat einen Schritt zurück und beugte sich dann wieder über den Tisch.

Francesco wusste: Was immer Innozenz empfinden mochte, ohne Donna Olimpias Zustimmung würde er ein so kostspieliges Werk niemals in Auftrag geben.

„Wir hatten selbst schon an einen Obeliskbrunnen gedacht, auch die Darstellung der Weltströme erwogen, aber ganz bestimmt nicht in Verbindung von beidem." Donna Olimpia machte eine bedeutungsvolle Pause, bevor sie weitersprach. „Ein wirklich glänzender Einfall!", erklärte sie dann. „Die Idee würde selbst dem Cavaliere Bernini zur Ehre gereichen. Meine Gratulation!"

„Nun, in der Tat", brummte Innozenz, „auch uns will bedünken, dass es sich um einen durchaus gelungenen Entwurf handelt ..."

Donna Olimpia fragte: „Womit wollen Sie den Obelisken bekrönen?"

„Üblich wäre ein Kreuz", sagte Francesco, „doch ich hatte an eine Weltkugel gedacht."

„Nein." Donna Olimpia schüttelte den Kopf. „Eine Taube soll es sein, eine Taube mit einem Ölzweig im Schnabel, das Wappentier der Pamphili und zugleich Symbol des Friedens. Damit Rom und alle Welt für immer wissen, welcher Papst den Glaubenskrieg, der ein Menschenleben lang in den deutschen Landen tobte, beendet hat, ebenso wie den Krieg vor der eigenen Tür, den Urban unnötigerweise gegen Castro führte."

„Amen!", erklärte Innozenz mit schnarrender Stimme und streckte

Francesco die Hand zum Abschied entgegen. „So soll es sein! Ja, mein Sohn, du sollst diesen Brunnen bauen!“

„Erinnern Sie sich noch an unsere erste Begegnung?“, fragte Donna Olimpia, als sie ihn zur Tür begleitete.

„Wir sprachen über ein *appartamento* für Lady Whetenham, Ihre Cousine aus England“, sagte Francesco, während sie ihm die Hand reichte. Donna Olimpia lächelte ihn an. Francesco fasste sich ein Herz. „Darf ich mich höflich erkundigen, Eccellenza, wo sich die Principessa aufhält? Weilt sie noch in Rom, oder ist sie wieder in ihre Heimat zurückgekehrt?“

SEIT der Nachricht von McKinneys Tod hatte Clarissa nur noch einen Wunsch: Sie wollte zurück nach England, fort von diesem Ort, wo sie das süße Gift des Schönen genossen hatte, um so schwer daran zu erkranken. Doch dieser Wunsch war ihr verwehrt. Denn der traurigen Botschaft ihres Vaters war ein Abschiedsbrief ihres Mannes beigefügt gewesen, in dem McKinney sie über den wahren Grund ihres Aufenthaltes in Rom aufklärte.

Was sie geahnt und gefürchtet hatte, stellte sich in dem Schreiben als wahr und wirklich heraus: Er war gar nicht krank gewesen, hatte sein Leiden nur vorgetäuscht als Vorwand, um sie außer Landes zu schicken. Doch nicht, weil er eine andere Frau liebte, wie sie vermutet hatte, sondern aus Liebe zu ihr, um sie vor den Bürgerkriegswirren in England zu schützen, denen er am Ende selbst zum Opfer gefallen war. In seinem Abschiedsbrief flehte er Clarissa an, auf keinen Fall nach England zurückzukehren, bevor sich die Lage dort wieder beruhigt hatte. Als seiner Ehefrau drohe ihr Gefängnis und Tod.

McKinney hatte ihr nur die Unwahrheit gesagt, um sie vor der tödlichen Wirklichkeit zu bewahren – und wie hatte sie es ihm gedankt … Sie wollte Buße tun, um ihren Fehltritt wieder gutzumachen. Aber wie sollte das geschehen? Auch Monsignore Spada, dem sie sich in der Beichte anvertraut hatte, wusste keinen Rat.

So blieb ihr nur das Gebet. Und in der Einsamkeit ihres Herzens rief sie nach Gott, wie ein Kranker nach einem Arzt ruft.

„Vergebung, Principessa, aber der Herr ließ sich nicht abweisen.“ Der Diener tat einen Schritt zur Seite, um einem Besucher Platz zu machen. Als sie das Gesicht erkannte, war Clarissa, als würde es ein wenig wärmer im Raum. „Signor Borromini?“

„Bitte verzeihen Sie meine Aufdringlichkeit, Principessa, aber ich musste Sie sehen, um Ihnen meine Teilnahme auszusprechen.“ Er nahm ihre Hand. „Donna Olimpia hat mir von Ihrem großen Leid berichtet."

„Ich freue mich, dass Sie gekommen sind", sagte Clarissa und erwiderte seinen Händedruck. Seine Hände fühlten sich immer noch an wie früher – stark, doch gleichzeitig glatt und zart. „Ach, wären Sie nur früher gekommen, Signor!"

„Ich hatte über alle Maßen zu tun – aber Sie haben Recht, ein unverzeihlicher Fehler." Um seine Augen zuckte es, während er ihre Hand losließ. Dann sah er das Fernrohr. „Sie schauen nach den Sternen?"

„Ja, mein Mann hat mich darin unterrichtet. Die Astronomie war seine Leidenschaft. Haben Sie schon mal durch ein Fernrohr geschaut?", fragte sie.

„Nein, noch nie."

„Ich könnte mir vorstellen, dass Sie Gefallen daran haben. Möchten Sie es nicht versuchen?"

Er nickte, und auf seinem Gesicht erschien ein Lächeln. Er musste niederknien, um durch das Okular zu schauen. Behutsam, als fürchte er, mit seinen Händen das Instrument zu beschädigen, berührte er das Teleskop. „Mein Gott!", flüsterte er. „Das ist ja, als wäre man im Himmel!"

Clarissa zuckte zusammen. Waren das nicht dieselben Worte, die sie gesagt hatte, als Borromini sie vor vielen Jahren hinauf zur Kuppel des Petersdoms brachte?

„Ich hätte nie geglaubt, dass es so viele Sterne gibt. Es müssen hunderte sein."

„Noch viel mehr, Signor Borromini. Auch mit dem Teleskop können wir längst nicht alle erkennen. Aber sagen Sie, gibt es einen besonderen Stern, den Sie gern sehen würden?"

„Ja, den Saturn", antwortete er, ohne zu zögern. „Ich bin in seinem Zeichen geboren."

„Saturn – ist das nicht der Gott der Fruchtbarkeit?", fragte sie. „Ich glaube, die Römer haben früher in seinem Namen ausgelassene Feste gefeiert."

„Ja, das haben sie. Üppige Gelage, bei denen tagelang gegessen und getrunken wurde. Doch in ihrem Taumel vergaßen die Menschen seine Nachtseite, die viel schwerer als die strahlende Sonnenseite wiegt."

Clarissa richtete das Fernrohr und forderte Borromini auf hindurchzuschauen. „Sie können ihn von den anderen Sternen leicht unterscheiden", sagte sie. „Er ist als Einziger von einem Ring umgeben. Sehen Sie ihn?"

„Ja, ja, da ist er!", rief er ganz aufgeregt. „Eine mattgelbe Scheibe, ich sehe den Ring genau. Wie eine Tasse mit zwei Henkeln. Heilige Mutter

Gottes …“ Plötzlich stand er auf und wandte sich ab, als könne er den Anblick nicht länger ertragen. „Ich weiß nicht, ob man solche Instrumente wirklich benutzen darf. Es ist, als würde man in Gottes geheimste Geheimnisse eindringen, doch ohne seine Erlaubnis.“

„Vielleicht haben Sie Recht“, sagte Clarissa. „Aber – tun Sie das nicht auch? Sie selbst haben mir einmal gesagt – ich weiß es noch genau, es war in Michelangelos Kuppel –, dass die Architektur Gottes Schöpfung nachbildet, dass man im Alphabet der Baukunst die himmlische Ordnung aufspüren kann.“

„Daran erinnern Sie sich? Nach so langer Zeit?“ Er lächelte sie an mit einer Mischung aus Verlegenheit und Stolz, und seine Augen leuchteten wie zwei Sterne. „Gott hat uns Menschen zur Kunst befähigt, damit wir in ihr unsere Vergänglichkeit überwinden. Das ist die große Tröstung, die die Kunst uns spendet, und darum zählt jedes Kunstwerk hundertmal mehr als sein Schöpfer.“

„Was für ein Gedanke, Signor Borromini! Ach, übrigens“, fiel ihr plötzlich ein, „ich habe von Donna Olimpia erfahren, dass Sie den Brunnen draußen auf der Piazza bauen werden. Ich kann Ihnen gar nicht sagen, wie sehr mich das für Sie freut. Haben Sie schon eine Vorstellung, wie er aussehen soll?“

„Einen fertigen Plan noch nicht“, antwortete er, „aber doch schon eine Idee.“

„Oh, dann müssen Sie sie mir verraten!“ Sie führte ihn zu einem Tisch, auf dem ein Bogen Papier lag, und reichte ihm einen Silberstift. „Nur eine Skizze. Sie würden mir eine große Freude machen.“

Zögernd nahm er den Stift aus ihrer Hand, doch kaum hatte er die ersten Striche auf das Papier gebracht, legte er alle Schüchternheit ab. Ruhig und konzentriert zeichnete er seinen Brunnen, erklärte die Bedeutung des Obelisken und wie dieser sich zu den Darstellungen der vier Weltströme verhielt mit warmer und doch selbstsicherer Stimme, als würde er in ihrer Gegenwart bei der Erläuterung seiner Idee, die vor ihren Augen immer deutlicher Gestalt annahm, erst zu sich selbst finden. Plötzlich unterbrach er seine Arbeit und schaute sie an, mit leuchtenden dunklen Augen. „Darf ich Ihnen ein Geschenk machen, Principessa? Ich möchte Ihnen den Brunnen mit dieser Zeichnung widmen.“

„Aber“, rief sie, „das ist doch das Wertvollste, was Sie verschenken können!“

„Ebendarum. Bitte – zur Erinnerung an diese Stunde.“

Clarissa lächelte zum ersten Mal seit vielen, vielen Wochen. „Meinen

Sie wirklich, Signor Borromini, dass allein die Kunst uns trösten kann?“, fragte sie ihn leise. „Gibt es nicht auch andere Augenblicke, in denen wir uns unserer Seele gewahr werden?“

„Ich kenne nur die Kunst.“ Mit einem Räuspern gab er ihr den Silberstift zurück.

„Bitte behalten Sie den Stift!“, sagte sie anstelle einer Antwort.

Auch er wehrte sich nicht gegen ihr Geschenk. „Danke, Principessa. Ich werde alle Entwürfe für den Brunnen mit ihm zeichnen.“ Er stand auf und verbeugte sich. Fast sah er glücklich aus. „Aber es ist spät geworden“, meinte er dann. „Ich glaube, ich sollte jetzt gehen.“

Sie erhob sich gleichfalls und begleitete ihn zur Tür. Dort reichte sie ihm die Hand. „Ich danke Ihnen für Ihren Besuch, mein lieber Freund. Bitte kommen Sie wieder. Sie werden mir stets willkommen sein.“

DRAUSSEN tobte die Hölle, als wären tausend Teufel entfesselt. Die Römer tranken und sangen und tanzten zum ohrenbetäubenden Lärm von Straßenkapellen im gespenstischen Licht zahlloser Fackeln. Es war Karneval.

Ohne den Mummenschanz vor seinen Augen wahrzunehmen, lief Francesco Borromini durch die Gassen und Straßen, berauscht allein von den Empfindungen in seinem Innern. Ja, es gab sie doch, die reine, ungetrübte Freude, das Glück, von dem sonst nur die anderen sprachen, das er selbst aber bislang nur vom Hörensagen kannte, das Glück, in dem der Augenblick die Ewigkeit bedeutete, und er hatte daran teil.

Welchen Weg sollte er wählen? Die Gassen, die in Richtung des Tiber führten, quollen über vor Menschen. Er beschloss, einen Umweg zu machen. Er wollte allein sein mit seinen beglückenden Gedanken.

Sie hatte ihn ihren Freund genannt, ihren *lieben* Freund. Ja, vielleicht war die Freundschaft ihre eigentliche Bestimmung, weil sie in ihren Herzen einander so nahe waren, dass sich jeder körperliche Ausdruck ihrer Seelenverwandtschaft verbot.

Aber waren das wirklich seine Gefühle? Woher dann die quälende Eifersucht? Wie sehr hatte er, ohne es sich einzugestehen, darunter gelitten, viele lange Jahre.

Nein, es war mehr als Freundschaft, was er für sie empfand, und vielleicht würde auch sie eines Tages noch mehr als Freundschaft für ihn empfinden. Niemand außer ihm ahnte ja, was für eine wunderbare Frau sie war, keiner hatte so tief in ihr Herz geschaut wie er.

An der Straße zur Porta Pia, vor einer kleinen, unscheinbaren Kirche, überraschte ihn das rege Treiben im Eingang der Kirche, wo sich Arbeiter zu schaffen machten. Zu so später Stunde? Ohne zu überlegen, was er tat, betrat Francesco das Gotteshaus.

Er brauchte ein paar Sekunden, bis seine Augen sich an das schwache Kerzenlicht im Innern der Kirche gewöhnt hatten, wo Flüche und das Schlagen von Eisen auf Stein zu hören waren. Kein Zweifel, dort wurde gearbeitet.

„Los! Beeilt euch! Ich will hier nicht die ganze Nacht verbringen."

Als Francesco die Stimme hörte, zuckte er zusammen. Er kannte sie fast so gut wie seine eigene – sie gehörte Lorenzo Bernini. Er machte einen Schritt zurück in den Schatten. Dann war es also doch wahr, was man sich auf den Baustellen erzählte: Der Cavaliere arbeitete wieder. Francesco kniff die Augen zusammen, um besser zu sehen. Ein paar Männer richteten unterhalb der Loge eine Figurengruppe auf.

„Zünde die Fackel an, Luigi! Ah, ist sie nicht herrlich!", rief Bernini, der mit dem Rücken zu Francesco vor dem Altar stand und den Blick verdeckte. „Das ist das Schönste, was je von meiner Hand geschaffen worden ist. – Ja, so ist es!", sagte er dann zu seinen Gehilfen. „Erzählt das weiter, genau so, mit diesen Worten, in der ganzen Stadt! Sagt jedem: Das ist das herrlichste Werk, das Cavaliere Bernini je erschaffen hat."

Francesco schüttelte den Kopf. Wie konnte ein Mann, der als erster Künstler Roms galt, sich so erniedrigen! Seinen eigenen Ruhm so schamlos zu verbreiten! Angewidert wollte er hinaus auf die Straße gehen. In diesem Augenblick aber trat Bernini beiseite, um einem Gehilfen Platz zu machen, und gab den Blick auf den Altar frei.

Als Francesco die Skulptur darauf erblickte, erstarrte er wie einst Lots Weib, als sie hinter sich schaute und die Städte Sodom und Gomorrha sah.

Kapitel 14

Donna Olimpia stand am Fenster des Palazzo Pamphili und schaute hinaus auf den Platz, wo die Römer den dritten Tag des Karnevals feierten. In stets neuen Wogen stieg der Jubel der Menge zu ihr herauf, die trotz der eisigen Kälte an diesem Morgen ihrer Begeisterung über das Schauspiel, das der Scharfrichter ihr bot, immer lauteren Ausdruck verlieh. Hatte er die ersten Hinrichtungen noch durch einfaches Erhängen vollzogen, ergötzte er nun sein Publikum damit, dass er die Verurteilten abwechselnd köpfte oder vierteilen ließ.

Donna Olimpia schloss das Fenster und wandte sich ab. Das Spektakel konnte ihr keine Freude bereiten – sie hatte ernsthafte Sorgen. Ihr Sohn Camillo, den Innozenz bereits zum Kardinal Padrone und damit zum zweitmächtigsten Mann im Vatikanstaat ernannt hatte, liebäugelte, ohne ein Hehl daraus zu machen, mit der schönen Witfrau des Fürsten Rossano. Seit letztem Donnerstag schon verbrachte er die Nächte in ihrem Haus. Was für ein Skandal! Aber mehr noch ängstigte Donna Olimpia, dass Camillo über den Reizen einer so jungen und so schönen Frau wie der Fürstin Rossano seine Mutter sehr bald vergessen würde. Und Camillo war doch ihr einziger Lebenszweck.

Ob sie zum Korso fahren sollte? Wenn die Krüppel und Juden dort bei dieser Kälte nackt um ihr Leben liefen, würde es sicher einiges zu lachen geben. Oder sollte sie zur Kirche Santa Maria della Vittoria fahren? Die Köchin hatte ihr erzählt, Bernini habe dort eine Figur von unerhörtem Liebreiz aufgestellt – angeblich das schönste Werk, das der Cavaliere je erschaffen habe. Bei den Hinrichtungen sei jedenfalls von nichts anderem die Rede gewesen.

Das kleine Gotteshaus an der Straße zur Porta Pia bordete über von Menschen, die gekommen waren, um die neueste Skulptur des berühmten Bernini zu bestaunen. Sie standen so dicht gedrängt, dass Donna Olimpia Mühe hatte, sich einen Weg zu bahnen.

Als die Schaulustigen sie erkannten, ging ein Raunen durch das Gotteshaus, und ehrfürchtig wich man zurück. Während Olimpia durch die Menge schritt, betrachtete sie aufmerksam die Gesichter links und rechts. Überrascht stellte sie fest, dass die Römer Bernini offenbar das Missgeschick mit dem Glockenturm schon wieder verziehen hatten. War es vielleicht eine allzu voreilige Entscheidung gewesen, Borromini mit dem Bau des Brunnens zu beauftragen?

Als sie den Altar endlich erblickte, wurde sie blass. Überflutet von Licht, das von allen Seiten auf die Figurengruppe einfiel, sah sie die heilige Theresa, hingesunken auf ein marmornes Wolkenbett, die Augen in Verzückung auf einen Engel über ihr gerichtet, der sie mit seiner Lanze zu bedrohen schien. Donna Olimpia brauchte keine Sekunde, um zu erkennen, wer für diese Heilige als Modell gedient hatte.

„Du falsches Luder!“, flüsterte sie.

Von flammender Sehnsucht verzehrt, beseelt von der Hingabe an den himmlischen Bräutigam, bot der schwellende Leib sich dem lüstern lächelnden Cupido dar, begierig, seinen Speer zu empfangen, während das zerwühlte Gewand die Nacktheit des Fleisches darunter nur umso deutlicher ahnen ließ und die verzerrten Lippen sich so wollüstig öffneten, dass man das Stöhnen aus dem schamlosen Mund zu hören glaubte.

Diese Leidenschaft, diese Seligkeit – Clarissa musste sie genossen haben in den Armen des Cavaliere! Und sie, Donna Olimpia, die mächtigste Frau Roms, verbrachte ihre Tage und Nächte an der Seite eines ewig mürrischen Greises, dessen Fleisch seit Jahren schon welk war. Die Wut überkam sie mit solcher Macht, dass ihr schwindlig wurde.

Was sollte sie tun? Die Hure aus dem Haus jagen? Nein, die man bestrafen will, muss man bei sich haben. Nur dann hat man Gewalt über sie.

NUR DER Unrat auf den Straßen und Plätzen zeugte noch vom Karneval, der drei Tage und drei Nächte alle Schranken der Zucht und Selbstzucht aufgehoben hatte, damit die Menschen ihre Leidenschaften für ein Jahr in einem Gewitter der Lust und der Wut entladen konnten. Nun aber, am Aschermittwoch, kehrte wieder Ruhe in der Stadt und den Herzen ihrer Bewohner ein. Vierzig Tage der Besinnung und der Buße standen bevor. Und während die Priester mit der geweihten Asche von den Palmzweigen des alten Jahres den Gläubigen das Kreuzzeichen auf die Stirn machten, erinnerten die Menschen sich daran, dass sie Staub waren und zum Staube zurückkehren würden.

Auch Clarissa hatte am frühen Morgen die Messe besucht, doch das Aschenkreuz auf ihrer Stirn vermochte nicht die dräuende Unruhe von ihr zu nehmen, die sich ihrer seit dem Vortag bemächtigt hatte. Immer wieder stellte sie sich die Frage: Was hatte es mit Berninis Figur auf sich, von der die ganze Stadt sprach? Sollte er wirklich so schamlos sein, ihr Bildnis zu benutzen? Warum fragte sie nicht einfach Olimpia nach der Skulptur? Clarissa wusste es selbst nicht, aber eine angstvolle Ahnung hielt sie ab, mit ihrer Cousine, die sie seit dem gestrigen Morgen nicht mehr gesehen hatte, darüber zu sprechen. Obwohl ihr niemand einen Vorwurf daraus machen konnte, für die Figur einer Heiligen Modell gesessen zu haben, erfüllte die Vorstellung, dass Olimpia und andere Menschen ihr Bildnis sehen konnten, sie mit tiefem Widerwillen.

„Principessa, Sie haben Besuch."

Clarissa blickte auf. „Cavaliere", stammelte sie. „Ich … ich hatte nicht mit Ihnen gerechnet …"

Den Kopf schräg geneigt, die Arme ausgebreitet, kam Lorenzo auf sie zu, das Gesicht voller Wehmut und Schmerz. „Ich wollte Ihnen schon lange meine Aufwartung machen", sagte er, „aber ich wusste nicht, wie ich mich Ihnen erklären sollte."

„Wie freundlich von dir, dass du dich um meinen Gast kümmerst, Clarissa!“ Donna Olimpia stand in der Tür und musterte sie mit einem scharfen Blick.

„*Deinen* Gast?“, fragte Clarissa verwirrt.

„Ja, ich habe den Cavaliere rufen lassen. Wir haben wichtige Dinge zu besprechen.“

„Nun, dann will ich die Unterredung nicht stören.“

„Aber nicht doch, mein Kind!“, widersprach ihre Cousine. „Was soll der Cavaliere denken, wenn du gehst? Er wird am Ende noch beleidigt sein.“ Donna Olimpia führte ihren Gast in die Mitte des Raums, wo sie an einem Tisch Platz nahmen. Clarissa kehrte zu ihrem Stuhl am Kamin zurück, wo sie, um irgendetwas zu tun, zu ihrer Stickerei griff.

Während sie so tat, als würde sie das Stickmuster berechnen, hörte sie ihre Cousine sagen: „Ich war gestern in Santa Maria della Vittoria, um Ihre Theresa zu bewundern. Auch wenn vielleicht der eine oder andere Kardinal die Stirn runzeln wird – was für ein herrliches Werk, Cavaliere! Sie haben uns wahrlich schon oft mit Ihren Einfällen verblüfft, aber ich muss sagen, diesmal haben Sie sich selbst übertroffen.“

Mit jedem Wort, das die beiden wechselten, wuchs Clarissas Angst, dass Olimpia aussprechen könne, was sie offenbar wusste. Und tatsächlich, genau in diesem Moment, sagte ihre Cousine: „Darf ich fragen, Cavaliere, wer Ihnen Modell gesessen hat?“ Unwillkürlich hob Clarissa den Kopf. Olimpia schaute sie unverwandt an, mit strengen, prüfenden Blicken. „Es muss eine sehr kühne Frau gewesen sein.“

„Ich … ich dachte, das wüssten Sie“, erwiderte Bernini verlegen, während er Hilfe suchend zu Clarissa sah. Als ihre Blicke sich begegneten, spürte sie, wie ihr das Blut ins Gesicht schoss, und sie senkte den Kopf. „Tut mir Leid, Eccellenza“, sagte er. „Meine Pflicht als Künstler gebietet mir, Stillschweigen in solchen Dingen zu bewahren.“

„Nun ja“, sagte Olimpia, „ich war nur neugierig. Aber Sie haben ganz Recht, in Wahrheit lenken solche Fragen nur vom Wesentlichen ab. Nicht das lebende Vorbild zählt, worauf es ankommt, ist allein das Kunstwerk selbst – und wie großartig ist Ihnen das gelungen! Doch worüber ich heute eigentlich mit Ihnen reden wollte, ist etwas anderes.“

„Es wird mir ein Vergnügen sein, Ihnen zuzuhören“, erklärte Bernini sichtlich erleichtert über den Themenwechsel.

„Da bin ich nicht ganz so sicher, Cavaliere.“ Olimpia lachte. „Es heißt, Sie stehen vor dem Ruin? Ja, man will Sie aus Ihrem Palazzo vertreiben?“

„Nur ein Gerücht, das Signor Borromini verbreiten lässt. Er behauptet, mein Haus behindere den Ausbau der Propaganda Fide, und er versucht mit allen Mitteln auf einen Abriss hinzuwirken. Aber ich glaube nicht, dass ich mir darüber wirklich Sorgen machen muss."

„Gewiss nicht – wenn man so viele andere, größere Sorgen hat wie Sie in diesen Zeiten. Nein", sagte Olimpia mit einem Kopfschütteln, „die leidige Glockenturmgeschichte hat Ihnen wirklich geschadet. Wollen sich denn gar keine Auftraggeber mehr finden?"

„Wie Sie vielleicht wissen, hat Papst Innozenz mir leider seine Gunst entzogen. Doch will ich dennoch unverdrossen meine Arbeit tun."

„Das ist brav, Cavaliere. Ach, wenn ich nur wüsste, wer Ihnen helfen könnte!"

Bernini zögerte einen Moment. Dann fragte er, vorsichtig und tastend, als fürchte er, etwas Falsches zu sagen: „Vielleicht, Eccellenza, wenn ich mich erdreisten darf, dergleichen zu äußern, aber ich könnte mir denken, wenn Sie ein Wort für mich bei Seiner Heiligkeit einlegen würden?"

„Ich, Cavaliere?", fragte sie zurück, vollkommen überrascht. „Ich fürchte, Sie überschätzen meinen Einfluss. Jedenfalls, um mich für Sie zu verwenden, müsste ich wissen, woran ich mit Ihnen bin, Cavaliere. Wie kann ich sicher sein, dass Sie solcher Hilfe würdig sind?"

Clarissa sah, wie Bernini mit sich kämpfte.

„Eine Geste, Cavaliere", sagte Olimpia, „einen Beweis Ihrer Zuverlässigkeit."

Bernini schien einen Entschluss zu fassen. „Donna Olimpia", hörte Clarissa ihn wie von ferne sagen, „leider besitze ich nichts, was einer Frau von Ihrer Schönheit und Klugheit würdig wäre. Doch würde ich mich glücklich preisen, sollten Sie die Güte haben, diese Kleinigkeit von Ihrem bescheidensten Diener entgegenzunehmen."

Mit einem Strahlen nahm Olimpia das Etui, das Bernini ihr reichte, und klappte den Deckel auf. „Aber Cavaliere!", rief sie, nachdem sie einen Blick auf den Inhalt geworfen hatte, und ihre Stimme überschlug sich fast. „Was für eine Überraschung! Das ist ja ganz wunderbar! Ich bin entzückt! Womit habe ich solche Wertschätzung verdient? Sieh nur", sagte sie, vor Freude glucksend, und drehte sich zu Clarissa um, „was Signor Bernini mir geschenkt hat!" Sie hielt ihr die geöffnete Schatulle entgegen, auf deren Samtbett ein walnussgroßer Smaragd funkelte. „Ist das nicht der Ring, den du vor Jahren dem Cavaliere überreicht hast? Im Namen des englischen Königs?"

„Mag sein – ich kann mich nicht erinnern. Ich habe Kopfschmerzen", sagte Clarissa, während sie ungläubig auf Bernini starrte. „Wenn du erlaubst, würde ich mich gern zurückziehen."

„Du Ärmste!", erwiderte ihre Cousine und strich ihr über den Kopf.

Bernini drehte sich um. Wortlos nickten sie einander zu.

Während Clarissa zur Tür ging, hörte sie erneut Olimpias Stimme. „Vielleicht habe ich eine Idee, Cavaliere, wie wir uns den Heiligen Vater geneigt machen können. Haben Sie schon mal daran gedacht, ein Modell für den Brunnen auf der Piazza zu entwerfen? Ich könnte mir sehr schön einen Obelisken in der Mitte vorstellen und um ihn herum die vier Weltströme in allegorischer Darstellung …"

Von diesem Tag an trafen wieder regelmäßig Obstkörbe im Palazzo Pamphili ein. Doch nicht für Clarissa McKinney, sondern allein für Donna Olimpia, die Herrin des Hauses.

Es war Osternacht im Jahre 1648. Ganz Rom hallte vom Glockengeläut und von den Jubelgesängen wider, mit denen die Gläubigen in dieser ersten Samstagnacht, die auf den Frühlingsvollmond folgte, die Wiederauferstehung des Herrn feierten. Eine Kavalkade von über hundert Reitern begleitete die päpstliche Karosse, die Innozenz und seine engsten Familiaren von Sankt Peter, wo wegen des Umbaus der Lateranbasilika die Osterfeier stattgefunden hatte, zum Palazzo Pamphili beförderte. Das herrliche „Lumen Christi" des Kastraten klang Clarissa noch in den Ohren, als die Kutsche im Hof des Palazzo Pamphili zum Stehen kam. Ein wenig müde von dem langen Gottesdienst, der alles in allem über vier Stunden gedauert hatte, verließ sie als Letzte den Wagen, um Innozenz und seinen Angehörigen ins Haus zu folgen. Plötzlich tauchte wie ein Schatten aus dem Nichts ein Barfüßermönch mit kleinen, stechenden Augen und auffallend wulstigen Lippen vor Clarissa und ihrer Cousine auf.

„Auf ein Wort, Donna Olimpia."

Clarissa sah, wie ihre Cousine beim Anblick des Mannes zusammenzuckte. Noch größer aber war Clarissas Verwunderung, als Donna Olimpia auf einen Wink des Fremden hin tatsächlich mit ihm in einem kleinen Seitenkabinett verschwand, so rasch, als wollte sie um jeden Preis vermeiden, in Begleitung dieses Menschen gesehen zu werden.

Nur wenige Minuten später kam Donna Olimpia in den Festsaal, um an der Seite ihres Schwagers Platz zu nehmen, sodass man ohne Verzögerung mit dem Mahl beginnen konnte. Clarissa hatte allerdings den Eindruck, dass das helle Gesicht ihrer Cousine ein wenig gerötet war, auch schien Olimpia außer Atem. Ja, sie wirkte sogar noch nervös, als nach der Minestrone die Suppenschüsseln abgeräumt wurden und die Diener Platten mit Huhn und Ferkelbraten auftrugen.

„Erst Minestrone, dann Huhn und Schwein", sagte Innozenz mürrisch. „Am höchsten Feiertag des Jahres? Wollen Sie unsere Gäste beleidigen?"

„Ich muss auf die Kosten schauen", erwiderte Olimpia gereizt. „Wie soll ich mit dem wenigen, was Ihr mir gebt, so viele Münder stopfen?"

„Dreißigtausend Scudi jeden Monat, allein für den Haushalt!"

„Fünfzigtausend wären nötig, Eure Heiligkeit. Statt mich zu tadeln, solltet Ihr mich loben, dass wir nicht hungern müssen. Aber warum unterbrecht Ihr das Mahl?"

Innozenz hatte sich von der Tafel erhoben und trat an ein zierliches Wandtischchen zwischen zwei Fenstern. „Was ist das?", fragte er, voll ungläubigem Staunen.

Clarissa schaute von ihrem Teller auf und sah, was die Aufmerksamkeit des Papstes erregt hatte. Auf dem Tischchen, von einem eigenen Kronleuchter beschienen, stand das Modell eines Brunnens aus glänzend poliertem, tausendfach funkelndem Silber: ein Obelisk und zu seinen Füßen vier allegorische Gestalten.

„Was für ein prachtvolles Werk!", sagte Innozenz, den Blick wie gebannt auf die silberne Figurengruppe gerichtet. „Wir können uns nicht entsinnen, je Schöneres gesehen zu haben."

„Nicht wahr?", gluckste Donna Olimpia, die gleichfalls aufgestanden war. „Ich dachte, das würde Euch Freude machen."

Innozenz nickte nachdrücklich mit dem Kopf. „Habe ich nicht immer gesagt, dass Signor Borromini ein überaus tüchtiger Architekt ist? Der tüchtigste, den wir haben?" Er hob den Finger, und während er in die Runde seiner Nepoten blickte, die inzwischen allesamt aufgestanden waren, fügte er mit einem feinen Lächeln um den sonst so strengen, harten Mund hinzu: „Und ein Architekt, der auf die Kosten schaut!"

Die Kardinäle nickten einmütig mit dem Kopf, und ein zustimmendes Raunen erhob sich im Saal. Clarissa spürte, wie ihr Herz zu klopfen anfing – so sehr freute sie sich über das Lob und die Anerkennung, die ihrem Freund zuteil wurden. Doch kaum dachte sie an Borromini, beschlich sie ein unbestimmtes Schuldgefühl. Seit seinem Besuch in ihrem Observatorium hatte er ihr keine Aufwartung mehr gemacht. Hatte auch er die Theresa gesehen und ihre Verfehlung erraten?

Die bösen Ahnungen hatten Clarissa keine Ruhe gelassen, und sie war am Palmsonntag zur Kirche Santa Maria gefahren, allein um die Skulptur in Augenschein zu nehmen. Der Anblick hatte sie entsetzt. Wie sehr war die Figur verändert, seit sie sie zum letzten Mal gesehen hatte! Aus den Augen der Heiligen, aus ihrem Gesicht, aus jeder Pore ihrer Marmorhaut und jedem Faltenwurf ihres steinernen Kleides sprach die Verzückung, die Clarissa selbst empfunden hatte. In Clarissas Angst, dass Borromini ihr Abbild in Santa Maria gesehen hatte, mischte sich die Angst, ihren einzigen Freund zu verlieren.

„Dann gefällt Euch also der Brunnen?“, fragte Donna Olimpia forschend ihren Schwager.

„Über alle Maßen“, erwiderte Papst Innozenz.

Er wandte sich ab, aber seine Schwägerin hielt ihn zurück. „Noch eine Kleinigkeit, Heiliger Vater. Das Modell“, Donna Olimpia zögerte, bevor sie den Satz vollendete, „… ist nicht von Borromini. Cavaliere Bernini hat es für Euch gegossen.“

„Bernini?“, entfuhr es dem Papst, als wäre dies der Name des Antichrist. „Gerade erst hat er sich an der heiligen Theresa versündigt, sie wie eine Hure dargestellt, und jetzt erdreistet er sich –“

„Vergebung, Heiliger Vater, wenn ich widerspreche“, unterbrach ihn Donna Olimpia. „Aber im Fall der Theresa ist nicht der Künstler zu tadeln, sondern allein die Hure, welche ihm mit ihrer Lasterhaftigkeit als Vorbild diente. Doch wenn Ihr nicht wünscht, dass Bernini den Brunnen baut, soll das Modell nicht länger Euren Abscheu erregen.“ Sie klatschte in die Hände, worauf zwei Diener mit lautlosen Schritten herbeieilten.

„Schafft die Skulptur fort!“

„Halt!“, rief Innozenz. „Wer weiß, warum Gott den elenden Sünder befähigt hat, ein solches Werk zu erschaffen.“ Er hielt den Blick auf den Tisch gerichtet, unfähig, ihn von dem silbernen Modell zu lassen, das dort im Lichterschein funkelte wie eine frisch polierte Monstranz auf einem Altar.

„Seht Ihr die Flussgötter, Eure Heiligkeit?“, fragte Donna Olimpia leise. „Sie wenden sich dem päpstlichen Wappen zu, um Eure Heiligkeit zu bewundern.“

„Natürlich sehe ich das“, erwiderte Innozenz unwillig.

„Die vier Ströme sind nicht nur die Hauptflüsse der vier Weltteile“, fuhr Donna Olimpia fort, „sie erinnern auch an die vier Flüsse des Paradieses. Weil Ihr, Heiliger Vater, die Menschen dem Paradies wieder näher gebracht habt.“

„So? Haben wir das?“

„Ja“ – Olimpia nickte ernst –, „indem Ihr der Menschheit nach dreißig

Jahren Krieg den Frieden schenktet. Das bezeugt die Taube auf der Spitze des Obelisken, Wappentier der Pamphili und Symbol des Friedens zugleich. Wie die Taube Noahs trägt sie den Ölzweig der Erlösung im Schnabel. Der Triumph der Christenheit im Zeichen Eurer Herrschaft.“

Donna Olimpia verstummte. Alle Köpfe waren zum Papst gerichtet. Auch Clarissa blickte ihn in gespannter Erwartung an. Dann, nach einer endlos langen Weile, räusperte sich Innozenz und erklärte schließlich: „Wer Bernini zürnen will, darf seine Sachen nicht sehen. Sagen Sie dem Cavaliere, er soll den Brunnen bauen – in Gottes Namen!“

Kapitel 15

Ich weigere mich, so etwas zu glauben! Der Heilige Vater würde sein Wort niemals brechen!“

Francesco stand zwischen den unverputzten Mauern seiner Baustelle im Lateran und versuchte die Nachricht zu begreifen, die Monsignore Spada und Kardinal Camillo Pamphili ihm vor ein paar Minuten überbracht hatten.

„Von Wortbruch kann keine Rede sein“, sagte Spada beschwichtigend. „Der Heilige Vater will nur, dass Sie Ihre ganze Schaffenskraft seiner Bischofskirche widmen. Vergessen wir nicht, bis zum Jubelfest bleibt nicht mehr viel Zeit.“

„Wenn Sie mich fragen“, sagte Camillo, „so hat das nicht mein Onkel, sondern meine Mutter entschieden. Mir will sie ja auch verbieten, die Fürstin Rossano zu heiraten.“

„Kommen Sie!“, sagte Francesco und packte Spada am Arm. „Ich will Ihnen etwas zeigen.“ Mit mühsamer Beherrschung, doch eiligen Schrittes zog er den Monsignore zu einem Arbeitstisch, auf dem ein großer Bogen mit mehreren Zeichnungen ausgebreitet lag.

„Aber das sind ja die Pläne für Berninis Brunnen!“, rief Spada.

„Luigi Bernini hat sie mir vor ein paar Tagen gebracht. Er mag seinen Bruder nicht besonders.“ Francesco konnte ein kleines, böses Lächeln nicht unterdrücken.

„Weshalb zeigen Sie mir die Pläne?“

„Weil aus ihnen hervorgeht, dass dieser Brunnen niemals gebaut werden darf. Berninis Pläne sind wertlos, unbrauchbar. Hier, sehen Sie selbst!“ Francesco tippte mit dem Finger auf das Blatt. „Die Flussgötter drängen sich um den Obelisken, als müssten sie erfrieren. Wahrscheinlich weil Bernini selbst spürt, sich aber nicht eingestehen mag, dass die Figuren viel zu groß geraten sind. Es geht um die Piazza, Herrgott! Der Brunnen ist nur ein Monument, um die Mitte der Piazza zu betonen. Dieser eitle Pfau hat keinen Sinn für die Zusammenhänge, kein Gespür für Maß und Proportion, er will nur protzen mit seinem Werk. Statt den Brunnen der Piazza und dem Palast unterzuordnen, soll er über allem triumphieren. Darum dieses unerträgliche Gedränge, diese theatralischen Gesten der Figuren, dieses Wirrwarr von Gliedmaßen und Delphinen und …" Francescos Stimme wurde immer lauter, doch plötzlich erkannte er, wie erbärmlich seine Einwände waren, gemessen an der wunderbaren Zeichnung. Die Kritik war nichts weiter als Ausdruck seines Neids. Dieser Entwurf war in jedem noch so kleinen Detail beseelt von jenem unsichtbaren Etwas, das die wahre Kunst vom bloßen Handwerk unterscheidet.

„Ich … ich glaube, wir haben genug gesehen." Er wollte den Bogen einrollen, doch seine Hände zitterten so sehr, dass er ihn auf dem Tisch liegen lassen musste.

„Der Heilige Vater hat mir versprochen, Sie für den Verlust zu entschädigen", sagte Spada leise und sanft, ohne mit einem Wort auf Borrominis Entgleisung einzugehen. „Er will Ihnen den Ausbau seines Familienpalastes übertragen und auch den Neubau der benachbarten Kirche Sant' Agnese. Warten Sie ab, mit etwas Glück werden Sie bald der Architekt des ganzen Forum Pamphili sein!"

„Auch ich werde mich für Sie verwenden!", rief Camillo. „Donna Olimpia wünscht sich eine Galerie zwischen den Empfangssälen und den Privatgemächern. Wäre das nicht etwas für Sie?"

Francesco hörte ihm gar nicht zu, während er zu seinen Steinmetzen hinübersah. Auch sie schienen die Spannung zu spüren, die in der Luft lag. Ohne von ihrer Arbeit aufzuschauen, meißelten sie an den Cherubim, als gelte es ihr Leben. „Verdammt!", schrie er. „Wollt ihr den Stein zertrümmern?" Wütend stampfte er los, um den Arbeitern zu zeigen, wie sie mit seinen Cherubim umgehen sollten.

Spada hielt ihn am Arm zurück. „Da wäre noch etwas, Signor Borromini. Die Wasserleitung zur Piazza Navona reicht für die Fontänen einfach nicht aus. Und Cavaliere Bernini scheint nicht imstande, das Problem zu lösen."

Francesco lachte höhnisch auf. „Der Herr Intendant der städtischen Brunnen und Wasserleitungen? Mit dem Titel hat er oft genug geprahlt."

Spada trat von einem Bein auf das andere. „Soviel ich weiß", sagte er schließlich, „haben Sie bereits Berechnungen für eine neue Wasserleitung angestellt. Es wäre überaus freundlich von Ihnen, wenn Sie uns die Unterlagen zur Verfügung stellen würden. Wären Sie dazu bereit?“

Er schämte sich nicht! „Das … das“, stammelte Francesco, „das können Sie nicht von mir verlangen …“

„Als Zeichen Ihres Entgegenkommens“, fügte Spada hinzu. „Denken Sie an das Forum Pamphili!“

„Ein halbes Jahr habe ich gezeichnet und gerechnet …“ Francesco rang nach Worten, während seine Lunge immer schwerer arbeitete. „Und jetzt … jetzt soll ich die Pläne einfach hergeben? Ohne jeden Lohn? Damit der Mann, der mir den Auftrag gestohlen hat, heimtückisch und hinter meinem Rücken …“ Er spürte, wie ihm der Atem knapp wurde, und er musste seine ganze Kraft und Selbstbeherrschung aufbieten, um einen Anfall zu unterdrücken. „Bitte entschuldigen Sie mich“, sagte er knapp, „aber ich habe zu tun.“ Damit drehte er ihnen den Rücken zu und stolperte fort, ohne zu wissen, wohin.

Francesco war noch keine zehn Schritte weit gekommen, da ertönte hinter ihm ein lautes Poltern und Krachen, als wäre Stein zu Bruch gegangen. Im selben Augenblick fuhr er herum. Marcantonio, einer der Steinmetze, grinste ihn an, verlegen bis zur Blödigkeit. Zu seinen Füßen, herabgestürzt von dem hohen Sockel, auf dem er den Marmorkopf bearbeitet hatte, lagen die Trümmer seines Cherubs.

Francesco sah nur dieses Grinsen. Und wie gut er es kannte! Das war Lorenzos Grinsen, das Grinsen seines Rivalen! „Warte!“, schrie er auf. „Das sollst du büßen!“

Er hob den Hammer in die Höhe und stürzte sich auf Marcantonio.

„Halt!“, rief Spada. „Um Himmels willen!“

Doch zu spät! Francesco holte zum Schlag aus. Im selben Moment fuhr sein Hammer nieder. Ein kurzes, hartes, splitterndes Geräusch, wie wenn eine trockene Holzplatte zerbricht, dann drang das schwere Eisen in den Schädel ein. Ein letztes, leises Röcheln, und plötzlich war alles still. Francesco ließ den Hammer fallen und drehte sich um.

Camillo lächelte ihn an: „Jetzt bin ich aber gespannt, was meine Mutter dazu sagt.“

Im Palazzo Pamphili sorgte der Vorfall auf der Lateranbaustelle für helle Aufregung.

„Dass dieser Borromini einen Gehilfen erschlagen hat“, sagte Donna Olimpia, „dergleichen kommt vor. Viel schlimmer ist, dass er die Arbeit an der Basilika niedergelegt hat.“

„Wie? Die Arbeit niedergelegt?“, fragte ihr Schwager ungläubig. „Wer sagt das?“

„Er selbst“, erwiderte Camillo anstelle seiner Mutter, während ein Diener ihm zum dritten Mal vom Fleisch vorlegte. „Er hat die Baustelle verlassen und weigert sich, auch nur einen Stein anzurühren.“

„Der Mensch wagt es, die Arbeit zu verweigern?“ Innozenz war außer sich. „Wer vollendet dann San Giovanni?“

„Bernini – wer sonst? Der Cavaliere ist ein bewährter Mann.“

Innozenz verzog das Gesicht. „Dieser Herr ist ein Künstler, kein Architekt. Haben Sie den Glockenturm bereits vergessen?“

„Wenn Eure Kirche rechtzeitig fertig werden soll, bleibt Euch keine Wahl.“

Clarissa, die das Tischgespräch schweigend verfolgte, war so bestürzt, dass sie kaum einen Bissen hinunterbekam. Francesco Borromini, der Mann, den sie ihren Freund nannte, hatte einen Menschen erschlagen! Trug sie Mitschuld an der Katastrophe in San Giovanni?

AM NÄCHSTEN Tag machte sie sich auf den Weg zum Palazzo di Propaganda Fide. Sie war sicher, Borromini dort anzutreffen, denn das Kolleg, in dem sämtliche Missionare Roms ausgebildet wurden, war seine zweitgrößte Baustelle nach der Laterankirche San Giovanni. Und in der Tat traf sie ihn hier, wie er sich mit einem Maurer besprach.

„Was wünschen Sie?“, fragte er schroff. „Hier werden keine Marmorporträts gemeißelt.“

Clarissa verstand die Anspielung sofort. „Sie waren in Santa Maria della Vittoria?“, fragte sie.

Statt ihr zu antworten, musterte er sie mit einem stummen, abweisenden Blick.

„Wenn Sie glauben, ich würde bestreiten, was Sie gesehen haben, irren Sie, Signor Borromini. Aber ich bin nicht gekommen, um über die Theresa mit Ihnen zu sprechen.“

„Sondern? Meine Zeit ist knapp.“

„Ich rede von Ihrem Entschluss, die Arbeit in San Giovanni aufzugeben. Nehmen Sie sie wieder auf, bitte! Der Papst hat Ihnen seine Kirche anvertraut, er hält große Stücke auf Sie. Wenn Sie ihn sich jetzt zum Feind machen …“

„Ich danke Ihnen für Ihren Rat. Aber ich bin selbst Herr meiner Entscheidungen.“

Clarissa schaute ihn an. War das ihr Freund? Sie musste sich sehr beherrschen, um nicht auf seinen Ton einzugehen. „Ich kann mir vorstellen“, sagte sie sanft, „was es für Sie heißt, dass man Ihnen den Auftrag für den Brunnen genommen hat. Doch niemand kann etwas für Sie ausrichten, wenn Sie nicht wieder die Arbeit im Lateran aufnehmen.“ Sie schien gegen eine Wand zu sprechen. „Sie haben einen Menschen umgebracht, Signor Borromini“, flüsterte sie. „Wollen Sie jetzt auch noch Ihr eigenes Leben zerstören?“

Endlich erwiderte er ihren Blick. Und während sie sah, dass Tränen in seinen Augen standen, sagte er: „‚Ein Pfeil drang hin und wieder in mein Herz. Unendlich war die Süße dieses Schmerzes, und die Liebe erfüllte mich ganz und gar …‘“

Kaum hatte er die Worte gesprochen, wandte er sich ab und ließ sie stehen. Ja, sie trug mit an der Schuld, die er auf sich geladen hatte. Jetzt gab es nur noch einen Menschen, der ihr helfen konnte.

„Sein Leben steht auf dem Spiel!“

„Sein Leben und sein Seelenheil.“ Virgilio Spada nickte. „Und wir sollten alles daransetzen, wenigstens eines von beiden zu retten. Am besten sein Leben, dann können wir uns um sein Seelenheil immer noch kümmern.“

„Reden Sie mit ihm, Ehrwürdiger Vater! Er muss begreifen, welche Gefahr ihm droht. Auf mich will er nicht hören.“

Der Monsignore hatte Clarissa in dem kleinen Garten am Ende der Säulenkolonnade empfangen, die Borromini in dem Familienpalast der Spada angelegt hatte. Während Spada Clarissa mit einer Geste aufforderte, auf der Bank neben ihm Platz zu nehmen, erwiderte er mit einem Seufzer: „Und Sie glauben, ich vermag mehr bei ihm auszurichten als Sie? Nein. Leider fürchte ich, die drohende Gefahr wird Signor Borromini nur wenig beeindrucken, gleichgültig, wer ihn ins Gebet nimmt.“

„Im Palazzo Pamphili ist die Rede davon, ihn vor Gericht zu zerren. Können wir denn gar nichts tun?“, fragte Clarissa leise. „Donna Olimpia schlägt dem Papst schon vor, die Arbeiten an der Laterankirche Cavaliere Bernini zu übertragen. Ich glaube, das würde Signor Borromini vernichten. Das ist das Einzige, wovor er wirklich Angst hat.“

„Ja, das glaube ich auch.“ Spada nickte. „In der Tat, das würde er nicht verkraften.“ Plötzlich aber hielt der Monsignore inne und schaute sie an. „Was haben Sie da gesagt? Das Einzige, wovor er wirklich *Angst* hat?“

„Ja“, sagte Clarissa. „Wenn Bernini ihm nach dem Brunnen auch noch San Giovanni wegnehmen würde – das wäre zu viel!“

Ein Leuchten ging über Spadas Gesicht. „Vielleicht“, sagte er dann mit einem feinen Lächeln, „vielleicht, meine Tochter, können wir doch etwas tun.“

„Dann haben Sie also wirklich Hoffnung?“, fragte Clarissa.

„Stets aber bleibt Glaube, Hoffnung, Liebe“, sagte er und ergriff ihre Hand. „Ja, meine Liebe, ich glaube und hoffe, ein Mittel zu wissen, um Signor Borromini zur Vernunft zu bringen. Ob wir sein Seelenheil damit retten, vermag ich zwar nicht zu sagen – aber sein Leben, denke ich, schon.“

„Und Sie folgen einfach Ihrer ersten Idee, wenn Sie mit einem Porträt beginnen?“, fragte Donna Olimpia und setzte sich so in Pose, dass ihr Profil möglichst vorteilhaft zur Geltung kam.

„Ein Genie, Eccellenza“, erwiderte Lorenzo Bernini, ohne von seinem Zeichenbrett aufzuschauen, „vertraut immer seinem ersten Einfall. Sonst ist es kein Genie.“ Er war so beschwingt wie schon lange nicht mehr. Selbst Innozenz, der Blinde, hatte die Wahrheit, wer Roms erster Künstler war, nicht länger ignorieren können. Erst hatte der Papst ihm den Auftrag für den Brunnen gegeben, und vorübergehend stellte Spada ihm sogar die Leitung der Lateranbaustelle in Aussicht. Was für ein Triumph!

Nur ungern verdrängte er die beglückende Vorstellung, wie Borromini auf die Gerüchte reagiert haben mochte, und verglich Donna Olimpias Profil mit seiner Zeichnung. Diese Frau war die heimliche Königin der Stadt: Sie entschied, was der Papst beschloss. Wenn es ihm gelang, ihre Gunst zurückzuerobern, würde bald alles wieder seine gute alte Ordnung haben. Da er ihre Raffgier kannte, hatte er ihr, um die Dinge zu beschleunigen, nach dem Smaragdring auch das Silbermodell des Brunnens geschenkt, und sie hatte es gerne angenommen, verbunden mit dem Wunsch, dass er ihr Bild in Marmor verewige. Nichts lieber als das! Er hatte einmal ihren Unwillen provoziert – ein zweites Mal würde ihm das nicht passieren.

„Ich bin mir sicher“, sagte sie, „Sie machen Ihre Sache viel besser als dieser Algardi. Um ehrlich zu sein, die Büste Ihres Kollegen hat mir nie recht gefallen.“

„Eccellenza, sein Fehler war es, allein die Würde Ihrer Erscheinung zu betonen, ohne deren Liebreiz wiederzugeben.“

„Ach, Cavaliere!“ Sie seufzte. „Können Sie denn Liebreiz entdecken?“

„Ich gebe zu, es kostet mich Mühe“, erwiderte er, um nach einer wohlbedachten Pause hinzuzufügen: „Doch nur, weil der Liebreiz mich in solcher Fülle überflutet, dass mein Auge vom Glanz des vielen Lichtes zu erblinden droht."

Der irritierte Ausdruck, der für eine Sekunde über ihr Gesicht gehuscht war, wich einem seligen Strahlen. „Der Charme Ihrer Worte steht dem Ihrer Werke nicht nach." Geschmeichelt warf sie den Kopf in den Nacken, der lose Stoff ihres Kleides gab den Blick auf den Ansatz ihrer Brust frei.

„Wunderbar, Eccellenza! Bitte bleiben Sie so!"

Die Bitte war überflüssig: Donna Olimpia dachte gar nicht daran, den Sitz ihres Kleides in Ordnung zu bringen.

„Wenn Sie den Ausschnitt vielleicht noch ein wenig tiefer …"

„Ist das nicht allzu gewagt?", fragte sie, während sie seiner Aufforderung, ohne zu zögern, nachkam.

„Gott selbst hat diese herrlichen Schultern erschaffen. Wäre es da nicht Sünde, sie vor den Augen der Menschen zu verhüllen?"

Wie alt mochte sie sein? Schon über fünfzig? Ihr Haar war eher silbrig als schwarz, und die Fältchen in ihrem Gesicht stammten nicht nur vom Lachen. Trotzdem, sie war immer noch ein verteufelt schönes Weib, das jedem Mann ein paar glückliche Stunden bereiten konnte. Kein Wunder, dass der Papst alles tat, was sie von ihm verlangte. Eher musste sich Lorenzo wundern, dass ein solches Prachtweib es an der Seite dieses mürrischen Greises aushielt. Denn dass sie mit Innozenz lebte wie Mann und Frau miteinander leben, daran hatte ganz Rom keinen Zweifel.

„Wie aufregend das ist, Cavaliere!"

Als Lorenzo aufschaute, hatte sie fast die ganze Brust entblößt und räkelte sich vor ihm auf der Ottomane, eine Hand zwischen ihren Schenkeln, das Gesicht voll lüsterner Erwartung.

„Eccellenza …"

„Was haben Sie, Cavaliere? Ist Ihnen nicht wohl?"

„Wie … wie aufmerksam Sie doch sind, Donna Olimpia", stammelte er. „In der Tat, Sie haben Recht, ein unliebsamer Gedanke, der mir gerade in den Sinn kam."

„Dann sollten Sie ihn schleunigst äußern, um sich von ihm zu befreien." Sie erhob sich von der Ottomane und kam auf ihn zu.

„Es ist eine rein technische Angelegenheit", sagte er schließlich, froh, eine Ausflucht gefunden zu haben. „Der Brunnen macht mir Sorge oder, um genau zu sein, die Wasserzufuhr", korrigierte er sich, während er allmählich die Sprache wiederfand, denn diese Sorge lastete ihm tatsächlich auf der Seele. „Die Leitungen geben nicht genügend Wasser für die Fontänen her, und ich weiß nicht, wie man den Druck verstärken kann."

„Aber soviel ich weiß, hat Signor Borromini das Problem doch längst gelöst."

„Aber was nützt das, wenn die Pläne in seiner Schublade liegen?"

„Cavaliere! Sie dürfen Ihre Zeit nicht mit diesen technischen Dingen vergeuden! Wenn die Pläne in Signor Borrominis Schublade liegen, muss man sie eben daraus hervorholen."

„Eccellenza, vergessen Sie nicht: Als Monsignore Spada ihn darum bat, hat er vor Wut einen Arbeiter erschlagen."

„Nun, vielleicht wäre es klüger, sie nur für kurze Zeit von ihm – auszuleihen." Sie zwinkerte ihm komplizenhaft zu. „Er muss es ja nicht unbedingt wissen."

„Und wie könnte das geschehen?", fragte Lorenzo neugierig.

Sie lachte. „Der dümmste Sekretär des Vatikans würde wissen, was in einem solchen Fall zu tun ist. Signor Borromini hat doch eine Nachbarin, die in seinem Haushalt nach dem Rechten sieht, nicht wahr?"

„Aber die ist doch schon über sechzig!", platzte er heraus.

„Meinen Sie, darum wäre sie für Schmeicheleien unempfänglich? Sie enttäuschen mich, Cavaliere. Außerdem – hier geht es doch nur um technische Details, die der verstockte Mensch sich weigert herauszugeben, obwohl der Heilige Vater sie von ihm verlangt. Herrgott, was macht es schon aus, wenn einer von Ihren Leuten ein paar Stunden mit Signor Borrominis Nachbarin verbringt?"

Sie blickte ihn mit ihren dunklen Augen so wohlwollend an, dass Lorenzos Zweifel dahinschmolzen wie Butter in der Sonne. Und ihm fiel auch jemand ein, der für einen solchen Plan zu gebrauchen wäre.

„Meinen Sie wirklich? Ich denke, mein Bruder Luigi …"

Donna Olimpia zuckte mit den Achseln. „Das ist allein Ihre Entscheidung, Cavaliere. Aber jetzt – mein Porträt?" Sie nahm ihm die Zeichnung aus der Hand, betrachtete das Blatt eine Weile, dann nickte sie und sagte: „Wundervoll! Die Verbindung von Würde und Liebreiz. Ein jeder muss das erkennen!"

„Sollte ich eine Eigenschaft an Ihnen noch mehr bewundern, so wäre dies Ihr Geist, Eccellenza."

„Was für schöne Worte Sie immer wieder finden!", sagte sie, während sie ihm immer dichter auf den Leib rückte. „Übrigens, ich habe ganz vergessen, Ihnen für die Obstkörbe zu danken. Sie machen mir damit täglich eine große Freude."

„Ihre Freude ist mein Glück. Ich werde Anweisung geben, Ihnen täglich zwei Körbe zu schicken."

„Nur mir allein?“ Sie war ihm jetzt so nah, dass er ihren Atem auf seinem Gesicht spürte. „Haben Sie meine Cousine denn ganz vergessen?“

Bevor Lorenzo sich versah, streichelte sie seine Wange und blickte ihn voller Erwartung an. Lorenzo spürte, wie sein Herz zu rasen anfing. Panik stieg in ihm auf. Er musste heraus aus dieser Falle! Aber wie? Wenn er sie jetzt zurückwies, würde sie tödlich beleidigt sein und ihn für immer hassen.

„Ich habe eine Bitte, Donna Olimpia. Aber … ich weiß nicht, ob ich sie äußern darf, ohne die Schicklichkeit zu verletzen.“

Sie kam mit ihren Lippen immer näher. „Ich bin sicher, es wird mir ein Vergnügen sein, sie Ihnen zu gewähren.“

„Ich möchte Sie bitten, den Smaragd für mich zu tragen.“

„Den Smaragd? Sie meinen den Ring des englischen Königs?“ Sie ließ sein Kinn los und trat einen Schritt zurück, als wäre er plötzlich vom Aussatz befallen. Nervös zupfte sie an ihrem Kleid. Ihre Sicherheit schien ebenso dahin wie ihr Verlangen.

„Ja“, sagte er erstaunt. „Ich bin sicher, der Stein würde Ihr Porträt vollkommen machen, vereint er doch Würde und Liebreiz ebenso perfekt wie Sie.“

„Sie mögen Recht haben, ja, durchaus. Ich habe ihn nur nicht zur Hand … Meine Zofe hat ihn verlegt …“

Da ging die Tür auf. Lorenzo zuckte zusammen. Ein Diener verbeugte sich vor Donna Olimpia. „Ein Mönch, Eccellenza, wünscht Sie zu sprechen und behauptet, Sie wüssten Bescheid.“

Kapitel 16

Whetenham Manor,
Weihnachten im Jahre des Herrn 1648

Meine innig geliebte Tochter,
ich grüße dich im Namen des Vaters, des Sohnes und des Heiligen Geistes!

Meine Augen sind fast erblindet und meine Ohren taub, mein Kind, und doch danke ich Gott, unserem Herrn, dass er mir altem Mann die Sinne geraubt hat, damit ich nicht hören muss noch sehen, was sich in diesen fürchterlichen Zeiten in unserem geliebten England ereignet. Mister Cromwell und seine Horden haben die Macht endgültig an sich gerissen und den König hingerichtet unter dem Vorwand, er habe Krieg gegen sein Volk geführt. Wer nicht den Irrlehren dieses unbarmherzigen Mannes folgt, ist seines Lebens nun nicht mehr sicher. Vor allem unsere katholischen Glaubensbrüder wagen sich kaum noch aus dem Haus.

Hätte ich nicht den einen Wunsch, dich, meine über alles geliebte Tochter, noch einmal in meine Arme zu schließen, ich stünde keine Sekunde an, den Allmächtigen um die Gnade anzuflehen, mich zu sich in sein ewiges Reich zu rufen. Doch wie die Dinge stehen, muss ich dir verbieten, zu uns zurückzukehren, obgleich ich nichts dringlicher ersehne …

Clarissa ließ den Brief ihres Vaters sinken. Würden in ihrer Heimat denn nie wieder Ruhe und Frieden einkehren? Nein, allem Anschein nach nicht, in England so wenig wie hier in Rom. Überall bekriegten sich die Menschen – im Streit um den wahren Gott ebenso wie im Streit um die wahre Kunst.

Ihr einziger Trost war, dass Francesco Borromini inzwischen die Arbeit in der Lateranbasilika wieder aufgenommen hatte. Der Plan von Monsignore Spada war aufgegangen: Die Drohung, dass sein verhasster Rivale ihn auch noch bei der Umgestaltung der Bischofskirche des Papstes verdrängen könne, hatte ihn erst zur Raserei und dann zur Vernunft gebracht.

Clarissa blickte auf. Aus dem Nebenzimmer waren Stimmen zu hören. Die Stimme der Frau gehörte Donna Olimpia – doch die des Mannes? Das war sicher Bernini. Seit er an ihrem Porträt arbeitete, ging er fast täglich bei Donna Olimpia ein und aus, nun schon seit fast einem Jahr.

Die Stimmen nebenan wurden lauter. Unwillkürlich schaute Clarissa zur Tür. Ob er Olimpia dieselben Worte sagte, die er damals zu ihr gesagt, dieselben Dinge mit ihr tat, die er mit ihr getan hatte? Sie verbot sich, daran zu denken! Nebenan wurde der Ton so erregt, dass Clarissa in dem Zischeln und Tuscheln einzelne Wortfetzen verstand.

„Es muss ein Geheimnis bleiben – unbedingt!“

„Natürlich, Eccellenza: Ein hübsches kleines Geheimnis … Unter einer Bedingung … Aber die kennen Sie ja …“

Clarissa erhob sich, um die Tür zu schließen. Es war ihr zuwider, Zeugin dieser Vertraulichkeiten zu werden. Plötzlich erkannte sie durch den Türspalt, dass Donna Olimpias Besucher gar nicht Lorenzo Bernini war, sondern ein Mönch. Da drehte sich der Mann um, und Clarissa sah zwei kleine, stechende Augen und darunter ein wulstiges Lippenpaar – derselbe Barfüßermönch, der in der Osternacht schon einmal bei Olimpia gewesen war. Ohne die Tür zu schließen, trat Clarissa einen Schritt zurück. Was ging da vor?

„Das ist das letzte Mal", zischte Donna Olimpia.

„Stören Sie mich jetzt nicht", erwiderte der Mönch.

Vorsichtig spähte Clarissa durch den Türspalt. Ruhelos ging Olimpia in dem Zimmer auf und ab, während sich der Mönch über den Tisch beugte, um Münzen zu zählen, die er eine nach der anderen in ein Ledersäckchen steckte.

„Sechstausend. Mehr nicht? Für einen so prächtigen Edelstein?"

„Ich warne Sie, strapazieren Sie meine Geduld nicht über das Maß hinaus!"

„Sie – mich warnen?" Der Mönch grinste, während er sich ungeniert im Schritt kratzte. „Vergessen Sie nicht, ich habe Sie in der Hand!"

„Ich kann Sie jederzeit einsperren lassen!"

„Das können Sie nicht", sagte der Mönch seelenruhig. „Ich habe bei Kardinal Barberini einen versiegelten Brief hinterlegt, den Seine Eminenz öffnen wird, sobald mir etwas zustößt. Darin habe ich unser hübsches kleines Geheimnis fein säuberlich aufgeschrieben."

Clarissa sah, wie ihre Cousine die Fassung verlor. Am liebsten wäre sie ihr zu Hilfe geeilt.

Da sagte der Mönch: „Ja, glauben Sie wahrhaftig, ich würde mich Ihnen schutzlos ausliefern? Einer Frau, die ihren Mann vergiftet hat, um mit dem Papst das Bett zu teilen?"

„Sie … Sie bringen sich selbst an den Galgen. Sie waren es, der mir damals das Gift besorgt hat."

„Eben", erwiderte der Mönch und ließ den Geldsack unter seiner Kutte verschwinden. „Darum weiß ich ja, wie schlau und gefährlich Sie sind."

Clarissa stockte der Atem, und sie spürte, wie ihr das Blut in den Adern gefror. Fassungslos, keines klaren Gedankens fähig, zitterte sie am ganzen Leib, die Zähne schlugen aufeinander, ohne dass sie es verhindern konnte, und der Brief ihres Vaters entglitt ihr und fiel zu Boden. Sie eilte davon in solcher Hast, dass sie mit dem weiten Ärmel ihres Kleides eine Vase umriss, die klirrend zu Boden fiel. Während sie die Treppe hinauflief, rief sie einem Diener zu, dass sie nicht zu Abend essen würde.

IM OBSERVATORIUM warf sie sich auf einen Diwan. Donna Olimpia – eine Giftmischerin? Die Frau, die wie eine Freundin, eine Schwester, eine Mutter zu ihr war? Die engste Vertraute und Ratgeberin des Papstes? Clarissa war, als würde ihr der Schädel platzen.

Als es dunkel wurde, stand sie auf, um durch ihr Teleskop zu schauen. Vielleicht würde sie das beruhigen. Doch als sie in den Himmel spähte, flimmerten die Sterne vor ihren Augen, als würden sie eine Tarantella tanzen.

Plötzlich fiel Clarissa die Vase ein, die sie bei ihrer Flucht umgestoßen hatte, und Angst schnürte ihr die Kehle zu. Wenn es stimmte, was sie gehört hatte, und Olimpia bemerkt hatte, dass sie belauscht worden waren – was dann? In ihr Entsetzen über den schrecklichen Verdacht mischte sich die Angst um ihr eigenes Leben.

Doch irgendwann hielt sie es nicht länger aus. Sie musste sich Gewissheit verschaffen. Wenigstens in dieser einen Frage. Sie nahm den Leuchter vom Tisch und trat auf den dunklen Flur hinaus.

Während sie sich durch das schlafende Haus tastete, klopfte ihr das Herz bis zum Hals. Als sie die Tür zu dem kleinen Kabinett öffnete, in dem sie das Gespräch ihrer Cousine belauscht hatte, hob sie den Leuchter, um besser zu sehen. Sie hoffte, die Scherben der zersprungenen Vase vorzufinden, doch auf dem Marmorboden waren keinerlei Spuren von ihrem Missgeschick zu sehen.

„Was machst du hier?"

Erschrocken drehte sich Clarissa um. Vor ihr stand Olimpia, auch sie mit einem Leuchter in der Hand, so ruhig und gefasst wie je – höchstens, dass sie die Stirn runzelte.

„Ich dachte, du bist krank. Man sagte mir, du wolltest zu Bett."

„Ich … ich weiß nicht, ich glaube, ich habe mir den Magen verdorben."

Olimpia schüttelte den Kopf und kam auf sie zu. „Warum lügst du mich an? Ist das nötig zwischen uns beiden? Ich weiß doch, was es ist." Plötzlich stellte sie den Leuchter ab, nahm Clarissa in den Arm und küsste sie auf die Stirn. „Es sind die Nachrichten aus England, nicht wahr?"

„Woher weißt du das?", fragte Clarissa, die Olimpias Arm wie eine Schlinge um ihren Körper empfand, während ihre Cousine sie mitfühlend, ja liebevoll ansah.

Olimpia zog einen Brief aus dem Ärmel ihres Kleides. „Verzeih, dass ich ihn gelesen habe, ich wusste ja nicht, dass er für dich bestimmt war. Er lag auf dem Boden, neben der Tür." Olimpia musterte sie mit einem langen, eindringlichen Blick.

„Bitte entschuldige mich", sagte Clarissa und machte sich los. „Ich möchte jetzt in mein Zimmer gehen."

Am 13. Mai, dem Himmelfahrtstag des Jahres 1649, verlas Papst Innozenz X., nachdem er im Beisein von Kardinälen, Fürsten und Botschaftern das feierliche Hochamt zelebriert hatte, vor der zugemauerten Pforte von Sankt Peter die Bulle, mit der er das Heilige Jahr 1650 ankündigte. Doch nicht jeder in der großen Stadt hatte Grund zur Freude. Denn während sich die Christenheit auf das Jubelfest vorbereitete und tausende von Gläubigen aus aller Welt sich auf den Weg nach Rom machten, um durch die Teilnahme an den Feiern Vergebung für ihre Sünden zu erlangen, durchlitt Clarissa ein Fegefeuer der Ungewissheit. Hatte ihre Cousine wirklich getan, was der Mönch behauptete? Ahnte sie, dass Clarissa ihr Geheimnis kannte?

Dabei begegnete sie ihr stets mit derselben aufmerksamen Zuvorkommenheit wie in all den Jahren bisher. Das Unheimliche war nur, dass sie Clarissa nie aus den Augen ließ.

Wie gerne hätte sich Clarissa einem Menschen anvertraut! Doch niemand war da, dem sie ihr Herz ausschütten konnte. Lorenzo Bernini hatte nicht mehr bei ihr vorgesprochen, und auch Francesco Borromini hielt sich von ihr fern. Sie redete sich ein, dass der Umbau von San Giovanni ihn jede Minute in Beschlag nahm. Sie fühlte sich so allein auf der Welt wie ein Vogel, der aus seinem Nest gefallen war. Nicht einmal ihrem Beichtvater, der sie regelmäßig besuchte, wagte sie sich zu offenbaren; Monsignore Spada war ja nach Olimpia der engste Vertraute des Papstes, und wer wusste, wenn ihr schlimmer Verdacht der Wahrheit entsprach, war vielleicht sogar Innozenz an der Ermordung seines Bruders beteiligt.

Während die Herbststürme die Blätter von den Bäumen rissen, trat ein Ereignis ein, das Donna Olimpias Aufmerksamkeit für einige Zeit von Clarissa ablenken sollte. Die andere Olimpia, die schöne Fürstin Rossano, war schwanger; ihr gewölbter Bauch hatte die letzten Zweifel an der Zeugungsfähigkeit des jungen Kardinals Pamphili zunichte gemacht. Donna Olimpia war über diesen offenkundigen Verrat ihres Sohnes so erbost, dass sie bei Innozenz die Verbannung Camillos und seiner Metze aus Rom bewirkte und jedem im Palazzo verbot, den Namen des Kardinals zu erwähnen. Als aber am zweiten Advent die Nachricht von der Geburt eines gesunden Enkels an ihr Ohr drang, zeigte sie sich plötzlich versöhnlich. Sie erwirkte die Erlaubnis, dass Camillo in die Stadt zurückkehren und den Purpur ablegen durfte, und damit ihr Enkel einst als rechtmäßiger Stammhalter der Familie Pamphili Anerkennung finden würde, willigte sie sogar in die Eheschließung ein, die in der vierten

Adventswoche mit so großem Aufwand gefeiert wurde, dass die Festgäste sich fragten, mit welchen Mitteln Donna Olimpia eine so prachtvolle Hochzeit finanziert haben mochte.

Die Antwort sollte zumindest Clarissa bald erfahren.

„Ich bin ja so gespannt auf die Bescherung", sagte Donna Olimpia am Nachmittag des 24. Dezember mit funkelnden Augen.

„Was meinst du damit?"

„Du wirst schon sehen, du wirst schon sehen."

Auf einem Tragsessel an der Spitze einer tausendköpfigen Prozession und begleitet von den Gesängen der Pilger und Gläubigen, zog Papst Innozenz an diesem Heiligen Abend vom Vatikanpalast zum Lateran. Als die Glocken der Basilika sechsmal anschlugen, verstummten die Gesänge.

Innozenz verließ die Sänfte, und zu Fuß bestieg er die Stufen zum Portal seiner Kirche. Mit ernstem Gesicht kniete er nieder und klopfte mit seinem Hirtenstab an der zugemauerten Pforte an, um Einlass zu begehren. Kaum war der erste Schlag getan, brachen Maurer die Steine weg, damit der Pontifex Maximus die mächtige Basilika in seinen Besitz nehmen konnte: Das Heilige Jahr 1650 war eröffnet!

Die anschließende Christmette verfolgte Clarissa an der Seite ihrer Cousine. Gerade verlas ein Prälat die frohe Botschaft von der Ankunft des Erlösers auf Erden, da trat ein Maurer an das Chorgestühl heran und beugte sich zu Olimpia.

„Hier, wie Sie befohlen haben, Eccellenza!", flüsterte er und reichte ihr eine verstaubte, mit Mörtelresten behaftete Kassette. Mit einem Ausdruck des Entzückens nahm Olimpia die kleine Truhe in Empfang, die sehr schwer war, und hielt sie dann mit beiden Händen auf ihrem Schoß, bis sie und Clarissa spät in der Nacht in den Palazzo Pamphili zurückkehrten. „Die Medaillen vom letzten Heiligen Jahr", sagte Donna Olimpia, und ihre Stimme gluckste vor Freude. „Sie waren in der Heiligen Pforte eingemauert. Damit kann ich Camillos Hochzeit leicht bezahlen, und es bleiben noch viele Scudi übrig, um andere gute Werke zu tun." Sie hatte den Deckel der Kassette geöffnet und ließ die Goldmünzen durch ihre Finger gleiten.

„Aber sind die Medaillen nicht für die Armen bestimmt? Wie kannst du so etwas tun?"

„Ich kann tun, was ich will", sagte Olimpia und drehte sich zu ihr um. „Ich bin die Herrscherin dieser Stadt!"

WÄHREND die Angst Clarissa wie ein unsichtbarer Schatten begleitete, vergingen die Tage und Wochen mit den Zeremonien des Heiligen Jahres. Wie das Ritual es verlangte, wusch und küsste Innozenz die Füße von sieben Pilgern, trug das wundertätige Kruzifix von San Marcello nach Sankt Peter und beschenkte die Brüderschaft der Trinität, die sich um das Wohl der Pilger in der Ewigen Stadt kümmerte, mit fünfhundert Goldscudi aus seiner Privatschatulle. Doch wen die Römer tatsächlich für ihren Papst erachteten, stand am „Pasquino“ geschrieben: „Olimpia Pontifex Maximus“.

Das war nicht übertrieben. Donna Olimpia wohnte nicht nur wie eine regierende Königin jeder offiziellen Zeremonie bei, sondern entzog ihrem Schwager unter dem Vorwand, seine Gesundheit zu schonen, immer mehr Geschäfte von Bedeutung, um sie selbst zu besorgen. Kein Amt in der Stadt, das ohne ihre Einwilligung vergeben wurde, kein Präfekt oder Bischof, der ihr nicht verpflichtet war, sodass sie Reichtümer hortete, von denen selbst die Barberini nicht einmal zu träumen gewagt hätten. Der Rota Romana aber, dem päpstlichen Gerichtshof, pflanzte sie ein so perfektes System von Erpressung und Bestechlichkeit ein, dass in Rom immer weniger das Gesetz, dafür aber umso mehr ihr Wille über Recht und Unrecht entschied.

Auch den Prozess gegen Francesco Borromini wegen der Tötung seines Gehilfen trieb Donna Olimpia voran, sogar in der Zeit der Fasten – an der Mittagstafel des Papstes: „Wie soll das Volk zwischen Gut und Böse unterscheiden, wenn eine solche Schandtat ungesühnt bleibt? Meint Ihr nicht auch, Heiliger Vater?“

Mit unwilligem Brummen pflichtete Innozenz ihr bei. Clarissa war so erregt, dass sie den Wein, an dem sie gerade nippte, verschüttete. Während ein Diener herbeieilte, um die Flecken zu trocknen, griff Olimpia nach ihrer Hand. „Ich weiß, mein Kind, was du empfindest.“ Alle Strenge war aus ihrem Gesicht gewichen und hatte dem Ausdruck mitfühlender Anteilnahme Platz gemacht. „Du magst diesen Steinmetz, und deine Zuneigung spricht für deine Herzensgüte. Aber Recht muss Recht bleiben.“

Während Clarissa den immer stärkeren Händedruck ihrer Cousine spürte, beschlich sie eine fürchterliche Ahnung. Wollte Olimpia Francesco womöglich nur strafen, um *sie* zu treffen?

Voller Anspannung und gleichzeitig wie gelähmt, fieberte sie dem Ostersonntag entgegen. An diesem Tag, dem wichtigsten im Heiligen Jahr, würde der Papst nach der Messe in seiner Bischofskirche das Urteil verkünden, beim großen Fest auf der Piazza Navona.

BEREITS am frühen Morgen war der Platz schwarz von Menschen.

„Die Römer wollen den Heiligen Vater sehen“, sagte Donna Olimpia, die mit Innozenz den Ablauf des Tages besprach.

„Dafür ist jetzt keine Zeit“, erwiderte Innozenz. „Ich will mich vor der Messfeier sammeln. Zeigen Sie sich an meiner Stelle dem Volk!“

Während Olimpia die Balkontür öffnete, kniete Innozenz vor einem Marienaltar nieder, um zu beten. Clarissas Herz begann zu klopfen – sie war mit dem Papst jetzt ganz allein im Raum. War dies ein Fingerzeig des Himmels? Noch nie hatte sie gewagt, von sich aus das Wort an diesen Mann zu richten, doch heute hatte sie keine andere Wahl.

„Ich bitte Eure Heiligkeit kniefällig um Verzeihung“, sagte sie, und das Herz pochte ihr bis zum Hals, „aber eine schwere Seelenpein nötigt mich, Euch um Rat zu bitten.“

Innozenz wandte sein pockennarbiges Gesicht ihr zu. „Wen Gott peinigt, den liebt er.“ Zu Clarissas Erleichterung lag ein warmer, milder Ausdruck auf seinem hässlichen Gesicht, als er sich von seiner Bank erhob. „Was hast du auf dem Herzen?“

„Die Frage nach dem Ablass lässt mir keine Ruhe, Heiliger Vater. Ist es wahr, dass die Teilnahme an den Jubelfeiern dereinst im Jenseits die Strafe für unsere Sünden mildert? Und muss dann nicht auch jenen Menschen Ablass zuteil werden, die zum Gelingen des Heiligen Jahres einen Beitrag leisten, das so vielen Gläubigen Befreiung von der Last ihrer Sünden verheißt?“

„Du meinst Signor Borromini, den Baumeister meiner Kirche?“ Der Papst schüttelte den Kopf, und sein Gesicht verdüsterte sich. „Die himmlische Gerechtigkeit kann vergeben, die irdische muss Strenge walten lassen.“ Mit einem Seufzer ließ er sich wieder auf die Knie sinken. „Die Sache ist entschieden. Der Sünder muss büßen – Borromini wird sterben. Störe mich nicht weiter in meinem Gebet.“

Von der Piazza stieg lauter Jubel empor. Clarissa wollte sich dem Papst zu Füßen werfen, um ihn um Gnade anzuflehen. Da erblickte sie sein Gesicht: Es war fast eine Grimasse, so groß war der Unwille, mit dem er aus den Augenwinkeln seine Schwägerin auf dem Balkon beobachtete, während seine Lippen die Gebetsworte murmelten.

Im selben Moment kam Clarissa eine Idee. „Das Volk liebt Donna Olimpia“, sagte sie laut, ohne sich von Innozenz’ verärgerter Miene beirren zu lassen. „Die Menschen jubeln ihr zu, als wären sie nur ihretwegen gekommen.“

„Das Volk soll Gott lieben oder seinen Stellvertreter“, erwiderte

Innozenz erbost. „Je mehr sie einem gewöhnlichen Menschen zujubeln, umso weniger Jubel bleibt für das Heilige Jahr."

„Aber Donna Olimpia ist kein gewöhnlicher Mensch", widersprach Clarissa unter Aufbietung all ihren Muts. „Sie kann tun, was sie will. Sie ist die Herrscherin von Rom!"

Innozenz wechselte die Farbe, und die Verärgerung in seinem Gesicht wich offenem Zorn, während er seinen Leib in die Höhe wuchtete. Plötzlich wirkte er wie ein großer, alter, böser Kettenhund, den man aus seiner Hütte gelockt und gereizt hatte. „Wer untersteht sich", fragte er mit knarrender Stimme, „solches zu sagen?"

Kapitel 17

Am Abend erstrahlte die Piazza im Lichterschein von 1600 Laternen, und die Luft hallte wider vom Heulen und Zähneknirschen der Flagellanten, die zur Erinnerung an das dem Erlösungswerk Gottes vorangehende irdische Jammertal ihre nackten Oberkörper mit vielschwänzigen Peitschen geißelten.

Mit vor Aufregung weichen Knien bestieg Clarissa die Tribüne, die in der Mitte der Piazza aufgeschlagen war, und nahm an der Seite ihrer Cousine Platz. Hatte sie mit ihrem verzweifelten Versuch beim Papst etwas bewirkt? Oder war ihr Mut vergeblich gewesen?

Immer wieder blickte Clarissa über die prachtvoll geschmückte Piazza. Zu beiden Enden erhoben sich auf mächtigen Pfeilern zwei Wachttürme, unter deren Kuppeln der auferstandene Christus und die Gottesmutter Maria einander über den Platz hinweg grüßten. Hier, dachte Clarissa voller Bangen, zwischen diesen beiden Türmen würde sich Francesco Borrominis Schicksal in wenigen Minuten entscheiden.

Im Halbkreis säumten die Sitzreihen mit den kirchlichen und weltlichen Potentaten die Empore für den Thron des Papstes, gegenüber von Berninis unvollendetem Brunnen, der Stein gewordenen Demütigung seines Rivalen.

„Wie prächtig die Anlage erst wirken wird, wenn Wasser aus den Speiern sprudelt und die Flussgötter sich darin tummeln", sagte Donna Olimpia. Sie war in großartigem Tenue – ihr Kleid ein verschwenderisches, mit Gold und Brillanten verziertes Kunstwerk aus Seide, Rüschen und Schleifen – und in noch großartigerer Stimmung. „Das hätte dein Borromini nie zustande gebracht. Übrigens", wandte sich Olimpia plötzlich an jemanden in der Reihe hinter ihr, „wäre heute nicht der rechte Abend, Ihren Bruder in den Vicolo dell' Agnello zu schicken?"

„Heute? Meinen Sie?"

Als Clarissa die Männerstimme hinter ihrem Rücken hörte, fuhr sie herum. Auf dem Platz hinter ihr saß Cavaliere Bernini, der sie mit einem verlegenen Lächeln begrüßte. Während sie den Blick wieder nach vorn wandte, hörte sie, wie Olimpia ihm zur Antwort gab: „Seien Sie nicht dumm, Cavaliere. Es kann keinen günstigeren Abend geben. Heute kann seine Nachbarin ganz allein schalten und walten, und wer weiß, wenn das Urteil erst gesprochen ist, ob sich dann überhaupt noch Pläne dort finden lassen. Der gottlose Mensch war imstande, für den Fall, dass ihm etwas passiert, Anweisung zu geben, die Zeichnungen zu vernichten."

Clarissa verstand kein einziges Wort. Sie beobachtete nur, wie sich wenige Augenblicke später Luigi Bernini, der Bruder des Cavaliere, auf einen Wink Donna Olimpias näherte, sich zu Lorenzo beugte, kurz mit ihm sprach und sich dann durch die Menge der Flagellanten davonmachte mit einem so missmutigen Gesicht, als habe er gerade den Auftrag bekommen, die Fasten noch einmal von vorn zu beginnen.

Plötzlich erschollen Fanfaren, das Wehgeheul der Flagellanten verstummte, und bald war nur das feine Klingeln eines Glöckchens zu hören. Auf einem weißen Maulesel wie einst Jesus an Palmsonntag kam Papst Innozenz auf die Piazza geritten. Vor der Tribüne stieg er von seinem Tier und betrat die Empore. Als er auf seinem Thron Platz nahm, brauste von beiden Seiten des Platzes ein Jubelchor auf; aus vielen hundert Kehlen ertönte der Freudengesang, um die Auferstehung des Herrn zu preisen, unterstützt von zwei Orchestern, die in den beiden Wachttürmen untergebracht waren. Als das letzte Halleluja der Sänger, der letzte Ton des Orchesters verklungen war, trat ein Gardist vor und pochte dreimal mit dem Stiel seiner Hellebarde auf den Boden.

„Der Heilige Vater ruft Signor Francesco Borromini vor seinen Thron!"

Clarissa zuckte zusammen. Alle Blicke richteten sich auf den Baumeister, der nun zur Empore schritt, wie immer ganz in Schwarz gekleidet, in stolzer, aufrechter Haltung, die Miene ernst und verschlossen. Als er vor dem Papst auf die Knie sank, war es so still auf der Piazza, dass man das Gurren der Tauben auf dem Dach des Palazzo Pamphili hörte.

„Großes hast du vollbracht, mein Sohn", erhob Innozenz seine Stimme, „und dies ist der Tag, dir dafür unser Lob und unseren Dank zu zollen. In Anerkennung deiner Verdienste um die heilige katholische Kirche und die Stadt Rom, namentlich aber um die Erneuerung unserer Basilika San Giovanni in Lateran erheben wir dich mit Wirkung dieser Stunde in den Ritterstand und ernennen dich zum Cavaliere di Gesù."

Während ein Zeremonienmeister das Ritterschwert von Innozenz empfing, um es vor Francesco zum Zeichen seiner neuen Würde niederzulegen, fuhr der Pontifex mit knarrender Stimme fort: „Gleichzeitig stellen wir fest: Du hast dich im Zorn hinreißen lassen und einen Menschen getötet. Damit hast du schwerste Schuld auf dich geladen. Eine Schuld, die nur mit dem Tod gesühnt werden kann."

Ein Raunen ging durch die Menge, Innozenz blickte in die Richtung seiner Schwägerin. Donna Olimpia nickte mehrmals zur Bestätigung, während sich Clarissa an ihrer Seite die Hand vor den Mund hielt.

„Dafür aber", erhob der Papst ein drittes Mal seine Stimme, „dass du uns mit deinem Werk instand gesetzt hast, hier und heute das Heilige Jahr in würdiger Weise zu feiern, gewähren wir dir Ablass auf die Strafe deiner Sünden und schenken dir das Leben." Er hob den Arm zum Segen. „Gehe hin in Frieden!"

„Dank sei Gott dem Herrn!", erwiderte Francesco, und tausend Gläubige auf dem Platz fielen in seine Worte ein.

Während Innozenz die Hand ausstreckte und Francesco den Ring an seinem Finger küsste, atmete Clarissa auf, und grenzenloser Jubel stieg in ihr auf. Francescos Weg führte von der Empore direkt an ihr vorbei. Clarissa sprang auf und streckte ihm beide Arme entgegen. „Ich gratuliere Ihnen von Herzen, Signor Borromini. Ich hatte so sehr für Sie gehofft und gebetet."

„Zu gütig von Ihnen, Principessa. Aber ich habe Sie gebeten, sich nicht um mich und meine Angelegenheiten zu bemühen. Ich wäre Ihnen deshalb dankbar, Sie würden diesen Wunsch in Zukunft respektieren." Er verbeugte sich und fügte hinzu: „Im Namen der heiligen Theresa."

AN DIESEM Abend war an Schlaf nicht zu denken – Clarissa fühlte sich viel zu aufgewühlt. Noch spät in der Nacht ging sie in ihrem Observatorium auf und ab und versuchte ihre Gedanken zu ordnen und ihre Gefühle zu klären.

Wie konnte Borromini sie so beleidigen! Nach allem, was sie für ihn getan hatte!

Sie hatte das Gesicht ihrer Cousine gesehen im Moment ihrer Niederlage: den Hass und die Wut, die aus ihren Augen sprühten. Was würde Olimpia unternehmen, wenn Innozenz ihr verriet, dass Clarissa ihr diese Niederlage beigebracht hatte?

Keinen Tag länger durfte sie in diesem Gefängnis bleiben! Mit raschen, lautlosen Schritten, damit niemand sie hörte, eilte sie in ihr Ankleidezimmer. Noch im ersten Morgengrauen würde sie sich aus dem Haus schleichen. Sie packte ein paar Kleider zusammen, öffnete die Truhe mit ihren persönlichen Sachen und kehrte darin das Unterste zuoberst, bis sie endlich das Geld und ihren alten Pass wieder fand. Sie stopfte die Münzen und Papiere zu der Wäsche in den Mantelsack und wollte ihn gerade zuschnallen, als hinter ihr eine Tür knarrte.

Clarissa erstarrte. Als sie sah, wer in der Tür stand, schloss sie die Augen.

„Ist Ihnen nicht wohl, Principessa?"

„Nein, nein", erwiderte sie und blickte den Diener an, der mit einem Leuchter und einem silbernen Tablett in den Händen zu ihr trat. „Ach, ein Brief für mich?", fragte sie dann und griff nach dem Kuvert, das der Diener ihr auf seinem Tablett reichte. Ungeduldig riss sie den Umschlag auf, entfaltete den Brief und überflog das Schreiben.

Bereits bei den ersten Worten hielt sie den Atem an, und nachdem sie die wenigen Zeilen gelesen hatte, musste sie sich setzen. Was ihr vor wenigen Minuten noch wie ein Ausweg erschienen war, hatte nun keinen Sinn mehr.

„Ich … ich danke dir", sagte sie und ging an dem Diener vorbei hinaus auf den Flur.

Ohne auf ihre Schritte zu achten, die laut auf dem Marmorboden hallten, kehrte sie in ihr Observatorium zurück, wo sie den Rest der Nacht an ihrem Teleskop verbrachte, bis die letzten Sterne am Himmel verblassten.

DIE NACHRICHT, die Clarissa alle Kraft und Zuversicht genommen hatte, stammte aus England: William, ihr alter Tutor, hatte ihr geschrieben, um ihr den Tod ihrer Eltern mitzuteilen. Sie waren nicht, wie der letzte Brief ihres Vaters hätte befürchten lassen, der neuen Regierung zum Opfer gefallen, sondern, im Abstand von nur wenigen Tagen, dem Typhus, der in der Grafschaft grassierte.

Als Donna Olimpia ihr das Beileid aussprach, glaubte Clarissa in ihrer von Mitgefühl gezeichneten Miene ein kleines böses Lächeln zu erkennen: Freute sich ihre Cousine, weil ihr nun jede Flucht verwehrt war?

Es hatte fast den Anschein, denn von diesem Tage an lockerte Olimpia spürbar ihre Überwachung.

An ihrem Geburtstag – das Heilige Jahr war vorüber, seit der Osterfeier in der Lateranbasilika und auf der Piazza war fast ein Jahr schon vergangen – fuhr Clarissa morgens unter dem Vorwand, den Angelus zu beten, zur Kirche Santa Maria della Vittoria. Es war eine innere Notwendigkeit, die sie an diesem Tag an diesen Ort trieb, als könne sie nur hier, vor ihrem eigenen Abbild, mit sich ins Reine kommen.

Vor dem Seitenaltar kniete sie nieder, um das steinerne Antlitz zu betrachten. Clarissa schloss die Augen. Bilder ihrer Kindheit zogen an ihr vorüber: Bilder ihrer Herkunft, zu der es keine Rückkehr mehr gab.

Plötzlich spürte sie eine Hand auf ihrer Schulter, und sie schlug die Augen auf. Vor ihr stand Lorenzo Bernini.

„Woran leiden Sie, Principessa?“, fragte er. „Ich spüre, dass etwas Sie bedrückt, schon seit langem.“

„Woher kommen Sie?“ Clarissa erhob sich von den Knien. „Sind Sie mir gefolgt?“

„Man hat mir im Palazzo Pamphili gesagt, wohin Sie gefahren sind. Ich wollte Ihnen meine Aufwartung machen. Ich wollte es schon längst tun, allein es fehlte mir an Mut. Ich bin nicht zum Helden geboren. Ich bin ein schwacher Mensch, und jeder Vorzug, über den ich vielleicht verfüge, wird von hundert Fehlern aufgewogen, weshalb ich in meinem Leben manche Entscheidung getroffen habe, die ich später bereute. Bitte, Clarissa“, sagte er plötzlich und nahm ihre Hand, „gib mir Gelegenheit, meine Fehler wieder gutzumachen. Erlaube mir, dass ich dir helfe!“

Unschlüssig schaute sie ihn an. Es tat so gut, einen Menschen bei sich zu haben, seine Nähe und Anteilnahme zu spüren. Wie sehr hatte sie das vermisst! Aber durfte sie diesem Mann trauen? Er hatte vor ihren Augen um Donna Olimpias Gunst gebuhlt, ja sie regelrecht bestochen. Doch was bedeutete das? Dass er mit Olimpia gemeinsame Sache machte? Aber wenn sie diesem Mann nicht traute, wer blieb ihr dann noch auf dieser Welt?

„Ich habe Angst, Lorenzo“, flüsterte sie. „Donna Olimpia wird erpresst von einem Mönch, sie hat dafür sogar den Smaragd versetzt.“

„Erpresst? Um Himmels willen, wie ist das möglich? Sie ist der mächtigste Mensch in der Stadt, mächtiger als der Papst.“

„Sie hat ihren Mann vergiftet, mithilfe dieses Mönches. Darum hat er sie in der Hand.“

Lorenzo pfiff leise durch die Zähne. „Ja." Er nickte. „Das passt zu dieser Frau. Aber woher weißt du das?"

„Ich habe ein Gespräch zwischen ihr und dem Mönch belauscht."

„Du selbst hast es gehört?", fragte er erschrocken. „Weiß Donna Olimpia davon? Hast du dich ihr gegenüber verraten?"

„Das ist es ja", sagte Clarissa. „Ich habe keine Ahnung. Seitdem belauert sie mich auf Schritt und Tritt – manchmal weiß ich nicht mehr, wohin mit mir."

„Und die ganze Zeit warst du allein." Lorenzo zog sie an sich und nahm sie in den Arm. Er tat es so natürlich und selbstverständlich, dass sie sich nicht dagegen wehrte. „Was hast du nur durchgemacht, es muss fürchterlich gewesen sein! Aber glaub mir, jetzt ist es vorbei, ich werde dir helfen."

Während er sprach, strich er ihr immer wieder über das Haar. Dann fasste er sie bei den Schultern und schaute sie fest an. „Hast du den Mut, noch ein paar Wochen im Palazzo Pamphili auszuhalten? Donna Olimpia darf während unserer Vorbereitungen keinen Verdacht schöpfen, ihr Arm reicht weit – auch über Rom hinaus."

„Aber ja, natürlich. Seit Olimpia weiß, dass ich nicht nach England zurückkann, hat die Überwachung nachgelassen."

„Du musst nur durchhalten, bis der Brunnen fertig ist. Eher kann ich nicht weg, es würde zu sehr auffallen. Dann bringe ich dich fort, nach Paris. Ich schicke dir eine Kutsche, die dich abholt, hierher, vor diese Kirche, am besten wieder morgens nach dem Angelus, dann hast du einen Grund, das Haus zu verlassen."

Er hatte den Satz kaum zu Ende gesprochen, da hüstelte jemand hinter ihrem Rücken. Erschrocken ließen die zwei einander los und drehten sich um.

„Luigi? Du? Was … was willst du von mir?"

Mit einem breiten Grinsen musterte Luigi die beiden. „Ich dachte, wir sollten noch mal die Pläne für die Leitungen durchgehen. Damit bei der Inspektion nichts schief geht."

PRINCIPE Camillo Pamphili, vormals Kardinal Padrone, inzwischen aber Ehemann der schönen Olimpia Rossano sowie Bauherr des Forum Pamphili, setzte sich ein zweites Mal in seinem Leben über die Einwände seiner Mutter hinweg, um sein Wort, das er Francesco Borromini gegeben hatte, tatsächlich zu halten. Zwar bestellte er den Lateranbaumeister nicht zum offiziellen Architekten des Forums, doch übertrug er ihm nach und nach immer größere Verantwortung bei der Planung und Durchführung des gewaltigen Unternehmens.

Jetzt sollte Francesco sogar die Familienkirche Sant' Agnese neu gestalten, hier an der Piazza Navona.

Dennoch war Francesco an diesem Morgen gar nicht guter Dinge. Trotz seines ausdrücklichen Verbots, seine Unterlagen anzurühren, hatte seine Nachbarin an seinem Arbeitsplatz Staub gewischt und dabei seine Pläne in Unordnung gebracht. Doch insgeheim wusste er, dass dies nicht der wirkliche Grund seiner Missstimmung war. In einer Woche sollte Berninis Brunnen eingeweiht werden, und bereits an diesem Morgen wollte der Papst persönlich die Anlage in Augenschein nehmen.

Dieser verfluchte Brunnen! Während Francesco die Einrüstarbeiten an der Kirche Sant' Agnese beaufsichtigte, musste er immer wieder auf die Brunnenanlage schauen, mit neidvollen Blicken. Wie großartig sie die Piazza gliederte und beherrschte! Die Flussgötter wirkten so lebendig, als würden sie jeden Augenblick aus dem Becken steigen.

Plötzlich wurden Rufe laut, Bewegung entstand auf dem lang gestreckten Platz, an dessen Ende Francesco eine Kavalkade von einem halben Hundert Reitern erblickte. Das musste der Papst mit seinem Gefolge sein. Während die Kavalkade sich in einer Staubwolke auf den Brunnen zubewegte, sah Francesco, wie aus dem Palazzo Pamphili Donna Olimpia und Lorenzo Bernini ins Freie traten. Sie waren nicht allein. Die Frau, der Lorenzo Bernini seinen Arm reichte, war die Principessa. Doch als sich ihre Blicke für eine Sekunde begegneten, schlug die Principessa die Augen nieder und ging an ihm vorüber, als würden sie einander nicht kennen.

Der Anblick schmerzte ihn wie eine offene Wunde, in die man Salz rieb. Wie oft hatte er sich in den letzten Wochen selbst verflucht, seinen Hochmut und Stolz! War es ein Wunder, wenn die Principessa, die ihm doch immer wieder ihre Zuneigung bewiesen hatte, ihn nicht mehr sehen wollte? „Im Namen der heiligen Theresa.“ Mit dieser beleidigenden, ganz und gar unsinnigen Bemerkung hatte er alles verdorben. Denn dass er sie liebte, mehr als jeden anderen Menschen auf der Welt, mehr auch als sich selbst, daran konnte er längst nicht mehr zweifeln.

Dann wurde es so still auf der Piazza wie in einer Kirche. Alle Augen waren auf den Papst gerichtet, der mit langsamen Schritten und regungsloser Miene um den Brunnen herumging, die Hände auf dem

Rücken verschränkt, um ihn genau zu betrachten. Denn heute würde er sein Urteil über das Bauwerk verkünden.

Endlich blieb Innozenz stehen und sagte, an Bernini gewandt, mit seiner knarrenden Stimme, laut genug, dass Francesco jedes seiner Worte verstand: „Sehr schön, sehr schön, Cavaliere. Aber eigentlich sind wir gekommen, um eine Fontäne zu sehen, kein trockenes Bauwerk."

Bernini, der eben noch über den Platz stolziert war wie ein Pfau, verzog das Gesicht, als hätte er in eine Zitrone gebissen, und stammelte wirr von Geduld – unwürdiges Eingeständnis seines Versagens.

Francesco musste sich beherrschen, um nicht zu applaudieren. Vernichtender hätte der Tadel des Papstes nicht ausfallen können: Ein Brunnen, der kein Wasser führte! Offenbar hatte Bernini immer noch keine Lösung für die Zuleitung gefunden. Dabei war alles so einfach! Francesco hatte die Zeichnung mit der Konstruktion noch an diesem Morgen in den Händen gehabt, beim Aufräumen der Unordnung, die seine Nachbarin angerichtet hatte. Er machte kehrt, doch als er die Kirchentür aufstieß, um an seinen Zeichentisch zurückzukehren, hörte er hinter sich plötzlich ein Rauschen und Brausen, als ginge eine Sintflut auf die Piazza nieder.

Entgeistert fuhr Francesco herum. In mächtigem Schwall ergossen sich die Fontänen in das marmorne Brunnenbecken, glitzernd und funkelnd brachen sich die Sonnenstrahlen in den sprudelnden Fluten, und die steinernen Fische und Delphine tummelten sich voller Lust zu Füßen des Obelisken in ihrem Element, unter den Augen der vier kolossalen, sich wohlig räkelnden Flussgötter, während Bernini mit lachendem Gesicht und ausgestrecktem Arm sein Werk präsentierte. Jedes Kind auf der Piazza begriff: Sein Versagen war nur Komödie gewesen, ein Spiel, um den Effekt des Gelingens zu erhöhen.

Stöhnend wie ein verwundetes Tier, schloss Francesco die Augen. Wer hatte Bernini die Lösung verraten?

Innozenz' altes, narbiges Gesicht, aus dem er sonst so mürrisch in die Welt blickte, strahlte vor Glückseligkeit. Lauter Jubel brach los. Francescos Blick fiel auf die Principessa. Auch sie applaudierte, und ihre Augen leuchteten. Dieser Frau hatte er, um ihr Herz zu erobern, den Brunnen widmen wollen, den nun der andere gebaut hatte. Jetzt hörte sie auf zu klatschen, doch nur, um Bernini mit beiden Händen zu gratulieren, begleitet von einem liebevollen Lächeln.

Francesco wandte sich ab. Berninis Triumph war so vollkommen wie seine eigene Schmach: Der Phönix hatte sich aus der Asche erhoben, und ihm, Francesco Borromini, war es beschieden, Zeuge seiner Auferstehung zu sein.

DIE GLOCKE von Sant' Agnese schlug zwölfmal an. Es war Mitternacht, die Zeit, in welcher der alte Tag erstirbt, um als heraufziehender Morgen neu geboren zu werden.

Die Lichter im päpstlichen Schlafgemach waren erloschen, milchig weiß schimmerte im Mondschein die Mitra auf dem Nachtkasten. Doch bemühte sich Donna Olimpia in den seidenen Kissen, dem welken Leib ihres Schwagers ein bisschen Leben abzutrotzen. Aber ihre Hoffnung wollte sich nicht erfüllen.

Sie drehte sich auf den Rücken und starrte gegen den goldglänzenden Baldachin. Gleichmäßig hob und senkte sich Innozenz' Brust an ihrer Seite.

„Die Hure muss weg!", sagte sie in die Stille hinein.

„Von wem sprichst du?"

„Von Clarissa McKinney. Sie hat Bernini Modell gesessen für das Bildnis der Theresa. Hast du ihre Züge wirklich nicht wieder erkannt?"

„Jetzt, da du es sagst – bei Gott, du hast Recht!"

„Sie muss weg! Luigi Bernini hat mir heute anvertraut, dass sie die Flucht vorbereitet mithilfe des Cavaliere."

„Warum sollte sie das tun?"

„Um sich der gerechten Strafe zu entziehen! Sie muss doch täglich fürchten, als die Hure des Cavaliere entlarvt zu werden. Schon jetzt haben sie tausende von Menschen in ihrer schamlosen Lüsternheit gesehen."

„Gott sei ihrer Seele gnädig!", sagte Innozenz und schlug das Kreuzzeichen.

ALS CLARISSA am nächsten Morgen die Kirche Sante Maria della Vittoria verließ, wartete die Kutsche bereits vor dem Portal. Bei dem Anblick klopfte ihr das Herz. So viele Jahre war dies ihre geheime Vorstellung vom Glück gewesen: eine Kutsche mit verhangenen Fenstern, die in rasendem Tempo über unbekannte Straßen ratterte.

Und jetzt stand die Kutsche vor ihr! Aber wo war Lorenzo? Sie schaute sich um – da sah sie, wie der Wagenschlag aufging und eine Hand sie zu sich winkte.

Sie raffte ihre Röcke und eilte die Stufen des Portals hinab.

Vierter Teil
IM VORGARTEN DES PARADIESES: 1655–67

Kapitel 18

Auf den Straßen und Plätzen Roms tobte der Mob. Die Bürger verbarrikadierten ihre Türen und Tore, die Fürsten, Kardinäle und Bischöfe stellten Wachen vor ihren Palazzi auf, und jedermann bewaffnete sich, so gut er konnte, wenn er sich aus dem Schutz der eigenen Wände ins Freie begab. Denn überall wurden Häuser geplündert, Kirchen gestürmt, Denkmäler geschändet. Und während Kornkammern und Warenlager in Flammen aufgingen, erscholl in der ganzen Stadt ein Ruf: „Der Papst ist tot! Der Papst ist tot!"

Fernab von dem Getöse der Welt nahm Francesco Borromini in tiefer Loyalität und Dankbarkeit Abschied von seinem Pontifex Innozenz X. Er war der einsamste Mensch in ganz Rom. Nachdem die einzige Frau, die ihm je etwas bedeutet hatte, aus seinem Leben geschieden war, hatte er nun, im Alter von 56 Jahren, auch seinen „Vater" verloren.

Doch an was für einem unwürdigen Ort vollzog sich dieser Abschied! Der Leichnam des Papstes war in einem Schuppen hinter der Sakristei von Sankt Peter aufgebahrt, weil die reiche Familie Pamphili sich geweigert hatte, den schlichten Holzsarg für das Bestattungsritual zu bezahlen.

Im blakenden Licht einer Talgkerze sprach Francesco seine Gebete. Er wusste, dies war nicht nur das Ende einer Epoche – der Tod des strengen Gottesmannes bedeutete auch einen tiefen Einschnitt in sein eigenes Leben. Alle großen Aufträge der letzten Jahre hatte er Innozenz zu verdanken. Mit der Piazza Navona und Sant' Agnese sollte ein Gegenstück zu Sankt Peter und dem Vatikan entstehen, welches das Vorbild noch übertraf: in Gestalt eines idealen Platzes. Francesco beschloss, den Platz dem Andenken dieses großen Mannes zu widmen – dem Papst, nicht der Principessa.

Fast vier Jahre war die Principessa nun fort. Ohne einen Gruß war sie abgereist, und nicht einen einzigen Brief hatte sie ihm aus England geschickt. Francesco hatte seither jede Stunde, jeden Tag seiner Kunst geweiht. Die Arbeiten an der Sapienza kamen ebenso gut voran wie die am Palazzo Pamphili, und die Neugestaltung der Propaganda Fide näherte sich bereits ihrer Vollendung. Nur auf diese Weise, in der völligen Hingabe an sein Werk, vermochte er die Leere zu ertragen, die er seit dem Fortgang der Principessa verspürte.

Die Taube der Pamphili hatte sich kaum in die Lüfte erhoben, um einem besseren Jenseits zuzustreben, da zog ein strahlender Stern über den Hügeln Roms am Himmel auf: das Wappen der Familie Chigi. In seltener Eintracht hatte das Heilige Kolleg Kardinal Fabio Chigi zum neuen Nachfolger Petri erkoren. Doch am Tag der Krönungsfeierlichkeiten, dem 18. April des Jahres 1655, ging schwerer Hagel auf die Stadt nieder und richtete in den Weinbergen schlimme Verwüstungen an. Betroffen fragten sich die Römer: War dies ein böses Omen, mit dem das neue Pontifikat begann?

Die Dämmerung war noch nicht angebrochen, da durchschritt Lorenzo Bernini, angetan mit dem Habit des Cavaliere di Gesù, die langen Flure des Vatikans, begleitet von einem Offizier der Schweizergarde, der ihn an den wartenden Prälaten und Botschaftern vorbei zum Audienzsaal des Papstes führte. Nicht anders als zu seiner Zeit Urban VIII. ließ auch Alexander VII. ihn noch am selben Tag, an dem er den Heiligen Stuhl bestieg, zu sich rufen.

„Eure Heiligkeit!“

Kaum hatte der Offizier die Flügeltür geöffnet, sank Lorenzo auf die Knie, um Chigis Fuß zu küssen. Gerade wollte er sich erheben, da zuckte er zusammen: Neben dem Thron des Pontifex stand, mit geöffnetem Deckel und im Innern mit weißen Seidenpolstern ausgeschlagen, ein dunkel glänzender Sarg aus poliertem Ebenholz.

„Verwirrt dich der Anblick, Cavaliere?“, fragte Alexander ihn mit einem feinen Lächeln. „Dich, einen Mann, der dem Tod auf Urbans Grabmal in so wunderbarer Weise den Schrecken genommen hat?“

„Ich muss gestehen, Heiliger Vater, ich wähnte dem Tod nicht an diesem Ort zu begegnen, erst recht nicht an einem solchen Tag.“

„Gerade hier und heute ist es an der Zeit, uns seiner zu erinnern“, erwiderte Alexander. „Als Mahnung, wie kurz das Leben ist. Es gibt so viel zu tun, was Gott uns aufgetragen hat. Darum wollen wir gleich zur Sache kommen. Als Kardinal Chigi habe ich dir Aufträge erteilt, die dem Glanz meiner Familie dienten, nun aber stellen wir dir eine Aufgabe, die zum Ruhm der ganzen heiligen Kirche gereichen soll. Wir meinen die Vollendung des Petersplatzes. Vor dem Dom soll die herrlichste Piazza entstehen, welche die Menschheit je gesehen hat. Ein würdiger Vorhof für den größten Gottestempel auf Erden, Ehrenmal der päpstlichen Würde und Schmuck der Stadt Rom."

Lorenzo spürte, wie sein Herz in einer Mischung aus Freude und Bestürzung höher schlug. Seit dem Abriss des Glockenturms war die Basilika ein Torso, der sich aus einer Wüste von Trümmern erhob, den Überresten des alten Sankt Peter. Madernos Fassade, die auf hohe Türme zu ihrer Begrenzung berechnet war, musste diese für immer entbehren, da nach dem drohenden Einsturz der Front niemand mehr wagte, den Fundamenten die Last so hoher Aufbauten zuzumuten. Papst Alexanders Auftrag bedeutete nun die Möglichkeit, auch ohne Türme die Wucht von Madernos Fassade, hinter der die Kuppel förmlich verschwand, nicht nur zu korrigieren, sondern durch die Gestaltung des Platzes womöglich in einen Vorteil zu verwandeln. Was für ein kühner Gedanke! Und was für eine gewaltige, ja übermenschliche Aufgabe!

„Ich bewundere den Plan Eurer Heiligkeit", sagte Lorenzo zögernd, um seine momentane Ratlosigkeit zu verbergen. „Um den Platz zu erweitern, damit er den Vorstellungen Eurer Heiligkeit entspricht, werden wir allerdings gezwungen sein, die angrenzenden Straßen zu begradigen und viele kleine Behausungen abzureißen, damit sie die vornehmen Gebäude nicht länger verdunkeln und beengen –"

„Sehr richtig", unterbrach Alexander ihn, „und darum hast du völlig freie Hand in der Wahl deiner Mittel. Reiße nieder, was immer du willst – um aufzurichten, was Gott und deine Vorstellungskraft dir eingeben. Hast du vielleicht schon eine Idee, Cavaliere?"

Lorenzo zögerte. Wie stellte der Papst sich das vor? Woher sollte er schon jetzt eine Idee haben? Für ein Projekt von solchen Dimensionen? Mit offenem Mund starrte er Alexander an. Es war wie eine Erscheinung. Einem Monument gleich, erhob sich der Pontifex vor ihm auf dem Thron, den Oberkörper eingehüllt in einen mächtigen Umhang, die Arme links und rechts auf den hohen Lehnen seines Stuhls, als würde er den ganzen Raum umfangen. Wie ein Blitz durchfuhr Lorenzo die Erkenntnis: Dieser Mann verkörpert den Glauben, die heilige katholische Kirche – er *war* die Kirche in Person.

Und ehe er überlegen konnte, was er von sich gab, hörte sich Lorenzo sagen: „Ich stelle mir Eure Kirche wie eine menschliche Gestalt vor, Heiliger Vater. Der Kopf trägt die Kuppel wie eine Tiara, die Breite der Schultern wird durch die Fassade bezeichnet, die ausgebreiteten Arme gleichen Arkaden, die sich von der Mitte aus fortsetzen, während die Beine die Zugangsstraßen des *borgo* markieren."

„Unsere Kirche als eine menschliche Gestalt?"

„Ja, Heiliger Vater, als Sinnbild des Mensch gewordenen Gottes und zugleich machtvolles Symbol seines Stellvertreters."

Alexander nickte, dann hob er den Arm, wie um Lorenzo zu segnen. „Hiermit ernennen wir dich zum Architekten der apostolischen Kammer und lassen dir künftig ein Salär von monatlich zweihundertsechzig Scudi anweisen. Jetzt geh und mache dich an die Arbeit! Ich bin begierig, deine Pläne zu sehen."

Lorenzo trat vor, um sich über Alexanders Hand zu beugen. Während er den Fischerring küsste, überkam ihn große Zufriedenheit. Jetzt lag ihm nur noch eine Frage auf der Seele.

„Ist etwas?", fragte Alexander, als er sein Zögern spürte.

„Ja, Heiliger Vater", antwortete Lorenzo. „Donna Olimpia – ist sie auch unter Eurer Regentschaft mit den Bauvorhaben des Vatikans befasst?"

„ICH VERLANGE, den Papst zu sprechen!"

„Tut mir Leid, Eccellenza, der Heilige Vater meditiert."

„Schon wieder?", fragte Donna Olimpia, schäumend vor Wut. „Er meditiert schon die ganze Woche!"

Papst Alexander war nicht nur ein Schöngeist, er war auch ein frommer und sittenstrenger Mann. Ein Aufatmen war darum durch die Stadt gegangen, als seine Wahl verkündet wurde. Schon als Kardinal hatten die Römer Fabio Chigi wegen seines redlichen Charakters geschätzt, und er sollte sein Volk nicht enttäuschen. Ohne Rücksicht auf Standesprivilegien räumte er unter den Günstlingen seines Vorgängers auf und brachte dem allgemeinen Unwillen sein erstes und bedeutendstes Opfer dar: Donna Olimpia.

Drei Tage nach Innozenz' Beisetzung – die Kosten hatte schließlich ein Domherr von Sankt Peter übernommen – hatte die Schwägerin und engste Vertraute des verblichenen Papstes ein Schreiben bekommen, das mit dem Siegel der Rota Romana versehen war. Darin wurde ihr in wenigen Sätzen mitgeteilt, dass eine Untersuchung gegen sie eingeleitet worden sei. Unter acht Hauptrubriken klagte man sie schwerster Verbrechen an: vom Meineid über Bestechlichkeit bis hin zur Veruntreuung von Staatsgeldern. Seitdem sprach sie jeden Morgen im Vatikan vor, um beim neuen Papst eine Audienz zu erlangen. Doch vergebens.

„Richten Sie Seiner Heiligkeit aus, dass ich morgen wieder komme!"

„Das würde ich Ihnen nicht raten." Der Hochmut im Gesicht des Kammerherrn wich dem kalten, gleichgültigen Ausdruck der Amtsgewalt. „Der Heilige Vater befiehlt Ihnen, vorläufig in Ihrem Geburtsort Viterbo Unterkunft zu nehmen, um dort den Ausgang Ihres Prozesses abzuwarten."

Es dauerte einige Zeit, bis Donna Olimpia den Sinn dieses Bescheids begriff. Verstört wandte sie sich ab und eilte die Stufen des päpstlichen Palastes hinunter, um in ihre Kutsche zu steigen. Fabio Chigi jagte sie aus der Stadt – sie, Donna Olimpia, die Königin von Rom!

„Du willst verreisen?", fragte Camillo, als sie am Abend mithilfe von Dienern das Nötigste zusammenpackte. „Hast du Angst vor der Pest in Sizilien? Wie es hieß, besteht nicht die geringste Gefahr, dass sie je über das Meer –"

„Was kümmert mich die Pest!", unterbrach sie ihn. „Alexander hat mich verbannt!"

„Verbannt? Ich dachte, Fabio Chigi sei unser Freund. Du hast ihm doch selbst zur Wahl verholfen!"

„Das war der größte Fehler meines Lebens." Olimpia seufzte. Sie streichelte ihrem Sohn die Wange und küsste ihn auf die Stirn. „Ich mache mir solche Sorgen. Auch um dich. Du musst hier bleiben und dich darum kümmern, dass man uns nicht alles raubt, während ich von Viterbo aus versuche, die Gerechtigkeit wieder herzustellen. Hier", sie reichte ihm eine dicke Ledermappe, die von Papieren nur so überquoll, „darin habe ich alles aufgeschrieben, was du zu tun hast, zusammen mit den Vollmachten, die du brauchst, um Geld von meinen Konten zu beziehen. Wer weiß, vielleicht hat sich in ein paar Wochen die Aufregung schon wieder gelegt."

Camillo erwiderte ihren besorgten Blick mit einem Grinsen. „Wenn ich deine Vollmacht habe, heißt das, ich kann über das ganze Geld der Familie Pamphili verfügen?" Seine Augen leuchteten, als hätte man ihm eine gebratene Gans serviert.

„Ist das alles, was dich interessiert?", entgegnete Olimpia.

Camillo legte seine Stirn in Falten. „Nein, da ist noch was", sagte er. „Was passiert mit der Principessa, wenn du fort bist?"

„Was für eine kluge Frage!", rief Olimpia und tätschelte seine Hand. „Sorge dafür, dass die Hure bleibt, wo sie ist! Ich werde mich nach meiner Rückkehr um sie kümmern. Doch jetzt muss ich vor meiner Abreise noch eine dringende Angelegenheit erledigen."

Wie jeden Abend um die neunte Stunde hatten sich die Nonnen in ihrer Kirche versammelt, um den Tag mit der Komplet zu beschließen, dem letzten der sieben Stundengebete, mit denen in der Ordnung des Glaubens der Ablauf des Tages geheiligt wurde. Eine der ehrwürdigen Frauen aber war aus der Gemeinschaft des Gotteslobes seit einer Woche ausgeschlossen: Schwester Chiara, Lady McKinney mit weltlichem Namen. Allein, als hätte sie Aussatz, stand sie draußen in der Dunkelheit, frierend mit ihren bloßen Füßen in den Sandalen, und fiel leise in das Lob des dreieinigen Gottes ein.

Während Clarissa durch das Gebet allmählich den Frieden des Herzens fand, war im Innern des Gotteshauses von Andacht wenig zu spüren. Anstatt sich in die Hora zu versenken, um von den Versuchungen des Tages abzulassen, schienen die Nonnen erst jetzt zum Leben zu erwachen, als könnten sie gar nicht erwarten, endlich den Segen zu empfangen, um die wenigen Stunden der kurzen Nacht zwischen dem letzten und dem ersten Stundengebet auf ihre Weise zu nutzen.

„Benedicat vos omnipotens Deus: Pater et Filius et Spiritus sanctus!“

„Amen!“

Mit lautem Knarren öffnete sich das Kirchentor. Wie es die schwere Buße verlangte, die der Abt Don Angelo über sie verhängt hatte, warf Clarissa sich zu Boden. Eilig stiegen die anderen Nonnen über sie hinweg, eine jede bestrebt, möglichst rasch in ihre Zelle zu gelangen.

Erst als die letzte Schwester im Kloster verschwunden war, durfte Clarissa sich vom Boden erheben. Sie klopfte sich den Staub vom Kleid, und unter den strengen Blicken Schwester Laetitias, einer älteren Nonne, kehrte sie in ihre Zelle zurück, wo ihre Bewacherin sie mit stummem Kopfnicken für den Rest der Nacht einschloss.

Clarissa sank auf den Schemel, der außer dem Tisch und ihrem Nachtlager, einer schmalen, mit einem Strohsack gepolsterten Pritsche, das einzige Möbelstück in ihrer Zelle war. Den Kopf in die Hände gestützt, schaute sie zum vergitterten Fenster hinaus, wo sich ein kleiner Fluss im Mondschein durch einen Wald schlängelte. Clarissa hatte keine Ahnung, wo sich das Kloster befand. Kaum eine der Frauen war hier, um ihr Leben Gott zu weihen. Die meisten verbrachten ihre Tage an diesem weltabgeschiedenen Ort, weil sie in Rom ihren Familien zur Last fielen – aus welchen Gründen auch immer.

Clarissa zündete eine Kerze an. Auch sie lebte an diesem Ort, weil sie jemandem zur Last fiel. Vier Jahre waren vergangen, seit Donna Olimpia sie vor Santa Maria della Vittoria hatte entführen lassen. Der Abt persönlich überwachte sie, er war Donna Olimpias Gewährsmann – und ihr bereits bei der Ermordung ihres Mannes zu Diensten gewesen. Einmal im Monat suchte Olimpia ihn auf, um sich zu überzeugen, dass Clarissa in sicherem Gewahrsam war.

Clarissa war jetzt eine alte Frau von über fünfzig Jahren, die ihre Tage im Kloster beschließen würde, vergessen von den wenigen Menschen, die sie kannten. Mit einem Seufzer schlug sie das Buch auf, dem sie allabendlich ihre Gedanken anvertraute. Diese Übung war ihr einziger Trost, sie half ihr, zu überleben und ihren Geist wach zu halten.

Während sie in ihren Aufzeichnungen blätterte, hörte sie, wie sich auf den Gängen und Fluren das nächtliche Leben im Kloster regte: Türen, die leise geöffnet wurden, huschende Schritte, heimliches Flüstern und unterdrücktes Lachen, das Rascheln von Kleidern, keuchender Atem und Stöhnen, dann kurze, spitze Schreie. Es war die Stunde der Sünde – wie jeden Abend nach der letzten Hora, wenn die Schwestern die vermummten Gestalten empfingen, die im Kloster gemeinhin als Pilger galten, tatsächlich aber aus der Stadt geritten kamen, um an diesem Ort der Fleischeslust zu frönen.

Wie lange würde ihre Strafe noch dauern? Don Angelo hatte Clarissa mit dem Entzug der Gemeinschaft bestraft, weil sie Einspruch gegen seine Anweisung erhoben hatte, den Novizinnen den Zugang zur Bibliothek zu verwehren. Doch merkwürdig, je stärker sie ihrer äußeren Freiheit beraubt wurde, desto mehr schien ihre innere Freiheit zu wachsen. Während alles Verlangen, das ihr in früheren Jahren so oft zugesetzt hatte, durch die Kasteiung mehr und mehr zum Schweigen kam, entstand in ihr ein Gefühl von Kraft und Leichtigkeit. Kein äußerer Zwang konnte diese wunderbare Beschwingtheit ihres Innern dämpfen.

Plötzlich wurden draußen Stimmen laut. Clarissa hörte im Flur eine Männerstimme, die sie schon oft in ihrem Leben gehört hatte: „Das verbiete ich Ihnen! Verlassen Sie das Haus!"

„Sie haben hier gar nichts zu befehlen!", rief eine zweite männliche Stimme, noch lauter als die erste. „Wer sind Sie überhaupt?"

„Ich bin Principe Pamphili. Dieses Kloster steht unter dem Schutz meiner Mutter – Donna Olimpia."

Draußen lachten jetzt ein paar Männer. „Donna Olimpia? Wer unter ihrem Schutz steht, hat einen anderen nötig."

Clarissa löschte die Kerze und eilte zu ihrer Pritsche, da ertönte ein Ruf: „Im Namen Seiner Heiligkeit!"

Im gleichen Moment flog die Tür auf. Clarissa erstarrte. Draußen auf dem Flur, im Schein einer Fackel, stand Camillo Pamphili, nur mit einem Hemd bekleidet, ein ertappter Sünder, flankiert von zwei Soldaten, die ihre Säbel auf ihn richteten.

„DER HERR segne dieses Mahl!“

„Amen!“

Der Abend war gekommen, das Tagwerk vollbracht. Voller Wohlgefallen schaute Virgilio Spada in die Runde, während er seinen Löffel in die Suppe tauchte. An der langen Tafel saßen mit ihm zwei Dutzend Frauen, von denen er jede einzelne so gut kannte, als gehöre sie zu seiner Familie.

Per le donne mal maritate – FÜR UNGLÜCKLICH VERHEIRATETE FRAUEN, stand über dem Eingang des Hauses geschrieben, das Spada vor zwei Jahren in der Gemeinde von Santa Maria Maddalena auf eigene Kosten hatte einrichten lassen und welches seitdem seine segensreiche Wirkung entfaltete. Hier fanden Frauen Zuflucht, die dem falschen Mann ihr Leben anvertraut hatten: einem Mann, der sie schlug oder misshandelte oder sie gar zwang, für ein paar Kupfermünzen ihren Leib zu verkaufen.

Zu sehen, wie diese armen Magdalenen hier miteinander lebten, vor allem aber, wie sie in seinem Haus die Würde wiedererlangten, die sie draußen in der Welt verloren hatten, war Virgilio Spadas größtes Glück.

Ein Pochen holte ihn in die Gegenwart zurück. Die Frauen am Tisch blickten zur Tür.

„Würdest du bitte aufmachen, Gabriella“, sagte Spada. „Wir alle sind gespannt, wen Gott heute Abend wohl zu uns schickt.“

Während er sich wieder seiner Suppe widmete, öffnete Gabriella die Tür. Herein trat eine Barfüßerin in verschmutztem und zerknittertem Ordenskleid, als habe sie eine weite Reise hinter sich.

„Tritt näher, meine Tochter!“, forderte Spada sie auf. Doch noch während er sprach, hielt er in der Bewegung inne. „Principessa!“ Er ließ den Löffel aus der Hand fallen und sprang von seinem Stuhl auf. „Sind Sie es wirklich?“

„ES WAREN Soldaten der Schweizergarde“, erzählte Clarissa. „Sie kamen im Auftrag des Papstes. Sie haben das Kloster aufgelöst und den Abt davongejagt. Wären sie nicht gekommen, wäre Donna Olimpias Plan aufgegangen. Ich wäre für immer im Kloster geblieben, bei lebendigem Leibe begraben. Gott möge ihnen verzeihen“, fügte sie hinzu. „Ich kann es nicht.“

„Ja, diese Menschen gehören bestraft.“ Spada nickte. „Wenn ich daran denke, was Sie erlitten haben!“ Er nahm ihre Hand und drückte sie. „Aber sagen Sie – wie haben Sie mich überhaupt gefunden?“

„Als ich in der Stadt ankam, bin ich zum englischen Hospital gegangen. Doctor Morris, der Arzt dort, hat mir gesagt, dass Sie in Santa Maria Maddalena dieses Haus führen. Er war voll des Lobes über Sie und Ihr Werk.“ Der Monsignore konnte ein stolzes Lächeln nicht unterdrücken. Clarissa erwiderte sein Lächeln, dankbar und froh. Sie hatte die Nacht im Palazzo Spada verbracht und über zehn Stunden geschlafen. Nun saß sie, frisch gebadet und gestärkt von einem reichhaltigen Frühstück, in neuen, sauberen Kleidern in Spadas kleinem Garten am Ende der Scheinkolonnade, überflutet vom hellen Glanz der Morgensonne.

„Was sind Ihre Pläne für die Zukunft?“

„Ich werde wohl nach England zurückkehren.“

„Auch wenn ich Sie schmerzlich vermissen werde, Principessa, ich glaube, das wird das Beste sein. Die Lage in Ihrer Heimat hat sich nach allem, was man hört, wieder beruhigt. Wenn Sie erlauben, gebe ich Ihnen zwei oder drei tüchtige Männer mit auf die Reise. Vielleicht nehmen Sie das Schiff nach Marseille? Da können Sie die Mühsal der Alpen vermeiden.“

„Was für ein guter Mensch Sie sind, Monsignore. Und nur darum schäme ich mich nicht, noch etwas anderes anzusprechen. Ich habe kein Geld, um zu reisen. Sobald ich in England bin, werde ich umgehend …“

Der Monsignore lächelte ein zweites Mal. „Der englische Gesandte hat mich aus diesem Grund wiederholt aufgesucht, er wusste nicht, wohin mit dem Geld, das nach Ihrem plötzlichen Verschwinden weiter aus England eintraf. Wir konnten das nicht verstehen, wir glaubten doch, Sie wären längst zurück in Ihrer Heimat. Gott sei Dank war Ihr Bankier so vorsichtig, Donna Olimpia nichts von diesem Geld zu geben.“

Clarissa konnte seinen Worten kaum glauben. „Wollen Sie damit sagen, ich brauche nur zu meiner Bank zu gehen, um an das Geld zu gelangen?“

„Jederzeit!“ Eilfertig sprang Spada von seinem Platz auf.

Clarissa erhob sich ebenfalls. „Allerdings – eine Frage liegt mir noch auf der Seele.“

„Ich glaube, ich kann sie erraten“, erwiderte Spada mit ernstem Gesicht. „Sie meinen unsere zwei Freunde, nicht wahr? Wie sagt der Prophet Micha? ‚Des Menschen Feinde sind seine eigenen Hausgenossen!‘ Ja, die beiden hassen einander ärger als je zuvor. Erinnern Sie sich noch, dass Signor Borromini plante, den Palazzo des Cavaliere zu überbauen?

Davon hat er inzwischen abgelassen – doch nur, um jetzt die Dreikönigskapelle in der Propaganda Fide niederzureißen, Berninis ersten Kirchenbau! Eines seiner herrlichsten Werke!“ Spada hielt es nicht auf der Stelle. Mit beiden Händen gestikulierend, schritt er in dem kleinen Garten auf und ab.

Während Clarissa ihm zuhörte, überlegte sie. War England überhaupt noch ihre Heimat? Oder war sie nicht längst hier in Rom zu Hause? „Verzeihen Sie, Monsignore, wissen Sie vielleicht, ob Briefe aus England für mich in der Botschaft warten? Von meiner Familie oder von sonstigen Angehörigen?“

„Briefe? Nein, davon ist mir nichts bekannt. Aber gut, dass Sie mich unterbrechen“, fügte er mit einem schuldbewussten Lächeln hinzu, „ich habe mich ganz in Rage geredet. Kommen Sie, machen wir uns auf den Weg, bevor es Mittag wird und Ihr Bankier zu Tisch sitzt!“

Clarissa schüttelte den Kopf. „Nein, Monsignore, ich glaube, das hat keine Eile.“ Sie griff nach seinem Arm und forderte ihn auf, sich wieder zu setzen. „Lieber würde ich noch ein wenig mit Ihnen reden. Ich habe eine Idee und würde gerne dazu Ihre Meinung hören. Es könnte sein, dass ich noch einmal Ihre Hilfe brauche.“

„Ich fürchte“, erwiderte er und nahm an ihrer Seite Platz, „jetzt bin ich derjenige, der nicht recht versteht.“

Kapitel 19

Im Palazzo Bernini summte es wie in einem Bienenhaus. Dutzende von Steinmetzen, Bildhauern und Zeichnern, darunter auch die ältesten Söhne des Hausherrn, waren bei der Arbeit, und andere Handwerker, die auf den zahllosen Baustellen des Cavaliere in der Stadt beschäftigt waren, gingen in rascher Folge ein und aus. Denn seit Lorenzo Bernini wieder die Gunst des Vatikans genoss, vor allem aber seit Fabio Chigi auf dem Heiligen Stuhl saß, wurde er mit einer kaum zu bewältigenden Flut von Aufträgen überhäuft. Ein wenig abseits von dem lärmenden Treiben saß Lorenzo an einem mächtigen marmornen Arbeitstisch und brütete über den Plänen für den größten und bedeutendsten Auftrag, den er je erhalten hatte: die Piazza von Sankt Peter. Ein Räuspern schreckte ihn auf. Er hob den Kopf und sah vor sich Domenico, seinen Erstgeborenen, einen jungen, hübschen Mann, der die Veranlagung zu einem tüchtigen Bildhauer hatte. „Ja, was gibt es?“

„Sie haben Besuch, Vater. Man erwartet Sie in Ihrem Studio."

„Ich habe keine Zeit", brummte Lorenzo und beugte sich wieder über seine Arbeit. „Wer ist es denn?" Als Domenico ihm den Namen nannte, zuckte Lorenzo zusammen. „Hast du gesagt, dass ich da bin?"

„Natürlich! Hätte ich das nicht tun sollen?"

„Dummkopf!" Verärgert warf Lorenzo seinen Rötelstift auf den Tisch und stand auf.

„Eccellenza!", rief er, als er wenig später sein Studio betrat. „Was verschafft mir die Ehre?"

Donna Olimpia stand mit dem Rücken zu ihm am Fenster und schaute auf die Straße. Als sie ihn hörte, drehte sie sich um und sagte: „Papst Alexander will sich den Beifall des Volkes erkaufen. Zu diesem Zweck trachtet er danach, die Familie Pamphili zu ruinieren. Ich werde deshalb Rom verlassen. Doch nicht, ohne vorher eine Frage an Sie zu richten. Die Frage lautet ganz einfach: Wollen Sie mich begleiten?"

„Ich? Sie begleiten? Wohin?"

„Nach Paris, nach London – wohin Sie wollen!"

„Verzeihung, Eccellenza, warum sollte ich das tun?"

„Weil ich reich bin, Cavaliere", erwiderte sie vollkommen ruhig, „sehr reich sogar. Ich besitze zwei Millionen Scudi. Das Geld ist bereits außer Landes."

„Zwei Millionen? Aber das ist ja mehr als …"

„Mehr als das gesamte Jahreseinkommen des Vatikanstaats", führte Olimpia seinen Satz zu Ende. „Noch nie hat ein einzelner Mensch in Rom ein solches Vermögen besessen – und Sie, Cavaliere, können darüber verfügen." Sie trat zu ihm und nahm seine Hände. „Kommen Sie mit mir als mein Mann, und ich lege Ihnen meinen Reichtum zu Füßen. Geld ist Macht, Geld ist Glück, Geld ist der Gott dieser Welt! Sie können Bauwerke errichten, wie die Menschheit noch keine gesehen hat."

„Ich … ich leite die größte Baustelle der Welt!"

„Sie meinen den Petersplatz? Ein leerer Platz und ein paar Säulen drum herum? Sie – der größte Architekt aller Zeiten? Mit zwei Millionen Scudi können Sie ganze Städte bauen! Noch in tausend Jahren wird man von Ihnen sprechen: Bernini, der Weltbaumeister der neuen Zeit!"

Sie war seinem Gesicht so nah, dass ihre Lippen seine Wangen berührten. Als hätte sie ihm seinen Willen genommen, ließ er es geschehen, ohnmächtig, sich zu wehren.

„Du und ich", flüsterte sie, „wir sind vom gleichen Stamm. Wir lieben aneinander das, was wir in uns selbst fühlen: Größe, Stärke, Kraft. Wir sind füreinander bestimmt! An nichts Kleines wollen wir unser Leben verschwenden!“

Plötzlich spürte er, wie sein Geschlecht erwachte. Zwei Millionen Scudi! Ja, sie war immer noch eine schöne Frau. Er spürte die Glut, die in diesem üppigen Körper schwelte. Und er war da, um das Feuer zum Lodern zu bringen. Er schloss die Augen und küsste sie.

„Cavaliere, ein Brief! Er wurde gerade für Sie abgegeben.“

Lorenzo fuhr herum. In der Tür stand sein Diener Rustico, der ihm mit schiefem Grinsen ein Kuvert reichte.

„Raus hier!“, herrschte Donna Olimpia ihn an, und zu Lorenzo sagte sie: „Lass das jetzt, wir müssen uns beeilen!“

Doch Lorenzo hatte das Kuvert schon aufgerissen – er hatte die Handschrift auf den ersten Blick erkannt. Der Brief bestand nur aus wenigen Zeilen. Nachdem er sie überflogen hatte, zitterte er.

„Was ist?“, fragte Donna Olimpia. „Schlechte Nachrichten?“

„Verlassen Sie mein Haus!“, sagte er, während seine Stimme vor Erregung bebte. „Sofort! Auf der Stelle!“

„Was sagst du da? Machst du Scherze?“ Sie versuchte zu lachen.

„Raus!“, wiederholte Lorenzo so kalt und beherrscht, wie er nur konnte. „Oder ich rufe meine Leute und lasse Sie auf die Straße werfen! Sie widern mich an! Dreck sind Sie, Unrat, der Auswurf dieser Stadt!“

„Das wagst du, mir zu sagen!“, kreischte sie. „Du elender Komödiant!“ Ihre Stimme überschlug sich, ihr Gesicht war vor Wut verzerrt.

Lorenzo hielt den Brief in die Luft. „Lady McKinney hat mir geschrieben. Ihre Cousine ist gar nicht in England, wie Sie überall erzählt haben – sie ist in Rom! Sie hat mich zu sich eingeladen.“

„Clarissa … ist frei?“ Donna Olimpia sprach so leise, dass Lorenzo sie kaum verstand. Aber er sah ihr Gesicht, und es graute ihn. Jeglicher Liebreiz, jegliche Würde war daraus verschwunden. Übrig geblieben war bloß eine aufgedunsene weißliche Fratze, aus der das blanke Entsetzen sprach. Dieser Anblick dauerte nur ein paar Sekunden. Dann hatte sich Donna Olimpia wieder gefasst. Sie ordnete ihre Kleider, und so ruhig, als hätten sie irgendein Geschäft besprochen, meinte sie: „Sie wollen also nicht auf meinen Vorschlag eingehen? Gut, Cavaliere, es ist Ihre Entscheidung. *Addio!*“

Lorenzo packte sie am Arm. „Ich kenne Ihr Geheimnis, Eccellenza“, sagte er. „Sie haben Ihren Mann vergiftet – die Principessa kann es jederzeit bezeugen. Ich warne Sie! Ein falsches Wort, und ich zeige Sie beim Papst an.“

WAS FÜR ein Triumph des wahren Glaubens! Was für ein Sieg der heiligen katholischen Kirche über Irrlehre und Ketzerei! Christine von Schweden, die Tochter Gustav Adolfs, des größten protestantischen Feldherrn, den der grausame, dreißig Jahre währende Glaubenskrieg hervorgebracht hatte – die Tochter dieses Mannes hatte dem väterlichen Bekenntnis abgeschworen und sich zum allein selig machenden Glauben bekehrt!

Der Tag ihrer Ankunft in Rom war zum öffentlichen Feiertag erklärt worden, und das gesamte Volk strömte zur Piazza del Popolo, um ihren Einzug zu erleben. Von der Engelsburg donnerten Salutschüsse über die Stadt, und während die Kavalkade ihren Weg in Richtung Sankt Peter nahm, vorbei an jubelnden Menschen und fahnengeschmückten Häusern, wuchs die Prozession stetig an.

„Verzeiht uns den bescheidenen Empfang!“, begrüßte Papst Alexander Christine von Schweden in seiner Kirche. „Doch wird Eure Bekehrung einst im Himmel mit Festen gefeiert werden, wie sie die Erde nicht bieten kann.“

Francesco Borromini verfolgte die Messe an der Seite seines alten Freundes Virgilio Spada. Als der Papst, der das Hochamt persönlich zelebrierte, den Kelch hob, um den Wein in das Blut des Herrn zu wandeln, beugte sich Francesco zu Spada und sagte: „Können Sie mir sagen, warum dieser Mann mich so hasst? Bin ich eine der sieben Plagen? Er schikaniert mich seit dem Tag seines Amtsantritts. An all meinen Entwürfen für San Giovanni mäkelt er herum, und jetzt droht er sogar, einen anderen Künstler mit dem Hochaltar seiner Bischofskirche zu beauftragen.“

„Vielleicht“, flüsterte Spada, „sollten Sie den Abriss der Dreikönigskapelle noch einmal überdenken. Ich bin sicher, das würde den Heiligen Vater milde stimmen.“

Francesco schüttelte den Kopf. „Die Kapelle wird abgerissen. Und wenn ich in San Giovanni mein Amt niederlegen muss!“

Die Messdiener wiederholten dreimal das Schellengeläut: Die Wandlung war vollzogen. Die tausendköpfige Gemeinde erhob sich von den Knien. Gebeugten Hauptes schritt Christine zum Altar, um aus Alexanders Hand den Leib des Herrn zu empfangen, zum ersten Mal in ihrem Leben.

„Ich bewundere diese Frau“, sagte Francesco leise, „sie hat den Mut, allein der Stimme ihres Gewissens zu folgen.“

Spada schaute ihn an. „Übrigens, es ist noch eine ungewöhnliche Frau in der Stadt, eine Frau, die Sie kennen: Lady McKinney.“

„Die Principessa?“, entfuhr es Francesco so laut, dass ein paar Köpfe sich vor ihm umdrehten.

„Pst!“, machte Spada. „Hier, das hat sie mir für Sie gegeben.“ Er reichte ihm einen Brief, und Francesco las die Zeilen, mit denen die Principessa so unverhofft nach so vielen Jahren wieder in sein Leben trat. Aus jedem Wort, das sie an ihn richtete, hörte er ihre Stimme, sprach ihre Zuneigung, ihr Herz. Er schloss die Augen und sah ihr Gesicht vor sich, ihr Lächeln, ihren warmen, zärtlichen Blick, und er fühlte sich mit solcher Macht zu ihr hingezogen, dass er sich am liebsten sofort auf den Weg gemacht hätte.

Als Francesco die Augen aufschlug, sah er, wie Lorenzo Bernini sich über die Hand von Christine von Schweden beugte, neben dem Altar, als wäre er nicht in einem Gotteshaus, sondern in einem Palast, und plötzlich durchzuckte ihn ein gemeiner, böser Gedanke: Sicher hatte die Principessa auch Bernini einen solchen Brief geschrieben, vielleicht sogar denselben wie ihm!

„Ich kann die Einladung nicht annehmen“, erklärte er. „Unmöglich! Ich halte es mit diesem Mann in einem Raum nicht aus!“

„Aber warum reden Sie immerzu von *ihm*? Die Principessa hat *Sie* eingeladen – Signor Francesco Borromini, Cavaliere di Gesù!“ Er legte seine Hand auf Francescos Arm. „Vergessen Sie nicht – sie hat Ihnen das Leben gerettet!“

LORENZO BERNINI war so aufgeregt wie vor seiner ersten Audienz bei Papst Urban VIII. Heute würde er die Principessa wiedersehen – zum ersten Mal seit fünf Jahren. Virgilio Spada hatte ihm die fürchterliche Geschichte ihrer Klosterverbannung erzählt. Wie sie wohl aussehen mochte?

Seit dem frühen Morgen war er mit seiner Toilette beschäftigt. Lorenzo hatte nur unklare Vorstellungen, was ihn in ihrem Haus erwartete. Die Principessa hatte geschrieben, sie wolle eine Gemeinschaft gründen, zu der jeder, gleich welchen Standes, Zutritt habe, sofern er irgendwelche geistigen Werte auf die Waagschale zu legen hatte, einerlei, ob diese künstlerischer, wissenschaftlicher oder philosophischer Art seien. *Paradiso* nannte sie diesen Kreis. Lorenzo beschloss, sich nicht den Kopf darüber zu zerbrechen. Hauptsache, er würde der Principessa gefallen – das war ihm Paradies genug.

Die Principessa hatte eine Wohnung am Campo dei Fiori genommen, in der Nachbarschaft von Virgilio Spada. Obwohl es von der Via della Mercede bis dorthin nur zwanzig Minuten Weg waren, hatte Lorenzo die große Kalesche anspannen lassen, die von sechs neapolitanischen Schimmeln gezogen wurde. Wen er in diesem *paradiso* wohl antreffen würde? Hoffentlich musste er nur nicht ein bestimmtes Mauleselgesicht ertragen!

Bei seiner Ankunft stellte Lorenzo enttäuscht fest, dass nur ein einfacher Lakai am Eingang des Palazzos wartete, um sein Gefährt zu bewundern. Zusammen mit Rustico folgte er dem Diener ins Haus, zu dem in Gold und Blau gehaltenen Empfangssaal.

„Cavaliere Lorenzo Bernini, Dombaumeister von Sankt Peter und Architekt Seiner Heiligkeit, Papst Alexanders VII.!"

Die Tür flog auf, und mehrere Dutzend Augenpaare waren auf Lorenzo gerichtet, als er, den Hut unter dem Arm, den Raum betrat.

„Willkommen in meinem Haus, Cavaliere!" Mit ausgebreiteten Armen, gefolgt von zwei tänzelnden Windspielen, kam die Principessa auf ihn zu. Lorenzo war entzückt. Sie trug eine schulterfreie Robe, die ihren schlanken Hals anmutig zur Geltung brachte. Das mit bunten Bändern durchflochtene Haar hatte sie zu einem Knoten geschlungen, ihr Gesicht schien durchgeistigt von der Reife eines Menschen, der alles Glück und Leid des Lebens erfahren hatte. Sie war so schön, wie er sie in Erinnerung hatte, ja schöner noch.

„Ich bin überglücklich, Sie wiederzusehen, Principessa!" Er beugte sich über ihre Hand und küsste sie. „Wenn ich nur geahnt hätte, was Ihnen widerfahren ist ..."

„Darüber wollen wir heute nicht sprechen! Oh, ein Obstkorb? Für mich?"

„Sie wissen doch, das Laster der Neapolitaner. Pfui! Wollt ihr das wohl lassen!" Mit seinem Hut verscheuchte Lorenzo die beiden Hunde, die neugierig an den Früchten schnüffelten, als Rustico den Korb auf den Boden stellte.

„Die zwei scheinen Ihr Laster zu teilen, Cavaliere. Wer weiß, vielleicht stammen sie auch aus Neapel?" Die Principessa schenkte ihm ein so bezauberndes Lächeln, dass er schlucken musste. „Doch bitte, nehmen Sie Platz! Wir wollten gerade ein Spiel spielen."

„Ja, *giuoco senese*", rief einer der Gäste, während Lorenzo sich auf einem Diwan niederließ, „das Frage-und-Antwort-Spiel!"

Lorenzo schaute sich um. Die meisten Gäste, die sich zwischen all den Globen und Skulpturen, Musikinstrumenten und Teleskopen vor den Bücherwänden verteilten, waren ihm vertraut: Dichter und Maler, Musiker und Philosophen, Theologen und Gelehrte der Sapienza. Nur das Mauleselgesicht konnte er nirgends entdecken – Gott sei Dank!

„Ich würde gerne erfahren, was schimpflicher ist“, rief Lord Hilburry, der junge englische Gesandte, „jemanden zu betrügen oder sich betrügen zu lassen?“

Mit welcher Anmut und Sicherheit die Principessa die Vorschläge entgegennahm – eine perfekte *gentildonna!* Lorenzo konnte die Augen nicht von ihr lassen. Plötzlich hielt es ihn nicht mehr auf seinem Platz, er sprang auf und rief: „Ich würde gern eine andere Frage erörtern!“

„Nun, Cavaliere?“

Lorenzo sah sie fest an. „Was ist besser: ein großes Glück zu verdienen oder es zu besitzen?“

„Was für eine interessante Frage, Signor Bernini. Ich glaube, sie ist unser aller Überlegung wert.“ Während die Principessa sprach, näherten sich draußen Schritte. Der Ausdruck freudiger Erwartung legte sich auf ihr Gesicht. „Bitte“, sagte sie über die Schulter zu Lorenzo, während sie zur Tür eilte, „wenn er Ihnen die Hand reicht – schlagen Sie sie nicht aus!“

Ohne dass sie einen Namen nannte, wusste er, wer im nächsten Augenblick den Raum betreten würde. Hier, vor ihren Augen, sollten sie sich versöhnen! Er kam sich plötzlich vor wie ein Idiot.

Die Tür ging auf, und herein trat Virgilio Spada.

„Monsignore! Sie … allein? Wo ist Signor Borromini?“

„Tut mir Leid, Lady McKinney, ich habe getan, was ich konnte.“

DER FRIEDE eines milden Sommerabends lag über dem Tal, durch das sich der Arnione in zahllosen Windungen schlängelte, während die Sonne über dem mächtigen Monte Cimino unterging und den Ort Viterbo in immer längere und tiefere Schatten tauchte. Das Haus der Familie Maidalchini lag einen Steinwurf außerhalb der alten Stadtmauern am Rande des Waldes auf einem luftigen Bergvorsprung über dem Tal.

Donna Olimpia wandelte im Garten ihrer Kindheit. Was für ein weiter und mühsamer Weg war es von hier bis zu den Schwindel erregenden Höhen gewesen, die sie im Laufe der Jahre und Jahrzehnte erklommen hatte! Nichts war ihr in die Wiege gelegt worden, nichts hatte darauf hingedeutet, dass sie einst die mächtigste Frau Roms werden würde.

War ihre Ehe mit Principe Pamphili ein Fehler gewesen? Eine gemeinsam in einer Herberge zugebrachte Nacht auf einer Pilgerfahrt nach Loreto hatte sie zusammengeführt, und unter tausend Küssen hatte er ihr ewige Treue geschworen. Er war ein dummer, eitler Mensch gewesen, und sie hatte ihn nie geliebt. Aber durch ihn hatte sie seinen Bruder kennen gelernt, in dem ihr zum ersten Mal ein Mensch begegnet war, der nach denselben Dingen strebte wie sie. Zusammen hatten sie erreicht, was die Vorsehung ihr zu erlangen aufgetragen hatte: Größe, Reichtum und Macht. Das alles sollte sie jetzt verlieren? Nur weil ihr Geheimnis entdeckt war und man sie beim Papst denunzieren konnte?

Nein, sie würde sich ihr Lebenswerk nicht zerstören lassen. Man hatte sie verbannt, doch am Ende war sie nicht. Zum Glück hatte Bernini sich verraten. Dieser eitle Pfau! Olimpia wusste, was sie tun musste, um ihn zu strafen, ihn und seine Hure, die Natter, die sie so viele Jahre an ihrem Busen genährt hatte.

„Da bist du ja endlich!"

Vom Haus her kam Don Angelo auf sie zu, den Kopf von der braunen Kapuze umhüllt, die Hände in den weiten Ärmeln seiner Kutte verborgen. Ihm wollte sie die Ausführung ihres Planes anvertrauen. Was für eine ekelhafte Kreatur! In seiner Kutte hausten tausend Flöhe, allein ihm die Hand zu geben war ihr zuwider. Aber er war bestechlich und darum ein nützliches Werkzeug, das Gott ihr geschickt hatte.

„Du sollst für mich nach Rom gehen", sagte sie, nachdem sie ihn mit einem Kopfnicken begrüßt hatte. „Du musst dort etwas für mich besorgen."

„Nach Rom?", fragte er. „Wollen Sie mich umbringen? In der Stadt wütet die Pest, sie hat schon die ersten Opfer gefordert, und es ist nur eine Frage der Zeit, bis der Senat die Tore schließen lässt."

Wie nicht anders zu erwarten, begann er zu feilschen wie ein Händler im Tempel von Jerusalem. Ja, er besaß sogar die Unverschämtheit, die Bezahlung im Voraus zu verlangen. Doch Olimpia hatte keine Wahl.

„Also gut", sagte sie schließlich, „du sollst bekommen, was du verlangst." Dann beugte sie sich widerstrebend zu ihm und sagte: „Folgendes sollst du für mich in der Stadt erledigen …"

Kapitel 20

In diesem Sommer, man schrieb das Jahr 1656, hatte Papst Alexander einen Traum: Ein schwarz vermummter Engel erhob sich über den Zinnen der Engelsburg und zog ein flammendes Schwert aus seiner Scheide, um es gegen die Stadt Rom zu richten. Entsetzt schrak Alexander aus dem Schlaf. War dies nicht die Vision, die einst Papst Gregor zur Zeit der großen Pest erschienen war? Wollte sein Vorgänger ihn warnen? Noch am selben Tag gab der Heilige Vater Anweisung, sämtliche Stadttore zu schließen.

Niemand ohne ein *bolletino di sanità*, ein Gesundheitszeugnis, kam nunmehr herein, und wer es dennoch versuchte, wurde für vierzig Tage Quarantäne ins Pesthaus gesperrt.

War es klug, sich im Zeichen solcher Gefahr unter Dutzende fremder Menschen zu begeben? Lorenzo, dem der Papst höchstselbst von seinem Traumgesicht berichtet hatte, hegte einige Zweifel, ob er auch diesmal der Einladung der Principessa zum *paradiso* folgen sollte. Andererseits, ihre letzte Zusammenkunft hatte sich so vielversprechend gestaltet … Seine Versöhnung mit Borromini war nicht der einzige Zweck des Gastmahls gewesen. Bei Tisch hatte man sogar die von ihm aufgeworfene Frage erörtert, welches das bessere Los eines Menschen sei: ein großes Glück zu verdienen oder ein solches zu besitzen?

Mit einem Taschentuch vor dem Mund machte er sich also auf den Weg, und wenn er auch diesmal die Kutsche nahm, dann nicht, um mit seiner Karosse zu prunken, sondern um sich vor den bösen Ausdünstungen der Straße zu schützen.

Mit freudigem Schwanzwedeln begrüßten ihn die zwei Windspiele bei seiner Ankunft, doch galt ihre Erregung weniger seiner Person als seinem Gastgeschenk.

„Wenn Sie mich annähernd so schätzen würden, Principessa, wie Ihre Hunde diese Früchte – ich wäre der glücklichste Mensch der Welt."

„Ich liebe Ihre Früchte nicht minder", sagte sie und nahm eine Weintraube von seinem Korb. „Mit Ihrer täglichen Aufmerksamkeit machen Sie mir eine große Freude. Aber hören wir zur Einstimmung, was die Dichter zu unserem heutigen Thema sagen!"

Die Gespräche verstummten, und während Lorenzo mit den anderen Gästen Platz nahm, trat ein Lautenspieler vor. Mit weicher, anschwellender Stimme besang er die Liebe zu einer Frau, seine Gefühle mit einer Artischocke vergleichend: Die spitzen Blätter seien die Leiden des Herzens, ihr zartes Grün die Hoffnung auf Erhörung, ihr bittersüßer Geschmack die Regungen von Freude und Schmerz. Lorenzo musste grinsen. Was für ein alberner Vergleich: die Liebe eine Artischocke?

In der Erwartung, lauter amüsierte Gesichter zu sehen, schaute Lorenzo sich um, doch zu seiner Verblüffung starrte alles wie gebannt auf den Lautenspieler. Und die Principessa? Ihr Anblick versetzte ihm einen Stich: Mit schmerzerfülltem Gesicht, als würde sie selbst die Qualen des Sängers erleiden, lauschte sie dessen Worten. War das zu fassen?

Der letzte Ton verklang, und der Sänger verneigte sich. Mit langsamen, schleppenden Bewegungen, als bereite es ihr Mühe, ihrer Ergriffenheit Herr zu werden, erhob sich die Principessa. „Ich danke Ihnen, Maestro. Sie haben herrlich gesungen."

Das war mehr, als Lorenzo ertragen konnte. „Mit Freuden sehe ich, Principessa", sagte er, „wie sehr Sie die Kunst lieben. Umso mehr wundert mich allerdings, dass Sie während des ganzen letzten Monats kein einziges Mal den Weg in mein Atelier gefunden haben. Haben Sie meine Einladungen nicht bekommen?"

„Doch, doch, Cavaliere. Allein, ich fühlte mich nicht recht wohl und bedurfte stärker der Ruhe als sonst."

„Nein, Principessa, diese Ausrede lasse ich nicht gelten. Christine von Schweden ist gleich Ihnen eine viel beschäftigte Frau, und trotzdem hat sie es sich nicht nehmen lassen, mir ihre Aufwartung zu machen."

Das Winseln der Hunde unterbrach ihn. Verärgert drehte sich Lorenzo um. Was mussten die Köter gerade jetzt Laut geben, da alle Augen auf ihn gerichtet waren? Plötzlich zuckte er zusammen. „Principessa! Um Himmels willen!"

Mit einer Hand auf ein Tischchen gestützt, die andere an der Stirn, schien Clarissa sich kaum mehr auf den Beinen halten zu können. Ein Aufschrei ging durch den Saal – im selben Augenblick sank sie zu Boden. Lorenzo stürzte zu ihr und beugte sich über sie. Schweiß perlte auf ihrer Stirn, und ihre blasse Haut war übersät von rötlichen Flecken.

„Mein Gott …", flüsterte er, plötzlich begreifend.

DIE SCHEITERHAUFEN der Heiligen Inquisition, auf denen die Ketzer und Magier verbrannten, loderten in diesem unerträglich heißen Sommer höher noch als sonst, und die Ärzte spekulierten, um das Übergreifen der Seuche vom Süden des Landes auf die Stadt Rom zu erklären.

Von den Auswirkungen der Plage blieben auch die Arbeiter an der Piazza Navona nicht unberührt. Francesco Borrominis ganze Anstrengung galt der Fertigstellung von Sant'Agnese, der Kirche der Familie Pamphili, die unmittelbar an deren Palazzo angrenzte. Noch sah der Platz, das Zentrum des künftigen Forum Pamphili, aus wie eine Schutthalde, übersät von den Trümmern der alten Fassade und den Travertinblöcken der neuen.

„Die Maurer wollen nicht mehr arbeiten", sagte Bernardo Castelli, Francescos Neffe und erster Gehilfe. „Zwei Meister haben mit ihren Leuten die Arbeit schon niedergelegt."

„Und wer erledigt die Arbeit dann?", fragte Camillo Pamphili, der gerade mit seiner Sänfte auf der Baustelle eingetroffen war.

„Die Leute haben Angst", erwiderte Bernardo.

„Das ist völlig einerlei“, sagte der Principe. „Papst Alexander hat mich beauftragt, persönlich dafür zu sorgen, dass hier ab sofort sieben Tage in der Woche gearbeitet wird.“

„Was ist der Grund für die plötzliche Eile?“, wollte Francesco wissen.

„Das Volk braucht Ermunterung in dieser schweren Zeit. Alexander hat darum beschlossen, dass auch in diesem Sommer die Augustfeste stattfinden sollen. Der Platz muss also unverzüglich geräumt werden.“

„Und wie soll ich den Platz ohne Arbeiter räumen?“

„Rufen Sie die Sbirren, die werden Ihren Männern Vernunft einprügeln! Früher waren Sie nicht so zimperlich, wenn auf Ihrer Baustelle die Arbeit niedergelegt wurde.“

Francesco musste sich beherrschen. Am liebsten hätte er diesem aufgeblasenen Popanz ins Gesicht gespuckt. Mit scharfem Rasseln zog sich seine Lunge zusammen, die Luft staute sich, als wolle sie seine Brust sprengen, und entlud sich dann in einem fürchterlichen Hustenanfall.

„Sind Sie von Sinnen? Wenn Sie mich anstecken!“ Entsetzt verhüllte Camillo sein Gesicht mit einem Tuch und eilte davon. Bevor er aber am Brunnen seine Sänfte bestieg, drehte er sich noch einmal um. „Wenn Ihre Leute nicht wieder arbeiten, Signor Borromini, sind Sie die längste Zeit mein Architekt gewesen!“

Nach dem Anfall war Francesco so erschöpft, dass er die Baustelle verließ. Er würde nach Hause gehen, um an seinem Zeichentisch zu arbeiten – das war für ihn die beste Medizin.

Als er sein kleines Haus im Vicolo dell’ Agnello betrat, wartete dort Virgilio Spada auf ihn.

„Monsignore! Was führt Sie zu mir? Hat Don Camillo sich über mich beschwert?“

„Wenn es nur das wäre!“, erwiderte Spada. „Leider habe ich viel schlimmere Nachricht.“

DIE RÖMER wollten weder sehen, was sie ahnten, noch wissen, was sie fürchteten. Wer immer auf den Plätzen, in den Läden und Häusern die Seuche erwähnte, wurde mit ungläubigem Spott oder wütender Verachtung bestraft, und die Räder der ersten Pestkarren waren mit Leder überzogen, damit ihr Rattern das Volk nicht erschreckte.

„Halt! Im Namen des Senats!“ Zwei Sbirren versperrten Francesco mit gekreuzten Hellebarden den Weg, als er den Palazzo am Campo dei Fiori betreten wollte.

„Ich möchte Lady McKinney sprechen.“

„Unmöglich! Niemand darf in das Haus. Haben Sie keine Augen im Kopf?“ Der Soldat wies mit dem Kinn auf einen schwarz vermummten Büttel, der gerade mit Kalk ein großes Kreuz auf das Portal malte, vor dem sich stinkende Abfälle häuften.

„Gott erbarme dich unser!“ Francesco zog seine Geldkatze hervor und drückte jedem eine Silbermünze in die Hand.

„Ach so, Sie haben einen Passierschein!“, sagte der Wortführer der beiden und gab ihm den Weg frei.

Das Tor war nur angelehnt. Totenstille empfing ihn in der Halle.

„Heda, ist hier jemand?“

Kein Mensch antwortete ihm. Doch was war das? Von irgendwoher war ein leises Winseln und Kratzen zu hören. Er öffnete eine Tür zu seiner Linken, und im nächsten Moment sprangen zwei Hunde an ihm empor und beschnupperten ihn.

„Principessa?“ Ihr Anblick zerriss ihm das Herz. Sie lag auf einem Diwan, ihr aufgelöstes, schweißnasses Haar klebte an ihren Schläfen, das blasse, eingefallene Gesicht war von dunklen Flecken übersät. Als sie ihn erkannte, glomm ein schwaches Lächeln in ihren Augen auf.

„Sind Sie … doch gekommen“, hauchte sie. „Nach all den Jahren. Ich hatte es … so sehr gehofft.“

„Warum sind Sie allein? Wo sind Ihre Diener?“

„Halt!“ Sie schien kaum die Kraft zu haben, die Hand zu heben. „Bleiben Sie … wo Sie sind … Sie stecken sich an.“

„Es wäre nur die gerechte Strafe!“ Er stürzte zu ihr, kniete an ihrem Lager nieder und griff nach ihrer Hand. „Verzeihen Sie, dass ich nicht früher gekommen bin.“

Von dieser Stunde an übernahm Francesco die Pflege der Principessa ohne Rücksicht auf die Gefahr, in die er sich dadurch brachte. Er stellte neue Dienstboten ein, so schamlos ihre Forderungen auch sein mochten, mit denen sie die Notlage auszunutzen suchten. Dann holte er die berühmtesten Ärzte der Stadt herbei. Doch wie wenig richteten sie aus!

Clarissa war zu schwach, um zu reden. Am meisten schien sie unter den Schmerzen zu leiden: in den Gliedmaßen, in den Gedärmen. Obwohl sie kaum etwas zu sich nahm, musste sie alle paar Stunden erbrechen.

Die Ohnmacht, mit der Francesco das Siechtum der Principessa ansehen musste, erfüllte seine Seele mit solcher Verzweiflung, dass die Gebete auf seinen Lippen verdorrten wie Blumen auf vergiftetem Grund.

Da die Ärzte nichts vermochten, besorgte er sich alle medizinische Literatur, deren er in den Buchläden rund um die Piazza Navona habhaft werden konnte. Welche Maßnahmen gab es, um die Principessa zu heilen? Ach, es waren verzweifelt wenige! Absonderung der Kranken und strikte Reinlichkeit: Das waren die einzigen Empfehlungen, die er in den Büchern fand.

Aus den Büchern wusste er auch, dass es noch eine Hoffnung gab: dass die Pestbeulen an Clarissas Leib aufbrachen, der Eiter abfloss und das tödliche Fieber sank. Wann aber sollte das geschehen?

Die Ärzte mahnten zur Geduld – Francesco hatte sie längst verloren. Um sich zu betäuben, stürzte er sich in rastlose Tätigkeit. In seiner Not kaufte er Pestwasser, mit denen die Apotheker inzwischen schwungvollen Handel trieben, meist einfacher Essig, versetzt mit Heilkräutern und duftenden Essenzen, den er im Krankenzimmer versprühte. Er öffnete das Fenster, um den Raum zu lüften, wedelte der Kranken mit Palmzweigen Kühlung zu und ordnete an, dass sie regelmäßig gewaschen wurde und viel frisches Obst zu sich nahm.

Wenigstens daran herrschte kein Mangel. Denn täglich wurde im Palazzo ein großer Korb mit Früchten abgegeben, im Auftrag des Cavaliere Bernini, versehen mit seinen besten Genesungswünschen.

Die Augustfeste auf der Piazza Navona fanden in diesem Jahr vor fast leeren Tribünen statt. Denn die Pest ließ sich nicht länger leugnen in Rom. Jeder Mann, jede Frau lebte beständig in der Furcht, von ihr befallen zu werden. Der schwarze Tod machte weder vor Palästen noch Kirchen Halt, unterschied nicht zwischen Reich oder Arm, Jung oder Alt. Ganze Häuserzeilen wurden unter Quarantäne gestellt, Familien geschlossen ins *lazaretto* verbracht, während in den Höfen die Kleider der Toten wie Zunder brannten. Und keine anderen Glocken läuteten mehr in der Stadt als die kleinen Schellen, welche die Pestknechte an den Beinen trugen, wenn sie die Leichname auf ihre Karren warfen.

Wer hatte dieses Unglück auf die Ewige Stadt herabbeschworen? Gerüchte kursierten von Pestsalbern, gottlosen Gesellen, die ihre Seele dem Teufel verkauft hatten. Bald witterte man überall solche Dunkelmänner, die Wände und Türen, Kirchenbänke und Glockenseile mit ihren todbringenden Salben beschmierten. Ein Aufruf wurde erlassen, in dem jedem, der einen Schuldigen beim Namen nannte, eine Belohnung von zweihundert Scudi versprochen wurde. Die Folge war nur eine Steigerung des Schreckens. Nachbarn trauten einander nicht mehr über den Weg, Frauen verdächtigten ihre Männer, Kinder ihre Väter – wer eine Mauer in auffälliger Weise berührte, wurde angezeigt.

Francesco Borromini blieb von alledem unberührt. Die Strafe hatte ihn längst erreicht – viel schlimmer noch, als wenn die Seuche ihn selbst befallen hätte.

Keine Stunde wich er mehr von Clarissas Seite. Wann immer sie die Augen aufschlug, sollte sie ihn in ihrer Nähe finden.

„Bitte … zeigen Sie mir Ihre Pläne …"

Überrascht blickte Francesco auf. Die Principessa war aus ihrem fiebrigen Schlaf erwacht und schaute ihn an. Ihre Augen waren so klar wie zwei Smaragde, zum ersten Mal seit langer Zeit. Auch die Schweißperlen waren von ihrer Stirn verschwunden. War das Fieber gesunken? Hoffnung keimte in ihm auf. War dies die Wende, erstes Zeichen ihrer Genesung? Oder war es die *euphoria*, von der er in den Büchern gelesen hatte, jenes kurze, heftige Aufflackern der Lebensgeister, bevor sie für immer erloschen?

„Pst", machte er. „Sie müssen sich schonen!"

Mit einer fast unmerklichen Bewegung schüttelte sie den Kopf. „Die Pläne", wiederholte sie leise. „Die Pläne für die Piazza … Ich … möchte sie mit auf die letzte Reise nehmen. Wer weiß … wann ich mich je wieder so … bei Kräften fühle."

Durfte er ihr die Bitte verweigern? Nein, vielleicht war es die letzte, die sie an ihn richtete. Behutsam half er ihr, sich auf dem Lager aufzurichten, stopfte ihr Kissen in den Rücken und strich ihr das Haar aus der Stirn. Dann holte er sein Zeichenbrett und setzte sich so an ihre Seite, dass sie ihm beim Skizzieren zuschauen konnte.

„Sie … haben immer noch den Stift?", fragte Clarissa, als er die ersten Striche auf das Papier brachte.

„Seit Sie ihn mir schenkten, habe ich die Mine schon viele hundert Male ersetzt."

Für eine Zeit lang war es fast wie früher in den schönsten Stunden ihres Zusammenseins. Vor ihren Augen skizzierte er seinen Entwurf für das Forum Pamphili, erläuterte die Gliederung und den Aufbau des Platzes: eine Ellipse, die von vier Kolonnadenreihen gesäumt wurde. Und während er zeichnete und sprach, spürte er ein weiteres Mal, welche Kraft sie ihm gab.

„Es sieht wunderschön aus", sagte sie.

„Finden Sie? Aber warten Sie, das ist nur die Wirkung von außen. Das Eigentliche sieht man erst, wenn man auf der Piazza steht. Der Platz birgt ein Geheimnis, das sich dem Betrachter nur von einem ganz bestimmten Punkt aus erschließt." Francesco zögerte, er hatte dieses Geheimnis noch keinem Menschen anvertraut. „Hier", sagte er dann und markierte mit dem Stift die Stelle, „von hier aus kann man es sehen, ein optischer Effekt, wie es ihn noch auf keinem Platz der Welt gegeben hat." Er schlug die Augen nieder. „Das Unternehmen hat nur einen Makel", sagte er mit rauer Stimme, „ich heiße nicht Bernini. Die Piazza zu bauen würde Unsummen verschlingen. Und wer stellt einem Steinmetz so viel Geld zur Verfügung?" Er legte sein Zeichenbrett fort und steckte den Stift ein.

Clarissa schüttelte den Kopf. „Nein", sagte sie. „Dieser Platz, diese Kolonnaden werden eines Tages Wirklichkeit, ganz gewiss. Ich spüre es genau – ich *weiß* es."

Francesco schluckte, ihre Zuversicht beschämte ihn. Woher nahm sie nur diese Kraft?

Auf einmal wurde ein Winseln laut. Francesco drehte sich um. Einer von Clarissas Windspielen lief unruhig hin und her, rieb seine Schnauze an seiner Flanke, als würde ihn etwas kratzen oder schmerzen, mit einer solchen Heftigkeit, dass er sich um sich selbst im Kreise drehte. Francesco stand auf, um das Tier zu beruhigen, doch der Atem des Hundes ging in ein jagendes Hecheln über. Francesco bückte sich, um ihn zu streicheln. Da sah er auf dem Boden einen angebissenen Pfirsich. „Woher ist das Obst, Principessa?"

„Von Cavaliere Bernini. Warum … fragen Sie?"

„Cavaliere Bernini?", wiederholte Francesco ungläubig. Doch er musste sich Gewissheit verschaffen. Er pfiff nach dem zweiten Hund und hielt ihm den Pfirsich hin. Der Hund schnupperte an der Frucht, leckte daran, dann fraß er den Rest des Pfirsichs auf.

Es dauerte keine Minute, da fing auch dieser Hund an zu winseln und zu jaulen. Francesco sah es mit Erleichterung und Entsetzen: Nein, er hatte sich nicht geirrt!

„Warum … sollte … Bernini … das tun?", flüsterte Clarissa.

„Sie haben nicht die Pest", stammelte er. „Es ist Gift … Gott sei Lob und Dank! Jetzt wird alles wieder gut … schon bald …"

Plötzlich schaute er auf ihre Hand. Reglos lag sie in der seinen.

„Hat die Hure ihre Strafe gefunden?", fragte Donna Olimpia.

„Ich habe alles ausgeführt", erwiderte Don Angelo mit gesenkter Stimme, „genau so, wie Sie es mir aufgetragen haben." Vorsichtig schaute er sich um, ob sie allein in dem Gotteshaus waren, und kratzte sich gleichzeitig mit beiden Händen am Körper.

„Und? Hast du dich auch vom Ergebnis überzeugt?"

„Ich war über zwei Wochen in der Stadt, und jeden Tag habe ich persönlich dafür gesorgt, dass alles, was Sie gesagt haben …"

„Ich will wissen, ob du ihre Leiche gesehen hast."

„Es ist unmöglich, dass die Principessa noch lebt. Ich habe bestes französisches Gift verwendet."

„Ah, du hast sie also nicht gesehen! Hast dich lieber aus dem Staub gemacht, wie?" Olimpia spuckte ihm ins Gesicht. „Du treuloser, undankbarer Mensch!" Sie zog ihren Rosenkranz aus dem Ärmel und schlug damit auf ihn ein wie mit einer Peitsche. „Fort mit dir! Verschwinde! Ich will dich nicht mehr sehen!"

Don Angelo hob die Arme über den Kopf und stolperte davon. Angewidert blickte sie ihm nach, wie er durch das Portal ins Freie hastete.

Olimpia zündete eine Kerze an und steckte sie auf einen Leuchter, ihre sonst so ruhigen Hände zitterten vor Erregung. Wenn Clarissa noch am Leben war und den Mund aufmachte … Täglich konnten Alexanders Schergen in Viterbo erscheinen und sie verhaften. Dabei hatte sie alles so sorgfältig geplant. Sobald ihre Cousine starb, würde sie Bernini als Clarissas Mörder anzeigen. Jeder Diener im Palazzo am Campo dei Fiori würde bezeugen, dass die Körbe mit dem vergifteten Obst von dem Cavaliere stammten – kein Gericht Roms konnte sich diesem erdrückenden Beweis seiner Schuld verschließen. Doch damit ihr Plan aufging, musste die Hure tot sein – tot, tot, tot!

Mit einem Seufzer kniete sie nieder. Wie sollte sie die Ungewissheit länger ertragen? Wenn sogar Don Angelo, der doch für Geld bereit wäre, sich entmannen zu lassen, inzwischen vor der Pest Reißaus nahm, wer sollte ihr dann zuverlässige Nachricht aus der Stadt besorgen?

Es gab nur eine Möglichkeit, sich endgültig Gewissheit zu verschaffen.

„Ich schäme mich nicht meiner Tränen", sagte Lorenzo Bernini, ihre Hand in der seinen. „Wenn ich mir vorstelle, meine Früchte hätten Sie umgebracht! Das ist mehr, als ich ertrage."

Während er in seinem eleganten, bis zum Boden reichenden Mantel aus feinstem Wachstuch neben ihrem Sessel kniete, das Gesicht von Tränen überströmt, sog Clarissa die samtene Herbstluft ein, die durch das offene Fenster zu ihr drang. Ihr Körper war von den heimtückischen Attacken, denen er zwei Wochen lang ausgesetzt gewesen war, noch geschwächt, und ihr Haar war schlohweiß – doch die Ärzte hatten gesagt, sie würde überleben. Nach Francescos Entdeckung hatten sie ihr so viel laue Milch eingeflößt und so lange ihren Rachen gekitzelt, bis ihr Magen vollständig entleert war, und danach das Gift in ihrem Blut mit verschiedenen Gegengiften bekämpft: Kalkwasser und Eiweiß, Kreide und Zitronensaft. Gott hatte sie beim Namen gerufen, aber er hatte sie noch nicht zu sich befohlen. Ein Gefühl von tiefer Dankbarkeit erfüllte Clarissa. Es war, als wäre ihr das Leben ein zweites Mal geschenkt worden.

„Dabei war ich Zeuge, wie Sie ohnmächtig wurden! Sie ahnen ja nicht, welche Vorwürfe ich mir mache! Warum bin ich nur nicht früher zu Ihnen gekommen?“

„Bitte, stehen Sie auf, Cavaliere!“, sagte sie, um seinen Selbstanklagen ein Ende zu machen. „Woran arbeiten Sie? Haben Sie neue Pläne?“

„Ach, was soll ich darüber sprechen? Als wäre das von Bedeutung!“ Endlich stand er auf und trocknete mit einem Spitzentuch seine Augen. „König Ludwig ruft mich nach Paris, ich soll seinen Louvre umgestalten. Stellen Sie sich vor – der Herrscher von Frankreich bestellt mich, einen römischen Architekten, zum Baumeister seines Palastes!“ Er steckte sein Tuch ein und schaute sie an, voller Betroffenheit und Mitgefühl. „Aber sagen Sie, wie haben Sie überhaupt erkannt, dass es das vergiftete Obst war und nicht …“

„Durch Zufall. Cavaliere Borromini hat gemerkt, dass meine Hunde, nachdem sie einen Pfirsich gefressen hatten …“

„Francesco Borromini?“, rief Bernini verblüfft. „Er war hier? Was für ein mutiger Mann!“ Er ließ Clarissas Hand los und begann beim Sprechen auf und ab zu gehen. „Übrigens, bevor ich zu Ihnen kam, habe ich den verfluchten Obsthändler aufgesucht, zusammen mit zwei Sbirren. Der Kerl ist geständig und behauptet, ein Mönch habe ihn bestochen und die Früchte vergiftet. Warum trachtet man Ihnen nach dem Leben, Principessa? Und vor allem – wer? Um ehrlich zu sein, ich habe einen Verdacht, aber ich will ihn nicht aussprechen, solange ich mir nicht sicher bin. Vorerst werde ich ein paar neue Hunde für Sie besorgen, große, starke Hunde aus meiner Heimat, die werden Sie beschützen …“

Ein Diener kam herein. Noch bevor der Mann sprechen konnte, folgte ihm eine schwarz verschleierte Frau in den Raum. „Bist du also noch am Leben …“

Als Clarissa die Stimme hörte, stockte ihr der Atem. Bernini starrte die Fremde an wie eine Erscheinung. „Sie geben es also zu?“, fragte er entgeistert.

„Nichts gebe ich zu!“, zischte die Fremde.

„Verlassen Sie sofort das Haus, oder ich werde Sie persönlich –“

„Nein!“, unterbrach ihn Clarissa und hob die Hand. „Ich möchte, dass sie bleibt. Bitte lassen Sie uns allein, Cavaliere!“

„Unmöglich!“, protestierte Bernini. „Nicht mit dieser Frau! Sie wissen doch, wozu sie imstande ist!“

„Bitte“, wiederholte Clarissa, „es ist mein Wunsch!“

Zögernd wandte er sich ab, um ihrer Aufforderung Folge zu leisten. „Ich warte vor der Tür“, sagte er, und an die Verschleierte gewandt, fügte er hinzu: „Aber ich warne Sie, wagen Sie nicht, irgendetwas zu tun! Das Zimmer hat nur einen Ausgang.“

Dann waren die beiden Frauen allein.

„Verflucht sei der Tag, an dem du mein Haus betreten hast!“ Donna Olimpia schlug den Schleier zurück. Ihre dunklen Augen funkelten vor Wut. Clarissa erwiderte ihren Blick, sah in ihr helles, fein geschnittenes Gesicht, das von grauen Ringellocken eingerahmt wurde. Wie sehr hatte sie diese Frau bewundert, als sie einander zum ersten Mal begegnet waren! Olimpias Erscheinung hatte an Wirkung bis heute nichts eingebüßt.

„Du hast es also wirklich getan“, sagte Clarissa. „Ich wollte es nicht glauben.“

„Es war ein Fehler, dich ins Kloster zu stecken“, erwiderte Olimpia. „Ich hätte dich gleich töten sollen.“

„Du hast deinen Mann getötet.“

„Glaube ja nicht, du hättest mich besiegt. Auch wenn du mich einsperren lässt – Gott wird mir beistehen, wie er mir immer beigestanden hat. Und du wirst büßen, weil du versucht hast, die Vorsehung zu durchkreuzen.“

Sie standen einander jetzt gegenüber. Clarissa zwang sich, Olimpia in die Augen zu sehen. Plötzlich sah sie, dass Olimpias Kinn zitterte, während sie sprach, dass ihr vom Hass verzerrtes Gesicht bebte. Sie schien kaum zu atmen, während sie sich mit der Hand auf eine Stuhllehne stützte, als habe sie Mühe, sich auf den Beinen zu halten.

„Du hast ja – Angst …“, flüsterte Clarissa. Sie besaß Macht über einen Menschen! Sie brauchte nur mit dem Finger zu schnippen, und ihre Cousine war vernichtet! Es war ein so berauschendes, so überwältigendes Gefühl, dass ihr schwindlig davon wurde.

Auf einmal wurde Clarissa ganz ruhig. Sie hatte einen Plan gefasst. „Wie groß ist dein Vermögen?“, fragte sie.

„Oh, daher weht der Wind!“, rief Olimpia erleichtert. „Hast du endlich begriffen, was Geld bedeutet?“

„Wirklich zwei Millionen Scudi, wie die Leute sagen?“

„Ja.“ Olimpia nickte, und ein Anflug von Stolz huschte über ihr immer noch angstgeflecktes Gesicht. „Sogar noch mehr.“

„Wer kann über das Geld verfügen? Du allein – oder auch dein Sohn?“

„Was geht dich das an? Wozu sollte ich dir das sagen?“

„Um dein Leben zu retten. Ob du dieses Haus verlassen kannst oder ob ich die Sbirren rufe, hängt allein von dir ab.“

„Und die Bedingung?“, fragte Olimpia lauernd.

„Nur eine“, erwiderte Clarissa mit fester Stimme, „dass du Signor Borromini so viel Geld gibst, wie er braucht, um die Piazza Navona nach seinen Plänen zu bauen.“

VERSCHLEIERT, wie sie gekommen war, verließ Donna Olimpia den Palazzo am Campo dei Fiori. Der Wagen wartete vor dem Tor. Unwirklich, als habe sie Fieber, erschien ihr die Welt, mit gedämpften Tönen und verschwommenen Konturen. Auf der Piazza scharte sich eine Hand voll Gläubige hinter einem Pfarrer zu einem Bittgang, während die Pestknechte Kieselsteine gegen die Fenster der Häuser warfen.

„Bringt eure Toten heraus! Bringt eure Toten heraus!“

Olimpia war so schwach, dass sie kaum Kraft genug besaß, in die Kutsche zu steigen. Als sie in die Polster sank, klebten ihr von der Anstrengung die Kleider am Leibe. Was war nur mit ihr los? Sie zog die Vorhänge zu. Wenn der Papst erfuhr, dass sie trotz der Verbannung nach Rom zurückgekehrt war, dann Gnade ihr Gott! Sie beugte sich vor und klopfte an die Trennwand. „Zur Piazza del Popolo!“

Als die Pferde anzogen, spürte sie das Rütteln im ganzen Körper. Jeder Stoß, jeder Schlag schmerzte in ihren Gliedern. Doch mehr noch peinigte sie die Vorstellung, dass sie die Stadt verlassen musste, ohne ihren Sohn gesehen zu haben. An der Piazza del Popolo wartete ein Zöllner auf sie. Sobald es dunkel war, würde er sie durch die Porta Flaminia aus der Stadt hinausbringen, genau so, wie er sie in der letzten Nacht hereingeschmuggelt hatte. Don Angelo hatte ihn bestochen.

Mit ihrem Schleier wischte sie sich den Schweiß von der Stirn, während die Gedanken in ihrem Kopf durcheinander wirbelten. Clarissa hatte sie gezwungen, einen Vertrag zu unterschreiben. Doch Olimpia dachte nicht daran, ihn zu erfüllen. Ihr würde schon ein Ausweg einfallen.

Diese unerträgliche Hitze! Sie öffnete ein paar Knöpfe ihres Kleides, doch es wurde nicht besser. Sie riss das Mieder auf und schnappte nach Luft. Doch mit jedem Schlagloch, mit jeder Erschütterung wuchsen die

Schmerzen in ihren Gliedern. Von draußen ertönte dumpfer Trommelschlag – Stadtbüttel, die zum Leichendienst riefen.

Plötzlich zuckte Olimpia zusammen: „Heilige Mutter Gottes!"

In der Leiste fühlte sie eine Schwellung so groß wie ein Ei. Sie schloss die Augen und presste die Zähne aufeinander. Sie auch? Sie war doch die ganze Zeit in Viterbo gewesen! Auf einmal juckte es sie am ganzen Körper, überall.

Zögernd tastete sie mit ihrer Hand nach ihren Schenkeln. Nein, sie hatte sich nicht getäuscht: ein großes, hartes Ei.

„Mach kehrt!", rief sie dem Kutscher zu. „Zum Palast meines Sohnes!"

Camillo würde ihr helfen – die besten Ärzte Roms würde er rufen, Professoren der Sapienza. Sie hatte Geld für alle Ärzte der Stadt. Diese entsetzliche Hitze ... Mit ihrem Schleier fächelte sie sich Luft zu. Nein, sie hatte keine Ruhe – ein Arzt musste ihr sagen, dass sie gesund war.

Sie zog ihren Rosenkranz aus dem Ärmel und fing an zu beten. Auf jedes Vaterunser folgten zehn Ave-Maria, immer und immer wieder.

„Hoooh! Haaah! Brrrrr!"

Waren sie schon da? Olimpia ließ den Rosenkranz sinken. Vorsichtig schob sie den Vorhang beiseite und spähte aus dem Fenster: Nein, es standen keine Wachen vor dem Tor, sie konnte es wagen. Auch ihre Hitzewallungen hatten nachgelassen, und die Schmerzen in den Gliedern waren fast vollständig verschwunden. Dankbar küsste sie das kleine silberne Kreuz mit dem Erlöser an ihrem Rosenkranz und stieg aus der Kutsche.

Als sie auf die Straße trat, waren ihre Knie so weich, dass sie sich an der Mauer des Palazzos abstützen musste.

„Heda!"

„Sie beschmiert die Wand!"

„Mit Pestsalbe! Holt die Sbirren!"

Stimmen riefen durcheinander – aufgeregt, böse, bedrohlich. Menschen umringten sie, von allen Seiten kamen sie herbei wie Ratten aus ihren Löchern und starrten sie an, mit aufgerissenen Augen, als wäre sie der Hölle entstiegen.

„Das ist Donna Olimpia!"

„Die Hure von Papst Innozenz!"

Was hatten diese Menschen? Waren sie verrückt geworden? Plötzlich waren die Schmerzen wieder da, die Hitze wallte in ihr auf wie eine Woge, und sie zitterte am ganzen Leib. Die Menschen kamen auf sie zu wie eine feindliche Armee. Von panischer Angst ergriffen, fuhr Olimpia herum und trommelte gegen das Tor, mit den Händen, mit den Fäusten. Hörte sie denn keiner?

„Hilfe! Macht auf!"

Mit einem Knarren öffnete sich das Tor, ein Diener lugte durch den Spalt. Als er sie sah, wich er zurück. Sie warf sich gegen das Portal, um sich durch den Spalt zu zwängen, doch statt ihr zu helfen, versperrte er ihr den Weg, drängte sie mit Gewalt zurück, bis das Tor ins Schloss fiel. Auf der anderen Seite wurde ein Riegel vorgeschoben.

„Die Blutsaugerin! Jetzt bringt sie uns auch noch die Pest!"

„Sie wagt sich in die Stadt? Tod und Verderben über sie!"

„Die Sbirren! Wann kommen endlich die Sbirren?"

„Die brauchen wir nicht! Das machen wir selbst!"

Plötzlich verstummten die Rufe. Taumelnd vor Schwäche machte Olimpia einen Schritt zurück und schaute an der Palastfront empor. Im ersten Stock erschien eine Gestalt am Fenster, ein großer, stattlicher Mann in prächtiger Robe. Endlich! Tränen schossen ihr in die Augen. Was für ein Glück, dieses Gesicht zu sehen!

„Camillo …!", rief sie mit letzter Kraft. „Camillo … Ich bin's … deine Mutter …"

Er öffnete das Fenster. Ein Tuch vor dem Mund, beugte er sich über die Brüstung. „Bist du es wirklich? Was tust du hier? Warum bist du nicht in Viterbo?"

„Was befehlen Sie, Principe Pamphili?", rief einer der Sbirren, die inzwischen eingetroffen waren.

„Mach das Tor auf, Camillo! Schnell! Beeil dich …"

Olimpia versagte die Stimme. Verstört starrte Camillo sie an. Plötzlich tauchte die Fürstin Rossano auf und rief: „Was geht hier vor?"

„Die Hexe hat Ihr Haus beschmiert!"

„Mit Pestsalbe!"

Die Fürstin blickte erschrocken ihren Mann an. „Um Himmels willen, was sagen die Leute da?"

„Ihre Befehle, Principe!", drängten die Sbirren.

„Sie dürfen Sie nicht einlassen, Don Camillo!", rief die Fürstin Rossano. „Alexander hat sie verbannt!"

„Herrgott, sie ist meine Mutter!"

„Und was wird aus uns? Sie verseucht den ganzen Palast!"

Camillo hob die Arme zum Himmel, hilflos wie ein Kind und gleichzeitig voller Wut über die eigene Ohnmacht. Olimpia faltete die Hände und murmelte ein Ave-Maria. Während sie die Worte sprach, schaute sie in das Gesicht ihres Sohnes, in sein rundes helles Kindergesicht. Alles, was sie in ihrem Leben getan hatte, hatte sie für ihn getan.

„Ihre Befehle, Principe!"

Camillo war wie gelähmt. Da trat seine Frau an die Brüstung und rief den Sbirren zu: „Ihr wisst, was ihr zu tun habt! Wenn sie das Haus beschmiert hat, bringt sie fort!" Dann schloss sie das Fenster.

Olimpia sah es, ohne zu begreifen. Es war, als würde sie in einen Abgrund stürzen.

„Im Namen des Senats!" Die Sbirren packten Olimpia an den Armen und zerrten sie fort. Mit einem Ruck seines mächtigen Körpers wandte Camillo sich vom Fenster ab.

„Was tut ihr …? Ich bin … Donna Olimpia … Olimpia … Pamphili … die Herrscherin von Rom …"

Dann wurde sie ohnmächtig. Die Sbirren nahmen sie zwischen sich und warfen sie auf ihren Karren.

Als Olimpia aus ihrer Bewusstlosigkeit erwachte, rumpelte der Karren auf den Ponte Sisto zu, der über den Tiber führte. Vor jedem Haus, vor jeder Tür lagen die Toten, die meisten nackt, während ihre Kleider in großen Feuern verbrannten und ihre Angehörigen Gruben aushoben, um die Reste zu verscharren.

Irgendwo spielte eine Kapelle. Auf einmal brach die Musik ab. Die Sbirren hoben Olimpia von dem Karren, dann öffneten sie vor ihr ein Tor. Sie waren am Pesthaus angekommen. Ein Stoß in den Rücken, ein stolpernder Schritt – dann schloss sich für immer das Tor zwischen ihr und dem Leben.

Kapitel 21

Über zehntausend Römer raffte die Pest dahin. Dann, im Advent des Jahres 1656, erschien dem Papst zum zweiten Mal der Engel im Traum. In ein schneeweißes Gewand gehüllt, erhob er sich über der Engelsburg und steckte sein flammendes Schwert in die Scheide. Sein Zorn war besänftigt. Keine Woche später wurden die Stadttore Roms wieder geöffnet. Die Seuche hatte ein Ende.

Während der Heilige Vater Lorenzo Bernini den Auftrag gab, sein Traumgesicht in Marmor zu hauen, als ewiges Mahnmal der Hoffnung aus dieser Zeit der Leiden, kamen an der Piazza Navona die Arbeiten zum Erliegen. Zu viele Steinmetze und Maurer waren der Pest zum

Opfer gefallen, und für die wenigen, die noch arbeiteten, blieben im Februar 1657 auch noch die Lohnzahlungen aus, die ihnen vertraglich zugesichert waren.

Don Camillo Pamphili kam jeder Vorwand gelegen, der ihm erlaubte, die Ausgaben für das Forum Pamphili zu reduzieren. Nachdem er auf Drängen seiner Frau in den neuen Familienpalast am Corso gezogen war, hatte er jedwedes Interesse an der Piazza verloren. Als zwei Maurermeister versuchten, ihre Ansprüche auf dem Prozessweg durchzusetzen, erinnerte Francesco seinen Bauherrn an das Versprechen, das seine Mutter der Principessa gegeben hatte, und legte ihm zum Beweis den von Donna Olimpia unterschriebenen Vertrag vor. Doch Don Camillo zerriss das Papier vor seinen Augen, und statt die ausstehenden Zahlungen zu leisten, entließ er ihn aus seinen Diensten und verbot ihm zugleich, die Baustelle an der Piazza Navona künftig auch nur zu betreten. In der Öffentlichkeit begründete er diese Entscheidung mit schweren Mängeln beim Bau von Sant' Agnese sowie mit dem störrischen Charakter Francesco Borrominis, unter dessen Leitung die Arbeiten aller Voraussicht nach niemals ein Ende finden würden.

„Gehen Sie nach Paris!“, sagte Clarissa, als sie nach ihrer Genesung ihren Freund im Vicolo dell' Agnello besuchte. „Der Louvre ist eine Aufgabe, die Ihrer Talente würdig ist. Der König von Frankreich hat Sie persönlich aufgefordert, sich am Wettbewerb zu beteiligen – genauso wie Bernini.“

„Mag sein, Principessa. Aber meine Entwürfe sind meine Kinder, und ich will nicht, dass sie um das Lob der Welt betteln gehen und dabei Gefahr laufen, es nicht zu erlangen.“

„Ach, wäre nur Monsignore Spada noch da!“, seufzte Clarissa.

Bei der Erwähnung dieses Namens fielen beide in ein langes, tiefes Schweigen. Denn Virgilio Spada war tot: Der Pest hatte dieser kleine, kluge Mann zwar getrotzt, doch war er im Winter einer Darmentzündung erlegen.

Francescos Entlassung durch Camillo Pamphili war eine Schmach, die nicht ohne Folgen blieb. Als Erster meldete sich der Sekretär der Akademie zu Wort. Scharf verurteilte er Borrominis Baustil als gefährliche Verirrung und empfahl, seine Werke bei der Ausbildung künftiger Architekten nicht mehr zu berücksichtigen. Die Konservatoren der Stadt Rom verlangten von ihm eine Garantie auf 15 Jahre, dass die Kuppel von Sant' Ivo nicht unter ihrer eigenen Last zusammenbreche, verbunden mit der Verpflichtung, jeden etwaigen Schaden auf eigene Kosten reparieren zu lassen. Immer mehr Auftraggeber zogen sich daraufhin von dem einstigen Baumeister des Forum Pamphili zurück, und nur wenige Wochen nach Spadas Tod beschloss die Kongregation des heiligen Filippo, die Westseite des Oratoriums, eines von Borrominis frühesten und bedeutendsten Werken, abzureißen und durch einen neuen Bau zu ersetzen.

Und da sollte Francesco nach Paris gehen! Um mit Bernini in Wettbewerb zu treten? Nein, das war vollkommen ausgeschlossen! So kritisch er selbst sein eigenes Werk stets betrachtet hatte, jetzt, nach dem Ausschluss aus der Akademie, konnte er die Angriffe nicht länger ertragen, empfand sie wie Anschläge auf sein Leben.

Willenlos überließ er sich den dunklen Mächten des Saturn, jeglichen Antriebs beraubt. Und obwohl er sich in seinem tiefsten Innern nach Trost und Anteilnahme sehnte, gelang es ihm nicht einmal in Gegenwart der Principessa, sich aus dieser Erstarrung zu befreien.

„Wissen Sie", sagte er einmal, als sie zusammen am Feuer saßen, „die Piazza war meine kühnste Idee, der großartigste Einfall, den ich je hatte – der ideale Platz. Und doch wird die Welt untergehen, ohne dass mein Platz je Gestalt annimmt. Diese Vorstellung ist schlimmer als alles andere. Sollte es Gott einst gefallen, mich zu sich in sein Paradies zu rufen, werde ich noch dort darüber weinen."

Er sagte das ganz ruhig, ganz sachlich, und doch spürte Clarissa die unendliche Trauer in seinen Worten. Sie kniete am Kamin nieder und legte ein paar Scheite nach. „Vielleicht habe ich eine Idee", sagte sie, während sie das Feuer schürte. „Haben Sie einmal daran gedacht, ein Buch zu schreiben?"

„Ein Buch?"

„Ja", sagte sie, „um Ihre Gedanken für immer aufzubewahren. Ein Buch mit all Ihren Plänen und Zeichnungen, mit allen von Ihnen ausgeführten und nicht ausgeführten Werken. Für die Menschen, die nach uns kommen." Sie stand auf und drehte sich zu ihm um. „Was halten Sie davon, Signor Borromini? Wäre das keine lohnende Aufgabe?"

NACH dem Pestjahr begrüßten die Menschen den Frühling wie eine Erlösung. Weit öffneten sie die Fenster und Türen, um die bösen Ausdünstungen aus ihren Wohnungen zu vertreiben, überall in den Straßen schlugen Händler und Krämer ihre Buden auf, und als auch die Abende wärmer wurden, war in den Winkeln am Tiber bald wieder jenes heimliche Tuscheln und Flüstern zu hören, das alle Gedanken an Leid und Tod vergessen macht.

Und Francesco Borromini? Beglückt beobachtete Clarissa, wie er sich in diesen Wochen verwandelte. Ihr Vorschlag, gemeinsam ein Buch zu verfassen, schien wie ein Lebenselixier auf ihn zu wirken. Zur Vorbereitung ihres Unternehmens besichtigten sie seine Bauten in der Stadt: San Carlo alle Quattro Fontane, Sant' Ivo alla Sapienza, San Giovanni in Laterano – all die prachtvollen Kirchen und Paläste, die er in so vielen Jahren ersonnen, errichtet oder umgestaltet hatte. Während er ihr seine Werke erklärte, flackerte manchmal der alte Stolz in ihm auf, und immer öfter wich der Ausdruck von Trauer in seinem Gesicht jenem begeisterten Leuchten, das Clarissa seit ihrer ersten Begegnung in Sankt Peter so sehr an ihm mochte.

„Ich war der Erste", sagte er, als er ihr die Fassade von San Carlo zeigte, „der den rechten Winkel durch Rundungen und konkave Einzüge ersetzte."

„Haben Sie sich nicht manchmal furchtbar allein gefühlt?", fragte sie. „Alle waren gegen Sie."

„Alle Architekten, die neue Wege gegangen sind, waren allein. Keiner von ihnen hat je versucht, es den anderen recht zu machen, jeder folgte nur seiner Überzeugung."

„Müssen Sie die Dreikönigskapelle wirklich abreißen?", fragte Clarissa, als sie das Collegio Propaganda Fide besichtigten, eine der letzten großen Baustellen, die Francesco geblieben waren.

„Ich will Bernini nicht demütigen oder schaden. Aber die Kapelle ist baufällig, es hat mehrere Wassereinbrüche gegeben. Außerdem wollen die Patres eine größere Kirche, die Zahl der Missionarsschüler nimmt jedes Jahr zu."

„Aber die Kapelle ist Berninis schönstes Jugendwerk. Die ganze Begeisterung des jungen Mannes ist darin zu spüren. Muss man nicht alles tun, dies zu erhalten? Aus Respekt vor dem Schöpfer und Künstler? Denken Sie an Ihr Oratorium, das man abreißen will."

Francesco schüttelte den Kopf. „Auch wenn es für den betroffenen Architekten noch so schmerzlich ist – einen solchen Respekt darf es nicht geben. Die Baukunst selbst verbietet es. Sie verlangt nur den Respekt vor dem Werk. Hat dieses ein Recht auf Fortbestand, oder muss etwas Neues entstehen?"

„Das heißt, das Werk zählt mehr als der Mensch?"

„In der Baukunst – ja! Weil sie die Summe aller Künste ist. Damit ein Bauwerk entsteht, müssen unendlich viele und unterschiedliche Menschen zusammenwirken. Architekten und Zeichner, Steinmetze und

Zimmerleute, Bildhauer und Maler, Dachdecker und Maurer – sie alle tragen zu seiner Entstehung bei, in einer gemeinsamen, großen Anstrengung. Durch dieses Zusammenwirken aber entsteht nicht nur ein neues Gebäude, sondern die Baukunst erfährt dadurch immer wieder ihre eigene Wiedergeburt, um sich zu vervollkommnen und gleichzeitig zu erneuern."

Clarissa dachte eine Weile nach. „Sie meinen", sagte sie schließlich, „so wie die Schöpfung selbst, die sich durch uns Menschen immer wieder erneuert und vervollkommnet?"

„So habe ich es noch nie betrachtet", erwiderte Francesco, und eine leichte Röte huschte über sein Gesicht, „aber Sie haben Recht, man kann es tatsächlich so ausdrücken – eine Wiedergeburt der Schöpfung. Denn in jedem Bauwerk, das diesen Namen verdient, waltet die Natur selbst mit ihren ewig gültigen Gesetzen, das in Jahrhunderten und Jahrtausenden gewachsene Wissen der Menschheit."

Clarissa legte ihre Hand auf seinen Arm. „Wissen Sie eigentlich, was für ein glücklicher Mensch Sie sind, Signor Borromini?"

NACHT lag über der Ewigen Stadt und umfing sie mit ihrem schwarzen Schweigen. Einsam im sanften Schein einer Öllampe saß Clarissa am Schreibtisch und las noch einmal ihre Notizen. Seit Monaten verbrachte sie die Abendstunden damit, die Gedanken aufzuzeichnen, die sie bei Tage mit Francesco austauschte, und alle Entwürfe und Pläne zu kopieren, die er im Laufe seines Lebens angefertigt hatte, um sie zusammen mit den Kommentaren in ihrem Buch zu vereinen. *„Opera del Cav. F. B."*, wollten sie das Werk nennen, *„cavata da suoi originali."*

Besondere Sorgfalt verwandte sie dabei auf die Zeichnungen jener Bauten, die Francesco niemals ausgeführt hatte. Wenigstens im Buch sollten sie Unsterblichkeit erlangen: die Kirche Sant' Agostino, das Grabmal der Marchesi di Castel Rodriguez, das Kloster der Kapuziner in Rom, die Fontäne der Piazza Navona und vor allem natürlich das Forum Pamphili, Francescos größtes und ehrgeizigstes Projekt überhaupt.

Als die Glocken von Sant' Andrea della Valle Mitternacht schlugen, räumte Clarissa ihre Aufzeichnungen in eine Mappe und verschloss sie in einem Schrank. Dann trat sie ans Fenster. Die Nacht war sternenklar. Ob man wohl die Nebel der Milchstraße sehen konnte? Obwohl sie schon müde war, öffnete sie das Fenster und justierte ihr Teleskop.

Am Tage hatte Clarissa den Petersdom besucht, um eine Zeichnung von dem Hochaltar zu machen. Vor der Basilika waren hunderte von Arbeitern damit beschäftigt gewesen, den Schutt wegzuräumen, der seit der Niederlegung des Glockenturms den Platz übersäte: Vorarbeiten für die Piazza, die Lorenzo Bernini im Auftrag des Papstes dort erschaffen sollte. Clarissa seufzte. Ja, Lorenzo würde seine Piazza bauen – Francesco nicht.

Sie machte einen Schwenk. Bald hatte sie die Milchstraße im Visier. Und wirklich – da sah man den Nebel! Unvorstellbar weit von ihr entfernt und doch deutlich zu erkennen: ein geheimnisvolles bläuliches Glimmen, eine Herde verstreuter Flecken, darin kleine helle Punkte. Die Flecken und Punkte schoben sich übereinander, verschmolzen in eins wie zwei Zeichnungen in einer Pause. Plötzlich überkam sie eine Frage, so plötzlich und unmittelbar, als risse vor ihr der Himmel auf. Gab es vielleicht doch eine Möglichkeit, dass Francescos Idee ausgeführt wurde, sein Entwurf trotz allem Gestalt annahm?

Die Frage traf sie mit solcher Wucht, dass ihr die Knie auf einmal weich wurden. Ja, es gab eine Möglichkeit, sie war sogar ganz einfach – und sie, Clarissa McKinney, hatte es in der Hand, das Schicksal zu wenden, dem Baumeister Francesco Borromini für immer einen Platz im Olymp zu sichern. Was für ein Gedanke! Doch es war eine Entscheidung zwischen der Kunst und dem Leben. Und wer war sie, solches zu beschließen? Wollte sie die Vorsehung korrigieren? Nie war sie so einsam gewesen wie in dieser Nacht.

Die Entscheidung zerriss ihr das Herz. Wenn der Himmel ihr die Möglichkeit gab, Francescos kühnsten Entwurf zu verewigen, diese einmalige, unerhörte Idee, die alles andere in den Schatten stellte, was er sonst im Leben vollbracht hatte – war es dann nicht ihr Auftrag, ihre Pflicht vor Gott und der Kunst, diese Möglichkeit zu ergreifen? Doch wenn sie handelte, in welche Katastrophe trieb sie Francesco womöglich durch ihre Tat? Konnte sie die Verantwortung tragen für alles, was immer dann geschehen mochte? Wenn Lorenzo ein weiteres, ein letztes, endgültiges Mal über ihn triumphierte, ihn ausstach in den Augen der Welt? Würde Francesco das ertragen?

Um sich abzulenken, kehrte sie zu ihrem Fernrohr zurück. Clarissa stockte der Atem: Zwischen den beiden Sternen Spica und Antares wie auf der Stirn über einem Augenpaar, erblickte sie den Saturn. In mattem Gelb, umgeben von seinem Ring, schaute er auf sie herab, so fern und gleichzeitig so nah. „Eine Tasse mit zwei Henkeln" – der Anblick hatte Francesco die Idee für die Piazza eingegeben. Noch immer hatte sie seine Worte im Ohr, die er gesprochen hatte, als er den Stern, in dessen Zeichen er geboren war, zum ersten Mal durch ihr Fernrohr sah.

„Gott hat uns zur Kunst befähigt, damit wir in ihr unsere Vergänglichkeit überwinden … Darum zählt jedes Kunstwerk hundertmal mehr als sein Schöpfer …“

Sein Gesicht war voller Staunen gewesen, als er diese Worte sprach, und seine Augen hatten geleuchtet wie jetzt die Spica und der Antares über ihr am Firmament. Als schauten die Augen eines glücklichen Menschen sie an.

Clarissa trat von dem Teleskop zurück. Endlich wusste sie, was sie zu tun hatte.

„Pack auch den Gehpelz ein, Rustico!“, rief Lorenzo seinem Diener zu, der in der Tür auf seine Anweisungen wartete. „Es ist kalt in Paris.“

Dann konzentrierte er sich wieder auf seine Papiere. In zwei Tagen würde er aufbrechen – Ludwig XIV. hatte eigenhändig zwei Briefe an ihn und den Papst geschrieben. Um die angespannten Beziehungen des Vatikans zu Frankreich zu verbessern, hatte Papst Alexander die Reiselizenz schließlich schweren Herzens unterzeichnet.

Mit einem Seufzer steckte Lorenzo seinen *passaporto* ein. War es wirklich der Ruf des Monarchen, der ihn zu dieser Reise bewegte? Was konnte Paris ihm bieten, was er in Rom nicht längst besaß? Seit Alexanders Thronbesteigung war seine Stellung wieder unangefochten – er und kein anderer war der erste Künstler der Stadt. Der neue Papst schätzte ihn noch mehr, als selbst Urban es getan hatte, rief ihn täglich an seinen Tisch und traf keine Entscheidung, ohne ihn zu Rate zu ziehen.

Nein, es waren andere Gründe, die Lorenzo aus Rom vertrieben. Es war die Angst vor dem Alter, die Angst vor dem Tod. Jeder Blick in den Spiegel, jeder Blick in die Augen einer jungen Frau ließ ihn spüren, dass seine Jahre gezählt waren. All die Dinge, die das Leben schön und lebenswert machten, schwanden dahin und verblassten, nur weil seine Haut, dies elende Kleid seiner Knochen, welk wurde. Auch wenn Paris ihm nicht die Jugend zurückgeben konnte, würde die Reise ihm vielleicht doch für ein, zwei Jahre Aufschub auf seinem Weg des Verfalls gewähren.

„Man hat mir gesagt, Sie wollen uns verlassen, Cavaliere?“

„Principessa? Wie schön, Sie zu sehen!“

Lorenzo hatte gar nicht gehört, dass sie in sein Studio gekommen war, so vertieft war er in Gedanken gewesen. Blass sah sie aus, ihre Augen glänzten, als habe sie Fieber – ihr Anblick löste sogleich heftige Gewissensbisse in ihm aus. Eilig ließ er seine Sachen liegen und beugte sich über ihre Hand.

„Niemals wäre ich aufgebrochen, ohne mich von Ihnen zu verabschieden. Aber Sie wissen ja selbst, wie viele Vorbereitungen so eine Reise erfordert. Oh, was ist das? Ein Geschenk?“, fragte er, als sie ihm eine zugeschnürte Rolle reichte.

Sie schüttelte den Kopf. „Es ist nicht von mir“, sagte sie mit belegter Stimme. „Ich … ich bin nur die Überbringerin.“

Neugierig öffnete er die Verschnürung und rollte den Bogen auf. Als er das Blatt sah, stutzte er. „Sie bringen mir eine Zeichnung?“ Es war der Grundriss eines Platzes, ein geschweiftes Oval, von dessen Zentrum Sichtlinien zu einer vierfachen Säulenreihe ausgingen, die den Platz umschloss.

„Ja, Cavaliere“, sagte sie leise, fast flüsternd.

Mit gerunzelter Stirn betrachtete er den Plan: ein ganzes System einander überschneidender Kreise und Achsen. Warum vierfache Arkaden? Und was hatten die Sichtlinien zu bedeuten? Alles wirkte einfach und klar und trotzdem irgendwie geheimnisvoll.

Plötzlich fiel es ihm wie Schuppen von den Augen, und er hielt den Atem an: Was für ein Geniestreich! Was für ein kühner, großartiger Gedanke! „Von wem stammt der Entwurf?“, fragte er mit rauer Stimme.

„Der Name spielt keine Rolle.“

„Der Plan ist genial – der Entwurf für einen idealen Platz. Aber weshalb zeigen Sie ihn mir? Brauchen Sie eine Empfehlung? Für einen Auftraggeber?“

Clarissa schüttelte ein zweites Mal den Kopf. „Der Plan ist für Sie, Cavaliere. Nehmen Sie ihn, und bauen Sie die Piazza!“

„Das kann nicht Ihr Ernst sein!“

„Doch“, sagte sie. „Tun Sie es anstelle des Mannes, der den Entwurf gezeichnet hat. Ihm fehlen die Mittel und die Möglichkeiten, ihn auszuführen.“

Lorenzo gab ihr das Blatt zurück. „Tut mir Leid, aber das werde ich nicht tun.“

„Und wenn ich Sie darum bitte?“

„In wessen Namen?“

„Im Namen der Kunst.“

„Ausgeschlossen! Die Ehre verbietet es mir.“

„Die Ehre – oder Ihr Ehrgeiz?“

„Beides.“ Er räusperte sich. „Ich glaube, ich weiß, von wem der Plan ist. Ich … ich kenne seine Art zu zeichnen.“

„Dann nehmen Sie meine Versicherung entgegen, dass ich Sie in seinem Auftrag bitte."

Sie reichte ihm erneut den Bogen und schaute ihn an. Ihr Gesicht war gerötet vor Erregung. Hatte es je eine größere Versuchung für einen Mann gegeben? Was die Principessa da in ihren Händen hielt, war der Entwurf eines Bauwerks, das seinen Schöpfer unsterblich machen würde für alle Zeit. Der Einfall, die großartige Idee, nach der er selbst so lange vergeblich gesucht hatte ...

„Nein", sagte er, so schwer es ihm auch fiel. „Es ist unmöglich."

„Ihr letztes Wort?"

Er nickte stumm.

„Nun, ich kann Sie nicht zwingen", sagte sie und legte den Plan auf seinen Schreibtisch. Dann wandte sie sich ab und ging zur Tür. Sie schien noch etwas sagen zu wollen, doch stattdessen nickte sie ihm nur zu und öffnete die Tür. „Ich wünsche Ihnen eine gute Reise."

Lorenzo starrte die Rolle an, als wäre sie ein heimtückisches, gefährliches Tier, das in sein Studio eingedrungen war, um ihn zu belauern, immer auf dem Sprung, ihn anzufallen. Die Hände auf dem Rücken, ging er um den Tisch herum, wieder und wieder.

War auf dem Blatt wirklich das, was er eben geglaubt hatte zu sehen? Oder hatte ihn seine Fantasie getäuscht?

Nach zehn Minuten hielt er es nicht mehr aus, er nahm die Zeichnung und rollte sie auf. Er wollte den Entwurf noch einmal sehen, nur ein einziges Mal.

Voller Ehrfurcht studierte er den Plan. Nein, er hatte sich nicht getäuscht. Welche Größe! Welche Kraft! Den Plan in der Hand, ließ er sich auf einen Stuhl sinken. In Gedanken ging Lorenzo bereits über den fertigen Platz zum Zentrum der Ellipse, zu ihrem Brennpunkt. Sein Herz klopfte vor Erregung. Noch einen Schritt bis zu dem bezeichneten Punkt ... Er ahnte, nein, *wusste*, was passierte, wenn er von diesem Punkt aus auf die Säulenzeilen sah. Was für ein Schauspiel!

Plötzlich ließ er die Zeichnung sinken. Sollte das wirklich der Mann ersonnen haben, den er zeitlebens als Steinmetz verlacht und gedemütigt hatte? Obwohl Lorenzo allein im Raum war, schämte er sich, wie er sich selten im Leben geschämt hatte.

Seine Hände zitterten nicht weniger als die der Principessa, als er den Entwurf auf seinen Schreibtisch legte. Er hatte das Schauspiel nur vor seinem inneren Auge gesehen, und doch war er von dem Anblick ergriffen, als habe er Einblick in den Plan der Schöpfung genommen. Es war so leicht, diese Zeichnung mit seinem eigenen Entwurf für Sankt Peter zu verknüpfen, er brauchte das Oval nur zur Stadt hin mit dem Vorplatz zu erweitern – zusammen würden beide Plätze die Form eines Tabernakels ergeben.

War das nicht ein Fingerzeig?

Noch am selben Abend beschloss Lorenzo, seine Reise bis auf weiteres zu verschieben. Der König von Frankreich sollte warten. Er, Lorenzo, war noch nicht alt, er fühlte sich jung und voller Tatendrang.

Er würde später nach Paris fahren, sehr viel später …

Kapitel 22

Man schrieb den 22. Mai des Jahres 1667, als Papst Alexander VII., vulgo Fabio Chigi, nach zwölfjährigem Pontifikat für immer die Augen schloss. Durch den Westfälischen Frieden, den sein Vorgänger mit der Welt geschlossen hatte, in seiner Macht zu sehr beschnitten, um sichtbaren Einfluss auf die irdischen Geschehnisse außerhalb des Kirchenstaates zu nehmen, hatte er sich in Ausübung seiner Herrschaft vor allem damit getröstet, zum Ruhme der Stadt Rom und der heiligen katholischen Kirche den Bau des Petersdoms und seiner Umgebung voranzutreiben. Er hatte darum bei der Neugestaltung des Domplatzes keinerlei Kosten gescheut. Was immer sein Baumeister verlangte, gewährte er ihm. Ganze Straßenzüge wurden abgerissen, ebenso die Spina, das bebaute Mittelfeld der Piazza, um den nötigen Raum zu schaffen. Hundertschaften von Maurern, Steinversetzern und Pflasterern wurden eingestellt, dazu Dutzende von Steinmetzen und Bildhauern, denn ein ganzes Heer von Statuen, 140 an der Zahl, sollte die Kolonnaden bekrönen. Dank dieses ungeheuren Aufgebots von Kräften kamen die Arbeiten auf der größten Baustelle der Welt so gut voran, dass ihr Leiter Lorenzo Bernini im April 1665 getrost nach Paris aufbrechen konnte, um endlich dem Ruf des französischen Königs zu folgen.

Die Aufstellung der 96 Säulen, die in vierfacher Reihung die Piazza säumten, durfte Papst Alexander noch erleben – die Einweihung des Platzes aber nahm sein Nachfolger vor, Papst Klemens IX., der im Juni 1667 vom Heiligen Kolleg zum Stellvertreter Christi gewählt worden war. Um die Bedeutung des Ereignisses zu betonen, verband der neue Herrscher des Kirchenstaates die Einweihung mit dem Fest seiner Thronbesteigung.

Gläubige aus aller Welt kamen zum feierlichen *possesso* des neuen Pontifex nach Rom gereist, und schon am frühen Morgen des Tages, da Klemens sich erstmals seinem Volk zeigen würde, strömten sie in Scharen zum Petersdom. Der Kapitolspalast war mit goldgewirktem Damast behängt, auf den Plätzen verteilten die Sbirren Brotlaibe an die Armen, und aus vielen öffentlichen Brunnen floss für 24 Stunden statt klarem Wasser roter Wein.

Nur ein Mann in der Stadt weigerte sich, an dem gigantischen Spektakel teilzunehmen: Francesco Borromini. Allein in seinem kleinen, spartanischen Haus im Vicolo dell' Agnello verbrachte er den Tag damit, seine Gedanken und Papiere zu ordnen, eine stille, bescheidene Tätigkeit, die er nur unterbrach, wenn er von einem Hustenanfall geplagt wurde, was im Abstand von nur wenigen Minuten immer und immer wieder geschah. Denn seine Gesundheit hatte sich in den vergangenen Jahren so rapide verschlechtert, wie sein Stern als Architekt und Künstler in der Stadt gesunken war.

„Herzhusten" hatten die Ärzte die Krankheit genannt – was für ein wohlklingender Name! Dahinter verbarg sich nichts anderes als das Asthma, die alte Krankheit der Steinmetze. Die Ärzte verordneten ihm zur Abhilfe Ruhe und keinerlei Aufregung.

Wie aber sollte er solchen Rat befolgen? Seine Gegner, so sie ihn überhaupt der Beachtung für würdig befanden, verhöhnten ihn ärger denn je. „Eckenabschneider" nannten sie ihn; doch kaum machte sein Rivale Bernini es ihm nach und ersetzte an seinen Bauten den rechten Winkel durch konkave Einzüge oder Rundungen, feierten sie ihn wie ein Genie, als habe er die Baukunst neu erfunden. Von Triumph zu Triumph eilte der Cavaliere. Immer dreister, immer unverschämter bediente er sich am Schatz von Francescos Ideen, überall erkannte dieser in den Bauten des anderen seine eigenen Einfälle wieder. Er spürte die Augen des Rivalen in seinem Rücken, den gierigen, wollüstigen Blick, der alles in sich aufsog, die Formen, die Ideen, den Geist. Aber das ließ er nicht zu, er ließ sich nicht länger bestehlen! Jede Zeichnung, jede noch so flüchtige Skizze schloss er des Abends fort, versteckte sie im Schrank, im Speicher, auf dem Dachboden, nahm sie mit in sein Bett und presste sie im Schlaf noch an den Leib wie ein treu sorgender Vater seine schutzbedürftigen Kinder. Ha, der große Mann würde schon sehen, wo er ohne seine Ideen blieb! Austrocknen sollte er! Verhungern!

Die Nachbarin, die noch immer seinen Haushalt versorgte, weckte

Francesco aus seinen schwarzen Gedanken. „Es ist angerichtet, Signor."

Gestützt auf ihre Schulter, schleppte er sich in die Küche, um seine Gemüsesuppe zu essen.

TROMMELN wurden gerührt, Fanfaren ertönten, und über zweimal hunderttausend Menschen, die zur Mittagsstunde das riesige Oval vor der Basilika Sankt Peter füllten, verrenkten sich die Hälse. Durch das größte Tor der Welt, die Öffnung der Kolonnaden, hielt die Kavalkade des Pontifex Maximus unter Glockengeläut und Salutschüssen Einzug, während sich das Menschenmeer auf der Piazza teilte wie einst das Rote Meer bei der Ankunft Moses: ein endloser Lindwurm kirchlicher und weltlicher Würdenträger, der sich mit langsamen Schritten voranbewegte, angeführt von einer Division der Schweizergarde. Dann folgte der neue Papst in einem schlichten, offenen Karren, der von zwei weißen Mauleseln gezogen wurde, in seinem Gefolge die Kardinäle in ihren purpurnen Gewändern und den flachen, mit Troddeln besetzten Hüten, ein jeder von ihnen auf einem Maulesel, und schließlich zu Fuß die Bischöfe und Prälaten, die Monsignori und Pfarrer sowie die Scharen von Abgesandten der ausländischen Staaten.

Über eine Stunde dauerte es, bis der gewaltige Zug zur Aufstellung kam und alle Würdenträger auf der Empore vor der Basilika ihre Plätze eingenommen hatten. Ein zweites Mal ertönten die Fanfaren, dann rief ein Offizier der Schweizergarde Lorenzo Bernini auf, Cavaliere di Gesù und Dombaumeister von Sankt Peter. Auf der Piazza war es so still, dass man Berninis Stiefelschritte hörte, als er mit gezogenem Hut die Freitreppe des Doms hinaufstieg, um vor den Thron des Papstes zu treten. Auch Clarissa, die in der ersten Reihe der Ehrengäste den Einzug der Kavalkade verfolgt hatte, hielt den Atem an.

„Gott der Herr", erhob der Papst seine Stimme, „hat zu seinem ersten Apostel gesagt: ‚Du bist Petrus, und auf diesen Fels will ich meine Kirche bauen.' Mit deinem Werk, Lorenzo Bernini, hast du den Willen des Herrn erfüllt. Dieser Platz soll heute und für alle Zeit die Christenheit umschließen, um ihr Hort und Schutz zu sein wie die heilige Mutter Kirche, und die Pforten der Hölle sollen sie nicht überwinden."

Wie ein Kaiser stand Lorenzo da, den Kopf erhoben, Auge in Auge mit dem Stellvertreter des Herrn. Er strahlte nicht, noch lächelte er – allein die Größe dieses Augenblicks spiegelte sich in seiner Miene wider: Stolz, Macht, Triumph.

Als Clarissa dieses Gesicht sah, holte ihr Gewissen sie ein wie der

Zorn Gottes. Ihr Herz krampfte sich zusammen. Wie hatte sie tun können, was sie getan hatte? Mit jeder Regung ihrer Seele bereute sie, dass sie hierher gekommen war, um Lorenzos Triumph zu bezeugen, statt bei Francesco zu sein. Warum fuhr kein Blitz auf sie herab, um sie zu strafen?

Lorenzo beugte sich über die Hand des Papstes. Immer noch war es so still, dass Clarissa das Gurren der Tauben hörte. Doch als er die Stufen des Throns verließ, brauste ein Jubel auf und erhob sich über den Platz, als wollten die Römer es den himmlischen Heerscharen gleichtun. Die ganze Stadt, der ganze Erdkreis hallte wider von den Stimmen, die den Baumeister von Sankt Peter priesen.

Überwältigt schloss Clarissa die Augen. Wenn die Piazza die Menschen in solchen Jubel versetzte, konnte sie da falsch gehandelt haben? Als sie die Augen aufschlug, stand vor ihr Bernini.

„Ich habe Ihnen von meiner Reise etwas mitgebracht“, sagte er und reichte ihr eine Schatulle. „Worauf warten Sie, Principessa? Wollen Sie das Kästchen nicht öffnen?“

Als sie den Deckel aufmachte, blieb ihr das Herz stehen. „Aber das ist ja …“ Auf dem schwarzen Samtbett funkelte ein walnussgroßer Smaragd: derselbe Edelstein, den sie ihm vor einem halben Leben im Auftrag ihres Königs übergeben hatte.

„Ich habe Jahre vergeblich nach ihm gesucht, überall, in ganz Rom. In Paris habe ich ihn schließlich gefunden, durch Zufall, bei einem Juwelier in der Nähe von Notre Dame.“

„Warum … warum tun Sie das?“

„Wissen Sie es nicht?“ Er kniete vor ihr nieder, inmitten all der Menschen, in Gegenwart des Papstes und des Heiligen Kollegs, nahm ihre Hand und küsste sie. „Sie sind die einzige Frau, die ich je geliebt habe. Bitte, Principessa, nehmen Sie den Stein als mein Geschenk. Ich möchte Ihnen damit danken. Für alles, was Sie mir gegeben haben …“

„Für alles, was ich Ihnen gegeben habe?“ Clarissa entzog ihm ihre Hand. „Nein“, sagte sie dann und gab ihm die Schatulle zurück. „Vielleicht hätte ich ihn damals nicht verweigern sollen, als Sie ihn mir schon einmal schenken wollten … Aber hier, an diesem Ort, an diesem Tag … geht es nicht. Es wäre – ja, es wäre Verrat.“

Ein Hahnenschrei kündigte vom Anbruch des neuen Tages, als Francesco Borromini das Haus verließ. Die ganze Nacht hatte er keinen Schlaf gefunden, sich stundenlang auf dem Bett hin und her geworfen, von Fieberträumen gepeinigt. Jetzt hielt er es nicht länger aus – er musste sich Gewissheit verschaffen.

Im fahlen Licht des anbrechenden Tages schleppte er sich durch die Gassen, den Hut ins Gesicht gezogen, als fürchte er, auf seinem Weg erkannt zu werden. Ob Gott ihm zusah?

Er war vielleicht eine Viertelstunde gegangen, da erblickte er vor sich sein Ziel: Wie ein Schneegebirge ragte der Petersdom in den grauen Himmel empor. Menschenleer lag die Piazza da, allein die Abfälle, von denen das Pflaster übersät war, zeugten von den Massen, die hier am Tag zuvor das Fest der Einweihung gefeiert hatten.

Als Francesco durch die weite Öffnung trat, zog er sich den Hut noch tiefer ins Gesicht. Hatte er Angst zu sehen, was zu sehen er gekommen war? Er wusste, das Wesen eines Platzes erschloss sich nur aus seinem Innern, aus seinem Zentrum heraus. Zehn Jahre, seit Beginn der Bauarbeiten, hatte er Sankt Peter gemieden, täglich gequält von der einen alles entscheidenden Frage: Wie hatte sein Rivale diese unermessliche Größe, diesen grenzenlosen Raum gestaltet? Den Blick fest auf den Boden gerichtet, überquerte Francesco den Platz, immer an den weißen, in das Pflaster eingelassenen Marmorstreifen entlang. Laut hallten seine Schritte in der Morgenstille wider, während ihn das unwirkliche Gefühl beschlich, er betrete vertrauten Boden. Es war, als wandle er durch einen Traum, den er selbst schon unzählige Male geträumt hatte.

In der Mitte des riesigen Ovals, unweit des Obelisken, blieb er stehen und hob den Blick. Es war wie eine Offenbarung, und die Augen gingen ihm über, so herrlich war die Pracht, die sich vor ihm auftat. Vor einem blassrosa Himmel, der im Osten den baldigen Aufgang der Sonne ankündigte, erhoben sich die Kolonnaden, dunkel und groß wie zwei starke, mächtige Arme, die den ganzen Erdkreis umfingen. Bekrönt von der Heerschar der Heiligen, die wie eine Armee über dem Säulenrund Wache hielten, steinerne Schutzpatrone des ewigen Glaubens, bewehrten die Flügelbauten in kolossaler Wucht den Platz, und kein Übel der Welt konnte sie je überwinden.

Francesco trank den Anblick in gierigen Zügen, als wäre ihm das Augenlicht erst in dieser Stunde geschenkt worden. Sein Herz stand still, sein Atem stockte: Genauso hatte er den Platz immer vor sich gesehen: den herrlichsten Platz, den die Menschheit je geschaut hatte, ein Wunderwerk aus mathematischem Kalkül und künstlerischer Imagination. Alles hatte eine Bedeutung, jeder Stein, jeder Pilaster war ein Buchstabe in diesem gigantischen Alphabet.

Das war *seine* Piazza! *Sein* Traum in Stein und Marmor!

Die Erkenntnis traf Francesco wie ein Faustschlag. Ja, ohne Zweifel, er erkannte sie wieder, seine Idee, den großartigen Einfall: eine Tasse mit zwei Henkeln, das Bild des Saturns, wie es ihm im Fernrohr der Principessa erschienen war. Nur der trapezförmige Platz in Richtung zur Domfassade wich von seinen Plänen ab – zusammen bildeten die beiden Plätze die Form eines Tabernakels. Aber war das entscheidend? Er hatte ja die Anlage für die Piazza Navona entworfen, man hatte den Grundriss den Verhältnissen anpassen müssen.

Plötzlich spürte er, wie sein Herz raste. Die Anlage entsprach in allen wesentlichen Punkten seinen Plänen, so weit das Auge reichte. Francesco stöhnte auf. Wenn dies wirklich *seine* Piazza war, dann barg sie ein Geheimnis – das Geheimnis der Vollkommenheit. War dieser Platz vollkommen? Nichts hoffte, nichts fürchtete er mehr. Aber besaß er die Kraft, die Antwort zu ertragen? Es war so leicht, sie zu erfahren, er brauchte nur ein paar wenige Schritte zu tun, um von der Ahnung zur Gewissheit zu gelangen. Und doch war nichts schwerer als dies.

Francesco machte einen Schritt von dem Obelisken fort, dann noch einen, langsam und mühsam. Am ganzen Körper zitternd vor Erregung, blieb er stehen, die Augen starr auf den Punkt gerichtet, von panischer Angst und brennender Erwartung erfüllt, ein Verzweifelter, der vor das Orakel tritt. Da war er, der Brennpunkt der Ellipse, das Zentrum der Erkenntnis. Er fühlte sich so allein, als wäre er der einzige Mensch auf Erden: ein winziges Staubkorn in Gottes unendlichem Weltall.

Da berührte ein Sonnenstrahl sein Gesicht, hell und warm, und im selben Augenblick hatte alles Denken und Zögern ein Ende. Es geschah ganz von allein. Ein letzter, kleiner Schritt – und der Platz gab sein Geheimnis preis.

Ja, die Piazza war vollkommen!

Ergriffen fiel Francesco auf die Knie. Vor seinen Augen vollzog sich das Wunder, das er in der Einsamkeit seines Herzens erträumt hatte. Sein Plan ging auf, seine Berechnungen hatten ihn nicht getrogen: Alles geschah nach seinem Willen. Als würden unsichtbare Engel riesige Kulissen fortschieben, öffneten sich die Kolonnaden vor ihm zur Welt, zur Wahrheit, zum Licht. Während die Säulen hintereinander verschwanden, brachen die Wände auf, alle Erdenschwere fiel von den gewaltigen Steinmassen ab, um einer wunderbaren Leichtigkeit zu weichen, als würden nicht vier Säulenreihen die Piazza säumen, sondern nur eine einzige, hinter der nun die Sonne im morgenhellen Glanz erstrahlte, auftauchend aus dem Häusermeer der Ewigen Stadt wie aus dem Meer der Zeit.

Die Hände gefaltet, von einem ungeheuren Staunen erfüllt, konnte Francesco die Augen nicht lassen von diesem Anblick. Alle Gefühle, deren ein Mensch fähig ist, stürmten auf ihn ein. Während seine Seele sich jubilierend zum Himmel erhob, als wäre sie nach langer, langer Haft aus einem engen, finsteren Kerker befreit, rannen Tränen des Glücks seine Wangen hinab. Das göttliche Schauspiel, das sich vor seinen Augen vollzog, war sein Werk – die Summe seines Lebens. Mit der Hilfe des Schöpfers hatte er, Francesco Borromini, den richtigen Standpunkt gewählt, den Standpunkt Gottes und des Glaubens, von dem aus sich die Wirklichkeit hinter den Dingen erschloss, jenseits aller Begrenzung. Hier auf diesem Platz offenbarte sich heute und für alle Zeit das Geheimnis des Glaubens. Er, Francesco Borromini, hatte diesen Platz geschaffen – kein anderer als er war imstande, diese unermessliche Größe, diesen grenzenlosen Raum zu gestalten, dem riesigen Rund eine Bedeutung zu geben. Er war der erste Künstler Roms!

Doch die Welt würde es niemals erfahren. In ihren Augen war die Piazza das Werk eines anderen, das Werk seines Rivalen. Lorenzo Bernini, der eitle, selbstverliebte Pfau, hatte es für ewig in Stein gesetzt und sonnte sich nun im Glanz des Ruhms, dieser verfluchte Liebling der Götter, dem alle Leichtigkeit, alle Schönheit von Anbeginn geschenkt waren, mühelos, als wären das Leben und die Kunst nur ein Spiel.

Francesco reckte die Hände zum Himmel. Wer hatte ihn verraten?

FINSTERNIS umfing ihn, als er erwachte. Sein Schädel, sein ganzer Körper war fühllos, fast taub. Was war für ein Tag? Wie lange hatte er geschlafen? Langsam, zäh wie Leim löste sich die Erinnerung vom dunklen Grund seiner Seele. In ihm war nur eine dumpfe, unbestimmte Ahnung, dass er etwas erledigen musste, ein dringendes, wichtiges Geschäft.

Mühsam wälzte er sich auf seinem Bett herum. Irgendwo zwitscherte ein erster Vogel, ein fahler Lichtschein fiel durch das kleine Fenster – ein neuer Tag brach an. Witternd hob er den Kopf. In der Luft hing ein brandiger Geruch.

Plötzlich war die Erinnerung da und mit ihr das Entsetzen.

Er musste sein Testament schreiben! Jetzt gleich – die Sache duldete keinen Aufschub! Draußen wurde das Vogelgezwitscher lauter. Francesco wuchtete sich von der Bettstatt hoch, mit keuchendem Atem, stemmte seinen schweren Körper in die Höhe. Er tastete sich durch die

Finsternis, stolperte über einen Kasten und schlug mit der Hüfte gegen den Tisch.

Der Schmerz in seiner Seite war so stark, dass bunte Lichter vor seinen Augen tanzten. Er hatte das Testament am Nachmittag begonnen, aber nur ein paar wenige Sätze geschafft. Er hatte getan, was er hatte tun müssen, hatte alle seine Pläne und Entwürfe verbrannt, wie es die Ehre und der Stolz und die Gerechtigkeit verlangten. Alles, was irgendwie von seiner Hand beschriftet war, hatte er in der Küche zusammengetragen wie zu einem Scheiterhaufen, um alles Stück für Stück unter bösen Flüchen und Verwünschungen in den Herd zu werfen, dabei mit irren Blicken in die Flammen starrend, als spräche er mit dem Leibhaftigen. Jetzt fehlte nur noch sein Testament. Darin würde er sie alle beim Namen nennen: die Diebe, die Betrüger, die Verräter – das ganze gottlose Volk.

Wie ein Relief hoben sich im Dämmerlicht die Rücken seiner Bücher von den gekalkten Wänden ab: die einzigen Freunde, die er je hatte. Verzweifelt streckte er die Arme nach ihnen aus. Stumm kehrten sie ihm ihre Rücken zu. Voller Zorn fegte er die Bücher vom Regal.

Wie schallendes Gelächter dröhnten die Vogelstimmen in seinen Ohren, so laut, als würde die ganze Stadt über ihn lachen. Immer hatten sie ihn verhöhnt und verspottet, sein Leben lang. Francesco hielt sich die Ohren zu, er konnte es nicht länger ertragen, presste beide Hände gegen den Kopf und schloss die Lider.

Da sah er die Principessa vor sich, ihr helles Gesicht in dunkler Nacht, und Tränen stiegen ihm in die Augen. Den ganzen Tag, den ganzen Abend hatte er sich nach ihr gesehnt, jede Sekunde und Minute seines Wachseins. Doch ein Dutzend Mal, nachdem sie ihm gemeldet worden war, hatte er befohlen, ihr zu sagen, er wolle sie nicht sehen – und wenn ihm darüber auch das Herz brach.

Denn die Principessa hatte ihn verraten.

„Warum hast du das getan?", flüsterte er.

In heißen Strömen rannen die Tränen an seinen Wangen hinab. Die Principessa war der einzige Mensch, dem er seine Pläne für die Piazza gezeigt hatte – sie hatte sein Vertrauen missbraucht, hatte seine Idee, seinen großartigen Einfall an Bernini weitergegeben. Plötzlich hatte er nur noch ein Bedürfnis. Er wollte mit seinem Körper den Schmerz spüren, der in seiner Seele brannte. Er musste sich etwas antun – aber womit? Es gab kein Messer im Raum, um sich die Adern zu öffnen, keine Pistole, um sich die Kugel zu geben.

Plötzlich sah er etwas über sich blinken. Er hob den Kopf, kniff die

Augen zusammen. Ja, dort oben, am Kopfende seines Bettes neben dem Regal mit den geweihten Kerzen hing sein Schwert an der Wand: sein ganzer Stolz, sichtbares Zeichen seiner Würde und Bedeutung, die höchste Auszeichnung, die er je im Leben empfangen hatte. Mit diesem Schwert, das dort im Dämmerlicht blinkte, hatte Papst Innozenz ihn in den Ritterstand erhoben. Sein alter Gönner war der einzige Mensch gewesen, der ihn je verstanden hatte. Immer hatte Innozenz an ihn geglaubt, in guten und in schlechten Tagen. Und auch in dieser Stunde, da sich alle von ihm abgewandt hatten, war der Papst bei ihm, reichte ihm seine Hand, um ihm ein letztes Mal zu helfen.

Die Augen auf das Schwert gerichtet, zog Francesco sich am Fenstersims in die Höhe, tastete sich am Tisch entlang durch die Kammer zur Wand.

Als er die Waffe in der Hand hielt, fielen alle Schmerzen von ihm ab. Francesco schloss die Augen und richtete das Schwert gegen sich. Wie ein Engel, der vom Himmel herabgestiegen war, stand sie vor ihm, mit blonden Locken und einem Lächeln im Gesicht, wie es schöner selbst Michelangelo nicht hätte zaubern können. Ein Gesicht von so zarten Farben und solcher Anmut, dass es nicht von dieser Welt sein konnte. Kalt spürte er die Spitze des Stahls auf seiner Brust.

„Warum“, flüsterte er, „hast du das getan?“

In einer Enttäuschung, die so groß und schwarz war wie das Universum selbst, stürzte er sich in sein Schwert.

Kapitel 23

War ein Kunstwerk ein solches Opfer wert?

Grau dämmerte der Abend durch das kleine Fenster im Dachgestühl. Clarissa saß an Francescos Bett und hielt seine Hand, die manchmal, im Abstand von vielen, langen Minuten, mit kaum spürbarem Druck zu erkennen gab, dass noch Leben in ihr war. Wie sehr hatte sie all die vielen Jahre diese Hand gemocht, die sich gleichzeitig so zart und kräftig anfühlte. Auf ihrem Schoß lag der Bericht, den Francesco am Nachmittag dem Kommissar des Gouverneurs diktiert hatte. Darin hatte er seine Tat geschildert, in klaren, nüchternen Worten, bevor er die Letzte Ölung empfing. Clarissa hatte die Zeilen wieder und wieder gelesen, und doch war sie unfähig, sie zu begreifen.

„Weinen Sie nicht … bitte …“

Clarissa hob den Blick. Erst jetzt merkte sie, dass ihr Gesicht nass von Tränen war. Hatte er wirklich gesprochen? Sie beugte sich vor. „Woher wissen Sie, dass ich weine?“

„Ich fühle es … an Ihrer Hand.“ Er machte eine Pause. „Haben Sie es getan?“, fragte er dann mit tonloser Stimme, die Augen noch immer geschlossen, das Gesicht zur Zimmerdecke gewandt. „Haben Sie ihm … den Entwurf gegeben?“

„Es war Ihr kühnster Entwurf, das Beste, was Sie je geschaffen haben“, sagte sie leise. „Die Welt sollte diesen Platz sehen, um jeden Preis.“ Behutsam drückte sie seine Hand. „Können Sie mir verzeihen?“

„Mein Leben … hätte so schön sein können … Vielleicht wäre ich sogar glücklich gewesen …, wenn es diesen Mann … nicht gegeben hätte. Der Neid war mein Bruder … mein Leben lang.“

Francesco konnte nicht weitersprechen, die Atemnot hinderte ihn. Sein Gesicht begann zu zucken, verzerrte sich in einem Krampf, während der Husten immer heftiger wurde. Mit ohnmächtigem Entsetzen sah Clarissa diesem Kampf zu, der in seinem Innern tobte.

Wusste er noch, dass sie bei ihm war?

Sie zündete ein Licht an und setzte sich wieder an sein Bett, wartete, dass sich sein Atem beruhigte, er wieder ein wenig Kraft schöpfte. Plötzlich bewegten sich seine Lippen. „Warum …?“, flüsterte er. „Warum … haben Sie es getan?“

Das also war die Frage, die ihn noch am Leben hielt. Clarissa wusste, sie war ihm die Antwort schuldig – doch was sollte sie ihm sagen? Dass sie seine Idee vor dem Vergessen hatte retten wollen? Um seine Gedanken, seine Kunst unsterblich zu machen? Weil sein Werk wertvoller war als sein Leben? Doch alle Gründe, die sie nennen konnte, erschienen ihr jetzt so erbärmlich, so nichtig angesichts seines nahen Todes.

„Weil ich dich liebe“, sagte sie plötzlich, ohne zu überlegen, und doch zugleich wissend, dass es die einzige richtige Antwort war. „Darum habe ich es getan.“

„Was … sagen Sie da?“ Er schlug die Augen auf und schaute sie an, das Gesicht voll ungläubigem Staunen.

„Ja, Francesco“, sagte Clarissa und griff nach seiner Hand. „Ich liebe dich schon seit vielen Jahren.“

Seine dunklen Augen ruhten auf ihr, und ein Leuchten erfüllte sie wie an jenem Tag, da er ihr die Kuppel des Petersdoms gezeigt hatte. In einem langen, wortlosen Schweigen tauschten sie einen innigen Blick, in dem ihre Seelen sich vereinten. „Mein geliebter Francesco“, flüsterte sie.

Auf einmal hatte sie nur noch das Bedürfnis, ihm nahe zu sein, näher, als sie ihm je gewesen war. Sie beugte sich vor, und so behutsam, als fürchte sie, ihn zu verletzen, küsste sie ihn auf den Mund.

Es war ein Augenblick jenseits der Zeit, den sie im Kuss verbrachten, beide Lippenpaare miteinander verschmolzen. Alle Einsamkeit war aufgehoben, keine Schranke mehr da, die sie trennte.

Sie streichelte seine Stirn, seine Wangen. Wie gern hätte sie ihn für alle Zeit geküsst, ihn geherzt, ihn liebkost, wieder und wieder, um all die Zärtlichkeiten nachzuholen, die auszutauschen sie in den vielen gemeinsamen Jahren versäumt hatten. Doch sie spürte, dass ihr nur dieser eine Kuss vergönnt war, und begnügte sich damit, noch einmal seine Hand zu nehmen.

„Hast du … die Piazza gesehen?“, fragte er.

Clarissa nickte stumm. Wieder blickten sie sich an, verbunden nur durch die Berührung ihrer Hände.

„Und … wie hat sie dir … gefallen?“

„Sie ist wunderschön, Francesco. Das Schönste, was ich je gesehen habe.“

„Dann bist du also … stolz auf mich?“

„Ja, Francesco, Liebster …“

Ihre Stimme versagte, neue Tränen rannen an ihren Wangen hinab, doch sie spürte sie nicht.

„Danke …“

Clarissa schluchzte laut auf. Erst nach einer langen Weile fand sie die Kraft, ihn wieder anzuschauen.

„Du … du sollst doch nicht weinen“, sagte er. Erschöpft hielt er inne. Zärtlich drückte sie seine Hand, und er antwortete ihr, indem er die Finger langsam schloss. Obwohl sie jetzt kein Wort sprachen, tauschten sie alle Regungen ihrer Herzen aus. Fragen und Antworten, Zeichen, die an die dunkelsten Kammern der Erinnerung rührten, Beschwörungen einer längst dahingeschwundenen Hoffnung, die sich dennoch in diesem Moment erfüllte – in der einzigen Stunde ihrer Liebe.

Um seinen Mund spielte ein Lächeln, als würde er etwas Wunderschönes vor sich sehen, und für die Dauer dieses Lächelns wirkte er fast wie ein junger Mann.

Dann aber erstarb das Lächeln auf seinem Gesicht. Francesco rührte sich nicht mehr.

Draußen rollte eine Kutsche durch die Gasse. Vor dem Haus blieb sie stehen. Clarissa hörte Schritte, dann Stimmen auf der Stiege.

„Soll ich den Verband noch einmal wechseln?“

Sie drehte sich um. Der Arzt stand in der Tür.

Clarissa schloss die Augen und schüttelte den Kopf.

BUNTES Laub bedeckte das schlichte Grab, nur ein schwarzes Holzkreuz ragte aus dem noch frischen Erdhügel. Monate waren seit Francescos Tod vergangen. In seinem Testament hatte er verfügt, auf dem Friedhof von San Giovanni dei Fiorentini zur letzten Ruhe gebettet zu werden: an der Seite seines Lehrmeisters Carlo Maderno.

Der Herbstgeruch von welkem Laub und aufgebrochener Erde wehte über den Gottesacker.

„Sie haben ihn geliebt, nicht wahr?“

Clarissa drehte sich um. Vor ihr stand Lorenzo Bernini, den Hut in der Hand.

„Ich glaube, ja“, sagte sie. „Obwohl ich es lange Zeit nicht wissen wollte.“

„Ich habe es immer gewusst, Principessa.“ Er trat an ihre Seite und schaute sie an, mit einem Ernst im Gesicht, den sie nicht an ihm kannte. „Ich weiß nicht, ob ich das Recht habe, so etwas zu sagen – aber Sie haben ihn mehr geliebt, als Sie je einen anderen Mann liebten. Sie wären sonst zu einer solchen Tat nicht fähig gewesen.“ Er machte eine Pause, und auf ihren fragenden Blick fügte er hinzu: „Der Entwurf für die Piazza damals – er stammte doch von ihm?“

„Ja“, erwiderte sie fest. „Die Zeichnung war seine größte Idee. Ich musste es tun.“

„Obwohl Sie mir dadurch diesen Triumph ermöglichten?“

„Ich hatte keine Wahl. Ohne Sie wäre sein idealer Platz nie verwirklicht worden.“

„Mein Gott, ich wollte, eine Frau hätte mich je so geliebt!“ Lorenzo nickte nachdenklich. „Nun, vielleicht muss man alt werden, um wirklich zu lieben. Erst im Alter paart sich die Liebe mit der Verzweiflung.“

Seine Worte trafen sie mitten ins Herz. Ja, sie war verzweifelt gewesen – das war das Einzige, was sie sicher wusste.

„Sein Leben lang hat er gelitten“, sagte sie, „wie ein Cherub vor Gottes Thron.“

„Ja, er strebte nach dem Höchsten, selbst das Vollkommene war ihm nicht genug.“ Lorenzo trat näher an das Grab heran. „Er wollte die Architektur aus eigener Kraft neu erfinden, wie ein guter Ketzer, der die Kühnheit besitzt, die Sätze des Glaubens neu zu definieren, nur seinem eigenen Urteil verpflichtet, ohne auf die Meinung der anderen zu achten. Ich habe nie so hoch gegriffen wie er, ich war bloß ein schlechter Katholik. Mein Mut reichte gerade für ein paar lässliche Sünden."

Clarissa schaute ihn an. Er war alt und grau geworden, so alt und grau wie sie selbst, doch seine Augen blickten noch so lebendig wie früher. „Ich hatte immer gehofft, dass Sie Freunde sein würden", sagte sie. „Sie sollten zusammen das neue Rom erbauen. War das nicht der Grund, weshalb das Schicksal Sie zusammenführte? Warum war es nicht möglich? Ich möchte eine aufrichtige Antwort", sagte sie leise.

„Ich glaube", sagte er schließlich, „ich habe einfach nicht ertragen, dass er mein Bruder war. Wie oft habe ich seine Ernsthaftigkeit verspottet, seine bohrende Art, seine Schwere und Düsternis. Warum?" Er blickte sie mit einer so gequälten Miene an, dass Clarissa erschrak. „Weil ich sie ihm nicht gönnte!", rief er, und die Worte sprudelten nun aus ihm heraus. „Um nichts auf der Welt habe ich ihn mehr beneidet als ebendarum: um seine Tiefe, um sein Anderssein, ja sogar um seine Einsamkeit und seine Verzweiflung. Er hatte ein Schicksal, ich hatte bloß Erfolg. Er wollte wissen und begreifen, was wahr ist und was falsch, was gut ist und was böse. Dinge, um die ich mich nie gekümmert habe. Er war ein Gottesdiener – ich war nur ein Augendiener, der am äußeren Schein hängen blieb. Die Schönheit war mein Fluch. Weil sie das Einzige war, wovon ich etwas verstand."

Clarissa griff nach seiner Hand. „Sie haben ihn auch geliebt, nicht wahr?"

„Geliebt? Ja, vielleicht. Aber noch mehr habe ich ihn gehasst. Weil er mich gezwungen hat, ihn zu bewundern, ein ganzes Leben lang. Von seinen Werken werden die Baumeister dieser Welt noch in vielen hundert Jahren lernen, wenn meine Einfälle nur noch als hübsche Augenschmeicheleien belächelt werden." Lorenzo senkte den Blick.

Clarissa drückte seine Hand. „Quälen Sie sich nicht!", flüsterte sie. „Ich trage allein die Schuld an seinem Tod."

Er schüttelte den Kopf und entzog ihr seine Hand. „*Ich* habe die Piazza gebaut, Principessa, nicht Sie!" Lorenzo kniete nieder und schlug das Kreuzzeichen mit weiten, ausholenden Bewegungen, und während er am Grab seines lebenslangen Rivalen ein stummes Gebet verrichtete, rannen Tränen an seinen Wangen hinab.

„Sie haben den Mut gehabt, den ich nicht besaß", sagte er, nachdem er sich wieder erhoben hatte. „Das Schicksal hatte einen fürchterlichen Auftrag für Sie, Principessa. Die meisten Menschen wären davor zurückgeschreckt, doch Sie haben ihn angenommen. Ohne Sie hätte es die Piazza nie gegeben, ohne Sie hätte Rom ein anderes Gesicht. Die Stadt und die Kunst sind Ihnen zu ewigem Dank verpflichtet. Aber das wissen nur wir zwei. Es ist unser Geheimnis."

„Es liegt an Ihnen, Cavaliere, ob die Welt davon erfährt. Wollen Sie ihr nicht sagen, wer die Piazza entworfen hat?"

Lorenzo schüttelte den Kopf. „Ich glaube nicht, dass ich das über mich bringe. Die Menschen haben mich in jungen Jahren zu sehr gefeiert, als dass ich im Alter auf ihr Lob verzichten könnte."

Clarissa musste lächeln. „Sie sind ein eitler Mann, Lorenzo, aber Sie haben mich nie belogen. Dafür danke ich Ihnen."

Sie küsste ihn auf die Wange. Verlegen erwiderte er ihr Lächeln.

„Und was sind jetzt Ihre Pläne?", fragte er schließlich.

„Sobald ich meine Sachen geordnet habe, werde ich abreisen. Jetzt, da Francesco nicht mehr hier ist, komme ich mir vor wie eine Fremde."

„Dann reisen Sie also zurück nach England?"

Sie hob die Schultern. „Vielleicht, vielleicht auch nach Deutschland oder Frankreich. Ich weiß es noch nicht." Sie reichte ihm die Hand. „Leben Sie wohl, Cavaliere! Gott möge Sie beschützen!"

DIE REISELIZENZ und das Gesundheitszeugnis waren unterschrieben, die Koffer gepackt und auf die Kutsche geladen. Clarissa wollte zunächst nach Pisa, Florenz und Padua fahren, um jene Städte zu besuchen, in denen der große Galileo gewirkt hatte, von dort aus würde sie weitersehen. Sie hatte zwei *vetturini* gemietet, erfahrene Reisebegleiter, deren Aufgabe es war, unterwegs die Quartiere zu besorgen und sie vor Überfällen zu schützen. Denn die Straßen waren unsicherer als zu jener Zeit, da sie zum ersten Mal nach Rom gekommen war; all die Fremden, die in immer größeren Scharen Italien bereisten, lockten viele Banditen an.

Eingemummt in einen Pelz, stand Clarissa auf dem Aventin, dem südlichsten der sieben Hügel, auf denen die Stadt erbaut worden war. Wehmütig ließ sie noch einmal den Blick über das ockerfarbene Häusermeer schweifen, über die zahllosen Kirchen und Paläste, die sie fast alle beim Namen nennen konnte. Ja, diese Stadt war ihr Leben: Die Stadt und ihr Leben, beide hatten sie überreich beschenkt, beide hatten sie vollkommen beraubt.

Wie sehr hatte Rom sich verändert in den vergangenen fünf Jahrzehnten. Bei ihrer ersten Ankunft war die Stadt noch eine mittelalterliche Festung gewesen. Mit engen und finsteren Gassen, noch ohne die hellen, anmutigen Kirchenkuppeln, die der Silhouette inzwischen ihre Signatur verliehen. Hier hatte sie des Daseins ganze Fülle gekostet, in einer Welt voller Gegensätze: von Glanz und Elend, von Chaos und Größe, von Lebenslust und Sittenstrenge, von Verschlagenheit und Liebenswürdigkeit. Vor allem aber hatte sie hier die Liebe erfahren, die Liebe und die Kunst.

Die Worte ihres alten Tutors William kamen Clarissa in den Sinn, seine Warnung vor den Versuchungen dieser Welt: das süße Gift des Schönen …

Sie wandte sich ab und ging zur anderen Seite des Hügelplateaus. Jenseits des Flusses erhob sich, majestätisch wie die Ewigkeit, die Kuppel von Sankt Peter. Das Gotteshaus schien ihre ganze Geschichte zu erzählen: Mit dem Hochaltar hatte sie begonnen, mit der Vollendung der Piazza hatte sie nun ihr Ende gefunden.

Zwei große schwarze Vögel schwangen sich über dem Dom in den grauen Winterhimmel empor, höher und höher, als wollten sie miteinander wetteifern. Der Anblick versetzte ihr einen Stich. Was für kühne Pläne hatten Francesco und Lorenzo einst miteinander geteilt – selbst Michelangelo wollten sie übertrumpfen.

Immer höher zogen die Vögel am Himmel ihre Kreise, es war, als würden sie sich in die Unendlichkeit hinaufschwingen. Plötzlich kam Clarissa ein Gedanke, unsicher, zögernd wie eine Frage. Vielleicht, dachte sie, konnten auch Lorenzo und Francesco wie jene zwei Vögel dort oben nur im Wettstreit vollenden, wovon sie einst gemeinsam träumten. Vielleicht war ihre, Clarissas, Schuld, dass durch sie die Freunde zu Rivalen geworden waren, zugleich auch ein Verdienst. Denn während sie einander bekriegten und bekämpften, hatten sie das neue Rom errichtet, den Vorgarten zum Paradies: das Rom, das nun zu ihren Füßen lag.

Wenig später verließ ihre Kutsche die Stadt, rollte zwischen grauen Feldern über die Landstraße, weiter und weiter auf den Horizont zu, wo sie allmählich verschwand, ein kleiner, unruhiger Fleck, der eintauchte in das unendliche Meer der Zeit.

PETER PRANGE

„Ich möchte den Leser verführen."

Wie Peter Prange erzählt, entstand die Idee zu seinem Roman *Die Principessa* während eines Aufenthaltes in Rom: „Als ich im Jahr 2000 zu Ostern meinen Literaturagenten besuchte, der in Rom lebt, machte er mit mir die obligatorische Stadtführung. An der Piazza Navona wunderte ich mich über den Brunnen mit den Leuten, die die Hände vor das Gesicht halten und sich von etwas Hässlichem abzuwenden scheinen. ‚Ganz einfach', klärte mein Agent mich auf, ‚den Brunnen hat Bernini gebaut, die gegenüberliegende Kirche sein Rivale Borromini. Die Figuren bringen zum Ausdruck, was der eine Architekt von dem anderen hielt.'

Die Geschichte einer Künstlerrivalität? Ich wurde neugierig und ging der Sache nach. In Wirklichkeit war natürlich alles ganz anders – und noch viel spannender. Denn die Geschichte, auf die ich stieß, war nichts weniger als der Versuch zweier Baumeister, in Rom den Vorgarten des Paradieses zu errichten."

Peter Prange studierte Germanistik, Romanistik und Philosophie in Göttingen, Paris und Tübingen. Er hat bereits mehrere erfolgreiche Bücher verfasst, darunter den Roman *Das Bernsteinamulett* sowie zwei Ratgeber. Derzeit schreibt er an einem weiteren historischen Roman, in dessen Mittelpunkt das französische Universalgenie Diderot stehen wird.

Der Autor lebt mit Frau und Tochter in Tübingen.

DIE LEOPARDIN
Originalausgabe: *Jackdaws*
erschienen bei Pan MacMillan, London
© 2001 by Ken Follett
© für die deutsche Ausgabe: 2002 by Verlagsgruppe Lübbe GmbH & Co. KG, Bergisch Gladbach

WIEDERSEHEN MIT AFRIKA
© 2002 by Langen Müller in der F. A. Herbig Verlagsbuchhandlung GmbH, München

DIE PYRAMIDE
Die Erzählung *Die Pyramide* ist dem Band *Wallanders erster Fall* entnommen.
Originalausgabe: *Pyramiden*
erschienen bei Ordfronts Förlag AB, Stockholm
© 1999 by Henning Mankell
© für die deutsche Ausgabe: 2002 by Paul Zsolnay Verlag, Wien

DIE PRINCIPESSA
© 2002 by Droemersche Verlagsanstalt Th. Knaur Nachf., München

Übersetzer:
Die Leopardin: Till R. Lohmeyer, Christel Rost
Die Pyramide: Wolfgang Butt

Illustrationen und Fotos:
Die Leopardin: S. 4 (links), 6/7/8: Fallschirmspringer: akg-images; Porträt: Cinetext;
S. 6, 8: Funkgerät: Erich Lessing/akg-images
Wiedersehen mit Afrika: S. 4 (rechts), 178/179/180: C. Simpson/Panoramic Images/Premium
Die Pyramide: S. 5 (links), 276/277/278: PhotoDisc
Die Principessa: S. 5 (rechts), 393: Rabatti – Domingie/akg-images;
S. 392/393/394: Erich Lessing/akg-images

Die ungekürzten Ausgaben von *Die Leopardin*, *Wiedersehen mit Afrika*, *Wallanders erster Fall* und *Die Principessa* sind im Buchhandel erhältlich.

Jeffrey Archer

Dieter Zimmer

Stefanie Zweig

Luanne Rice

Frederick Forsyth

[illegible]

Charlotte Link

Dick Francis